新文科理念下

美国文学专题九讲

Nine Lectures
on American Literature
Under the New Liberal Arts Concept

朱振武　著

上海交通大学出版社
SHANGHAI JIAO TONG UNIVERSITY PRESS

内容提要

    本书在新文科的理念下,从九个方面对美国文学进行专题讲解,重在依据原典,探讨当下问题,为理解美国文学特别是美国小说的艺术特点、主题意蕴、美学风格、社会关怀及其摆脱英国文学桎梏并稳步走向独立自立的因素提供参照,也为读者通过文学作品思考人类过去、现在和未来问题提供参考。

图书在版编目(CIP)数据

新文科理念下美国文学专题九讲 / 朱振武著. —上
海:上海交通大学出版社,2021.8
  ISBN 978-7-313-25169-5

  Ⅰ.①新… Ⅱ.①朱… Ⅲ.①文学研究-美国 Ⅳ.
①I172.06

中国版本图书馆 CIP 数据核字(2021)第 139150 号

新文科理念下美国文学专题九讲
XINWENKE LINIAN XIA MEIGUO WENXUE ZHUANTI JIUJIANG

著   者:朱振武

出版发行:上海交通大学出版社   地   址:上海市番禺路 951 号

邮政编码:200030   电   话:021-64071208

印   刷:上海盛通时代印刷有限公司   经   销:全国新华书店

开   本:710mm×1000mm   1/16   印   张:36

字   数:546 千字

版   次:2021 年 8 月第 1 版   印   次:2021 年 8 月第 1 次印刷

书   号:ISBN 978-7-313-25169-5

定   价:128.00 元

序
新文科语境呼唤跨域融合和有我之境

我国的外国文学经典研究自改革开放以来众声喧哗，并渐入佳境，取得了令人瞩目的成就，但也存在低端、重复、照搬、跟风或对国外特别是西方的研究机械模仿等诸多弊端，出现了从文本到文本（浅层阅读的结果，浅化、窄化）、从理论到文本、从文本到理论（低估作者，高抬理论）、单纯比较和从资料到资料（不读文本，只看资料，其实是伪研究）等简单化、模式化和泛西化倾向，缺少自主意识，缺少批评自觉，进入了"无我之境"，导致话语严重缺失，严重僵化和矮化，不知道批评的立足点何在，也不知道文学批评的旨归何在，亟待拓宽关注视野和研究视阈，亟待学科交叉和跨界融合，亟待建构中国学者自己的话语体系和批评机制。

现在社会科学领域追求的是"新文科"理念。何谓新文科？新文科理念至少应该具备三个意识，即主体意识、创新意识和包容意识，还要具备"三个跨"，即跨学科、跨学界和跨领域。也就是说，我们的学科发展和文学批评要有自我，要有突破，要有宽广的视野，要有跨界的底蕴、习惯和能力。作为外国文学研究者或学习者，我们不能停留在单一译介或简单解释外国特别是西方某某文学文艺理论，更不是全盘套用西人外人的话语，我们显然要摒弃膜拜模仿风习，增强创新创造意识。当下的文学批评特别需要中国学者的文化自觉和学术自省，特别需要跨界融合和学科交叉，亟待摆脱盲目跟风的无我之境，亟待进入有我之境。

一、文学经典的走进和走出

要想做好文学研究,我们首先要进得去,也要出得来。

就事论事,往往流于表层,从文学到文学,往往看不清文学。"横看成岭侧成峰,远近高低各不同。不识庐山真面目,只缘身在此山中"①,我们有些研究往往就事论事,从单一的文学到文学。我们跳不出这个圈子,就没有办法更清楚地看到它的实质,或者说看不到它的其他面。

十几年前,我在《四川外语学院学报》上发表了一篇文章,叫《威廉·福克纳小说的建筑理念》②,当时的主编蓝仁哲先生给予很高的评价,后来还获得重庆市论文奖。蓝仁哲先生说:"振武啊,你总能 make it new,总能搞出点儿新意来。"我想这篇文章获奖,有几个原因,其中一个就是论文的确有创新,是完全从不同的角度对福克纳的小说创作进行关怀与关照。还有一个重要原因,就是评奖的时候,很多都是理工科等其他学科出身的评委,他们看到"福克纳小说的建筑理念"这个题目,一定很感兴趣,也觉得很好,因为这篇文章一定程度上打破了单一的文学文本批评的窠臼,实现了跨学科考察和研究。

美国诗人华莱士(Wallace Stevens,1879—1955)有一篇诗作叫《观察乌鸫的十三种方式》,英文名是"Thirteen Ways of Looking at a Blackbird"。我们对文学进行审视、进行观察、进行研究,可能没有十三种方式,但是有三种或多种方式总是正常的,或者说总是要有不同的方式或视角,才能看出不同的东西。

二、文学作品的横向比较

没有比较,哪能有鉴别!

---

① 苏轼:《苏轼诗集》,王文诰辑注,北京:中华书局,1982 年,第 1219 页。
② 朱振武:《威廉·福克纳小说的建筑理念》,《四川外语学院学报》,2005 年第 3 期,第 4 - 9 页。

我们首先要有自己的立足点,要有中国文学文化的视角。如果没有这样一个视角,光是从英国(美国)文学到英国(美国)文学,我们就很难跳出西方人思维的窠臼。只懂一种语言,就是不懂语言;只懂一种文学,就是不懂文学;只懂一种文化,就是不懂文化。我们没有参照,怎么对它进行鉴定呢?所以应该要有一个参照系。我们对外国文学进行研究,我们的参照系首先是中国文学;我们要想懂外国文化,我们的参照系首先是中国文化。如果没有这样一个视野,光是看外国人的资料,然后再跟外国人讲外国人的这些东西,实际上意义就不大了,我们也没有办法在世界舞台上立足。所以我在这里要强调的是,我们要有起码的文化自觉、批评自觉。如果不自知,我们就没有办法他知。所以我们不能人云亦云,不能随邦唱曲。

就像我在美国讲学的时候,那里的研究生问我:"意识流小说是起源于美国,还是起源于英国,是起源于伍尔夫(Virginia Woolf,1882—1941),还是起源于福克纳(William Faulkner,1897—1962),还是起源于亨利·詹姆斯(Henry James,1843—1916),还是起源于法国的杜夏丹(Edouard Dujardin,1861—1949)?"我说:"都不是。意识流起源于中国。"他们笑了。但是我随后给他们解释,说中国文学作品中,老早就有意识流这样类型的作品,比方说明末清初董说的《西游补》①就已经打破了物理时空,从心理时空角度进行创作。那么意识流小说采用的技巧,无非就像是闻到一种气味,碰到一个东西,听到一种声音,看见一个物件,然后运用联想、回忆、独白等类似的手法,而这些手法在中国文学作品中都有,所以我讲完了一些例子之后问他们,我说:"你们说,这是不是意识流小说?"他们说:"是。"我说:"那么意识流起源于哪国?"他们大家一起回答:"那是中国。"

———————————

① 《西游补》为明末清初小说家董说创作的《西游记》续书之一,讲述了孙悟空被妖怪所迷,渐入梦境,先后穿梭于"青春世界""古人世界"及"未来世界"中,不同时间空间中的人物如项羽、秦桧、岳飞等连番登场,情节奇幻曲折。鲁迅曾评价《西游补》"惟其造事遣词,则丰赡多姿,恍惚善幻,奇突之处,实足惊人"。(鲁迅:《中国小说史略》,北京:中华书局,2016 年,第 108 页。)

三、文学研究应有的高度

　　站得高，才能看得远。

　　李贺有一首诗叫作《梦天》，诗云：“老兔寒蟾泣天色，云楼半开壁斜白。玉轮轧露湿团光，鸾佩相逢桂香陌。黄尘清水三山下，更变千年如走马。遥望齐州九点烟，一泓海水杯中泻。”[①]我们看他后四句。“黄尘清水三山下，更变千年如走马。”这个时空观，和我们现代派小说里面的时空观非常相似。另外看看他的视角“遥望齐州九点烟，一泓海水杯中泻”，我们看出，这个时空都是相对的。他梦见自己在天上，从天上往下看人间，看九州原来是“九点烟”，而黄河就只是“一泓海水杯中泻”，实际上这已经基本具有现代人的时空观了。那么我们说到的亨利·柏格森（Henri Bergson）的心理时间观，亨利·詹姆斯的意识流小说理论，实际上都是相类的，我们用不着把西方人的东西都奉为圭臬，如获至宝，动辄互文拼贴，恶搞戏仿，好像这些都是人家西方人的东西，中国人不懂批评，也不会玩文字游戏一样，实际上这些东西中国老祖宗玩得都非常好。没有互文还叫小说吗？没有戏仿还叫文学吗？从曾任《外国文学研究》主编的聂珍钊教授提出的“文学伦理学批评”，我们发现，他是站在中外文学理论的制高点，重新审视文学本质和文学现象，他看到的是一番不同的景象，令人钦佩。

　　聂珍钊教授就“文学伦理学批评”的一些概念，曾经和我通过好几次电话。聂老师在和我讨论时引经据典，我发现聂老师国学功底很好，他把这些东西吃透之后用到西方文学批评上，我们觉得他用得很自如，不是硬要造一个理论出来，所以说“文学伦理学批评”这个理论的出现是必然的。我在《文艺报》上写过一篇文章，题目叫作《批评自觉与文学伦理批评的当

---

① 李贺：《李贺诗歌集注》，王琦等注，上海：上海人民出版社，1977年，第57页。

下意义》①，专门分析聂珍钊教授提出的"文学伦理学批评"在当下的价值，我非常赞成这样一种理论的提出。我还写过一篇文章叫《翻译活动就是要有文化自觉》②。我们现在想到，广东外语外贸大学的黄忠廉教授，他曾经致力于翻译批评理论的提出，在这方面有不少建树，有很多文章。我们看得出他也是站在一个很高的高度上，他不是把西方的理论拿过来去实践，或者说把自己变成西方理论的一个实践者，而是在中国翻译语境下，对翻译进行重新审视，从新的高度上，从另一个角度对翻译进行总结，从而得出自己的一套理论体系，我觉得我们要做的是这样的工作。

四、文学观察的跨学科视野

懂哲学，才能懂文学。文史哲不分家，这话的深意被许多人忘记了。

我们懂的学科多，就能更深入地去研究文学。我们不能都是形而下地就事论事做研究，还要从形而下到形而上。哲学和文学的终极关怀都是人，任何文学思潮的产生和文学流派的诞生，都是哲学思潮的产物，都

---

① 具体参见：《文艺报》2013 年 3 月 22 日第 4 版。这篇文章在接近结尾处说："文学伦理学批评有很强的当下意义。20 世纪 80 年代中后期以来，各种各样的西方文学文化批评理论的引进和译介极大拓展了我们的批评视阈和思考维度，也一定程度上丰富和繁荣了我国的文学与文化，但同时也出现了我们的文学文化批评言必称弗洛伊德、拉康、海德格尔、萨特、巴赫金、德里达、利奥塔、赛义德，等等；或某某理论或某某批评，如形式主义、精神分析批评，直觉主义、存在主义、原型批评、解构主义、结构主义、女权主义批评、现代主义、后现代主义、后殖民主义、东方主义、新历史主义、生态批评，不一而足。语言学不能不提索绪尔和乔姆斯基，翻译学不能不提奈达和德里达，文学不能不提的就更是数不胜数，不这样说似乎就落伍了，就不懂文学批评了，就不会解读作品了。但这些年来我们很多人很多时间是在为西方人的某种或某些学说甚至是某句话做阐释，做解说，做宣传，全然迷失其中而不觉。试想，没有自我意识，特别是自主意识的文学批评还能称得上真正的文学批评吗？这样的文学创作和文学批评能够给学界带来有较大价值的学术贡献吗？有些人说莫言的作品主要是学习了马尔克斯的《百年孤独》等拉美魔幻现实主义和福克纳的《喧哗与骚动》等欧美现代主义意识流小说，其实仔细阅读其文本，莫言向比他大 300 多岁的同乡蒲松龄的《聊斋志异》等中国文学经典学习的东西，远超过他向欧美的前辈和同行们学习的东西。莫言的作品植根于家乡土壤，立足于中国传统文化，当然同时也较好地做到了兼收并蓄，这才是其作品走向世界的深层原因。"

② 朱振武：《翻译活动就是要有文化自觉》，《外语教学》，2016 年第 5 期，第 83 - 85 页。

是人们审视世界、思考人生、人性、人情、人的生死以及人的未来的结果。

因此，这就需要我们打通文史哲间的界限，要有大人文的通识和理念才行。美国名校普遍认为大学教育分两个阶段：以通识教育为主的本科阶段和以专业教育为主的研究生阶段。而本科阶段，学生们应该学"大行之道（universal knowledge）"，也就是我们古人说的"大学"，而不是"雕虫小技（skills）"。

任何单一的知识，往往都容易使人偏狭，容易使人走向极端，有的时候是面目可憎，特别是光懂一点技术的人。我们说"腹有诗书气自华"。像哈佛大学、北京大学、复旦大学等一些名校，为什么都在奉行和推广通识教育、博雅教育呢？那是因为这样的教育能造就一个比较全面、理性的人，能造就一个在各方面，特别是在创作上、文章的撰写上，能做到融会贯通、旁征博引、纵横捭阖、深入浅出、引经据典、推己及人、举一反三、信手拈来和驾轻就熟的人。我们的文学研究也应该做到这一点，真正跨界了，我们也就能做到这些成语所说的效果。

五、外国文学诠释的源头活水

文学经典从来都是多向度多维度的，它与时俱进，从不缺乏阅读意义和阐释空间。

卡尔维诺（Italo Calvino）说，一部经典作品是一本不会耗尽它要向你说的一切东西的书。有些人在研究经典的时候却僵化对待之，浅化窄化到了让人难以置信的程度。我们研究浅而窄的原因是我们关注面太窄，阅读面太窄，读书少还不是最重要的问题，最重要的问题是只读一种书，而且还是尽信书，特别是尽信西洋的书。我们读书之窄之少到了令人瞠目的程度。有的人读学位，从入学到毕业都只读一个文本，然后围绕这一个文本查资料，查别人的研究成果，真正成了所谓的"一本书"主义。我们一些人读书是这样的：搞语言学的不读文学，搞外国文学的不读中国文学，搞美国文学的不读英国文学，搞当代的不读现代的，搞海明威的不读福克纳,搞文论的不读文学,搞世界文学的不读比较文学,搞翻译的上面的都不读。

经典是源头活水,是与时俱进的,经典意义的丰富性也在于此。"诗无达诂"①,两千多年前的董仲舒在《春秋繁露·精华》里说的这句话在今天仍然适用。诗歌意义的丰富性和灵活性是其魅力所在,同一个人在不同时间欣赏同一首诗都会产生不同的感想,不同的人在欣赏同一首诗所产生的差异性之大自不待言。这和文学翻译是一个道理。经典诠解的无限可能性,使得两种语言间的转换产生了无限多的可能性,不同年龄、性别、地域、教育背景、经历经验和赏析能力的人对同一首诗的翻译自然也就大相径庭,就是同一个人在而立、不惑、知天命、耳顺和不逾矩的各个人生阶段,甚至在同一阶段的不同语境、不同心境的作用下都很难译出相同的诗句。因此,切忌用单一的标准去考量和束缚诗歌的翻译,也没有这样的标准,而应调动译者的积极性、能动性和灵性,鼓励、接受和理解不同的诗歌译本。

六、文学批评的有我之境

批评中没有自我意识,这也是从理论到文本模式的研究的体现。

许多研究者放弃自己的话语体系,放弃自己作为一流读者的机会,放弃自己完全能读出新意的机会;放弃自己的个性:不懂"诗无达诂"的道理。凭借个性禀赋和特殊经历与背景,你完全能够产生与众不同的阅读体验和审美经验,但我们却偏要依据别人特别是外国人的阅读体验去感受作品,然后再根据别人特别是外国人总结的理论去肢解作品。

这样做其实是证明了理论的伟大,证明理论的灵验和每试不爽。如果作家都是这样,那么这些作家及其作品的独特性和个性特征及其意义何在?这个作家和作品还有什么存在的价值?我们不少人写文章,特别

---

① 董仲舒:《春秋繁露》,凌曙注,北京:中华书局,1975年,第106页。

是指导学生写文章,多数都是理论介绍、文本分析和理论应用的大模式。文学作品成了一成不变的僵死的东西,其实很大程度上受到了阉割、贬低、诋毁和恶搞。文学创作本来是作家的灵性、灵感、灵动和灵光闪现使然,到了这些人手里变成了待宰的羔羊,好像文学家们都是按照理论去创作的。我们看不到这些理论狂轰滥炸的背后,不只是对认知方式的改变,而是深层的价值观和文化认同的改变。其实,西方人自己早就认识到这些问题。特里·伊格尔顿(Terry Eagleton)在新千年伊始就在《理论之后》(*After Theory*)中反思西方多元文论造成的危害,鲜明地指出目前西方的文学和文学研究钻进了死胡同。[①] 文学批评家大卫·杰弗里(David Geoffrey)曾痛心地说,后现代反权威的多元解构理论给西方文明带来的破坏比两次世界大战都严重。因此我们仍旧要说:吃洋快餐,捡洋垃圾,可以停停了;见人矮三分,唯人马首瞻,可以改改了;文化自信,翻译自觉,这个可以有了。从全民学英语到全体学者迷恋西方理论,现在该自己发发声音,该发发自己的声音了!

七、外国文学的中国视角

作为中国学者,不懂中国文化,不读中国文学,以什么作参照去研究外国文学文化?

没有参照系的研究能叫研究吗? 我们现在有些人是:不食中国饭,专吃洋快餐;不食满汉席,专吃洋垃圾。搞外国文学文化,必须懂中国文学文化,一定要有自我意识,这样才能与国际文坛对话,才能有存在的价值和意义。实际上,作家之间创作语言、背景、风格、手法、思维、审美习惯、认知方式差异较大,研究不同作家根本不需要照搬西方文论。

文学理论是对创作规律的高度总结,是对文学实践的学理思考。文学理论何为? 是先有文学理论还是先有文学创作? 文学理论是用来指导

---

① 特里·伊格尔顿:《理论之后》,商正译,北京:商务印书馆,2009 年,第 72-89 页。

文学创作的吗？作家是按照文学理论写作的吗？翻译家是按照翻译理论来翻译的吗？显然不是，或基本上都不是。至少一流作家或翻译家不是。

所谓的各种"主义"真的都是成熟系统完整的理论吗？真的都要奉若神明吗？西方的某些理论在中国倒更广为人知，有更多的人去译介；有些理论并不是真正的理论，只是一时起意，一种率性的、即时的说法或提法而已。而且，任何理论都有其局限性、片面性，而我们一些人却把它神化圣化了。早在 2012 年年初，我就曾在《文汇读书周报》对我的专访中指出，要均衡且有选择性地吸纳世界文学文化精神。①

那么，中国有没有文学理论？中国真的没有思辨性的文学理论吗？回答当然是有。由于对中国传统思维模式的偏见以及西方以重分析为特色的文学理论的传入，使中国没有思辨性文论的论调盛行于世，但是这是缺乏考据和调研的盲目论断。中国是有思辨性的文学理论的。南北朝时期刘勰的《文心雕龙》有完整的科学体系和严密的组织结构，对文学的基本问题和各种不同文体的历史发展状况，做了详细的论述，体大思精，不能不说是一部思辨性的巨著。此外，南朝钟嵘的诗论专著《诗品》、唐贞元年间日本留学僧人遍照金刚编纂的中国古代文论集《文镜秘府论》②、晚唐司空图的《二十四诗品》、明代叶燮的《原诗》、清代李渔的戏剧理论作品《闲情偶寄》、清代袁枚的《随园诗话》、清代文学家刘熙载的《艺概》都是对各种文学体裁的相对系统的论述。

中国有无关于文学理论的专题论文？回答当然是有。不光有，而且还很发达，很成体系，也绝不像有些人说的"缺少思辨"。唐代僧皎然的

---

① 具体参见：《文汇读书周报》2012 年 1 月 4 日。"英美国家研究者的声音不代表我们的声音，中国学者应立足于本土文学文化，增强文化自觉，发出自己的声音，提出自己的看法。不错，我们应该吸收世界上一切优秀文化遗产，但优秀的文化并不都在政治经济发达的国家。阿拉伯国家、亚洲的国家也应给予关注和重视，这样才能够均衡吸纳各国文学文化的精髓。"

② 《文镜秘府论》是日本留学僧人遍照金刚采撷崔融《唐朝新定诗格》、王昌龄《诗格》、元兢《诗髓脑》等书编撰而成，探讨了诗歌的声律、词藻、对偶等形式技巧，具有诗学、修辞学等方面的研究价值，对日本文学也产生了重大影响。

《诗式》、严羽的《沧浪诗话》、明代戏曲评论家吕天成的《曲品》①、明代戏曲理论家王骥德的《曲律》等都是严谨的专题文论；关于文学理论的专题论文，中国也是有的，如曹丕的《典论·论文》就作家的才能与文体的性质特点之关系、对作家个性对文学创作的影响、对文章价值的评价和文学批评的态度都提出了有价值的意见。嵇康的《声无哀乐论》是用辩难的形式来写的，分析细密，对音乐和人情的关系做出了论述。陆机的《文赋》对文学的构思与创作做出了探讨，李贽的《童心说》②影响也很大。中国的文学理论家们提出情韵说、风骨说、意境说、得意忘言说、逼真说和文以载道说，对文学创作产生了很大影响。中国的小说理论家们提的虚实说、传道教化、动机说、典型说、情理论以及细节理论等也都影响深远。

　　文学理论是帮助思考的，不是拿来套的。理论可以拿来做阐释、做说明、做注解，不是用来顶礼膜拜的，不是用来重复的；解释人家的理论特别是西方的文学理论当然都是有益工作，但总结自己的创作实践进而提出自己的理论才是创新。习近平总书记在中国文联第十次全国代表大会、中国作协第九次全国代表大会上用很大篇幅专门讨论创新问题，也说明我们的学者和作家在这方面的努力还有较大距离。

　　四十多年的改革开放目的是发展自我，建设自我，现在我们需要找回自我，回归自我。崇洋时代早该过去了；唯洋是尊早该结束了；为西人做嫁衣的徒劳无益的忙活该停一停了。重拾文论信心，建构中国学者自己的话语体系和批评机制，打造中国学者自己的批评理论的时候到了！正如我在几年前接受《文汇读书周报》专访时指出，我们应该站在平等的位

---

① 《曲品》涉及我国传奇及散曲作家150余人，作品190多种，在为我国戏曲研究保留了丰富而珍贵史料的同时，采用较为客观的态度从题材、声律、词法等方面对戏曲这一艺术形式进行了探讨。

② 《童心说》是明末思想家李贽所写关于文学创作的文章，他继承了王阳明的"心学"，将作家是否具备童心视为评判文章好坏的标准之一。所谓"童心"，即"绝假纯真，最初一念之本心也"。作家一旦失却了"童心"，其文所写也将是"假人""假文"。

置上与西方对话，而不再是拾人牙慧。① 可见，我们的外国文学研究应该是：实实在在，扎扎实实，清清楚楚，明明白白，为我所用，为我服务，以我为中心的，站在自己的立场和出发点、基于事实和理据有着自己的目的与旨归的、对学术问题和文化差异进行客观判断的学术活动。我们应该懂得：熟读古今书，通晓中外体。博采百家长，就为成自己！

本书在新文科的理念下，从九个方面对美国文学进行专题讲解，重在依据原典，探讨当下问题，为理解美国文学特别是美国小说的艺术特点、主题意蕴、美学风格、社会关怀及其摆脱英国文学桎梏并稳步走向独立自立的因素提供参照，也为读者通过文学作品思考人类过去、现在和未来问题提供参考。此书的另一个主旨，是与读者交流读书心得，沟通学术论文写法，研究学术路径，探讨新文科语境下共同关心的问题。

---

① 具体参见：《文汇读书周报》2016 年 7 月 25 日第 2 版。"中国的学术研究应该发出自己的声音，而不是人云亦云，唯西人外人之马首是瞻，不是要仰人鼻息，做人家的传声筒或注释人，而是应该走进世界，特别是英语世界，与国外学界特别是英语学界直接对话。"

目 录

专题一　多维考察

美国文学的内动力来自美国文学家的文化自觉和创作自觉。经过两百多年的不懈努力,美国文学独树一帜,成功跻身世界文坛,并且引领创作风气和潮流,这与其两个"自觉"是分不开的。美国文学的繁荣和发展还来自创作语境中通俗文化的勃兴与渗透,也来自其对自然生态和人文生态的关怀、反思与学理思考。

美国小说的本土进程与多元谱系

  本文立足于中国学者立场,努力体现中国学者的学术表达和学术视野,考论结合,文史互证,对美国小说本土化的多种因素进行系统、详尽的学理考察,对美国小说本土化从亦步亦趋到实现独立的每个阶段,对其从典雅到乡土和本真的发展与演变过程,对为美国小说本土化作出重要贡献的非洲、犹太、亚洲和拉美的各种族裔谱系,到后现代、大众文化以及生态因素和政治因素等文本内和文本外的多元因素进行深入研究。

  中国学术界对美国文学的关注早于对美国学的关注,而只从文学层面出发,对其各种文学样式进行发生学上的阐释,对于美国这样一个由多元谱系形成的国家的文学来说,就难免会显得捉襟见肘,有时甚至力不从心。因此,要想把美国文学,特别是美国本土小说的发生及其演变过程说得深一些,透一些,我们就应求助于美国学的帮助,在多元文化的语境下去研究由多元文化催生出的美国本土小说这个现代的宠儿。美国学的勃兴和发展,是中国学术界熠熠生辉的崭新篇章,涌现出了大量译著、大批学术著作和学术论文,其来势之盛,成果之多,已引起中外学人的广泛关注。大型美国研究丛书的编辑和出版,是中国美国学长足进步的重大收获。早些时候的"美国丛书""美国译丛""美国文化丛书""美国文学史论译丛"、杨生茂和刘绪贻主编的"美国通史丛书"、刘绪贻主编的"美国现代史丛书"、董乐山主编的"美国与美国人丛书",都标志着中国美国学水平已达到相当的深度和广度。在文学方面,董衡巽等编著《美国文学简史》

（上）以及毛信德著《美国小说史纲》等，是中国学者研究美国文学的代表作。为数不能算少、质量已达到相当高度的期刊论文和硕士、博士学位论文，从诸多侧面弄清了美国研究的许多问题，这些都为我们从历史、哲学、宗教、语言、族裔、政治、文化以及生态等方面研究美国文学，特别是美国本土小说提供了雄厚的基础。

美国式小说，"一句话，就是美国小说家以美国社会为背景，以美国人民的生活为题材，用美国人民乐于接受的艺术形式而写出来的小说"[①]。这句话可以说是给美国式小说做了很好的界定。诚如毛信德所说，美国式小说在 19 世纪中叶的确已经出现，但美国小说在这一时期的本土化程度还远远不够。随着美国社会的迅速发展和美国英语的渐次形成，随着这一新的民族在世界上影响力的加强和非裔、亚裔、犹太裔等美国人的出现，这片新大陆上的小说在多元文化与多种本土养分的浸润下，终于形成了彻底美国化了的文学样式，其发展规模，作家、作品的数量，在世界上构成的影响及其在小说美学上所达到的高度，都不逊色于任何一个文学大国。独特的生态形态也是美国本土小说形成的重要因素之一。这里所说的生态形态，不仅从自然生态学的角度出发，更重要的是把小说同社会生态学、人类生态学、文化生态学和地理生态学放在精神的层面上一道考察，从人类精神生活的高度，重新审视美国本土小说的特质、属性及其价值意义，去考察美国小说中的观念、信仰、想象、审美、爱情、语言、玄思，以及它们与自然生态系统、社会生态系统的微妙关系。也就是说，从精神生态层面研究小说，也是我们的出发点之一。本文立足于中国学者立场，努力体现中国学者的学术表达和学术视野，对美国小说本土化的多种谱系

---

① 　毛信德认为，美国式小说，与人们所说的美国式文学是一个意思，它完全摒弃了外来文化影响的痕迹，没有任何殖民地色彩，也没有封建主义的残余。它是在民族生活、民族思想和民族题材的基础上，以民族的形式来进行描绘和叙述的，具有纯粹的美利坚民族特色。这种美国式小说自欧文开创以来，经库珀的努力实践，至霍桑臻于完善。美国式小说的诞生至少有以下几点意义：①为表达美利坚民族的精神面貌和社会生活找到了一种完美的文学形式；②为挣脱英国殖民地文学的桎梏、彻底消除外来影响提供一个有利的发展途径；③为美国文学赶上并最终超过发达的欧洲文学创造了一个良好的开端。详见毛信德：《美国小说史纲》，北京：北京出版社，1988 年，第 28－99 页。

进行系统、详尽的学理考察，考论结合，文史互证，对美国小说本土化从亦步亦趋到实现独立的每个阶段，对其从典雅到乡土和本真的发展和演变过程，对其非洲裔、犹太裔、亚裔和拉美裔的各种族裔谱系，到后现代、大众文化以及生态谱系和政治谱系等文本内与文本外的多元谱系进行深入研究。

一、美国小说本土化研究在中国
——从学术专著到期刊论文和学位论文

关于美国小说，中国国内先后出现了多部相关研究专著、小说史和教材，在美国小说的本土化方面虽然论及较少，但或多或少都有所关注。国内美国文学虽然年轻，但发展速度很快。进入 19 世纪以后，美国文学随着美国的发展而不断壮大，在世界文学的舞台上赢得了一片领地。新中国成立后，美国文学研究在我国进展迟缓，直到 1972 年尼克松的破冰之旅之后，特别是于改革开放之后，美国文学研究在我国得到迅猛发展。

董衡巽、朱虹等编著的《美国文学简史》（上），是改革开放后第一部国别文学史，此后国内不断有美国文学的著作问世，有总体文学研究，如常耀信的《美国文学简史》和杨仁敬的《20 世纪美国史》，也有按体裁撰写的，如毛信德的《美国小说史纲》和王长荣的《现代美国小说史》等。1993年出版的张锦所著的《当代美国文学史纲》一书涉及面较宽，小说、诗歌、戏剧和批评都有论及，但大都点到为止。此后相继出版的美国文学研究专著有金莉和秦亚青的《美国文学》、杨仁敬的《20 世纪美国文学史》。相关译著则有美国文学史家威勒德·索普（Willard Thorp）的《20 世纪美国文学》（*American Writing in the Twentieth Century*，1960）、丹尼尔·霍夫曼（Daniel Hoffman）的《美国当代文学（上、下册）》（*The Harvard Guide to Contemporary American Writing*，1979）、罗伯特·E. 斯皮勒（Robert E. Spiller）的《美国文学周期》（*The Cycle of American Literature*，1963）和埃默里·埃里奥特（Emory Elliot）主编的《哥伦比亚美国文学史》(*The Columbia Literary History of the United States*, 1988)等。

2000 到 2002 年,刘海平、王守仁主编的四卷本《新编美国文学史》由上海外语教育出版社出版,是迄今国内出版的规模最大的美国文学史。这套书的一个特点是从中国人的角度评述美国文学,彰显中国学者的主体意识,不仅叙述美国文学在中国的接受过程,还涉及中国文化思想对美国作家的影响。同期及稍后,还出版了黄铁池的《当代美国小说研究》和童明的《美国文学史》。2004 年出版的《美国小说发展史》(毛信德著)的特点是着墨于美国本土因素在美国小说发展史上的重要作用。

进入 21 世纪,左金梅的《美国文学》、王卓和李权文主编的《美国文学史》与杨仁敬的《简明美国文学史》先后出现,紧接着又出版了刘洪一的《走向文化诗学:美国犹太小说研究》和金惠经著的《亚裔美国文学:作品及社会背景介绍》。2014 年张冲和张琼著的《从边缘到经典:美国本土裔文学的源与流》主要论述了从本土主人到本土族裔的印第安文学,为学者在"主流"或整体美国文学中定位美国本土裔文学提供了视角。这期间,程爱民的《美国华裔文学研究》、乔国强的《美国犹太文学》、庞好农的《非裔美国文学史:1619—2010》和李保杰的《当代美国拉美裔文学研究》都接连问世。《当代美国拉美裔文学研究》为美国小说的本土化研究做出了贡献。

相关著作还有李维屏的《英美意识流小说》,程锡麟、王晓路的《当代美国小说理论》,虞建华主编的《美国文学大词典》,史志康主编的《美国文学背景概观》,吴元迈主编、杨仁敬撰写的《20 世纪美国文学史》,杨仁敬等撰写的《美国后现代派小说论》和胡全生撰写的《英美后现代主义小说——叙事结构研究》,等等,这些工作从诸多方面为我们研究美国小说的本土化或者"美国式"小说在多元文化语境下的生成与壮大提供了极大的便利。

1776 年 7 月 4 日,原英属北美 13 个殖民地(北美十三州①)宣布独立,脱离英国殖民统治,美国,也就是美利坚合众国,就这样诞生了!时至今日,美国在世界文明长河的历史中,已留下 200 余年的历史脚印,其文学也随着历史的进程冲出了欧洲文化的牢笼,涌现了像拉尔夫·沃尔多·爱默生、爱伦·坡、赫尔曼·麦尔维尔(一译梅尔维尔)、沃尔特·惠特曼、马克·吐温、亨利·詹姆斯、威廉·福克纳、欧内斯特·海明威和尤金·奥尼尔等一大批伟大作家,对繁荣和发展世界文化与文学具有十分重要的意义。

通过对中国知网学术期刊(2000—2017)的整理,对与美国小说本土化相关的期刊论文加以归纳总结,我们发现,相关研究有宏观探讨,也有微观研究,有专门从印第安文学和清教思想展开的研究,也有对美国文学的本土题材和本土故事进行挖掘的,有研究西部小说的,也有研究族裔和后现代的。早期的有吴富恒和王誉公的《美国文学思潮》②,后来则有张冲的《关于本土裔美国文学历史叙事的思考》③,陆晓蕾的《美国本土裔文学研究的现状与展望——2015 年美国本土裔文学专题研讨会综述》④对是年举办的相关研讨会进行了综述。对印第安文学及清教思想研究的这一类文章主要探析早期的北美思想精神和宗教信仰对美国社会的影响,包括对美国文学、历史、政治、经济、社会思想、生态环境等的影响,有陈许发表的《聚焦近年美国印第安文学创作与研究》⑤,有赵文书和康文凯的《十字路口的印第安人——解读阿莱克西〈保留地布鲁斯〉中的生存与发展主题》⑥等。对美国文学中浪漫主义题材的分析,主要以浪漫主义文学

① 弗吉尼亚、马萨诸塞、康涅狄格、罗得岛、纽约、新泽西、特拉华、新罕布什尔、宾夕法尼亚、马里兰、北卡罗来纳、南卡罗来纳、佐治亚。
② 吴富恒、王誉公:《美国文学思潮》,《文史哲》,2000 年第 3 期,第 13 - 17＋127 页。
③ 张冲:《关于本土裔美国文学历史叙事的思考》,《国外文学》,2011 年第 1 期,第 19 - 24 页。
④ 陆晓蕾:《美国本土裔文学研究的现状与展望——2015 年美国本土裔文学专题研讨会综述》,《当代外国文学》,2015 年第 3 期,第 174 - 176 页。
⑤ 陈许:《聚焦近年美国印第安文学创作与研究》,《外国文学动态》,2006 年第 3 期,第 8 - 10 页。
⑥ 赵文书、康文凯:《十字路口的印第安人——解读阿莱克西〈保留地布鲁斯〉中的生存与发展主题》,《外国文学研究》,2017 年第 1 期,第 20 - 30 页。

的代表作家、作品为例,阐述其作品中的浪漫主义思想对美国社会所带来的不同影响。徐常利的《浅析美国土著小说中的生态关怀思想——评〈美国经典作家的生态视域和自然思想〉》[①],张在钊和陈志新的《美国文艺复兴时期文学本土化进程研究》[②]等都是这方面的代表性文章。

对于美国西部文学中的本土故事和美国地方色彩的文学作品的分析,解析这些作品所折射出的美国地方特色的论文有余荣虎的《早期乡土文学与域外文学理论、思潮之关系》[③]和张慧诚的《美国本土文学的代表——解读〈最后的莫西干人〉》[④]等。在族裔文学方面,罗虹和张静发表的《美国黑人文学中的文化身份意识》[⑤],乔国强的《中国美国犹太文学研究的现状》[⑥],朱振武的《"非主流"英语文学的源与流》[⑦],蒲若茜和潘敏芳的《亚裔美国文学批评之"沉默"诗学探析》[⑧],苏晖的《华裔美国文学中华人伦理身份与伦理选择的嬗变——以〈望岩〉和〈莫娜在希望之乡〉为例》[⑨]等都颇具代表性。

与美国小说本土化问题相关的硕士和博士学位论文也初具规模。首先,以美国印第安文学、西部文学及清教思想为依托的学位论文主要围绕美国早期文学中的边疆文化因素及宗教因素来揭示作品中的独立自强的

① 徐常利:《浅析美国土著小说中的生态关怀思想——〈美国经典作家的生态视域和自然思想〉》,《当代教育科学》,2016 年第 10 期,第 67 页。

② 张在钊、陈志新:《美国文艺复兴时期文学本土化进程研究》,《戏剧之家》,2017 年第 21 期,第 45-50 页。

③ 余荣虎:《早期乡土文学与域外文学理论、思潮之关系》,《中国现代文学研究丛刊》,2008 年第 5 期,第 38-45 页。

④ 张慧诚:《美国本土文学的代表——解读〈最后的莫西干人〉》,《语文学刊(外语教育与教学)》,2009 年第 4 期,第 38-40 页。

⑤ 罗虹、张静:《美国黑人文学中的文化身份意识》,《中南民族大学学报》(人文社会科学版),2008 年第 4 期,第 165-168 页。

⑥ 乔国强:《中国美国犹太文学研究的现状》,《当代外国文学》,2009 年第 1 期,第 32-46 页。

⑦ 朱振武:《"非主流"英语文学的源与流》,《英语研究》,2014 年第 3 期,第 15-18 页。

⑧ 蒲若茜、潘敏芳:《亚裔美国文学批评之"沉默"诗学探析》,《外国文学研究》,2016 年第 6 期,第 143-151 页。

⑨ 苏晖:《华裔美国文学中华人伦理身份与伦理选择的嬗变——以〈望岩〉和〈莫娜在希望之乡〉为例》,《外国文学研究》,2016 年第 6 期,第 53-61 页。

美国精神,陈许的博士学位论文《美国西部小说研究》①,李云的博士学位论文《寻找现代美国身份:19世纪末20世纪初纽约的图像与经验》②等属于这类。

其次,美国浪漫主义时期题材所反映的生态观,主要通过分析作家作品,阐释美国浪漫主义文学在民族文学中的演变进程及关系。通过剖析文学作品中的"自然""神灵"及"自由"等主题,不仅展示了美国独特的民族精神、民族身份认同感及文学的个性化,也从侧面抨击了美国现代资本主义发展所带来的民族危机,如环境污染、道德伦理崩塌以及传统美利坚民族精神的丢失,刘敏霞的博士学位论文《美国哥特小说对民族身份的想象:1776—1861》③,朱新福的博士学位论文《美国生态文学研究》④等都有相关的探讨。通过族裔文学来探讨民族身份追寻、丢失、追寻的循环过程的,有刘星的硕士学位论文《十九世纪中后期美国爱尔兰移民与主流社会的冲突与适应》⑤,朴玉的博士学位论文《于流散中书写身份认同——美国犹太作家艾·辛格、伯纳德·马拉默德、菲利普·罗斯小说创作研究》⑥,潘雯的博士学位论文《走出"东方/性":美国亚裔文学批评及其"华

---

① 陈许:《美国西部小说研究》,上海师范大学博士学位论文,2004年。
② 李云:《寻找现代美国身份:19世纪末20世纪初纽约的图像与经验》,清华大学博士学位论文,2016年。
③ 刘敏霞:《美国哥特小说对民族身份的想象:1776—1861》,上海外国语大学博士学位论文,2011年。这篇论文通过分析内战前六位作家,阐述了哥特小说对民族身份建构的想象和反思,探讨了民族身份的本质,并表达了对其稳固性及持久性的渴望与担忧。六位作家及其作品分别为:詹姆斯·费尼莫尔·库珀(James Fenimore Cooper,1789—1851)的《莱那儿·林肯》(*Lionel Lincoln*,1825),华盛顿·欧文(Washington Irving,1783—1859)的《瑞普·凡·温克》(*Rip Van Winkle*,1819);查尔斯·B.布朗(Charles Brockden Brown,1771—1810)的《威兰》(*Wieland*,1798)、纳撒尼尔·霍桑(Nathaniel Hawthorne,1804—1864)的《福谷传奇》(*The Blithedale Romance*,1852)、爱伦·坡(Edgar Allan Poe,1809—1849)的《阿瑟·戈登·皮姆的故事》(*The Narrative of Arthur Gordon Pym of Nantucket*,1838)和赫尔曼·麦尔维尔(Herman Melville,1819—1891)的《皮埃尔》(*Pierre*,1852)。
④ 朱新福:《美国生态文学研究》,苏州大学博士学位论文,2005年。
⑤ 刘星:《十九世纪中后期美国爱尔兰移民与主流社会的冲突与适应》,东北师范大学硕士学位论文,2005年。
⑥ 朴玉:《于流散中书写身份认同——美国犹太作家艾·辛格、伯纳德·马拉默德、菲利普·罗斯小说创作研究》,吉林大学博士学位论文,2008年。

人话语"建构》①，赵云利的博士学位论文《美国黑人文艺运动研究（1965—1976）》②都从一个侧面与美国小说的本土化有着密切关联。关于后现代主义美国本土文学的，曾艳钰的博士学位论文《走向后现代文化多元主义：从罗思和里德看美国犹太、黑人文学的新趋向》③的研究比较深入，孙璐的博士学位论文《后冷战时代美国小说④中的美国性》⑤也比较切题。

总体来说，除了《美国小说本土化的多元因素》（上海外语教育出版社，2006）及其相关研究论文，国内对美国小说的本土化进程进行深入细致的专门研究成果，始终还没有出现。

二、美国小说本土化的四个阶段
——从亦步亦趋到实现独立

美国主流文学中的小说一族是从对英国小说的模仿开始的，但一代代美国小说家不遗余力地致力于本土小说的发展，从欧文、库珀到爱伦·坡、霍桑、麦尔维尔，从马克·吐温到海明威和福克纳，美国小说从起初对英国小说的亦步亦趋，到后来的半推半就，最后终于完全摆脱了英国小说的羁绊，从创作题材到文体风格等各方面，都一步步走向独立，形成了完全属于美利坚地方特色和民族气派的小说传统，登上了 20 世纪小说美学

---

① 潘雯：《走出"东方/性"：美国亚裔文学批评及其"华人话语"建构》，复旦大学博士学位论文，2013 年。

② 赵云利：《美国黑人文艺运动研究（1965—1976）》，山东师范大学博士学位论文，2015 年。

③ 曾艳钰：《走向后现代文化多元主义：从罗思和里德看美国犹太、黑人文学的新趋向》，厦门大学博士学位论文，2001 年。

④ 该标题的美国小说指的是四部家世传奇小说：约翰·厄普代克（John Updike，1932—2009）的《圣洁百合》（*In the Beauty of the Lilies*，1996）、菲利普·罗斯（Philip Roth，1933）的《美国牧歌》（*American Pastoral*，1997）、乔纳森·弗兰岑（Jonathan Franzen，1959）的《纠正》（*The Corrections*，2001）和杰弗瑞·尤金尼德斯（Jeffrey Kent Eugenides，1960）的《中性》（*Middlesex*，2002）。

⑤ 孙璐：《后冷战时代美国小说中的美国性》，华东师范大学博士学位论文，2016 年。

的高峰。美国文学与英国文学相比，历史要短得多。由于大多数美国人都是英国人的后裔，因此，美国文学往往被看作是英国文学的分支，从总体上隶属于英国文学。这种观点显然过于偏颇。回顾美国文学的发展历程，我们清晰地看到，美国作家一直都在致力于建立具有自己民族特色的文学，这是一条美国小说家开创本土特色的道路。美国小说的独立之路大致经历了如下几个较为漫长的过程。

亦步亦趋，初现端倪：著名辞典编纂家韦伯斯特（Noah Webster）曾说："美国必须像在政治上获得独立一样，在文学上也要谋求自主，它的艺术必须像它的武器一样，也要闻名于世。"[①]这表达了许多美国文人的心声。美国本土小说作为美国文学发展的重要组成部分，其发展和独立有一个迂回曲折的过程，几代小说家前仆后继，为这一发展做出了重要贡献。华盛顿·欧文（Washington Irving，1783—1859）、詹姆斯·费尼莫尔·库珀（James Fenimore Cooper，1789—1851）作为第一阵容里的急先锋，可以说是迈出了美国本土小说发展的第一步。D. H. 劳伦斯（D. H. Lawrence，1885—1930）在《美国古典文学研究》（*Studies in Classic American Literature*，1923）中曾指出过："这种旧式的美国艺术语言，具有一种属于美洲大陆而不属于其他任何地方的异国素质。"[②]这段评价从一定程度上充分肯定了一些早期美国作品中的本土特色，这正说明库珀等作家在小说内容上已具有美利坚特色。库珀作为急先锋为美国本土小说的发展做出了重大的贡献，他这种内容上的民族特色可以说是美国本土小说取得独立的一个原动力。

半推半就，艰难前行：19 世纪上半叶，美国逐步进入了一个相对稳定、和平的环境，尤其是在 1830 至 1855 年。这种和平、稳定的社会政治经济环境给艺术家的艺术创作提供了必要的前提和基础。小说家们有更多的时间来审视社会，寻找素材，探求创作理念。这一时期，美国小说较

---

① Richard Rul and and Malcolm Bradbury，*From Puritanism to Postmodernism*：*A History of American Literature*，London：Routledge，1991，p. 3.

② 兰·乌斯比：《美国小说五十讲》，肖安溥等译，成都：四川人民出版社，1985 年，《导言》第 3 页。

之英国小说，无疑更注重思辨力而不大重现实。英国小说家主要描写风土人情和社会变革，而美国的小说家们则是在深思熟虑地探求美国人民所喜闻乐见的文学形式，孜孜不倦地尝试新的文学样式，实践新的文学理论，这点对旧大陆及后人的文学创作产生了很大影响。爱伦·坡、纳森尼尔·霍桑（Nathaniel Hawthorne，1804—1864）和麦尔维尔可以说是其中的典型代表。但是从创作手法和创作理论上，坡开启了另一扇美国之门，在美国本土小说发展的道路上走得更为深远。麦尔维尔、马克·吐温、福克纳、埃立森（Ralph Waldo Ellison，1913—1994）等一批才华横溢的小说家都以自己的创作为美国文学增添了瑰丽的色彩，使美国小说踏上了本土化的道路。在这一过程中，黑人性（blackness）以及其他族裔作家作品也对之产生了难以估量的影响（这点在后面还要提及）。但不管是黑人作家，还是坡、霍桑和麦尔维尔，其作品虽说已经在很大程度上具有了美国民族气派，从创作手法和作品结构上不再是生搬硬套英国小说的模式，但是他们都未能从根本上、未能从灵魂深处摆脱英国传统小说的桎梏，这主要是因为其派头上还是英国绅士式的。正如海明威所指出的："他们都是绅士或相当绅士……他们不用人们常用的口头语言，活的语言。"①

分道扬镳，实现独立：在美国以及世界文学史上影响最为深远的作家要数马克·吐温，他"象征着美国精神的多样性、广泛性和力量所在"②。其作品具有鲜明的地方特色，大量的地方性口语的运用使作品生动诙谐。他正是以这种崭新的活力和美利坚的民族气派冲入了世界说坛，美国小说打上了鲜明的"山姆大叔"的字样，不再是对英国小说那种温文尔雅风格的模仿。可以说，他的创作完全摆脱了来自英国小说语言上的影响，从文体风格上开创了典型的美国小说的特色。正如马丁·戴尹（Martin S. Day）在《美国文学手册》（*A Handbook of American Liberature*，1975）中所称赞的，马克·吐温是"第一位摆脱了欧洲散文传统的，完全'美国式'

---

① 董衡巽：《美国现代小说家论》，北京：中国社会科学出版社，1987年，第97页。
② 马库斯·坎利夫：《美国的文学》，方杰译，香港：今日世界出版社，1975年，第120页。

的散文大师"。这是对吐温在小说美学和美国小说独立之路上所取得的成就的充分肯定。在他身上,具备 T. S. 艾略特(Thomas Stearns Elliot,1888—1965)所认为的"在民族文学发展过程中能够代表一个时代的作家都应兼备的两种特征:突出地表现出来的地方色彩和作品的自在的普遍意义"①。从此之后,美国的小说创作不再受到任何羁绊,自由驰骋在世界文学的广袤之林。小说理论上,威廉·迪安·豪威尔斯(William Dean Howells,1837—1920)和亨利·詹姆斯是与吐温近乎同时代的两位小说大家,他们不仅是在实践上,更重要的是在理论上,为美国本土小说的真正独立做出了不可磨灭的贡献。亨利·詹姆斯是现代西方心理分析小说创作的开拓者之一,也是现代西方小说美学的奠基人之一,美国小说实现独立与他的努力和取得的成就是分不开的。詹姆斯不只是总结了自己的小说创作经验,而且更进一步探讨了小说的美学原理,对形象思维的过程,对小说艺术如何配合作品构思,都有许多独到的见解。詹姆斯不光在小说创作中有意识地使"无所不知"的小说作者从小说中消失,而且在他所写的小说评论中也以强调"角度"问题作为话题的中心。他把小说家的目光焦点从人物的外部活动,转移到人物的内心活动,转移到人物思想意识中的戏剧性场面上去,这实际上已经在说小说中要有内心独白和意识流了。美国本土小说在两战中异军突起,福克纳、海明威等众多作家采用全新的创作理念,特别是大量运用内心独白和意识流等现代手法进行小说创作,并取得了世人瞩目的成就,从而使美国小说得以傲视世界说坛,这在很大程度上不能不归功于詹姆斯。这一时期,美国小说界还涌现出了许多有影响、有才华的小说家,像斯蒂芬·克莱恩(Stephen Crane,1871—1900)、凯特·肖宾(Kate Chopin,1851—1904)和亨利·亚当斯(Henry Adams,1832—1918)等,这些优秀小说家同马克·吐温、豪威尔斯和詹姆斯一起,为美国小说在 19 世纪末彻底冲破欧洲小说的桎梏,形成美国民族气派的小说立下了汗马功劳。

---

① T. S. 艾略特:《美国文学和美国语言》,载王春元、钱中文主编《美国作家论文学》,刘保端等译,北京:生活·读书·新知三联书店,1984 年,第 201 页。

独领风骚，傲视说坛：进入 20 世纪，美国小说受多元文化影响的传统仍在延伸。两战期间，美国小说进入了一个异彩纷呈的空前发展阶段，呈现出从未达到的高度和勃勃生机。许多小说家沿袭了马克·吐温把乡言、土语融入小说的创作手法，纷纷把各种不同行业的民间文化、俚语和行话融入正规的文学创作。小说的题材扩大了，生活的方方面面都写进了小说，正如亨利·詹姆斯在《小说的艺术》中指出的，小说已将"笔触伸向了任何地方"[①]。同时，美国小说在世界文坛中的地位也不断攀升。1930 年，辛克莱·刘易斯荣获诺贝尔文学奖，成为美国历史上的第一人。其后，又有 11 位美国小说家获此殊荣，这以无可雄辩的事实说明了 20 世纪美国小说家在世界说坛中的地位[②]。美国小说在当今全球文化大流中，产生了深远的影响，引起了人们的普遍关注。海明威是公认的"世界公民"，他的作品被译成 40 多种语言，他创立的"海明威风格"是美国小说美学上的一大突破，是现代小说创作的巅峰。福克纳也是其中的一员大将。他是南方文艺复兴的旗手，也是南方文学的精神领袖。他以南方世家为背景，运用了意识流的手法描绘了美国南方的没落。作为南方小说的代表，福克纳不管从创作理念、作品风格还是艺术技巧上对美国小说的成长和发展做出了重大贡献。可以说，20 世纪上半叶，美国小说处在一个百花齐放、百家争鸣的成熟阶段。不管是作家作品、文学流派，还是写作理论等都令人眼花缭乱。他们在小说创作上大都"绝不拘泥于传统的现实主义和浪漫主义，也决不盲从任何一个现代主义流派。正是这种创新精神，使他们在理论与实践上都突破了传统的小说美学，也使美国小说登上了现代小说美学创作的巅峰"[③]。

---

① 马库斯·坎利夫：《美国的文学》，方杰译，香港：今日世界出版社，1975 年，第 161 页。

② 继辛克莱·刘易斯之后，其他几位诺奖获得者分别是尤金·奥尼尔（1936）、赛珍珠（1938）、艾略特（1948）、福克纳（1949）、海明威（1954）、约翰·斯坦贝克（1962）、索尔·贝娄（1976）、艾萨克·辛格（1978）、切斯瓦夫·米沃什（1980）、约瑟夫·布罗茨基（1987）和托妮·莫里森（1993）。

③ 朱振武：《论海明威小说的美学创造》，《上海大学学报》（社会科学版），2001 年第 4 期，第 5 页。

三、美国小说本土化的本土谱系
——从印第安到清教,从语言到乡土

美国这个"大熔炉"里汇聚了世界文坛中多样性的文学作品、多元的文化背景以及形形色色的文学作家。文学作品受时代和地域的滋养,从共同的语言和信仰的社会库存中提炼形象与意境。当一种作品的语言与意境达到一定张力时就会形成一种突出的品质。

在美国多维化的文学中,印第安谱系显然是重要一维。在哥伦布于1492年踏上北美新大陆之前,印第安人已经在此繁衍生息了两万年左右。他们在各自的生存斗争中创造了丰富灿烂的口头文学。"在没有'文字'的口语社会中,文学是指任何值得反复吟唱,最终能被广泛记忆和流传的语言。"[①]印第安人的这些口头文学谱系不断地渗透到后来出现的以英语文学为绝对主流的美国文学的发展之中,美国小说所呈现出的多元化、多样性和多维度都离不开印第安谱系的滋养。

清教思想和美国文学之间有着一种怎样的关系?它在美国小说本土化的历程中究竟扮演着什么样的角色?这是研究美国文学不可避免的话题。事实上,清教思想已经成为被美国的经典作家所认同并加以继承的美学思想。"清教徒对新大陆的展望作为遗产被我们的主要作家继承下来,并以种种方式演变成他们作品之中具有象征意义的背景。这种展望成为这些作家们只能在心中追慕的理想,因为事实上这些理想永远也不可能在现实中实现。它还成为一种具有替代性质的文化权威,作家们可以把它作为根据,从而谴责(或者弃绝)美国。"[②]艾略特在《美国文学和美国语言》一文中写道:"假如在相当长的一段时间内,外国人对某位作家的

---

① Andrew Wiget, ed., *Dictionary of Native American Literature*, New York: Garland Publishing Inc., 1994, p. 3.

② 萨克凡·伯科维奇:《清教徒对大陆的预见》,载《哥伦比亚美国文学史》,成都:四川辞书出版社,1994年,第35页。

倾慕始终不变,这就足以证明这位作者善于在自己写作的书中把地区性和普遍性的东西结合起来……"[①]在不同的文化系统中成长起来的人总是带着他所属文化的特质,而那些"已经模式化的文化影响更是显而易见"[②]。在清教思想的影响下,宗教沉思、民间艺术母题的运用、注重对人性的探索等成为美国文学的重要传统。不论是在殖民初期的文学作品中,浪漫传奇小说中有关"原罪"的叙述里,"文艺复兴"清教主义主题的小说中,还是在以后的"爵士时代""迷惘的一代"以及美国的现当代文学中,清教思想的痕迹都清晰可见。在美国小说的本土化的道路上,清教思想的作用不可或缺。我们可以大胆地假设,如果没有清教思想的影响,美国小说的本土化走的必将是另外一条道路,而今天引领着世界文学潮流的美国小说又将会是另外一种局面。

美国这个新国家包含了许许多多的新事物、新环境、新概念、新名称、新人种和新生活等。在这种全新的情况下,新的词语和新的表达方式应运而生。在民族融合过程中,非英裔移民的语言文化同样融入美国语言之中。美国英语与英国英语的区别逐渐增多,到第一次世界大战之前,美国英语基本上从英国英语中独立出来。语言作为叙事文学的载体,它的发展自然与小说的发展密不可分,美国英语在美国小说家创作中的作用毋庸赘言,在美国小说本土化过程中,语言因素扮演着举足轻重的角色。

多种谱系、多元文化的合流促使美国小说文体从模仿英国小说的雅文学文体,发展到了具有美国本土特色的口语文学文体,最后发展到意识流语体和洗练简约的小说文体。美国文学经过二百余年的发展,雄居世界文学前列,美国小说作为美国文学的主要表现形式,更是异彩纷呈,人才辈出。美国小说的源是英国小说,但其流却并未自始至终地遵循其源头的传统,而是与时俱进,不断创新,尤其是小说文体的演变,更让人刮目。早期美国小说的文体主要是模仿了英国维多利亚时期典雅而正式的

① T. S. 艾略特:《美国文学和美国语言》,载王春元、钱中文主编《美国作家论文学》,刘保端等译,北京:生活·读书·新知三联书店,1984 年,第 201 页。
② 钱谷融、鲁枢元主编《文学心理学教程》,上海:华东师范大学出版社,1987 年,第 90 页。

小说文体,不过,这种模仿在美国小说的发展史上是短暂的。随着小说的发展,富有创造力的美国人摒弃了英国人典雅庄重的文体,创造出了具有美国本土特色的口语文学。这一文体的形成大致经历了"走出典雅、植根乡土和回归本真"这三个过程。

四、美国小说本土化的族裔谱系
——从非洲裔和犹太裔,到亚裔和拉美裔

美国小说从起初对英国小说的亦步亦趋到最终实现独立,与起初到美洲来开疆拓土的先驱们有关,与清教谱系有关,与逐渐形成的美国英语有关,也与后来才来到这片土地上繁衍生息、工作学习和写作的其他族裔人群有关。黑人性对美国小说本土化产生了难以估量的影响。美国小说中出现了许多令人难忘的黑人形象;美国黑人方言、音乐、舞蹈等黑人文化谱系已渗入美国小说中;黑人小说从弱势文学渐渐发展成为美国主流文学的一个分支,给美国小说的繁荣注入了一剂强心剂。我们甚至可以说,如果没有黑人谱系的影响,美国小说就很难真正脱离英国文学的束缚,跻身世界文坛。

美国小说从开始对英国小说的亦步亦趋到最终取得独立并登上20世纪小说美学的高峰,起作用的因素自然很多,而作为美国最大的少数民族,黑人及其带有鲜明特点的黑人文化对美国本土小说的形成无疑产生了巨大的推动作用。首先,"黑人性"表现在美国小说中的黑人形象。黑人形象的存在使美国小说更加丰满充实,更具美国本土味道,加速了美国小说本土化的进程。此外,"黑人性"表征也体现在美国小说中的黑人文化因素。美国白人小说在继承欧美主流文学传统的基础上,兼收并蓄,也直接或间接地融合了一些黑人文化元素,使小说彰显出不同凡响的美国民族气概。"黑人性"是美国黑人小说区别于其他种族小说的重要标志。美国黑人小说源起于以黑奴自述为代表的黑人口头文学,在20世纪涌现了三次高潮,展现出蓬勃的生命力和鲜明的文化内涵。在美国小说里,

"黑人性"和"白人性"是一种水乳交融的关系,你中有我,我中有你。著名美国历史学家伍德沃德(Comer Vann Woodward)也有过类似的论断:"就美国文化而言,所有美国人都带有黑人的特点。"①

19世纪末至20世纪中期,大量犹太移民进入美国,他们所负载的犹太传统文化与美国文化发生着复杂而深刻的冲突和融合,美国犹太小说作为异质文化接触的产物和表征,蕴藏着巨大的文化与审美内涵。

北美这片土地上,有着适合犹太人居住和犹太文化传承的土壤。进入流散时期以后,犹太文化形成了以"格托"(ghetto)为载体的文化存在方式。但生存的需求还是要求犹太人必定与外界建立不间断的文化联系,必须走出保护犹太传统的"文化栅栏"的格托。美国社会的个人中心主义作为一种强大的社会思潮和文化习规对"集体主义"氛围中的犹太青年产生着巨大的感染,很多美国犹太人与非犹太人通婚这一情况就说明了这一点。传统的犹太格托生活发生了重大变化,犹太人的传统意识淡化下来。尽管如此,无形的精神之墙仍然使犹太人的现世生活中体现出一种与一般美国人明显不同的精神风貌,形成一种精神格托,并以不同方式固守着犹太文化传统。这种格托精神使得犹太文化在世界、在美国出现一种形散而神聚的奇观,这是美国犹太小说有着独特文化品格和美学气象的根源所在。当然,犹太小说家还有一个得天独厚的优势,那就是他们大都掌握着多种语言。犹太裔作家的语言条件为其文学走向世界奠定了沟通的基础,这是众多犹太裔作家走上诺贝尔奖圣坛的一个重要原因。

美国华裔作家目前已经成为学界关注的一个重要问题,而文化认同则是问题的焦点之一。认同何种文化,是自我身份界定的一个重要方面。而对于美国华裔作家群而言,这个问题显得尤为复杂。他们的作品中,有的提倡美国主流社会的价值体系,有意无意地抨击中华传统;有的执着于中华传统,塑造、歌颂让中国人感到自豪的美国华人;有的则回避中美文化差异和文化认同问题,摇摆于两种文化之间。当然,华裔作家是个很宽

① Shelley Fisher Fishkin, *Was Huck Black?: Mark Twain and African-American Voices*, New York: Oxford University Press, 1993, p. 133.

泛的概念,我们在这里指的主要是用英文写作关于美国经验的美国华裔作家。正如美国朝裔评论家金惠经把美国亚裔文学定义为"(美国)中日韩菲族裔以英文所写的关于美国经验的文学"①。我们认为,这种以创作主体、创作语言和创作内容为衡量标准的定义颇为精当。

印度裔美国文学是美国少数族裔文学中的新秀,正如张敬钰曾指出:"在多种族的亚裔美国作家中,南亚美国作家是最新的声音。"②它的兴起和发展与印度人到美国的移民大潮密不可分。总体来看,印度人移民到北美的浪潮有三次。早期的移民主要以奴隶和契约劳工为主,文学发展缓慢。在第二阶段中,许多印度人由于时局动荡而移民美国,寻求稳定,如精英阶层和劳工。然而,前两个阶段中文学创作的总体水平不高。到了第三个阶段,印度大批中产阶级知识分子来到美国追寻自己的梦想。随后,印度裔美国作家频频摘到国际大奖,逐渐引起广泛关注,如裘帕·拉希莉(Jhumpa Lahiri,1967)于 2000 年获得普利策文学奖,基兰·德塞(Kiran Desai,1971)于 2007 年获得美国国家图书批评奖和布克奖两项大奖等,印度裔美国文学逐渐成为美国族裔文学中的一个重要分支。然而,目前国内外对其关注程度与其重要程度显然不成正比,"国内除了对少数几个获得过重大文学奖项的作家作品进行了译介,对其他较有成就的印度英语作家仍然十分陌生。"③

在印度裔美国作家这一群体中,女性作家占据了非常重要的部分,如安妮塔·德赛(Anita Desai,1937),裘帕·拉希莉及基兰·德赛等。她们熟悉生活在印度的女性的生活状况,也非常了解像她们一样移民美国的印度女性,并愿意通过描绘她们的生活困境及重构自我身份时的挣扎和冲突而鼓励其勇于突破传统束缚,追求自由和幸福。

---

① Elaine H. Ki, *Asian American Literature*: *An Introduction to the Writing and Their Social Context*, Philadelphia: Temple University Press, 1982, p. 285.
② King-Kok Cheung, *An Interethnic Companion to Asian to Asian American Literature*, New York: Cambridge University Press, 1997, p. 192.
③ 朱振武:《印度英语文学在美国:研究范式与关注热点》,《外语研究》,2015 年第 1 期,第 97 页。

当然,任何人在移民到异国后都面临着身份认同的问题,而其身份重构的过程必然伴随着困难和创伤。进入 21 世纪后,第二代印度裔美国移民逐渐成长起来,他们从小接受西式教育却又不可避免地受到东方文化的熏陶,因而陷入文化的夹缝中左右为难,与父母之间的代际冲突由此产生,不过,他们在艰难困苦中汲取力量,获得成长。随着生活在异国的时间越来越长,逐渐安稳下来的印度裔美国移民开始思考其移民经历,物质上的富裕似乎难以填补精神上的空虚,其探索和思考之路仍在继续。美国是一个大熔炉,兼容并蓄的文化使其文学呈现多元化的特征,而年轻、后劲十足的印度裔美国文学为其注入了新鲜的血液,并促进其进一步的发展和繁荣。

美国小说中,日本、越南、韩国和菲律宾等亚裔谱系越来越多地活跃在东西方政治与文化的撞击、融合和变奏中。亚裔美国文学指的是"出现在或移民到美国,具有亚洲血统的作家所著写的文学作品"[①]。自 20 世纪后半叶,亚裔美国文学随着美国多元文化的发展而繁荣,并逐渐呈现出"百花齐放,百家争鸣"的局面。目前最为显著的有六大分支,即华裔、印度裔、日裔、越南裔、韩裔和菲律宾裔美国文学。其中,华裔文学处于一枝独秀的中心地位,迄今方兴未艾;印度裔文学迅速崛起并占据亚裔文学中第二大景观的位置;日裔文学也日渐强盛,并形成特色;越南裔、韩裔和菲律宾裔三股力量正在悄然崛起。

日、越、韩、菲律宾裔美国文学以各自独特的族裔背景和文化体验为依托书写其族裔属性。作为跨越东西方文化的族群,这四大亚裔族群的命运发展都与其祖居国和美国的国际关系及文化冲突密切相关,而其相应诞生的文学则在批判地考察这种关联及其影响中渐成特色,并在探索少数族裔独立的文化身份历程中发酵成熟。日裔群体的二战拘留营历史历经三代作家的奋笔疾书,已为其文学树立了一面民族特色鲜明的文学旗帜,同时也将这一民族创伤引入了美国文学的想象空间;新千年以来大

---

① Josephine G. Hendin ed., *A Concise Companion to Postwar American Literature and Culture*, Cambridge, MA: Blackwell Publishers, 2004, p. 370.

放异彩的越南裔美国文学的基调是越战阴影,此脉文学为美国文学中关于越战叙述的主流视角首次加入了越南难民的边缘声音,提供了关于越战的独特视角和另类历史;韩裔作家对韩战的反思和复杂多样的美国经验的书写给族裔文学增添了丰富多彩的题材;亚裔中母国与美国关系最为特殊的菲律宾①族群的文学创作一反亚裔美国文学由移民到生根定居的单线发展,表现出回归祖居国的气息,不少作品后殖民色彩突出,表现出对旅居国与其母国菲律宾的纠缠关系的思考。

这四脉亚裔文学不仅书写了被美国主流社会漠视的历史伤痕,更以文学重构起族裔文化身份。日裔、越南裔、韩裔和菲律宾裔美国族群与华裔作家一样,从第一代起就面临着重构文化身份的困境,在亚美两种不同的文化之间摇摆,不断探寻自己的身份定位。这些作家的历史书写中也渗透着重塑身份的思考。此外,在美国少数族裔文学繁荣大潮的推动下,这四脉亚裔文学也不断进行文学创作的革新,呈现出创作风格的多元化、创作形式的多样化,创作视阈的跨界化,拓展了亚裔美国文学的文学疆界。可以说,这四脉亚裔文学的文化魅力日益夺目,为美国文学的多元化、多样化和多维度填上了浓墨重彩的一笔。

不可忽略的是,华裔新移民创作在过去的几十年里成为美国小说中的一支力量。美国华裔新移民文学指的是从 20 世纪 70 年代末开始,由中国移民美国的作家用英文写作、在美国出版的文学作品。区别于传统华裔美国移民,华裔新移民们大都出生于 20 世纪 50 年代,经历过"上山下乡"和"洋插队",见证了"文革"的始末。他们的作品都以英文写成,小说体裁为主,主题多围绕"文革"展开。在此之前,华裔美国文学虽是美国文学的一大组成部分,但其文学地位始终并不显著。而移民史仅有五十余年的华裔新移民小说家们却越来越受美国文坛的青睐,频繁斩获美国甚至国际重要文学奖项,成为文学界一个无法忽视的文学现象。

华裔新移民文学获得美国社会认同的背后有着深刻的原因。首先,

---

① 菲律宾曾沦为美国的殖民地,1946 年独立后仍受美国控制。其政治、经济、文化深受美国影响。

新移民小说家独特的中式英语一新美国读者的耳目；其次，广泛而深入的中国题材大大满足了美国读者的猎奇心理；最后，作家纠结复杂的创作心理营造了独特的美学特色。这些元素丰富了美国小说的内涵，强化了美国小说的多样性，同时开辟了精简、洗练、写实的创作风格。在写作主题上，新移民小说家们强调对普遍人性的书写，崇尚"无国界"的写作方式，呈现出打破文化壁垒的后现代表征。总而言之，在五十多年的时间跨度里，美国新华裔英语小说在树立自身特色的同时也巩固了美国小说的多元主义文化格局，为美国小说的本土化进程做出历史性贡献。相比国外，国内学界对美国华裔新移民文学的研究较少。

西族裔后来称拉美裔作家对美国文学特别是美国小说的贡献也不容忽视。20世纪70年代尼克松时期，"Hispanic"（西语裔）一词开始用在人口统计中，用来指代美国具有西班牙语文化背景的美国人，即母语为西班牙语的各个少数族裔，包括墨西哥裔、波多黎各裔、古巴裔、萨尔瓦多裔、多米尼加裔、尼加拉瓜裔等。墨西哥裔占这些人的比重大约为四分之三，既有墨西哥移民及其后裔，也有归化的墨西哥人及其后裔。到了20世纪80年代，"美国人口统计局准备使用更加合适的词'拉美裔'……于是'拉美裔'在人口统计中代替了'西语裔'"[①]。但西语裔和拉美裔两个词侧重不同，仍有同时存在的必要。西族裔和拉美裔文学的突出特点在于其"二度杂糅"和"三重文化来源"，因而带有高度的异质性和多元化取向，这在很大程度上契合美国文学的"美洲"传统，并且十分典型地反映了美国文学作为"新大陆文学"的本土化特征。"二度杂糅"指的是欧洲殖民者对新大陆的殖民以及美国疆域内主流文化对族裔文化的内部殖民；"三重文化来源"主要是欧洲殖民文化、美洲土著文化和欧裔美国主流文化。当然，此过程中部分支脉的情况更加复杂，甚至可能出现"数度杂糅"或者"多重文化来源"的可能。

西语裔文学是西语裔文化的充分表达，带有鲜明的社会历史特征。

---

① Earl Shorris, *Latinos：A Biography of the People*，New York：W. W. Norton & Company，2001，p. xvi.

它的分支起源于"地理大发现"以后西班牙等欧洲殖民帝国在新大陆的殖民，以欧洲白人和美洲土著人的人种混杂为主流，表现为天主教文化和土著灵性信仰的文化协商；其中的支脉还包括非洲黑奴和契约华工输入所导致的非洲文化、东亚文化和这两种文化的杂合。因此，这种多重要素相互适应、让步的结果就是：西班牙语、葡萄牙语、法语等语裔的美索蒂扎（Mestizo）印欧文化在新大陆的扎根生发，以及它同外来植入文化的再度杂糅。在19世纪中期之后，这些文化群体的地理迁移和美国疆域的扩展，致使他们同美国的欧裔主流文化群体直面遭遇，美国场域下的文化协商表现为霸权文化更加激烈的自我保护。西语裔和拉美裔文化同美国主流文化的二度杂糅以"内部殖民"为主要特征，在19世纪中期到20世纪60年代民权运动之前的一个世纪内，暴力要素得到了空前表达；其后虽未消除，但其表现趋于隐晦。无论是墨西哥裔等归化族裔，还是古巴裔等移民族裔，无论是多米尼加裔等西语族裔，还是安提瓜裔、海地裔等非西语的拉美裔，这些族裔群体及其文化都经历了与美国欧裔主流文化的交锋。美国文学语境下，归化身份、移民经历、多重文化归属和居间状态都得到了充分的表达。西语裔文化的高度杂糅性恰好映射出美国作为移民国家的典型文化特征，临界状态、跨界行为和疆域扩展等西语裔文学母题皆是美国文学之本土化的具体表现，成为书写"美国身份"和美国国民特征的重要支撑。

五、美国小说本土化的文本外谱系
——从后现代和大众文化，到生态和政治

　　文本之外的著作谱系，特别是大众文化谱系、生态谱系和政治谱系也制约与引领着美国小说的本土化和独立化进程。"从上个世纪中叶起，欧美文学中出现了一些不同于现代主义的文学现象，这主要表现在：打破了

美与丑的界限，打破了文学与非文学的界限，打破了能指与所指的界限。"①学术界对后现代并没有认识上的统一，现代主义文学与后现代主义文学似乎都只是一个自觉程度上的差异，很难将二者严格地区分开来。后现代小说之所以没能率先在法国结出硕果，美国本土小说之所以会有后现代元素大行其道，这里还有许多深层次的文化背景。"从某种程度上说，后现代主义已成为促使美国少数民族文学由边缘走向中心的动力……这些少数民族后现代派作家不再强调欧洲文化传统、主流政治的混沌和艺术形式的标新立异。他们主张比较公开的政治倾向，热爱非欧洲的祖先，推崇思想意识上的多元化、本族与美国主流的整合。"②美国本土小说正是在后现代解构传统、"弑父"男权和反对"白色"的号召下，在第二次世界大战之后，伴随美国社会进入后工业社会，而跨世纪的德里罗义不容辞地担起后现代的大旗，成为后现代群龙的领军人物。

美国的印第安文学、黑人文学、犹太文学、华裔文学、新华裔谱系、拉美裔谱系、印日越韩菲等亚裔谱系等不是到了今天才产生，但是由于后现代解构核心的做法，使得这些原来被定义为"亚文化"的文学开始从边缘走向中心，美国文学以崭新的面目出现于世界文坛，为这个新兴民族赢得了应有的光荣。那些令人赞叹的少数族裔小说是美利坚民族文学筑就辉煌的不可或缺的组成部分。《诺顿美国文学选集》从第四版开始，把这种少数民族的文学与传统的强势文学放在平起平坐的地位来进行遴选，从中我们可以看出后现代的思维方式。

大众文化谱系对于美国小说的形态和走向影响巨大。在全球文化范围内，恐怕没有任何一个国家和地区像美国一样拥有如此规模庞大、发展成熟的大众文化了。而在美国小说的本土化历程中，小说与大众文化始终扮演是互相映射、互相构建的角色。大众文化首先具有人文属性，在它

① 吴元迈：《20世纪美国文学史》，载杨仁敬《20世纪美国文学史》，青岛：青岛出版社，2000年，《总序》第12页。
② 曾艳钰：《走向后现代多元文化主义：从里德和罗思看美国黑人和犹太文学的新趋向》，厦门：厦门大学出版社，2004年，《前言》第1页。

的眼中,小说所具有的娱乐性,是一种对人的存在的启迪性关抚,是人自由意志的一种抒发,因而娱乐性作为一种重要的创作动因影响了美国小说发展历程。不仅如此,在大众文化的眼中,小说并非蛰伏于斗室之中的艺术,而是行走于世俗社会的出色的观察家和改革者。因而一个文学文本或者一种文学想象方式的流行,必然折射了一个时代历史和社会心理。而在后现代消费文化语境中,对某个文学现象的症候式解读也须参照特定时代的文化消费心理。同时,大众文化也具有物质属性,尤其体现在小说与媒介之间圆融一体的关系上。"媒介不仅构成文学的存在性要素,不仅具体参与了文学审美价值创造,在具体的文学生产方式中也扮演着举足轻重的角色。"①以媒介视角来看美国小说的本土化发展,可以看到小说的审美经验与大众传媒之间的种种关联。更重要的是,大众文化的研究视野拓宽了文学本身的范畴,消弭了严肃和通俗之间的界限。无论是美国经典文学谱系的形成,还是现当代作家作品的阐释、流传,都与大众文化联系紧密,从而使得美国小说的历史一直在延续、传承和发展。大众文化不要求对文学作品进行简单的价值臧否,而是在理解的前提下,平等地与作品、作家以及他们所代表的美学进行对话,使得文学和文化之间进行交流和互通,从而为文学现象的阐释给予新的地平线、新的可能。

任何文学创作都不是在政治的真空中发生,都离不开政治谱系的制约。法国学者托克维尔(Alexis de Tocqueville)在其著作《论美国的民主》(*De la démocratie en Amérique*,1835)中明确指出政治与文学之间的紧密联系。在他看来,政治谱系塑造了美国文学的鲜明性格。的确,19世纪美国早期的小说家们就早已在自己的作品中或直接或隐晦地表现当时本国的政治议题。用美国学者威廉·艾特(William M. Etter)的话来说,作家们"使用文学术语将具体的政治问题概念化"②。这一时期美国的领土扩张,盛行一时的杰克逊式民主,工业化背景下的社会改革,

---

① 单小曦:《媒介与文学:媒介文艺引论》,北京:商务印书馆,2015年,第71页。

② William M. Etter, *American Literary-Political Engagements:From Poe to James*,Newcastle:Cambridge Scholars Publishing,2012,p. 1.

政府官员的腐败乃至法律权威的提升都成为小说家们书写的主题。美国早期内政外交的变迁,源源不断地为本国小说家提供原汁原味的本土素材。从宏观的角度看,政治上的独立给予美国小说本土化进程宝贵的第一推动力,此后政治自身的发展又为美国小说最初的崛起提供了宝贵的养分。美国小说得以在政治谱系的助力下,势不可挡地进行着本土化的演变。美国小说从此不再是欧洲文学的附庸。

伴随着历史车轮的滚滚前行,不同时期的美国小说带有各具特色的政治印记。镀金时代的政治小说和进步时代的社会问题小说极富批判精神,发出了改革的呼声。爵士时代的文坛巨擘们在纸醉金迷的乐土中暗自用笔墨来表达内心的隐忧。20 世纪 30 年代勃兴的左翼小说向美国的资本主义制度做出了最激进也最具颠覆性的抗议。在 20 世纪 60 年代动荡不安的局势中,作家们又试图通过小说来建立政治权利与文化的关系。70 年代之后所涌现出的新现实主义小说则通过历史重述,对美国的现实进行积极的政治介入。政治为美国小说注入了丰富的社会文化意蕴和本土特质,使其能够苟日新,日日新,又日新,最终在世界文坛独具一格。

其实,生态谱系从美国小说刚刚涌现就在产生着潜移默化的作用。在讨论美国小说本土化的过程中,生态因素是必不可少的。正如美国著名历史学家亨利·纳什·史密斯(Henry Nash Smith,1906—1986)所言,"能对美利坚帝国的特征下定义的不是过去的一系列影响,不是某个文化传统,也不是它在世界上所处的地位,而是人与自然的关系。"[1]在形塑和不断修正美国精神与本土意识的过程中,美国小说家们对自然(荒野)表现出持续的关注与反思。从双重性解读,到偏向荒野的主导性,再到对毒化荒野的书写,美国小说试图以荒野形塑美国精神,建构国家意识。此外,美国小说对精神生态也表现出一以贯之的关注。这不仅体现在对个体精神存在的关注,更体现在对集体精神,即国家意识的良性发展问题的深层关注。从爱伦·坡对美国精神腐朽的超前预警,到德莱塞

① 亨利·纳什·史密斯:《处女地》,薛蕃康、费翰章译,上海:上海外语教育出版社,1991 年,第 192 页。

(Theodore Dreiser，1971—1945)对物质成功之后理想精神迷失的忧虑，再到现代小说家们对美国梦破灭的表达，直至当代小说家们试图在多元文化中寻求精神支撑，美国小说对精神生态的关切反映出其不断诠释美国精神，建构美国本土意识的努力。再者，美国小说对生态伦理问题的逐步深入关注也与其本土化进程相契合。土地意识、疆土意识与家园意识、国家意识紧密地交织在一起。从殖民者讲述美国经验开始，美国小说家们就面临着三个重要的生态伦理困境，即如何处理好不同种族、不同性别、不同区域的生态正义问题。这一方面体现出强烈的生态意识，另一方面也是国家意识建构的表达。可以说，美国小说的逐步本土化促进了其家园意识的建立，进而促进了其对生态问题持续而深入的关注；而对生态问题的关注也在很大程度上帮助其建构国家意识。

综上所述，我们的着眼点主要在美国小说本土化的诸多谱系上，主要探讨多元文化语境下的美国小说的生成以及少数族裔小说的心理构成、美学特征及其对"主流"小说的影响乃至进入主流的过程。我们首先从美国本土谱系，也就是印第安谱系、清教谱系和语言谱系出发，然后关注较早进入美国主流的黑人谱系、犹太谱系和华裔谱系，接着探讨较晚融入美国文化的新华裔谱系、拉美裔谱系，以及印度、日本、越南、韩国、菲律宾等亚裔谱系，最后研究一些形而上的谱系，如后现代谱系、大众文化谱系以及生态谱系和政治谱系，从而对美国小说的本土化过程进行纵向追踪和横向探讨，立足中国视角，通过一个"局外人"的"第三只眼睛"的考察，阐述美国本土小说在多元文化语境中的发生和生成的轨迹，揭示其内在的互动、传承、冲突和融合的运行机制。我们的讨论主要从北美的土著人印第安人的口头文学入手，结合北美大陆特殊的生态环境，从美国小说中的清教谱系出发，阐述美国小说中的印第安谱系、黑人谱系、犹太谱系、华裔谱系等少数族裔文学对美国本土小说的生成与演变所产生的影响，渐次论及小说这一人类晚熟的文学样式在逐渐形成的美国英语、美国文化和美国小说美学的基础上所产生的美国本土小说（或者叫美国式小说）及其所成功实现的与其母体英国文学的分离、独立与演变。

美国小说的文化消费与大众想象

在大众文化背景下,美国小说的产生、传播和接受很大程度上受到文化消费市场和大众需求的影响,体现之一就是在大众文化发展较为完整、文化产业十分发达的美国,小说创作受到了市场导向以及接受主体文化消费习惯和心理的制约。同时,美国小说在表达大众想象上也保持了其主体性、自主性和人文精神的内涵,从而在满足大众消费需求的同时保持了对艺术永恒价值的追求。

现代小说作为一种社会语境下的产物,和文学市场、文化消费以及现代传媒的发展水平有着密不可分的联系。20世纪初德国法兰克福学派(Frankfurt School)首次提出了"文化工业"(Culture Industry)的概念,并指出了在现代社会中艺术品本身的商品属性:"文化工业引以为自豪的是,它凭借自己的力量,把先前笨拙的艺术转换成消费领域以内的东西,并使其成为一项原则,文化工业抛弃了艺术原来那种粗鲁而又天真的特征,把艺术提升为一种商品类型。"[①]这意味着在现代市场机制下,艺术不再是一种高高在上的某种神圣存在,其艺术价值必须在市场关系中获得认可,其艺术创作既要符合创作规律,也要在某些方面服膺于市场规则。而在当下的后现代消费社会中,"文化已经从过去那种特定的'文化圈层'

---

① 马克斯·霍克海默、西奥多·阿道尔诺:《启蒙辩证法:哲学断片》,渠敬东、曹卫东译,上海:上海人民出版社,2006年,第112页。

中扩展出来,进入了人们的日常生活,成为了'消费品'。"①在这种语境中,文学创作研究也需要将文学发展与市场的关系纳入研究视野。在美国文学发展中,小说作为一种高度社会化的艺术形式,始终与它的生产语境和接受语境密不可分,同时也与19世纪中后期以来兴起的大众文化互相影响和渗透。尤其在20世纪以后,美国的大众文化发展完整、文化产业较为发达,市场以及文化工业在文学的发展中所扮演的角色也明显超过了其他国家和地区。正是基于此,文学与市场的关系、文学与文化消费的关系就给予了美国小说发展的一个独特视角,本文就试从小说创作的市场导向、小说与大众文化消费心理以及文化消费中的人文思潮几个方面就此命题进行阐释。

一、美国小说创作的市场导向

"美国的文化从一开始,就在一层稀薄的进口欧洲精英主义下面,流淌着'大众'的血液。"②美国文化在根源上的大众性,加之发达的市场经济以及文学体制的市场化,使得美国文学从一开始就与大众文学市场密不可分,而依托于大众传媒兴起的现代小说从一开始就是以大众为阅读基础的艺术形式。文学创作者必须要考虑到读者的喜好和阅读习惯以及当时流行的创作趋势。即便是注重思想性、审美性和创造性,拒绝重复和模仿的严肃作家也不时需要考虑作品的可接受性与易读性,甚至借鉴流行文学类型进行创作。在美国的文化环境中,虽然市场在不同作家、不同历史阶段作家身上有着或轻或重的影响,但是它都成为一个考察美国文学发展史的一个不可忽略的重要因素。

在美国早期文学中,由于小说的阅读方式主要是通过日渐丰富的报

---

① 弗雷德里克·詹姆逊:《后现代主义与文化理论》,唐小兵译,北京:北京大学出版社,1997年,第162页。

② 莱斯利·费德勒:《文学是什么:高雅文化与大众社会》,陆扬译,南京:译林出版社,2011年,第63页。

纸及期刊为主,进而催生了大量的短篇小说。短篇小说创作的日渐繁荣使得美国短篇小说的创作传统和范式得以建立。如以诙谐风格著称的华盛顿·欧文(Washington Irving,1783—1859)的《瑞普·凡·温克尔》(*Rip Van Winkle*,1819)以及《睡谷传奇》(*Legends of Sleepy Hollow*,1820)等作品确立了美国短篇小说的发展趋势。而纳撒尼尔·霍桑的第一部短篇小说集《故事重述》(*Twice-Told Tales*,1837)中所录的作品都曾匿名发表在杂志和礼品书上,他的短篇作品以罗曼司(romance)的寓言叙事方式,探讨了非常深刻的宗教和人性的问题,使得短篇小说的叙事容量大大延展。赫尔曼·麦尔维尔的小说创作同样受到了当时大众阅读的影响,如《白鲸》(*Moby Dick*,1951)这部精心创作的史诗性作品反响平平,反倒《白外套》(*White Jacket*,1850)和《雷德伯恩》(*Redburn*,1849)这样的情节比较生动、迎合当时读者喜好的作品受到了市场的欢迎。到18世纪中叶,美国短篇小说创作最具代表性的人物当数爱伦·坡,爱伦·坡在《南方通俗文学使者》杂志任编辑职务的经历使得坡不得不为杂志撰写一些情节曲折能够吸引读者的小说。他的作品中包含一定欧洲畅销小说的元素,如哥特、惊悚、恐怖等,但坡的小说创作模式具有非常高的原创性,因此,他被视作西方侦探小说和科幻小说的鼻祖,且对各个国家文学的创作都有一定影响。但真正使得坡的作品成为经典的因素,是他作品中对于人类普遍境遇的描述,但正如朱振武教授在专著《爱伦·坡研究》中所说的:

> 他在众多小说创作中时而将哥特小说中的暴力、凶杀情节和阴森可怖的气氛同侦探推理小说的手法结合在一起,时而在制造恐怖、幽默、讽刺等强烈感官刺激的同时进行深入的心理和道德探索,时而还试图实现小说与诗歌、绘画、音乐和戏剧等多种艺术手法的融会贯通。借助这种新与奇的结合,不断促成小说诸元素之间、感性与理性之间以及小说与其他艺术形式之间的糅合,爱伦·坡满足的不仅仅是读者多方面的审美需求,同时也将自己对人性、对社会的多方位思考和探索传达

给了读者,从而引起了读者内心深处的共鸣,使打动读者的目的最终得以实现。①

坡的成功在于他将创作与审美的独特性、作品的大众性和对心灵关怀的结合,正是因此美国大众文化中"爱伦·坡热"一直持续不减。

美国文学在内战后出现了由罗曼司到现实主义的转向,由于印刷业和出版业的发展,长篇小说开始进入快速发展的阶段,以中产阶级为主要群体的文学市场的形成,美国社会的稳定发展以及女性阅读群体的扩大,使得这个时期的作家作品呈现出市场性、娱乐性和人文性相结合的特点。小说的社会功能随着阅读市场逐渐扩大也发生了一定的变化,即在娱乐功能之外自觉地具有了社会揭露和社会批判的意识,其伦理意义和教育功能也为读者所看重。在社会讽刺和艺术成就上的集大成者,当数幽默大师、小说家和演说家马克·吐温。他的作品的特点是具有打动人或者扣人心弦的故事线索、富有戏剧性和叙事性,以及鲜活的本土语言,同时对社会现状毫不留情地进行讽刺和批判。《康州美国佬在亚瑟王朝》(*A Connecticut Yankee in King Arthur's Court*,1889)就是一个典型的例子,该小说主人公以"穿越"的方式,从 19 世纪的美国回到 6 世纪英国的亚瑟王传奇时代,并以美国佬所进行的政治变革的失败来借古讽今,在强烈的戏剧性以及机智、风趣的语言中,马克·吐温对 19 世纪美国现实社会中的种种弊端进行了抨击。

到了 20 世纪初,在 19 世纪中期到后半叶出现的受市场欢迎的现实主义作品的潮流出现了衰退,现代主义创作的趋势兴起。经济的发展使得文学的创作具有更高的独立性,小说的地位进一步提高,从而在创作和审美上面有了一定的脱离市场的审美自主性的要求。风格实验成为现代主义作家作品最关注的事情,而并非读者的阅读偏好。但是现代主义作家也并非意味着要将文学和市场脱离而使自己显得高高在上。意识流文

① 朱振武:《爱伦·坡研究》,北京:人民文学出版社,2011 年,第 178 页。

学在美国的代表人物威廉·福克纳在市场因素给作家创作模式带来的影响方面也具有一定的代表性。福克纳的作品不仅在美国意识流小说方面具有开创之举,还反映出了从现代主义到后现代主义的过渡,"这一方面是由于他出生并成长于美国南方的小镇,从小接受乡土文化、特别是南方文学传统中的恐怖小说、哥特小说和民间文学传统的熏陶和影响,另一方面也是由于福克纳成长的那个时代正是侦探小说等通俗文学样式大行其道的时代。"①此外,在好莱坞工作、撰写电影剧本的经历也使他的文学创作带有了明显的流行小说的元素。福克纳善于运用恐怖小说和侦探小说的情节服务于自己的创作,如《坟墓的闯人者》(*Intruder in the Dust*,1948)、《圣殿》(*Sanctuary*,1931)和《押沙龙,押沙龙!》(*Absalom,Absalom!*,1936)等几部小说都明显地采用了侦探小说模式。其中《圣殿》还有明显的哥特小说的痕迹。另外,福克纳也经常使用美国民间流传的夸张故事的手法。福克纳的创作经历反映了文化工业对于小说创作的凡此种种,都说明了福克纳作为一个严肃小说家在文化工业和文学消费中为了赢得读者而做出的商业写作的趋势,然而这些商业元素从某种程度上来说已经构成了福克纳本人创作风格的一部分。

　　而战后美国更为复杂的文化环境,包括大众流行文化的快速发展,现代媒体所带来的视觉化转向,以及后现代主义的兴起,使得小说创作环境和创作模式不可避免地受到了当时流行的艺术潮流的影响。随着大众文化和流行文化产业的进步扩张,美国平装书市场(paperback market)迎来了新的繁荣,"1948 年,莱斯利·费德勒注意到作家数量和读者需求的不平衡,而一些严肃作家转而支持平装书市场。"②在消费文化成为美国文化的主流情况下,小说的娱乐消遣的功能得以强化,并以满足大众的消费心理为旨归。美国流行小说在这个时期得到了快速发展,且质量得到

---

① 朱振武:《在心理美学的平面上——威廉·福克纳小说创作论》,上海:学林出版社,2016 年,第 135 页。

② Martin Halliwell, *American Culture in the 1950s*, Edinburgh: Edinburgh University Press, 2007. p. 55.

了明显的提升,出现了一批介于流行和严肃之间的小说家,如在 2003 年获得美国全国图书奖(National Book Award)的恐怖小说大师斯蒂芬·金(Stephen King,1947)。1946 年,美国侦探作家协会(Mystery Writers of America)设立了以侦探小说之父埃德加·爱伦·坡命名的埃德加奖(Edgar Allan Poe Awards),科幻小说界则有 1953 年根据科幻小说之父雨果·根思巴克(Hugo Gernsback,1884—1967)命名的雨果奖(The Hugo Awards),以鼓励侦探小说和科幻小说的发展,这些都显示了流行小说的严肃化趋势。同时,在电子媒介时代,"文学的娱乐性与图像的增值密切相关"[①],战后美国小说叙事策略较为明显地受到了诸如绘画、摄影和电影等创作方法的影响,从而呈现出了视觉化的转向,如纳博科夫(Vladimirovich Nabokov,1899—1977)的小说《洛丽塔》(*Lolita*,1955)中就有明显的电影元素。以历史为题材进行创作的 E. L. 多克托罗(E. L. Doctorow,1931—2015)的作品中则有明显的电影蒙太奇手法等。

在大众文学的创作中,市场导向决定了创作的动力、题材的选择和技巧的运用,如中国古代的小说创作主要是按照市民的文化消费能力和习惯来创作的,而宋代以来的话本小说、侠义小说、世情小说等也都扎根于市民文化。艺术的商品化和充分的市场化给艺术的发展带来的是一把双刃剑。积极方面在于文学在商品化的过程中逐渐形成了独立的领域。早期小说家把自己的作品拿到报纸上发表来赚取稿费这一潜在的"商品"交换模式,正是极大地促进了职业作家的出现和现代小说的发展。而另一方面市场因素中的商业化和市场化趋势,以及统一化的趣味实际上是与审美的原创性冲突的,诚如德国哲学家瓦尔特·本雅明(Walter Benjamin)所指出的,"艺术的发展已经超越了膜拜的韵味阶段,进入了越加世俗化的震惊和机械复制阶段。"[②]艺术面临着市场交换和消费者趣味的压力,小说创作的消费导向也不可避免,但两者之间并非不可协调的

---

① 胡友峰:《电子媒介时代审美范式转型与文学镜像》,《浙江社会科学》,2017 年第 01 期,第 109 页。

② 周宪:《审美现代性的批判》,北京:商务印书馆,2005 年,第 232 页。

矛盾。在商业文明发达的美国文化中，许多严肃小说家呈现出了一定的商业化写作倾向，但同时又保持了一定艺术审美的自律性。同时，这种借鉴和融合也成为如同爱伦·坡和威廉·福克纳等大作家本身的写作风格的一部分。可以说，这种商业化和市场化所造成现代审美的矛盾性，也是美国小说不断发展的动力之一。

二、美国小说创作与大众文化消费心理

当代文学研究的一个重要维度，就是把读者的期待视野以及读者的阅读过程和心理纳入研究范畴。从文学发生的角度来看，读者的文化消费心理应当是作家创作的重要出发点，即善于从读者的心理出发，在小说的主题、语言和叙事方法上构建符合大众阅读和审美心理的文本。纵观美国小说史，许多都是洞悉读者心理的高手，如西部小说家詹姆斯·库珀以浪漫小说的形式对美国历史上西部扩张时期人们所关心的社会中的政治和社会观念等问题进行了应答，霍桑则擅长在神秘和悬念中给人们带来内心冲突与震撼，"迷惘的一代"（Lost Generation）代表作家欧内斯特·海明威则借世界大战给人们带来的巨大伤痛表达了人类生存的孤独、虚无的本质等。对时代心理的洞察和对大众心理的融通，既是这些文学作品获得成功、受到读者欢迎的原因，也是这些作家作品得以经典化的一个重要方面。20世纪后半叶西方文学批评出现了"以作者为中心"到"以读者为中心"的转变，文学研究对文学阅读以及接受过程更加关注。美国读者反应精神批评的代表者诺曼·霍兰德（Norman Holland）曾在《统一性—身份认同—文本—自我》（Unity Identity Text Self）一文中谈到读者阅读心理的三个层次："第一个阶段涉及读者对快乐的欲望以及对痛苦的恐惧……第二个阶段是读者实现其幻想中的快乐，第三阶段是在原始幻想之上焦虑和负疚开始运作以及那赤裸裸的幻想随后转变成一种

连贯和重要的有关道德、知识或者美学统一和完整的体验。"[1]这三个层次也展现了读者对于文学作品在心理需求上从感性审美再到审美、道德等方面超越的要求。在大众文化语境中,文学市场呈现出了复杂而多元化的特点,不同题材和故事的作品则拥有不同的拥趸,读者对于不同的作品也有不同的阅读心理和期待,而对于小说的文化消费心理也可以从这三个层面进行关照。

现代社会中普遍存在着的工具理性的压抑,感性审美成为人们欲望伸展的重要领域。在阅读心理第一个层面中,对快乐的欲望和对痛苦的恐惧正展现了读者对小说的感性审美的需求。感性审美需求要求小说作家注重氛围的营造,并善于充分调动读者的感官,如在视觉上通过光影声色的变幻来渲染情节,听觉上通过描写怪异的自然的声音或突然出现的声音来烘托氛围,在触觉的处理上则细致入微,让读者仿佛身临其境,以逼真的细节和氛围接近读者个人的身体、情绪和情感。美国小说中的哥特传统、暴力和死亡等因素以及悬疑、惊悚、探险等小说类型的流行都表明人们对于小说中感性审美的文化消费心理。爱伦·坡在创作中就非常重视"效果美学",他认为"在美的原则中,最重要的是作品的效果。为了追求统一的效果,他那些篇幅短小、结构严谨的推理小说注重每个词、每行字、每段话在读者心灵上引起的反响"[2]。而师承美国文学中哥特传统的当代小说家斯蒂芬·金的作品不仅仅为读者提供了一种感官刺激或者心理效应,而且在描写惊悚的灵异现象和令人恐怖的死亡事件中产生了一种对黑暗世界的超越。读者可以一方面以"观察者通过调节'另一现实',来满足那些欲望并把那些恐惧压缩到最小——就是说,观察者用文学或者现实提供的素材重新构建他自己的调节和防卫(他的身份主题的各方面)模式"[3]。正如斯蒂芬·金谈及自己的创作时所提到的:

---

① 文森特·里奇:《20 世纪 30 年代到 80 年代的美国文学批评》,王顺珠译,北京:北京大学出版社,2014 年,第 216 页。

② 朱振武:《爱伦·坡研究》,北京:人民文学出版社,2011 年,第 75 页。

③ Norman Holland,"The New Paradigm:Subjective or Transactive?", *New Literary History*,1976,7(2),p. 338.

> 这就是恐怖故事的终极真理：它并不像有些人认为的那样热爱死亡,他们热爱生命;他们并非赞美记性,而是通过描写畸形赞美健康与活力;他通过向我们展示受诅咒者遭受的痛苦,帮助我们重现发现生活中不起眼的快乐;它们是心灵的水蛭,吸走的并不是人的血,而是人的焦虑和不安。①

感性审美是小说审美的重要基础,也是读者在阅读过程中实现审美的自由意志心理的前提,正如弗洛伊德所指出的："文学艺术给人的快感,往往与人的情感宣泄、欲望之审美解放、自由意志之审美式实现相关,这依然是文艺之感性愉悦功能的体现。"②这正是这一层面阅读心理的意义所在。

第二个阶段是读者实现其幻想中的快乐,这体现了读者希望在文艺作品中实现对现实生活的否定和超越的阅读心理,这是小说审美心理的另一个重要维度。这一点可以从美国小说中众多"遁世者"形象中看出。这些遁世者他们不满足于现实生活,或逃逸到象征自由和希望的西部世界,或追寻心中的田园梦想,或在城市中反抗世俗和陈规。他们既是社会和历史的参与者,也是细心的评论家和嘲笑者,从而完成了对美国社会文化的观察。如华盛顿·欧文的《瑞普·凡·温克尔》中"瑞普作为所处时代非主流价值观的代表,他童心未泯、知足常乐的态度未尝不是一种逍遥的境界。天真淳朴的瑞普面对的困惑和矛盾,象征了新与旧、理智与情感、工作与享受等难以理清的问题。"③同时表现美国20世纪20年代商业文化方方面面的《巴比特》(*Babbit*,1922)以及美国经典公路小说《在路上》(*On the Road*,1957)等作品中的主人公也都是现代社会中的逃遁者和流浪者。在现代社会中,审美具有一种把人们从认知和道德活动的理

---

① Stephen King, *Stephen King's Danse Macabre*, NY: Everest House, 1981, pp. 188 - 199.
② 蒋承勇:《感性与理性娱乐与良知:文学"能量"说》,《文学评论》,2014年第3期,第17页。
③ 苏晖:《黑色幽默与美国小说的幽默传统》,北京:中国社会科学出版社,2013年,第53页。

性主义压抑中解救出来的世俗"救赎"功能。而小说作为一种审美艺术形式,在人们面对日益平庸、乏味的现实生活中为人们提供了对生活日常性的否定和超越。

第三阶段则涉及在原始幻想之上焦虑和负疚开始运作以及那赤裸裸的幻想随后转变成一种连贯和重要的有关道德、知识或者美学统一和完整的体验。这一体验表明组合对小说的要求超越了娱乐、消遣或是逃避层面的需求,进入了对人生意义及其本质的关照。斯蒂芬·金的作品《肖申克的救赎》(*The Shawshank Redemption*,1982)就是一个典型。相比于他的其他作品则不再仅仅是用惊悚和恐惧等元素来吸引读者,而是在作品中寄予了对人性的深刻信念和严肃思考。小说讲述了在美国 20 世纪 30 年代时期银行家安迪被误判为妻子和其情人死亡案件中的凶手而锒铛入狱后重寻自由的故事。小说在讽刺现实的黑白颠倒、是非混淆,它以美国的文化和司法制度为背景,探索了人类精神中的信念、自由等永恒主题,给人以深刻的震撼力。人们在阅读时所期待的在道德上启示、灵魂的涤荡是读者从阅读中获得的崇高的精神追求,而这也是衡量文学艺术质量的高标。

总体上来说,大众文化消费心理并不是扁平、无差别的,而是丰富、有层次的,尤其在当下文学阅读市场,不同目标读者群体对小说的阅读诉求都有所区别。除上述的阅读心理以外,一些读者或许更为小说中丰富的人文背景和知识信息所吸引。在世界文学范围中,如《红楼梦》中有谈诗论画,说乐理讲脉象,乃至药方等描写,美国小说《白鲸》(*Moby Dick*,1851)中有丰富的航海知识,《愤怒的葡萄》(*The Grapes of Wrath*,1939)中有大量的农业知识,而现代作家丹·布朗(Dan Brown,1964)的作品更是典型的知识的熔炉,这同样构成了文化消费心理的一个重要层面。尽管如此,好的文学作品必然都是对人类心灵世界的真实揭露,小说的审美中也必然包括着灵魂的挖掘和重申。在如何满足大众文化消费心理的同时又能对读者进行审美品格的提升和心灵的关照这个问题上,或许美国小说的创作能够给予我们一些启示。

三、美国消费文化与美国小说的人文思潮

鲍德里亚（Jean Baudrillard）在晚期著作《致命的策略》（*Les Strategies Fatale*，1983）中对现代性对艺术内在性质的转变做了说明："在交换价值的魔魅之下，艺术品形式化和白物化的商品抽象性越发强化，即是说变得比商品更为商品，因为艺术品没有使用价值。"[①]同时，艺术品却没有"将批判性否定作为解脱之道"[②]。他认为，在消费文化的语境中，文学艺术似乎失去了本雅明所称的"灵光"及其真确性。诚然，"从17世纪以来发展起来的大众消费的一个能够区分现代和传统的一个显著标志就是，消费已经成为个人参与文化、改变文化的主要方式。"[③]而消费文化是现代传媒技术和市场经济发展共同催生的产物，其商品化、市场化趋势势必带来文化生产者为了经济利益而产生的文化媚俗现象。但消费文化和小说的人本主义属性和人文精神并不是冲突和矛盾的。我们知道，欧洲小说兴起的一个重要条件，就是世俗社会的快速发展以及社会经济生活水平的提高，而当代消费文化的发展所带来的审美的世俗性倾向、日常审美的泛化以及流行文化所带来的审美范式的转变，实际上为小说的发展提供了更加多元的路径。同时，随着"高雅"与"通俗"之间的界限趋向于消弭，小说在当代的发展实际上比以往任何时代都更加多元，处境也更加复杂。文学总是试图反映它所在时代的真实境遇，小说的现世性以及形而上的超越性，作者对所处时代深刻的复杂性的书写以及对时代的真实的生存体验，是维系文学文学性的本源，同时也是最重要的标准。从这个意义上来说，当下的消费文化实际上为美国小说的生产语境和接受语境的研究提供了一个更深刻的视野。

---

① 鲍德里亚:《致命的策略》，刘翔、戴阿宝译，南京:南京大学出版社，2015年，第167页。

② 同上书，第166－167页。

③ Ann Bermingha，"The Consumption of Culture: Image，Object，Text"，A. Bermingham and J. Brewer，eds.，*The Consumption of Culture 1600－1800: Image，Object，Text*，London: Routledge，1997，p. 14.

自欧洲文艺复兴（Renaissance）以来，现代小说的兴起和发展正是建立在对人自身叩问和追索的人文主义传统上，探索在一定的社会文化背景中人性的种种可能性。美国小说的发展也正承接了这种人文传统，这一点在美国强大的现实主义文学传统中可以看出来。在 19 世纪末，马克·吐温、威廉·豪威尔斯开创的现实主义经西奥多·德莱塞和辛克莱·刘易斯的继承弘扬，对社会道德伦理以及社会问题进行了深刻的思索和检讨，随后欧内斯特·海明威、薇拉·凯瑟（Willa Cather，1873—1947）等作家则对美国的现代文明以及现代化进程中人的孤独、隔绝以及现代化进程中农村和城市的分化问题进行了深入探讨。而美国的左派作家约翰·斯坦贝克（John Steinbeck，1902—1968）等则探讨了美国经济大萧条以及人们在毫无节制地攫取财富时的贪婪本性。经过短暂的低潮，美国现实主义文学在 80 年代以来的"新现实主义"潮流中得到复归。由此可见，美国小说对其所在时代的历史和文化的折射，始终秉持了一种人文特性。美国战后文学的审美范式受到了媒介生态和消费主义的共同影响，小说家的写作策略和行文方式也相应做了调整，主要体现在将流行小说的创作范式与严肃的文学主题相结合，将传统的文学创作方式与当下具有话题性的人文议题相结合，以及将经典文化与大众文化相结合等方面上。

将流行小说的创作范式与严肃的文学主题相结合这一点，尤其体现在美国当代作家对于科幻小说这一范式的关注和运用上。科幻小说自 20 世纪 50 年代以来得到了长足的发展，美国当代文学批评家莱斯利·费德勒（Leslie Fiedler）在一篇影响颇大的论文《跨越边界——填平鸿沟》（*Cross the Border—Close the Gap*）中为科幻小说和流行小说叫好。他认为这种文学样式正在填补高雅和通俗之间的鸿沟："事实上，后现代主义意味着批评家和欣赏者之间的鸿沟被填平了，这鸿沟意味着批评家被当作'兴趣的引导者'，而欣赏者被看作是'追随者'。"①冯内古特（Kurt

---

① Leslie Fiedler，"Cross the Border—Close the Gap"，Wook-Dong Kim，ed.，*Postmodernism：An Introduction Anthology*，Seoul：Hanshin，1991，p. 36.

Vonnegut，1922—2007）在 50 年代一直被认为是写科幻小说的流行小说家，直到 60 年代发表了《五号屠场》（*Slaughterhouse-Five*，1969）后才得到文学评论界的严肃关注。冯内古特作品的特点在于运用科幻小说的创作形式勾勒出一个黑暗、虚无的世界，在其代表作《猫的摇篮》（*Cat's Cradle*，1963）中，伊留姆的实验室表面上看起来是一个崇高而神圣的科学殿堂，但其实不啻为一个充满兽性的洞穴，在种种荒诞不经和光怪陆离的现象中，作者反思的是滥用科学研究成果的人的主体性丧失的问题。

而将传统的文学创作方式与当下具有话题性的人文议题相结合，则体现了小说家对当下生存境遇的关照。美国当代作家约翰·厄普代克（John Updike，1932—2009）的《那一击》（*The Coup*，1978）、《巴西》（*Brazil*，1994）、《圣洁百合》（*In the Beauty of Lilies*，1996）这样的长篇小说则通过一个广角镜头来审视历史和政治事件对人类带来的影响。通过对日常生活以及事件的描写，厄普代克探讨了时代中的大事件对普通人物生活的影响，并使读者了解到现代美国日常生活中隐含的重要意义。而以复归现实主义为创作意旨的美国作家乔纳森·弗兰岑（Jonathan Franzen，1959）的作品《强震》（*Strong Motion*，1992）不单探讨了如堕胎、女权运动等颇具争议的主题，对公司的罪恶、消费经济和资本市场进行了批判，更多地充满了对生命的思考和对环境的忧虑。多米尼加裔美国作家朱诺·迪亚兹（Junot Diaz，1968）的作品《奥斯卡·瓦奥短暂而奇妙的一生》（*The Brief Wondrous Life of Oscar Wao*，2007）则以移民经历为题材，讲述了一个多米尼加裔美国家庭几代人的故事，围绕着他们在多米尼加共和国的抗争以及来到美国后仍然摆脱不掉的厄运展开。迪亚兹在小说中将族裔本土故事、幽默、移民、历史、爱情、革命和独裁等多种元素杂糅，探讨了民族身份、个人流散、文化压迫等主题。这些作品都以展现普通人的生活为主要内容，以着眼于生活的细节的方式折射了具有国际性的文化和历史议题，从而具有广阔的人文视野。

最后，美国现代小说家也擅长将经典文化与当下语境结合，以当代的视角去重新解读古老的故事和命题，从而产生了文学的新意。丹·布朗就是这样一个非常典型的作家,他在《达·芬奇密码》中以西方经典文化中的达·芬奇绘画、斐波那契数列、五步抑扬格、圣婚、教派冲突为背景,"把一部貌似悬疑小说的作品编织成一个涵盖古今的文化冲突之网"[①]。不仅"在变换叙事模式上,他更能够比肩那些技巧成熟的后现代主义作家"[②],而且在揭示不同教派文化冲突的同时,也影射了当代文化冲突的来源和后果。丹·布朗的作品表面轻松,实际沉重,作者将精彩的叙事和厚重的历史感结合,探讨当下人们最关注的问题,将多个命题进行了跨越和融合,从而大大提升了创作主体的多样性和交融性,以及文本的人文反思价值。

文化工业和文化消费的现象固然对作家的创作产生了一定的影响,但艺术本身的生命力是永恒的,正如威廉·福克纳在接受著名文学评论杂志《巴黎评论》(*The Paris Review*)的采访时说道:"艺术家的宗旨无非是用艺术手段把活动——也就是生活——抓住,使之固定不动,而到一百年后有陌生人来看时,照样又会活动——既然是生活,就会活动。"[③]文学作品无法脱离其产生的环境和历史条件,但是其本身的价值将会远超于其当时所获得的短暂的成就。在消费文化的环境下,只有具有真正人文精神内涵的、具有主体性和自主性的文学作品才能最终得到认可。文化消费应当是对有准确内涵和完整外延的文化消费,是需要坚守文学艺术品质和社会责任的文化消费。美国当代小说家一方面传承了美国文学的传统,同时又融入了对当下文明的反思,强调小说的社会参与和责任,从而出现了一批在艺术性、商业性和思想性之间取得平衡的作家。而这些作品中对现代文明的思考既构成了美国本土经验的一部分,也是对整个人类文明的一个启示。

---

① 刘建军:《密码:化解文化冲突的"醒世恒言"——丹·布朗的〈达·芬奇密码〉中所蕴含的现代文化智慧》,《当代外国文学》,2017 年第 3 期,第 7 页。

② Zhenwu Zhu and Aiping Zhang, *The Dan Brown Craze: An Analysis of His Formula for Thriller Fiction*, Newcastle: Cambridge Scholars Publishing, 2016. p, 13.

③ 吉·斯坦因:《福克纳访问记》,载威廉·福克纳《福克纳读本》,李文俊等译,北京:人民文学出版社,2013 年,第 430 页。

结　语

　　小说中充满着文化密码,交织着历史与迷思,预示着道路与未来。建国二百多年后,小说已经成为美国移民分享共同文化以及获得民族认同的特殊空间。这正与小说与文化的对接,对时代心理的洞察,对心灵的探索,对当下的反思不无关系。在大众文化成为美国主流价值观的承载者,小说作为一种文化消费品的情况下,小说家也需要对大众审美趋势和文化消费心理进行契合,而这正是使促使美国小说家从欧洲传统和本土文化之间、经典文化和大众文化之间的关系出发来构建美国小说传统的动力之一。"西方当代大众文化经历过经典文化的充分滋养,走了一条从经典到现代再到后现代的积累传承之路,因此今天的西方大众文化呈现出积淀深厚、多样并存的形态,表面无序实则有序,看似充分自由实则有自我调控能力。"①在当今以"文化消费"和"大众娱乐"为主题语的文化环境中,小说也势必要在满足读者审美需求的同时,不断探索自身在文化中所处的位置和所能发挥的作用,因为小说本身就是高度参与的、高度社会化的艺术形式。而在科技日新月异、信息时代来临和全球化纵深发展的当今,小说的创作如何继承文学传统的基础上顺应时代发展,如何在消费文化潮流中保持民族特色,既是作者,也是文学研究者需要认真思考的一个问题。

---

① 　王晓鹰:《从全球语境看中国大众文艺——娱乐有余,文化不足》,《人民日报》,2010 年 10 月 28 日副刊第 24 版。

文学批评的生态愿景和环境正义

随着生态批评不断否定和超越着以往的批评模式和认知阈限,哈佛大学布伊尔等学者提出的环境批评理念随之兴起。它更加深入到文学想象的生态、文化和社会蕴涵等层面,并努力在理论与实践对话、地方意识的生态建构及环境正义的重视等方面寻求突破,以期重新估价文学想象的生态、文化乃至社会价值,这既可以丰富文本内涵和批评范式,拓展文学研究的学术视野,还有利于促进生态危机的消解与和谐生态的出现。

生态批评这种首次以探讨文学与环境关系为宗旨的文学批评在发展过程中存在着批评模式和认知上的诸多局限,有待进一步完善和发展。随之兴起的第二波生态批评,也就是著名生态批评学者劳伦斯·布伊尔(Lawrence Buell)所说的环境批评[①],则深入到探究文学想象(literary imagination)中引发生态危机的思想、文化和社会根源。它更加重视环境批评理论的系统化建构,强调行动主义(activism)精神以及与理论的对话,更加关注全球化语境下地方意识的生态建构,更加注重发掘环境文本的社会正义和功用价值。在这种全新的批评理念指导下,作为凝聚着人类重要文化意蕴、社会价值和生态思想的文学想象潜在存在着改变环境价值、环境认知和环境意向的功用,理应得到重视,其未来发展尤应关照

---

① 哈佛大学英美文学系教授、著名生态批评学者劳伦斯·布伊尔认为"环境的"比"生态的"更能体现当前环境问题的状态,而且更好地捕捉到了文学—环境研究的跨学科焦点,所以更倾向于环境批评(environmental criticism)而非生态批评(ecocriticism)。

从本土到全球的跨文化地方想象以及弱势群体和边缘种族的文学正义诉求。总之，生态危机日益严峻形势下的环境批评应努力扫除自身障碍，超越文本与现实距离，跨越地域和文化局限，穿越种族和性别界限，应重新阐释和估价文学想象的生态、文化和社会价值，这既可以丰富文学文本的内涵和文学批评范式，拓展文学研究的学术视野，还有利于促进生态危机的消解与和谐生态的出现。

一、环境意识与文学文本

随着世界范围内生态思潮的日趋高涨和环境危机的日益严峻，环境批评这个有着深远思想文化根基的新兴话语日益引起文学研究界的重视。美国著名生态文学作家雷切尔·卡森（Rachel Carson，1907—1964）、生态批评先驱之一帕特里克·默菲（Patrick D. Murphy）、文学与环境研究会创始人之一司各特·斯洛维克（Scott Slovic）、布依尔，英国"绿色研究"（Green Studies）奠基人乔纳森·贝特（Jonathan Bate）等，中国学者如鲁枢元、王诺、曾繁仁等都从生态视角对文学进行解读和阐释，但这些批评在文学批评领域依然被边缘化，还"没有一整套为人们广泛了解的理论预设、基本原则和批评程序"[①]。生态批评者在早期多注重研究自然写作和自然诗歌，强烈反对现代文本性理论，然而随着生态批评的深入发展，这种过分反理论的倾向就难免显得捉襟见肘。在这种情况下，作为第二波生态批评的环境批评也就应运而生。当然，环境批评必须建构自足的系统化理论来消除诸多非议与偏见，从而进入主流批评。不仅如此，作为一种极具实践精神的运动，环境批评应致力于使其观念产生社会效果，使之变成政策与行动。

　　环境危机并非只是一种威胁土地或非人类生命形式的危机，而是

---

① Peter Barry，*An Introduction to Literary and Cultural Theory*，Manchester：Manchester University Press，2002，P. 248.

一种全面的文明世界的现象……环境批评的任务不只在于鼓励读者重新与自然"接触",而是要灌输人类存在的环境性(environmentality)意识——作为一个物种的人只是他所栖居的生物圈的一部分——还要意识到这一事实在所有思维活动中留下的印记。①

这是布依尔在接受韦清琦通过电子邮件进行访谈时的一段论述,就是说我们应将环境问题放到更广更深的历史、社会和文化背景中去思考,通过对文化表现进行学术分析,来发掘有力表述环境意识的文学作品和样式。多数生态批评者在如何建构文本②与现实、历史与现存之间的关系这个问题上都将文本指向物理环境以及人类与这些物理环境之间的相互关系,而不考虑文本的虚拟性、意识形态及其他社会历史因素的渗透。事实上,文本与特定现实和历史社会的文化、思想观念密不可分。单个文本从萌生到被广泛接受的过程都载入了环境无意识(environmental unconsciousness),这种环境无意识比政治无意识更深地体现在人类的集体无意识中,积极建构着文本与现实之间的关系。对同一自然物体,不同国家和地区、不同时代的人们会表露出不同的情感,而文学文本则记载了这些人类思维活动。环境意识就隐含在这些文本之内,并指向超越文本的现实领域。比如树的意象,在华兹华斯(William Wordsworth,1770—1850)的文学想象中就与梭罗(Henry Thoreau,1817—1862)的迥异,这是与特定的地域文化、环境无意识、文化价值等息息相关的。因此挖掘文本世界的文化内涵,重新建构文本与文本外世界之间的联系对于环境批评的发展意义重大。作为一种生态系统的文本本身也是一种离题的环境,它以特定的体裁和风格再现社会历史环境,这就要求我们不仅要重新审视文学文本的文化内涵和环境意识,同时还要重视体现这种意识的承

①　劳伦斯·布依尔、韦清琦:《打开中美生态批评的对话窗口——访劳伦斯·布依尔》,《文艺研究》,2004 年第 1 期,第 66 页。
②　指任何文学文本,甚至包括对非人类的自然界毫无提及的作品。布依尔也提出有形式的话语在原则上都可以充分地成为"环境"的符号,这里的环境指任何环境,包括城市、郊区、小城镇、农业的或工业的、陆地或海洋、户外或户内等。

载体——文学样式,而不是忽略之。

环境诗、环境戏剧和环境科幻小说就常被忽略,但这些文学文本却隐含着深厚的文化意蕴和环境意识。斯坦福大学的学者安格斯·弗莱彻(Angus Fletcher)认为诗不仅表明或暗示环境是其主题意义的一部分,而且将读者引入诗歌所营造的意境。此时读者并非简单认同文本世界,而是与环境融为一体,世界就此被诗人重新构建,弥尔顿、但丁和惠特曼就是在诗歌中抒发热爱自然与构想美好世界的情怀。易卜生(Henrik Johan Ibsen,1828—1906)的剧作《人民公敌》(*An Enemy of the People*,1882)被奉为生态戏剧的经典作品,而英国的卡里尔·邱吉尔(Caryl Churchill)、美国的罗伯特·希恩肯(Robert Schenkkan)等剧作家的作品也都体现了浓厚的生态思想。未来生态戏剧发展应将生态问题置于戏剧主题或情节的中心,赋予土地以声音或"性格",探讨人与地方、文化、自然间的联系,在舞台布景和表演场地等方面努力构建人与地方的浑然一体,尝试克服自然纯粹作为舞台背景的缺憾,弥合舞台上自然与文化割裂的现象,以及审视环境非正义问题等。与环境诗和环境戏剧一样,科幻小说也一直备受冷落,但人们已经开始认识到这种文体特有的人文关怀与生态理念的契合所产生的意义。此外,电影、电视等视觉艺术领域的绿色现象也值得关注,其蕴含的环境意识有待发掘和研究。

坚持文本的文化分析,并建构自足的理论体系在当下固然重要,但从长期着眼,环境批评自身具有的实践精神和当今的环境压力都要求重视批评的社会价值。布依尔提出环境批评要建立相应法律法规,将相关机构合法化,进行环境意识和环境伦理教育等政治诉求正是建立在这个基础之上。要言之,通过"清楚地了解我们的文化对自然的影响"[①],探讨超越文本的现实关联,打破环境文本的单一自然取向的桎梏,环境批评正逐渐告别反理论倾向,跳出只执着于文学研究和文学理论本身的局限,其未来发展应着眼于重新阐释那些再现环境的不朽作品,发掘生态文学作品

---

① Donald Worster,*Nature's Economy*:*A History of Ecological Ideas*,second edition,New York:Cambridge University Press,1994,p. 27.

里具有生态意义的部分,对反生态的作家和作品进行生态思想角度的重新审读与评价,这将会建构起理论与实践之间的对话,利于厘清文本与世界之间千丝万缕的关联。

二、地方意识与文化内涵

文化植根于地方,从本土到全球的环境文学想象必须探讨地方意识(place consciousness)的文化和生态建构,因为地方意识在形成生态意识、促进环境想象及消解环境危机的过程中至关重要。地方和地方概念都在不断变化,文化全球化背景下的"非地方"(non-place)[①]理论要求突破狭隘的地方藩篱,摆脱对地方的无止境占有欲,以此增进文化交流和杂合。爱德华·萨义德(Edward Wadle Said)说:"所有的文化都是彼此关联的,没有一种文化是单一纯粹的;所有的文化都是混杂的,异类的,非常不同的,不统一的。"[②]从这个意义上说,我们有必要分析文学作品中的地方变迁、地方意识和地域文化,这对于解决全球化的环境问题和跨国灾难文化[③]非常重要,也为比较文学的跨文化研究提供新的平台。

地方承载着重要的社会和文化内涵,对地方意识的想象某种程度上决定着人们的环境意识、地方忠诚感和责任的建立。生态诗人温德尔·贝里(Wendell Berry)认为,没有对自己所在地方的全面了解和忠诚,地方必然被肆意滥用甚至毁灭。海德格尔(Martin Heidegger)在谈及地方时,认为真实而诗意的栖居就是栖居在自己的家,并承担起保护"家"的人文与自然的完整的责任。一些环境主义哲学家也认为,地方对于人的道

---

① Lawrence Buell, *The Future of Environmental Criticism*: *Environmental Crisis and Literary Imagination*, Malden, MA: Blackwell Publishers, 2005, p. 145.

② Edward Said, *Culture and Imperialism*, New York: Alfred A. Knopf, 1993, p. 29.

③ 人类制造的环境效应不仅跨越国界,而且有改变甚至消灭整个文化的危险,如全球变暖等。此外物种迁移模糊了文化分界线,如艾滋病的传染。这种跨国环境灾难和文化灾害促进了跨国环境运动的发展,也使我们认识到建立在民族之上的文化研究的局限性。参见劳伦斯·布依尔:《文学研究的绿化现象》,张旭霞译,《国外文学》,2005 年第 3 期,第 8—9 页。

德形成和文化认同起着至关重要的作用,人类与自然辩证地建构着共同的身份。但是地方所蕴含的文化特质正逐渐被现代主义对空间的无节制开发和殖民化抹去,只剩下 XY 坐标轴上虚拟的点。传统的以家为核心的同心圆模式也被打破,人们对地方的归属感延伸为岛屿模样的辐射状,核心不复存在,这引起人们莫名的烦躁和忧虑。而正是文学想象,尤其是神话和媒介所创造的虚拟现实通过风景的陌生化处理方式提供给人们鲜活而敏感的地方想象,重新构建起人们的地方意识,培养人们对地方的忠诚感。此外,地方的变迁、发展和消失还折射出个体生命的空间经历和人类发展的时空历程。对于个体而言,地方意识就是一系列的"地方经历",涵盖着地方体验的积累,而对于整个社会来说则是人类意识的凝聚。地方意识的这种共时与历时变化凝聚在文学文本中,因而发掘文学作品中的地方想象很有必要。英国小说家格雷厄姆·斯威夫特(Graham Swift)、新西兰生态学家杰弗·帕克(Geoff Park)和美国环境作家约翰·米切尔(John Mitchell)就跟踪、记录了一些地方的发展与消亡,不仅唤起了人们的环境意识和社会良知,还有利于培养地方忠诚感和责任意识。

地方意识在传统的环境写作和文学想象中是稀薄微弱的,且局限于狭隘的区域。未来环境批评应通过重新挖掘文学作品中的地方意识,实现地方内在价值,并将对地方的观照扩大到整个生态圈。同时,城市作为现代社会不可或缺的有机部分也要得到应有重视。在众多的文学想象中,地方和非人类的环境只是作为背景、事件的附属而存在,表现的是人类赋予的象征意义,其自身价值却被泯灭。俄国小说家豪威尔斯在《现代婚姻》(*A Modern Instance*,1882)中对一个新英格兰村庄的描述就是一个典型例证。而在那些把环境形象作为重要问题的作品中也不例外。在哈代的小说《还乡》中,地方显得非常重要,爱敦荒野被赋予了土著人的身份,作为一个主题,一种强大的力量影响着与之有关联的人及其行动。但不管环境有多重要,哈代笔下的爱敦荒野终究还是从属于男主人公克林·姚伯的故事,地方的作用依然主要为刻画人物形象或表征其隐喻意义服务。传统写作倾向关注局限的地方，如美国女作家芭芭拉·金索维尔（Barbara Kingsolver，1955）的《记忆中的地方》（*The Memory Place*，2018）和萨拉·奥纳·朱厄特（Sarah Orne Jewett，1849—1909）的《针枞之乡》（*The Country of the Pointer Firs*，1896）等。而关于城市生物区域的文学想象更是支离破碎，生态批评家抓住的也只是叙事、散文、诗歌等文本对城市中个别自然符号的意外发现，缺乏对整个城市和有机世界环境尺度与维度的观照。探究一下当代美国作家理查德·鲍尔斯（Richard Powers，1957）的《赢利》（*Gain*，1998），我们就会发现现代区域主义的脆弱性和极大波动性，这说明要解决地方问题，其视野必须跨越区域、国别甚至星际。但迄今为止环境文学批评多数依然只是立足某一特定的国家或地区，而这正说明拓展学术视阈的迫切性和重要性。当然，从整体思考并不意味着抹杀地方的差异和多样性，反而是重视生命的多样和文化的多元，以建立起更为开放和平衡的生态体系，创建更加和谐的文化沟通。

通过细致地比较、分析和重新阐释文学文本中各民族、各地区的环境意识、生存理念和观念习俗，我们可以发现那些影响人类社会久远的文化模式和心理积淀，进而找到一种灵活的、具有可操作性、能产生积极意义的批评理论和范式。跨文化的比较文学研究因为打通了人文科学内部之间、人文科学与自然科学之间的沟通渠道，必将获得更新鲜饱满的学术视野，在这一点上，L & E①是一个很好的实证。从以上的分析我们可以得出，探究文本中的地方意识差异，理解和想象地方变迁不仅有助于建立对地方的忠诚，培养环境意识，还有利于从全球的视角审视人类文化对环境的深刻影响，从而为全球语境下文学对比研究对环境的观照开辟新的视野。

---

① 全称为"文学与环境课程"（Literature and Environment Program），是内华达大学里诺分校1996 年创建的生态批评领域第一个面向英语专业博士生和硕士生的课程项目。参见韦清琦：《行动中的学术研究——探访美国内华达大学的"文学与环境课程"（L & E）》，《文艺研究》，2007 年第 6 期，第 152 页。

三、从性别视角看环境批评

环境批评关注文本的现实关联和从本土到全球文学想象的地方意识重构，更关注日益兴盛的环境正义（environmental justice）[①]。在反思第一波生态批评理论悖论的基础上，环境批评将视野扩大至社会领域[②]，这将促进文学作品中社会和历史叙事的挖掘与探讨，为环境问题的最终解决提供可能性。

第一波生态批评对现代主义文化知识论和价值观所作的批判具有重大意义，但不免偏激和自相矛盾，难以克服乌托邦姿态。因而超越自身悖论，不断否定自我和完善自我，是环境批评的当下任务之一。生态中心主义是作为人类中心主义的对立面出现的，它强调人类不惜一切代价保护生态环境，维护生态平衡。表面上看这似乎是解决生态危机的最根本、最有效的伦理准则，然而却掩盖了诸多深层问题，其理论自身也存在着诸多矛盾。它对激进的"放弃的美学"（the asthetics of relinquishment）[③]的追求否定了人的自由与独立，然而完全摒弃人类的作用并无益于挽救环境危机。生态中心论在质疑人的中心性，倡导环境意识方面发挥过积极作用，但却是个"似是而非的虚假命题"[④]。人不可能"像山那样思考"[⑤]，不

---

① "环境正义"是一项迅速扩大的运动，兴起于 1982 年的"沃伦抗议"（Warren County Protest）。它以抵制环境的种族主义（environmental racism），捍卫那些在经济和政治上处于劣势的群体（弱势种族、妇女等）的环境权利为宗旨，努力实现全球所有国家和地区在环境责任和生态利益上共同的、全面的和广泛的正义。

② 诚如布依尔所言，环境批评正逐渐朝着关注"社会环境"的方向发展，这些社会环境因素涵盖广泛，包括性别、种族、伦理和政治等。

③ 即放弃人的中心性、主体性，赋予非人类世界主体性。见 Lawrence Buell, *The Environmental Imagination*: *Thoreau*, *Natural Writing and the Formation of American Culture*, Cambridge: Harvard University Press, 1995, p. 143.

④ 刘文良:《质疑生态中心主义——兼谈生态批评的理论立足点》,《广西社会科学》,2006 年第 11 期, 第 134 页。

⑤ 利奥波德在《沙乡年鉴》中"像山那样思考"一节借狼群被大肆捕杀而导致生物链遭受破坏的事实给我们以尊重"山"的法则的启示,本文在肯定尊重荒野的同时反思"像山那样思考",因为以"山"的思维取代人类自主意识并不现实,而且还有推卸责任之嫌。

可能完全放弃自身主导权而树立非人类生命形式以主导。即便如此，这种人类赋予的主导也不可能完全脱离人类中心，而是带有一定人类中心色彩，不自觉地受制于人类中心论的逻辑。因此，生态中心主义的这种主张是个悖论，决定生物圈良性发展的是人，而且在原则上也只有人能最终成为"监督者和领导力量"①，试图超越人类中心主义还有可能形成新的文学话语霸权。这从另外一个角度告诉我们，在重新审视文学作品时应避免赋予其过激的伦理和道德教化意义。若从美学的角度重读奥尔多·利奥波德（Aldo Leopold，1887—1948）的《沙乡年鉴》（*A Sand County Almanac*，1949）中人物与环境之间的"关系场"，我们会发现它呈现给我们的是经历、发现和冥思，它更像是一则寓言，一道谜语，留给我们更多遐思和想象，而非道德与伦理教化。此外，万物平等观、生态整体观和敬畏生命观等也都存在相似的悖论。

在揭示父权制、二元论和统治逻辑方面，生态女性主义对我们有很大的启示意义，但是其思想中也存在一些极端倾向，例如过分强调女性与自然的天然联系，完全否定男性的生态意识，坚持两性战争和新的性别统治（女性征服并统治男性）思维等。因此，生态女性主义者应力图摆脱男权主义式的狭隘，将视野投向更为广阔的空间，重视元素异质性、边缘及多元化。正如20世纪八九十年代女性主义将目光从关注西方白人女性转向关注少数种族和第三世界女性问题一样，如今的生态女性主义也正致力于关注那些贫困、被社会边缘化的人群，关注那些遭受城市化进程、种族主义和有毒物体侵害的受害者与见证者，倾听他们的声音和叙述，力图将环境安全与平等延伸至更加广阔的区域。从社会学角度来看，生态女性主义文学批评将引导人们从环境、性别、种族的多重视角进行文学研究，推动学术界重新评价经典文学，重构文学经典。作为一名有着墨西哥背景、印第安人容貌、出身工人阶层的"奇卡诺抗议女诗人"（Chicana protest poet），安娜·卡斯娣萝（Ana Castillo，1953）力图建立一种"对抗

① Peter A. Fritzell, *Nature Writing and America: Essay upon a Cultural Type*, Ames, IA: Iowa State University Press, 1990, p. 201.

性奇卡诺女性主义"（oppositional Chicana feminism），其作品《离上帝如此遥远》（*So Far from God*，1993）把环境种族主义、战争、艾滋病与家庭男性暴力联系起来，可以看作倡导环境正义的典型。此外，日裔女作家卡伦·蒂·山下（Karen Tei Yamashita，1951）、黑人女作家托尼·莫里森（Toni Morrison，1931—2019）等作家的作品也有待从这个角度进行发掘。

透过性别的视角，文学研究得以看出生态霸权和生态隔离等社会问题，这种伦理和政治上的环境不平等性日益引起重视。生态马克思主义和生态社会主义就突出强调环境公正性，认为环境危机的真正有效解决不仅应当是"人和自然之间的矛盾的真正解决"，还必须是"人和人之间的矛盾的真正解决"[①]，而要解决人与人、制度与制度、社会与社会、民族与民族、发达国家与发展中国家之间的矛盾，就必须做到公平、公正以及责任与利益的平衡。在美国以及全世界，少数种族对环境的拥有与发达国家和特权种族的拥有比例极不相称，争取平等权利的运动由此兴起，但是到底哪个种族应该受到环境公正的惠济，哪个民族应该担负起更多的环境责任则争议良多。事实上，所有个体都有被保护免遭环境恶化侵害的权利，也都有承担起捍卫自然的相应义务。历史和当代文本中不乏对少数种族和劣势群体遭受身体与精神戕害的关注，如恩格斯的《英国工人阶级状况》、麦尔维尔的《少女的地狱》、狄更斯的《艰难时世》、威廉·布莱克的诗歌等。澳大利亚土著作家凯文·吉尔伯特（Kevin Matthew Gilbert，1966—1996）的诗《庆祝 88》（*Celebrators 88*，1989）、昆士兰女性区域主义作家西娅·阿斯特利（Thea Astley，1925—2004）的短篇《虚构天气》（*Inventing Her Own Weather*，2015）等作品揭示出了澳大利亚主流文化对边缘化的亚文化的不公正对待，此外印度文学中关于"生态流

[①]　马克思：《1844 年经济学哲学手稿》，中共中央编译局译，北京：人民出版社，1985 年，第 77 页。

亡者"(ecological refugees)^①的叙事等都体现了环境公正意识。这一方面要求我们重新调整文学批评中的不平衡现象,尤其是调整对美国族裔写作、第三世界国家环境叙事和国际经典环境文学缺乏足够关注的倾向,另一方面要求文学研究以一种新的全球的和历史的眼光去审视文学作品,但这并不意味着否定文学作品的其他价值或者放弃以往的研究方法,而是在生态危机新语境下通过发掘其生态价值和社会意义丰富文本意蕴,如梭罗的《瓦尔登湖》(*Walden；or Life in the Woods*,1854)可看作梭罗在简单化生活实验过程中"傲慢的冷漠和无力置贫困于不顾之间的不自在调解(uneasy mediation)"^②。

总之,正在经历第二次浪潮风云变幻的环境批评将在理论建构与环境实践的多元对话、文本与文体阐释的多样化、从本土到全球的文学想象以及不同种族、性别、阶层、环境伦理与政治平等的重视等方面取得突破,在这样的社会语境下的文学研究也必将重新估价文学文本的环境意识、地方价值和环境正义,从而为丰富自身研究方法和文本价值,以及督促自觉承担社会责任提供新的出路。在这个长期的历程中,文学研究应发挥自身主导作用,超越文本距离、文化局限以及种族和性别藩篱,力图多层面、多维度阐释和挖掘文学文本的环境价值和社会意义,从而达到环境危机的消解与和谐生态的出现的目的。

---

① 指那些以土地为生的人们因战争、疾病等造成的环境恶化而被迫离开家乡、沦落为乞丐或靠福利生存的人。这种文本叙事目前深受环境公正修正主义者(Environmental Justice Revisionist)的关注,如美国作家琳达·霍根(Linda Hogan)。

② Lawrence Buell, *The Future of Environmental Criticism：Environmental Crisis and Literary Imagination*, Malden, MA：Blackwell Publishers, 2005, p. 122.

专题二　经典新释

　　经典是常读常新的作品,经典是向人们诉说不尽内涵的作品。横看成岭侧成峰,这就是经典作品带给我们的审美体验。有些文学家有其自己的文学理论建树,这为我们理解其经典作品提供了新的视角。海明威的"冰山风格"、爱伦·坡的"效果理论"和福克纳的"世系小说",都是如此,让我们对他们的作品的理解更近了一层,也为解读其他经典作品提供了参照。

论海明威小说的美学创造

　　海明威在长期的小说创作实践中,使用了含蓄、隐身和简约三种手法,创建了不同于任何一个现代主义流派的小说理论,从而在理论和实践上均达到了现代小说美学的高峰。

　　海明威是一位具有高度艺术才华的大作家,艺术个性异常鲜明。他在自己的小说中成功地创建了一种现代英语文学的叙事文体,这一方面是由于一个急剧变化的时代促进文艺形式的急剧改革,同时也是由于这位具有高度语言敏感、天生爱好简洁的作家善于吸取斯泰因、庞德等各家之长,但又决不拘泥于传统的现实主义和浪漫主义,也决不盲从任何一个现代主义流派。正是这种创新精神,使他突破了传统的小说美学,形成了自己独特的小说创作手法——海明威风格。这一风格主要是通过下面三种相互关联,但又各有侧重的手法取得的。

一、含蓄：含不尽之意于言外

　　这是他著名的"冰山理论"的具体化。在短篇小说《死在午后》(*Die in the Afternoon*, 1932)中,海明威联系自己的创作,提出了著名的经验总结:"冰山在海里移动很是庄严、雄伟,这是因为它只有八分之一露在水面。"海明威把文学创作比喻成漂浮在大洋上的冰山,看得见的只是露在水面上的八分之一,而隐藏在水下的则是八分之七。这"八分之七"虽然没有写出来，却能为读者所感受到。正如他自己所说：

> 　　如果一位散文作家对于他想写的东西心里很有数，那么他可以省略他所知道的东西，读者呢，只要作者写得真实，会强烈地感觉到他所省略的部分，好像作者已经写出来似的。
>
> ——《死在午后》①

> 　　作家所看到的每一件事情都进入他知道或者曾经看到的事物的庞大储藏室。要知道它有什么用处，我试图根据冰山的原理去说明。冰山显现出来的每一个部分，八分之七是在水面以下的。你可以略去你所知道的任何东西，这只会使你的冰山深厚起来。这是不显现出来的部分。
>
> ——《海明威访问记》②

　　这是他处理艺术与生活的关系所遵循的基本原则。海明威在浩瀚的海洋中选取、提炼最富有特征的事件和细节，将自己的主观态度和感情隐蔽起来，以简洁凝练的笔法，客观而精确地勾画出一幅幅富有实感的生活画面。这些直接用文字表现出来的生活画面，是读者可直接看得到的"八分之一"，犹如裸露在水面上的轮廓清晰、晶莹透明的冰山一样，鲜明突出，生动逼真，给读者造成一种意境，唤起读者的想象力去开发隐藏在水下的"八分之七"，使读者在强烈的感受中对现实生活作出自己的理解，得出自己的结论。

　　海明威在创作中将"八分之七"隐藏在"水下"，加强水上的"八分之一"，使读者通过看得见的"八分之一"去体验看不见的"八分之七"，这就使自己的作品包含着丰富的"潜台词"，在风格上具有含蓄的特点，从而达到了"状难写之景如在目前，含不尽之意皆于言外"的艺术效果，读者如深山闻钟鸣，余音袅袅，久而不散。海明威特别注意处理这种"八分之一"与

论海明威小说的美学创造

55

---

① 董衡巽：《海明威研究》，上海：上海社会科学院出版社，1980年，第139页。
② 同上书，第73页。

"八分之七"之间的关系,他强调:"作家写得真实,读者才能强烈地感受到他省略掉的东西,犹如他说出了一般。"这种对"虚"和"实"的处理技巧正是海明威高于其他作家的地方。"实"就是海明威所说的冰山露在水面上的"八分之一",也就是作家用语言文字创造出来的画面;"虚"就是作品中没有直接叙及的隐藏在水下的"八分之七",就是读者通过联想所感受到的思想感情。其中的"虚"是"实"的基础和前提条件,离开"实"也就无所谓"虚"。因此,为了达到含蓄的美学效果,海明威使其作品中露出水面的部分坚实而又牢固,也就是说使作品的画面鲜明突出,生动逼真,极具实感。海明威同时代的作家的有些作品也力求含蓄简洁,但却往往晦涩难懂,画面模糊单薄,令人难以琢磨,没有回味的余地,引不起多少联想。

海明威在他的小说中往往不是以故事情节发展的逻辑去揭示主题,不直接披露作者本人对于所描写的事件的态度,即他的爱憎好恶。因此,他要获得的是一种言外之意、趣外之旨。为了达到这一效果,他有时还恰到好处地运用象征的手法。一般地说,任何"代表"别的事物的东西都是一个象征,文学上的象征并不那么容易理解,大多数作家都是力图标新立异,与众不同,或者干脆使意义多元化,甚至歧义化。海明威小说中的象征手法也不例外,他不是"把铲子叫铲子",或"有啥说啥",如《乞力马扎罗的雪》(*The Snows of Kilimanjaro*,1936)中的雪与豹,《白象似的群山》(*Hills Like White Elephants*,1927)中的大象,《老人与海》(*The Old Man and the Sea*,1951)中的大海与鲨鱼等,都具有较为复杂的象征意味,读者仔细品味,自会发现其中的深层意义和"话外音"。这些事物通过一再重现,贯穿整个作品,与作品所要表现的主题有着密切关系,有些则明显是主题性象征。其实这些作品的标题本身就富有隐喻和象征意味。海明威在这些作品里创作出许多人想模仿而又总是学不到手的象征主义与语言。海明威小说的语言的含蓄性也表现在多方面,在动作刻画上、人物对话上以及环境描写上都具有某种含蓄性。《弗朗西斯·马康贝的短暂幸福》(*The Short Happy Life of Francis Macomber*,1936)的结尾处,马康贝的妻子的八个"别说了"活脱脱地刻画出她在杀了丈夫之后的复杂心情。至于《永别了，武器》（*A Farewell to Arms*，1929）中最后几句对亨利·腓特力在凯瑟琳死了之后的叙述，则更发人深思，是历来为人赞叹的神来之笔，据说作者改了十几遍才形成现在这个样子。

海明威的小说往往不以故事情节发展的逻辑规律去揭示主题，不直接披露作者本人的思想信息，不直接透露自己对于所描写的事件的态度或倾向性，甚至对人物的行动、动机及心理状态也很少进行解释和说明，而只是"客观地""照相式地"描绘出人物在某种感情支配下本能的乃至下意识的活动，造成一种具有实感的画面，使读者产生一种画面印象，从而使读者从这种直接经验中体验隐藏着的思想感情。《大二心河》（*Big Two-Hearted River*，1929）就是这样的作品，这是一部反战小说，战场设在人物内心，是海明威的得意之作。作者自称这部作品好就好在通篇对"战争"二字压根儿没提。海明威正是通过这种方法向读者展示了他的小说中潜在于水下的主题。

海明威的含蓄法还表现在他的讽刺艺术上。海明威将他的讽刺溶入他创作的总体，托讽于有意无意之间，乍看去颇有些"温柔敦厚"，或者"怨而不怒"，粗心的读者往往觉察不到他那微含的讥讽味道，其实，海明威正是"口无褒贬"，"心有臧否"。试看《永别了，武器》中的两段文字：

> 冬季一开始，雨便下个不停，而霍乱也跟着雨来了。瘟疫得到了控制，结果军队里只死了七千人。①

> 我们站在雨中，一次提一人出去受审并枪决。到这时，凡是他们问过话的都被枪决了。审问者们本身全没危险，所以处理生死问题来利索超脱，坚持严峻的军法。②

稍加咀嚼，我们就不难看出这两段文字的微讽口吻。但所不同的是，海明威的讽刺既迥异于斯威夫特等人的犀利辛辣，又有别于马克·吐温

---

① 海明威：《永别了，武器》，林疑今译，上海：上海译文出版社，1995年，第4页。
② 同上书，第167页。

等人的哈哈镜似的夸张,而是琵琶掩面,含蓄而来。

海明威在谈到《老人与海》时说:"《老人与海》本来可以写一千页那么长,小说里有村庄中的每个人物,以及他们怎样谋生,怎样出生,受教育,生孩子等的一切过程。"事实上他只把它写成了一部中篇小说,但它一点也不逊色于那些鸿篇巨制。海明威冷酷地压缩篇幅,这一方面是技术手段,同时也是他生活态度中不可缺少的一部分。《老人与海》是海明威"冰山理论"的典范,倘若按照海明威的那句"冰山"名言,也就是说,其隐藏在水下的八分之七究竟是什么?这正是作者希望读者进行思考的问题。当然,海明威的小说有的地方过于含蓄,如《雨中的猫》(*Cat in the Rain*,1922)竟显得有些隐晦了。美国评论家詹姆斯·菲兰(James Phelan)在论述海明威的短篇小说时也曾言及这一瑕疵。[①]

二、隐身法:不着一字,尽得风流

这是与含蓄法并存的艺术手段,它主要表现在通过直觉和人物的内心描写,如内心独白、思忖、回想等来达到刻画人物、描写环境的目的。同时,对事件、人物的真实描写,作者又往往不经自己的解释和说明而通过它们自身来显示它们的性质和意义。因此,海明威刻画人物完全凭借"事实",即人物本身的言谈举止。他对人物的性格从不作抽象的议论和概括性的介绍,对人物的外貌、语言特征、心理活动等也很少进行冗长的描绘。他笔下的人物完全是自己在表现自己,靠着自己的语言来展示自己的性格和心理状态,而作者却隐身幕后。《美国文学的周期》的作者罗伯特·E. 斯皮勒评论海明威时曾说:"他在写道书中的主人公时能冷静而不动个人感情地保持距离,就像在人去世后的第二天灵魂观察那天用的躯体

---

① 参见 Paul Smith，*New Essays on Hemingway's Short Fiction*，Cambridge：Cambridge University Press，1998.

一般。"①这是海明威所有的佳作具有的特点。《老人与海》是最典型的例证。

以人物的眼光关照一切,作者藏在背后等"角度法"原则的使用,是现代小说的一个重要手法。海明威非常注重处理叙事者与故事之间的关系,也就是说,他非常注重叙事情境的处理。一般来说,叙事情境有三种:第一人称叙事情境;作者叙事情境;人物叙事情境。海明威经常采用的是第三种。在这种叙事情境中,叙事者由一个反映者所取代,这个反映者是小说中的一个人物,他感受、观察、思考,但却不像一个叙述者那样对读者说话,读者乃是通过这个反映者的性格的眼光看待小说的其他人物和事件,既然无人承担叙述者的角色,所以场面直接在读者眼前打开。海明威在《老人与海》中圣地亚哥出海一段里写道:

> 陆地上空的云块这时像山岗般耸立着,海岸只剩下一长条绿色的线,背后是些灰青色的小山。海水此刻呈深蓝色,深得简直发紫了。②

这是一幅绝妙的彩色画,陆地、天空、大海、白云,应有尽有,唯独不见船和船上的渔夫,为什么呢? 因为这一切都是渔夫的视觉。如果这幅画中画上船和船上的渔夫,那就成了作者的视觉,反而多了一层阻隔,拉长了读者视线的距离。海明威在许多情景的叙述中,都是这样隐藏在故事中人物和事件的背后,使读者几乎无法感知他的存在。

实际上,《老人与海》中的这段描写,也是海明威的缘情写景之法的妙用。有了这幅由绿、青、蓝、紫组成的由远及近、由静到动的画面,作者就无须再去叙述这个一连 84 天都没有捕到鱼的老渔夫在第 85 天出海时的心情仍然是舒畅的,仍然有信心捕到一条大鱼。这一切都通过老渔夫眼中的景色表现出来,而作者却没有露面,正是所谓"不着一字,尽得风流"。

① 罗伯特·E. 斯皮勒:《美国文学的周期》,王长荣译,上海:上海外语教育出版社,1990 年,第 213 页。

② 海明威:《老人与海》,吴劳译,上海:上海译文出版社,1995 年,第 21 页。

这种手法在海明威的作品中比比皆是。"大风大雨闹了一天。风吹打着雨,处处是积水和泥潭。破房子墙上灰蒙蒙的,好不潮湿","葡萄园稀稀朗朗,枝上没有一片叶子,田野里湿漉漉的,一片灰黄色"。这两段描写是《永别了,武器》中的主人公在意军败北后撤退途中之所见,其凄凉的心情不言自明。至于士兵们的灰暗的厌战情绪,作者则更是不着一字,只描绘了一幅雨中行军图:

> 河上罩雾,山间盘云,卡车在路上溅泥浆,士兵披肩淋湿,身上尽是烂泥;他们的来福枪也是湿的,每人身前的皮带上挂有两个灰皮子弹盒,里面满装着一排排又长又窄的六点五厘米口径的子弹,在披肩下高高突出,当他们在路上走过时,乍一看,好像是些怀孕六月的妇人。①

在这段描写中,作者把自己的思想完全隐藏了起来,但同样获得了"春秋笔法"的效果,这也是"角度法"的妙用。海明威的作品常常是第一人称,不存在作者与主人公之间的距离。即使是第三人称,也是从主人公的角度去观察和表现人物与事件。

海明威的"隐身法"与19世纪小说中的心理描写迥然不同。海明威表现人物心理是依赖直觉的感受,他尽量拆除作者与读者之间的阻隔,正如他描写的景色、实物有一种可触性一样,他的心理描写也有一种可见性。他对19世纪小说的心理描写十分熟稔。他虽然对托尔斯泰《战争与和平》中的"阐发政治思想的大段文章"不感兴趣,而对其中的心理描写却十分钦佩。② 但海明威却不囿于托尔斯泰等著名作家的心理描写方法,而是另辟蹊径,选择了一条与前人相悖的路。

熟悉托尔斯泰的作品的读者不难发现,在他的作品中,托尔斯泰这位导演是无所不在的,即使是在大段的心理描写中读者也会感觉到作者的存在。而海明威的心理描写则恰恰相反,读者很难发现他这位导演的藏

---

① 海明威:《永别了,武器》,林疑今译,上海:上海译文出版社,1995年,第3页。
② 陈桑编选《欧美作家论列夫·托尔斯泰》,北京:中国社会科学出版社,1983年,第316页。

身之处。海明威心理描写的主要手法就是内心独白。海明威的名作《丧钟为谁而鸣》(*For Whom the Bell Tolls*，1940)中的美国军官乔丹在完成炸桥任务之后受了重伤时的内心独白可算是个典型。内心独白是现代西方作家惯用的创作技巧，海明威对此更是驾轻就熟。他特别善于在把握人物的整体意识之后表现心理的现实，使读者直接进入人物的内心世界，体味其内心活动。海明威的舞台几乎是空的，背景疏朗，道具甚少，我们只听得主人公独自在说话。当然，这些主人公，这些独白全是作者这位导演设计的，但我们却不知道这位导演身藏何处，犹如美学大师王国维所推崇的"无我之境"，迥别于 19 世纪西方小说中所运用的全能视角的"有我之境"的创作方法，令读者耳目为之一新。

三、简约法：唯铺陈之务去

海明威的作品极尽"简约"之能事，而唯"铺陈""庞杂"及"繁缛"之务去，一改亨利·詹姆斯等人作品中的复杂曲折的文风。在海明威创作之前，随着亨利·詹姆斯复杂曲折的作品的发表，小说出现了一股"句子长、形容词多得要命的"芜杂的文风。正如英国评论家赫·欧·贝茨(Herbet Ernest Bates)所说，"海明威是个拿着板斧的人"，他"以谁也不曾有过的勇气把英语中附于文学的乱毛剪了个干净"，他抡起"板斧"：

> 斩伐了整座森林的冗言赘词，还原了基本枝干的清爽面目。他删去了解释、探讨，甚至议论；砍掉了一切花花绿绿的比喻；清除了古老神圣、毫无生气的文章俗套；直到最后，通过疏疏落落、经受了锤炼的文字，眼前才豁然开朗，能有所见。
>
> ——《论现代短篇小说》[①]

[①] 董衡巽：《海明威研究》，上海：上海社会科学院出版社，1980 年，第 Ⅳ 页。

19 世纪后半期的英美小说往往句子长、形容词多得要命，像一列长长的火车，一眼望不到尽头，实在令人难以卒读。比较而言，我们倒越发觉得海明威的文体清新、舒展、简洁：

> 我们穿出森林，公路顺着一个高岗拐弯，前头是一片起伏的绿色平原，再过去是黛色的群山。
>
> ——《太阳照样升起》①

> 他安顿了下来。什么东西都不会来侵犯他。这是个扎营的好地方。他就在这儿，在这个好地方。
>
> ——《大二心河》②

海明威的创作态度十分鲜明，他曾说继承了巴尔扎克写实传统的德莱塞的作品"沉闷乏味"，说读《美国的悲剧》（*An American Tragedy*，1925)时，要依靠兴奋剂才不至于睡着。不可否认，海明威虽然没有倡导过一个文学流派，但他的简约的文风是有着很大的辐射性的，其影响远不只在美国。同时代的许多作家都受到了他的影响。《麦田里的守望者》（*Catcher in the Rye*，1951)的作者塞林格在这一问题上与海明威如出一辙，他的这部作品描写了一个少年反叛家庭、学校和社会环境的心情。作者在开篇第一句话就说："你要是真想听我讲，你想要知道的第一件事可能是我在什么地方出生，我倒霉的童年是怎样过的，以及诸如此类的大卫·考波菲式的废话。可老实告诉你，我无意告诉你这一切。"③而威拉·凯瑟则干脆提出"不带家具的房间"，指出"自巴尔扎克以来，小说的内部装饰过多"，而那些叠床架屋的细节描写以及各类专业知识的过细介绍，"不当是艺术家做的事情"④。

海明威正是"无意告诉"读者那些"诸如此类的大卫·考波菲式的废

---

① 海明威：《太阳照常升起》，赵静男译，上海：上海译文出版社，1995 年，第 118 页。

② 海明威：《海明威短篇小说集》（上册），陈良廷等译，上海：上海译文出版社，1995 年，第 241 页。

③ 塞林格：《麦田里的守望者》，施咸荣译，桂林：漓江出版社，1983 年，第 1 页。

④ Will Cather，*Not Under Forty*，New York：Alfred A. Knopf，1988，p. 43.

话"。这主要表现在他的文字功夫上。作者惜墨如金，他的作品有"电报式风格"的美誉。海明威小说中叙事状物用的是简洁清新、干净利落的散文文体，竭力避免使用描写的手法，避免使用形容词，特别是华丽的辞藻，因此句子简短，语汇晓畅，极具可读性。他在写作过程中为了"寻找一个正确的字眼"，往往寝食不安。海明威所用的词汇源于日常用语。但这些来自平常生活中的平常词汇在他的笔下却大放光华，获得了新的生命。当然，这一点与他一生的记者生涯也是密不可分的。

海明威笔下的人物对话一向为人们所称道，既简洁精练又包含着丰富的"潜台词"，往往像录音机一样只是将人物的对话客观地再现，很少加上解释和说明，甚至对人物说话时的神态表情、动作手势也不作任何冗长的描绘。对事件、人物的真实描写，作者又往往不经自己的解释和说明而通过它们自身来显示它们的性质和意义。海明威力争在有限的文字中表现出无限丰富的内涵来，因此，他不光是在对话上，在行动的描写上他也力求简洁精练，这首先是由于他具有高度的提炼、概括生活的能力。他说，"应该把一切可以抛弃的东西全都抛掉"，"凡是抛掉的东西，都应进入水下。这样才能使我们的冰山坚实牢固"。他的作品一向以简约精练著称，不是偶然的。海明威的短篇小说有的只有三四页的篇幅，他甚至还写过十几行、几十行的小品，但一样传神，从而给读者以足够的想象空间，唤起读者自己去想象，去补充，这不能不说是他这种简约手法的妙用的结果。

海明威非常注重用事实"说话"，反对凭空臆造，主张"事实的文学"。因此他的作品大多具有自传的性质。《老人与海》这类具有寓言性质的作品也是有现实依据的。作家对作品的情节、细节、场面等的描写都非常真实，有些地方简直像新闻报道般的准确。通过这样一种叙述的文体，把事件、景物、人物的行动、语言活生生地摆在读者眼前，使人有置身银幕之前之感。这样的手法在海明威的作品中俯拾即是，尤其是在他的短篇小说中表现得更为突出。

海明威小说的创作手法在其近40年的创作生涯中并不是一成不变

的。20世纪30年代下半期，为了直接反映特定时期的社会生活，他在《第五纵队》(*The Fifth Column*，1969)和《丧钟为谁而鸣》中对上述风格有所突破，常常直接表露自己的观点，直接抒发胸臆，采用了很多政论性很强的议论和抒情的手法。第二次世界大战之后，作者才又恢复了往日的风格。赫·欧·贝茨曾高度评价了海明威作品的这一创作手法，认为海明威在美国"引起了一场革命"。《英国文学的伟大传统》(*The Great Tradition in English Literature*，1948)一书的作者安妮特·T. 鲁宾斯坦(Annette T. Rubinstein)在他的另一部力作《美国文学源流》(*American Literature Root and Flower*，1955)中也说："海明威的影响在于其文体，他是自马克·吐温之后第一个对文学语言进行彻底改变的美国人。"[1]此语可以说是对海明威小说的创作手法的最大肯定。

---

① Annette T. Rubinstein，*American Literature Root and Flower*，Beijing：Foreign Language Teaching and Research Press，1988，p. 476.

论爱伦·坡的效果美学

　　爱伦·坡在其诗歌与小说创作中总能凭借各种手段制造出其预设的各种效果,这自然与其转益多师、博采众家之长并对之大胆融化创新密不可分,但爱伦·坡以其高度的文学自觉和超前的创作理念在创作上就就业业,惨淡经营,精心营构自己的效果美学,或许是其作品产生良好的美学效果的又一重要原因。在创作实践中,爱伦·坡"几乎总是从关心作品的具体效果这一美学角度来调整修改作品的主题和模式"①,在《诗歌原理》(*The Poetic Principle*,1848)《创作哲学》(*The Philosophy of Composition*,1842)《评霍桑〈故事重述〉》(*Review of Hawthorn's Twice-Told Tales*,1842)等爱伦·坡关于创作的主要著述和一系列短评中,"效果"是其中最重要的关键词,被置于极为显要的位置。仔细研读爱伦·坡的诸多评论和作品,可以发现,在其精心建造的"效果"理论中,产生搅动读者心灵效应的是其创作主旨,而这种效果的实现和增强正是借助了新与奇的结合、和谐的统一和理性的掌控等美学手段。

一、激荡心灵,使读者诚服

　　在探讨郎费罗(Henry Wadsworth Longfellow,1807—1882)的诗歌

①　埃默里·埃利奥特主编《哥伦比亚美国文学史》,朱通伯等译,成都:四川辞书出版社,1994年,第215页。

时,爱伦·坡说道:"心灵受到了震动,那心智也就不在乎接受扭曲的信息了。"①给这句话换一个说法就是,文学创作应以在读者的情感上产生尽可能强烈的艺术效果为最高宗旨,只要实现了这一效果,只要实现了美的传递,你就不会为作品所传达的扭曲之美或畸形之美感到惋惜或痛心,至于主题、技巧、修辞等诸如此类的具体创作元素的选取则无疑也都要建立在此基础之上,这正是追求文学作品效果的爱伦·坡所苦心经营的"效果"理论的核心所在。爱伦·坡的作品美韵纷呈,从音韵和谐之美、高贵典雅之美、超凡脱俗之美到怪异惊恐之美、抽象玄虚之美、颓败腐朽之美、疯癫痴狂之美等各种美的形态,都可在其作品中觅得踪影。爱伦·坡更钟情于畸形之美,推崇死亡激发的美感,似乎深谙缺陷美的特殊效果。从爱伦·坡有关诗歌和散文故事的见解与实践中,我们可以对爱伦·坡的这一创作美学有一个充分的认识。

爱伦·坡之前有关诗的界定早已是众说纷纭,正如他自己所言,"对诗歌的诠释从未能令大家心悦诚服"②,因此,爱伦·坡对此一直在思考和探索,努力构建自己的诗歌创作观。在《评约瑟夫·罗德曼·德雷克〈神仙犯罪诗集〉和费兹·格林·哈勒克〈魔法石城堡诗集〉》(*The Culprit Fay and Other Poems by Joseph Rodman Drake——Alnwick Castle with Other Poem by Fitz-Green Halleck: A Review*,1836)③一文中,爱伦·坡就做出了从抽象和实际两个层面阐释诗歌的尝试。抽象意义上的诗,他认为,是人类自身孕育的一种情感,一种在现世美的欣赏中被唤醒的"对美、崇高和神秘事物有所感知的情感"④,这种情感经文字表达之后

---

① G. R. Thompson, ed., *The Selected Writings of Edgar Allan Poe*, New York: W.W. Norton & Company, Inc., 2004, p. 642.

② Ibid., p. 605.

③ 约瑟夫·罗德曼·德雷克(Joseph Rodman Drake,1672—1719)和费兹·格林·哈勒克(Fitz-Green Halleck,1790—1867)皆为美国诗人,二人都受到当时美国文学批评界的褒奖。但是,在爱伦·坡看来,他们的作品缺乏想象力,难以激发和唤起读者的联想,因此将他们纳入优秀诗人的行列有欠考虑。

④ G. R. Thompson, ed., *The Selected Writings of Edgar Allan Poe*, New York: W.W. Norton & Company, Inc., 2004, p. 606.

便成为我们通常所说的诗歌。因而,他指出,一首诗不是意在彰显诗人的"诗才",而是"激发人们诗才的一种手段",检验其优劣与否的恰当方式只能是"衡量这首诗在他人心中激起诗情能力的大小"[①]。这时他与一般将诗看作是天才的艺术家们倾泻情感渠道的浪漫主义诗人的不同之处,也是其美学观念中最基本的一点。颇不相信冲动或灵感,强调创作应以感染读者的灵魂为创作主旨,就是要达到预定的效果,就是要具有算计、推敲和斟酌的才能。为了成功实现激发读者诗情的目的,我们看到,爱伦·坡时常将音乐和诗歌联系在一起,宣称诗歌唯有通过音乐才能为自己拓展属地,因为"或许只有在音乐中,诗情才被激起,才能使灵魂无限接近它所为之奋斗的宏伟目标"[②]。同时由于美具有"提升和净化灵魂的强烈效应",他又将美划入诗歌的范畴,提出"美是诗歌唯一合法的领域"。而另一方面,由于"任何发展到极致的美都有催人泪下的特点",爱伦·坡还认定"悲怆是诗的最恰当的基调"[③],并在《安娜贝尔·李》(Annabel Lee,1849)等作品中非常成功地践行了这一原则。爱伦·坡的上述论述后来在爱伦·坡的多篇论著中都有不同程度的重复出现,经过不断的充实和完善,它们最终成就的不仅是其与"音乐""美"和"悲"的不解之缘,同时也成为爱伦·坡诗情诗艺的真实写照。可以说,没有诗与音乐的结合,便不会有爱伦·坡日后包括《以色拉费》(Israfel,1831)、《钟》(The Bells,1848)等在内的多首以音韵美著称于世的诗作;没有美与悲的交织,便也不会有诸如《睡美人》(The Sleeper,1831)、《致乐园中的一位》(To One in Paradise,1834)、《丽诺尔》(Lenore,1843)等纷纷以"美女"和"死亡"为主题的感人至深的诗篇和小说。

与诗论相比,爱伦·坡有关散文故事的阐述不免多了几分含蓄和婉约,但同样切中肯綮。这里,他执着追求的依旧还是感染读者灵魂的效

---

① G. R. Thompson, ed., *The Selected Writings of Edgar Allan Poe*, New York: W.W. Norton & Company, Inc., 2004, p. 607.

② Ibid., p. 702.

③ Ibid., p. 678.

应,略有差异的只是在散文故事的创作中,爱伦·坡更注重"以真实(truth)为目标"①,强调应通过各种逼真的手法去"扣住读者的心弦"②,进而达到最激动人心的效果。恐惧是人类共有的最基本的情感之一,在故事中营造这种气氛有助于产生强劲的冲势,引发读者心中的共鸣,因此,爱伦·坡在他的小说创作中尤为看重和突显的也正是这种人类心理及心灵深处的真实。在《怪异故事集》的序言中,他就直言不讳地承认了这一点:"我坚持认为这(作品的主题)不是德国式的恐怖③,而是心灵的恐怖——由完全合理的源头(legitimate source)演绎而来,再以完全合理的结果(legitimate results)得以展现。"④而恰恰是这一点深深地打动了以心理描写见长的俄国 19 世纪作家陀斯妥耶夫斯基。陀氏在读罢爱伦·坡的作品后禁不住赞叹道:"他几乎始终选择最最不同寻常的现实,把自己的主人公置于最最不同寻常的外部或心理环境之中,他在叙述主人公的心理状态时多么细腻,多么真实,简直令人拍案叫绝!"⑤

当然,爱伦·坡在读者心中激起"一种激荡灵魂的兴奋"⑥的手段并不局限于此。有时,为了达到这个目的,他也会突破传统小说"用尽量逼真的词语刻画人物的经历和心理,在读者的心目中再现真情实景"的创作模式,"采用一种'召唤'或'暗示'的方法,像敲击燧石取火那样去击发读

---

① George Perkins and Barbara Perkins, *The American Tradition in Literature*（Vol.1）, Boston, Mass: McGraw-Hill Companies, Inc., 1999, p. 1308.

② G. R. Thompson, ed., *The Selected Writings of Edgar Allan Poe*, New York: W.W. Norton & Company, Inc., 2004, p. 674.

③ 19 世纪的美国尚处在文学事业的起步阶段,欧洲尤其是英国文学时常成为其争相效仿的对象,其中自然也会包括对德国古典哲学这一浪漫主义思想流派一大理论基础的借鉴和引用。由于这一理论观点中多使用一些玄妙深奥的词汇和术语,因此当时的美国评论界习惯给凡是抽象怪异的事物都贴上"德国"的标签,故而也称爱伦·坡短篇小说中渲染的恐怖气氛为"德国式的恐怖"。

④ G. R. Thompson, ed., *The Selected Writings of Edgar Allan Poe*, New York: W.W. Norton & Company, Inc., 2004, p. 621.

⑤ 陀斯妥耶夫斯基:《陀斯妥耶夫斯基论艺术》,冯增义、徐振亚译,桂林:漓江出版社,1988 年,第 58 页。

⑥ G. R. Thompson, ed., *The Selected Writings of Edgar Allan Poe*, New York: W.W. Norton & Company, Inc., 2004, p. 703.

者的想象"①。其中，"用描写代替叙事"②就是深得爱伦·坡赞赏而惯常采用的一种创作手法。他在《评罗伯特·蒙·伯德〈谢帕·李〉》（*A Review of Robert M. Bird's Sheppard Lee*，1836）③一文中指出，罗伯特小说的成功之处在于"作者的精力不是倾注在离奇事件的解释上，而是集中在对这些事件真切、透彻的描述中"，这种方法既能促使"人类头脑中一些最形象的事物在不知不觉中诞生"，也能使读者"轻易地感知和体验到作者的幽默，从而能一直坚持读完全文"，而"直白的陈述"这一手段的摒弃又能为读者"留下宽广的想象空间"④。于是，我们发现，无论是在他的推理小说还是心理小说中，读者眼前总会不时涌现一段段如《幽会》（*The Assignation*，1834）中对玛琪莎·阿布罗迪的眼睛、《贝蕾妮丝》（*Berenice*，1935）中对贝瑞尼斯的牙齿和《丽姬娅》（*Ligeia*，1938）中对丽姬娅的容貌这样被大量堆砌、叠加在一起的细节描写，而《丽姬娅》中则尤其如此。女主人公丽姬娅娇美的容颜在作者的精心刻画下跃然纸上，那"高洁而苍白的额头""比象牙还要纯洁的皮肤""满头浓密黝黑的天然卷发""轮廓优雅的鼻子""柔和微凸的表达自由的鼻孔"和"可爱的双唇""会笑的酒窝"⑤等细致入微的面部特征都以印象主义的笔触深深烙入读者的脑海中，同时又使读者产生不尽的遐想。

　　打动读者的心灵是爱伦·坡效果理论的出发点，"通过语言去引发读者的某种情绪，达到他所谓的'预设效果'"⑥，是爱伦·坡的创作原则所

---

① 盛宁：《爱伦·坡与"五四"运动以后的中国现代文学》，《国外文学》，1981 年第 4 期，第 9 页。

② 托多罗夫：《巴赫金、对话理论及其他》，蒋子华、张萍译，天津：百花文艺出版社，2001 年，第 108 页。

③ 这篇文章最早出现在 1836 年 9 月号的《南方文学信使》上。罗伯特·蒙特哥利·伯德（Robert Montgomery Bird，1806—1854），美国小说家，他的作品《谢帕·李》（*Sheppard Lee*）是一篇心理超自然小说，其中涉及了大量的有关灵魂转世的观点。

④ G. R. Thompson, ed., *The Selected Writings of Edgar Allan Poe*, New York: W.W. Norton & Company, Inc., 2004, p. 613.

⑤ Edgar Allan Poe, *Complete Stories and Poems of Edgar Allan Poe*, Garden City, New York: Doubleday & Company, Inc., 1966, p. 98.

⑥ 盛宁：《人·文本·结构——不同层面的爱伦·坡》，《外国文学评论》，1992 年第 4 期，第 81 页。

在。这种观点使爱伦·坡对先前以康德哲学为理论基础的浪漫主义学者们所持的只有天才才能从事的创作活动的观点进行再认识，对从事这一创作活动的主体所扮演的角色进行重新审视。在《创作哲学》中，爱伦·坡就将矛头直接对准那些标榜全凭灵感和直觉从事创作的作家们，提出文学创作与解决数学或机械问题一样，是艺术家通过借助一定的技巧所操控的活动，而艺术家的职责就是用冷静和细致的头脑分析、思考如何凭借对不同形式、声音、色调和情感的结合创造出形式各异的"美"和"真实"，以实现预期的效果。在《乌鸦》（*The Raven*，1845）的创作过程中我们甚至可以完全相信：诗人选定"悲凄"为渲染全诗的主基调不是出于个人的感情因素，而是为了彰显"美"而匠心独运的结果；每节末尾重复出现的"永不复生"（nevermore）和其他一系列哀婉阴郁的词语不是源于诗人内心深处歇斯底里的哭泣，而是鉴于洪亮的音响效果有助于突出主题和延宕哀声而精挑细选出来的①。

由此可见，爱伦·坡虽然身处浪漫主义大行其道的时代，承袭了英国著名诗人柯尔律治和德国一些浪漫主义学者的美学思想，但他并未囿于传统而因袭旧法，而是将自己的思考和智慧大胆融入其创作之中，这一方面反映在他对作品感召效果的注重和强调上，另一方面也体现在他积极探寻规律、试图把握预期效果的努力中。爱伦·坡以激荡读者心灵的效应为文学创作主旨的提出不仅将读者引入文学创作的领域，提升了读者在文本构建中的地位和作用，同时也"一层层地拨开了以康德哲学为基础的浪漫主义对诗歌和诗人创作活动所抱幻想的神秘面纱，揭去了其寄生在辛苦和技巧之上的暗示魅力的伪面具"②，从而在为美国新兴的文学事业开辟一条独立之路的同时也为自己觅得了一片创作空间。

①　G. R. Thompson，ed.，*The Selected Writings of Edgar Allan Poe*，New York：W.W. Norton & Company，Inc.，2004，pp. 678 – 679.

②　Rachel Polonsky，"Poe's Aesthetic Theory"，Kevin J. Hayes，ed.，*The Cambridge Companion to Edgar Allan Poe*，Shanghai：Shanghai Foreign Language Education Press，2004，p. 49.

二、不断创新，制造惊与奇

　　爱伦·坡以其在诗歌、小说等方面的超前的创作实践对欧美乃至世界文坛产生了重要影响，这一成就的取得主要归因于他超前的创作理念，而其创作理念的核心就是他反复强调的"效果"说。以搅动读者心灵为核心的"效果"理论既是爱伦·坡对前人创作思想的继承和发展，也是对他自己创作实践的高度概括和总结。新与奇的结合、和谐的统一、理性的掌控以及对预设效果的驾驭等理念，使其作品以全新的面目出现在读者面前，在诗歌特别是小说创作方面都开风气之先和形态之先，其创作不仅摆脱了作为美国文学源头的英国文学，还反过来给以长辈自居的英、法、德等欧洲文学注射了一剂兴奋剂，进而对美国文学独立的实现及其后来拔秀于世界文学之林做出了不可小觑的贡献。

　　"认为真正的独创不过是冲动所致抑或灵感使然，真是错莫大焉。"[1]既然搅动读者的灵魂是文学创作的最终目标，那么一部文学作品如何才能成功实现对读者的感染效果？集各种奇思妙想和缜密逻辑于一身的爱伦·坡在这方面当然也不会江郎才尽。事实上，在诸多评论中，爱伦·坡频频揭示营造效果的种种技法和手段，其智慧的火花不时闪烁在文字中，而"独创性"就是其关键词之一。

　　"独创性"（originality）素来被认为是文学创作中的一个基本要素，《牛津英语大词典》对该词所下的定义是："独创性即为新颖和创见性，尤指在文学和艺术创作领域中。"[2]其实，"独创性"的这一本义倒是暗合了"novel"这个后来被西方文学家们指称小说这一人类成年艺术的词的本义，即"new"（新）和"strange"（奇）。然而爱伦·坡对此却有着独到的见解。他在《杂文撰写》（*Magazine Writing*，1836）中指出，"认为真正的独

---

① 　Rufus Wilmot Griswold，ed.，*The Works of the Late Edgar Allan Poe*，Vol.4，New York：J. S. Redfield，1856，p. 397.

② 　特朗博、史蒂文森编《牛津英语大词典》（简编本），上海：上海教育出版社，2004 年，第 2022 页。

创不过是冲动所致抑或灵感使然，真是错莫大焉，独创应是缜密、耐心、巧妙地去糅合"。这无疑再次表明爱伦·坡与柯尔律治等人思想上存在着分歧，也说明创新对爱伦·坡而言是可以通过细致耐心的推理和各种巧妙的结合就能实现的创作目标。因此，后来在《创作哲学》中，爱伦·坡便以"数学家"的才智和头脑向众人展示了他"演绎推理"《乌鸦》的具体步骤和全过程。这种论证方式不免有几分刻意而为之嫌，但是从中也能证实一个问题，那就是借助新与奇的结合寻求创新显然已成为爱伦·坡"打动"读者心灵的一个必要手段。而且，爱伦·坡在他的创作实践中也的确是在致力于这一创作理念的尝试。他在众多小说创作中时而将"哥特小说中的暴力、凶杀的情节和阴森恐怖的气氛同侦探推理小说的手法结合在一起"[1]，时而在制造恐怖、幽默、讽刺等强烈感官刺激的同时"进行深入的心理和道德探索"[2]，时而还试图实现小说与诗歌、绘画、音乐和戏剧等多种艺术手法的融会贯通。借助这种新与奇的结合，不断促成小说诸元素之间、感性与理性之间以及小说与其他艺术形式之间的糅合，爱伦·坡满足的不仅仅是读者多层面的审美需求，同时也将自己对人性、对社会的多方位思考和探索传达给了读者，从而引起了读者内心深处的共鸣，使打动读者的目的最终得以实现。

基于爱伦·坡对创新的独特见解，在《评霍桑〈故事重述〉》中我们便不难理解，为什么爱伦·坡会对霍桑啧啧称赞，连连用"创新"一词称赏霍桑及其作品。爱伦·坡认为，霍桑具备"全方位的独创性"，创新意识是他"特有的品质"；他的作品是可以"令国人引以为豪的佳作"，因为从中处处都呈现出新与奇的结合[3]。此外，他还具体指出，"虽然《旁观者》（The

---

① 朱振武：《在心理美学的平面上——威廉·福克纳小说创作论》，上海：学林出版社，2004 年，第 183 页。

② 肖明翰：《爱伦·坡哥特小说选》，成都：四川人民出版社，2001 年，序言第 10 页。

③ George Perkins and Barbara Perkins, *The American Tradition in Literature*, *Vol.1*, Boston，MA：McGraw-Hill Companies，Inc.，1999，p. 1309.

Spectator)①、欧文和霍桑都有我们特称为恬适的那种平静、柔和的文风，但是在前两者身上，这种恬适的获取是以失去新与奇的结合，也就是以失去创新为代价的，以至于所剩下的主要就是以平静、冷淡而又朴实的言语来表达的平淡无奇的思想和谦逊纯正的撒克逊式文风"，可是霍桑却能将"恬适的文风与思想上的高度创新"一同融进作品，使其作品既无"刻意雕琢的明显印痕"，也不缺乏"新与奇的结合"②。爱伦·坡举例说，尽管霍桑在《山涧》(*The Hollow of the Three Hills*，1830)③中选取的是司空见惯的主题，然而故事却是利用读者审美心理的联觉现象，通过对"声"而非常见的"形"的大量描写展开的，使得读者在最终获得平面文字描述的同时也深切体验到了有形的事物，从而极大地强化和提升了作品的感染效果。这里，为爱伦·坡所崇尚的"独创性"的意义无疑又一次得到了有效验证，说明其于爱伦·坡不再只是衡量作品成功与否的一个重要标准，而是已经成为制造效果的一种有效措施，一种自然且又新奇的营造效果的手段。

其实，爱伦·坡之所以钟情于用新与奇的结合制造效果和感染读者，与他对"想象"这一概念的独到见解有密切关系。在《评托马斯·胡德〈散文诗〉》(*Prose and Verse by Thomas Hood*：*A Review*，1845)④一文中，他在区分想象(imagination)、幻想(fancy)、幻觉(fantasy)和幽默(humor)的同时，也阐明了四者的相通之处，指出"糅合(combination)和

---

① 为理查德·斯梯尔(Richard Steele)与约瑟夫·艾迪生(Joseph Addison)合办刊物，发表了许多以当时社会风俗、日常生活、趣味等为题材的文章，他们基于新古典主义美学原则之上的清新秀雅、轻捷流畅的文体成为后人模仿的典范。

② George Perkins and Barbara Perkins，*The American Tradition in Literature*，Vol. 1，Boston，MA：McGraw-Hill Companies，Inc.，1999，p. 1307.

③ 小说讲述的是一位巫师为一名忏悔者重现历史、预示未来的故事，作者并没有按照惯常的做法描述魔镜中的情景或是升起一股浓烟，将人物置身于遥远的过去和将来，而是用巫师的斗篷遮住忏悔者的眼睛，让他通过声音感知自己的过去与未来。

④ 托马斯·胡德(Thomas Hood，1799—1845)，英国著名诗人和杂志编辑，其作品中多怪诞式的幽默和低沉的语调。爱伦·坡借当时美国出版其诗集《散文诗》的机会，对评论界诸多存有异议的概念进行了讨论，其中就包括对想象、幻想、幻觉和幽默的阐释。

新奇(novelty)"①是它们共有的组成部分。② 由于"在尚未被结合在一起的众多元素中,纯正的想象只在美或丑之间挑选最适宜结合的成分"③,所以想象被爱伦·坡理所当然地推入了最前列。他认为,凭借想象寻求新奇事物的结合如同化学反应,经过"糅合"后总能生成一种全新的事物,从而说明"想象的疆域"也应该是"漫无边际"的④。有这一思想做坚实后盾,爱伦·坡在其创作实践中便极力主张"将滑稽夸张为怪诞,害怕渲染成恐惧,诙谐扩展为粗俗,奇特想象为怪异和神秘"⑤,以此营造感染读者的效果。巴赫金或许也洞悉和体察到了这一点,遂在爱伦·坡的作品中挖掘出潜藏在其中的一个隐性原则——"界限原则",称"坡是极端、过分和最高级事物的创造者;他把任何事物都推至极限——可能时就超出极限,他所感兴趣的是最大或最小;某种性质所达到的最高程度,或者(这往往是一回事)是使该性质有可能转向其反面的程度"⑥。

想象能以新与奇的结合为文学创作注入无限的动力显然已为爱伦·坡所深信不疑,那么如果再有人不求创新,只知盲目模仿附庸,因袭他人,就必定要成为爱伦·坡公然抨击的对象。由于当时的美国尚处于文学事业的起步阶段,其奉欧洲、尤其是英国学术为正典的文学批评界自然也就成了爱伦·坡的靶子。在《如何写布莱克伍德式文章》(*How to Write a Blackwood Article*,1838)中,爱伦·坡借踌躇满志的青年作家普塞克·

---

① G. R. Thompson, ed., *The Selected Writings of Edgar Allan Poe*, New York: W.W. Norton & Company, Inc., 2004, p. 669.

② 爱伦·坡有关想象、幻想、幻觉和幽默的观点在一定程度上是对柯勒律治思想的继承与延伸,因为在此之前,柯勒律治在幻想和想象之间已做过区分。他认为,二者的最大区别在于想象具有创造力,而幻想则只限于对现存事物的反映,因此是一种低级的心理活动。然而,这二者在坡看来却无本质的差异,它们都是通过新与奇的结合重现事物;即使有差别,那也只是结合融洽程度上的不同。

③ G. R. Thompson, ed., *The Selected Writings of Edgar Allan Poe*, New York: W.W. Norton & Company, Inc., 2004, p. 669.

④ Ibid.

⑤ Ibid., p. 597.

⑥ 托多罗夫:《巴赫金、对话理论及其他》,蒋子华、张萍译,天津:百花文艺出版社,2001年,第99页。

泽诺比阿（又名苏克·斯诺普斯）之口道出了 19 世纪初期在物欲横流的美国刮起的浮夸和剽窃之风。鉴于以钱钱博士为首的"普瑞蒂布鲁拜迟"①协会出版的作品"品位极低！没有深度，没有可读性，也不成体系——既缺乏学者所称的灵性，也缺少被无知之徒有意诬蔑为玄奥的东西"②，普塞克·泽诺比阿在加入协会伊始便试图扭转这种风气，向当时名噪一时的《布莱克伍德》(Blackwood)杂志的主编取经学习，可是最终获得的却仅是一些剪切和粘贴的技巧而已。同样，辛格姆·鲍勃在《辛格姆·鲍勃先生的文学生涯》(Literary Life of Thingum Bob，1844)中也坦言，自己在创作道路上蹒跚起步之初由于缺乏自信曾尝试"在位于城镇一隅的一个旧书摊的垃圾堆里捡出几册已被人完全遗忘或仍不为人知的老卷本"③，经过一番剪贴之后寄往杂志社却遭到严厉的斥责，随后便决定依靠"诚实"重新开始，改做文学批评工作，因为他发觉这项任务远非创作那般来得繁重和辛苦，只需找到几本出自名人或学者之手的廉价印刷物和一些理论读本，经过筛选和拼贴等加工程序即可成形并赢得一片喝彩。这里我们不禁发觉，虽然作为唯美主义者的爱伦·坡提出"独创性"是基于对作品感染效果的考虑，但是"他对美国批评界的批评无疑也起到了正本清源、振聋发聩的作用"④，而他对创新意识的强调无疑也激发了美国文人纷纷立足本国寻求创作素材的欲望。

我们有理由说，通过对"独创性"的二度定义和重新阐释，爱伦·坡已走出浪漫主义将创作全权委托于灵感的误区，在许多方面都打破了传统文学创作中存在的清规戒律。在用新与奇的结合为"感召"效果的实现提

---

① 英文原名为 P.R.E.T.T.Y.B.L.U.E.B.A.T.C.H.，分别是 Philadelphia，Regular，Exchange，Tea，Total，Young，Bells，Letters，Universal，Experimental，Bibliographical，Association，To，Civilize，Humanity 的首字母，为钱钱博士所命之名，因为在他看来此名足够大气，听上去有如空荡的大朗姆酒桶发出的声音。

② Edgar Allan Poe, *Complete Stories and Poems of Edgar Allan Poe*, Garden City, New York：Doubleday & Company，Inc.，1966，p. 321.

③ Ibid.，pp. 306 - 307.

④ 彭贵菊、熊荣斌、余非编著《爱德加·爱伦·坡作品欣赏》，武汉：武汉测绘科技大学出版社，1999 年，《前言》第 10 页。

供有效途径的基础之上，他也借渊博的学识和敏锐的才思拓展了文学活动的领域，并为争取美国"文学独立战争"吹响了号角。

三、重视效果，营造美学

"和谐"作为营造效果的一种手段落实在创作环节就是要为效果服务。因此，除了大量诉诸音乐这一"宇宙谐音"强化效果之外，爱伦·坡在他的论著中还着重强调"效果的统一和完整"，提出要以效果框定作品的内容和模式，从而确保读者能感受到"最激动人心的效果"，这也是爱伦·坡批评理论的又一核心。

美学思想中"和谐"观念的出现可追溯至古希腊毕达哥拉斯学派的"美在和谐"说，当时包括菲罗劳斯（Philolaos）和尼各马可（Nicomachus）在内的一些早期毕达哥拉斯学派成员认为和谐应是不同因素的统一与协调，后来深受谢林、康德、席勒等德国古典美学代表人物影响的柯尔律治在对美的本质予以解释时也说道，"这种众多中的统一就是美的本质"[①]。虽然爱伦·坡对"和谐"（harmony）未做过系统和正式的阐述，但是他在自己的评论著作中也时常提及和谐在作品效果营造中的重要性，称"失调"与"不一致"是美的最大敌人，"创作旨趣只管呈现美，所不能容忍的对立面只与是否合适、和谐和是否比例恰当有关——简言之，只与是否美有关"[②]。不同的是，"和谐"于前者是一种特性，而对爱伦·坡来说却是一种服务于效果的"手段"。

爱伦·坡借助"和谐"建构效果的最有力证明当数他对音乐的把握。如上所述，爱伦·坡选择音乐为构架诗歌的一个重要手段是因为音乐能使灵魂最大限度地接近神圣的美，其实个中更深层的原因应归属于他对

① 刘若端：《十九世纪英国诗人论诗》，北京：人民文学出版社，1984 年，第 104 页。
② G. R. Thompson, ed., *The Selected Writings of Edgar Allan Poe*, New York: W.W. Norton & Company, Inc., 2004, pp. 638 - 639.

音乐为"宇宙谐音"①的认识。早在爱伦·坡之前,毕达哥拉斯学派就已提出,音乐作为对立因素的和谐统一体,是"自然中诸多事物统一的基础,是世界上最好事物的基础"②,并称"音乐的目的绝不只是仅仅予人以快感,而且是要塑造人的灵魂或性格。通过音乐,人的灵魂可以摆脱肉体的羁绊而得到净化"③。这些观点都与爱伦·坡对诗歌的感悟不尽相同,他后来对诗歌"美的节奏性创作"④的定义和一系列以音韵美见长的不朽诗篇的问世可以说一定程度上得益于此。所以在诗歌创作中,爱伦·坡始终努力将音乐中的音律、节奏和音韵发挥到极致,借对音响效果的调控实现视觉美感与听觉谐音的协调统一。即使在散文故事中,他竟也会不失时机地插入一段诸如对"狂想曲"和"华尔兹"的描写,或是将听觉效果恣意渲染一番,以向读者展示人物狂放怪异的性格或是传达令人毛骨悚然的种种恐惧。

"和谐"作为营造效果的一种手段落实在创作环节就是要为效果服务。因此,除了大量诉诸于音乐这一"宇宙谐音"强化效果之外,爱伦·坡在他的论著中还着重强调"效果的统一和完整",提出要以效果框定作品的内容和模式,从而确保读者能感受到"最激动人心的效果"⑤,这也是爱伦·坡批评理论的又一核心。在《诗歌原理》和《创作哲学》两篇文论中,关于如何围绕预期效果选取诗歌中的基调、叠韵、意象和设置高潮、场景等具体诗艺问题,爱伦·坡就展开过详尽的讨论。而且在《创作哲学》中,他自己也曾坦言:

> 我喜欢从考虑效果入手。在时常关注创新的同时……因为倘若有人胆敢舍弃这样一个如此明显、如此容易汲取趣味的源泉,那他是在冒

---

① 蒋孔阳、朱立元主编《西方美学通史》(第一卷),上海:上海文艺出版社,1999 年,第 69 页。

② 蒋孔阳、朱立元主编《西方美学通史》(第一卷),上海:上海文艺出版社,1999 年,第 68 页。

③ 同上书,第 76 页。

④ G. R. Thompson, ed., *The Selected Writings of Edgar Allan Poe*, New York: W.W. Norton & Company, Inc., 2004, p. 702.

⑤ Ibid., p. 646.

天下之不题……我会最先叩问自己，"在众多能感化心智或曰（更宽泛些说）灵魂的效果或印象中，我应该为眼前的这篇选用哪种？"①

同样，在《评霍桑〈重述的故事〉》中，爱伦·坡也以类似的笔调阐释了在散文故事的创作中，"技巧娴熟的艺术家"应如何从"效果"着手，经过精心策划和巧妙编排，力图使故事中的每一件事、每一细节，甚至是一字一句都为预想的效果服务②。爱伦·坡对语言的作用和魅力是深信不疑的，从《言语的力量》（*The Power of Words*，1845）和《催眠启示录》（*Mesmeric Revelation*，1844）等众多作品中，我们都能看到爱伦·坡的这一点。被纳入世界优秀短篇小说之列的《厄舍古屋的崩塌》（*The Fall of the House of Usher*，1839）可以说就是爱伦·坡"用有板有眼的统一性与整体效果，达到了艺术上的尽善尽美"③的一个比较成功的范例。这篇故事开始，一个低沉、冗沓的圆周句既已勾勒出一副寂寥死静的画面，奠定出哀婉凄恻的悲凉基调；随后一系列环环相扣的细节描写和阴郁颓败的恐怖气息令此时的读者虽已被压得喘不过气来，但却是欲罢不能；最后厄舍兄妹的双双死去和古屋的坍塌更是让读者感受到了理智在一时间的分崩离析。

同样是出于对和谐的考虑，爱伦·坡在统一论中突显"效果"重要性的同时也从一定程度上对故事情节在传统小说中的主导地位予以消解，认为情节的完整固然重要，但应以不破坏效果的统一为首任。爱伦·坡在《评爱德华·利顿·布沃尔〈夜与晨〉》（*A Review of Night and Morning by Edward Lytton Bulwer*，1841）④一文中指出，虽然"情节是牵一发而动全

新文科理念下美国文学专题九讲

---

① G. R. Thompson，ed.，*The Selected Writings of Edgar Allan Poe*，New York：W.W. Norton & Company，Inc.，2004，p. 676.

② George Perkins and Barbara Perkins，*The American Tradition in Literature*，Vol. 1，Boston，MA：McGraw-Hill Companies，Inc.，p. 1308.

③ 盛宁：《二十世纪美国文论》，北京：北京大学出版社，1993 年，第 62 页。

④ 利顿（Edward Bulwer Lytton，1830—1873），英国作家，其长篇小说《夜与晨》属半青年成长、半罪犯小说。爱伦·坡在这篇文章中对该故事情节做了简短的介绍之后，随即展开的是对情节在小说构建中合理地位的讨论。他认为《夜与晨》的情节虽然完整，但是读者在频繁变换的场景中却无法获得深刻和统一的印象，难以产生震撼心灵的效应，所以此法不可取。

身的大事"，但是如果作者"过于注重情节的发展"而忽视读者的感受，那么"无论故事自身的结构有多完整，都可能难以满足阅读的需要"①。所以，在他的短篇小说《幽会》中，以往重因果关系演绎的故事情节已经被明显降格，取而代之的是对感染读者心灵效应的刻意渲染。故事中只有玛琪莎·阿布罗迪临别时的一句话（"太阳升起一个小时后相见"）和"我"在陌生人家中无意翻书时发现的一首印有泪水和墨迹的爱情诗与二人双双服毒自杀的结局形成链式反应，此外全是对威尼斯水城中的一条小河和陌生人的城堡以及出场人物展开的细微描写。通过这种布局方式，爱伦·坡不仅可以让读者在连续的画面中获得对人物和环境更为深刻、鲜明的印象，而且最终男女主人公相约而死的真相也能令读者在追溯二人关系的过程中进一步加深已有的记忆，从而使作品的艺术感染力得到强化和提升。

如果说音乐谐音与统一论是作为有助于加强效果的和谐音符被爱伦·坡引进其评论和创作之中的，那么道德说教则是以趋于削弱效果的刺耳音符而被爱伦·坡执意排除在创作旨归之外的。19 世纪的美国，无论在创作领域还是在批评界都盛行一种重社会道德教育功能的观念，强调文学应肩负规范社会、经济、道德秩序和提升大众审美品位的职责，这无疑与爱伦·坡精心构建的"效果"理论的主旨背道而驰，故而被其称作是"说教异端"②。为了驳斥这种文以载道的"荒谬性"，爱伦·坡特意将人的思想划分为三块迥然有别的区域："纯理智辖真理区""旨趣辖美区"和"道德感辖责任区"，指出这三个区域虽"互有联结"，但所负职责截然不同，企图从理论上为文学艺术的发展寻得一片净土。③ 同时，他还多次在不同地方解释说，由于对待诗和真理的描述需要使用风格迥异的言语，所以"任何无视两者之间的差别，一味试图调和诗与真理两种截然相反的人

---

① G. R. Thompson，ed.，*The Selected Writings of Edgar Allan Poe*，New York：W.W. Norton & Company，Inc.，2004，pp. 625 - 626.

② Ibid.，p. 700.

③ Ibid.，p. 638.

都是不可救药的理论狂"①。不过,由此断言爱伦·坡的文学创作观存有道德盲区则不免有失公允,因为无论是在其推理小说还是哥特式小说中,读者从中都能觅到惩恶扬善的道德痕迹,无论是在他诙谐幽默的讽刺小说还是瑰丽奇特的幻想小说中,读者从中也都能感受到爱伦·坡潜意识中对人类生存状况的深切忧思。其实从爱伦·坡评朗费罗时说的一句话②,我们最能看出他对文学教化功能所持的真切态度。爱伦·坡并不认为一个富有诗意的主题不能包含道德说教的蕴意,而是觉得道德说教的蕴意绝不能像在朗费罗的多半作品中那样过分凸显。由此可见,爱伦·坡有关文学教化功能的讨论也是以取得"和谐"效果为出发点的。换而言之,说教因素的存在要以不影响预期效果为先决条件。

"和谐"观念虽早已有之,然而爱伦·坡却赋予它以新意,这一方面得益于他对前人思想的深刻领悟和熟练把握,另一方面又源于他对"效果"理念的苦心经营:创作之初,为了强化精心构建的各种效果,可预先设定效果,以确保其统一完整;创作之中,为了无限接近预想目标,可引进音乐谐音和渲染音响效果;还可以削减情节的比重与调和过于浓烈的说教色彩,以免不协调的成分破坏整体效果。总之,"和谐"于爱伦·坡已不再是传统意义上的属性或特质,而是服务和强化预期效果的一种有效手段。

四、精确推理,形式与内容并重

在阐述如何设置效果并依据预期效果构建文本的时候,爱伦·坡首先提出一个看似精准的概念,即作品感召效果激起的兴奋程度要"既不高于大众水平也不低于评论家的品位";其次,鉴于"作品的篇幅必须与预期

---

① G. R. Thompson, ed., *The Selected Writings of Edgar Allan Poe*, New York: W.W. Norton & Company, Inc., 2004, p. 701.

② 爱伦·坡就朗费罗的诗作曾发表过一系列的评论,从而也引发了爱伦·坡所谓的"小朗费罗之战"(Little Longfellow War)。其中,有关文学作品是否应该承载教化功能的问题是二人争论的一大热点。

效果的强烈程度成正比"，他推导出一首诗歌的理想长度应是"一百行左右"的结论。最后，他继续借用同样的方式推理出作品的主题和基调，并将目光转向"常用的归纳方法"，以期确定构建作品的"兴奋点"（points），亦即"支撑点"，以及其他诸如此类的创作要素。

在一篇题名为《美国的诗人与诗歌》（The Poets and Poetry of America，1845）的文章中，爱伦·坡开门见山地说道：

> 　　无论在国内还是在国外，总有人频繁且又信誓旦旦地声称，我们美利坚合众国是缺少诗情画意的民族。这种诽谤广为传播，久而久之也就变成真理为人所接受了……但事实上我们却可以证实，说计算斟酌的能力与想象是彼此冲突的，这是个谬谈；事实上，对心智能力做这样截然的对立和划分，从来都是不能成立的。想象力的最高境界历来就是数学的境界，反之亦然。①

事实是否尽然，我们姑且不予理会，但是爱伦·坡力争实现感性和理性双重思维并举，却是毋庸置疑的。

或许是受美国当时物质主义和达尔文进化论的影响，也许是为纷繁复杂的技术体系和破解宇宙万物之谜的种种微妙的科学方法所吸引，我们发现，爱伦·坡时而在以浪漫主义天才的灵感寻求登峰造极的境地之余也会以冷峻的眼光洞察世事人情，有时在任想象天马行空地自由驰骋的同时又以缜密的逻辑进行精准的因果演绎。其中，《创作哲学》就可称得上是爱伦·坡以数学家的身份演绎的一道推理题。爱伦·坡似乎是要向世人证明：文学创作的实质无异于数学演算，只要诉诸于理性，经过一番细致严密的算计、斟酌以及推导论证即可成就一部作品，而作品的艺术效果也可以在这一过程中为作者所牢牢掌握。

至于在诗歌和散文故事的创作中，爱伦·坡给予我们更多的是关于

———————————

① Edgar Allan Poe，"The Poets and Poetry of America"，*The Aristidean*，1845，November p. 373. http://www.eapoe.org/Works/essays/a451101.htm.

如何依赖理性营造效果的现身说法。尽管感染读者心灵的效应在他人看来是一个多少有几分虚幻缥缈的目标,但是诚如美国著名评论家洛威尔(Robert Lowell)所说:

> "对他(爱伦·坡)而言,X 始终是一个已知量。在他描绘的任何图景中,他清楚自己所有色彩的化学成分。无论他的人物显得有多模糊,也无论那些暗影有多斑驳,这些事物的轮廓在他眼中都有如几何图形一样清晰可辨。"[①]

的确,爱伦·坡以自己擅长的逻辑分析为这一目标的实现找到了一个可供操控的支架。在早期以推理小说为主的作品中,爱伦·坡就借助在大量客观细节交代中展开的因果演绎成功扣住了读者的心弦,使读者既在"我"的叙述中获得"亲临现场"的感受,又在杜宾先生的带领下参与断案和重整思绪。同样,在其后期较多关注人性、描绘人类内心世界的短篇小说中,爱伦·坡抽丝剥茧式的细致分析不仅向读者提供了领略人类精神世界之疾苦与混乱的机会,同时也"为他笔下最虚幻的故事增添了一层奇妙的真实色彩"[②],从而实践了他提出的小说应以"真实"为目标的创作理念。

诚然,借助逻辑推理围绕预期效果选取创作素材和手法的方式并不是以追求神圣美为目标的爱伦·坡试图驾驭"效果"的唯一手段,他有时也会从舞台效果显著的戏剧表演中寻求一些灵感。因而,除了将文学创作与数学演算等同起来之外,爱伦·坡同样也在文学与戏剧中发掘出共通之处,他在评论中不时引入一些形象且又不失内涵的戏剧比喻和入时的行话来说明这一点,他对舞台效果的借鉴也证明了这一点。在爱伦·坡看来,创作就如同表演,所以,为了让读者获得最深切的感受,作者需做

---

① James Russell Lowell, *Our Contributors—No. XVII*, *Edgar Allan Poe*, Lan Walker ed., *Edgar Allan Poe：The Critical Heritage*, London：Routledge, 1986, p. 164.

② Ibid., p. 165.

的便是根据预期效果仔细挑选和充分调用"轮子和齿轮""高蹬梯子和神魔出入口"以及"鸡毛、红漆、黑补丁"①等之类的幕后道具。同时,在故事场景的设计中,鉴于"闭合的空间区域是使单个事件产生效果的必要条件,因为它能给整个图画制定一个框架"②,他又常常将故事多半置于一个有限的空间区域内,而哥特式建筑是他制造恐怖效果的首选。而且,在意识到戏剧舞台在渲染效果方面得天独厚的优势之后,爱伦·坡更是在自己的创作实践中有意识地增添对声、光、色的描写,以此强化作品的艺术魅力,进而更好地实现感染读者的创作目标。于是,在《陷阱与钟摆》(*The Pit and the Pendulum*,1842)、《红死魔的面具》(*The Masque of the Red Death*,1842)等一部部以惊险恐怖著称的短篇小说中,读者从中体验到的不只是心灵上的震颤,伴随而来的还有听觉和视觉上的强烈刺激以及种种身临其境的感受。需要指出的是,尽管这些都源自爱伦·坡追求效果的唯美主义情趣,但是他在力争实现自己创作理念的同时也增强了作品的审美价值,拓展了读者的审美纬度,而且更重要的是他在以高度自觉的文人精神积极探求感性与理性之间的平衡点,引领着浪漫主义重回理性的关怀。

爱伦·坡的效果理论及其创作实践对现代主义产生了很大影响。现代主义作家所关心的是怎样写,写什么并不是最重要的,他们"往往都是有机形式主义者,认为内容即形式,形式即内容,离开了形式便无所谓内容"③。从这个角度来说,爱伦·坡的效果美学是现代主义的先声。盛宁先生对爱伦·坡的这一创作思想曾有过精练的概括,"聪明的艺术家不是将自己的思想纳入他的情节中,而是事先精心策划,想出某种独特的、与众不同的效果,然后再杜撰出这样一些情节——他把这些情节联结起来,

---

① G. R. Thompson, ed., *The Selected Writings of Edgar Allan Poe*, New York: W.W. Norton & Company, Inc., 2004, p. 676.

② Ibid., p. 681.

③ 曾艳兵:《现实主义·现代主义·后现代主义小说辨析》,《外国文学》,2006 年第 1 期,第 45 页。

而他所做的一切都将最大限度地有利于实现那预先构思的效果。"①可见，爱伦·坡的效果理论就是现代主义作家们所关注的形式和内容的和谐关系问题。尽管爱伦·坡本人也远不能尽善尽美地实现他所预设和要取得的美学效果，但正如波德莱尔（Charles Pierre Baudelaire）在称赞爱伦·坡时说，爱伦·坡之所以赢得众人的赏识，在于"他对美的爱，对美的和谐条件的认识；……尤其是这种完全特殊的才能，那种使他能够用一种完美的、动人的、可怕的方式描绘和解释……的独一无二的气质"②。可以说，或许正是因为这份独特的气质和超前的创作理念，爱伦·坡不仅没有在文化土壤贫瘠、实用观念高于一切和支配一切的国家里随波逐流，反而以追新求异的探索精神为"美"的事业竖起一面特立独行的大纛，在新生的美国文学发展过程中独辟蹊径，一改对欧洲文学特别是英伦文学的顶礼膜拜之风。爱伦·坡没有在浮华玄虚、道义浓厚的浪漫主义洪流中被吞噬，反而凭着自己的那份执着、努力和才情使美的实现成为可能，为美轮美奂的诗歌和小说等文学样式植根于新大陆进而实现本土化作出了一份贡献，也为他身后的文学家们提供了诸多可供摹写的范本。

新文科理念下美国文学专题九讲

84

---

① 盛宁：《爱伦·坡与"五四"运动以后的中国现代文学》，《国外文学》，1981 年第 4 期，第 9 页。
② 波德莱尔：《1846 年的沙龙：波德莱尔美学论文选》，郭宏安译，桂林：广西师范大学出版社，2002 年，第 166 页。

论福克纳的焦虑写作

威廉·福克纳由于自卑情结和潜意识等心理因素,在具体的小说创作,特别是人物塑造和情节安排上,表现出强烈的心理定式和明显的范式化倾向,他笔下的男性多处在成年的努力、焦虑、矛盾和成年后的困惑之中。特别是中篇小说《熊》(*The Bear*,1942),其情节模式与远古时期的成年礼仪有着明显的同构关系,在意蕴方面二者也有着很大的重合面。但福克纳却化用了这一创作范式,使其作品从传统的成年礼母题小说中脱颖而出,并大大升华了作品的主题内涵。福克纳在其他几部小说中也巧妙地运用了成年礼范式并成功地实现了对这一范式化手法的化用与超越,从而满足了人们潜意识中对原型模式的阅读期待,唤起了人们内心深处的情感共鸣,同时又将作品引申为对人们赖以生存的自然环境和人类自身未来的尴尬境地的关注,进而达到了文学所企图实现的新的高度。

任何作品都可经由一定的辨认方式将之看成是两种形态构成的,其一是呈现于作品表面、可具体察视的现象形态,其二是隐蔽于现象形态之后,因而难以在创作与阅读中发现的范式形态。就其后者而言,它虽是看不见、摸不着的,却起着组织表面材料的主导作用,因而一直是评论家们关注的对象之一。但评论家们对这一范式形态的"称谓"却不尽相同。广义地来说,这种范式形态不仅种类繁多,而且名称不一,诸如"结构""形式""典型""原型""母题"等,不一而足,这里皆用范式(paradigm)一词对之加以概括。一般说来,早期艺术是不自觉地表现范式,写实艺术是以现

论福克纳的焦虑写作

象来蕴涵范式,而现代艺术则是有意识地凸现范式。但这种对范式的"有意识的凸现"并不像"类型化"、概念化、图式化那样对形象进行有意识的理性概括,而是将思维落点放在事物的客观属性上,由这种客观属性去统一对象,将对象纳入由思维限定了的模式之中。对福克纳的创作进行范式方面的研究,可以使我们对其作品有个更为清晰的认识和定性,进而揭示其心理存在与发生的方式,找到其心理根源。"存在于心理内部的艺术范式就像是一个使人迷惑的'结',而随着它的解开,许多相关的问题便会豁然开朗。"①从这个角度来说,范式与意象有着很大的相似之处。"意象,并不是对外部世界的反映,而是经由内心体验而产生的幻想。""意象是意识和无意识在瞬间情境中的联合的产物。"②只是范式与意象相比有着较大的稳定性。可以说,福克纳并不是刻意使用这些范式。他在谈到创作时曾说:一些人在周旋于作家作品时,因为其中的常识、象征、比喻而获得大量的愉悦……但是作家自己则过于忙于在自身及背景的冲突中直接地描绘形象,以至于不能考虑、甚至关心他是否在重复他自己或是否使用了象征。从这段话中我们看出,福克纳在小说创作的过程中,由于完全沉浸在故事的讲述和人物内心世界的揭示上,因此无暇过多地考虑其创作手法或者创作模式,他只是在用心讲述人们的故事,讲述人们内心的故事,好像在凭本能行事,有着很强的自主情结。③ 但从这一点上来说,福克纳创作范式的无意识性正暗合了荣格"集体无意识"的原型理论。由于潜意识的作用,福克纳的创作不自觉地就落入了人类思维的某种共同模式,反映了某种人类生活的共同经验,更加具有原型意象。事实上,从《喧哗与骚动》(*The Sound and the Fury*,1929)的整个范式框架来看,它的

---

① 童庆炳主编《现代心理美学》,北京:中国社会科学出版社,1993 年,第 337 页。

② 荣格:《心理学与文学》,冯川、苏克译,北京:生活·读书·新知三联书店,1987 年,《序》第 11－12 页。

③ 荣格认为,本能只是一些具有某种动力或刺激力性质的遗传因素,它们遍布各处,有着非个人的特征,并且经常不能完全升达意识之中……结果,他们形成了与原型极其相似的形态,相似得使我们有充分的理由认为原型实际上就是本能的无意识形象,如果换句话说,也就是"本能行为的模式"。参见荣格《心理学与文学》,冯川、苏克译,北京:生活·读书·新知三联书店,1987 年,第 95－96 页。

设计是与《圣经》中的结构有对称之处的。这种宏大的、有体系的象征的运用,无疑与作家有意识地精心设计安排有关。但"只有主体范式自身的分予活动才能创造出真正的艺术摹本",[①]因此,这种范式"只是一种最原始的存在方式,即无意识的心理存在"[②]。这种"范式早就滞留在艺术家的无意识深处,并且也是无意识地上升,在艺术家的有意配合下,去构筑种种表象材料"[③]。显然,没有无意识范式主体的自主性活动,文学创作是不可能实现的。因此,不管所用的象征是经意的还是不经意的,不论是整体性的还是偶然性的,都不能不依赖于作家"自身"的心理存在。就福克纳来说,便是对南方生活的体验,并把这一范式加入到生命的体验中去,由内心的范式到象征性范式,或由象征性范式到内心范式,经过充分的比照、融会,最终是体验的内心范式决定了外在选择的象征性范式,而不是象征性范式孤立地嵌在作品的表面。这一特点在福克纳探究男性的成年问题上显得尤为突出。

成年礼仪是世界上各民族史前时期都普遍存在过的习俗。社会发展的程度越低,其成年礼仪就越是严格和隆重。对男子而言,整个仪式带有很大的严酷性,因为他们必须在忍受种种肉体的和心灵的痛苦中体验到象征性的"死亡",然后才被允许加入成人集团。苏联学者托卡列夫在谈到澳大利亚原始民族的成年礼时说:

> 施之于儿童的所谓成年仪式,历时最久,而且最为严峻。这种仪式往往持续数年;在此期间,必须接受系统的训练,主要为狩猎技能的传授;并接受严格的培训和体魄的磨砺。领受此礼者须恪守严格的禁忌和斋戒……被晓之以部落的道德规范,授以部落的仪俗和传说。他们尚需经受种种十分独特的严酷考验;至于其方式,澳大利亚各地区则不尽相同……其目的无非是赋予少年以坚忍不拔的毅力,并使之尊顺长

---

① 童庆炳主编《现代心理美学》,北京:中国社会科学出版社,1993年,第370页。
② 同上书,第371页。
③ 同上书,第369页。

者，唯氏族和部落头人之命是从。①

在南美洲火地岛锡克兰人的成年礼中，男孩们则集中于一个与外界隔绝的环境，只有一点点食物，几乎不准睡觉，经常在老人的带领下翻山越岭作长途行军，精疲力竭地回到住地后，还得聆听老人们关于历史学和公民学的教诲，聆听他们传授部落传说和图腾信仰。在成年礼仪过程中，精神领袖和自然界的神祇往是不可少的。尽管各民族的成年礼在考验的内容上不尽相同，但其宗旨都是一致的：通过一系列的考验，仪式参加者实现技术、体力、心理承受能力上的突破，特别是他们必须接受诸如体力、技能、智力、文化和耐力等方面的强大考验，必须在忍受种种肉体的和心灵的痛苦中体验到精神上的飞跃，从中经历一次象征性的"死亡"和"再生"，这暗示着他们童稚期、无知期和无宗教观时期的结束与第二次生命意义即成人资格的取得。②

一、从童稚到弱冠

福克纳的著名中篇小说《熊》，几乎占了《去吧，摩西》（*Go Down, Moses*，1942）近三分之一篇幅，正是基于这样一种原型。也就是说，《熊》的情节模式与远古时期的成年礼仪有着同构关系，在意蕴方面两者也极为吻合。《熊》自始至终都对艾萨克（Isaac）以"孩子"（the boy）或以"他"（he）相称，似乎在有意向我们透露这里描述的远非一个小小的艾萨克。成年礼仪式的安排和主持者是代表部落社会的老人或头人，而"孩子"艾萨克的成年礼仪式的执行者正是打猎队中德高望重、有着丰富经验的山姆·法泽斯（Sam Fathers）。福克纳在他早期的短篇小说《公道》（*A Justice*，1931）中交代了山姆的出生和姓氏的由来。他有两个父亲。一

---

① 托卡列夫：《世界各民族历史上的宗教》，魏庆征译，北京：中国社会科学出版社，1985 年，第 59 页。

② 方克强：《文学人类学批评》，上海：上海社会科学院出版社，1992 年，第 163 页。

个是印第安人，一个是黑人。"法泽斯"（Fathers）是英文父亲的复数形式。山姆真正的生身父亲是印第安人契卡索族酋长伊凯摩塔勒。他身上的黑人血统来自他那有四分之三白人血统和四分之一黑人血统的混血儿母亲。因此，他身上有红、黑、白三种血统。法泽斯继承了三个民族的传统道德，三重血缘的混杂使他三倍地具有忠诚、忍耐、谦虚、仁爱等民族品格。这使他更加有资格来执行艾萨克的成年礼仪式。正是由于山姆的指点迷津和教诲，艾萨克才通过了技术、体能、心理和勇气等多方面的考验，领略了人和大自然之间的精神联系，走上了堂堂正正自食其力的生活之路，实现了从未成年向成年的转变。成年礼仪式的直接安排和主持者是代表部落社会的老人山姆·法泽斯，而猎取大熊"老班"的真正操纵者则是麦卡斯林部落的头人。他们的目的都是为了考验"孩子"的胆识、毅力、谦卑和耐心；前者（成年礼仪式）的参加者是即将进入及冠之年而心理上尚不成熟的儿童，后者（猎取大熊"老班"）中的少年则屡次迷路林中、错过猎熊良机而显出心智上的不成熟；前者以入社者被接纳进成人社会而告结束，后者以"孩子"狩猎成功而宣告了他成人资格的获取和正式成为了打猎队的一员；前者经过了种种仪式的严酷考验，后者则有四年猎熊之磨难和只身一人闯森林、赤手空拳对"老班"的险境的考验，既意味着难之极限和严酷性，又透露出既定的仪式化倾向；前者有狩猎技能的训练，后者则是关于做一个真正的人的教诲，而老班则恰恰是以动物成精的形态出现的人在成长中必不可少的神祇；前者具有由人生的儿童阶段而至成年阶段的象征性质，后者也体现了从心理不成熟到成熟的再生意味。因此，《熊》中的整个打猎情节与成年礼式都贯穿着儿童—考验—成年这一基本的原型结构。

打猎故事的情节模式源于远古的成年礼仪式，这是无足怪讶的事情。打猎故事有着明显的宗教内涵，而远古的成年礼仪式则是原始宗教信仰的反映和其中的组成部分。朱狄曾经指出："在原始宗教范围内，祭礼仪式占据着最显著的地位，它是原始社会中作用最大的一种'宗教语言'，宗教教育往往是通过祭礼仪式来实行的。在原始部族中普遍存在的'成年礼'仪式,实际上就是组织社会生活,进行宗教教育的作用。"①实际上,任何成年礼仪式在诸多的考验之外,都有宗教教育的内容,传授部落的神话传说和图腾信仰,晓之以与此相关的禁忌和斋戒、道德规范和处世准则。选择打猎来作为艾萨克成年礼的主要内容,而打猎又总是在森林中进行,这就使得这一过程更加成了古老的成年礼仪式的翻版。英国人类学家詹姆斯·弗雷泽(James Frazer)指出,我们的祖先认为森林是神灵的居所,因此对之十分敬畏,而且各种仪式也多在林中进行。② 在打猎故事中,我们同样可以看到山姆对艾萨克反复的宗教灌输。山姆本人不光扮演着成年礼仪式执行者的角色,他同时也是宗教教义的灌输者。从他这里,艾萨克接受了部落中流传已久的信仰和禁忌。"在这部历史里,毛茸茸、硕大无比的大熊像火车头,速度虽然不算快,却是无情地、不可抗拒地、不慌不忙地径自往前推进。"③它是"荒野的老祖宗;它以某种不明确的神秘方式体现了种种美德"④,被当作成一种图腾。这一荒野造物主的种种传闻,使少年艾萨克耳濡目染,激动不已。艾萨克独自一人到森林里去"朝拜"那个可称为大自然之神灵的大熊老班,这是对孩子的非同寻常的考验。老班是大自然的象征,是自然法则的体现。它勇敢、高尚、神秘,似乎长生不老,不可战胜。艾萨克独自一人持枪寻找老班时,却没有成功。山姆告诉他,这是因为他带着枪的缘故。第二天一大早他连饭都没吃、枪也没带,又去寻找大熊,但在森林中转悠了九个小时还是没有看到老班,他突然意识到自己"身上仍然有文明的污染"——身上还带着一只指南针和一块手表。于是他将它们解下来,挂在灌木上。果然,他就像虔诚的信徒朝见神灵一样在密林深处突然看见了那只在梦中早已见过的大熊。好像不是他看到了老班,倒像是老班在他面前"显灵"似的,很突兀地出现在他的面前。作者好像有意在告诉我们,大自然具有某种灵性,它和人有着某种

① 朱狄:《原始文化研究》,北京:生活·读书·新知三联书店,1988年,第538页。
② 弗雷泽:《金枝》,徐育新等译,北京:中国民间文艺出版社,1987年,第169页。
③ 威廉·福克纳:《去吧,摩西》,李文俊译,上海:上海译文出版社,1990年,第4页。
④ R. W. B. 路易斯:《〈熊〉:超越美国》,载李文俊编选《福克纳评论集》,北京:中国社会科学出版社,1980年,第210页。

神秘的关系。在几次相遇之后,他景仰老班的孤独、顽强、自尊、仁义、大度,这是一些史诗般的英雄品质。因此,老班同部落的智者山姆一样,也是艾萨克精神上的导师。从他们身上,艾萨克学到了福克纳式的美德:勇敢、荣誉、自豪、谦恭、忍耐、怜悯和博爱。福克纳作品中的熊的形象显然是受惠于古老的北美大陆上的神话传说的启示。在北美古印第安民族图腾崇拜中,熊一直被看作是一种繁衍生殖的图腾崇拜物,且往往转化为一种对创造力的崇拜。荣格在他的原型研究中认为,英雄的诞生并不是普通的凡人的诞生,而是从一位母亲体内的再生……因为只有通过她,他才能获得永生。荣格说这第二位母亲常常是个动物,甚至通常认为是雄性动物,如巨熊。福克纳把对英雄的认识以这种反复的宗教仪式般的方式——成年礼仪式,表现出来。艾萨克与大熊老班之间的决斗是根据一系列苛刻的惯例和规则进行的,双方都一丝不苟地遵循着这些比文字还要古老的管理和规则。年轻的艾萨克正是在一次次的考验中得到了再生,并受到了圣礼的祝福,正式宣告长大成人,成为人们公认的英雄。如果说荒野是艾萨克乃至人类得以在她怀抱中生息成长、驰骋活动的第一母亲,那么大熊老班则是在精神上培育艾萨克乃至人类的第二母亲。

二、从成人到老年

在成年礼仪式中,主持者是以神的身份或以神的名义出现的,或者以神的形象为仪式的创立者和监护者,因此一连串的考验(ordeal)也就具有体现神意和神判的性质。

这就是部族中的长老为了判断即将成年者是否真有资格成为成人,而在精神与肉体上对他们进行的考验。可是 ordeal 这个词还有另一种意思,就是"神裁",或者"神裁法"。这就是全部族所信仰的神为判断即将成年的后备生是否具备成人资格,而施行的神圣的神裁法。……在实际生活中执行、监督 ordeal 的部族的长老等人其实是具有替神进行神裁的代理执行人的品格。①

由此来看，我们似乎对文本有了更深一层的挖掘。在福克纳的小说《熊》中，成年礼仪式的主持与执行者山姆·法泽斯正是以神的面目出现的，而对孩子四年的种种磨砺和考验都是根据神的意志来安排的。他既是仪式的监护人，又是至高无上的裁判者。因此，当艾萨克通过了种种磨砺和考验，在技能上和心理上都十分成熟且已经拥有了谦卑与耐心等部落的各种优秀品德之后，山姆·法泽斯便无疾而终。至此，一个少年的成年礼仪式应该结束了，中篇小说《熊》似乎也已经完成了使命，但福克纳却偏偏又"续写"了整整两章的内容，延宕了五分之二的篇幅，确实令人费解。

荣格派心理学家汉德逊（Joseph Henderson）指出："从根本上讲，成年礼是一个以服从仪式开始，过渡到压抑阶段，然后达到进一步解脱的仪式过程。"②读完中篇小说《熊》的后两部分，我们便可以感觉到作者也为艾萨克安排了这样一个仪式过程。小说在一开篇，在作者交代了故事中要出现的两个男人（艾萨克和布恩）和两个兽类（一个唤作"狮子"的大狗和一个被称为"老班"的大熊）之后，便迫不及待地告诉读者艾萨克那年16 岁（He was sixteen.），而且在接下来的故事中又先后两次提醒读者：他那时 16 岁。这显然是在告诉我们艾萨克那年已是及冠之年，该行成年之礼了。艾萨克已经为这一天的到来做了六年的准备。"他成为正式的猎人已经六年了。人们所讲的一切他也听了六年了。"③现在到了他自己到荒野中去猎熊，单独去面对"老班"，接受这一步入成年的考试的时候了。但与远古成年礼不同的是，福克纳有意将艾萨克的初步成年和真正成年

---

① 方克强：《文学人类学批评》，上海：上海社会科学院出版社，1992 年，第 164 页。

② 荣格：《人类及其象征》，张举文等译，沈阳：辽宁教育出版社，1988 年，第 135 页。

③ 为了忠实原文，此处文字系笔者根据《去吧，摩西》的英文本译出。见 William Faulkner, *Go Down*, *Moses*, New York: Random House, 1942, p. 191. 原文为：For six years now he has been a man's hunter. For six years now he had heard the best of all talking. 李文俊先生原译为："他成为正式的猎人已经有六年了。六年来，猎人所讲的话，他几乎都听在耳里。"

分别推迟到了 18 岁(第五章)和 21 岁(第四章),这使艾萨克的成年更具有现代人的成长蕴涵。18 岁开始拥有选举权,而 21 岁才真正进入了法定的成人年龄,可以继承祖产了。中篇小说《熊》是福克纳在原来的短篇小说《熊》的基础上经过精心修改而成的,因此这一切安排自然不是偶然的巧合。艾萨克 16 岁的时候阅读了父亲和叔叔合写的账本兼记事本,了解到祖父的秘密和家族的罪恶。原来老卡罗瑟斯·麦卡斯林诱奸了女奴尤妮斯并生有一女,而他 60 岁时又和自己这个已经长到 23 岁的女儿发生了乱伦关系,还使她产下了一个男孩。祖先的罪恶给后代造成了重压,使他们压抑得几乎透不过气来。这里我们也看到了传统小说的救赎母题和救赎心理在人类成长中的重要作用。艾萨克的父亲和叔叔这对孪生兄弟为了补过赎罪,在埋葬了死去的父亲后解放了家中所有的黑奴,并搬出父亲的宅第住进自己建造的木屋。弱冠之年的艾萨克则做得更为彻底,他进一步放弃了土地、农场以及父亲婚后在母亲坚持下又搬回并扩建了的住宅。艾萨克对卡斯说,他之所以放弃这一切是因为"山姆·法泽斯解放了我"。由此可见,山姆始终扮演着艾萨克的精神导师的角色,并且出色地完成了主持成年礼仪式这一神圣使命。不仅如此,山姆给他的引导和教育还使他抵制住爱妻提出的要求,拒绝收回已经放弃了的祖产。他决心仿效耶稣,做一个自食其力的木匠。到了这一阶段,我们不难看出,艾萨克虽然放弃了祖产,但却在成长过程中接受了两方面的精神的财富,即大自然,包括神祇"老班"和杂种狗"狮子"给人类的启示与南方贵族的传统道德法规,从而实现了在精神上的彻底成长。艾萨克通过了成年礼仪式中最严格的考验——精神上的考验,实现了最重要的成长——精神上的成长,实现了在完整意义上、更深层次上的成年,实现了解脱。但福克纳像是有意在这里留下一点遗憾。在艾萨克 21 岁那年真正成人后,他由于放弃祖产而失去了妻子,更不能实现成为父亲的愿望。他住着租来的一间房子,仅有的财产是一套木匠工具、一支猎枪以及康普生将军送给他的指南针、兽角和打猎时带到林中的小床、褥子和毛毯,还有一把咖啡壶——那个作为教父的舅舅用来偷偷换走多年前送给初生的艾萨克的那支银杯的替代物。"当他认为他已把自己从特定的、玷污了的家族的过去中解放出来的时候,他希望重新获得另一种理想的、原始的、伊甸园般的过去。"①这是一个深刻的悖论,儿童们渴望成年,人必须成年,但成年后未必比儿童时代美妙,要面对成年后的种种烦恼。在《去吧,摩西》中,《熊》后面的故事是《三角洲之秋》(Delta Autumn,1942),也是个狩猎故事,不过这时的艾萨克已经是个七十多岁的老人了。两个故事之间的四五十年里,他默默无闻,在生活中毫无建树,让我们看到了一个颇具英雄本色的风华正茂的少年在成人后的苍凉、无奈与悲哀。美国著名小说美学家阿米斯(Van Meter Ames)说得好:

> 在小说中,人们就像在镜子中一样看到了社会,就像在水晶中一样看到了社会的未来。它引导人们看到了自己的灵魂,重新领略了儿童的敏锐,预先品尝了老年的悔恨和无奈。小说包括了全部的人生:婴儿时期,少年时期,青年和老年阶段,在想象中展现了开始、上升和下降的过程。②

北方工业文明渗透到了整个南方,人类文明程度提高了,但人们赖以生存的自然环境却遭到了无情的破坏,人们在某种程度上被异化了,人们的心理受到了扭曲,人的自然属性遗失殆尽。显然,作者同时也在思考着这样一个问题:社会必定走向成熟、文明和理性,但与原初阶段相比也注定要显露出种种弊端;社会和个人一样,在成长过程中失去的未必全无价值,而得到的也未必都具有意义。福克纳一方面从积极的方面告诉人应怎样成长,另一方面又从否定的角度指出人和社会的后一阶段与前一阶段相比的缺憾。应该说,作品中这种悖论的出现,这种内在矛盾的存在,源于作者本人的个性与现实、理想之间的冲突。

---

① James Early, *The Making of "Go Down, Moses"*, Dallas, TX: Southern Methodist University Press, 1972, p. 55.

② 万·梅特尔·阿米斯:《小说美学》,傅志强译,北京:燕山出版社,1987 年,第 91 页。

三、从个体到人类

　　"美国文学并不常常反映这样一种戏剧性的过程(指灵魂的死亡和再生——笔者按)。恰恰相反,它所反映的生活背景都是无法解决的矛盾,这些矛盾无论如何也没有被吸收、调和或转化。"[①]如上所述,《熊》的前三章已将 16 岁的孩子的成年礼仪式进行完毕,而福克纳却有意延宕了五分之二的篇幅,除了上述原因外,恐怕还因为他是在探讨作为大写的人,即整个人类的成长与成熟问题。福克纳在接受诺贝尔文学奖时发表的演说可以说是他的创作动机的宣言。"最卑劣的情操莫过于恐惧"[②],作家颂扬的"只应是心灵深处的亘古至今的真情实感、爱情、荣誉、同情、自豪、怜悯之心和牺牲精神,少了这些永恒的真情实感,任何故事必然是昙花一现,难以独存"[③]。"人是不朽的,并非在生物中唯独他留有绵延不绝的声音,而是人有灵魂,有能够怜悯牺牲和耐劳的精神"[④]。福克纳在《熊》中表现的正是他认为人所应有的最基本、最优秀的品质。山姆教给未来猎人艾萨克的人生第一课就是福克纳多次强调过的"永远忘掉恐惧"。老人说:"吓你一跳,这个你避免不了,但是不应当吓坏了……一只熊或一只鹿,也会被一个胆小鬼吓一跳的,一个勇敢的人也会这样。"这是老人给艾萨克上的第一课。当时的艾萨克正是凭着这种勇气,丢掉了可以保护自己的猎枪、可以为自己引路的指南针以及用来计时的怀表,以和大熊完全平等的一个自然界生灵中的普通一员的身份终于见到了盛名之下的"老班"。第二次,他又是凭着勇气以及同情、怜悯之心和牺牲精神,冲到大熊

---

① Richard Chase, *The American Novel and Its Tradition*, Garden City, NY: Doubleday & Company, 1957, p. 244. 此处译文依据盛宁:《二十世纪美国文论》,北京:北京大学出版社,1994 年,第 127 页。
② 威廉·福克纳:《在接受诺贝尔文学奖时的演说》,载李文俊编选《福克纳评论集》,北京:中国社会科学出版社,1980 年,第 254-255 页。
③ 李文俊编选《福克纳评论集》,北京:中国社会科学出版社,1980 年,第 254-255 页。
④ 同上。

鼻子底下救出了那条勇气有余、"不打算罢休"、但与大熊相比实在不成比例的小狗。而大熊也正是出于同情怜悯之心和博爱精神，以及对小狗和艾萨克的勇气及牺牲精神的欣赏才放过了他们。那条杂种猎犬"狮子"则更是勇气、顽强、忍耐和不屈不挠的人格美的象征。谦卑、自豪和坚忍是山姆从自己红、黑、白三色人种的祖先那里继承的品德，也是他要传授给"孩子"并对之考核的重要内容。福克纳在文本中告诉我们，人"通过受苦受难学会了谦卑，又通过比受苦受难更有生命力的坚忍学会了自豪"。从这个意义上来看，福克纳在中篇小说《熊》中所着力描写的成年礼仪式，既是"孩子"艾萨克的，也是在内战失败继之又面临北方工业"入侵"的整个南方人的。美国学者 R. W. B. 路易斯（R. W. B. Lewis）也注意到中篇小说《熊》是描写艾萨克个人的成长过程的，他同时也注意到了福克纳这篇小说的命意并不只在写艾萨克一人。他说：

> 《熊》是一首颂歌，一首圣歌，描述密西西比州约克纳帕塔法县艾萨克·麦卡斯林的诞生、受洗及早年的磨难。故事风格庄重，并不缺乏隐约可见的神妙事件。此外，我们还得到一个肉体化身为人的现象，即使不是耶稣化身为人。
>
> 它还描写了美国文学广泛反映的人间戏剧：少年如何对付我们文化所造成的一切障碍，努力长大成人。①

福克纳的这部中篇小说确实"费尽心机"。艾萨克的精神导师和成年礼仪式的执行者名曰山姆（Sam），而美国的别称恰是山姆大叔（Uncle Sam）；山姆姓法泽斯（Fathers），而现代美国人的祖先应该说正是由拥有红、黑、白三种肤色的人群组成，是个地地道道的多父之国。如果我们想到这一点，应该能悟到作者的良苦用心。

福克纳的良苦用心还体现在反复强调孩子的年龄和大熊之死上。

"他那时 16 岁……他 16 岁了。"而 16 岁正是"孩子"的 annus mirabilis[1]。故事三处非常明确地提到了这一年,那么,对艾萨克来说,这一年除了要接受成年礼仪式的种种考验外,还有什么不同寻常的意义呢? 故事从艾萨克 16 岁时开始,此前他只懂得生活中的重要性,并不了解其意义。

> 他感到其中似有灾祸。好像有一件事情,一件他并不知道的事情,正在开始;已经开始了。就像一台戏的最后一幕。好像一件事情开始要收尾了。他不知道是什么事情,只知道他不应悲伤。如果他已被认为符合条件可以成为其中的一部分,或者仅仅是可以看上一眼,他将因此感到谦恭和骄傲。[2]

"一件事情开始要收尾了",实际上这正意味着另一件事的开始。艾萨克参加的不光是一系列的打猎活动,他是在参加演出一个表现死亡与诞生的宏伟戏剧。一方面是老班之死,山姆·法泽斯之死,杂种猎狗狮子之死,荒野之死以及艾萨克所感觉到的似乎是整个世界的死亡,另一方面是艾萨克·麦卡斯林这个少年英雄的诞生与再生。艾萨克是那死去灵魂的孤独的化身,是那个世界及其真理的见证人。这是艾萨克在"奇迹之年"所应有的认识。大熊老班死了,从隐喻的角度来看,大熊是死于孩子的诞生。而山姆·法泽斯,这个看上去"过时的人"[3](anachronism),正是"老班在人间的对等"(the human equivalent of Old Ben)。这和我们上文中提到的英雄神话中的"可怕的母亲"颇有相似之处。山姆·法泽斯这个名字的寓意已如上述,小说的英文名"The Bear"似乎也不应被忽略。Bear 自然有"熊"的意思,但这个单词同时也有"生"的意思,"而且只要口

---

① 拉丁语,"奇迹之年"的意思。
② 威廉·福克纳:《熊》,李文俊译,上海:上海译文出版社,1990 年,第 42-43 页。
③ Joseph Gold, *William Faulkner: A Study in Humanism*, *From Metaphor to Discourse*, Norman, OK: University of Oklahoma Press, 1966, p. 55.

齿略为不清楚,这个故事的题目就可以读成'诞生'(birth)"。① 至于大熊的名字"老班"(Old Ben),又和伦敦英国议会大厦塔楼上的大钟(Big Ben)同名,这或许是福克纳在向我们暗示大熊的警钟意义,或者是赞扬大熊的那些品德像时间一样不朽。福克纳对大熊之死和艾萨克的诞生的描写是这部小说的点睛之笔,使它从传统的成年礼母题小说中脱颖而出,使它没有完全囿于这一原型范式,而且大大升华了作品的主题意蕴。它既满足了人们潜意识中对原型模式的阅读期待,唤起了人们内心深处的情感共鸣,又将作品引申为对人们赖以生存的自然和人类自身未来的关注。"《熊》深入到了人类极限的边缘,它到达了文学所能企图实现的最高的高度。"②

　　福克纳有不少作品都是用成长范式来结构小说的。其实,从某种程度上来说,这些使用了成长范式的小说是成年礼范式的一种变体。福克纳在《圣殿》(*Sanctuary*,1931)接近尾声的地方补写了恶棍金鱼眼的家世,特别是他母亲的情况,有的学者认为这是明显的败笔。但从成长范式的视角来看这个问题,我们就会感觉到福克纳这样做的必要性,感觉到作者的独具匠心。就像《熊》中的后两章一样,我们会感觉它是整体的一部分,同时,对金鱼眼这样一个"畸零人"的出现就不会觉得是无本之木,而是空穴来风事出有因,我们会因此体会到作品对现实和人生的强烈关注。但从一定程度上来说,"美国小说虽然也再现了生活,但是这些小说中所反映的生活却总是充满了无法解决的矛盾"。③《喧哗与骚动》中的昆丁,《八月之光》(*The Light in August*,1932)中的克里斯墨斯,《押沙龙,押沙龙》(*Absalom,Absalom!*,1934)中的塞德潘,《坟墓的闯入者》(*Intruder in the Dust*,1948)中的契克(当然包括路卡斯),《掠夺者》(*The Reivers*,1962)中的卢修斯,等等,由于从小所受的影响迥异,他们

---

① 李文俊编选《福克纳评论集》,北京:中国社会科学出版社,1980 年,第 215 页。英文中"熊"(bear)同"诞生"(birth)发音略近,在有些方言中尤其如此。

② 李文俊编选《福克纳评论集》,北京:中国社会科学出版社,1980 年,第 225 页。

③ 盛宁:《二十世纪美国文论》,北京:北京大学出版社,1994 年,第 122 页。

在成年礼仪式面前所表现出的态度也截然不同,有的在这一考验面前彷徨不知所措,有的苦苦寻觅自我而不得,有的成为悲剧式的英雄,有的在特殊环境中成长起来实现顿悟,产生了正确的种族意识,有的则经历了生活中的种种善与恶,在精神和道德上成熟起来,进而成为正常的成人而步入了远不像他们想象的那样精彩纷呈的成人社会。因此,人经过重重考验步入成人,人类经过重重劫难进入现代,这到底意味着什么? 福耶? 祸耶? 这可能是作者在文本的深处和作品的背后百思不得其解的问题。

专题三　跨界关怀

在"新文科"语境下，我们至少应该具备主体意识、创新意识和包容意识这三个意识，还要具备跨越学科、跨越学界和跨越领域这"三个跨越"。也就是说，我们的学科发展和文学批评要有自我，要有突破，要有宽广的视野，要有跨界的底蕴、习惯和能力。作为外国文学研究者或学习者，我们不能停留在单一译介或简单解释外国特别是西方某某文学文艺理论，更不是全盘套用西人外人的话语，我们显然要摒弃膜拜模仿风习，增强创新创造意识。舍伍德·安德森、西奥多·德莱塞和撒拉·奥纳·朱厄特的小说深入到了社会经济、生态伦理以及人与自然关系等诸多问题，给我们的启示是深刻的。我们阅读这些作品时，也要突破思维桎梏，尽量体悟其故事之外的深意。

《小城畸人》的经济伦理

　　舍伍德·安德森的现实主义力作《小城畸人》真实地再现了 19 世纪末 20 世纪初美国经济的发展境况，揭示了在社会生产力的推动下，经济基础变革对社会结构产生的深刻影响，剖析了这些影响对社会个体存在的抑制和毁灭作用。面对深陷工业文明泥淖的社会个体和支离破碎的社会文化体系，安德森在其作品中对如何整合分裂了的文化和如何使人类走出工业文明的困境等问题进行了深入思考与关怀，这种对人类生存状况及未来命运的关怀对当下同样处于经济转型期和文化转型期的社会也具有一定的参照意义。

　　经济伦理不仅涉及国家经济政策的宏观调控，涉及企业在生产、销售、广告等各个环节在道德方面的认知与自我约束，而且还关涉到个人在生活方式、物质消费上的道德选择。美国小说家舍伍德·安德森（Sherwood Anderson，1876—1941)的代表作《小城畸人》（又译《俄亥俄州温士堡镇》，*Winesburg，Ohio：A Group of Tales of Ohio Small-Town Life*，1919)是现代美国小说史上一部重要的现实主义作品，为我们从经济伦理视角进行剖析提供了很好的文本。这部"深深地植根于美国那个时代生活的土壤"①的作品，反映了工业化时期美国城镇生活的现实，再现了 19 世纪后期美国由农业社会向工业社会转变的社会心态和经济发

---

① Russell Blankenship，*American Literature*，New York：Cooper Square Publisher，Inc.，1973，p. 482.

展对人们生活造成的深刻影响。以机器工业为主导的生产力的飞跃推动了资本主义生产方式的发展。以城市化、农业工业化和商品化以及城乡交通运输业现代化为主要标志的经济基础的变革,促使上层建筑和社会结构发生相应的变化。清教元素中神圣因素的分化、经济活动的分化和社会分层体系的分化成为时代的必然。但伴随着机器工业在社会生活中的进一步渗透,以及社会结构分化的日益细密化,社会个体的存在状态也越来越分裂,最终因严重缺失自我表现和满足而导致个体生存意义危机的出现。如何救赎被机器大工业碾压得支离破碎的价值伦理和个体自我,成为艺术家们面临解决的时代难题。回归乡镇、回归传统、回归人性,不仅是安德森作品中的"畸人"走出工业文明荒原的希望所在,也是安德森对分裂的文化体系进行重新整合所提出的时代思考。

一、经济:历史的印记

"一切艺术都烙有历史时代的印记。"[①]《小城畸人》这部创作于 20 世纪初、发表于 1919 年的小说以内战结束到第一次世界大战爆发前的美国社会为背景,全面而又真实地描绘了那段历史时期美国社会的全貌,而其中所反映的诸多经济现象更是烙上了鲜明的时代印记。19 世纪后半叶的历史是美国经济迅速扩张的历史。1866 年南北战争结束,美国统一的民族市场开始形成,美国的国家经济进入了一个稳定的发展阶段;百万移民解决了美国经济发展劳动力不足的困难,促进了新技术和新工艺的发明与应用;西部开发不仅扩大了美国的版图,而且开辟了一个巨大的自由经济市场,带动了农业、工业及交通运输业的发展;劳动分工的发展和技术的进步大大提高了劳动生产率。在这种环境下,美国经济迅猛发展,到1894 年就成为世界领先的工业大国,到第一次世界大战前就已经由一个农业国家成功转型为一个资本主义工业化强国。作为时代的产物,《小城

---

① Terry Eagleton,*Marxism and Literary Criticism*,Bristol:Methnen,1985,p. 3.

畸人》这部小说中反映的诸如城市化、农业工业化、交通现代化等一系列经济现象无不与当时的社会现实相契合。

　　19世纪中后期,处在城市化进程鼎盛时期的美国不仅城市数量逐渐增加,规模不断扩大,而且大量农业人口前往城市地区,变为非农业人口,城市人口的比例不断提高。《曾经沧海》(*Adventure*)中的内德·居礼就到克利夫兰去了,"希望在那边的一家城市报馆里谋个职位,在世上出人头地"①。《寂寞》(*Lonelyness*)中的伊诺克·罗宾逊"二十一岁时到了纽约,在那里作了十五年的城里人"。(76)《思想者》(*The Thinker*)中的赛思·理契也要离开温士堡出去奋斗,哪怕"就做一个店里的技工",(102)就连安德森最垂青的故事主人公——乔治·威拉德,最后也乘上开往芝加哥的火车。所有这些描写都真实地反映出美国工业化时期城市化进程的状况。"从1865年到1900年这35年间,全国人口从3570万增加到7610万,其中居住在2500个(或以上)城镇的居民在美国总人口中所占的比率从还不到21%上升到了39.9%,到1920年,全国总人口的51.4%成了城市居民"②。伴随着芝加哥、圣路易斯、底特律、辛辛那提等中西部城市体系的建立,一批批中小城镇也迅速发展成为一个有联系而又完整的城镇体系。温士堡也被网罗其中。《醉酒》(*Drink*)中汤姆·福斯特的外婆对此深有感触。她离开温士堡时,温士堡还不过是个"十二户或十五户的村庄,簇拥在特鲁霓虹峰巅上的一家百货商店的四周。"(163)但50年后,祖孙两人怀着美好的梦想回到小镇时,却惊讶地发现当年的小村庄已经变成了"一个繁荣的小城。"(163)城市化是社会经济发展的必然产物,在国家工业化和现代化过程中始终占重要地位,不仅促进了工业化的进程,而且也刺激了农业现代化的发展。

　　传统的城市模式是从农业到商业、手工业再到工业,而19世纪后期

① 舍伍德·安德森:《小城畸人》,吴岩译,上海:上海译文出版社,1983年,第78页。以下出自这个译本的引文随文标清页码,不再一一详注。

② William R. Merriarn, *Twelfth Census of the United States*, New York: Atlas Plate, 1920, p. 179.

的美国城市化却超越了传统,非常例外地带动了农业发展。因为城市经济的进一步发展有赖于周围农业地区的开发,而城市经济的初步发展又为农业提供了农用设备、资金和技术,使农业迅速发展成为可能。《虔诚》（*Godliness*）中杰西·本特利的发家史无疑就是乡镇小农经济向半机械化农业经济过渡时期的突出典型。它不仅暗含了美国版图西部扩张的历史,见证了 19 世纪末到 20 世纪初美国土地政策的演变,还反映了传统农业向机械化农业转变的过程。本特利家族到俄亥俄州已经有好几代了,"他们从纽约来,购置了土地,那时乡村正值初创,土地可以贱价收购"（37）。1860 年之前,美国中部和北部移民定居的西部边界只到密西西比河之西的密苏里州、艾奥瓦州和明尼苏达州,但此后 30 年内向西移民拓居的土地比 1607 至 1860 年美国整个历史时期开拓的土地面积还要大[1]。本特利一家为什么西迁到俄亥俄? 美国当时为什么会出现规模如此之大的西迁运动? 虽然一部分人奔往西部是为了淘金采矿,但更多的人却是被这个资源丰富、地质肥沃的广袤土地及当时美国政府所颁布的土地政策所吸引[2]。1862 年,美国联邦政府实施了《宅地法》（The Homestead Act）。法令规定:"凡是真正愿意定居的移民,只要缴纳小额登记费,便可免费占用一百六十英亩土地,在这块土地耕种五年并建有住房后,就归本人所有。"[3]从 1862 到 1900 年,这样拨出的土地就达 8000 万英亩。1877 年,美国政府又颁布了《荒地法》（Desert Land Act）。"它规定:一个移民按每英亩一百二十五美分的地价先缴付现款二十五美分,就可以占用六百四十英亩荒地。在对其进行灌溉并经有关机构检查合格,再补缴每英

---

[1] 1860 至 1890 年,成千上万的人涌入华盛顿、俄亥俄、新墨西哥、犹他、爱达荷、加利福尼亚和俄勒冈等州,这使美国国土增加了一百多万平方公里,幅员超过全国土地面积的三分之一。

[2] 这一时期美国的西部移民和开发主要包括三股力量:矿业边疆、牧场主的边疆和农场主的边疆。前两者以大规模、高风险的资本投入为主要特征,而农场主的边疆多为小规模投资,以家庭农场为单位,借助政府优势政策、铁路交通和储运商业贸易的优势,逐渐同全国和世界的经济联结在一起。其中,美国政府颁布的一系列土地政策起到了至关重要的作用。

[3] B. H. Hibbard, *A History of the Public Land Policies*, New York: Magnolia Mass, 1924, p. 387.

亩一美元的地价,就可以正式取得土地所有权。"①在这一系列政策的鼓励下,1890 年的美国已经不存在大面积无人居住的土地了。在美国资本主义性质的土地私有制确立过程中,西部国有土地的出售和分配,即西部国有土地私有化,占有很重要的地位。"普通民众购地大为有利,逐渐建立起了小农的自由的土地私有制。这是属于资本主义范畴的所有制,有助于农业中资本主义的发展。"②本特利家族的土地发家史也就从这一购买土地的浪潮中开始。此后,"家中四五个年轻人整天在田里拼命干活。"(37)但当 22 岁的杰西·本特利接手父亲的 600 英亩的农场时,"他开始买机器,"(50)增进农场产量,扩大田产,"全流域中只有少数农场不是属于他的"(50)。一方面通过技术革新,即通过使用农业机械,一方面依靠对新开垦的土地实行轮作,从而大大提高了农业劳动生产率。收回原有资本并且取得了一定剩余价值之后,杰西·本特利将这笔钱又当作资本使用,开始进行"规模扩大化的资本再生产"③。他不仅"又买了许多节省人力的新机器,"(50)也买下了"那一长溜黑色肥沃的沼泽地里剩下来的全部土地"(65)。在本特利的资本积累过程中,机器的使用加速了资本增值过程,降低了劳动成本,成为资本扩大再生产的固定职能资本。这一时期的农业机械也有了巨大的发展。1868 年开始有锋利的冷轧钢犁,同时又开始使用双轮犁、多铧犁、圆盘犁。蒸汽机动力犁、播种机、耕种机、收割机和脱粒机,后来又引进柴油拖拉机,最终投入到农业劳动生产中。传统农具的改进,新农具的发明和引进,推动了农业生产力的发展,为农业资本积累和资本扩大再生产创造了条件。同时,这日益增多、规模巨大的高度资本主义化的大农场不仅使多余的农业劳动力转向工业,保证了工业劳动力的供应,而且为现代农业综合企业(modern agribusiness)的出

① B. H. Hibbard, *A History of the Public Land Policies*, New York: Magnolia Mass, 1924, p. 389.
② 王章辉、孙娴:《工业社会的勃兴》,北京:人民出版社,1995 年,第 66 页。
③ Max Weber, *The Protestant and the Spirit of Capitalism*, New York: Charles Scribner's Sons, 1958, p. 176.

现奠定了基础。

城市化进程的加快,农业劳动生产率的提高及城乡商品流通的扩大又将交通运输业的发展,尤其是铁路的建设凸显得格外重要。"火车的来来往往,城市的兴起,穿越城镇、经过农舍的城际铁路路线的铺设,以及近年来汽车的发明,都在中部美洲我们的人民的生活与思想习惯上,引起了巨大的变化。"(42)安德森毫不夸张地讲述了铁路建设在那个年代的飞速发展和巨大作用。具有"铁路帝国"之称的美国在 19 世纪后半叶进入修建铁路的"黄金期"。① "1868 至 1873 年、1879 至 1883 年、1886 至 1891 年更是掀起了三次铁路建设的高潮。中太平洋、圣菲、南太平洋和北太平洋铁路及 1893 建成通车的大北铁路,5 条铁路线总长 70000 多英里的铁路,标志着横贯北美大陆铁路线修建过程的终结,全国统一的铁路网络形成。"②从 1830 到 1890 年的 60 年间,美国铁路长度增长了 150 倍。"19 世纪后半期的铁路是当时经济生活中最大的革新和原动力。它创造了一种崭新的经济模式和企业活动。"③一方面,由于铁路建设推动了钢铁、煤炭、机械制造、木材加工等一系列相关行业的发展,美国工业化朝着纵深方向发展。另一方面,由于克服了传统交通运输方式对自然力的依赖和受自然条件的限制,铁路为人民提供了一种快速、高效、可靠、廉价和全天候的交通运输服务,使美国西部的交通运输状况得到了根本性的改观,为美国西部的经济发展创造了条件。其中最明显的莫过于刺激了西部农村城市化进程,即铁路修建在西部直接创建了大量的"铁路城镇"。铁路将这类小城镇纳入全国市场经济中来,促进了地区经济的专业化和商业化。同时,铁路也为内德·居礼、乔治·威拉德等乡村青年从事城市工业生产

---

① 1840 年美国的铁路通车里程就已达到 2820 英里,而欧洲同年只有 1879 英里,英国则为 838 英里。1860 年美国铁路线总长为 3065 英里,1870 年就激增到 53000 英里,1880 年增到 93670 英里,1888 年达到 156080 英里。而 1888 年的欧洲铁路线总长为 130000 英里,英、法、德三国分别为 1981 英里、20900 英里和 24720 英里。美国远远超出其欧洲前辈。

② H. U. Faulkner, *American Economic History*, New York: Harper & Brothers Publishers, 1929, p. 486.

③ W. W. Rostow, *The Stages of Economic Growth*: *A Non-Communist Manifesto*, New York: Cambridge University Press, 1960, p. 169.

或第三产业的生产提供了流通的媒介,为他们追寻自己的城市梦想提供了可能。

二、经济:碰撞的焦点

以资本的高度集中为特征的后资本主义社会的到来,以工业化和机械化为标志的生产力的飞跃,以城市化和交通运输现代化为基础的国际、城乡商品贸易的繁荣,无不宣告"一个新经济时代的来临"。(50)面对经济基础发生的变革,上层建筑必然要做出相应的反应。

> 人们在自己生活的社会生产中发生一定的、必然的、不以他们的意志为转移的关系,即同他们的物质生产力的一定发展阶段相适合的生产关系。这些生产关系的总和构成社会的经济结构,即有法律的和政治的上层建筑竖立其上并有一定的社会意识形态与之相适应的现实基础。物质生活的生产方式制约着整个社会生活、政治生活和精神生活的过程。①

马克思、恩格斯这一政治经济学论断明确地提出经济基础对上层建筑的决定作用。上层建筑受经济基础的支配,必须与之相适应,但上层建筑在受制约的同时,又对经济基础发生反作用。"两者(经济基础与上层建筑)相互影响,相互制约,从而构成一种动态的平衡。"②在这一动态的发展过程中,社会结构、经济基础和上层建筑构成的矛盾关系体,也在发生着深刻的变化。由人操作的机器代替了人力劳动和畜力劳动,自给自足的小农经济被资本主义商品化农业所取代,交通运输业的发展为人口从农村向城市中心转移提供了条件,这一切都要求社会结构发生组织更

① 马克思:《〈政治经济学批判〉导言》,载马克思、恩格斯《马克思恩格斯选集》(第二卷),中共中央编译局译,北京:人民文学出版社,1972年,第82—83页。
② 朱国宏:《经济社会学》,上海:复旦大学出版社,1999年,第555页。

专门化、功能更专一化和运行更独立化的结构单位的分化。首先是经济过程的分化。商品的生产、流通、交换及消费过程都要求一种优越于传统家庭和社区结构的高效率的专门结构。这也就意味着货币对商品、劳务流转运动的支配力量愈来愈强，并开始取代或削弱宗教、社会阶层、家庭种族之类的等级体系对交换活动的制约和影响。这样，在经济过程分化的影响下，宗教体系的分化与分层体系的分化就在所难免了。以"禁欲苦行主义"（asceticism）和"贪婪攫取性"（acquisitiveness）[1]为主要内容的宗教冲动力和经济冲动力在资本主义产生与发展过程中起到了关键性的作用。但伴随着资本主义的进一步发展和经济、政治及科学领域的逐步独立，传统宗教价值观念向世俗化方向发展。经济的发展也打破了传统的社会分层体系，不仅出现了个人地位的挪移，也出现了"集体"或"组织"地位的挪移。对个体而言，社会分工专业化也使得自己从传统社会意义中扮演的角色里分离出来，实现自我的经济角色分化。

然而伴随着经济基础的变革及由之而来的社会结构细密化发展，社会个体存在状态也开始发生深刻的变化。"人从生产过程的主体变为生产过程的简单要素，人的存在也不停地被抽象化、符号化，变成机械和技术简单的零件和组成部分，人的生存意义、生存思维和生存手段都被异化了。"[2]以清教思想为核心的传统伦理规范的坍塌，以"金钱和名望"为标准的社会分层体系的重新排序，社会分工所带来的社会角色和经济角色的分离，都使得个体成为商品化社会的一个零部件，在实现利润最大化的过程中压抑自我，最终因严重缺失自我的表现和满足而导致个体生存意义危机的出现。

以"资本主义精神"为轴心的社会机器在"效益原则"为标准的资本主义生产方式的带动下，引导社会的方方面面向着有利于资本积累和资本扩张的方向运转。作为思想体系和强大伦理支柱的清教经历了 200 多年

① 丹尼尔·贝尔：《资本主义文化矛盾》，赵一凡、蒲隆、任晓晋译，上海：三联书店，1989 年，第27 页。

② 万光侠：《市场经济与人的存在方式》，北京：中国人民公安大学出版社，2002 年，第 280 页。

的转化,从苛刻的加尔文命定说开始,经过爱德华兹(Jonathan Edwards)的美学启发,发展到爱默生的超验主义,最后融入了内战后的社会规范体系。从社会实践的角度来看,从始至终,"神圣因素"和"世俗因素"——清教思想的两大根基,一直在斗争中不停地发展。在资本主义发展的早期,资产阶级迫切需要掌握经济主导权,进行资本主义原始积累。但经济冲动力的过分膨胀将它的制约平衡因素——宗教冲动力——排挤出了意识范畴之外,从而割断了神圣因素与超验传统的纽带,最终粉碎了清教所代表的道德伦理基石。《小城畸人》中的杰西·本特利正是宗教世俗化影响下众多"畸人"中典型的一个。接管农场之前的杰西·本特利在克利夫兰的一所教会学校里读书。18 岁的他"希望由学者而最终成为长老会的牧师"(39)。在学校里,"他曾全心全意地研究和思索着上帝和《圣经》"(41)。日积月累,"他开始认为自己是个非常之人,一个与众不同的人"(41)。他觉得自己"像古代的杰西一样,统治众人,而且他的儿子们也要成为统治者"(41)。他一生的信念就是夺取一切土地,为上帝效劳,在人世上建立上帝的王国。杰西·本特利不仅以"上帝的子民"自居,竭尽全力为上帝服务,而且杰西(Jesse,《圣经》中的版本译为耶西)这一古老的《圣经》人物也让他自命不凡,将自己进行资本积累和扩张的行为神圣化①。浓郁的宗教情节与现实实用主义哲学相结合使得他一生都在"神授"美梦中奋斗,他的生存意义、生存手段与生存思维都在不断追求物质财富的过程中异化。经济冲动力在他灵魂深处的急剧膨胀导致了他生命理性的抑制和消亡。他"渐渐变得贪婪了"(43),希望"赚钱赚得比经营农场更快"(51)。而新式农业机械的发明和应用又正好迎合了他的宗教梦想,成为他资本积累和资本扩张的主要途径。虽然杰西·本特利后来非常富有,但在别人眼里他却严厉固执,不近人情。不仅如此,他心目中的

---

① 《圣经·旧约·撒母耳记上》第十四章讲到耶和华不满以色列的王——扫罗,便差遣撒母耳去伯利恒(Bethlehem)耶西(Jesse)那里。他告诉撒母耳他已经在耶西的众子之中预定了一个作王。这个王就是耶西的第八个儿子——大卫,也就是后来成功领导以色列人在拉谷战胜非力士人的以色列的王。杰西·本特利以耶西自居,将自己的孙子大卫视为上帝所安排的后世明主。

后世名主、自己所有财产的继承者——大卫——却居然被他近似于疯狂的虔诚吓得落荒而逃。《圣经·新约·马太福音》讲到杰西送子为上帝服务。大卫用击石机击出石子，打败了上帝之敌——非力士人，夺回上帝的土地。但在《虔诚》第四部《恐怖》的结尾，安德森却安排大卫用弹弓击石打倒自己的外祖父。看似嘲弄的结局揭下了世俗化教义外的神学外衣，剖析出经济冲动力对生命理性的摧残和毁灭。

伴随着农业商品化和农业机械化程度的提高，从农业生产流动到工业生产及第三产业的人大量增加，从而推动了职业体系向细密化方向分化。在有效经营的基础上，这一体系具体化的操作过程要求只见角色不见人，即为了获取效益，尽量把工作分解成按成本核算的最小单位，而个体则受到"角色要求"的调节被当作"物"，成为最大限度谋求利润的工具。职业等级的序列也就由牟取的利润大小来进行排列。杰西·本特利的女婿约翰·哈代就因为是一名银行家，所以"在人们心目中引起了敬意"，(46)他的女儿路易斯·本特利也被称为"富翁的女儿"，(58)就连一个为小旅社拉门的童仆也为自己"'夜班职员'的头衔而自豪"(153)。但伴随着经济角色对个体生存思维和生存手段的要求越来越高，角色与人之间的冲突越来越激烈，个体存在最终因自我的缺失而失去生存的意义。《古怪》中的埃比民泽·考利开始是个农民，后来变卖了田产弃农从商。作为一个商人，他接触的是"专利的吊带纽扣，漆屋顶用的一罐罐油漆，治疗风湿病用的一瓶瓶的药，以及咖啡的代用品"(146)。他所做的只是"工作，到了夜间便上床睡觉"(147)，但内心的柔弱淳朴却与商人角色所要求的世故精明相抵触。"他怕自己会固执地拒绝买进，因而失掉了再把它们卖出去的机会，"(146)但同时他也怕"自己会不够固执，竟在一阵软弱之下，收购了卖不出去的东西，"(147)在经济角色与个体需求的冲突中，他和他的儿子所会说的也只是"我要被浆硬了，咳，咳，我要被洗净，烫挺，浆硬了！"(148)寥寥数语将个体在角色中承受的重负和不堪表现得淋漓尽致，将个体作为人所存在的价值和意义在角色要求中所受到的规范与抑制清晰地呈现在读者面前。

社会分工专业化的出现使得人从传统社会意义中承担的角色中分离出来，成为社会角色和经济角色的双载体，也成为他们获取新的社会地位的手段和方式。安德森笔下的男人离开温士堡奔赴大城市的目的，就是要实现自我的社会和经济角色的梦想，追求新的社会地位。但纵观整部小说，只有男性离开了压抑的小镇，作为男人对应面的女人却在社会分工中遭到忽视和遗忘。在工业资本主义到来之前，家庭与劳动是紧密结合在一起的，男人进行农业生产，而女人则料理家务。杰西·本特利的妻子就是这样一个传统的女性。她结婚之后就"努力做着左邻右舍的妇人们个个都在做的那种工作"。"她帮着挤牛奶，料理一部分家务；她为男人们整理床铺，替他们预备好食物。一年里她每天从白天工作到深夜，产下一个孩子后便死去了。"（39）虽然家庭分工的重心倾斜于男性力量这边，但女性却也能从中体现自我的价值。但伴随着机器大工业的到来，家庭与劳动分离，男人不再依靠妇女进行工业生产，而女性由于先天特质的限制在社会分工中处于劣势，明显缺少竞争力。传统的社会性别体系中的权利和气质规范也不允许女性走出男性的视野，就这样，女性丧失了正常社会分工中的经济角色和社会角色，从而造成当时社会中女性"集体角色"的缺失。① 伊丽莎白·威拉德和乔治·威拉德的母亲，只被人称为"温士堡旅馆老板的经受挫折的妻子"（20）、"这旅馆老板的妻子"（173）、"旅馆老板生病的妻子"（173）、"病人"（175）和"四十一岁的老妇人"（176）。海伦·怀特（Helen White），这个安德森所推崇的理想女子的代表，每次提起也只是"温士堡银行家的女儿"（183）、"东家的女儿"（167）和"少女"（185）。虽然她拥有许多优越的条件，如有一位富有的当银行家的父亲、念过高中、也曾外出求学、年轻美丽等，但她的归宿只是留在温士堡镇找一个"有一副城里人的派头"（187）的男人嫁掉。杰西·本特利的女儿路

① 根据 19 世纪中叶的美国财产法律，女子婚前由父亲实施监护权，而婚后这一权力就移交给了丈夫。父亲的遗产绝大部分由儿子继承，女儿几乎无权分享任何遗产，而且女子所有的财产——土地、嫁妆、日用品和衣物，婚后都属于丈夫的私有财产。作为社会主导力量的意志体现，法律将这种"缺失"合法化并纳入"公民意识"中，从而加速了女性"集体角色"的缺失。

易斯·本特利曾是一个充满信心、渴求独立的个体,但结婚后所做的事不过是酗酒,待在大宅子里发脾气,驾着马车在温士堡的大街上狂奔。左邻右舍之所以能容忍她这样一个"神经过敏的妇人",(56)也只是因为她"谨慎而精明的银行家丈夫"(45),而且"若不是顾及她丈夫的势力,以及他在人们心目中所引起的敬意,她早就被城里的警官捉去不止一次了"(46)。或许从亚当取出肋骨造就了夏娃的那一刻起,女性就注定了两性关系中的弱势地位。而社会分工的不等,女性经济角色和社会角色的缺失将这种弱势地位更凸显出来,所以无论是像海伦·怀特那样根本就没有个体独立存在的意识,还是像路易斯·本特利和伊丽莎白·威拉德那样不甘束缚奋起反抗,结果都是蜷缩在男权阴影之下,慢慢耗尽生命的烛火。

三、经济:艺术的沉思

生产力的发展、经济基础的变更导致社会结构发生了深刻的变化,但随之而来的经济活动的分化、宗教价值观念的分化和社会分层体系的分化却使得经济对人的统治不仅表现为有形的物对人的束缚,它还作为一种文化精神或文化模式直接塑造现代人的生存方式。以个体分裂的存在状态为主要表现的文化分裂,以及随之而来的个体存在危机,都要求一种新的文化整合模式出现。"发展的过程是分化和整合之间对位性相互作用的过程"①,如何将被经济巨轮碾碎的价值伦理片段连接起来,如何还原主体意识的自由本质,如何缓解并彻底解决社会个体的存在危机,成为艺术家们所面临解决的重要问题。"人不仅像在意识中那样理性地复现自己,而且能动地、现实地复现自己,从而在他创造的世界中直观自身。"②成功走出资本主义工业文明泥淖的安德森目睹了机械工业对乡村自给自足农业经济的冲击、宗教世俗因素对人性的剥离和深陷"角色"之

---

① 尼尔·斯梅尔瑟:《经济社会学》,方明、折晓叶译,北京:华夏出版社,1989年,第176页。
② 马克思:《1844年经济学哲学手稿》,载《马克思恩格斯全集》(第四十二卷),中共中央编译局译,北京:人民文学出版社,1979年,第97页。

中而无力还击的个体的困惑。面对时代变革,安德森没有停留于复现现实,而且似乎还担负起了探寻文化体系整合方式的重任。"安德森的成功之处就在于他没有停留在反叛这一出发点上,而是勇敢地承担了作为一个艺术家所应肩负的解放人类思想的重任。凭借自身锐利的观察和丰富的想象,在那块他所熟悉和钟爱的土地上耕耘和探索,生产出一个又一个美国现代小说史上的典范之作。"① 回归乡镇,回归传统,回归人性,不仅是安德森实现自我救赎的有效方式,对那个时代、那个社会、那群"畸人"如何走出工业文明的困境的回答,也是对当时文化体系的整合手段的探寻。

无论是《小城畸人》中的温士堡,《穷白人》(*Poor White*,1920)中的毕德威尔,还是《林中之死》(*Death in the Woods*,1933)中那个不知名的西部小镇,安德森为我们呈现的社会画卷总是在一个小镇上展开,这些小镇也都或多或少地留有其家乡克莱德镇的影子。"安德森从最熟悉的乡村小镇出发,写出了社会变型时期人们物质生活上的困顿、精神上的孤独凄苦和感情上的失落迷茫等现实状况。"② 出生于乡村、成长于城市、最后又回到乡村的安德森经历了工业文明的兴起与勃发以及它所带来的贫穷和富有,见证了机器工业下传统乡镇文化的没落与消亡,意识到了社会结构分化与传统文化分裂下社会个体存在的分裂状态。"一个国家的历史只不过是把它的乡村的历史经过放大而写成的。"③ 安德森笔下的小镇已不仅仅是俄亥俄州的温士堡镇,而是现代美国和西方世界的缩影;所谓的"畸人",也不仅指小镇上的居民,而是被同样的欲望所驱使、又被同样的邪恶力量所摧毁的那一代人的外化。小镇已经成为安德森抒发梦想的舞台,成为那个时代的一个象征。与西奥多·德莱塞笔下的芝加哥相比,这些小镇没有大都市里的繁华喧嚣,没有大家族的兴衰荣辱,没有商业圈里

---

① 虞建华:《美国文学的第二次繁荣》,上海:上海外语教育出版社,2004年,第112页。

② 王青松:《小城畸人艺术论》,《外国文学评论》,1999年第3期,第86页。

③ Van W. Brooks, *The Culture of Industrialism*, New York: Boni and Liverrighr, 1926, p. 223.

的钩心斗角,但这些小镇又与都市一样,到处是毫无人性光彩的行尸走肉,到处是苦闷压抑的空气。殊途同归的美学旨归将一个经济繁荣的精神荒原表现得淋漓尽致。但庆幸的是,如同威廉·福克纳笔下的约克纳帕塔法县,虽然都是毫无生机的荒原,但作者却都寓意于此,希望以此来惊醒梦中之人,让他们走出死亡,获得新生。"回归乡镇"不仅是美学意义上的追求,也是安德森对逝去的乡村生活的眷念、对祖国同胞生存状态的深切关怀、对资本主义工业文明的无情批判,更是一名艺术家向困境中的人类发出的呐喊和呼唤。

　　这部小说中,对手的描写贯穿始终,而透视这一描写的背后,我们看到的是经济意向。《异想天开》(A Man of Ideas)中急于表达感情的手、《可敬的品格》(Respectibility)中沃什·威廉那双为他赢得全州最佳电报员声誉的手、《寂寞》中伊诺克·罗宾逊展示美和创造美的艺术家之手、《没有说出口的谎言》(The Untold Lie)中皮尔逊和霍尔剥玉米的手,等等。在小说的第一个故事《手》(Hands)里,安德森对比德尔鲍姆的双手的描写更是到了无以复加的地步。4000多字的描写,"手"一词就出现了30次之多。在感叹作者犀利而敏锐的目光及千变万化、各有千秋的记述技巧之余,我们也不禁折服于他对双手——传统的象征——的痴迷与赞叹。安德森在他的《讲故事者的故事》(A Story-Teller's Story)里曾经十分明确地叙述他对手工业的依恋和赞叹,"文化是从个人手里产生的,做手艺的人是后代艺术家之父。对于外形的爱,对于物质的爱,全发轫于他们的手指之间,没有了这些,真正的文化是不能产生的"①。在安德森的眼中,手已不是一般生理意义上的肢体,而是人类自身想象力和创造力外现的表达,人与自然、人与人之间和谐关系的纽带,更是人类文明与社会文化传承的载体。而他对手的热爱和赞叹正是他对人类自我的肯定与颂扬,是对农业社会和传统手工业社会的眷恋与渴盼。但机械工业的来临粉碎了一切:高效率、高收益的机器工业将手与真正的劳动隔离开来,冰

①　Sherwood Anderson, "A Story-teller's Story", John W. Crowley, eds., *New Essays on Winesburg, Ohio*, Cambridge: Cambridge University Press, 1990, p. 58.

冷的农业机械将集体劳作时人们的团结合作碾个粉碎，传统的手工业和农业经济模式也在机器的轰鸣声中一去不返。原本生机勃勃、灵活自如的手蜕变为"安静而毫无表情的手"(5)，比德尔鲍姆对学生传达爱意的手为他带来的是终身的误解和耻辱，"两手插在兜里大笑"(161)的黑尔·温斯特最终决定放弃自己的梦想，在小镇上"安身立命，养儿育女"(161)。伴随着手——人类自我表现和满足的外延——在人类生存作用中的遗弃和缺失，人类也就注定在走向文明和理性的道路上迷失与堕落。"人们一旦与过去切断联系，就绝难摆脱从将来本身产生出来的最终困惑。信仰不再成为可能。"①安德森对手的赞叹和痴迷不就是对过去、对传统的崇拜与期盼吗？虽然这或许是艺术家的天真，虽然这个梦想在机器齿轮的运转里永远也不可能实现，但安德森对人与自然和谐关系的期盼、对田园牧歌式乡村生活的向往、对人类自身伟大力量的赞叹，却是拯救每一个被工业文明洗涤荡染的灵魂最为温情而有力的方式。

《小城畸人》一书中的《离开》(*Departure*)讲述了乔治·威拉德乘坐火车离开温士堡的故事。母亲伊丽莎白·威拉德的死促使乔治·威拉德下定决心离开故乡，去完成母亲未竟的心愿，实现自己长久以来的梦想——当一名作家。为什么安德森安排这个"畸人"群体中唯一的"正常人"选择当作家这样一条道路？"在这样一个几乎没有任何对立面的社会里，只有重新找回它的对抗因素，才能为它的发展找到出路。"②面对机械工业带给人类的生存危机和文化分裂状态，安德森无法阻遏时代巨轮前进；但这位人性本质的坚定探索者知道艺术和美可以救赎困境中的人类，而这一艰巨任务的肩负者和执行者就是作家。就像自己弃商从文、致力于唤醒人类心中最美好的本性一样，安德森希望并相信乔治·威拉德，这个从"畸人"环境中日渐成熟的年轻人，也可以拯救流水线上被机器碾压倾轧而变形失色的灵魂，可以"帮助人们透过物质世界的表象深入人类的

① 朱国宏：《经济社会学》，上海：复旦大学出版社，1999 年，第 24 页。
② Herbert Marcuse, *Eros and Civilization：A Philosophical Inquiry into Freud*, Boston, MA：Beacon Press，1966，p. 215.

精神世界,帮劝人们在精神的世界里实现沟通"①。这时,我们再来理解乔治·威拉德带着作家的梦想离开温士堡这一朦胧的意象,或许就能领悟作者的苦心孤诣:这是一个年轻人追寻自己理想的开始,是小镇和小镇上的"畸人"的企盼所在,也是作者对整个人类社会何去何从的坚定回答——人类发展更新的力量最终还是取决于人。

从第一部长篇小说《温迪·麦克弗森之子》到《小城畸人》和《穷白人》,再到后来发表的一系列短篇小说如《鸡蛋》(*The Egg*,1921)、《深色中的笑声》(*Dark Laughter*,1925)、《林中之死》等作品,安德森对时代的关注、对国人的关怀,特别是对经济现象的关怀都始终如一。吴岩先生在《小城畸人》的"译者后记"中说得好:"在他所写的小说里,总有一个像他那样的人,去厌恶近代工业化社会,因而逃出囚笼,去找寻某种东西的。"(196)无论是《穷白人》中投机机械制造业大发横财的休·默克维,《鸡蛋》中从渴望由鸡下蛋、蛋又孵鸡发财到用鸡蛋表演来讨好客人的父亲,还是《林中之死》中被机器工业物化的恋人、丈夫和儿子所抛弃的维德奥老奶奶,安德森在对这些生活在社会最底层的小人物表示深切的同情之余,矛头直指造成他们悲惨命运的本质根源——以社会经济发展为主要表现的资本主义现代文明。"人类事实,特别是哲学、文学或艺术作品……都有一种内在一致的特色。这种特色即是一种由构成作品的不同元素之间的必要关系的聚合……这种集合决定了其中某些因素的客观本质意义。然而,那些与有意义的全方位结构有关的,能够说明每一因素之间必然性的可能性,却又成了研究者最可靠的向导。"②无论是探寻作品之间美学旨归的一致性,还是实证文学表现与客观现实之间的一致性,经济作为链接文学反映与社会现实关键的一环,是我们解读文本和理解历史最好的向导。站在历史的十字路口,舍伍德·安德森不仅真实地记录下那个时代的变更,还把自己对人类生存状况和未来命运的思考也融入其中,充分表

① 张强:《舍伍德·安德森研究综论》,《外国文学研究》,2003 年第 1 期,第 148 页。
② 吕西安·戈德曼:《文学社会学方法论》,段毅、牛宏宝译,北京:工人出版社,1989 年,第 83 页。

现了一名艺术家宽广的胸襟和深沉的人文关怀。"正因如此,即使文学作品提出的是对过去的关注,其中也倾注着一种现代精神,也仍能反映出对现时代的再思考。"①安德森对历史的思考以及对人类生存状况的深沉关怀,对当下同样处于经济转型期和文化转型期的社会来说也具有一定的启示意义。

① 虞建华:《美国文学的第二次繁荣》,上海:上海外语教育出版社,2004 年,第 5 页。

《嘉莉妹妹》的城市移民

以男性为主体的现代城市的迅速膨胀和城市工业文明的迅猛发展与生活在其中的女性的异化是同步发展的,物质商品化、精神真空化和生存疏离化的城市生态环境使许多"嘉莉妹妹"从淳朴的乡下女蜕变为城市中待价而沽的商品,成为道德空白和灵魂迷失的"空心人",从而使得人们对物质文明的价值意义产生了疑问,对精神文明的旨归发出了质疑。在物质财富空前繁盛和男性话语仍处强势的当下,人类实现精神救赎和取得和谐的路径之一就是重新审视城市化进程中的精神生态和女性伦理,这是《嘉莉妹妹》在当下阅读的一个重要启示。

19世纪末20世纪初,美国从农业社会快速地转变为工业城市社会。城市工业文明环境下,人类对财富和权力的崇拜与人类对自然的控制源于社会中建立的等级和霸权。[①] 人类掠夺和控制自然的机制与社会中人对人的控制,尤其是男权对女性的控制和压迫的机制与动机是相同的。[②] 这样一种城市生态环境把那个特殊时代的城市移民女性,特别是像美国著名作家德莱塞(Theodore Dreiser,1871—1945)的代表作《嘉莉妹妹》(*Sister Carrie*,1900)中的同名主人公嘉莉妹妹一样的无数青年女子,从天真纯朴的乡下姑娘变成了城市中待价而沽的商品。嘉莉妹妹在经历了

---

① Murray Bookchin, *The Ecology of Freedom*, Montreal: Black Rose Books Ltd., 1990, p. 1.
② Judith Plant, "Women and Nature", "*Green Line*" *Magazine* (*Oxford*). http://www. thegreenfuse.org/plant.htm.

一系列决裂之后，变成了一台精神空白、信仰缺失、意志薄弱、感情枯萎而欲望却无限膨胀的机器。在高度城市化的今天，"无论是广阔的荒野，被开垦的土地还是高楼林立的城市环境都应该成为生态批评关注的范畴"①。嘉莉妹妹作为美国社会向工业转型的特殊历史时期的一位城市移民女性所遭遇到的生态伦理危机，足以警示我们在城市文明特别是都市文化快速发展的过程中，重新审视女性长期以来被男权社会和工业文明压抑、扭曲的自然天性和精神世界，这是重新解读《嘉莉妹妹》"给我们带来的启示"②。

一、工业发展，女性受物欲驱使

内战之后，美国的工商业迅猛发展，为了给这种发展提供充足的劳动力，美国政府制定了宽松的移民政策。于是，大量的国外人口涌入美国，大批的农村人口涌向城市。从 1860 到 1900 年，美国人口从 3100 万猛增到约 7600 万。城镇在一夜间兴起，不到十年就扩建为大城市。"芝加哥处在合适的地点、合适的时代，是一个由于工业转型、人口大迁移，在 19 世纪末 20 世纪初的城市化大潮中迅速崛起的城市。"③"农民、工匠和来自欧洲底层的人、美国南部的人、墨西哥人、中西部人、亚洲人都移民到拥挤的工业化的芝加哥社区和工厂。"④嘉莉妹妹就像那个时期无数的乡下

① Michael Bennett，"From Wide Open Spaces to Metropolitan Places：The Urban Challenge to Eco-criticism"，*ISLE Reader：Ecocriticism*，1993—2003，p. 311.

② 聂珍钊先生曾说："文学伦理学的批评方法的主要目的在于阐释建构在伦理与道德基础上的种种文学现象，客观地研究文学的伦理与道德因素，并讨论给我们带来的启示。"参见聂珍钊：《关于文学伦理学批评》，《外国文学研究》，2005 年第 1 期，第 10 页。

③ Carlo Rotella，*October Cities：The Redevelopment of Urban Literature*，Oakland，CA：California Press，1998，p. 44. 根据有关资料，芝加哥在 1833 年还只是个仅有 350 人的村落，1870 年已增至 30 万人；1880 年达到了 50 万，1890 年竟超过百万大关，发展速度之快令人瞠目。中西部和西部的人，其中有许多是欧洲移民，从小镇和农场来到芝加哥寻找新的生活和发展契机；东部的人也来到这个工业飞速发展的城镇寻找赚钱的机会或开始新的事业。

④ Carlo Rotella，*October Cities：The Redevelopment of Urban Literature*，Oakland，CA：University of California Press，1998，p. 46.

姑娘一样，随着移民潮涌入芝加哥这个新形成的大都市。1890 年，也就是德莱塞笔下的嘉莉到达芝加哥的第二年，女性占美国全国劳力的17%，以 15 至 24 岁之间的女性占多数，其中很大一部分是来自农村的劳动女性。[①]

在机械化、商品化快速发展的时代，物质财富表现出的无所不能的力量不可避免地导致拜物化倾向的出现，即人把自己生产的商品当作异己的对象盲目崇拜。"物质产品对人类的生存开始获得一种前所未有的控制力量。"[②]正如德莱塞所说："（美国）犹如一部大抵是虚伪而没有可行性的宪法，人们似乎看到了一个所谓思想和精神自由的社会，但是这个社会所热衷的是建立像蜜蜂一样的工厂，收集、储存、表达、组织、使用纯粹物质的东西。"[③]早期资本主义"寻求上帝的天国的狂热开始逐渐转变为冷静的经济德性；宗教的根开始慢慢枯死，让位于世俗的功利"[④]。消费成了生活的唯一目的和最大的快乐。

女性的心理和需求更是广告商人潜心钻研与关注的焦点。"19 世纪末，在主流意识形态的影响下，女性开始认同性感商品具有能够加强她们女性魅力的力量"[⑤]。女性的想象力实际上被广告和媒体所左右，被物欲所驱使，生命在"新陈代谢"的消耗中化为愚钝的物质力量，感受力和想象力也随之下降，直至退化为内心麻木、外表光鲜供男性赏玩的花瓶。在开往芝加哥的火车上，嘉莉的脑子里充满着物欲的幻想，而不是辛劳的工作。推销员杜洛埃把芝加哥描绘成琳琅满目的大商场。他自己的外表装束就是一则很好的广告："扣着很大的镀金袖纽，上面镶着叫作'猫儿眼'

① Julie A. Matthaei, *An Economic History of Women in America*, New York: Schocken, 1982, p. 141.
② 马克斯·韦伯：《新教伦理与资本主义精神》，于晓、陈维纲等译，北京：生活·读书·新知三联书店，1987 年，第 142 页。
③ Theodore Dreiser, *Life, Art and America*, New York: Boni and Liveright, 1920, p. 158.
④ 马克斯·韦伯：《新教伦理与资本主义精神》，于晓、陈维纲等译，北京：生活·读书·新知三联书店，1987 年，第 138 页。
⑤ Rachel Bowlby, *Consumer culture in Dreiser, Gissing and Zola*, London: Cambridge University Press, 1985, p. 32.

的黄玛瑙。手指上戴着好几个戒指……。"①这种用金银和物质堆砌起来的时髦的外表以及鼓鼓的钱包,使嘉莉朦胧感觉到他就是财富世界的中心。置身于芝加哥这个富丽堂皇的繁华大都市,嘉莉妹妹起初是迷失了方向,最后是迷失了自我。嘉莉妹妹认为,"城市为女人提供了一切令她生色的东西——财富、时髦、安逸"②,她"对耀眼的陈列着的饰物、服装、鞋子、文具、珠宝等商品非常羡慕",而"每一件饰物,每一件值钱的东西对她都有切实的吸引力"③。崇尚物质的现代城市本身就像一位魅力十足的男性时时诱惑着嘉莉。靠诚实劳动获取的微薄收入在强烈的物质欲望面前已是杯水车薪,而一旦自食其力的愿望也成为泡影,她就只有出卖自己的身体和灵魂,这是她唯一拥有的可以兑现的"财产"。舍勒预言商业社会中"更纯真、更富有女人味的女人在一步步沉沦"④。她们像嘉莉一样获得了物质上的成功,但在高于一切生灵的人生之路上却失去了自我,失去了灵魂,成了"空心人"。

二、信仰崩塌,女性迷失自我

如上所述,嘉莉妹妹时代的资本主义已经向垄断阶段过渡,在精神信仰方面,"人们把希望寄托于科学,认为科学会是宗教的强有力的替代物"⑤。人们还深信,"先进的、卓越的工业技术一定会给他们带来一个光

---

① Theodore Dreiser, *Sister Carrie*, Beijing: Foreign Trade and Economy Publishing House, 2002, p. 3.

② Ibid., p. 13.

③ Ibid., p. 14.

④ 马克斯·舍勒:《资本主义的未来》,罗悌伦等译,北京:生活·读书·新知三联书店,1997年,第98页。

⑤ Clark Lee Mitchell, "Naturalism and the Languages of Determinism", Emory Elliott, ed., *Columbia Literary History of the United States*, New York: Columbia University Press, 1988, p. 527.

辉灿烂的未来"①。在意识形态方面,消费主义逐渐占了上风,群众性消费"导致了清教理论让位于消费享乐主义。这种享乐主义崇尚生活中的享乐和满足"②。中产阶级的伦理道德已经无足轻重,个人的物质生存远比精神完美更加重要。

一方面,传统的清教道德和信仰框架被打破;另一方面,科技不但无法为人们提供新的可以聊以慰藉心灵的精神力量,反而使人情、人性、人格这些美好的东西丧失殆尽。现代工业物欲文化和商品经济在一定程度上堵塞了人们的心灵沟通,腐蚀了人们美好、淳朴的感情,形成精神荒漠。嘉莉妹妹是一位只顾享受,"强烈的欲望指向哪里,她便走向哪里"③的姑娘。她关心的永远是与"金钱、容貌、衣着和娱乐有关的事情",她很"善于学习有钱人的派头——有钱人的外表。看到一件东西,她立即就想了解,倘使弄到手便能把自己打扮得怎样漂亮"④。她对美丽外表的执着程度远远胜于对知识或书本的关注,对人的亲近和热爱程度远远低于对物质的倾慕与渴望的程度。

在这样一个男权工业社会中,"农村"和"劳动女性"这个双重社会标签使嘉莉这个来自农村的城市移民女性在城市社会中处在无奈的劣势地位。社会的不公和对个人的控制所导致的无能感和空虚感也是将嘉莉推向道德边缘与面临精神困境的不可忽视的因素。这个时期,工业的发展使城乡生活水平进一步拉大,农村的落后与城市的先进形成鲜明的反差。城市革命之后,城市里出现了一批人数相当可观的中产阶级妇女。"20世纪来临之际,美国男女一起在公共场所游玩,如上戏院、看电影、跳舞和

① Donald McQuade,"Intellectual Life and Public Discourse",Emory Elliott,ed.,*Columbia Literary History of the United States*,New York:Columbia University Press,1988,p. 715.
② Michael Spindler,*American Literature and Social Change-William Dean Howells to Arthur Mille*,Hong Kong:Macmilan Press Ltd.,1983,p. 108.
③ Theodore Dreiser,*Sister Carrie*,Beijing:Foreign Trade and Economy Publishing House,2002,p. 17.
④ Ibid.,p. 77.

逛公园,慢慢成为都市生活的一大景观和中产阶级家庭生活的标志。"①
而在农村,"除了少数大庄园的大家闺秀之外,绝大多数妇女仍然过着'日
出劳作,日落息工'的生活"②。这种对农村生活方式的不满情绪,是大批
农村姑娘告别乡村、投奔城市的主要诱因。当劳动妇女外出寻找工作时,
她们最关注的是找到一份工作,工资待遇还在其次。对嘉莉而言,"只要
薪水,比如说开头的时候五块周薪,那么干什么都可以"③。即便是这种
报酬极低的工作,嘉莉还是由于请了几天病假而最终遭到解雇。

　　经济飞速增长的代价是巨大的。人们,尤其是像嘉莉这样的弱势群
体,普遍感觉到不能主宰自己的日常活动,她们身心承受着无形的控制和
压迫,她们越来越无能为力,整天处在紧张和焦虑之中。初到芝加哥时,
嘉莉感到自己"像是孤零零的一个人落入了狂涛翻滚的无情大海"④。找
工作无门时,她觉得"这个商业区从各个方面变得越来越大,越来越严峻
而冷酷无情。她似乎已经没有门路可以投奔了,这场斗争太激烈
了……"⑤嘉莉妹妹面临着严酷的选择,是继续把自己当作芝加哥无特殊
技能劳力市场上的商品,以处女之身穿着廉价靴子在大风横扫的街道上
跋涉呢,还是满足杜洛埃的肉欲,成为身价稍高的商品呢?在这一过程
中,她不是没有做出努力,只是她的任何努力最终都显得苍白无力。这种
行动的无能感和身心的无助感将她推向了社会道德与精神的边缘,推向
了杜洛埃和赫斯渥。

　　尽管这个时期妇女生活的地平线开始从家庭延伸到社会,尽管"美国
妇女身上已明显地体现出现代妇女的独立自主性,其最大特征是追求个

新文科理念下美国文学专题九讲

124

---

① Sara M. Evans, *Born for Liberty：A History of Women in America*, New York：The Free
Press, 1989, p. 160.

② 王恩铭:《20 世纪美国妇女研究》,上海:上海外语教育出版社,2002 年,第 67 页。

③ Theodore Dreiser, *Sister Carrie*, Beijing：Foreign Trade and Economy Publishing House,
2002, p. 11.

④ Ibid., p. 28.

⑤ Ibid., p. 20.

性、向往自由、充满信心、敢于创新"①,但与当时的男性相比,美国妇女在社会上的地位仍然要低得多。女权主义者夏洛特·戈尔曼说,20世纪初,美国妇女的地位取决于"与她们相关的男性的社会地位"②。那时的美国主流社会评判男性依据的是他所从事的工作,而评判女性社会时则主要根据她的家庭背景和婚姻关系。由此可见,从整体上讲,20世纪初的美国妇女仍处在从属于男性的社会地位。依附怎样的男人可以决定女人的经济和社会地位。无衣食之忧的中产阶级妇女尚且处境堪忧,更何况嘉莉妹妹这样孤立无助的单身来到城市的女孩。一方面,她远离赖以生存的熟悉的土地和亲人;另一方面,教育机会的不公,家庭出身的卑微,强势阶层对社会秩序和对个人的控制使她无法在新的城市中生存和扎根。嘉莉迫切需要社会认同和物质上的安全感,而这一切只有将自己商品化之后才能换取。作为女性,她的人格与价值观念由此变得商品化和市场化了。嘉莉妹妹就处在这样一个信仰危机导致精神危机,商业价值观无孔不入的精神真空时代。她的任何努力都徒劳无功,只能沦为一个"依从男人的客体,没有任何创造性形成自我的余地"③。因而,与上帝决裂、失去信仰的嘉莉向杜洛和赫斯渥缴械投降就成了必然结果。

三、商品经济,两性关系恶化

对一般美国人来说,以"有用即真理"为基本原理的实用主义和工具主义,是"唯一可以称为他们的哲学"④。这种哲学主张一切从"实利""可行"和"效用"出发来考虑一切人生和社会相关的对象、活动和关系。19

① Rosalind Rosenberg, *Divided Lives: American Women in the Twentieth Century*, New York: Hill and Wang, 1992, pp. 23-35.
② Charlotte Perkins Gilman, *Women and Economics*, New York: Harper & Row, 1966, p. 10.
③ Gretchen Legler, "Toward a Postmodern Pastoral: The Erotic Landscape in the work of Gretel Enrlichi", *ISLE Reader: Ecocriticism*, 1993-2003, p. xix.
④ H. S. 康马杰:《美国精神》,南木译,北京:光明日报出版社,1988年,第10页。

世纪末 20 世纪初，工业化、城市化和商业化的加剧，使这种实用主义的伦理道德得到了空前的发展。金钱和利益成为人际关系转移的标准，乡村式的亲切的、单纯的微笑的面庞变得逐渐模糊而又遥远。人与人的关系变得越来越功利化和冷漠化。人们体味到的是城市文明的残酷与薄情。不仅如此，个人对自身也失去了评判的能力，只能依照社会和市场的标准来判断自我。自我感不再是"我即是我所是"，而是"我即是你所欲求的我"①。在这样的价值世界里，嘉莉完成了她和自我以及周围人的人性关系的彻底决裂。

"商品经济的结构和机制导致了人格、价值观念的商品化和市场化"②。人不仅缺乏真实的自我感，而且他们的道德和观念也非人性化。他们把人和人之间的关系视为一种商品市场上的价格交换关系，表面上的平等不过是"可相互交换"的同义语③。嘉莉妹妹成名后受到追捧之时，也不过是一件使用价值稍微高一点的商品而已。剧院老板把她当成摇钱树，高级旅馆的老板将她视为活广告牌；新闻记者跟踪采访，无非是借用她的名义来猎奇，以此来扩大其报纸的发行量；接踵而来的富商绅士，无非想占有她的肉体。在强大的金钱攻势面前，连骨肉亲情也化为泡影。嘉莉妹妹的姐姐能够接受她来芝加哥，仅仅是因为"她要自找工作，自付膳食费"，"她每周付四块钱房钱"就可以为她省下不少钱。对她的姐夫而言，嘉莉"在不在和他是不相干的。她的到来对他并不发生任何影响，他只关心家里多一个人挣钱，而不关心别的"④。而她失去工作时，她姐夫又急不可待要送走她，生怕给他自己增加任何麻烦和负担。

在一个机器控制人和个人创造力被摧毁的工业社会中，连最为复杂的两性关系也被简化了。正如美国心理学家罗洛·梅所说：在现代工业

① 埃里希·弗罗姆：《自为的人——伦理学的心理探究》，万俊人译，北京：国际文化出版公司，1988 年，第 63 页。
② 万俊人：《现代西方伦理学史》（下卷），北京：北京大学出版社，1995 年，第 221 页。
③ 同上书，第 222 页。
④ Theodore Dreiser, *Sister Carrie*, Beijing：Foreign Trade and Economy Publishing House, 2002，p. 9.

社会中,"男女之间共同建筑一种亲密关系,共同分享趣味、梦想、憧憬,共同寄希望于未来和分担过去的忧愁——所有这一切似乎比共同上床更令人害羞和尴尬"①。男人和女人之间似乎只有赤裸裸的金钱和物质的交易。女人被视为男人的消费品之一,性成了可以交换的商品。年轻、漂亮的女子除了能满足男人的性欲外,更能在深层次上满足他们占有和炫耀的欲望。女人昂贵的服饰是替她掏腰包的男人的财富的间接体现。在杜洛埃的眼中,女人就像陈列在橱窗中的商品一样,"他在街上留心一些服装时髦或容貌俏丽的女子,对她们品头论足"②,而赫斯渥更是这个时代的代表。他衣着考究,生活奢侈,竭力满足自己的物质和生理需求。他撇开相伴多年的妻子,放情于年轻貌美、听从自己支配的嘉莉妹妹。在这样的状况下,男人们也有他们自己的不幸,腰缠万贯时女人们投怀送抱,一旦千金散尽,就会遭到离弃。因此,也就不难理解嘉莉妹妹为什么"根据一般女性的眼光,用衣服来划分界线,认为穿礼服的是有地位的,有道德,有声望的人物,穿工装裤和短外套的都是些丑陋的人,连看都不值得一看"③。一旦遇到比"旅行推销员"杜洛埃更有钱、更有地位的豪华餐厅经理赫斯渥之后,她就毫不犹豫地更张易弦,而当赫斯渥为了嘉莉妹妹背井离乡,最终穷困潦倒、一文不名时,也遭到无情抛弃。

从第一部小说《嘉莉妹妹》到《美国的悲剧》(*American Tragedy*,1931),再到《欲望三部曲》(*Trilogy of Desire*,1912,1914,1947)和自传体小说《天才》(*The "Genius"*,1915),德莱塞在小说中始终聚焦城市,关注农村的年轻人,特别是青年女子在城市文化圈和价值观念的冲击下,道德意识、生活方式和行为方式所发生的畸变。"他不厌其烦地讲述的只有一个故事:一个来自美国内地年青姑娘或小伙子逃避乡村生活的乏味,来城

① 罗洛·梅:《爱与意志》,冯川译,北京:国际文化出版公司,1987年,第38页。

② Theodore Dreiser,*Sister Carrie*,Beijing:Foreign Trade and Economy Publishing House,2002,p. 17.

③ Ibid.,p. 31.

市中寻找新的生活。最终的结果却是从满怀希望走向失望和毁灭。"①这种失望与毁灭更是精神生活和道德伦理的末路。嘉莉妹妹陷入物质享受的漩涡，走上了道德以及精神的不归路就是最好的例子。在那个社会转型的特殊时期，人们的物质崇拜到了无以复加的程度，人与人及人与自然的单纯和谐关系被打破，传统农业社会的伦理道德像工业垃圾一样被扔到了废物堆。舍勒认为，"西方现代文明中的一切偏颇，一切过错，一切邪恶，都是由于女性天性的严重流丧、男人意志恶性膨胀造成的结果"②。这话虽然失之偏颇，但也确实为后现代、后工业语境下的人们敲响了警钟。正如聂珍钊先生所提出的，文学伦理学批评的宗旨之一就是"强调文学的社会净化功能"③。因此，重新审视女性，关注人类的精神生态和女性伦理，或许是《嘉莉妹妹》在当下阅读的一个价值所在。

---

① Jackson Lears，"Dreiser and the History of American Longing"，Leonard Cassuto and Clare Virgina Eby，eds.，*The Cambridge Companion to Theodore Dreiser*，Cambridge：Cambridge University Press，2004. p. 63.

② 马克斯·舍勒：《资本主义的未来》，罗悌伦等译，北京：生活·读书·新知三联书店，1997年，第 89 页。

③ 聂珍钊：《文学伦理学批评：文学批评方法新探索》，《外国文学研究》，2004 年第 5 期，第 19-20 页。

《一只白苍鹭》的和谐理念

　　美国19世纪后期著名女作家撒拉·奥纳·朱厄特在其短篇小说《一只白苍鹭》中探讨了建构人与自然和谐生存环境的主题,她用清新的语言独具匠心地描写了女主人公西尔维亚经受住物质和友谊的考验,忠诚地保护稀有动物白苍鹭的故事。作品既赞美了人与自然和谐相处的美好境界,又委婉地谴责了社会发展过程中人类残杀动物、破坏自然的乖舛行为,从而彰显出朱厄特的生态忧患意识及其对人类与自然关系的绿色关怀。这部作品的生态主题既是对美国19世纪末社会现实的真实描绘,又是对当下飞速发展的社会中的读者的一个深刻启示。

　　19世纪末20世纪初,美国迅速从农业大国转变为工业强国。工业化的发展需要大量的劳动力,从而使美国进入了一个"大规模移民殖民的时代"①。此间,大量的欧洲人移入美国,同时美国国内大量的农村人口涌入东部和西部城市。美国物质文明得到迅速发展,但人们陶醉于物质享受的同时却忽视了工业化带来的严峻的环境问题。然而,美国著名女作家萨拉·奥恩·朱厄特(Sarah Orne Jewett,1849—1909)却在这经济蒸蒸日上之时,看到了人类私欲膨胀和自然环境的矛盾,并用纯净质朴的语言在作品中加以表达,让读者在得到美的情操陶冶的同时,又深受启

---

① Emory Elliott, ed., *Columbia Literary History of the United States*, New York: Columbia University Press, 1988, p. 501.

发。朱厄特是"最重要的新英格兰乡土文学作家"①之一，代表了"美国 19 世纪乡土文学的最高成就"②，她的代表作《一只白苍鹭》(*A White Heron*，1886)歌颂了女主人公经受住金钱和友谊的考验，忠实地保守白苍鹭的秘密，尽绵薄之力维护人与自然和谐的美好品格。西尔维亚所面临的物质享受和保护自然生态矛盾问题的困惑，正是当时美国社会面临的环境问题的缩影，也足以提醒我们在城市文明特别是都市经济文化迅速发展的同时，要倍加重视生态平衡与环境保护问题。

一、和谐共生：人与自然的理想模式

朱厄特的小说让我们在自己悠然自得的世界中猛然觉醒，获得一种新的精神慰藉。在她的小说世界中，永远存在着一隅纯洁而清明的角落供读者停歇。美国著名作家亨利·詹姆斯赞誉朱厄特为"独树一帜的小说艺术的女大师"，又说她的作品"硕果累累，美不胜收"③。朱厄特在提到自己的创作主旨时曾说过，她想让人们在第一眼看起来充满粗糙甚至可笑的事物的地方，能够看到深切真实的情感、忠诚、高贵、细腻、礼貌和忍耐等品质。美国文坛大师威廉·迪安·豪威尔斯在朱厄特初登文坛时曾鼓励她说："你的声音在一片令人眩晕的文学聒噪声中犹如画眉鸟的歌声那样动听。"④

朱厄特的短篇作品《一只白苍鹭》把人与自然的和谐完美地展现在了读者的面前。在城市里，西尔维亚无法融入兄弟姐妹中，更害怕见陌生

---

① Emory Elliott ed.，*Columbia Literary History of the United States*，New York：Columbia University Press，1988，p. 509.

② 金莉：《从"尖尖的枞树之乡"看朱厄特创作的女性视角》，《外国文学评论》，1999 年第 1 期，第 86 页。

③ June Howard，*New Essays on The Country of the Pointed Firs*，Beijing：Peking University Press，2007，p. 3.

④ Emory Elliott ed.，*Columbia Literary History of the United States*，New York：Columbia University Press，1988，p. 509.

人，自从慈爱的姥姥把她带到了乡下，一切才得以改观。在远离尘嚣、风景宜人的新英格兰森林中，每一种动物似乎都被大自然赋予了人的思想和感情——在捉迷藏时知道如何才能让铃铛不发出声来的、调皮又善解人意的母牛，傍晚啼啭着互致问候的鸟儿，被晚间的生客吓得不敢回家的癞蛤蟆，对人类"毫不猜疑"、引吭高歌的鸟儿，和西尔维亚玩起了游戏的老松树，懂得憋住劲儿不让自己断裂的细小的纤枝，"夫妻合鸣"、"恩爱无比"的白苍鹭夫妇……这一切使读者仿佛置身于泉水叮咚、鸟兽"安居乐业"的和谐环境中。美国著名的生态学者约翰·缪尔（John Murir）指出，"人类不仅要回归自然或者融入自然，还应当开放全部感官去感受自然，去体验自然中无限的美"①。朱厄特正是让读者和作品中的主人公一起感受大自然的美、宁静与和谐，并体会在大自然中生活的舒适和惬意。

大自然能够使人身心得到放松，精神得到升华。人和自然总能找到心灵最深处的共鸣与契合点。生态文学②及生态批评倡导"回归到原始时代智慧产生的地方、回归到自然荒野、回归到人类精神创造文化的源头，用文学艺术创造想像环境意识观念，去改变人类麻木沉沦的人类中心主义对自然环境的屠杀和掠夺"③。在城市中生活得不快乐的西尔维亚立刻被乡下的祥和宁静给迷住了，她觉得自己的生命好像是到了乡下才开始，并暗下决心再也不离开这里。西尔维亚在乡下如鱼得水，与大自然完美地融合在了一起。约翰·缪尔还在《我们的国家公园》（Our National Parks，1901）里这样写道："热爱大自然的人……心中充满着虔诚与好奇，当他们满怀爱心地去审视去倾听时，他们会发现山之中绝不缺乏生灵。"④西尔维亚熟悉乡下的每一寸土地，所有的树木花草、飞禽走兽

---

① 王诺：《欧美生态文学》，北京：北京大学出版社，2003年，第228页。
② 环境文学、绿色文学、环保文学、生态文学一般被视为同一概念的不同表达，生态文学或称为环境文学、绿色文学，包括描写大自然，描写人的生存处境，展示人与自然的关系，揭露生态灾难，表现环境保护意识，抒发生态情怀的文学作品与文学现象。详见温越：《生态文学的发展生态论析》，《甘肃社会科学》，2008年第3期，第1-2页。
③ 井卫华：《生态批评视野中的"一只白苍鹭"》，《外语与外语教学》，2005年第12期，第26页。
④ 约翰·缪尔：《我们的国家公园》，郭名倞译，长春：吉林人民出版社，1999年，第147页。

在她眼里都和人一样拥有思想和感情。她因为听到画眉的啼鸣而喜悦得心跳加快,会把数量不多的食物节省下来喂鸟兽。林中的鸟兽也把她看成同类,它们毫无顾忌地到她手里吃东西。显然,西尔维亚也认为自己成了山林的一部分,成了大自然母亲的女儿和鸟兽们的姐妹。当西尔维亚和奶牛"莫莉太太"一起在黄昏中赶回家时,她也毫不担心,"她仿佛感到自己都融进了灰暗的阴影与摇曳的树叶之中,成了它们的一分子"①。显然,人与自然是一个不可分割的整体,人的存在和发展依赖于自然的健康发展。

人类的生命活动与地球生态系统的生命活动息息相关,自然界的持续发展是人类社会存在和发展的必要条件。同样的,与土地相依为命的外婆梯尔利老太太也在大自然中秉承了纯朴善良的品质。她勤劳好客、关心晚辈。当西尔维亚领着迷路的鸟类学家回到家时,已在家门口等候的她关切地询问西尔维亚为什么回来这么晚。当年轻人向她问好并说明来历后,她热情地接待了他,请他和家人一起吃饭,还让他留下来住宿。虽然生活清贫,他们的日子还是过得有滋有味。外婆把小房子精心打理得干净、舒适,他们睡在柔软舒适的玉米衣和羽毛堆上,那都来源于外婆亲手种的玉米和养殖的动物。人是自然界长期发展的产物,同时自然界为人类的生存与发展提供了便利,自然界是人类社会产生和发展的前提,人以及人类社会与自然是不可分割的。这就是说,就人类作为一种生物物种来说,他们是自然界的一部分,是自然的多样性、丰富性的一个例证。《一只白苍鹭》中,朱厄特用平淡优雅的语言把人与自然的相互依存表现到了极致。

大自然是人类永远的导师。美好的大自然不仅为我们的衣食住行提供了保障,在陶冶情操,培养我们的审美能力和高尚的情怀以及健康人格和心理的形成等方面,同样具有巨大的作用。卢梭曾说,"住在一个对人

① Sarah Orne Jewett, *A White Heron and Other Stories*, Mineola, NY: Dover Publications, INC., 1999, p. 2.

类更觉自然的环境里,尽了自然的责任,跟着也就获得了快乐。"①西尔维亚寻找白苍鹭时在艰难的攀爬过程中体会到了老松树对自己的喜爱和宠纵。最终站在枝头的她惊异于大自然的壮阔和伟大,她看到了向往已久的大海和白帆。以往高高飞翔于天际的苍鹰,此时似乎也是触手可及。在短暂的寻找之后,她终于如愿以偿,看到了梦寐以求的白苍鹭。当她正为达到目的而窃喜时,眼前的一切使她改变了寻找白苍鹭的初衷。白苍鹭优雅高贵的身影洁白如雪,在空中轻轻起舞。与其他聒噪的鸟儿比起来,它是那么的安静端庄、卓尔不群。并且,它还拥有一颗热爱家庭和生活的心,它鸣叫着应答着巢里爱侣的呼唤,为迎接新的一天梳理着自己的羽毛。西尔维亚被大自然中这生动的景象深深地感动了,她不忍心为了自己的小小私利而剥夺白苍鹭的生命,破坏它们恩爱的生活。她那颗原本充满爱和同情的心从人类物质欲望的控制中解脱了出来。回家后的西尔维亚面对外婆的呵斥和年轻人温柔、求援的目光很想说出真相,但是她不会再为自己小小的利益而伤害陪她眺望大海、欣赏晨曦的白苍鹭了。大自然重新唤醒了小西尔维亚的良知,也挽救了白苍鹭的生命。大自然的博大和美好使人们学会了博爱。大自然既锻炼人的身体,也熏陶人的灵魂。对我们的价值教育而言,在每个人的一生中,大自然就像一所高水平的大学一样是不可或缺的。大自然对人类的教育作用在西尔维亚的身上得到了充分的体现。只有在大自然中人类才能找到自我的精神家园,才能够获得灵魂的新生。

二、损毁自然:人类的一条不归之路

朱厄特之所以如此注重人与自然的和谐,与她创作时的社会历史背景有密切关系。奥尔德里奇(A. Owen Aldridge)曾说:"每部作品都要放

---

① 鲁枢元:《自然与人文》,上海:学林出版社,2006年,第367页。

到他所在的历史阶段中去看。"①从南北战争结束到第一次世界大战之前,美国已经由一个乡村的农业共和国转变成了一个城市化的工业大国。美国内战之后,工商业发展迅猛,为了给这种发展提供充足的劳动力,美国政府制定了比较宽松的移民政策。于是,大量的国外人口涌入美国,大批的农村人口涌向城市,城市人口急剧膨胀。城市兴起的同时还在不断向乡村侵蚀,致使农村的环境日益恶化,人们纯朴的乡土气息不断消退,平静的乡村生活也接近尾声。朱厄特对此十分忧虑,这促使她通过描绘正在消失的事物和极易被忽视的人来寻找解决问题的方案。她在作品中突出描写了城乡价值观念的对比、工业发展对乡村生活的侵蚀、生态平衡遭到破坏等问题。《一只白苍鹭》正体现了朱厄特追求的人与自然和谐共存的创作主旨。

人类在把荒原变为农田,继而变为繁华的城市的过程中,对大自然的破坏是不可言喻的,造成了令人痛心疾首的恶果。美国许多作家都对人类征服自然的成果加以歌颂,而朱厄特的作品则让读者领略到了人与自然之间一种全新的、健康的关系。每部作品都是著者心灵的一次自我剖析,工业化对自然和人带来的负面影响令朱厄特十分担忧,她在其故事集《深巷》(*Deephaven*,1877)的前言中曾这样表达过自己的愿望——希望"在我们看得见、接触得到的事物中找到往昔生活的痕迹"②。美国内战的结束加速了朱厄特的家乡缅因州的变化。随着铁路和公路等交通设施的修建和交通工具的不断改良,工业化进程日益加速。各种工厂不断兴建,林立的烟囱冒出的黑烟时时吞噬着原本洁净的村庄和田野。外国移民和避暑游玩的人源源不断地涌进了宁静的村庄。同样的,城市的拥挤和喧嚣也给幼年的西尔维亚留下了痛苦的回忆。在城市中生活的八年时光在她的记忆里是灰暗而压抑的。西尔维亚在众多的兄弟姐妹中毫不起

① 江宇应:《以事实为依据的比较文学乐观主义——阿·欧文·奥尔德里奇访谈录》,《外国语》,1987 年第 6 期,第 3 页。

② Emory Elliott, ed., *Columbia Literary History of the United States*, New York: Columbia University Press, 1988, p. 509.

眼,得不到疲于奔命的父母足够的关爱,她没有朋友,还经常受到一个红脸大个儿男孩的追逐和吓唬,邻居家的一株由于无法自由生长而窒息得枯黄的天竺葵也让她难过不已。工业化使人们像上足了发条的机器,飞速地运转,同时失去了自我和精神追求。

工业化的运作方式还使人与人之间的关系逐渐疏离和异化。在充斥着淘金热的 19 世纪后半期,城市的迅猛发展需要大量的劳动力。"1920 年美国全国人口普查,产业雇佣工人已有九百多万……全国人口百分之五十以上集中在城镇。"①农村的青壮年劳动力都到城市里谋生,只剩下妇女和老人与土地相依为命。梯尔利太太的一双儿女都在远离她的城市里生活——儿子丹远在加利福尼亚,女儿(西尔维亚的母亲)在一个喧嚣的工业城市。然而,城市并不像人们梦想的那样遍地是黄金、机遇满天飞,城市生活也并非衣食无忧、潇洒自在。儿子丹离家后就杳无音信,生死未卜;女儿则为抚养一大群营养不良的孩子而奔波劳累,更不要说让他们向年迈的母亲尽赡养之孝道了。

工业化城市的影响无处不在,不会因为西尔维亚离开了城市而消失。追逐着白苍鹭而来到森林的年轻鸟类学家在这部作品中正是城市文明的象征。② 被当代科技文明和科技知识全副武装的年轻鸟类学家的到来在西尔维亚和外婆的宁静生活中引起了一阵波澜。年轻人懂得许多关于禽鸟的知识,并携带着可以毫不费力地把鸟儿们打下枝头的猎枪和子弹,他送的折刀对于久居山林的西尔维亚来说也是弥足珍贵的。西尔维亚像个荒岛上的遗世之民,把刀看成了稀世珍宝。年轻人允诺会把十元钱作为酬金答谢帮他找到白苍鹭的人。十元钱对于小西尔维亚来讲是一个天文数字,可以买到许许多多渴望已久的好东西。物质是人类生存的基础,这

---

① 塞缪尔·埃利奥特·莫里森、亨利·斯蒂尔·康马杰、威廉·爱德华·洛伊希滕堡:《美利坚共和国的成长》(下卷),南开大学历史系美国史研究室译,天津:天津人民出版社,1991 年,第 59 页。

② 19 世纪,科学技术对社会生活的影响日益增大。1860 至 1890 年,美国颁发了不下 44 万份专利证。1880 年以后,托马斯·爱迪生、威廉·斯坦利等发明家利用发电机使美国的生活发生了革命性的变化,电气时代已预告来临。

是无法改变的事实。因而,小西尔维亚受年轻鸟类学家所提供的物质诱惑而犹豫和动摇,在读者看来也不足为怪。这正是19世纪末城市对农村侵蚀在这部作品中的具体体现。

工业文明诞生之后,科学技术的迅猛发展为人类改造自然界提供了日趋便利的工具,人类倚仗科学技术的力量,逐步征服着大自然,同时不可避免地破坏了人与自然之间原有的和谐状态。人类活动日趋功利化,人们似乎觉得掌握了科学就可以拥有一切。掌握着大量科学知识的年轻鸟类学家以科学实验、制作标本为理由,便认为自己享有对鸟禽生杀予夺的权利。他从小就收集鸟类标本,近几年,他一直想要捕猎两三种珍贵的禽鸟。这位年轻的鸟类学家眼中的鸟类仅仅是供他研究的客体,对他来讲,鸟禽毫无生存权利或感情可言。白苍鹭在当时已经濒临灭绝,满脑鸟类知识的鸟类学家想的不是用科学知识来保护和挽救它们,却是把本已罕见的白苍鹭活活杀死做成标本,供人们观赏。几个世纪以来,人们目睹了科学技术的伟大力量,自诩为宇宙之精华,万物之灵长,自认为可以擅理智,役自然,但是,如果滥用科技,随意地践踏大自然中的生命,则百害而无一利。正如约·瑟帕玛(Yrjo Sepanmaa)所言,"人根据自己的目的来改造环境,这在一切价值领域中都是如此。但改造环境的行为有伦理上的限制:地球不只是由人类使用并作为居住地,还有动物和植物,甚至也许自然构造物都有他们本应不受侵害的权利。[①]"人类在世界上并非孤立的存在,人类的存在和发展与其他一切有生命或无生命的事物都有着千丝万缕的联系。大自然并非只是人类生存的家园,人类无权为了满足自己的私欲而剥夺其他生命体的生命。

《一只白苍鹭》中那位来自城市的鸟类学家滥杀鸟类,不仅给禽鸟带来了威胁,也使久居大自然中的西尔维亚紧张不安。年轻人的一阵清脆的口哨声在西尔维亚听来却肆无忌惮甚至有点咄咄逼人,年轻人在她眼里是个突然出现的"敌人"。尽管年轻人用讨人喜欢、富有感染力的声调

---

① 约·瑟帕玛:《环境之美》,武小西、张宜译,长沙:湖南科学技术出版社,2006年,第204页。

新文科理念下美国文学专题九讲

136

向西尔维亚问路，她还是害怕得全身颤抖，用几乎听不见的声音回答。当小伙子提出要随她去外婆家借宿时，她耷拉着脑袋，"仿佛是被折断了枝的小花朵"①。当看到外婆最初错把陌生人当成了本地的哪一个农家子时，她出于本能地意识到外婆还不理解"局势的严重性"。第二天打猎，她只是跟在年轻人后面，并没有为他带路，更谈不上主动开口说话了。她不能理解，既然年轻人这么喜爱这些禽鸟，何以又要把无辜的、活生生的鸟儿杀死，做成标本。已经融入大自然的西尔维亚隐约感觉到了来自年轻人的威胁，她在面对年轻人的友情和物质的诱惑时，也表现出了犹豫和抵抗。

然而，现实生活中物质对人的诱惑有时是如此巨大，让人难以抗拒。面对物质利益的诱惑，西尔维亚一度失去了自己灵魂中对自然的依恋。作为大自然的女儿，西尔维亚想了解林中的一草一木，而小伙子的鸟类知识恰好满足了她对知识的渴求。她喜欢听他讲关于鸟禽的故事，以为他是个和蔼可亲和富有同情心的人，对他由最初的胆怯转为朦胧的爱慕，并产生了依恋之情。另外，他所许诺的十美元也是个不小的诱惑。西尔维亚不愿意让心爱的小伙子为找不到白苍鹭而难过。人类对金钱和异性友谊共同的渴求使西尔维亚动摇了对林中鸟儿的热爱，也忽略了毫无戒备的鸟儿们被打下枝头倒在血泊中的痛苦。"初次充塞于这个孤寂的小生命中的那股人类私利的巨大浪潮，竟会把一种满足于同大自然朝夕相处，满足于过大森林中依然寂寞的生活的心情冲走"②，竟使她完全忘记了大自然母亲的慈爱和鸟兽们的友谊。"在殷实的社会，人对物质进步的合理关注很容易蜕变成了对物质的疯狂追逐和对自我满足的痴迷。沉溺于物质，扭曲了我们的基本价值和与其他人的关系，我们成了欲望的奴隶。对技术理性的完全依赖将导致人经验的减缩、人的想象力和情感生活的枯竭、人的存在的贫乏。"③显然，朱厄特在《一只白苍鹭》中用委婉的语言对

---

① Sarah Orne Jewett, *A White Heron and Other Stories*. Mineola, NY: Dover Publications, INC., 1999, p. 3.

② Ibid., p. 7.

③ 胡志红:《西方生态批评研究》,北京:中国社会科学出版社,2006年,第78页。

工业文明及其给人类生活和精神世界带来的负面影响加以揭露与抨击。九岁的主人公西尔维亚依然只是个孩子，但是她最终承受住了失去唾手可得的金钱和友谊的巨大痛苦，与自己所深深热爱的大自然坚定地站在一起。这个人物象征地表达了坚守生态立场的朱厄特对物质文明的拒绝和对原先那片绿色土地的怀念与眷恋。因此，相比之下，大自然中土地和动植物显然比都市的物质享受更温馨，更有诗意，更富于人情味。

三、融入自然——人类的终极出路

现代科技造成人与自然的不断疏离，使人类陶醉于对自然统治的胜利，醉心于随心所欲地满足肉体的物质享受而脱离了大地。在逐步工业化的过程中，人类取得了过去几千年都难以比拟的物质财富，但为此也付出了高昂的代价。现代工业社会的行为方式和生产方式给地球带来了难以根治的环境污染，同时使无数的动植物遭受濒临灭绝的灾难，也使人类自身的生存和发展受到威胁。当人类正志满意得地高歌猛进之时，大自然对人类的惩罚也会接踵而至。现代人类在面临生存的困境时，才体会到了恩格斯在一百多年前对人类的警告："我们不要过分陶醉于我们对自然界的胜利。对于每一次这样的胜利，自然界都报复了我们。每一次胜利，在第一步都确实取得了我们预期的结果，但是在第二步和第三步却有了完全不同的、出乎意料的影响，常常把第一个结果又取消了。①"这一点海德格尔在 20 世纪 30 年代就已经警觉到了。他当时就警告人们警惕"无家可归"的危险，呼吁"寻找居所"，来拯救地球和人类。洛克曾说："那些在低等动物的痛苦和毁灭中取乐的人……将会对他们自己的同胞也缺乏怜悯之心或仁爱之情。②"人们不能只顾眼前的短期经济利益而把自然母亲放在脚下蹂躏，却忘了世世代代的可持续发展。人类中心主义造成的致命危害之一就是自然生态危机，《一只白苍鹭》中那种滥杀动物等现

---

① 胡志红，《西方生态批评研究》，北京：中国社会科学出版社，2006 年，第 81 页。

② 同上书，第 32 页。

象的存在,会逐渐导致白苍鹭等物种濒临灭绝的严重后果。据专家统计和预测,"在过去 500 年中,诸如旅鸽、海雀、袋狼和斑驴等 844 个物种已经灭绝,还有多达 16000 个物种正受到灭绝的威胁,世界上 11% 的鸟类已经芳影不存,非洲一些地方的类人猿减少了超过 50%,亚洲 40% 的动物和植物将很快消失,目前一半的有袋(目)动物和三分之一的两栖动物正处于生死存亡的境地,到 2025 年,全球三分之二的海龟也将与我们永别"①。人类在盲目开发大自然,把土地变得面目全非之后,才发现拯救地球上的其他生物成了当前亟待解决的问题。

近百年来在人类向工业化迈进时,出现了破坏自然的合理布局和环境等问题。在从工业文明开始至今的短短两百多年时间里,人类征服自然的种种过激行为使大地变得不堪入目,而人类自身的生存也受到全球性生态危机的严重威胁。"人类的科学水平不断提高,而心灵、道德的提高相对来说却大大滞后,当二者的失衡达到一定程度的时候,人们对其可能出现的后果就难免要忧心忡忡。"②于是,环境问题成了备受人们关注的热门话题,也就产生了关注文本的现实关联和从本土到全球文学想象的地方意识重构的环境批评与日益兴盛的环境正义。③ 其实,作为时代敏感神经的文学早就对环境问题做出了积极的反映。在美国辉煌的文学历史中,始终不乏对生态问题关注的作家。早在《瓦尔登湖》里,梭罗就以亲身经历向我们述说了亲近自然、简单生活的乐趣,为我们描绘出了人与自然和谐共处的美丽图画。被誉为"生态伦理之父"的奥尔多·利奥波德在《沙乡年鉴》中提出了"大地是一个只能去爱、关怀、研究和理解的复杂的有机体"的理念。1962 年,雷切尔·卡森出版了《寂静的春天》一书,首

---

① 谢小军:《物和灭绝》,《知识就是力量》,2006 年第 2 期,第 24 页。

② 朱振武:《解码丹·布朗创作的空前成功》,《上海大学学报》(社会科学版),2005 年第 4 期,第 44 页。

③ "环境正义"(environmental justice)是一项迅速扩大的运动,兴起于 1982 年的"沃伦抗议"(Warren County Protest)。它以抵制环境的种族主义(environmental racism)、捍卫那些在经济和政治上处于劣势的群体(弱势种族、妇女等)的环境权利为宗旨,努力实现全球所有国家和地区在环境责任与生态利益上共同的、全面的和广泛的正义。

次以翔实的资料向世人说明了滥用农药对人类和环境的毁灭性影响，提倡人类应协调与自然的关系的思想。当代小说家唐·德里罗（Don De Lillo，1936）和约翰·厄普代克（John Updike，1932—2009）分别在《白噪音》（*White Noise*，1985）和《兔子歇了》（*Rabbit at Rest*，1990）中从不同的角度反映了当代作家对生态环境的关注和忧虑。美国当代女作家简·斯迈利（Jane Smiley，1949）在她的著名作品《一千英亩》（*A Thousand Acres*，1991）中描述了美国中西部无限制地开垦土地与使用农药对环境和人类自身带来的致命危害。《一只白苍鹭》正体现了朱厄特对人类前途命运的关怀和忧虑，表现出作者对文化问题的深层意识和对人类生存困境的忧思也满足了当下人们的情感需求。

文学批评理论家拉曼·塞尔登（Reman Selden）曾说，"文学作品就是一种用词语表达的和谐的音乐……总是能把我们的思想转向雄伟的、庄严的、崇高的和它所包容的一切事物，完全控制了我们的头脑"[①]。《一只白苍鹭》中年轻鸟类学家对鸟类的残杀体现了人的残忍和自私的一面。人类对自然界中动植物的残忍和对物质的疯狂追求，还容易导致人类心理的异化。朱厄特敏感地意识到了环境问题的严峻性和紧迫性，她在代表作《尖枞树之乡》（*The Country of the Pointed Firs*，1896）中也强调了人与大自然的和谐关系，让读者读罢掩卷深思，得到作者环境观念的启迪。朱厄特的创作思想还直接影响了美国20世纪初著名女作家薇拉·凯瑟的创作风格和创作主题。

一部好的文学作品能够开启人的智慧和想象之门，朱厄特在作品中对人类与自然关系的绿色关怀使人们认识到，人作为万物的灵长，有责任和义务去保护弱小的动物和植物，西尔维亚攀爬大树寻找白苍鹭的过程，是一个人类探寻生活秘密及回归自然的过程，也是一个人与自然和谐共处并获得关于生命真谛的启示过程。美国当代著名环境科学家诺曼·迈尔斯（Norman Myers）曾言，"科学家们说我们在挽救物种的生命，实际上

① 朱振武、王子红：《爱伦·坡哥特小说源流及其审美契合》，《上海大学学报》（社会科学版），2007年第5期，第96页。

往往是在挽救我们自己。[①]"在科学技术发展日新月异的今天,《一只白苍鹭》帮助人们认识到人与自然之间相互依存、和谐共生的关系,有助于人们提高环境保护意识,善待动植物,珍爱大自然,就是保护人类自己。只有融入大自然才能拯救地球,才是人类的最终出路。"知止不殆",唯有正确处理好经济发展和环境保护的关系,才能够达到人与自然的高度和谐。

---

① 鲁枢元:《自然与人文》,上海:学林出版社,2006 年,第 951 页。

专题四 现实观照

文学创作离不开现实,越接地气的作品越是好作品。从空中楼阁到海市蜃楼,那些虚无缥缈的东西是远离大众的审美视界的。文学作品如果能实现对人类和自然等问题的超前关怀则更是上乘之作。当然,这与作家的才情禀赋和思想深度有关。美国华裔小说家们的作品得到关注的原因之一就在于其作品中的"中国味",在于其对中国现实的描摹,而1849年去世的爱伦·坡能够深入人心,穿越国界和地域,更在于其对当时工业社会诸多现实问题的深刻反思和对未来现实的超前洞见。

美国新华裔小说的回望书写

美国新华裔小说自 20 世纪 70 年代诞生以来便凭借浓厚的"中国味"回望吸引着美国读者，逐渐从边缘步入主流，并成为推动美国小说本土化的重要力量。本文对美国新华裔小说的具体表征及深刻内涵进行剖析，认为美国新华裔小说的主要表征体现在其别具一格的中式英语、博人眼球的中国题材和纠缠交错的创作心理上。掀开表象，我们发现美国新华裔小说家们的"中国味"书写实际上反映出他们两头难靠边、对祖国和移居国或旅居国两头既亲近又疏离的尴尬处境。

20 世纪 70 年代以来，到美国"洋插队"的中国人逐渐增多，其中一批人逐渐走上了用习得语英语进行创作的道路，并成为美国乃至英语界一种特殊的创作群体，我们把这个作家群体命名为美国新华裔英语作家。华裔新移民作家在美国文坛陆续崭露头角，要从英徕（Ying Lai）的《"三十六计"：监禁与逃离——关于红色中国的个人叙述》（*The Thirty-Sixty Way：A Personal Account of Imprisonment and Escape from Red China*，1970）说起，再到郑念的《上海生死劫》（*Life and Death in Shanghai*，1987），哈金的《等待》（*Waiting*，1999）和李翊云的《千年敬祈》（*A Thousand Years of Good Prayers*，2005）等，这批作家已经为美国文坛输送了 52 部名声不算小的英语文学作品，而且这些作品几乎部部畅销。其中小说作品数量最多，影响最大，对美国小说本土化的贡献也最大。哈金等作家凭借小说创作频繁斩获美国甚至国际重要文学奖项，带动美国新华裔英语文学成为一种引人关注的文学现象。这批移居或旅居美国的作家大都出生于 20 世纪 50 年代或稍后，可以说是"生在新中国，长在红旗下"。他们大都经历过"上山下乡"和后来的"洋插队"。20 世纪 70 年代中国历史上空前的大规模留学浪潮袭来时，他们还未来得及思考自己的前途与命运，便相继踏上了前往美国的路途。在这个完全陌生的地方，青少年时期的回忆，新环境带来的心理冲击，以及在异乡的新奇见闻不断压积，最终促使这一批人走上了创作之路。而他们笔下生动的中国社会图景，优美的中华古诗词句和独特的华人内心世界，都迅速吸引了美国读者的目光。这种对中国元素的回望书写已经在美国当代文学中占有了一席之地。

一、别具一格的中式英语

美国新华裔英语小说最明显的特征便是其中式英语的使用。这里的中式英语并非指中国人在用英语表达时犯的令人啼笑皆非的语法错误，而是主要指中国人在英语写作中流露的中文思考、中式思维进而形成的令美国乃至整体英语读者耳目一新的独特的写作风格。由于中文和英语所激发的语言感受力不一样，其所表达的内容也不尽相同。拥有跨国写作经验的严歌苓曾说："外国人对中国作家普遍的反映就是多愁善感。你认为非常感动，很可能到美国文化中就过于善感"[1]。裘小龙也曾形象地举例说明，"'外滩'这个中文词，无论在我个人经验层面，或在一般层面上，拥有多么丰富的联想，一旦到了英文中，顿时消失殆尽"[2]。所以，我们看到的美国新华裔英语文学是融合了中英文两种语言感性，或者说介于两者之间的独特表达形式。

首先，美国新华裔英语小说的文字大都浅显易懂，以白描为主。这里有两点原因。第一，正如裘小龙所说，在英文表达中，中文自身携带的感

---

① 周晓苹:《美国文坛的华裔作家》,《环球时报》,2007 年 5 月 7 日,第 17 版。
② 裘小龙:《外滩花园》,匡咏梅译,上海:上海文艺出版社,2005 年,第 3 页。

性信息被消磨。以李商隐的《无题》为例，这首诗以意蕴幽隐，寄情深微著称。"相见时难别亦难，东风无力百花残"，简单十四字便勾勒出离人的绵绵哀伤，押韵的诗句读起来也朗朗上口。为表现陈超探长的深厚文化底蕴，裘小龙也引用了这两句诗。他是这么表达的："It is hard to meet，but hard to part too，the east wind languid，hundreds of flowers wasted."通过这样的翻译，美国读者应该能明白作者所要烘托的感情，但是他们的感受和中国读者的感受必然相差甚远。这是因为中文和英文根本就属于两种截然不同的文字系统。中文是象形文字，每个字都是一幅生动的图画，拉丁字母则完全不具备这种功能。一旦由图画变成字母，原本栩栩如生的作品就变得枯燥许多。第二，作家的英语水平有限。美国新华裔英语小说家们都是在成年后移民美国，已经过了学习语言的黄金时期，无论后天怎么努力学习英语，也无法做到像本土作家那样自然地道。《破坏分子》(Saboteur)是哈金短篇小说集《新郎》(*The Bridegroom*，2000)的第一个故事。文中的丘老师就用了"hoodlum"一词表达对警察的愤怒。"hoodlum"的字面意思是"流氓"，中国读者不难理解丘老师是指责这些警察无理取闹，惹是生非。但是对于美国读者而言，"hoodlum"更多地指代街头恶棍青年，与警察身份并不一致。倘若不结合语境，他们可能很难理解丘老师所言何意。所以，也许流利的英文表达会让美国读者在很大程度上忽视新华裔小说家们的母语，但中英间的语言差距在文本中依旧会不时体现。

其次，美国新华裔英语小说家笔下的"中式英语"接近于生硬的直译。美国新锐作家克莱尔·梅苏德(Claire Messud，1966)读罢哈金的《新郎》后则表示："哈金的作品读上去就像是用中文写的，然后再自己翻译成英语。[①]"另一个例子就是哈金的《词海》(*Ocean of Words*，1996)。哈金在书中使用了很多典型的"文革"语言，他使用的英文对应词如下："老一辈

146

---

① Albert Wu and Michelle Kuo, "I Dare Not: The Muted Style of Writer in Exile Ha Jin", *Los Angeles Review of Books*, January 11, 2015. https://lareviewofbooks.org/article/dare-muted-style-writer-exile-ha-jin/.

革命家"（revolutionary of the older generation）、"阶级敌人"（class enemies）、"阶级斗争警惕性"（vigilance of class struggle）、"从内部攻破钢铁堡垒"（corroding the iron bastion from within）、"意识形态战线"（ideological front）。从以上例子可以看出，这种不顾美国读者是否能够理解的表达可谓是不能更"直"。照理说，哈金在美国生活多年，对美国人的口语表达还是比较熟悉的，但他在翻译"老一辈革命家"的时候怎么就不翻译成 veteran，而偏偏说成"revolutionary of the older generation"呢？这一现象也得到美国学者的注意。阿尔伯特·吴（Albert Wu）和米歇尔·郭（Michelle Kuo）就在《洛杉矶书评》（*Los Angeles Review of Books*）撰文称，这么做会"让读者了解'原汁原味'的中国"①。

最后，美国新华裔英语小说家的作品都有"套路"可循。单凭英语水平，美国新华裔英语小说家是不占任何优势的，所以他们就在写作技巧上下足功夫，而美国各式各样的写作班正好满足了他们的需求。事实上，哈金、严歌苓、李翊云、白先勇等许多新移民作家都是美国作家班的产物。哈金曾在一次采访中说道：在美国，没有作家不上创意写作班。② 凭借精湛的写作技巧，美国新华裔英语小说家们更加赢得美国读者的喝彩和青睐。李翊云的作品以想象力丰富著称，同时又具有哈金的一些特点，但是其写作技巧又更胜一筹。

> 每一部小说的故事情节都构思精巧，新颖独创，语言则冷静而克制、简洁又流畅、幽默却不失凝重，蕴含着静水流深般的巨大能量，展现了作者在生活中捕捉细节、见微知著的能力和高超的叙事才华。③

---

① Albert Wu and Michelle Kuo，"I Dare Not：The Muted Style of Writer in Exile Ha Jin"，*Los Angeles Review of Books*. January 11，2015. https://lareviewofbooks.org/article/dare-muted-style-writer-exile-ha-jin/.

② 王姝蕲：《哈金：在美国，不上写作班别想当作家》，腾讯文化 http://cul.qq.com/a/20160804/004810.htm，2016 年 8 月 4 日。

③ 卫景宜：《当代西方英语世界的中国留学生写作（1980—2010）》，北京：中国社会科学出版社，2014 年，第 187 页。

可以说，在美国学界，对美国新华裔英语小说家讨论最多的，除了写作内容就是写作技巧了。

但是他们的"中式英语"何以受到如此追捧？这里有多方面的原因。第一，美国人佩服这些"半路出家"的美国新华裔英语小说家们用英语写作的勇气，对他们的语言水平也报以宽容的态度。第二，这种中式英语的出现正好以其陌生化的效果——"新美国人及其他以英语为母语的人们的耳目，如一股清新的空气掠过近些年有些呆板的美国文坛"[①]。哈金在波士顿大学创意写作班学习时，教授莱斯利·爱普斯坦（Leslie Epstein）就注意到了他，并意识到了中式英语会吸引美国读者，因此很欣赏哈金的写作才华。他唯一纠正哈金写作的地方，就是哈金有时候会写"yeah"这个词，他告诉哈金，这样写太美国了。这个细节反映出中式英语这种看似瑕疵的存在，在美国反倒是有市场的。

值得特别指出的是，虽然美国新移民华文小说家和传统华裔美国小说家都属于美国华裔小说家，但语言的使用并没有带给他们同等的荣耀。因为对于传统华裔美国小说家而言，英语是他们的母语，不具备"中式英语"的独特魅力。而新移民华文小说家是用中文写作，也不在美国学者的讨论范围。

第三，中式英语之所以能被接受也得益于美国的多元主义文化策略。哈金的另一位老师，英语文学界的大牌尤金·古德哈特（Eugene Goodheart）表示，如果哈金在非美国的区域用英语写作，也许不会这么成功，是"美国文化的开放给了像哈金这样的作家邀请函"[②]。美国汇聚了众多的少数族群，也不乏像托妮·莫里森（Toni Morrison，1931—2019）这样取得相当成就的族裔作家，但以非母语身份从事英语写作的人则寥寥无几。相比之下，美国新华裔英语小说家这一已成规模的阵营着实显眼，他们的出现也带给美国文坛以新的可能。

那么"中式英语"的使用有什么深层含义呢？其实用英语写作本身，就有一定的象征意义。斯坦福大学的语言学教授佩内洛普·埃克特

---

① 朱振武："哈金为什么这么红？"，《文汇读书周报》，2012 年 4 月 6 日，第 8 版。
② 刘宽：《哈金：没有国家的人》，《人物》，2014 年第 10 期，第 120 页。

(Penelope Eckert)认为,语言策略的选择都具有一定的社会象征意义,并与社会身份的表达息息相关。① 加利福尼亚大学教授约翰·甘伯兹(John Gumperz)和珍妮·库克-甘伯兹(Jenny Cook-Gumperz)也表示社会身份在很大程度上是通过语言得以建立和维持的。② 由此可知,美国新华裔英语小说家正是借助英语表达来对自己是中国人这一文化身份进行逃避。哈金在他的《被放逐到英语》(Exiled to English)一文中也曾表示,他想"进入一个新的领域"③。语言的选择在某种程度上反映出哈金们对自己母语国的疏离。

"在建构现代化的想象社区时,语言充当了确定文化边界的重要标志。"④而美国新华裔英语小说家用英语写作中国故事则冲破了以往以语言界定的文化边界,体现出后现代式对传统的解构。这些后现代话语,凭借它们典型的跨界性、流动性、异质性和多元性打破了"本土语言就是民族主义者的象征"这一太过简单的定义。放眼全世界,进入后殖民时代以来,非母语写作便已蔚然成风。拉什迪以自己的非母语写作开创了一个新的文学时代——"后拉什迪时代"。非母语写作作家群正跨越双重甚至多种语言和文化传统,创作着一种新小说以对应一个新世界,美国新华裔英语小说家的出现正好顺应了这一新的文学形势。它的流行代表着全球化社会非母语写作的盛行。

二、博人眼球的中国题材

单凭具有中国特色的语言还不足以令美国新华裔英语文学持久地吸

① Penelope Eckert, *Jocks and Burnouts*: *Social Categories and Identity in the High School*, New York: Teachers College Press, 1989, p. vii.

② John Gumperz, ed., *Language and Social Identity*, Cambridge: Cambridge University Press, 1982, p. 1.

③ Ha Jin, "Exlied to English", Shu-mei Shih, Chien-hsin Tsai, and Brian Bernards, eds., *Sinophone Studies*: *A Critical Reader*, New York: Columbia University Press, 2013, p. 120.

④ Benedict Anderson, *Imagined Communities*: *Reflections on the Origin and Spread of Nationalism*, London: Verso, 2010, pp. 6 - 7.

引读者,实际上与中国相关的主题内容比语言本身更加重要。评论家芭芭拉·博迪克(Barbara Burdick)在《半岛先驱报》(*Peninsula Herald*)中也说:"对西方而言,没有哪个民族比中国更神秘了。仅是看到'中国'这个词,就会让人联想到古老的条例、异样的茶叶、迷信的想法、光滑的丝绸和喷火的巨龙。"[①]而早在 20 世纪 40 年代,赛珍珠(Pearl S. Buck,1892—1973)的《大地》(*The Good Earth*,1931)就已在美国掀起了一阵"中国热",此后中国作为神秘东方的代表一直勾引着西方世界的好奇心。而美国新华裔英语文学的出现则恰好满足了西方世界的窥探欲,也成为他们了解中国的重要窗口。

美国新华裔英语小说家吸引大批读者关注的最主要的原因当然在于他们笔下的中国故事。"东方几乎是被欧洲人凭空捏造出来的东方,自古以来就代表着罗曼司、异国情调、美丽的风景、难忘的记忆、非凡的经历。"[②]美国新华裔英语小说家群的出现正好满足了他们对"东方巨龙"的幻想和好奇。首先,美国新华裔英语文学作品中的题材多源于作者的亲身见闻,写实性较强。他们把自己的经历幻化成文字,把自己的思想感情揉进章节里,可以说美国新华裔英语文学本质上就是一道中国文化盛宴。这些作品中的中国元素主要体现在以下三个方面:

第一是对中国当代民情的精细描写。民情能充分展现百姓的生活习惯和生活水平,侧面反映出当时国家的经济水平和民俗文化。美国新华裔英语小说家在创作中国故事时,都掺杂了很多生活细节,用生动的笔触让读者从细微处见识体验一个鲜活的、刚刚起步的新中国。20 世纪 70 年代的中国经济水平还比较落后,所以我们能从《等待》中看到孔林的老婆淑玉还留着小脚,了解到计划经济体制时期中国工人阶级的工资只有几十块钱,买东西要用粮票,吃一回肉很稀罕,很多人没有见过虾,等等。他们作品中这样的例子不胜枚举。

---

① Guy Amirthanayagam, *Asian and Western Writers in Dialogue*: *New Cultural Identities*, London: The Macmillan Press, Ltd., 1982, p. 56.

② 爱德华·萨义德:《东方学》,王宇根译,北京:生活·读书·新知三联书店,1999 年,第 1 页。

第二是对中国文学文化的大量援引。中华文化博大精深、源远流长，美国新华裔英语小说家们对此从小就耳濡目染，他们的生命里深嵌着中国文化的密码。为了更好地刻画人物，尤其是刻画中国知识分子，他们会有意地引用中国古典诗词及古文俗语，从而形成了美国新华裔英语文学的又一景观。在美国新华裔英语小说家中，引用中国古诗词最多的要数裘小龙。他塑造的陈超探长颇具古风，酷爱引经据典。从儒家经典，到唐诗宋词，再到毛主席语录，他能都信手拈来。在《外滩花园》(*A Loyal Character Dancer*, 2002)中，陈超的手提包里随身携带着一本中国古词选。一次，市公安局党委副书记李世坤找他谈话说，"走了不少路吧，陈队长。"陈回道："谢谢你，李副书记，古人云：士为知己者死，女为悦己者容。"[1]其他的诗句还有南唐后主李煜的"落花流水春去也，天上人间"，北宋词人柳永的"今宵酒醒何处，杨柳岸，晓风残月"，等等。

除了诗歌，在民间广为流传的成语、歇后语等也是中国文学文化的重要组成部分。在闵安琪的作品中，出现了大量的中国成语、俗语和歇后语等，比如：过河拆桥(destroy the bridge after acrossing the river)、掩耳盗铃(covering your ears while stealing a bell)、一朝被蛇咬，十年怕井绳(Once bitten by a snake, forever in fear of ropes)等。

第三是其对一些中国政治文化现象小说式的反映。在传统华裔美国文学中，中国的地理空间和文化空间总是难以想象和描述的。但美国新华裔小说家们则用细微具体的文字为我们呈现了 1949 年后的中国的一些社会政治现象。在西方学者的眼中，1949 年后的新中国一直是一座神秘莫测的迷宫。而美国新华裔英语文学作品中对中国政府、官员及政策的介绍则部分反映了中国的政治文化。因此，政治性较强是美国新华裔英语小说的另一大特点。而事实上，美国新华裔小说家们的描写也是具有一定的主观性和片面性。

与美国新华裔英语小说家对中国政治的"批判"相比，几乎同时崛起

---

① 裘小龙：《外滩花园》，匡咏梅译，上海：上海文艺出版社，2005 年，第 11 页。

的新移民华文小说家则更多地弘扬爱国主义主题,较多地揭露美国制度的弊端。仅看新移民华文小说的标题,我们就可以大致推测他们的写作内容。比如,周励的《曼哈顿的中国女人》、曹桂林的《北京人在纽约》、程宝林的《美国戏台》和薛海翔的《早安,美利坚》等。从这些标题里,我们就可简单推知新移民华文小说家主要讲述华人在海外的生活经历。但他们又没有简单地停留在用移民生活博取眼球的程度,在一字一句里,我们都能感受到他们跳跃着的一颗爱国红心。而在写作主题上,华人在美国唐人街的生活,尤其是"唐人街华人"为谋生奋斗挣扎的辛酸,是美国华文文学中反复出现的主题。

而传统华裔美国小说家虽说似乎写的也是"中国故事",但他们笔下的故事"已经不是中国人熟悉的故事,而是一种再创作"[①]。赵健秀曾指名道姓地猛烈批评在华裔美国作家群中极负盛名的汤亭亭、谭恩美和黄哲伦等人是"伪"华裔作家,指责他们篡改和歪曲中国文化以迎合白人口味。他最主要的理由就是这些所谓的华裔美国作家写的中国根本不真实,都是对传统文本的改变甚至是"篡改"。汤亭亭以花木兰为原型塑造了《女勇士》(*The Woman Warrior*,1976)的女主人公,中间又嫁接了岳母刺字的历史典故,而故事内容与花木兰几乎没有任何关系。当然,这些作家的创作也是有一定的特殊动机的。汤亭亭想要借花木兰这个勇敢的形象打破西方对华裔女性沉默软弱的刻板印象。赵健秀使用水浒传的一百零八汉也是为了凸显男性的孔武有力,并非为了向西方介绍中国历史传说,而是旨在改变华裔男性长期以来营造的虚弱无力的形象。尹晓煌透过现象看本质,一针见血地指出传统华裔美国小说家借用中国元素实际上就是为了"展示和凸显自己的个性"[②]。因为他们从小浸泡在美国文化中,缺乏对中国社会的直接接触和对中华文化的感性体验,因此只能从美国人的角度看中国。

综上所述,美国新华裔英语文学对中国生活、文化和政治方面的展示

① 吴冰:《关于华裔美国文学研究的思考》,《外国文学评论》,2008年第2期,第17页。
② 尹晓煌:《美国华裔文学史》,徐颖果主译,天津:南开大学出版社,2006年,第282页。

已成为美国新华裔英语小说家的招牌,写实性和政治性强等特点也将他们与美国新移民华文小说家和传统华裔美国小说家区分开来,并因此得到属于自己的一席之地。毋庸置疑,凭借自身特色及写作技巧,他们取得了不俗的文学成就,但这并不意味着将其奉为圭臬或捧上神坛。毕竟,美国新华裔英语文学还存在着诸多问题。首先,虽然美国新华裔英语文学的写实性较强,但这一特点也包含着美国学者戴着有色眼镜的解读,他们情愿相信新华裔英语作家笔下的内容都是真实的。事实上,新华裔英语作家对社会现实的交代并非那么准确,裘小龙笔下 20 世纪 90 年代的上海就遭到许多国内读者的质疑。这点也可以理解,毕竟新华裔英语作家们长期在美国生活工作,对日新月异的祖国的把握难免会出现偏差。但在不了解情况的美国读者眼中,美国新华裔英语小说家叙述的都是中国的社会现实。

其次,假设美国新华裔英语小说家笔下都是货真价实的"中国故事",这些文字也只是在中国以外能收获一点关注。就其价值高度和思想深度而言,他们根本无法和与其成长背景类似的许多当代中国作家相比。对此,学者曾对哈金的一席评论可以说颇具代表性:

> 他的"中国人的故事"充满传奇色彩,但也只是传奇而已,但中国乃是最不缺乏传奇、逸事、趣闻的国度,中国读者早就在乘火车蹲马桶时被这类东西喂饱了。哈金那些可以让美国人惊讶的精心之作很难触动中国读者。他写了我们熟悉的故事——以美国作家班培养的一丝不苟有板有眼的笔法写来——却没有在此之外提供我们不熟悉的、足以触动我们、震撼我们的东西,那种超出"中国人的故事"之外或蕴涵于这些故事之中的审视中国的别样的目光和心地。[①]

这话可以说是切中肯綮,说到了这类作品的痛处。再次,有些美国新

---

① 郜元宝:《谈哈金并致海外中国作家》,《天津师范大学学报》(社会科学版),2005 年第 6 期,第 71 页。

华裔英语小说家一直在有意抹黑中国形象。在有些美国学者看来，新华裔英语作家描写中国黑暗面的原因是："在中国批判中国政府可能会有牢狱之灾。在中国以外批判的话，国内的人就听不到这些言论，也就无可厚非了。"[①]稍有常识的人都知道，这话与事实出入显然太大，完全不符合中国国情，基本上都是武断猜测之言。其实，中国国内的文化风气早已相当开放，美国新华裔英语作家们的作品是完全有机会引进过来的。而美国新华裔英语作家中相当一批人也并不是很了解这几十年来的中国，甚至缺少一些起码的常识。

最后，西方读者对美国新华裔英语文学的追捧与他们对作者个人的接受并不等同。《自由生活》（*A Free Life*，2007）是哈金耗时最久完成的书，也可以说是他写作生涯上的转折点。哈金在这部书中第一次把写作背景从中国搬到了美国。该书讲述的是华裔移民武男一家三口移居美国，融入美国生活的过程。作品中的武南其实就是哈金自己。然而，这次转型并没有收到一如既往的好评，反而遭到美国著名作家厄普代克的强烈批判。厄普代克认为这本背景设在美国的书，比哈金之前的作品更加文理不通（solecism）。他还借用小说主人公被讽刺的话来批评哈金："你运用英语的方法太笨拙了。这对我作为一个以英语为母语的人来说，简直是一种侮辱。"[②]不仅如此，厄普代克还指出哈金所描写的移民在异国他乡适应和生存的过程递进平缓，缺乏戏剧性。在《自由生活》以前，哈金的作品集中描写中国政治的黑暗，部部作品都备受吹捧，此后转向对个人生活经历的梳理和阐述后，反而不受主流学者喜欢了，可见相比作家的个人经历，美国的学者更加重视他们展示出的另类中国。换句话说，他们希望通过新华裔英语作家满足他们对中国的好奇心，但对他们个人并没有真正友好地接纳。

---

①   Walter S. H. Lim, *Narratives of Diaspora*. Basingstoke: Palgrave Macmillan, 2013, p. 135.

②   John Updike, "Nan, American Man, A New Novel by a Chinese Émigré", *The New Yorker*, December 3, 2007. https://newyorker.com/magazine/2007/12/03/nan-american-man.

三、矛盾纠结的创作心理

文化身份的双重性是流散作家的一大特征。萨义德曾说："流亡者存在于一种中间状态，既非完全与新环境合一，也未完全与旧环境分离，而是处于若即若离的困境，一方面怀乡而感伤，一方面又是巧妙的模仿者或秘密的流浪人。"①作为华裔流散族群的一员，美国新华裔英语小说家也具有双重文化身份。然而，不同于自认为是美国人的传统华裔美国小说家，也不同于自认为是中国人的新移民华文小说家，美国新华裔英语小说家们在身份问题上表现出摇摆不定的倾向。虽然他们也顺利地在美国扎了根，但他们不肯也没有办法遗忘大洋彼岸的祖国，与此同时，他们又紧抓着中国过去的落后和弊端不放，这样的文化身份认同显然更为复杂，反映在创作心态上则是纠结和矛盾。

美国新华裔英语小说家对中国文化的态度很难清晰定位。一方面，从《上海生死劫》对"文革"往事的讲述，到《等待》中对大时代背景下小人物命运的唏嘘，到《千年敬祈》中对中国传统习俗的质疑，再到《上海救赎》中对中国官场政治斗争的讽刺，各个时期的美国新华裔英语小说家们始终在以主人翁的姿态参与到对中国历史发展进程的评判中。但与此同时，他们又像是局外人，字里行间流露出对中国的排斥和疏离。首先，他们选择通过使用英语来摆脱中文的影响，给自己发泄情绪找寻空间。其次，相对于声称自己是个中国人，他们更愿意说自己是没有国家的人。李翊云曾经表示自己"不代言任何种族，任何国家"②。当有读者提问哈金的"家"在哪里，哈金说，"是美国，空间上这里就是我的家，因为现在我住在这里。另一层面，对于一个写作者，写作就是我的家园"③。此外，笔者注意到一个现象，引进到中国来的美国新华裔英语文学作品大都经由他

---

① 爱德华·萨义德：《知识分子论》，单德兴译，上海：三联书店，2002 年，第 45 页。

② 罗小艳：《李翊云：我不代言任何种族，任何国家》，《南都周刊》，2007 年 6 月 22 日，第 130 期。

③ 刘宽：《哈金：没有国家的人》，《人物》，2014 年第 10 期，第 259 页。

人翻译成中文。在有中文译本的十二部作品中,仅有两部是由哈金本人翻译或参与翻译。① 而语言能力那么强的裘小龙也是宁愿把自己的作品交给他人翻译,其中的缘由令人费解。

很明显,美国新华裔英语小说家并不完全认同中国的文化价值观,与此同时,他们又把对自由生活的愿景寄托在美国。除此之外,美国新华裔英语小说家们大都在美国高校任职,享受着稍好的地位和待遇,不仅拥有了稳定的物质生活,还通过美国读者的认可获得众多重要的文学奖项,这也强化了他们对美国的认同。哈金在创作《等待》之前就已经获得终身教职,这让他有足够的时间、金钱和信心从事创作。他们这些作家的作品在美国市场乃至整个英语世界都受到了一定程度的欢迎,来自美国媒体界和学界的潮水般的好评也让他们感受到了自己价值的体现,极大地收获了成就感。

而在这点上,新移民华文小说家与之几乎相反。不是说新移民华文小说家一点都不认同美国,他们在那里生活了几十年肯定是有感情的。但美国新移民华文小说家们绝大都是"中国心,美国籍"。对待中国和现在定居的美国,他们怀揣同样的热情,对中国的感情甚至压过了对美国的。在周励的《曼哈顿的中国女人》中,有这么一段话特别能代表他们这些新移民华文小说家的心声。

> 入夜,美国国庆音乐演唱会在焰火齐放中开幕,当波士顿乐团的演奏家们演奏到《星条旗永不落》时,美国人的热情几乎到了疯狂的程度,不论白人、黑人,到处是狂舞着的美国国旗、踩脚、蹦跳、拥抱、鼓掌,比美国人看棒球锦标赛还疯狂十倍。我在这无比激动的节日狂欢中,不禁感到这种崇高的爱国激情,这种公民的自豪与自信……②

而在 2016 年 11 月 28 日上海师范大学举办的名为"旅美作家和文学创

---

① 《落地》由哈金本人翻译,《词海》由卞丽莎与哈金二人合译。
② 周励:《曼哈顿的中国女人》,北京:北京出版社,1992 年,第 363 页。

作"的讲座中,作家周励也明确表示她绝对是中国心。就在她的代表作《曼哈顿的中国女人》中,周励对自己的中国人身份很自信,总是想在美国为中国人争光,她随口哼唱的都是在国内学的中文歌曲。而相比之下,美国新华裔英语小说家们对中国就显得格外排斥了。

至于传统华裔美国小说家,他们显然更认可自己是美国人。在任璧莲的《典型的美国人》(*Typical American*,2008)中,开篇便写着"这是一个美国故事"①。汤亭亭曾经明确表示:"我觉得不论是写我自己还是写其他华人,我都是在写美国人……我是在为美国文学添砖加瓦"②。除了公开强调自己是美国人以外,他们也会在作品中表达与中国父辈的巨大代沟。在代表作《女勇士》中,汤亭亭说道"每当我父母说到'家',他们就把美国搁一边,把欢乐搁一边,但我并不想回中国去。回去的话,父母会把我和姐妹们一起卖掉"③。这部小说为汤亭亭赢得非小说类"美国全国图书评论奖"(The National Book Critics Circle Award),同时也收到了大量的文学评论。但看到这些评论的汤亭亭不仅没有感到欣慰,反而奋起反抗,特意写了《美国评论家的文化误读》(Cultural Misreadings of American Reviewers)一文进行反驳,说"他们夸的地方不对"④。她这么说的原因是一些评论家用"神秘莫测的"(inscrutable)、"异国的"(exotic)和"东方的"(oriental)来形容她的作品。她觉得这种说法表明评论家们没有把他们(华裔美国人)当成普通的人类。她还反驳道:"这些评论的另一个恼人的特点就是没有看到我是美国人这个事实。我和所有的美国作家一样,我也想写美国的伟大之处。"⑤

① 任璧莲:《典型的美国佬》,王光林译,上海:华东师范大学出版社,2015 年,第 3 页。
② Paula Rabinowitz, "Eccentric Memories: A Conversation with Maxine Hong Kingston". Paul Skenazy and Tera Martin, eds. *Conversation with Maxine Hong Kingston*. Jackson, MI: University Press of Mississippi, 1998, pp. 71-72.
③ Maxine Hong Kingston, *The Woman Warrior*, New York: Alfred A. Knopf: Distributed by Random House, 1976, p. 99.
④ Guy Amirthanayagam, *Asian and Western Writers in Dialogue: New Cultural Identities*, London: The Macmillan Press, Ltd., 1982, p. 55.
⑤ Ibid., p. 57.

这里绝不是说传统华裔美国小说家对自己的祖国毫无感情,只是他们的感情更加复杂,更加难以言表而已。1984年,汤亭亭首次到访中国。回乡的路上她紧张得说不出话,她说,"我害怕中国根本不存在,是我一直在创造着它"①。只是他们对中国的历史和文化的了解还只停留在道听途说的层面,根本没有深入内核。他们从小接受的都是美国式教育,来自学校和社会的熏陶让他们更加适应美国的文化价值观。就算他们认同中国文化,那也是从一个美国人的角度出发得出的结论,而实际上,他们不是也不可能真正变成中国人。

同理,无论美国新华裔英语小说家怎么排斥中国,怎么宣扬中国的黑暗面,他们始终都是中国人,他们不是也不会变成美国人。说要从血里把故乡挤出去的武南最后还是靠经营一家中餐馆谋生,这也象征着美国新华裔英语作家与中国割不断的血缘亲情。他们写作很多就是为了排遣自己对祖国的不满,然而,他们的抒发只能强化他们自己是中国人这一事实。他们越是写中国的黑暗面,就越是凸显自己的中国性。同时,虽然他们的法律身份变成了美国人,但他们的思维方式和文学表达方式仍旧透露着中国感性,只是某种程度上的异化而已。无论他们怎么写美国的好,在美国人眼里,他们始终都是华人。虽然他们的作品一定程度上已经进入美国主流文坛,但华裔群体还是在美国主流社会的边缘徘徊,他们身上的标签永远是中国人。美国人始终在用一种主人翁的眼光审视着这批外来族裔,审视着这批外来打工仔和打工妹,这不只是美国新华裔英语小说家要面对的现状,更是所有华裔美国作家都不得不承认的事实,甚至可以说是所有少数族裔共同的命运。

确实,凭借地道的中国书写,新华裔英语小说家们在美国获得了超乎想象的荣誉和成功。"中国味"的英语表达和情节描述为他们赚足了眼球,但这些文字的背后又代表着什么?美国新华裔英语小说家们毫无疑问属于流散作家,他们有着对自己的祖国既眷恋又远视的倾向。他们植

新文科理念下美国文学专题九讲

---

① 蒯乐昊:《"女战士"汤亭亭:颠覆美国偏见的华裔女作家》,《人民日报》(海外版),2008年11月21日,第11版。

根于中国,无论走到哪里,用何种语言写作,他们骨子里都是中国人。其中的另一个事实也特别值得关注和思考:美国文学奖的设立与选拔毫无疑问反映着一定的政治导向,他们为新华裔英语小说家们戴上桂冠的同时实际上做了两件事,他们既强化了美国的多元文化特性,又一定程度上阻碍了真正中国文化的有效传播,可谓是一举两得。从文化交流上来看,美国新华裔英语小说的传播是一把双刃剑。一方面,新华裔英语小说家们熟悉中美国两国文化,具备双语表达能力,是再合适不过的沟通桥梁。他们一定程度上宣传了中国的历史与文化,但他们在字里行间流露的讽刺与批判也某种程度上矮化甚至扭曲了中国形象;另一方面,他们较大程度上认可美国,但并不认同归属美国,对美国社会的方方面面也颇有微词。他们处于一种两头不靠边的状态,形成一种尴尬的局面。

爱伦·坡科幻小说的人文关怀

　　科幻小说作为工业文明崛起后一种特殊的文化现象，在 19 世纪美国作家爱伦·坡的笔下得到了诠释。本文试图把爱伦·坡的科幻小说放回到其所处历史文化语境中进行解读，阐明他在开创现代科幻小说过程中所具有的严肃性和高尚精神。爱伦·坡秉承传统，在其科幻的文学想象中不但以科学的严谨性和预见性洞察 19 世纪初期人们的生存困境和发展危机，还试图在更广阔的时空中为人类寻觅摆脱困境的路径，为其小说的经典化打下了良好的基础，也是其作品具有当下意义的一个重要原因。

　　埃德加·爱伦·坡凭借惊人的创造力、文学禀赋和少有的勤奋奠定了自己在后来世界文学中的显赫地位，并被公认为侦探小说、恐怖小说乃至科幻小说①（science fiction）之父。同其他几种小说样式一样，学界对于爱伦·坡的科幻小说的认识和肯定，主要是基于其开拓性的创作、模式

---

① 关于科幻小说的界定，时下中国的科幻小说界一般比较认同艾萨克·阿西莫夫（Isaac Asimov，1920—1992）的观点：科学小说是文学的一个分支，主要描绘虚构的社会，这个社会与现实社会的不同之处在于科学发展的性质和程度。科幻小说的关键在于幻想，是以科学为对象，以科学为线索，而不是以科学问题为小说的主旨，这样就与"神魔小说"的幻想和社会小说的幻想区别开来。另外，把 science fiction 翻译为"科学小说"的缺点在于容易与其他科普读物混淆，而翻译成"科幻小说"则突出了作品的特性。参见范伯群、孔庆东主编《通俗文学十五讲》，北京：北京大学出版社，2003 年，第 258 - 259 页。至于爱伦·坡能否称为科幻小说之父，这一点还是值得商榷的，因为早在 1818 年（是年爱伦·坡 9 岁，还没有任何文学创作）英国著名诗人雪莱的妻子玛丽·雪莱（Mary Shelley，1797—1851）就已经出版了以人造人为小说题材的《弗兰肯斯坦》（*Frankenstein*，1818），玛丽·雪莱堪称"科幻小说之母"。

化的初步形成和对后来小说的深远影响上，而对其作品何以如此深入人心且渐趋经典化的另一重要因素，也就是其人文关怀则鲜有论及。正如耶鲁学派批评家哈罗德·布鲁姆（Harrold Bloom）曾说，"自爱伦·坡以来，再也没有一位美国作家是如此的让人不可回避，而同时又如此的令人猜疑。"①的确，爱伦·坡就是这样一位充满传奇色彩的文人。在短暂多舛的一生中，他以众多开拓之举成为"开创真正地道的美国文学的先驱者之一"②。爱伦·坡见人人之所见，却想常人所未能想，因而很难为当时的世俗所接受。他对周围乃至当时世界上发生的一切有着异乎寻常的知觉领悟能力，这就使他的创作在继承西方文学经典的同时，还融入了大量新兴科学，这些科学元素成为结构其小说的重要因子。在爱伦·坡笔下，一类"交织着科学事实和预见性想象的富有魅力的传奇故事"③让人们震撼和称奇，但铺天盖地般向他袭来的是对其是否在设置骗局的怀疑。然而，正是这种坚持科学与真理的勇气和对文学的远见卓识，使得爱伦·坡成为科幻小说④的有力奠基者。爱伦·坡的这些作品不仅充满了他对未来和宇宙的关注与探索，而且还紧密回应了 19 世纪西方世界的文化危

---

① 哈罗德·布鲁姆：《批评、正典结构与预言》，吴琼译，北京：中国社会科学出版社，2000 年，第 62 页。

② 朱利安·西蒙斯：《文坛怪杰——爱伦·坡传》，文刚、吴樾译，西安：陕西人民出版社，1986 年，第 3 页。

③ Damien Broderick, *Reading by Starlight: Postmodern Science Fiction*, London: Routledge, 1995, p. 7. 此乃雨果·根斯巴克为科幻小说下的定义，他的完整解释是"我用来指像儒勒·凡尔纳、H. G. 威尔斯和埃德加·爱伦·坡这些作家的小说类型——一个交织着科学事实和预见性想象的富有魅力的传奇故事。"雨果·根斯巴克于 1926 年创办了颇具影响力的科幻杂志《惊奇的故事》（*Amazing Stories*）并有史以来第一次使用了 scientifiction 一词，科幻小说 science fiction 的名称即由该词演化而来。雨果·根斯巴克最大的贡献是对科幻小说读者的启蒙。为了纪念他而设立的"雨果奖"被公认为最具权威与影响的世界性科幻作品大奖。

④ 根据哈罗德·比弗（Harold Beaver）所编的《爱伦·坡科幻小说》（*Science Fiction of Edgar Allan Poe*, 1976），爱伦·坡的科幻小说主要包括《瓶中手稿》（*MS. Found in a Bottle*, 1833）、《汉斯·普法尔历险记》（*The Unparalleled Adventure of One Hans Pfaall*, 1835）、《埃洛斯与沙米翁的对话》（*The Conversation of Eiros and Charmion*, 1839）、《大漩涡底余生记》（*A Decent into the Maelstrom*, 1841）、《莫诺斯与尤拉的对话》（*The Colloquy of Monos and Una*, 1841）、《凹凸山的传说》（*A Tale of the Ragged Mountains*, 1844）、《气球骗局》（*The Balloon-Hoax*, 1844）、《催眠启示录》等 16 篇。

机,表达了对人类的生存困境和发展危机的深刻焦虑与严肃使命感。在现代化的进程中,许多文学家借助形象语言表达人类社会的现实状况和对未来前途的深沉忧思,爱伦·坡可以说是当之无愧的开路先锋,"不仅仅在文学和小说的领域里,而且在社会的进程中"①。

一、对人类生存空间的探索

爱伦·坡的科幻小说创作与 19 世纪普遍的文化危机紧密相关。19世纪的美国经历了前所未有的巨大变革。面对科技革命给人们固有的生活方式和思维方式带来的强烈冲击,面对疆界的开拓对"美国精神"的铸造和对传统生存信念的挑战,爱伦·坡在他的科幻小说中"记录和反映了这一时代所经历的震惊和焦虑"②,进而对人类的生存状况给予深切关注。美国自独立战争以来,对人的价值的追寻已经成为美国的核心价值。美国人在试图认识自身的过程中,历经发现与失落,企盼实现对自身价值的"再度发现"。爱伦·坡秉承人文传统,不仅在他的科幻小说中探索了人的生命价值和存在的意义,而且试图在更广阔的时空为人类找寻摆脱困境的出路。

西进运动无疑是人类"对付生存困境的一种努力"③。在 19 世纪美国边疆开拓的大背景下,爱伦·坡创作出诸如《汉斯·普法尔历险记》(*The Unparalleled Adventure of One Hans Pfaall*,1835)、《南塔特克的亚瑟·戈登·皮姆的故事》(*The Narrative of Arthur Gordon Pym of Nantucket*,1837)和《朱利叶斯·罗德曼的日记》(*Journal of Julius Rodman*,1840)等充满历险色彩的科幻小说。这些作品植根于人类探索

① Damien Broderick, *Reading by Starlight*: *Postmodern Science Fiction*, London: Routledge, 1995, p. 7.
② Cleanth Brooks and R. W. B Lewis, and Robert Penn Warren, eds., *American Literature*: *The Makers and the Making*, New York: St. Martin's Press, 1973, p. 326.
③ 丹尼尔·贝尔:《资本主义文化矛盾》,赵一凡、蒲隆、任晓晋译,北京:生活·读书·新知三联书店,1989 年,第 24 页。

未知世界的传统,表现了人类认识自身和认识世界的渴望。其中那些不平凡的旅程延续了早在荷马史诗《奥德赛》中就已出现的寻找主题(quest theme)。爱伦·坡的主人公在他们的寻找中同样遵循"离开—冒险"的模式(departure-adventure pattern):他们离开家人和故土,踏上未知的旅程,无数艰难险阻等待着他们,依靠非凡的勇气和智慧毅然坚持下来,并最终战胜了一切困难。事实上,爱伦·坡为这些故事设置的结局并非都是如此,人类有时也会被凶险的环境所吞噬。在向人们展示人类伟大精神和巨大潜力的同时,爱伦·坡也让我们认识到人类必须认识和改造的世界是无限广阔和变幻莫测的。

这些历险故事从根本上反映出人类在拓展生存空间方面的努力。这种努力不仅是人类生存发展的需要,更是对人类品质最大的考验。美国人锐意进取的冒险精神由此也可见一斑。《朱利叶斯·罗德曼的日记》中罗德曼对无人踏足之地的探险、《南塔特克的亚瑟·戈登·皮姆的故事》中皮姆等在海上九死一生的冒险以及《汉斯·普法尔历险记》中普法尔无与伦比的登月历险,使他们成为"走出地图"①的伟大先驱。从鲁滨逊身上我们看到了北美首批移民的经历和那个时代的商业冒险精神,而爱伦·坡笔下不甘平淡的冒险家无形中又迎合了人们对西部英雄的价值评判,延续了美国人为自己的生存而进行的不懈努力。无论是皮姆、罗德曼还是普法尔,他们都奔赴未知世界去寻求新的生活,这种在冒险中体现出的个人主义"不仅促使人们深入这块边界日益延伸的大陆,而且打破了原有定居地的社会准则"②。爱伦·坡笔下一次次跨越空间的旅程折射出的正是人们渴望超越的精神。

的确,当时的人们希望通过边疆开拓摆脱生存困境,西部确实成了人们的梦圆之地。然而,人们也为自己的梦想付出了沉重的代价。疆域的

---

① Kevin J. Hayes, ed., *The Cambridge Companion to Edgar Allan Poe*, Shanghai: Shanghai Foreign Language Education Press, 2005, p. 116.

② Ralph Henry Gabriel, *The Course of American Democratic Thought*, New York: Ronald Press, 1956, p. 33.

开拓不仅打破了约定俗成的地理界限,更对人类传统的生存信念发出挑战。爱伦·坡理智地预感到人类对付生存困境必然遭遇的艰难,伴随着拓荒活动的会是无尽的辛酸与劳顿、罪恶与死亡。一种新的生存方式的确立绝非易事。让爱伦·坡一鸣惊人的短篇故事《瓶中手稿》的结尾很是耐人寻味:

> 可我现在已没有时间来考虑自己的命运! 圆圈飞快地缩小——我们正急速地陷入漩涡的中心——在大海与风暴的咆哮、呼号、轰鸣声中,这艘船在颤抖——哦,上帝! ——在下沉![①]

爱伦·坡的航海小说总是异常惊险,这种令人窒息的恐惧让我们感受到爱伦·坡心灵深处被压抑的焦虑。"在这种空气稀薄的文学中,精神可以感受到这种模糊的焦虑,这种敏于流泪的恐惧,这种心灵的不适,它们都占据着巨大而奇特的地方。"[②]爱伦·坡的作品将我们引入一个头晕目眩的世界,表现了一种人类进退两难的尴尬境遇。他认识到,19世纪引导美国人的除了美德和智慧,还有"对财富的贪婪、对权力的欲望以及对像印第安人和狼所喜爱的那种迷茫的残忍的自由的追求"[③]。在与未知世界的较量中人类将何去何从? 爱伦·坡急切地希望他的同胞们能够三思而后行,不仅仅对他们的前途命运给予慎重考虑,更应该对他们边疆开拓的初衷进行深刻的反思。

美国人的移民理想始终既包含着浪漫的期盼又不乏功利的动机。正如劳伦斯所言,爱伦·坡是"一个敢于闯进可怕的人类灵魂地狱的冒险

---

① 奎恩编《爱伦·坡集:诗歌与故事》,曹明伦译,北京:生活·读书·新知三联书店,1995年,第241页。

② 波德莱尔:《波德莱尔美文论文选》,郭宏安译,北京:人民文学出版社,1987年,第188页。

③ Henry Adams, *History of the United States of America*, Vol.1, New York: Charles Scribner's Sons, 1890, p. 177.

家"①,表面看去,他孟浪糊涂,其实始终警醒着。在《冯·肯佩伦和他的发现》(*Von Kempelen and His Discovery*,1849)中,爱伦·坡讽刺了加利福尼亚的淘金热。人们为了摆脱生存困境所表现出的盲从和急功近利令爱伦·坡非常担忧。他们离开大西洋沿岸"最初的巢穴"是为了摆脱工业社会和城市化带给他们的生存困境,去寻求理想中的最原始的农业社会。可是面对这块充满机遇和富有宝藏的土地,人们的追求愈来愈不单纯。人们要对付的已经不光是艰苦卓绝的生存环境,更是其自身对取得成功的没有耐心和短视。在爱伦·坡看来,西进运动中人们所表现出的开拓进取精神和所暴露的人性的弱点,同样值得关注。

无论是希望还是挑战,人们从未放弃改变自己的生存困境和寻求更加美好的生存空间的努力。爱伦·坡在其科幻小说中对西进运动这一19世纪美国人努力改善自身困境的现实做出了诸多思考,"对现存社会的探索不断地引领他们(指美国19世纪尤其是60年代前重要的小说家)探讨理想的社会生活这一主题"②。在其航天小说《汉斯·普法尔历险记》中,爱伦·坡为人类在月球上建立了美好的家园。革命的爆发没能使手工业者汉斯·普法尔摆脱失业、负债和挨饿的生活,为了躲避债主,他乘坐热气球到达了月球,开始了幸福的人生。罗德曼和皮姆则展示了爱伦·坡所追求的另一种完美生活:混乱中的平静。罗德曼被一种寻觅内心平静的渴望所驱使,他深入到了无尽的荒野之中。皮姆的冒险从离开南塔特克开始,以冲进南极附近的大瀑布结束。爱伦·坡让皮姆的旅程开始于现实,以一种和谐、无忧无虑的状态结束,从中表现了爱伦·坡对人类理想的生存状态的追求。爱伦·坡对人类生存空间的积极探索隐喻了人类自身力量的不断强大。这是爱伦·坡对现代人找寻立足之地这一现实命运的感悟,也是他对人类未来生活的大胆预测。

---

① 李会芳:《西方埃德加·爱伦·坡研究综述》,《四川外语学院学报》,2007年第2期,第15页。

② A. N. Kaul, *The American Vision*: *Actual and Ideal Society in Nineteenth-Century Fiction*, New Haven, CT: Yale University Press, 1963, p. 6.

二、对科学与人性关系的反思

爱伦·坡希望人类在面对自身生存困境时保持清醒的头脑,不仅在边疆开拓的过程中,而且对充斥于人们生活的科技"进步"更应如此。爱伦·坡在其科幻小说中重新审视了科技进步和人类文明的关系,让我们震惊于科学所造就的奇迹的同时,也不得不对科学带来的灾难、文明面临的危险等潜在的危机问题给予深层关注和思考。

科幻小说是欧洲工业文明崛起后一种特殊的文化现象。田园牧歌式的社会渐行渐远,人类未来的命运紧紧地与科学技术的发展纠缠在一起。爱伦·坡所生活的年代正是工业革命产生广泛影响之时。自然科学促进了工业生产,先进科技成果进入寻常百姓们的生活。科学技术为这个世界带来了前所未有的变化,让人们相信神话有朝一日也会成为现实。爱伦·坡的某些小说正是表现了对这种"变革"的独特理解。《山鲁佐德的第一千零二个故事》(*The Thousand-and-Second Tale of Scheherazade*,1845)充满了奇幻色彩,"任何先进的技术,初看都与魔法无异"[1],这个故事令我们感悟到科技有时比人的想象还要神奇。古老的阿拉伯国王一味认定故事的荒谬,他的愚蠢在科技到来的时代必然遭到人们的嘲笑。而爱伦·坡以其特有的敏锐和前瞻性将科技革命下潜在的种种变化写入了自己的小说。

爱伦·坡拥有伍德贝里所说的那种"与时俱进的精神"[2],他对气球、天文猜测、电报、蒸汽机、原电池以及催眠术等热点话题表现出极大的兴趣;对天文学、化学、物理学、贝壳学、植物学、医学乃至数学,他都十分熟悉,"如果不是对力学也有相当的功力,那是谁也写不出《汉斯·普法尔》

---

[1] 著名科幻小说家和科学家阿瑟·克拉克的三大定律之一。

[2] Graham Clarke,ed.,*Edgar Allan Poe*:*Critical Assessment*,*Vol. IV*,Mountfield:Helm Information Ltd.,1991,p. 59.

和《迈尔泽尔的棋手》的"①。爱伦·坡对当时的科学进步十分关注却从不迷信。在《山鲁佐德的第一千零二个故事》中,即便在向世人介绍一种类似于当代复印机的伟大发明时,爱伦·坡也不忘在最后加上一句"这玩意儿具有极大的威力……但它的力量既可以用来行善,也可以用来作恶"②。同样,在《冯·肯佩伦和他的发现》中,爱伦·坡指出,"这个重大发现对人类到底是有用还是有害,有待于证明。"③爱伦·坡对 19 世纪先进科技的展现乃至预见,让我们看到的是他对当时人们过于热衷的科学所抱持的审慎态度,一种"怀疑的认识论"④。

爱伦·坡以其人文视野一直对科学与人性的关系进行思考。他惊叹于科学的迅猛发展和它所缔造的奇迹,为人类征服和改造自然的伟大力量欢呼雀跃;可是,对于盲目追求科技进步和恣意享受科技成果的人类的未来命运,他始终怀有隐隐的担忧。爱伦·坡在 1829 年便创作了《十四行诗——致科学》(*Sonnet—To Science*,1829),表达了对科学这把双刃剑的两面性的认识。与同时代的其他浪漫主义诗人一样,爱伦·坡深恐自然美景会因科学发展而荡然无存,诗人的诗意灵感再难激发。在科学至上、机器主宰一切的 19 世纪,爱伦·坡预见到科技如此发展下去,势必造成人与自然的和谐关系的破坏,而这个话题直到 20 世纪才引起人们的广泛重视和激烈探讨。著名的现代主义诗人理查德·威尔伯(Richard Wilbur)认为爱伦·坡的作品含有丰富的现代寓意,充满了"诗意的心灵与外在世界的战争"和"诗意的心灵同世俗自身的战争"⑤,在这个外在世界和世俗自身的发展中,科学无疑举足轻重。因而在爱伦·坡的科幻小

① 范怀克·布鲁克斯:《华盛顿·欧文的世界》,林晓帆译,上海:上海外语教育出版社,1993年,第 301 页。
② 奎恩编《爱伦·坡集:诗歌与故事》,曹明伦译,北京:生活·读书·新知三联书店,1995 年,第 890 页。
③ 同上书,第 1007 页。
④ Kevin J. Hayes, ed., *The Cambridge Companion to Edgar Allan Poe*, Shanghai:Shanghai Foreign Language Education Press,2005,p. 114.
⑤ Eric W. Carlson,*The Recognition of Edgar Allan Poe*,Ann Arbor,MI:The University of Michigan Press,1970,p. 259.

说中我们可以深切感受到他内心中激烈的冲突。

的确,爱伦·坡处在一种受到科技影响的美国文化体系之中。文化危机以及不断出现的各种矛盾使美国人时刻处于精神的困顿和焦虑中。对于科技革命影响下的美国人来说,传统的生活方式和思维方式受到严峻的挑战:

> 正当一个民族的物质繁荣和科学昌盛达到巅峰的时候,他们思想的特点却不是坚定和自信,而是混乱和怀疑;更加奇怪的是,物质繁荣却很少使广大人民感兴趣,科学也很少解决根本性问题。美国人对新时代的到来既无经验也无思想准备。①

人们对科学所带来的巨大改变一知半解,在迷茫中苦苦挣扎,爱伦·坡担心人们于慌乱中迷失本真的自我,或麻木得丢掉了宝贵的人性,于是在其科幻作品中对科技革命下人的生命困境进行深切关照。

《瓦尔德马先生病例之真相》(*The Facts in the Case of M. Valdemar*,1845)讲述了风靡一时的催眠术所竭力追求的生命奇迹。一个将死的结核病人在接受催眠疗法后,虽然延续了残喘的生命,却经历了比死亡还要可怕的痛苦。最后当催眠者试图唤醒病人之际,"在一阵绝对爆发自病人舌端而不是出自嘴唇的'死!死!'的呼叫声中,他的整个身躯一下子——在一分钟乃至更短的时间内——在我的手掌下方皱缩——腐朽——完全烂掉。"②新科技下人类的生命并非受到眷顾,而是陷入连自己也无法掌控的困境中。由于没有被当作一个有尊严有感情的人来对待,瓦尔德马先生如同物体一般,成为科学实验的牺牲品。从某种程度上来说,人的异化成为身体死亡到来之前其自身消亡的另一种形式。科技革命影响下的美国社会已然成为一个被异化了的物质世界,它正反过来

---

① H. S. 康马杰:《美国精神》,南木等译,北京:光明日报出版社,1988 年,第 73 页。

② 奎恩编《爱伦·坡集:诗歌与故事》,曹明伦译,北京:生活·读书·新知三联书店,1995 年,第 934 页。

异化人类，威胁他们的生存——既伤害他们的身体，又折磨他们的灵魂，尤其是让他们遭受孤寂和绝望的困扰。科技发展无形中带给人们"一种对未知事物的充满焦虑的恐惧"①。

工业文明的发展给人们带来越来越多的焦虑和不安，此时的人们更应该理智地对待科学进步，认清自身的处境。爱伦·坡已经感觉到现代科技理性的霸权对人性的摧残。在《被用光的人》(*The Man That Was Used Up*，1839)中，高大威武的将军深受人们的尊敬和"同情"(这一点让故事的叙述者"我"一直弄不明白)，一次拜访让"我"看到一个活像"人彘"的怪物，原来将军那健美的四肢、完美的牙齿和头发竟然都是组装上的。爱伦·坡以"被用光的人"为题，怀着人被机械化的社会日益处理为机器人的深深的隐忧。科学技术帮助人们再造自我，却也剥蚀了自然赋予人的宝贵外衣和天性。在科技革命的狂卷之下，人离真正的自我愈来愈远，人的异化感与日俱增。"他甚至感到，在自己所属的人类社会，他仍然是个外来人。"②爱伦·坡对科学技术发展的失落与怀疑，正来源于他心灵深处对整个人类命运的关怀。他深恐缺少精神追求和约束的世俗社会里，科技将使"人不仅成为一无所有的存在，而且成为支离破碎的存在"③，于是用他那些振聋发聩的科幻作品为人们敲响了警钟。爱伦·坡在其科幻小说中对人与自然、人与机器社会甚至其自身的不和谐的预见，"揭示了二十世纪整个人类生存的梦魇"④。面对人类似乎无法摆脱的生存困境，爱伦·坡在其科幻小说中还试图从更广阔的时空为人类寻找出路。

① 丹麦哲学家、存在主义的创始人克尔恺郭尔认为人们身上普遍存在着"一种不安，一种被搅乱的感觉，一种紊乱无序，一种对未知事物的充满焦虑的恐惧……恐惧生命的可能性，甚至对自己充满恐惧。"参见克尔恺郭尔：《致死的疾病》，张祥龙等译，北京：中国工人出版社，1997年。
② 威廉·巴雷特：《非理性的人》，杨照明等译，北京：商务印书馆，1995年，第65页。
③ 同上书，第64页。
④ 刘海平、王守仁主编《新编美国文学史》(第一卷，起始—1860)，张冲主撰，上海：上海外语教育出版社，2004年，第262页。

三、对社会诸多问题的愿景

爱伦·坡的科幻小说聚焦人类的生存困境,充满着对人类未来命运以及生存空间的关怀。面对西进运动和科技革命,爱伦·坡相信他的同胞可以通过深思熟虑而非因循旧习或随波逐流找到解决方法。爱伦·坡生活的时代所经受的生存危机乃至信仰危机使爱伦·坡陷入了深深的反思和求索之中。他的科幻小说不仅凸现了人类的生存困境和精神困惑,同时也让身陷危机中的人们看到了未来、新生乃至整个人类和宇宙和谐统一的希望。

从爱伦·坡创作的科幻小说中,我们不难看出他对 19 世纪所经历的文化危机的本质的深入挖掘。在《被用光的人》中,爱伦·坡批判了现实的欺骗性,这与他所认识到的科学的两面性密切相关。而在《未来之事》(*Mellonta Tauta*,1849)和《与一具木乃伊的谈话》(*Some Words with a Mummy*,1845)中,这种欺骗性与人类认识的有限性(甚至可以说是无知)不无关联。沉浸在科技革命所带来的先进生产力下的人们,也许从未想过现在和未来对某些事件的理解会有如此巨大的反差。爱伦·坡在《未来之事》中告诫我们:我们现在确定不移的事情从未来来看,也许是微不足道,甚至是荒诞不经的。而爱伦·坡的同胞们自诩的"伟大的进步运动",在那具复活的古埃及木乃伊看来,"在他们那个时代是极为平常的,至于进步,有一段时间它确实把人困扰,可是从未有过任何进展。"[①]人类可悲的无知在此受到了最尖锐的嘲讽。在与木乃伊的一番较量中,只有故事的叙述者最终幡然醒悟,认为"一切都不可救药"[②],希望自己可以像木乃伊一样被封存以摆脱目前的处境。当然,对于那些仍旧沾沾自喜地沉浸在对自然的征服和表面的物质繁荣中的美国人,爱伦·坡也提出了

---

① 埃德加·爱伦·坡:《爱伦·坡短篇小说集》,陈良廷等译,北京:人民文学出版社,2006 年,第 406 页。

② 同上书,第 407 页。

拯救他们的设想。

爱伦·坡的《埃洛斯与沙米翁的对话》(*The Conversation of Eiros and Charmion*，1839)和《莫诺斯与尤拉的对话》(*The Colloquy of Monos and Una*，1841)是两篇极富哲理的科幻小说。前者是两个在地球以外的灵魂的对话，回忆了彗星掠过地球表面引起大火后人类遭遇毁灭的痛苦经过；后者则是重生的莫诺斯向他的爱人尤拉讲述死后感觉的对话。经历过死亡洗礼的莫诺斯比任何时候和任何活着的人都清楚，狂躁的工业化步伐蹂躏了大自然原始的美丽，人类曾有机会恢复自然原有的一切，但却坐失良机，而现在解救这个病入膏肓的世界的唯一途径就是通过死亡获得新生。不同于其笔下其他小说对死亡的解读，爱伦·坡在此不再视死亡为一切的终结，他笃信人类可能超越当时的处境进而获得新生。"我们现在的形体是进化的、预备的、暂时的。我们未来的形体则是完善的、终极的、永恒的。终极之生乃完全的意志。"[①]我们不得不佩服爱伦·坡的睿智和远见，只有超脱生死以后人们才能获得真正的顿悟，尽管这是一次痛苦的蜕变过程，但是文化危机时代需要这样的自审和反省，这是人类的救赎和希望所在。

面对宇宙的浩渺和时光的飞逝，面对新文明的各种可能性，爱伦·坡在其作品中甚至超越了对人类生存困境的关注，上升到对一切终极问题的思考。早在《催眠启示录》(*Mesmeric Revelation*，1844)中，爱伦·坡就已经借被催眠者凡柯克先生之口，对宇宙与上帝、物质与精神、生与死、痛苦与欢乐等问题进行了初步探讨。在其巅峰之作《我发现了》(*Eureka*：*A Prose Poem*，1848)中，爱伦·坡最终在广阔的时空中寻觅到人类的生命价值和生存意义。爱伦·坡的伟大正在于他从人生推及对整个宇宙的深邃思索。正因为不再局限于当前的迫切问题，而是从宇宙的根基和背景上对一切问题加以思考，爱伦·坡对人类意识的观点最终才摆脱了狭隘、闭塞甚至暴戾。在《我发现了》中，爱伦·坡找到了一条由

---

① 奎恩编《爱伦·坡集：诗歌与故事》，曹明伦译，北京：生活·读书·新知三联书店，1995年，第806页。

宇宙通往上帝、再由上帝通往人心的道路。他所指的宇宙乃"人类想象力所能及达的浩瀚空间，包括所有能被想象存在于这个空间范围的万事万物，无论其存在形式是精神的还是物质的。"①可见，爱伦·坡所关心的不仅是那个烟波浩渺的有形空间，还包含着超然物外的精神世界。在对宇宙探究的过程中，爱伦·坡洞察到宇宙原始的统一，那种人类与周围环境及其自身存在的和谐关系。爱伦·坡"相信艺术能够使读者大众平静、坚强和振奋"②，并在《我发现了》中实现了这种治愈功能。正是摒弃了俗世，摆脱了那个年代带给他的困扰，爱伦·坡才能于宏观的背景下探寻世界的本质，从而对人类未来做出更加深刻的思考。

　　生活在 19 世纪文化危机中的爱伦·坡，"在所有生命都必将终结的阴影下，顽强地生长，渴望着超越"③，他创作中的那种一定程度上的娱乐方式甚至经济行为使他在相当长一段时间里为主流文学所不容，为雅文学所不纳，但是正是他的勇敢和洒脱让他成为那个时代伟大的探索者。他为我们打造了"一个新的文学世界，指向未来的 20 世纪"④。当科技的发展颠覆了传统的物质宇宙理念，改变了人们的时空观，对人们固有的生活方式和思维方式发出挑战之时，爱伦·坡的科幻小说毅然展现了科学技术给世界带来的翻天覆地的变化以及给社会和人类心理造成的无法平息的涤荡。无论是同样具有"科幻小说之父"之称的法国科幻小说家儒勒·凡尔纳还是有"软科幻小说"⑤的扛鼎人物美誉的英国科幻小说家赫伯特·乔治·威尔斯（Herbert George Wells，1866—1946），都深受爱

---

① 奎恩编《爱伦·坡集：诗歌与故事》，曹明伦译，北京：生活·读书·新知三联书店，1995 年，第 1360 页。
② Patrick F. Quinn，"A Potpourri on *Eureka*"，*Poe Studies*，1976，9(1)，p. 30.
③ 陶伯华：《美学前沿——实践本体论美学新视野》，北京：中国人民大学出版社，2003 年，第 356 页。
④ Jeffrey Meyer，*Edgar Allan Poe：His Life and Legacy*，New York：Charles Scribner's Sons，1992，p. 269.
⑤ "软科幻小说"（soft science fiction）与"硬科幻小说"（hard science fiction）相对。"硬科幻小说"以追求科学（可能的）的细节或准确为特性，着眼于自然科学、技术的发展和对科学精神的尊重与推崇。"软科幻小说"则是涉及哲学、心理学、政治学或社会学等倾向的科幻小说，主要探索社会对事件的反应和纯粹由自然现象或技术进步引发的问题（往往是灾难）。

伦·坡的启迪和鼓舞,进而将爱伦·坡的风格发扬光大。毫无疑问,爱伦·坡的大部分作品,包括一些科幻小说,都早已完成了从通俗到经典的演变过程,这是因为爱伦·坡创作的这种"俗文学"是雅俗共赏的,是超越阶层之限制的,是普世的,是关怀世事和苍生的,是因为其体现的"世俗性"和"娱乐消费性"正是人类之共性。① 这正是爱伦·坡的作品穿越时光的隧道展现在不同时代读者面前的真正原因。爱伦·坡已经预见到他那内涵丰富的作品在同代人中知音难求,因此他曾宣布:他"可以花一个世纪等待读者"②。一个半世纪过去了,爱伦·坡的科幻小说不光在世界各地有大批拥趸,还为当下的社会发展和人文建设提供了参照和敲响了警钟。爱伦·坡的科幻小说中丰富的想象力、深邃的洞察力和深切的人文关怀仍然备受关注,而他对这种"由边缘文学逐步发展为具有社会和科学内容的独立文学体裁"③所做的贡献愈益得到人们的认可。爱伦·坡在其科幻小说中对人的生存状况的关注、对人的尊严的肯定以及对人类美好未来的追求,对今天的社会现实所具有的启示意义是难能可贵的。

---

① 谭帆:《中国雅俗文学思想论及》,北京:中华书局,2006 年,第 24 页。
② G. R. Thompson, ed., *The Selected Writings of Edgar Allan Poe*, New York: W. W. Norton & Company, 2004, p. 580.
③ 侯维瑞:《现代英国小说史》,上海:上海外语教育出版社,1985 年,第 493 页。

爱伦·坡现象中的通俗文化

　　爱伦·坡在通俗文化中被普遍接受，其影响大大超出了文学范畴，并上升为一种复杂的文化现象。这一现象出现的主要原因是爱伦·坡作品中丰富的文化蕴含和本土特色对现代读者阅读期待的多重满足及其与当下大众审美文化心理的契合产生了时代共鸣，而消费文化时代的文化工业在爱伦·坡现象的产生中扮演着重要的角色。爱伦·坡现象为我们重新思考全球化语境下的诸多文学问题提供了新的文化参照。

　　说到 19 世纪的美国文学，爱伦·坡是很难绕开的一个话题。这位生前穷困潦倒、时乖命蹇的天才作家的影响遍及欧美文坛，并在大众文化的进程中掀起了一股"爱伦·坡热"。这股热潮在全球化进程加速发展的影响下跨越国界，逐渐演变成一个独特的文化现象。爱伦·坡已成为通俗文化名副其实的宠儿，其形象和名字频频出现在公众眼球里。在美国邮政局发行的纪念邮票上，在甲壳虫乐队推出的专辑《佩珀军士孤独之士俱乐部乐队》的封面上，在家喻户晓的美国影片《辛普森一家》中，我们都能看到爱伦·坡的身影。许多商业机构为了提高自身知名度，也绞尽脑汁与爱伦·坡扯上联系，于是"爱伦·坡"酒吧、"乌鸦"美术馆、"埃德加"台球俱乐部①等场所也就纷纷出炉。"爱伦·坡"甚至成了品牌代言人，

---

① "爱伦·坡"酒吧（Poe's Pub）和"埃德加"台球俱乐部（Edgar's Billiards Club）位于巴尔的摩，"乌鸦"美术馆（The Raven Gallery）位于夏洛茨维尔。

"'坡'牌自来水笔、'坡'牌闹钟、'坡'牌冰箱磁铁、'坡'牌 T 恤、'坡'牌咖啡杯、'坡'牌书签、'坡'牌明信片、'坡'牌鼠标"①等不一而足。与坡有关的电影、电视、连环画、卡通、音乐、戏剧、网站也蔚为大观,形成一项规模庞大的文化产业——"坡产业"(Poe Industry)。爱伦·坡的影响已渗透到通俗文化和人们生活的方方面面,"爱伦·坡热"也已成为当下通俗文化中的一个令人关注的文化现象。任何文化思潮、文化现象的出现都是诸多因素共同作用的结果。爱伦·坡现象也有其深刻的时代背景和复杂的社会原因,包含着丰富的文化内涵。它一方面是爱伦·坡作品丰富的文化内涵及其特有的通俗手法与其接受方特别是现代读者独特的文化审美心理相契合的结果,另一方面以大众传媒为代表的文化工业也在其中起到了不可或缺的作用,而在大众消费时代则更是如此。我们只有从文化的接受方,也就是文化消费者的一方多加思考,才能更好地理解其深层原因。

一、多元因素的汇合

对经典文学的吸纳,对新兴科学的关怀,对多种学科的熟稔,对本土文化的钟爱,是爱伦·坡创作成功的堂奥之一。由于种种原因,爱伦·坡生前并没得到文学界的足够重视,还一度被排斥在主流文学之外,没有得到评论界的充分肯定和赏识,正印证了爱伦·坡自己说的那句话,"我可以花一个世纪的时间来等待读者"②。随着时间的推移,爱伦·坡作品的审美价值和文化价值逐渐得到普遍认可。今天的爱伦·坡早已跻身美国一流作家之列,其诗歌、短篇小说及文学评论也成为美国经典文学的一部分。一般来说,一个能受到评论家和读者普遍欢迎的作家,其作品中必定

---

① Kevin J. Hayes, ed., *The Cambridge Companion to Edgar Allan Poe*, New York: Cambridge University Press, 2002, p. 205.

② 曹明伦:《译者前言》,载爱伦·坡《爱伦·坡精品集》,曹明伦译,合肥:安徽文艺出版社,1999年,第 2 页。

隐含着某些畅销因素。从这个角度出发去寻找爱伦·坡作品中的成功奥妙，几乎可以很容易地断定是爱伦·坡作品中的文化蕴含成就了他，并由此确定了他在通俗文化中的地位。爱伦·坡的作品集谋杀、悬疑、恐怖、侦探等畅销元素于一身，融西方经典文化、新兴科学和各种流行元素于一体，成为他赢得身后读者特别是现代通俗文化青睐的重要因子。

爱伦·坡作品所蕴含的西方经典文化是其作品得以成功并融入通俗文化的重要因子。作为人类文明的一个重要源头，古希腊罗马文化深刻地影响了整个西方文化[①]。同莎士比亚、弥尔顿、拜伦、济慈等文学大师一样，爱伦·坡也从古希腊罗马文化中汲取了灵感和营养，他的许多作品都是对古希腊罗马史诗和神话的传承。在其名诗《致海伦》(*To Helen*，1831)中，"坡以'轻轻滑过香海的尼斯小船'赞扬古希腊艺术之美、自然之美、人之美；以这种美能使'疲惫的绝望者'得到安慰来肯定它的实体存在"[②]。诗中"海伦"和"赛克"的名字均出自希腊史诗和神话，"海伦"是希腊史诗中有名的特洛伊美人，而"赛克"则是希腊神话中的智慧女神，是"灵"的化身。此外，诗中的经典名句"你堇色的秀发、典雅的容颜和仙女般的风姿已令我尽赏从前希腊的华美壮观，和往昔罗马的宏伟辉煌"[③]。爱伦·坡不仅从古希腊罗马文化中得到了许多启示，也受到了基督教文化的深刻影响。"坡对《圣经》的了解不仅体现在他许多优秀的散文作品对《圣经》文体的着意模仿中，更可以在他对《圣经》历史典故及人物典故的引用中找到线索。"[④]爱伦·坡不仅经常引用《圣经》中的典故，他对除《圣经》之外的其他基督教故事也非常熟悉。《耶路撒冷的故事》(*A Tale of Jerusalem*，1832)就是爱伦·坡根据霍勒斯·斯密斯(Horace Smith，1779—1849)的基督教传奇故事《紫兰，一个关于圣城的故事》改编而成的

① 刘建军：《基督教文化与西方文学传统》，北京：北京大学出版社，2005年，第27-32页。
② 刘海平、王守仁主编《新编美国文学史》(第一卷，起始—1860)，张冲主撰，上海：上海外语教育出版社，2000年，第262页。
③ 爱伦·坡：《爱伦·坡精品集》，曹明伦译，合肥：安徽文艺出版社，1999年，第624页。
④ C. Alphonso Smith，*Edgar Allan Poe：How to Know Him*，New York：The Bobbs-Mkrrill Company，1921，pp. 58 - 59.

一篇小说。故事发生在圣城耶路撒冷,主要围绕以色列人与罗马人之间的一场交易展开。爱伦·坡在其中援引了大量基督教典故和圣经故事,并以幽默的笔触对它们进行了讽刺式的戏谑和改写。除《耶路撒冷的故事》外,爱伦·坡的其他带有明显基督教文化影响印痕的作品还包括《埃洛斯与沙米翁的对话》(*The Conversation of Eiros and Charmion*,1839)、《言语的力量》(*The Power of Words*,1845)、《死荫——寓言一则》(*Shadow—A Parable*,1835)、《静——寓言一则》(*Silence—A Fable*,1838)等。在撷取古希腊罗马文化和基督教文化精髓的同时,爱伦·坡还继承了哥特文学等欧洲传统文学的因子。在欧洲传统的哥特小说中,"恐怖因素总是与哥特式古堡相联系"[①],人物也多以"暴君形象、教徒形象、不幸女子的形象和鬼怪形象"[②]出现。与欧洲哥特小说的这种特点相适应,爱伦·坡的恐怖小说也多发生在荒郊野外的古宅或城堡中,人物也多以病态、抑郁的畸形人或濒临死亡的美女形象出现。以《厄舍古屋的崩塌》(*The Fall of the House of Usher*,1839)为例,故事发生在阴郁、颓败的厄舍古屋中,哥特式的大厅拱门、幽暗曲折的走廊、阴沉的幔帐、乌黑的地板、暗红色的光线、破旧的家具和漆黑的地窖无不让读者感到荒凉凄惨、阴森恐怖。主人公厄舍兄妹那形销骨立、病态颓废的形象更是将读者的恐怖情绪推到了极致。除《厄舍古屋的崩塌》外,爱伦·坡的其他哥特式恐怖小说还包括《丽姬娅》《黑猫》(*The Black Cat*,1843)、《一桶白葡萄酒》(*The Cask of Amontillado*,1846)、《红死魔的面具》(*The Masque of the Red Death*,1842)、《泄密的心》(*The Tell-Tale Heart*,1843)、《过早埋葬》(*The Premature Burial*,1844)、《凹凸山的传说》(*A Tale of the Ragged Mountains*,1844)、《绝境》(*A Predicament*,1838)等。爱伦·坡生活的 19 世纪上半叶正值欧洲浪漫主义文学风起云涌之时,作为一名浪

---

① Devendra P. Varma, *The Gothic Flame: Being a History of the Gothic Novel in England: Its Origins, Efflorescence, Disintegration, and Residuary Influences*, London: Arthur Barker Ltd., 1957, p. 18.

② 李伟昉:《黑色经典:英国哥特小说论》,北京:中国社会科学出版社,2005 年,第 130 页。

漫主义作家,他自然受到这股浪漫主义思潮的影响。

　　除了莎士比亚和锡德尼,爱伦·坡比较尊崇的浪漫主义文学家还包括歌德、柯尔律治、华兹华斯、拜伦、济慈、司各特等。正是在他们的影响下,爱伦·坡创作了大量带有浪漫主义色彩的诗歌,这些"诗歌想象驰骋于古典的欧洲理趣、神秘的东方玄论以及难以捉摸的天外世界或荒诞的内心世界"①,《睡美人》(*The Sleeper*,1831)、《以色拉费》(*Israfel*,1831)、《安娜贝尔·李》(*Annabel Lee*,1849)、《乌鸦》(*The Raven*,1845)、《钟》(*The Bells*,1849)、《致海伦》都是其中的典型代表。《乌鸦》一诗以其丰富的想象塑造了傲立寒冬、不畏孤独的乌鸦形象,它在风雪中反复呐喊的"永不复焉""也可能是受到了拜伦名诗《唐璜》的启发"②。古希腊罗马文化、基督教文化等经典文化"在塑造西方文化的传统和价值方面起到了极其重要的作用"③,它们在西方千年文明的发展过程中早已作为一种集体无意识融入西方人的骨髓和血液,成为其精神生活的一部分,而欧洲哥特传统和浪漫主义等经典文化经过几百年的风雨洗礼也已深深植根于美国文化和大众心理。爱伦·坡对这些西方经典文化的运用无疑叩响了人们的心灵之门,唤醒了人们沉睡已久的深层记忆,进而引发了他们源于内心深处的情感共鸣。

　　爱伦·坡的作品不但继承了西方优秀的经典文化,还融入了大量的新兴科学元素。19世纪上半叶,美国的科学技术已经有了相当程度的发展,"人们通过杂志、历书、甚至教会,初步对科学产生了普遍的兴趣。"④爱伦·坡显然也受到了这种环境的影响,对密码学、催眠术、颅相学、电磁学、动物磁性学、印刷术、电报等当时新兴科学成果产生了浓厚的兴趣。

①　刘海平、王守仁主编《新编美国文学史》(第一卷,起始—1860),张冲主撰,上海:上海外语教育出版社,2000年,第261页。

②　Graham Clarke,ed.,*Edgar Allan Poe*:*Critical Assessments*,*Volume* Ⅳ,Mountfield:Helm Information Ltd,1991,p.54.

③　麦格拉思:《基督教概论》,马树林、孙毅译,北京:北京大学出版社,2003年,第1页。

④　罗德·霍顿、赫伯特·爱德华兹:《美国文学思想背景》,房炜、孟昭庆译,北京:人民文学出版社,1991年,第76页。

爱伦·坡的博学多识着实让人感佩,他可以用精准的语言把天文学、化学、物理学、贝壳学、植物学、医学乃至数学等多个学科的知识随心所欲地运用到自己的作品中。"如果不是对力学也有相当的功力,那是谁也写不出《汉斯·普法尔历险记》的"①。《汉斯·普法尔历险记》是爱伦·坡的一篇科幻小说,它讲述了一位名叫汉斯·普法尔的风箱匠乘坐气球登月的故事。在小说中,爱伦·坡灵活运用力学、实用天文学、地理学、数学等方面的知识对主人公的整个登月旅行进行了严密的逻辑推理。为了增强小说的真实感,爱伦·坡还列举了大量精确数字,如航行到 4 月 18 日这一天时,主人公普法尔写的那些有关大气层的翔实数据和用来制作气球的各种材料如细棉布、绳子、橡胶漆、柳条筐、铁桶、马口铁管、吊篮、燃烧器以及气球上的静电器、气压表、罗盘等,作者就是要"尽可能逼真地把科学原理应用于从地球到月球的实际航行"②。爱伦·坡的另一篇关于气球旅行的小说是《气球骗局》(*The Balloon-Hoax*,1844),这篇迫于生计即兴创作的小说竟然预言了人类百年后的首次越洋气球飞行③,爱伦·坡在飞行学、机械学、导航学、气象学等方面的知识也借此得到了淋漓尽致的展现。除了天文学、飞行学、力学等自然科学,催眠术等人文科学的发展也引起了爱伦·坡的关注,如《催眠启示录》(*Mesmeric Revelation*,1844)和《瓦尔德马先生病例之真相》(*The Facts in the Case of M. Valdemar*,1845)两篇故事就对催眠术都做过专门探讨。

爱伦·坡崇尚经典文化,关注科学发展,与此同时他对周围发生的一切有着异乎寻常的敏锐直觉,拥有爱伦·坡研究专家伍德贝里所说的那

---

① 范怀克·布鲁克斯:《华盛顿·欧文的世界》,林晓帆译,上海:上海外语教育出版社,1993年,第 301 页。

② 同上书,第 555 页。

③ 1978 年 8 月 11 日至 17 日,三名热气球飞行家阿布左、安德森和纽曼乘坐热气球"双鹰Ⅲ号"从美国缅因州普历斯克岛出发,成功抵达法国巴黎,完成了人类历史上首次跨越大西洋的旅行,历时 137 小时零 6 分。后来世界各大报对此次旅行的报道在许多方面都与爱伦·坡在其短篇小说《气球骗局》中的描写相差无几。

种"与时俱进的精神"①,他将文学创作"转到了当时人们感兴趣的话题,如探险、寻宝、催眠术、石工术、气球和当时报纸集中报道的热点以及颇受欢迎的演讲人时常谈论的话题。"②在爱伦·坡创作的近 70 篇小说中,涉及气球、霍乱、天文猜测、德国神秘主义、电报、蒸汽船、原电池、政治黑幕、工业生产条件、服饰流行趋势等热点的小说多达 50 多篇,爱伦·坡这种对热点的敏锐捕捉能力一方面可能是他与生俱来的天赋,当然也得益于他作为一名"杂志人"的职业身份,但另一方面应更多地归功于他平时的大量积累,"他早就看过有关海盗和藏宝的故事,这些都为他创作《金甲虫》提供了素材;他早就看过有关海上探险的故事,这无疑为他撰写《南塔克特的亚瑟·戈登·皮姆的故事》提供了帮助"③。《金甲虫》也是一篇典型的探险小说,主人公勒格朗先生偶然在海边捡到了一张羊皮纸,在炉火的烘烤下,纸上渐渐现出了一幅骷髅头像和一连串与宝藏有关的密码符号。经过主人公的缜密分析和实地勘察,海盗藏宝地终于浮出水面。其他此类探险故事还包括《瓶中手稿》(*MS. Found in a Bottle*,1833)、《大漩涡底余生记》(*A Descent into the Maelstöm*,1841)、《仙女岛》(*The Island of the Fay*,1841)、《气球骗局》《汉斯·普法尔历险记》等。爱伦·坡通过对探险等本土流行元素的运用,成功地实现了他与大众品位结合的创作初衷。在充分利用本土流行因素的基础上,爱伦·坡还将恐怖、悬念、谋杀等通俗小说的典型手法大胆融入其创作。他似乎非常懂得,"只有将读者置于物质现实的环境中才能有效地调动他们的新奇之感,换而言之,只有在看似正常的环境下才能产生出与之恰恰相反的非理性情感。"④爱伦·坡作品的这种特质不仅吸引了广大读者和包括乔纳森·埃

① Graham Clarke,ed.,*Edgar Allan Poe:Critical Assessments*,Volume Ⅳ,Mountfield:Helm Information Ltd,1991,p. 59.

② Ibid.

③ Constance Rourke,*American Humor:A Study of the National Character*,New York:Doubleday & Company,Inc.,1953,p. 145.

④ Sigmund Freud,*Writings on Art and Literature*,Stanford,CA:Stanford University Press,1997,pp. 226 - 227.

尔默在内的许多文学评论家①，更为后来通俗文化对爱伦·坡的改编提供了良好的文本基础。

爱伦·坡始终提倡创作有自己民族特色的文学，并努力践行着这一宗旨。他不像那个时代的许多美国作家那样表现出明显的欧洲情结，但其作品对这一点还是在无意识中有所流露。长期以来，美国人的内心深处一直不可避免地存在文化上的自卑。"我们觉得好像美国没有资格写出伟大的小说。"②这种自卑情结不仅体现在普通美国民众身上，在许多文学大家如亨利·詹姆斯、威廉·福克纳身上也比较明显。可以说正是出于这种自卑感，美国人一直非常向往底蕴丰厚的欧洲文化，并对几乎所有历史悠久、内涵丰富的文学和文化都投入了大量兴趣，这不仅增加了作品的文化底蕴，更成就了大批成长于历史较短、文化积淀不足的国度里的作家。爱伦·坡的作品也是如此，不仅继承了西方传统文学的精华，还融入了当时新兴科学和美国本土文化，这种集多元因素于一身的文学创作理念和实践不仅非常符合多元文化背景下的美国大众一贯的审美情趣，更为爱伦·坡超越单纯的作家身份，实现通俗文化代言人的角色奠定了良好的基础。

二、大众心理的融通

爱伦·坡的创作将历时的文本提升为共时的文化反思读本，在现代社会的历史背景下产生了超越时空的文化蕴涵，实现了与大众接受心理的审美契合，表达了现代人渴望走出现实困境，寻求心灵慰藉和争取精神救赎的集体心理体验。在大众文化时代，"没有别的文学种类能像通俗文学那样赢得众多读者的青睐……很明显，通俗文学的平易性和可读性、传

---

① 参看 Jonathan Elmer，*Reading at the Social Limit*：*Affect*，*Mass Culture and Edgar Allan Poe*，Stanford，CA：Stanford University Press，1995，pp. II，19，26—27.

② 马尔科姆·考利：《流放者的归来》，张承谟译，上海：上海外语教育出版社，1986 年，第 24 页。

奇性和趣味性、情节性和悬念性,最有利于消遣和娱乐。"①这句话对当下通俗文学的勃兴做出了诠释。事实上,这种诠释也同样适用于爱伦·坡的文学创作。爱伦·坡的作品在面世一个半世纪的时间里拥有着越来越多的读者,且对后来的欧美文学乃至东方文学都产生了深远影响,从接受美学的角度来说,它们早已完成了经典化过程。爱伦·坡作品的刺激性、悬念性等通俗文学特征至今仍是吸引现代读者的重要原因。现代社会繁重的工作压力、快节奏的生活方式以及复杂的人际关系使现代人的审美文化心理发生了重大变化,甚至产生了一定程度上的扭曲,人们比以往任何时候都更渴望在文学这个想象的世界中找到某种精神上的刺激来释放平日过于压抑的心灵。"人们渴望痛苦、愤怒、仇恨、激昂、出其不意的惊吓和令人窒息的紧张,把艺术家当作这场精神狩猎的巫师召到自己面前。"②毫无疑问,爱伦·坡成功地扮演了这种"巫师"的角色,他的作品既有疯狂杀戮带来的恐惧和惊悚,又有侦探悬疑所彰显的惊险与神秘,这些元素构成了一个"迥异于日常世界的全新世界"③,深深吸引着在现实世界中备受压抑的现代读者。

的确,恐怖惊悚因素是爱伦·坡作品赢得广大读者的一个重要因素。同大多数恐怖小说一样,爱伦·坡的作品也注重对神秘恐怖气氛的渲染和对令人毛骨悚然的死亡情节的描摹,但与此同时,爱伦·坡还是认为恐怖"应来自心灵"④,并且在描摹人物心理和加强恐怖情绪的传达方面下了大量工夫,这是爱伦·坡的作品高出其他同类作品的重要原因之一。《黑猫》是这一创作特征的典范。主人公先是吊死了他心爱的猫普路托,然后又向那只酷似普路托的猫举起了斧头,并顺势劈死了试图伸手阻拦的妻子。正当他为自己的"杰作"暗自得意高兴时,失踪的那只猫从墙壁

---

① 吴亮:《批评者说》,杭州:浙江文艺出版社,1996 年,第 112 页。

② 尼采:《悲剧的诞生》,周国平译,北京:生活·读书·新知三联书店,1986 年,第 134 页。

③ 胡经之主编《西方文艺理论名著教程》(下),北京:北京大学出版社,1989 年,第 388 页。

④ Ian Walker, ed., *Edgar Allan Poe:The Critical Heritage*, New York:Routledge, 1986, pp. 115 - 116.

里发出了恐怖的哀号。整篇小说采用内心独白的方式,将读者引入主人公不为人知的病态意识领域,为读者展开了一幅似曾相识又充满怪异和恐怖的心理画卷。主人公这种疯狂变态的恐怖情绪加之以污秽血腥的故事背景和阴暗晦涩的整体基调,构成强大的恐怖惊悚冲击,敲打着读者的恐怖神经,带给读者不尽的感官刺激。正如评论家腓特烈·弗兰克(Frederick S. Frank)在《爱伦·坡百科全书》(*The Poe Encyclopedia*,1997)中所说的那样:"爱伦·坡在激起人们强烈的心理恐惧方面所获得的空前成功使他创作了大量小说,这些小说使那些对暴力和血腥已完全司空见惯的现代读者都为之汗颜。"[①]而这些由恐怖和惊吓所引起的"极端体验"不仅能传达纯粹的引起苦痛的情感[②],也能引发现代读者灵魂深处的震颤,进而使人们摆脱日常经验的束缚和压迫,获得巨大的审美愉悦和精神享受。爱伦·坡的作品不仅深具恐怖惊悚和血腥暴力的特点,而且往往以其变幻不定、神秘莫测的案情发展,出类拔萃、别具一格的人物形象,色彩浓郁、描摹细腻的社会风情以及缜密细致、有理有据的分析推理营造出浓厚的趣味,给读者以不可抗拒的魅力。在《摩格街谋杀案》(*The Murders in the Rue Morgue*,1841)中,暴力血腥的案发现场令读者胆战心惊,心有余悸;博学多才、头脑冷静、料事如神的侦探杜宾的形象栩栩如生,让读者印象深刻,回味无穷;而跟随侦探杜宾一起察看现场、梳理案情、进行推理和寻觅罪证的过程则更为惊险和刺激,令读者也禁不住产生跃跃欲试之感。这些都契合了现代读者追求新奇刺激的文化消费心理,满足了人们平淡乏味生活之余渴望惊险、挑战、刺激等心理愿望,因而受到现代读者的普遍欢迎。

① Frederick S. Frank and Anthony Magistrale, *The Poe Encyclopedia*, Westport, CT: Greenwood Press, 1997, pp. 1 - 2.
② 参看 Carolyn Korsmeyer, ed., *Aesthetics: The Big Questions*, Oxford: Blackwell Publishers, 1998, pp. 4 - 5.

爱伦·坡的作品在满足了现代读者追求精神刺激的文化消费心理的同时，还通过塑造一系列孤苦无依、惶恐不安的畸零人形象将其关注视角对准了具有人类共通的普世性价值的人类生存状态问题，这也成为其作品拥有巨大的生存空间和持久的艺术魅力的一个重要原因。文学史上真正不朽的作品都是超越语言、民族、国家的界限，关注人性、人类普遍命运等永恒话题的，也只有这样的作品才是开放的和具有持久影响力的。爱伦·坡的作品就属于这一类。从《黑猫》到《厄舍古屋的崩塌》再到《人群中的人》和《泄密的心》等诸多作品，爱伦·坡关注的始终都是现代人的生存困惑和精神危机等人类普遍命运问题。在冷漠的现代社会里，"上帝死了"，一切神圣的东西都被亵渎了。人们在高度机械化和自动化的工业文明面前也早已"丧失了传统的整体感和完整感"①。农业社会人们之间那种纯朴、和谐的关系也已渐行渐远，取而代之的是赤裸裸的金钱利益关系。孤独和焦虑时时笼罩着现代人的心灵，使人们成为在无边无际的虚空中彷徨、在虚无颓废的精神漩涡中挣扎的畸零人。一百几十年前，爱伦·坡就已敏锐地觉察到了现代社会繁华背后所隐藏的这种病痛与危机，睿智地预见到了现代人这种孤独焦虑的生活状态，成功地塑造了一系列整日生活在自我封闭、自我隔绝的空间里的现代畸零人形象，让人们不得不对他的洞察能力和预见能力肃然起敬。《人群中的人》中的老人就是其中一个典型代表。谨慎、吝啬、贪婪、沉着、怨恨、凶残、得意、快乐、紧张、过分的恐惧和极度的绝望无时无刻不钳制着老人的心灵，使他得不到片刻的安宁与充实。"不幸起因于不能承受孤独。"②不能承受孤独，却又人为地制造孤独；渴望爱和关怀，却又不愿付出爱和关怀，这是爱伦·坡对老人悲剧成因的总结，更是他对现代人悲剧的精辟诠释。正如评论家爱德华·戴维森所说："在现代化大都市中那位老人的形象非常典型，几

① 丹尼尔·贝尔：《资本主义文化矛盾》，赵一凡、蒲隆、任晓晋译，北京：生活·读书·新知三联书店，1989年，第95页。
② 同上书，第211页。

乎就是日常生活中的一个普通人。"①无独有偶,《泄密的心》中的主人公也是这样一个畸形的现代人形象。年轻人"我"与一位老人生活在一起,"我爱那老人。他从不曾伤害过我。他从不曾侮辱过我"②。然而,主人公却总是紧张焦虑、神经过敏,感到世上的一切都值得怀疑,终于残忍地肢解了老人。这里,无论是《人群中的人》里的老人,还是《泄密的心》中的主人公"我",抑或爱伦·坡的另一部名作《厄舍古屋的崩塌》中的罗德里克兄妹,都是一群被社会现实异化了的现代人,他们厌恶生活,逃避现实,整日里庸庸碌碌,浑浑噩噩,要么神经过敏,多愁善感,要么暴躁狂热,理性全无。他们也曾试图改变现实,却发现无路可寻,最后只好在孤独、焦虑中悲伤,在游荡、嬉戏中堕落,在绝望、愤懑中毁灭。这在某种程度上正是现代人的生活状态,因此,爱伦·坡塑造的这些人物也就具有了某种典型和某些普遍意义。爱伦·坡通过对这些现代畸零人的投射与塑造、凝聚与书写,成功地将历时的文本提升为一个具有共时意义的文化反思读本。这些文本与大众审美心理相契合,在现代社会的历史背景下产生了超越时空的文化意义,它们真切地超前地"反映了现代人的普遍命运"③,表达了现代人渴望走出现实困境,寻求心理慰藉和争取精神救赎的集体心理体验,不仅引发了当代大众情感上的共鸣,而且引起了他们对社会现实和人生价值的理性思考。爱伦·坡的作品也因此拥有了巨大的历史穿透力和广阔的文化阐释空间,成为"深深扎根在滋润和养育我们的文化传统中的作品"④。

---

① Edward H. Davidson, *Poe*:*A Critical Study*, Cambridge: Harvard University Press, 1957, p. 191.

② 爱伦·坡:《爱伦·坡精品集》,曹明伦译,合肥:安徽文艺出版社,1999年,第350页。

③ 朱振武等:《美国小说本土化的多元因素》,上海:上海外语教育出版社,2006年,第198页。

④ 张德明:《经典的普世性与文化阐释的多元性——从荷马史诗的三个后续文本谈起》,《外国文学评论》,2007年第1期,第19页。

三、文化工业的青睐

以大众传媒为代表、对爱伦·坡情有独钟的文化工业,在爱伦·坡的影响和传播方面扮演了不可或缺的角色,由起初的报纸、杂志到连环画,发展到电影、电视和后来的互联网,爱伦·坡的作品的传播效率被提高到了前所未有的程度,为在信息化时代重新审视传统文学和当下的文学现象提供了参照。在各类信息铺天盖地、各种文学式样不断翻新更迭的信息化时代,拥有丰富文化内涵及与时代文化心理融通的文本,只具备了爱伦·坡文学创作成功的先决条件。其实,好酒也怕巷子深,能否以便捷的方式将爱伦·坡的作品传播到寻常百姓家,为更广泛的不同层次的读者所了解、接受和喜爱,才是爱伦·坡能否为通俗文化所接纳的关键。毫无疑问,在这一过程中以大众传媒为代表的文化工业扮演了不可或缺的角色。文化工业是 20 世纪初伴随着现代科学技术的发展和资本对文化生产领域的入侵而产生的一种以工业生产方式制造文化产品的行业。作为一种以信息(包括知识、图像、符号)为力量核心的崇尚超理性的文化,它充分利用了其自身广泛密切的信息网络和高覆盖率的发射系统将所有的事物都吸引到自己的势力范围中。文化工业的出现不仅"带来了当今世界的文化存在状态、结构和格局的重大变化,导致了文化的商品化和消费化,也使传统的文化观念、文化生产方式、接受和消费方式以及作用方式,发生了质的变革"①。从报纸、杂志到电影、电视,再到今天的互联网,以大众传媒为代表的文化工业的每一次技术性革命都会相应地带动了爱伦·坡作品传播方式的变革,继而对爱伦·坡的作品及其声名产生了重要的传播作用。

从 1566 年世界上第一份印刷杂志,也就是意大利《威尼斯新闻》的出版,到 1895 年电影的诞生,在这长达三百多年的人类历史中,以报纸和杂

---

① 叶志良:《大众文化》,上海:上海文艺出版社,2003 年,第 69 页。

志为代表的文字印刷品一直垄断着大众传媒。作为对人类生活方式和思想观念产生重大影响的大众媒介，报纸和杂志对爱伦·坡作品的传播产生了广泛而深远的影响。与生活在报刊也还没出现或还不发达时期的前辈作家相比，爱伦·坡要幸运许多。爱伦·坡生活的 19 世纪上半叶正是美国大众文学兴起、大众刊物不断涌现的时代[①]，《伯顿绅士杂志》（*Burton's Gentleman's Magazine*）、《格雷姆杂志》（*Graham's Magazine*）等许多以发表文学作品及评论为主的杂志纷纷抓住大众生活水平提高、闲暇时间增多和对文学作品需求量增大这一历史契机，增添了许多与大众生活息息相关的栏目，并在此基础上又专门开辟了一些供大众消遣娱乐的版面，各类报纸和杂志开始成为"一种适应'民众'需要的高度资本化市场的产物"[②]。以拒绝庸俗但又以描写冒险、恐怖、侦探、科幻题材著称的爱伦·坡在以报纸和杂志为代表的大众传媒的介绍下开始受到越来越多的读者的欢迎。这也是爱伦·坡有别于甚至高于其他同辈作家和后辈作家的地方。这一时期先后刊登或连载过爱伦·坡作品的杂志有《南方文学信使》（*Southern Literary Messenger*）、《伯顿绅士杂志》、《格雷姆杂志》、《纽约镜报》（*The New York Mirror*）、《晚镜报》（*Evening Mirror*）、《戈迪斯淑女杂志》（*Godey's Lady's Book*）等，这些报纸和杂志不仅"使坡更加熟悉他本来就有所了解的报纸、杂志和图书等印刷媒介"，"加深了他对当时印刷文化的理解"[③]，还为爱伦·坡找到了文化归宿，为爱伦·坡走进大众、融入大众提供了便利条件。事实上，不仅爱伦·坡，内战后的许多美国作家如威廉·狄恩·豪威尔斯、乔治·华盛顿·凯布尔、马克·吐温等都在这些刊物上发表过大量作品，并且又都是在一定程度上以投

---

① 据统计，1800 年美国全国共有报纸 200 余种，1830 年就已增至 1200 种，此时仅纽约一地就有 47 种报纸出版。详见刘海平、王守仁主编《新编美国文学史》（第一卷，起始—1860），张冲主撰，上海：上海外语教育出版社，2000 年，第 219 页。

② 陆扬、王毅编选《大众文化研究》，上海：三联书店，2001 年，第 119 页。

③ Kevin J. Hayes：*Poe and the Printed Word*，Cambridge：Cambridge University Press，2000，p. 45.

合这些刊物的文化价值观作为自己艺术上的立脚点。[①] 可见,大众传媒从其诞生起就对文学的发展产生了至关重要的作用。

除了报纸和杂志,印刷媒介中还有一种令爱伦·坡走向普通大众的重要载体——连环画读物。近半个世纪以来,根据爱伦·坡的作品改编而成的连环画数不胜数,它们有的独立成册,有的作为章节出现在世界各地区的文化杂志和报纸上。出版商桑普森·洛(Sampson Low)在《埃德加·爱伦·坡诗集》(*Poetical Works of Edgar Allan Poe*,1858)一书中汇总了包括约翰·坦尼尔(John Tenniel)在内的许多著名艺术家的连环画作品;出版商伯顿·波林(Burton R. Pollion)则在《坡作品的形象:一份关于插图的综述性目录》(*Images of Poe's Works:A Comprehensive Descriptive Catalogue of Illustrations*,1989)中整理了 30 多个国家的 700 多位艺术家超过 1600 份爱伦·坡作品插图,这些连环画读物配有通俗易懂、生动形象的彩色插图,大大弥补了仅靠文字叙述可能造成的抽象和枯燥,从而将爱伦·坡作品的传播带入了一个崭新的世界。

电影的出现使爱伦·坡作品走出了狭小的文学领域,以崭新的面貌呈现给大众,为爱伦·坡作品的传播开辟了新纪元。电影的基本原理是光影技术的运用,它拥有报纸、杂志等纸质媒介所无法比拟的优势,如画面传递效果的形象直观性、声音传播的清晰生动性等,尤其是其高科技手段的运用更是将文学的想象力发挥到了极致。早在 20 世纪初,好莱坞就将目光瞄准了爱伦·坡,这不光是因为爱伦·坡的作品拥有超强的镜头表现力,更由于其作品对色彩渲染、视觉冲击等现代影视表现手法的超前运用令大卫·格里菲思(David Llewelyn Wark Griffith)、罗杰·考曼(Roger Corman)等众多大牌导演耳目一新。在这些导演的努力下,一部部融科幻、恐怖、惊险、悬疑于一体的精彩影片陆续出炉,电影《黑猫》和《乌鸦》就是其中的优秀作品。这些影片在保留原作风格的基础上,充分

新文科理念下美国文学专题九讲

188

---

① 参看埃默里·埃利奥特主编《哥伦比亚美国文学史》,朱通伯等译,成都:四川辞书出版社,1994 年,第 381 - 393 页。

发挥了电影的表现力,用光和阴影间的强烈对比为影片营造出一种神秘、恐怖的特殊气氛。在好莱坞的带动下,其他国家的电影公司也不甘示弱,纷纷将改编后的爱伦·坡电影①搬上银幕,由此掀起了 20 世纪 30 年代的一股爱伦·坡电影拍摄热潮。以亨利·德斯方特尼斯(Henry Desfontaines)、莫里斯·图纳尔(Maurice Tourneur)为代表的一批法国导演早在 20 世纪初就开始了对爱伦·坡电影拍摄的最初尝试,此后的许多法国导演如克劳德·夏布洛尔(Claude Chabrol)等又对爱伦·坡电影进行了一系列大胆的改进和创新,使法国的爱伦·坡电影日臻成熟。与法国导演不同,以安布罗休(Ambrosio)为代表的众多意大利导演则将其关注点放在了怎样提升爱伦·坡电影整体画面效果上。以安布罗休为例,他在 1910 到 1911 年推出的《陷阱与钟摆》《跳蛙》和《红色死亡假面舞会》三部影片就在延续了其本人一贯风格的基础上,更加注重使用完整的画面构图与透视感来营造恐怖效果和时代气氛。除了法国和意大利,"阿根廷、澳大利亚、奥地利、捷克斯洛伐克、德国、英国、墨西哥、俄罗斯、南非、西班牙等许多国家也都拍摄过爱伦·坡电影。"②据统计,从 1909 年第一部爱伦·坡电影诞生到今天,已有十几个国家的上百部爱伦·坡电影陆续问世。③ 如此大规模、高频率地反复拍摄一个作家的电影,在世界电影史上是罕见的。这一方面说明爱伦·坡是以电影为代表的大众传媒关注的焦点,另一方面也正是这些形式多样、丰富多彩的影视作品在大众和爱伦·坡作品间架起了一座沟通的桥梁,并进一步"巩固了坡在通俗文化中的地位"④。

如果说电影和电视的发明使爱伦·坡作品的传播效率实现了质的飞跃,那么互联网的诞生则在此基础上又将爱伦·坡作品的传播效率向前

---

① 爱伦·坡电影主要指围绕爱伦·坡其人其事或受其启发而拍摄的影视作品,是坡产业的一个重要分支。

② Kevin J. Hayes, ed., *The Cambridge Companion to Edgar Allan Poe*, New York: Cambridge University Press, 2002, p. 219.

③ Ibid., pp. 216 - 220.

④ Scott Peeples, *The Afterlife of Edgar Allan Poe*, New York: Camden House, 2004, p. 134.

大大推进了一步。互联网,这种伴随着第三次科技革命而诞生的超级传播系统,在吸取了电视画面传递效果形象清晰、声音传播效果逼真生动等优点的基础上,又增加了动态文字或影像、互动性读写等网络双向互动功能,从而极大地拓展了爱伦·坡作品传播的表现方式,将爱伦·坡影响的传播效率发展到了前所未有的水平。发达的网络使得信息的传递更加迅捷,使得学术交流更加便利。"世界各地关于爱伦·坡的网站多不胜数,形成了全球化的爱伦·坡研究网络。"[1]现在的读者如果想要阅读爱伦·坡的作品,可直接到网上查找其电子文本。[2] 要了解爱伦·坡,只需上网点击即可。网上既有爱伦·坡作品可供阅读,也有爱伦·坡电影可供观赏,更有"厄舍屋"(House of Usher)、"破译爱伦·坡"(The Poe Decoder)、"坡研究协会"等网站向人们提供各种服务信息。互联网灵活自由的空间选择、多方位的信息接收渠道以及形象逼真的传播效果在提高爱伦·坡影响的同时,也使之开始真正融入大众生活,融入通俗文化。

以大众传媒为代表的文化工业在爱伦·坡影响的传播过程中扮演了极其重要的角色,然而作为一种由市场控制和主导的颇具"教化潜能"[3]的文化存在方式,它也不可避免地将大众文化的各种规范、符号、神话和形象渗透进消费者的意识领域,使人们完全生活在一种令人目不暇接、头晕目眩的消费虚幻中。

在爱伦·坡影响的传播过程中,文化工业通过借助"坡"牌鼠标、"坡"

---

① 朱振武、杨婷:《当代美国爱伦·坡研究新走势》,《当代外国文学》,2006年第4期,第56页。
② "早期美国小说"(Early American Fiction)和"古登堡计划"(Project Gutenberg)都是近些年出现的比较重要的爱伦·坡电子文本网站,它们同"爱伦·坡故事集"(Tales)、"爱伦·坡语词索引"(Concordance)以及"爱伦·坡网上公共图书馆"(Internet Public Library)、"爱伦·坡图书在线"(The Online Books Page)、"电子图书:爱伦·坡全集"(E-server:The Complete Works of Edgar Allan Poe)等一起构成了一个庞大的阅读网,源源不断地向全世界的读者提供爱伦·坡作品的电子阅读服务。与这些阅读网站并行的还有一些爱伦·坡研究网站,如"巴尔的摩爱伦·坡研究协会"(The Edgar Allan Society of Baltimore)、"爱伦·坡研究协会"(The Poe Studies Association)、"爱伦·坡研究"(Poe Studies)、"破译爱伦·坡"(The Poe Decoder)等,它们广泛收集来自世界各地的爱伦·坡评论文章,分"生平""作品介绍""作品评论及研究"等几个板块向爱伦·坡兴趣爱好者介绍爱伦·坡研究的最新成果。
③ 周宪编《文化现代性精粹读本》,北京:中国人民大学出版社,2006年,第65页。

牌冰箱磁铁、"爱伦·坡"酒吧、"乌鸦"美术馆、"埃德加"台球俱乐部等意象,将爱伦·坡通俗文化符码和流行时尚坐标的概念潜移默化地灌输给大众。而事实上,无论是"坡"牌鼠标、"坡"牌咖啡杯还是"乌鸦"美术馆,其实都是以大众传媒为代表的文化工业试图通过负载爱伦·坡这一意象对文化消费者进行投射进而获得其认可的一种方式。普通的鼠标、咖啡杯、冰箱磁铁、闹钟、明信片被冠以爱伦·坡之名后已不再是单纯的商品,而成为某种文化意义和文化价值的表征,"具有了能指和所指的双重含义"①。文化工业通过塑造消费话语系统和操纵商品符号意义的生产,不断重建消费主义意识形态及其话语呈现体系,进而控制着人们的消费需求和欲望,引导和掌控着整个社会的文化生产与消费。然而不可否认的是,文化工业的这种行为却在客观上进一步巩固了爱伦·坡在通俗文化中的地位,并使爱伦·坡作为通俗文化代言人的形象牢牢扎根于大众心中。与此同时,以大众传媒为代表的文化工业还紧紧抓住爱伦·坡赌博、酗酒、婚恋等话题对爱伦·坡的私生活进行有选择的凸显和放大,以迎合人们的猎奇心理。毫无疑问,文化工业的这一初衷得到了大众有力的回应。在大众传媒的不断强化下,爱伦·坡已演绎成大众文化视野中的一个传奇,他孤傲、狂妄、倔强的个性和他离经叛道、特立独行的生活方式一直为大众所津津乐道。然而,大众传媒的这一行为也无情地剥离了爱伦·坡作为作家、诗人和评论家等多重身份的丰富性,"将其本身的历史掏空"②,而成为一种越来越符号化的象征。

爱伦·坡虽然命途多舛,英年早逝,但其影响力却穿过悠远而狭长的时间隧道,在 21 世纪的今天散发出夺目的光彩。大到文艺流派法国象征主义,小到商标品牌"坡"牌鼠标,爱伦·坡以其渗透到文化方方面面的影响力和波及人们生活角角落落的覆盖力在当今的通俗文化中创造了一个属于个人的神话,而波及文化和生活等不同领域的"爱伦·坡热"也成为

---

① 肖显静:《消费主义文化的符号学解读》,《文化研究》,2004 年第 1 期,第 171 页。
② 罗兰·巴特:《神话——大众文化诠释》,上海:上海人民出版社,1999 年,第 202 页。

通俗文化中一个令人关注的文化现象。这种现象的产生不仅得益于爱伦·坡作品深厚的文化底蕴、鲜明的本土特色及其对当下大众文化心理的多重满足，更是以大众传媒为代表的文化工业的产儿。它的出现呈现了当代全球化语境下文化的多元共生性，昭示了不同历史时期人们对文化需求的共通性和不同历史时期不同社会人们在文化消费方面的相异性，为我们奉献了传媒霸权语境下文学发展的一个独特样本，也为我们重新思考全球化语境下后工业社会时期的文学定位、文学走向和文学承继问题提供了一个新的文化参照。

专题五　纵横考论

　　考论结合的成果历来为学界所看重。作为学者或研究者，我们一定要确保看一手资料，读一流文献，这样才能写一流文章，做一流学者。百度和知网上的材料体量巨大，难免鱼龙混杂，鲁鱼亥豕，因此我们要有一双慧眼，要有起码的鉴别能力，这样才不会人云亦云，进而做到不云人云乃至云人不云的治学境界。可见，研究资料务必一手准确无误，为数不多的二手资料必须权威可信，这样才能做到言必有据，言之有物，言之成理，言之可信。

《熊》的创作流变及福克纳的生态伦理考辨

诺贝尔文学奖得主、美国著名作家福克纳的许多作品都是对其早期发表的短篇小说进行二次修改而成的，这是福克纳创作生涯中一个值得关注的现象。在其短篇小说《熊》的基础上，福克纳经大量修改和扩充完成了中篇小说《熊》的创作，从而实现了作品主题思想的巨大升华与超越。作者对荒野与文明间的关系的道德思考和对自然生态及人类精神生态的危机的考察，至今给我们以重要启示，对当下我国的生态问题有很强的参考价值。

美国著名作家、1949 年诺贝尔文学奖得主威廉·福克纳（William Faulkner，1897—1962)取得成功的一个重要原因就是他对自己作品近乎苛刻的态度和精益求精的精神，二次和多次修改使其作品在艺术成就与思想蕴含上得到了极大升华。从《熊》的两个版本的比对中，我们洞见到了福克纳的创作动机，考察到了作者在字斟句酌、反复推敲的背后更深层的思想嬗变及其生态伦理观念。生态伦理即人类处理自身及其周围的动物、环境和大自然等生态环境的关系的一系列道德规范。正如文化全球化背景下的"非地方"(non-place)理论要求突破狭隘的地方藩篱，摆脱对地方的无止境占有欲一样①，中篇小说《熊》较之同名短篇小说不仅赋予荒野与文明以善恶对立的道德内涵，还试图据此为美国南方种族制度

---

① Lawrence Buell, *The Future of Environmental Criticism*: *Environmental Crisis and Literary Imagination*, Malden, MA: Blackwell Publishers, 2005, p. 145.

的痼疾和生态危机寻觅出路，表现了作者对人类苦难的同情与当时存在的生态伦理问题的深刻思考。在早期创作中，福克纳曾有一段时期撰写一些短篇小说以获得较高的稿酬。福克纳是一位对自身创作要求极其严格的作家，一些短篇小说后来经过作家精心修改，以短篇小说集的形式再次出版。可以说，这些作品的创作流变及背后作家的思想变迁是值得学界关注的现象，而二次创作后的《熊》无可置疑是福克纳实现巨大超越的经典范例。中篇小说《熊》①出版之前，福克纳发表的同名小说《熊》②情节简单，篇幅也短得多。福克纳在此基础上做了大量修改和扩充，事实证明这次修改是非常成功的。③ 中篇小说《熊》在作者 19 部长篇小说和 139 篇短篇小说中起着举足轻重的作用。美国评论家 R. W. B. 路易斯说："《熊》④是了解福克纳全部作品的关键。"⑤这部小说不仅表现了作家独特的南方文化观、历史观和宗教观，也反映了福克纳对南方历史与现实存在的问题的深入思考，表现了他对优秀文化传统即将消失的忧虑和对南方制度上存在的痼疾的深刻反思与批判。

在短篇小说《熊》基础上修改而成的中篇小说《熊》毫无疑问实现了质的飞跃，深化与扩展了作品的内涵，增加了作品的历史厚重感与社会现实

---

① 《熊》是小说集《去吧，摩西》中最重要的一部，出版于 1942 年 5 月，最早以《去吧，摩西及其他故事》(*Go Down，Moses and Other Stories*)命名。《去吧，摩西》是由七篇主题和故事人物相互关联的"系列小说"组成的，它以麦卡斯林家族几代人的经历为主线，但每部也可以独立成篇。其中三篇着重讲述了艾萨克·麦卡斯林一生的故事，在情节上存在着较多的联系，即《古老的部族》《熊》和《三角洲之秋》，也称作"大森林三部曲"。本文在分析作品《熊》时，引述了《古老的部族》中与之相关的一些内容，以求更好地理解修改后《熊》的内涵。

② 这部篇幅较短的《熊》写成于 1941 年 11 月，次年发表在《星期六晚邮报》(*Saturday Evening Post*)上，出版日期为 1942 年 5 月 9 日。随后又被收录在 1964 年出版的《熊、人类与上帝：理解福克纳〈熊〉的七种方法》(*Bear，Man，and God：Seven Approaches to William Faulkner's The Bear*)一书中。

③ Michael Millgate，*The Achievement of William Faulkner*，New York：Random House，1966，pp. 201 - 214.

④ 此处《熊》指的是中篇小说。

⑤ 李文俊：《福克纳的神话》，上海：上海译文出版社，2008 年，第 168 页。

性。评论家也都给予极大肯定①,从而使这篇短篇小说及其所在的小说集《去吧,摩西》跻身于"约克纳帕塔法世系"小说中,成为最能够体现福克纳创作思想和艺术成就的作品之一。短篇小说《熊》共三节,故事发生在内战后不久的美国南方,十岁的艾萨克·麦卡斯林随父辈进入森林打猎,在精神导师老猎人山姆·法泽斯的教育下,孩子学到了谦卑、勇敢等美德。故事最后,艾萨克为了解救杂种狗放弃了杀死大熊"老班"的机会,但却体验到了精神上的成年与心灵上的顿悟。而中篇《熊》在对短篇细节修饰和内容增加的基础上将故事延宕为五节,将故事情节延亘到荒野以外的人类社会,从而使荒野呈现出的道德善与南方奴隶制乱伦悲剧下的人性恶形成鲜明的对比,并从宗教道德的角度对美国南方奴隶制乃至整个人类文明发展历史进行彻底的反思。

一、对自然美德的思考

在现代文学作品中,荒野一直具有深刻的文化内涵。"在美国文学中,环境与历史结合起来,它们以故事的形式被灌输进意义。"②短篇小说《熊》追寻了美国文学中"自然"这一一脉相承的主题,作品中的荒野则成为美德的发源地。而修改后的中篇《熊》更加深化了这一主题,其中的荒野与人类文明形成了鲜明的道德对立。中篇《熊》显然在着意揭示这样的事实:资本主义工业文明造成了人性的堕落,而追寻自然与返璞归真成为处于精神危机中的人类自我救赎的一种方式。

对荒野消失的忧虑表现了福克纳对 20 世纪初美国南方社会巨变的

---

① 国外福克纳研究专家威廉·凡·奥康纳(William Van O'Connor)、詹姆斯·厄尔利(James Early)、马文·克洛茨(Marvin Klotz)等在专著中均对中篇小说《熊》从不同角度做出了肯定,详见:Joanne V Creighton, *William Faulkner's Craft of Revision*: *The Snopes Trilogy*, *The Unvanquished*, *and Go Down*, *Moses*, Detroit: Wayne State University Press, 1977, p. 121.

② David Mazel, *American Literary Environmentalism*. Athens, GA: University of Georgia Press, 2000, p. 3.

敏锐洞见，这尤其体现在中篇《熊》的第五节，对火车进入森林、动物失去生息之所的描写生动地展现了 19 世纪后半期美国的社会现状，即初兴的资本主义工业文明打破了人与自然长久的和谐关系，造成了前所未有的生态危机。"这部作品是有关荒野的最有说服力的宣言"①，"它是最深刻地描绘出美国历史上人与自然平衡关系转变的作品之一"②。

中篇《熊》甫一开篇就增加了这样一句话，直接体现了作者对自然与工业文明的态度：

> 只有山姆、老班和杂种狗"狮子"是未受玷污而不可败坏的。（中篇）③

荒野是美德的发源地，在荒野中孕育的自然法则就代表了最高的道德准则。正是因为生活在荒野而受到最原始的自然法则的熏陶，山姆、老班和狮子的灵魂才是"未受玷污"的。人类的历史就是一步步战胜自然，进而创造出高度发达的物质文明的过程。然而人的精神文明却并未与物质文明的发展齐头并进。相反，私有制的产生使人性中的邪恶因子随之膨胀，在贪欲的驱使下征服自然、占有土地、压迫异族，使之丧失了最原始质朴的美好本性。中篇《熊》将荒野美德和社会文明做了生动而深刻的对比。评论家罗伯特·佩恩·沃伦（Robert Penn Warren，1905—1989）认为，《熊》的主题表现为第一、二、三及第五节的荒野主题以及第四节的种族关系两个主题，而全篇将"对自然的正确态度"与"对人的正确态度"两个主题联系起来，表现了福克纳有关人与自然关系的重要观点。④

---

① Lutwack Leonard, *The Role of Place in Literature*，New York：Syracuse University Press，1984，p. 169.

② John Elder, *Imagining the Earth：Poetry and the Vision of Nature*，Urbana, IL：University of Illinois Press，1985，pp. 44–45.

③ William Faulkner, *Three Famous Short Stories by William Faulkner*，New York：Vintage Books，1961，p. 165.

④ William Van O'Connor, ed., *Forms of Modern Fiction*，Minneapolis, MN：Minnesota University Press，1948，p. 133.

在短篇《熊》中，作品在开头简单地叙述了进入森林前，孩子脑海中颇具传奇色彩的老班形象，直接将画面切换到孩子在林中第一次狩猎听到猎狗追赶猎物的叫声的情景。而同样的情节，中篇《熊》则添加了一个段落，即孩子第一次坐着马车进入森林时，自然给他带来的直观感受。这也是作品唯一一次大段、正面地描写荒野的场面。

> 马车走着走着，在这背景的衬托下，用透视的眼光一看，简直渺小的可笑，好像不在移动，仿佛是一叶扁舟悬浮在孤独的静止之中，悬浮在一片茫无边际的汪洋大海里，只是上下颠簸，并不前进。（中篇）①

森林的壮阔和伟大是艾萨克一开始就认识到的，他带着这样的敬畏之心进入了这片土地。正是这种面对自然的谦卑、尊重的态度，使艾萨克决心摒弃自身的怯懦，迅速成长起来。对于艾萨克来说，自然如同母亲一样启迪了他的心灵。正如在中篇第五节，18岁的艾萨克回到森林时作家所阐述的："就是这位大自然母亲使他即将变为一个成年人——如果真的能说有谁使他成长的话。"（中篇）②由此，我们也可以看出福克纳的自然观，自然是神秘、不可战胜的，是人顶礼膜拜的对象，回归自然成为人类培养高尚品德的重要途径，人类从对自然的参悟中获得灵魂的升华和救赎。

在中篇《熊》中，艾萨克在林中追寻老班的过程也是他对自然与人类文明的对立这一认识不断深化的过程。艾萨克独自去林中寻找老班，经过九个小时的苦苦搜寻，最后终于明白，只丢弃猎枪是不够的，他还随身带着手表、指南针等"文明世界的产物"。这一情节在两篇《熊》中均有出现，但中篇的改写强化了作家的批判意图。

> 正是手表、指南针和棍子，这三个毫无生命意志的机器将他与荒野

---

① William Faulkner，*Three Famous Short Stories by William Faulkner*，New York：Vintage Books，1961，p. 168.

② Ibid.，p. 290.

隔离了九个小时。(短篇)①

还有那只表和指南针呢,他身上仍有文明的污染。(中篇)②

在短篇《熊》中,作品表现的仅仅是工业文明的发明物与荒野气息的格格不入,而中篇《熊》明显强化了这种对立。荒野成为存在的主体,文明世界的产物对纯洁高尚的荒野是一种污染,福克纳对北方工业文明入侵荒野的深恶痛绝我们由此可见一斑。

中篇《熊》的这种改写是有其深刻的时代背景的。早在 20 世纪 20 年代初,南方传统的农业社会在资本主义工业文明的冲击下已经开始解体。南方大片的森林被砍伐,昔日的田园景象面目全非,随之而来的是南方传统的生活方式和价值观念的消失,尤其是传统美德的沦丧让福克纳感到无比痛心,而北方工商业的唯利是图与冷酷无情更使他对荒野这片昔日的乐土充满了深切的怀念。敬畏生命伦理学的创立者施韦泽说:

> 文化的本质不是物质成就,而是个人思考人的完善的理想、民族和人类的社会和政治状况改善的理想,个人信念始终为这种有活力的理想所决定。只有具有精神力量的个人这样的对待自己和社会,才能解决由当今现实引起的问题,并形成在任何方面都富有价值的总体进步。③

福克纳在修改后的《熊》中的思想正是对施韦泽理论的诗意化表达。

在短篇《熊》中,小说只写到艾萨克获得了美德的顿悟就戛然而止。而在修改后的中篇《熊》里,老班最终被杀,打猎队也由此解散,荒野最终

---

① William Faulkner, *Uncollected Stories of William Faulkner*, New York：Random House，1997，p. 343.

② William Faulkner, *Three Famous Short Stories by William Faulkner*, New York：Vintage Books，p. 180.

③ 阿尔贝特·施韦泽、汉斯·瓦尔特·贝尔:《敬畏生命:五十年来的基本论述》,陈泽环译,上海:上海社会科学院出版社,2003 年,第 44 页。

消失。这一悲剧的结局象征了古老传统美德走向衰亡的必然命运和作家的深切忧思。中篇《熊》增加的第五节中，18 岁的艾萨克故地重游，森林已经被改造得面目全非，失去了往日的宁静，大片的树木被砍伐，动物丧失了生存的家园。作者生动形象地描绘了火车进入森林和荒野即将消失的场景：

> 仿佛在用爬行速度前进的是一架发狂的玩具，它现在为了保存蒸汽也不鸣笛了，仅仅从疯狂的、毫无意义的虚荣心出发，把一小口一小口复仇的、费了好大劲儿才吐出的废气，喷到亘古以来就存在的林木的脸面上去。（中篇）[1]

在这里，火车被赋予一种拟人化的色彩，作为被物欲操纵的工业文明象征物，正在对自然进行无止境的剥削和掠夺。自然曾是真理和美德的发源地，是猎人们的精神寄居之所，如今一切都被功利、物质的机器所操控和毁灭。人性已在走向堕落，显得无所适从。这一描述与美国著名的生态学者雷切尔·卡森的观点不谋而合，"征服自然与征服人有着密切的关系，破坏自然美与人的精神沦丧有着密切的关系。"[2]人类在文明发展的初始阶段从自然中受益良多，现在却越来越漠视自然，脱离自然，这种行为最终导致的将是人类自身的毁灭。中篇《熊》虽然创作于 20 世纪 40 年代初期，却从文明发展的角度超前地审视了人与自然的关系，表达了福克纳对人类未来与自然和谐发展的美好愿景，其前瞻的生态思想也在不断为后世的作家、生态学者所证实、继承和续写。

二、对自由灵魂的救赎

无论是短篇《熊》还是中篇《熊》，山姆·法泽斯这一形象的塑造都主

① William Faulkner, *Three Famous Stories by William Faulkner*, New York: Vintage Books, 1997, p. 285.
② 王诺：《生态与心态——当代欧美文学研究》，南京：南京大学出版社，2007 年，第 49 页。

要是通过他对艾萨克狩猎的指导来完成的。但在中篇《熊》里,山姆的形象变得更加神秘,他对自然的生存法则了如指掌,且深谙冥冥之中自然界的奥秘。早在打猎队仍错误地将"狮子"犯下的罪行加在老班头上之时,山姆就不仅清楚地知道这是哪种野兽,也预料到老班终于等到了对手,而自己也可以随老班而去。对山姆·法泽斯富于象征意义的外貌描写,既表明了山姆对艾萨克无形的影响,也突出了中篇《熊》对自然美德的赞美和对种族制度的批判这一主题。

在《古老的部族》中,福克纳对山姆·法泽斯的身世及其气质和品格做了详细的介绍,作为印第安酋长的后代,虽然少量的黑人血统使他失去了自由之身,但奴隶的身份并未改变他与生俱来的高贵品质,他还保持着印第安祖先遗传下来的优秀基因。"他身上的尊严和自信,他的正直和善良,他的意志和忍耐力以及他同大自然的和谐都表明他像卢梭所赞美的那种'高尚的野蛮人'。"[1]同时他也获得了"主人"的尊重,福克纳通过对这位特立独行的印第安人形象的塑造,突破了美国南方畸形的主奴关系,让我们看到了种族关系向着光明发展的一种可能,也说明了自然对完整人性熏陶所起的重要作用。回归自然、回归传统,成为处理南方社会人与人关系的一种正确的途径。

山姆与自然始终保持着神秘的关系,他一直给艾萨克讲述森林里的故事,把孩子的精神世界最终引向了荒野。其实,让山姆来做艾萨克的林中导师再合适不过了。美国诗人加里·斯奈德(Gary Snyder)曾说,在印第安人的文化里,所有生物的生命都来自大自然,由大地来滋润和豢养。人的心一旦远离了生命根源的自然界,他的心将硬化;人一旦离开了自然这个基点,他人性的发展便受到阻碍。[2] 作家正是按照上述的要求塑造了这位自然之子。

山姆过着离群索居的日子,除了艾萨克几乎不与其他人交往,他的丰

---

① 肖明翰:《威廉·福克纳研究》,北京:外语教学与研究出版社,1997 年,第 419 页。

② Gary Snyder, *Turtle Island*, New York: New Directions, 1974, p. 109. 转引自朱新福:《经典重读:也谈小说〈熊〉的生态启示》,《苏州大学学报》,2008 年第 7 期,第 90 页。

富复杂的情感世界是通过眼神来传达的。中篇《熊》里,通过艾萨克的观察,描写预见到老班行踪时,山姆那丰富而具有象征意义的眼神变化。作家从艾萨克的角度对山姆的眼神进行了细致描摹,旨在强调这种眼神给艾萨克留下了深刻的印象。这是山姆对艾萨克言传身教之外的教导,这种神秘而令人敬畏的眼神带给孩子更多的是精神震撼。中篇《熊》中反复地渲染描述的就是这种眼神背后隐藏的象征意义。

在艾萨克来到森林里的第二个星期,他从吓得挤作一团的猎狗身上感受到老班的震慑力。山姆对艾萨克讲,每次打猎队前来,老班都会通过近距离地接近营地来试探打猎队的底细,然后毫发无伤地离去。在山姆谈到老班的无畏时,艾萨克观察到:

> 仍旧是那张脸,庄严、熟悉,直到露出一丝笑意时才有一点儿表情,仍旧是那双老人的眼睛,孩子瞧着这双眼睛,只见里面有一种激烈地闪烁着的黑幽幽的微光,激情与骄傲的微光,正在慢慢地暗淡下去。"其实,他不关心狗和人,也根本不关心熊……因为他是熊的领袖,他是人。"那抹微光泯灭了,消失了,那双眼睛又是他从小就熟悉的眼睛了。（中篇）[1]

老班从暗处观察艾萨克后又悄然离去。山姆在听到艾萨克的叙述后,中篇《熊》增加了这样一段描写:

> 当山姆低下头去看那条依偎在孩子大腿旁不断轻轻颤抖的母狗时,孩子又在他的眼睛里看到了那种阴郁与沉思的幽光。（中篇）[2]

每次在谈到老班的勇敢、无畏时,山姆的眼睛中都会显现出这种神秘

---

[1] William Faulkner, *Three Famous Short Stories by William Faulkner*, New York: Vintage Books, p. 171.

[2] Ibid., p. 176.

的幽光。正如作品所描述的，"这里面有一种黑幽幽的、凶猛的微光，激情与骄傲的微光"。（中篇）[1]而这种眼神是对大熊的精神的最好诠释，也使大熊与山姆有一种精神和气质上的神秘的契合。山姆眼里的微光是什么？显然，这是一种对自由精神的渴望，是对老班勇敢独立精神的赞许。正是在这种有些神秘的、潜移默化的影响中，艾萨克从内心深化了对老班高贵精神品质的认识，也坚定了寻找老班的决心。"正是由于山姆的指点迷津和教诲，艾萨克才通过了技术、体能、心理和勇气的考验，领略了人与大自然的精神联系，实现了从未成年向成年的转变。"[2]自由的种子在艾萨克年幼的心灵里生根发芽。正如艾萨克后来所说：山姆让我获得了自由。《古老的部族》中也有对山姆眼神的一段描述：

> 这不是什么有形状有色泽的东西而仅仅是一种眼神，孩子的表亲麦卡斯林告诉过他那是什么：并不是含所遗传下来的，并不是奴性的标志而是受过奴役的痕迹；是因为知悉自己的血液中的一部分有一阵曾是奴隶的血液……他能闻到的就仅仅是牢笼的气味了。是这些才使他会有这样的眼神的。[3]

作品从未对山姆的心理做过正面的描写，但我们可以从中看出山姆对不受束缚和奴役的自由平等的种族关系的渴望。这是山姆所追求的精神实质，而艾萨克正是在山姆的培养下才获得了这种理念。对于大熊老班，正如孩子后来所体味到的：

> 它凶猛、残暴，并不是这样才能生存，它之所以残暴，是因为对自由与独立有一种恶狠狠的骄傲感，它对自由与独立嫉妒心极重，而且引以

①　William Faulkner，*Three Famous Short Stories by William Faulkner*，New York：Vintage Books，p. 171.

②　朱振武：《〈熊〉的创作范式及福克纳对人类的焦虑》，《解放军外国语学院学报》，2006 年第 1 期，第 77 页。

③　威廉·福克纳：《去吧，摩西》，李文俊译，上海：上海译文出版社，2010 年，第 144 页。

这里山姆仿佛是人化的大熊,他所欣赏与追求的正是老班的这种品质,与大熊的周旋成为一种"近乎崇拜的仪式",更是山姆生存的精神寄托,于是我们就不难理解山姆如同殉情般的追随大熊而去的复杂感情。正是通过山姆这一对自由极度渴望与追求的异族形象塑造,作品反衬出美国南方不合理的种族制度对人性的压迫与束缚的罪恶。

虽然福克纳对南方这片土地充满了热爱,但他也清醒认识到了南方社会发展的痼疾——种族制度。这是造成南方畸形的人际关系和不幸的根源,而对种族制度的批判是作家思想的重要组成部分。《去吧,摩西》这部小说总的主题在于探讨种族关系,从而批判美国南方的种族偏见和奴隶制度,而中篇《熊》对山姆·法泽斯的高尚道德与老卡罗瑟斯的深重罪恶进行了鲜明的对照。

可以说,福克纳是一位善于用对比与象征手法的作家。以上我们已经讨论了山姆眼神的象征意义,但从这一角度与中篇《熊》中的另一个人物形象布恩·霍根贝克作对比,我们又会发现另一种重要的象征。在短篇《熊》中,猎人布恩是作为次要人物出现的,而在中篇《熊》中,这一形象得到着重刻画。他身上兼具印第安人与黑人的血统,头脑简单,野蛮粗鲁,但不乏忠诚和勇敢的品质。他在打猎队里是枪法最差的猎人,同时他又是对猎杀老班这一行动响应得最为积极的人,最终也是他给了老班致命的一刀。作品曾通过两件事来说明他的贪婪和强烈的占有欲。最初是山姆发现了最终置老班于死地的猎狗"狮子",并将"狮子"培养成了猎杀老班的有力工具,但最终将它留在身边并占为己有的却是布恩;艾萨克18岁时回到荒野祭奠山姆和老班,看到布恩嚷嚷着要独占一群被困在树上的松鼠,不让人靠近,甚至为此歇斯底里,近乎疯狂。他身上沾染的正

---

① William Faulkner, *Three Famous Short Stories by William Faulkner*. New York: Vintage Books, p. 262.

是工业文明特有的品性和价值观,也就是那种强烈的物质欲望和近乎冷漠麻木的情感。在整个打猎过程中,杀戮、占有就是他的最终目的,他对老班死亡背后蕴含的悲剧意义浑然不知。而作品也对布恩的外表做了细致的刻画:

> 那双眼睛又小又硬,像皮鞋上的两颗扣子,既不是高深莫测,也不显得浅薄,既不高尚,也不见得邪恶,倒也并不温和,反正什么表情都没有。好像不知是谁找到了一只比足球稍大一点的胡桃,用机械师使的锤子把它砸出了些形相,然后往上抹颜色。(中篇)①

布恩的眼睛和面部轮廓都给人带来一种机械死板、冷酷无情的印象,而这一描写正与他的行为相呼应,都象征了工业文明对人性的泯灭和异化。这与山姆表情的刻画形成了鲜明的对比,山姆丰富的表情是对生命的激情与人性美德的自然流露,表现的是他对荒野所代表的古老美德的追求。

三、对理想主义者的讽喻

在短篇《熊》里,经过林中打猎活动和对大熊的追踪,艾萨克最终成长为一个品德高尚的人。而在中篇《熊》里,荒野的经历不仅塑造了艾萨克·麦卡斯林的理想主义的精神气质,也成为促使他做出放弃遗产和现实生活的决定的根本原因。R.W.B.路易斯这样论述二者之间的因果关系:熊的后半部向我们揭示,一位恰当地开始人生的英雄将如何面对邪恶。② 而经过作家的精心修改,在中篇《熊》中,艾萨克在荒野中的经历处处预示着他成人后的选择。梭罗在《瓦尔登湖》中说:

---

① William Faulkner, *Three Famous Short Stories by William Faulkner*, New York: Vintage Books, p. 197.

② 参看 R. W. B. Lewis, "The Hero in The New World: William Faulkner's 'The Bear'", *The Kenyon Review*, 1951, 13(4), pp. 641 - 660.

我们不能不替一个没有放过一枪的孩子可怜，可怜他的教育被忽
视了，他不再是有人情的了……青年往往通过打猎接近森林，并发展他
身体里最有天性的一部分。他到那里去，先是作为一个猎人，到后来，
如果他身体里面已播有更善良的生命的种子。①

我们可以看出在美国文化中，打猎有助于启迪心灵和培养儿童美德的传
统观念。

　　第一次林中狩猎，艾萨克听到了狗群追逐猎物的声音，而山姆在教育
他应该怎样正确放枪。艾萨克看到白色的鹿从身边飞奔而去，中篇《熊》
增加了这样一句话：

　　可是这一次的机会不是给他的，还没有轮到他呢。心里怀着谦卑，
这一点他学会了。他还能学会有耐心。他还只有十岁，当猎人才不过
一个星期。（中篇）②

在又一次的狩猎中，还不够成熟的艾萨克丧失了一次狩猎的机会，类似的
话又出现了：

　　他还没有准备好，还不配在两个星期这么短的时间里就得到另一
次机会，这两个星期比起他已经以坚韧、谦逊的心情奉献给荒野的一生
无疑是太短了。（中篇）③

　　荒野中的经历改变了艾萨克的人生轨迹，也表现了他重生的过程。
这些话强调的是，一切教育都是从他进入荒野这一天算起的，他所获得的
这些美德也都是荒野给予的。同时，这些话也预示着艾萨克·麦卡斯林

① 梭罗：《瓦尔登湖》，徐迟译，上海：上海译文出版社，2009 年，第 237 页。
② William Faulkner, *Three Famous Short Stories by William Faulkner*, New York：Vintage Books, p. 170.
③ Ibid., p. 172.

的未来,如同即将走向圣坛的献祭者一般,他将把自己的一生奉献给荒野,他的精神的归属地终将属于荒野。

短篇《熊》的叙事是围绕着艾萨克·麦卡斯林的成长展开的。在与短篇内容重合的中篇《熊》的前三节,作者更加详细地描述了他在林中打猎的成长历程。这主要是通过两种方式来完成的:一种是直接表现艾萨克的心灵顿悟过程;另一种是对其心路历程进行详解。这些心理描写都直接或间接地展现了他对荒野的极度迷恋与崇拜。成长小说①的顿悟的方式之一就是:

> 生活中震撼性事件在主人公的精神上触发的感悟,这种震撼性的事件通常是可怕的悲剧性事件。它可能是一系列的发现和一次重大的感悟的组合,顿悟对于主人公的成长具有决定性的意义,因此它是成长小说结构链上的一个必备要素,它往往是小说情节结构上的高潮或小高潮②。

而在中篇《熊》中,艾萨克的精神成长正是通过这些改写后的一次次顿悟表现出来的。

在林中狩猎过程中,当艾萨克第一次看到森林中被抓成一道道、被掏空的朽烂的木头上的爪印,以及湿地上巨大的扭曲的足印时,他终于见识了从儿时就出现在脑海里的传说中神话般的大熊的肉身的痕迹。巨大的脚印给他带来了现实的冲击,他感受到了曾在狗群当中听到的如同人一般绝望的声音和闻到的那种气味到底意味着什么了。中篇《熊》增加了对这种感觉的具体描写:

---

① "成长小说"(initiation story)展示的是年轻主人公经历了某种切肤之痛的事件后,或改变了原有的世界观,或改变自己的性格,或两者兼有;这种改变使他摆脱了童年的天真,并最终把他引向一个真实而复杂的成人世界。参见: Mordecai Marcus, "What Is an Initiation Story?", *The Journal of Aesthetics and Art Criticism*, 1960, 19(2), pp. 221-228.

② 芮渝萍:《美国成长小说研究》,北京:中国社会科学出版社,2004年,第144页。

那是一种急切的心情,消极被动的急切心情;也是一种自卑心理,感到自己在无比古老的森林面前是多么脆弱无能,但是他与猎狗不同的是他并不犹豫,也不畏惧;他嘴里突然变多的唾液出现了一股黄铜般的味道,脑子或是胃里猛的一阵刺痛的收缩,他也弄不清到底是什么部位,反正也关系不大。(中篇)①

从文中的叙述我们可以感受到,这种感觉是生物在面对比自身强大得多的致命的威胁时的一种绝望感,而声音和气味是由于害怕而产生的强烈的生理反应。孩子终于明白,狩猎的本质是一种对生命的敬畏之情和对勇敢品质的追求的过程,克服胆怯的心理将是走向成熟的必经阶段,这种勇气也是从打猎中获得的一种珍贵的情感体验。也正如山姆所说:"你可以受惊吓,这你是不可避免的。可是千万不要畏惧……熊和鹿见到懦夫也不得不吓一跳,连勇士遇到懦夫也不得不吓一跳呢。"(中篇)②而在以后艾萨克独自追踪"老班"的情节中,我们可以看到,心理走向成熟的艾萨克始终以坚定和从容不迫的心态去完成使命。

显示出艾萨克心灵的一次重要顿悟的是中篇《熊》中的又一处改写。艾萨克在被分配的岗位上独自守候,当啄木鸟敲击树木的声音停止时,他知道"老班"在暗处观察他了。两篇小说都展现了他当时的行动和心理,而中篇《熊》做了明显的改动。

我们来看原文对比。短篇《熊》原文为:

他一动不动,抱着那支没有用的枪,以前被警告过不要竖起的这支枪,现在也没有竖起来。(短篇)③

① William Faulkner, *Three Famous Short Stories by William Faulkner*, New York：Vintage Books，p. 173 - 174.
② Ibid.，p. 180.
③ William Faulkner, *Uncollecbed Stories of William Faulkner*, New York：Random House，1997，p. 345.

而中篇《熊》则改为：

他一动不动，抱着那支没有用的枪，他这时明白不论是现在还是以后，他都再也不会朝熊开枪了。（中篇）①

中篇直接写出了艾萨克对"老班"的崇敬之情，以至于"他知道这以后再也不会朝他开枪了"。"老班"的行动正应了山姆的话，"他"是来观察新来的人的，这是一种林中的规矩，看看新来之人能否适应这里的生活。而适应的含义就是必须接受勇气上的考验，这也是艾萨克努力追求的。艾萨克回想起到森林的这些日子，他的心灵发生了微妙的变化，这些感情变化是由受到"老班"惊吓的颤抖的猎狗所发出的气味、为了显示勇气的母狗被撕裂的耳朵与腹侧以及"老班"那只巨大的脚印所引起的。艾萨克最终明白了这种感情的实质，他获得了对生命的敬畏感。正像施韦泽所说："有思想的人体验到必须像敬畏自己的生命意志一样敬畏所有人的生命意志，这样他在自己的生命中体验到其他生命。"②而这种敬畏之情，正是从那些不畏自身渺小的局限，用意志来实现存在价值的动物身上体验到的。他认识到，荒野对生物自有其独特的评价标准，有其自然法则，心灵是否足够坚强、勇敢，只有具有这种品质才配得上获得认可，配得上在林中生存。生物获得尊敬和肯定并非出于天生的血统，而是通过对自己道德的锤炼和勇敢精神的追求获得的，勇敢的动物甚至比胆怯的人还高贵。

而艾萨克从心底里认可了这种自然的生存法则。"艾萨克的成长过程其实也就是他回到大自然、认识大自然的奥秘并以大自然的法则作为自己生活准则的过程。"③从某种意义上说，"老班"是大自然的象征，是自然法则的体现。它勇敢、高尚、神秘，似乎长生不老，不可战胜。同时他也

① William Faulkner, *Three Famous Short Stories by William Faulkner*, New York：Vintage Books，p. 176.
② 阿尔贝特·施韦泽、汉斯·瓦尔特·贝尔：《敬畏生命：五十年来的基本论述》，陈泽环译，上海：上海社会科学院出版社，2003 年，第 9 页。
③ 肖明翰：《威廉·福克纳研究》，北京：外语教学与研究出版社，1997 年，第 419 页。

担任着检验生存于荒野的生物们品质的角色。它是艾萨克学习的楷模，也让他迅速地成长，艾萨克完全被它的精神折服了。也就是从这次经历以后，他下定决心要去寻找"老班"，似乎见到神秘的"老班"，便能获得它的承认，也就掌握了自然法则的精髓。因此，他不可能再对"老班"开枪。中篇的这种修改可以说是恰到好处。而这种自然法则又与美国南方现实社会的生存法则形成了鲜明的对比，因为当时获得人类社会的承认是靠个人对物质财富的贪婪占有和对弱势种族的压迫来实现的。中篇《熊》超出短篇的现实意义也就在于此，它不仅将荒野的善与美呈现出来，更要在对比中揭露社会的丑恶。

　　改写后的小说在多处增加了对艾萨克心路历程的详解，表现他对荒野和"老班"的极度虔敬。艾萨克听从了山姆的建议，不带猎枪，徒手走入森林拜会老班的这段经历中，与短篇《熊》相比，中篇《熊》不光是描写了行动，还叙述了这一行动的意义：

　　　　他已经放弃了某种东西，出于自愿，由于有需要，是谦卑、平静而毫不遗憾的放弃，可是这显然还不够，仅仅不带枪还是不够的……（中篇）①

　　中篇《熊》向读者强调，艾萨克是怀着一颗虔诚而平和的心，一个人赤手空拳地寻找"老班"的，同时也表现出极大的勇气，甚至不感到恐惧。"他放弃了，出于自愿和需要"。这句话正是成人后的艾萨克放弃财产的做法的一种先兆和解释。

　　经过九个小时的探索终于看到熊的脚印时，艾萨克生怕丢失线索，紧张地追寻着，这也是他第一次见到"老班"，中篇增加了这样一段话：

　　　　他抬眼一望，看见了第二只脚印，就往前移动，看见了第三只；他继

---

① William Faulkner. *Three Famous Short Stories by William Faulkner*. New York：Vintage Books，p. 181.

续往前移动，不是匆匆地走，更没有奔跑，仅仅是与脚印在他面前出现的速度保持一致，仿佛这些脚印是凭空产生的，只要他有一步赶不上就会永久地消失，而且连他自己也会永远地消失。(中篇)①

象征着大熊精神的脚印对艾萨克来说像是一种虚无缥缈的、可望不可即的梦一般神圣。这些脚印仿佛是空气形成的，一步跟不上就会永远消散，而艾萨克自己也会跟着消失。从这段描述中，读者可以体会到艾萨克追寻"老班"的急切心情。这一情节不仅显示了他对大自然的迷恋与崇拜，也预示了他对遗产的放弃和对生活的逃避。

福克纳本人是一位具有浪漫主义气质和理想精神的作家。正如克兰斯·布鲁克斯(Cleanth Brooks)所说，福克纳"从一个浪漫主义者开始，至死他还是一个浪漫主义者"②。作者在艾萨克·麦卡斯林身上寄托了自己的浪漫主义理想。尽管艾萨克出生在罪行累累的庄园家族，但他在幼年的成长期却从未受到任何消极影响，未曾沾染任何邪恶的品质。作者为他设置了一个唯美的成长环境，陪伴和教育他的是正直善良的老猎人山姆，而艾萨克从小受到最多的熏陶是听山姆讲述荒野的故事，这一切都使他脑海里充满着对具有传奇色彩的老班所象征的古老美德的崇敬和向往。而荒野打猎的经历伴随他走过了世界观形成的重要时期，也培养了他与世无争和追求理想道德的价值观。但这种理想唯美的成长环境和性格完美的人物在现实的南方是根本不可能存在的，这只是作者想象中的乌托邦。正如劳伦斯·布依尔所言："环境危机并非只是一种威胁土地或非人类生命形式的危机，而是一种全面的文明世界的现象……"③

艾萨克的精神世界属于远离人类社会的大自然。作品中多次出现这样的描写，第一次面对荒野，艾萨克并不感到陌生。从小，荒野就是他魂

---

① William Faulkner, *Three Famous Short Stories by William Faulkner*, New York: Vintage Books, p. 181.

② 梭罗：《瓦尔登湖》，徐迟译，上海：上海译文出版社，2009 年，第 237 页。

③ 劳伦斯·布依尔、韦清琦：《打开中美生态批评的对话窗口——访劳伦斯·布依尔》，《文艺研究》，2004 年第 1 期，第 159 页。

牵梦萦的地方，在他到来之前，在梦境中他早已找到了这片灵魂归属地；对于"老班"，一种神秘的亲切感让他也仿佛觉得在时间刚刚诞生时，他们两个就相遇了。在林中打猎时曾发生过这样一幕：他自愿放弃了猎杀老班的最佳时机，作者引用了济慈的名篇《希腊古瓮颂》（*Ode on a Grecian Urn*，1819）对这一行为做出了解释，"你将永远爱恋，而她将永远娇美"。对于艾萨克来说，他对这种只有追逐，没有杀戮的仪式般的活动充满了依恋，他宁愿永远沉浸在这种亘古不变的状态中。而这种永恒的、静态的时间观作为一种理想，是不可能实现的，这也造成了此后艾萨克对现世的逃避。

四、对生态伦理的探求

早在 1941 年，当福克纳把短篇《熊》写完，并随之增写了第四节后，他在给出版商的信中说，他"需要精心地写作，反复地修改才能使之丝毫不差"，并称"我将为之感到骄傲"①。短篇《熊》创作的主题是艾萨克的精神成长，通过对美德的认识获得了精神上的飞跃。而中篇《熊》在这个基础上续写故事，在第四节中，福克纳让艾萨克·麦卡斯林投身现实，经历一系列善恶对比的激烈内心冲突后作出抉择，从而探讨道德的真正内涵。福克纳认为，南方的子孙只有敢于担当，勇于正视家族的罪孽，才能真正解放自我，走向未来。

布鲁克斯认为，福克纳是一位杰出的宗教型作家，他的人物处在一个基督教的环境中，无论是带有性格缺憾者还是信奉其他神学异端的边缘人，最终只有参照基督教的预设背景才能被理解。② 南方被称为"圣经地带"，南方文化中最重要的一个方面就是宗教意识浓厚，成长于传统的基

---

① William Faulkner，*Joseph Blotner Selected Letters of William Faulkner*，New York：Random House，1977，p. 149.

② Cleanth Brooks，"Faulkner's Vision of Good and Evil"，*The Massachusetts Review*，1962，3(4)，p. 693.

督教家庭的福克纳对《圣经》也十分熟稔。基督教文化对福克纳的小说创作的影响之深自是毋庸置疑。在中篇《熊》的第四节,福克纳以宗教的框架为背景来叙述故事,用基督教神话观念来解释现实。艾萨克以牺牲在祭坛上的以撒自比,将自愿放弃遗产看作上帝赋予的一项使命,最后选择效仿基督徒做一名自食其力的木匠。

但是,对于南方传统的宗教观,福克纳并不是不加选择地全盘接收,他的作品也并非宣传基督教教义的工具。在中篇《熊》的第四节中,我们看到作者对南方传统的基督教观念的纠正和改造。上帝并不是传统清教中严厉地惩罚人类和压抑人性的高高在上的神,而是以仁慈怜悯而宽容的面目出现在人类面前。作者纠正了南方基督教所秉持的因为黑人是含的子孙而必须受白人奴役和压迫的观念,深刻地批判了奴隶制和种族主义对黑人的戕害,并从私有制的角度对这一制度进行追根溯源的探究。可以说,福克纳是借上帝这位"人类道德意识的最终源泉,道德判断的最高权威"[1]来表达自己的道德理想的。

艾萨克在十六岁阅读家族账本时发现了那个秘密,也就是那个悲惨的故事:祖父卡罗瑟斯·麦卡斯林与自己的女奴尤妮丝发生关系使她产下一女,而后与这个女儿乱伦使其怀孕,尤妮丝不堪其辱而含恨自杀。在这里,账本记载的不仅仅是麦卡斯林家族三代人经营庄园的物质收支和奴隶买卖的史实,实际上反映的是这种以奴隶制为基础的制度在道德上的残忍性,以及白人由此犯下的罪恶和黑人的血泪史。老卡罗瑟斯之所以会犯下乱伦之罪而不以为然,究其根源是因为在奴隶制度下,黑奴根本就没有做人的权利,而仅仅是一种动物,可以由奴隶主任意处置。而作品说,"这本编年史本身就是一整个地区的缩影,让它自我相乘再组合起来就是整个南方了"。(中篇)[2]在此基础上,艾萨克反思了南方的整个历史。他发现,这种不合理的奴隶制度以及它的根源私有制,造成了南方在

---

[1]　肖明翰:《福克纳与基督教文化传统》,《国外文学》,1994 年第 1 期,第 79 页。

[2]　William Faulkner,*Three Famous Short Stories by William Faulkner*,New York:Vintage Books,p. 260.

内战中的失败、人伦的悲剧、家族的没落等种种不幸。

福克纳在中篇《熊》中借主人公艾萨克之口对私有制做了批判,同时他还探讨了奴隶制与私有制的关系。他认为,土地不是私有财产,更不允许随心所欲地买卖。正是这种土地私有制,也就是这种南方种植园经济的根基所在,成为南方社会一切罪恶的根源。艾萨克的祖父依靠所获的土地积聚起财产,进而买卖黑奴,犯下乱伦之罪。因此,只有废除土地私有制,黑人与白人才能最终获得平等的地位,人类犯下的罪恶和悲剧才能避免重新上演。他说:

> 上帝创造人,让人当他在这个世界上的管理者,以他的名义对世界和世界上的动物享有宗主权,倒不是人和他的后裔一代又一代的对长方形、正方形的一块块土地拥有不可侵犯的权利,而是在谁也不用个人名义的兄弟友爱的气氛下,共同完整地经营这个世界,而他所索取的唯一代价就是怜悯、谦卑、宽恕、坚忍以及用脸上的汗水来换取面包。(中篇)[1]

而自从私有制产生,上帝赐给人类的新迦南就消失了。同时,这片土地也受到了诅咒,生活于其中的人们开始经受不幸。艾萨克决定放弃土地继承权,这是他最终与荒野融为一体,完全认可自然的生存法则所做的一种必然选择,也是作者的理想主义体现。

南北战争的性质被放在基督教的背景下获得了新的解释。艾萨克以上帝的口吻解释道:"显然,除非经过受苦,他们不能学到什么,除非经过血的教训,他们不能记住什么。"(中篇)[2]这场战争并无正义邪恶之分,这是一场令整个民族付出惨重代价的赎罪之战。南方之罪在于惨无人道的种族制度,而北方之罪在于工商文明的贪婪的本性。然而在艾萨克看来,

① William Faulkner, *Three Famous Short Stories by William Faulkner*, New York: Vintage Books, p. 223.

② Ibid., p. 252.

上帝让南方战败的目的不是为了惩罚,而是为了拯救受到诅咒的土地和有罪的人民,让他们在痛苦中反思对黑人犯下的罪恶,并做出种种赎罪的努力。对艾萨克来说,自愿放弃土地并不是一种惩罚,相反,这让他获得了解脱和自由。上帝对南方这片土地充满了仁慈和怜悯,这种情感无疑代表着作者对这片土地的热爱和深情。

福克纳在接受采访时曾提到,中篇《熊》的第四节并不属于短篇《熊》,而是属于《去吧,摩西》的。"当把这个故事提出来单独印刷时,我总是把这部分(第四部分)去掉,我是这样做的。"①因为在这一部分,小说的场景由荒野直接转换至账房,故事叙述方式也发生了变化,令人不忍卒读。其实这一部分与前三节荒野中的故事形成因果关系。因为细读后我们发现,"第四节中艾萨克之所以可能采取行动(发现家庭隐私与放弃继承权)是由他以前的经历促成的,荒野中的仪式含蓄地包含了粮库中的决定"②。

艾萨克·麦卡斯林在幼年时期荒野里的经历培养了他高尚的品德和正确的价值观,所以他能够意识到祖先所犯的罪恶并自觉地放弃财产以求赎罪。他多次提到过他所获得的真理,"勇敢、荣誉和自豪,还有怜悯和对正义、对自由的热爱。它们都与心灵有关,而心灵所包容的也就变成了真理"。(中篇)③而他正是运用这些心灵的真理,即人道主义的精神去理解《圣经》中上帝的话并付诸实践的。如他所说,"他(指上帝)的书写出来是让心灵来读的……为他写他书的人写得都是真理,世界上只有一种真理,它统御一切与心灵有关的东西"。(中篇)④

福克纳通过艾萨克这一形象的道德探索,表达自己的人道主义理想,表达了他对高尚道德和美好人性的追求和赞美和对摧残人性的种族制度

① 吴冰:《福克纳在大学》,《外国文学》,1993 年第 5 期,第 28 页。
② 参看 R. W. B. Lewis, "The Hero in The New World: William Faulkner's 'The Bear'", *The Kenyon Review*, 1951, 13(4), pp. 641 - 660.
③ William Faulkner, *Three Famous Short Stories by William Faulkner*, New York: Vintage Books, p. 263.
④ Ibid., p. 226.

的谴责和批判,这也是其所有作品思想的核心。人类尽管会遭受种种苦难,但同情、牺牲和坚忍的精神会使他们渡过难关并获得不朽,这种思考几乎贯穿了福克纳的所有小说。《喧哗与骚动》(*The Sound and the Fury*,1929)中的黑人女仆迪尔西、《坟墓的闯入者》(*Intruder in the Dust*,1948)中的律师盖文·史蒂文森等都是福克纳这种人道主义精神的代表人物。而中篇《熊》正是其中的典范。正如福克纳在接受诺贝尔文学奖的演说中所说:"我拒绝接受人类末日的说法,我相信人类不仅仅只是生存下去,人类还能蓬勃发展。人是不朽的,并非在生物界唯独他留有延绵不绝的声音,而是由于他有灵魂,他有能够同情、牺牲和忍受的精神。"①而正是这种理想,使作者构筑的南方世界走出了地域的局限,获得了一定程度上的普适性。

但是我们应该看到,福克纳并未盲目地夸大艾萨克道德观的价值。作者一直认为,真正的道德只有在面对现实,积极地承担自我责任的前提下才能实现。艾萨克最终选择逃避生活的态度也是福克纳所批判的。这种观念在福克纳的作品中并不鲜见,如《沙多里斯》(*Sartoris*,1929)中的白亚德·沙多里斯,《喧哗与骚动》中的昆丁·康普生和《八月之光》(*Light in August*,1932)中的希陶尔等,这些理想主义者最终都在生活中走向失败和毁灭,其根源就在于沉湎于过去和逃避现实。认识到现实的罪恶还远远不够,勇于面对并有所作为才是福克纳道德理想和生态伦理的真正旨归。

福克纳对自己的作品进行二次创作并极大提升其创作主旨的现象在其创作生涯中并不鲜见,他的多部作品都是二次创作或是反复修改才完成的。《圣殿》(*The Sanctury*,1931)的两个版本就曾引起评论界的热切关注,评论者将之与福克纳的个人生活经历以及后期作品中的人物形象做了细致的分析与对比,对《圣殿》的修改原因做出了多种推测,并对其修改功过进行探讨。可以说,对不同版本作品的比较研究是研究福克纳创

---

① 威廉·福克纳:《在接受诺贝尔文学奖时的演说》,载朱振武:《在心理美学的平面上——威廉·福克纳小说创作论》,上海:学林出版社,2004 年,第 282 页。

作思想的一个重要手段。通过对短篇《熊》和中篇《熊》的文本对比,我们考察到了福克纳在创作思想上实现的巨大超越及其对生态伦理问题的深层思考。短篇《熊》通过叙述孩子艾萨克的成长经历,表现了作者对南方荒野所代表的古老美德的热爱和对工业文明破坏自然的忧思。中篇《熊》对荒野中艾萨克心灵成长经历的详细描述为艾萨克成年后的选择做了铺垫,在荒野成长过程中所获得的道德力量成为艾萨克放弃家族遗产的根本原因,而对山姆·法泽斯富有象征意味的神情描写也为批判种族制度埋下了伏笔。中篇《熊》的第四节中,作者通过艾萨克对家族账本的回顾谴责了南方奴隶制罪恶,又以基督教为框架追溯了美国的历史,从根源上对奴隶制进行了反思和批判,表达了作者带有宗教内涵的人道主义精神。道德理想主义者艾萨克这一形象寄托了作家的浪漫主义情怀,同时,麦卡斯林不幸的结局也表达了福克纳对这种无所作为的理想主义的复杂的批判态度。80 年前的福克纳似乎就已经在考虑现在的生态马克思主义和生态社会主义者们突出强调的生态伦理与环境正义,他隐约认识到,这些问题的真正有效解决不仅应当是"人和自然之间的矛盾的真正解决",还必须是"人和人之间的矛盾的真正解决"①。

---

① 马克思:《1844 年经济学哲学手稿》,中共中央编译局译,北京:人民出版社,1985 年,第 77 页。

爱伦·坡的小说和诗歌创作源头考论

爱伦·坡在小说创作和诗歌创作上取得了非凡成就,对世界文坛产生了重大影响,这与其天资聪颖、勤奋好学和语出惊人的自身禀赋密不可分,与其浓厚的美国本土意识也不无关联,但仔细审读其创作,我们发现,坡在文学创作中,特别是在其推理小说、哥特小说及其诗歌创作中明显受到英国文学的多方影响。这种取法经典和转益多师的创作精神是其创作取得巨大成功并逐渐经典化的重要堂奥之一。

美国作家埃德加·爱伦·坡(Edgar Allan Poe,1809—1849)一生坎坷,抑郁不得志,但在文学史上他却拥有不可替代的地位。坡的文学观念以及他的文学创作使他得以屹立于世界文学舞台上,"到 19 世纪末、20 世纪初,也就是在坡死后的五十余年达到了顶峰。法国的兰坡,英国的斯文本恩、丁尼生、道生,西班牙的伊巴涅兹等人,都奉坡为文学大师,以至于给他戴上了'精神与文学主义'的桂冠"①。我国大文学家鲁迅承认向坡学习了不少,周作人和郑振铎等对坡亦推崇备至。从对坡研究的总体情况来看,我国文学批评界前期多是探讨坡的身世与其作品中形象间的关系,近来学界又关注到其作品在文学艺术上取得的不俗成就等,而对坡在文学传统传承上的研究则鲜有述及。仔细研读坡的文学创作,我们发现,坡在创作中,特别是在其推理小说、哥特小说及其诗歌创作中明显受到英国文学的多方影响。

---

① 毛信德:《美国小说发展史》,杭州:浙江大学出版社,2004 年,第 45 页。

一、坡推理小说之源

爱伦·坡在短篇小说创作上的成就和贡献，已经得到了相当广泛的认可，被誉为美国 19 世纪最优秀的小说家之一。坡一生共创作了五篇推理小说[①]，分别是《莫格街谋杀案》(*The Murders in the Rue Morgue*，1841)[②]、《玛丽·罗热疑案》(*The Mystery of Marie Roget*，1842)、《金甲虫》(*The Gold Bug*，1843)、《你就是杀人凶手》(*Thou Art the Man*，1844)和《失窃的信》(*The Purloined Letter*，1844)，于此创立了"这种文学类型无与伦比而又完善的模式"[③]，成为举世公认的侦探小说鼻祖。英国著名侦探小说家柯南·道尔曾经不无感慨地说："一个侦探小说家只能沿这条狭窄的小路步行，而他总会看到前面有坡的脚印。如果能设法偶尔偏离主道，有所发掘，那他就会感到心满意足了。"[④]然而，坡的成就并非空穴来风，我们可以在西方传统文学中找到其推理小说的蛛丝马迹，其所创立的模式之所以不断地被后人发扬光大与他对人性的思考、对人们的审美情趣的关怀也密不可分。

惩恶扬善是贯穿人类千载文明的道德旨归，对神秘事物的好奇与探究是人类的本性和潜在的欲望，于是"罪与罚"这一文学作品中古老又永

---

① 在坡生活的年代，美国仅有几个大城市有警察机构，苏格兰场刑事侦查部尚未成立，侦探这一职业并不为人们所熟悉和欢迎，因而坡并没有把他笔下的这五篇故事称为"侦探小说"(detective stories)，而是称之为"推理小说"(tales of ratiocination)，他本人也从未把故事中的主人公，如杜宾，称为侦探。参见 Gerald J. Kennedy，*Poe*，*Death*，*and the Life of Writing*，New Haven，CT：Yale University Press，1987，p. 156。一方面，当时这一小说样式刚刚出现，还不完全具备如今已相当成熟的"侦探小说"的各种要素；另一方面为了尊重坡的初衷，突出逻辑推理在解谜破案中的关键作用，因此本文仍将坡的这类作品称为"推理小说"。

② 本文中坡作品的译名皆依据朱振武的《爱伦·坡研究》一书中的"坡全部作品中英文对照表"，北京：人民文学出版社，2011 年，第 211—223 页。

③ Wolfgang Bernard Fleischmann，*Encyclopedia of World Literature in the 20th Century*，New York：Frederick Ungar Publishing Co.，1967–1975，p. 280。

④ 朱利安·西蒙斯：《文坛怪杰——爱伦·坡传》，文刚、吴樾译，西安：陕西人民出版社，1986 年，247 页。

恒的主题总为"犯罪与侦破"的故事所诠释。坡满足了人类社会的道德诉求，①让人的天性与欲望得以发挥到极致，从而为侦探小说在小说之林辟得一块立足之地。但是追根溯源，"有关犯罪和侦破的故事源远流长。犯罪的故事同该隐一样古老，而侦破的故事至少可以追溯到但以理为苏珊娜所做的辩护。"②这些《圣经》中的智慧故事既生动有趣，又发人深思，是坡推理小说的源头之一。

西方文学发祥在古希腊的土地上，以基于神话传说的古希腊戏剧最为辉煌。为了娱乐和教化大众，戏剧家注重悬念的设置，对犯罪和乱伦的描写震撼人心，剧中情节的逆转、真相的暴露以及主人公对自身命运的叩问等都为坡最终开启侦探小说的大门奠定了基础。在埃斯库罗斯③的《俄瑞斯忒亚》(Oresteia)中，罪行的发生与案件的审判得到了明白的阐释。而索福克勒斯根据俄狄浦斯的传奇故事改编成的著名悲剧《俄狄浦斯王》(Oedipus Rex)则更接近一部要素比较齐全的侦探小说。剧中的凶杀、悬疑以及意想不到的结局成功地烘托了悲剧气氛。俄狄浦斯对老国王死亡之谜的调查，比如各方取证、破案受到虚假线索的阻碍、真凶乃未受怀疑之人(俄狄浦斯本人)，我们从中可以看到现代侦探作品的影子。

文艺复兴打破了禁锢人们思想的神学统治，迎来了欧洲文学的空前繁荣。这一时期涌现的伟大作家对后世文学创作产生了深远影响，他们对人性的深入探索使"罪与罚"的主题得以进一步发展。其中最为典型的

① 坡本人并不主张"文以载道"，他曾竭力反对朗费罗、华兹华斯等人将诗歌用于道德说教，认为这种做法是"不合时宜的"。爱伦·坡研究领域的权威肯特·P. 扬奎斯特(Kent P. Ljungquist)教授在《坡——诗人兼评论家》(The Poet as Critic)一文中指出，尽管坡"不提倡以一个道德主题——比如一个绝对向上的思想主流——支配一部文学作品"，但是"对于将道德价值附于神秘主义思想潜流之上的观点，坡有意没有明确地表达。"参见 Kevin J. Hayes, ed, *The Cambridge Companion to Edgar Allan Poe*, Shanghai: Shanghai Foreign Language Education Press, 2005, p. 12 可见在坡的潜意识中，他的具有"神秘主义"的创作是离不开道德因素的。

② Ben Ray Redman, "Decline and Fall of the Whodunit", *The Saturday Review*, 1952, 35 (22), p. 8.

③ 埃斯库罗斯与下文提到的索福克勒斯均是古希腊最伟大的悲剧作家。

当数莎士比亚（William Shakespeare，1564—1616）的著名悲剧《哈姆雷特》（*Hamlet*，1603）和《麦克白》（*Macbeth*，1606）。这两部作品中已出现了类似现代侦探小说采用的手法，人性的贪婪、复仇的心理被表现得淋漓尽致，且都与犯罪的动机和凶手的裁决紧密联系起来，坡的推理小说在心理描写和分析上从中受益颇多。

对侦探小说的产生具有直接影响的两部文学作品皆出自法国人之手。法国文豪伏尔泰（Voltaire，1694—1778）于 1748 年创作的《查第格》（*Zadig*，1748）被认为是侦探小说萌芽期最重要的作品，其最大的贡献在于对推理演绎的运用。这部哲理小说中有一章讲述了主人公查第格根据观察到的种种迹象准确地描绘出王后丢失的狗和国王逃跑的马的外貌特征。查第格所具有的敏锐的观察力与一流的推理能力，使他当之无愧地成为侦探的"曾祖父"，从坡塑造的侦探杜宾身上看得出诸多借鉴之处。

另外一部为早期侦探小说推波助澜的重要作品是法国人弗朗索瓦·维多克（François Vidocq，1775—1857）于 1829 年出版的自传《维多克回忆录》（*Memoires*）。这位富有传奇色彩的第一位官方侦探的经历对坡的影响极大。著名侦探小说作家和评论家朱利安·西蒙斯（Julian Symons，1912—1994），曾指出："他（指坡）之前读过维多克的书，也就是说如果《回忆录》不出版坡就不可能创造出他那位业余侦探。"[1]坡在其第一部也是最为重要的推理小说《莫格街谋杀案》中对维多克有这样一段评价："例如维多克这个人既善于猜想又不屈不挠，但因为缺乏受过教育的思想，所以他不断因过细的调查而发生错误。他因过于接近对象而缩小了他的眼界。他也许可以非常清楚地看到一两点，但这样做时必然失去对整个事件的把握，因此有陷得过深之说。"[2]鉴于同样指正的句子也出现在福尔摩斯对杜宾的评价中，所以与其说这是轻视不如说是致敬。坡

① Julian Symons，*Bloody Murder*，*From the Detective Story to the Crime Novel*：*A History*. Hong kong：Papermac，1992，p. 34.

② 奎恩编《爱伦·坡集：诗歌与故事》，曹明伦译，北京：生活·读书·新知三联书店，1995 年，第 757 页。

还把杜宾所有的案件背景都设置在他不熟悉的法国巴黎，显然杜宾接下了维多克的世界，注定要成为这个并不太平的世界中扶弱济贫的英雄。

此外，英国哥特小说也是坡推理小说的源头之一。作为哥特小说的巨匠，坡在创作推理小说时受哥特文学影响颇深。18 世纪中后期英国出现的哥特小说通过揭示社会、政治、宗教和道德上的邪恶，对人性中的阴暗面进行了深入的探索，其所强调的神秘离奇和骇人恐怖，很容易激起读者的好奇心和紧张感。哥特小说表现出对人的冲动行为和变态心理的浓厚兴趣，这在后来的犯罪文学中扮演着重要角色。疑谜和死亡充斥于哥特故事当中，"在解释这些不寻常的事件时，安·莱德克利夫（Ann Radcliffe，1764—1823）、威廉·戈德温（William Godwin，1756—1836）和霍夫曼（E. T. A. Hoffmann，1776—1822）等哥特小说家看重由实际经验获得的证据，对其进行缜密的分析"[1]，这让坡在创作推理小说时深受启发。当然，人类历史上的每一时代都会产生与其社会形态相适应的文学形式。19 世纪上半期，坡的推理小说诞生之际正是工业革命正反面影响完全暴露之时，大规模城市化激化了人与人之间的矛盾与冲突，物欲横流的社会使犯罪更加猖狂，警察与司法制度随之日益完善，就这样，"一种未经雕琢、受到欢迎、可能带来种种浪漫遐想的现代城市文学注定会兴起。现在它已经以通俗的侦探小说的形式兴起，而且同关于罗宾汉的歌谣一样清新，令人振作"[2]。

真正为坡的推理小说奠定理论基础并伴随它诞生的则是英国作家兼批评家德昆西（Thomas De Quincey，1785—1859）。他于 1827 年 2 月在《布莱克伍德》杂志上首次发表了《作为一种艺术的谋杀》（On Murder Considered as One of the Fine Arts，1927）一文，这篇关于现代审美观念的具有里程碑意义的文章，对坡等带有颓废倾向的浪漫主义作家产生过

---

① David Van Leer, "Detecting Truth: The World of the Dupin Tales", Kenneth Silverman, ed., *New Essays on Poe's Major Tales*, New York: Cambridge University Press, 1993, p. 66.

② G. K. Chesterton, "A Defence of Detective Stories", Howard Haycraft, ed., *The Art of Mystery Story: A Collection of Critical Essays*, New York: Biblo and Tannen, 1976, p. 6.

重要影响。德昆西对犯罪心理颇感兴趣，认为干净利落、不留痕迹的杀人是一种艺术，可以像欣赏绘画、雕塑或其他艺术品那样鉴赏。他在此文中还引述了法国哲学家笛卡尔（René Descartes）的传记作家关于青年笛卡尔如何在航行中识破一伙企图谋害他的海盗的故事。笛卡尔堪称是一位业余侦探，他的语言天赋和对犯罪心理的洞察使他最终化险为夷。德昆西由审美而并非道德角度探讨谋杀的立意，使坡于 15 年后在《莫格街谋杀案》中以"作为一种艺术的侦探术"来对抗"作为一种艺术的谋杀"，并最终让"作为一种艺术的侦探术"在这场较量中占据上风，从而开创了现代侦探小说。

二、坡哥特小说之源

坡的创作取得巨大成功和深远影响的原因很多，哥特元素就是其一。仔细研读坡的小说作品，我们不难看出，在他的全部七十多部短篇小说中，《门泽哲斯坦》（*Metzengerstein*，1832）、《厄舍古屋的倒塌》《陷阱与钟摆》《泄密的心》《黑猫》《红死魔的面具》《丽姬娅》等小说都属于哥特式小说之列。坡在哥特小说的创作上深深受到了英国早期哥特小说的影响；同时，坡的这些具有哥特元素的小说在继承英国哥特小说传统的同时，也有所创新与突破，在接受美学的层面上极大地拓延了哥特小说的审美阈限。

哥特（Goth）一词最初一般意指日耳曼民族的一些部落，后来逐渐衍生出"野蛮的""中世纪的"以及"超自然的"等含义。[①]"哥特"一词的能指意义首先出现在艺术形式中，它所指的是一种建筑风格。这种建筑是 12 世纪末时继罗马纳克斯建筑而兴起于法国北部的建筑风格，其以尖形拱门代替了罗马式的半圆形拱门，并在 18 世纪的欧洲兴起复古运动、崇尚

---

① "哥特"一词具有三个主要内涵："野蛮的"，如中世纪哥特人的行事风格，也暗含文艺复兴时期具有的革故鼎新之意；"中世纪的"，这是与城堡、盔甲骑士以及骑士制度相联系的；还有"超自然"的意思，是与恐惧、未知及神秘联系在一起的。参见：Ian Scott-Kilvert，*British Writers：Volume III*，*Daniel Defoe to the Gothic Novel*，New York：Charles Scribner's Sons，1980，p. 324.

古典主义之时被运用到了艺术上,尤其以建筑艺术为先,且以城堡和教堂为主,如巴黎圣母院、科隆大教堂等。18世纪末,欧洲一些国家掀起一股大兴中世纪哥特式建筑的风气,英国人对哥特式建筑尤其崇尚有加,竞相修建,特别是他们的心灵圣地教堂的设计与建筑。这种教堂被巨大穹隆笼罩着,再饰以装有染色玻璃的小窗口,整个教堂内部顿生一种阴森恐怖的氛围。再加上这种建筑在英国好景不长,由于英王亨利八世与罗马教廷抗衡,创办国教,导致了许多大大小小的教堂、修道院之类的哥特建筑逐渐沦为废墟。英国人开始将一些彻头彻尾的伤风败俗行为与罗马天主教的某些思想和惯例相联系。与此同时,出没于这些断垣残壁中的僧侣和女尼头戴风帽,长袍飘飘,其形象与人们心目中典型的裹着尸衣的幽灵形象恰相契合。这无疑成了触发作者与读者内心审美接受的一个扳机,从而催生了"哥特小说"这种全新的文学介质。

贺拉丝·华尔浦尔(Horace Walpole,1717—1797)把他的《奥特朗托城堡》(*The Castle of Otranto*,1764)第二版的副标题命名为"一部哥特小说",从而开创了哥特式小说的先河。该小说叙述了一个发生在中世纪古堡内的故事:古堡主人曼弗雷德是位暴君式人物,其祖上早年以下犯上,弑君篡位,而累其子孙一直为一个预言所困扰;预言说如果他没有男裔继位,其后裔子孙将被合法的继承人赶出城堡。曼弗雷德为逃避预言中的厄运,就强迫15岁的儿子康拉德与伊莎贝拉结婚,而其子却在婚前遭飞来横祸,被飞来的巨大头盔砸死。曼弗雷德不甘就范,顿生自己强娶伊莎贝拉的念头;后来伊莎贝拉被城堡合法继承人西奥多拯救,曼弗雷德也受到了报应。

继之而起的英国早期哥特小说家主要有克拉利·利弗、威廉·贝克福德、安·拉德克利夫和马修·刘易斯等人。从这些作家的经典哥特作品中我们能够轻易发现许多经典哥特特征,[①]如颓败的闹鬼古堡、败落的贵族世家、道德堕落生活腐化的修道士和阴险诡诈而又歹毒的女修士、继承财产却受困的女主人公等,好像都深植于远古的文化与体制之中。不过,早期的批评家倾向于把哥特小说贬斥为感伤的、模式化的且深受市场利益驱动的一种文学模式。美国知名评论家瓦特认为恐怖的哥特小说"只是极为明显地表现了书商和书刊经营者们,力图迎合读者不加鉴别的希望悠然地沉醉于角色的感伤情怀和浪漫故事之中的要求,而施行的那种使文学堕落的影响"。[②]反而观之,我们从接受美学的视角审视,就会发现:注重恐怖、痛苦与惊险的体验,专注于不寻常的而且是极端事件的描写,从而达到追求极端强烈的文学效果,这些恰是哥特小说极其鲜明的审美特征,并最终以自己独特的审美效果不仅作为一种小说体裁在英国当之无愧地奠定了自己的文学地位,并且影响深远,波及欧美的文学创作。

在美国,哥特式文学作品的创生出现在戏剧上,邓拉普(William Dunlap,1766—1837)的几部戏剧是美国作家具有开创意义的哥特作品。而美国早期具有开创意义的哥特式小说则有邓拉普的朋友查尔斯·布朗(Charles Brown,1771—1810)的《威兰或变形记》(*Wieland*;*or the Transformation*,1798)等作品。随后,美国早期作家中深受英国早期哥特小说影响的主要还有萨莉·伍德、伊萨克·米契尔和坡等人,而以坡的成就最为显著,他的哥特小说艺术成就了其在哥特小说发展中继往开来的地位。坡正是生活在这样的一个美洲大陆。因而他扎根于这片沃土之

---

① 格雷戈里·佩普顿(Gregory Pepetone)在其著作《哥特式视角下的美国经验》(*Gothic Perspective on the American Experience*,2003)中比较全面地概述了经典哥特特征。他认为欧洲哥特文学通常由一套传统的主题、氛围、场景、情节类型和人物形象所构成。下面是他列举的一些相当全面的哥特文学元素:黑暗、痛苦、恐惧、丧失理智、死亡、超自然的鬼魂与怪物、原始森林、德国或者意大利古堡、地牢、迷宫、漩涡、暴力、隐匿的文件、梦魇、预言、凶兆、湍流与暴风雨、阴冷的意象、小精灵及其他精灵般的元素、精神错乱、具有历史隐秘动机的事件、错误的或隐匿的身份、阴谋诡计,以及英雄-恶棍与纯洁少女等特定人物形象。同时,他也指出,一篇文学作品犹如一碗汤,虽然彰显哥特艺术要素的数量与构思会因文本不同而有所变化,但哥特因素总能得以保留。参见:Gregory G Pepetone,*Gothic Perspectives on the American Experience*,New York:Peter Lang Publishing,Inc.,2003,pp. 15 - 16.

② 伊恩·P. 瓦特:《小说的兴起》,高原等译,北京:生活·读书·新知三联书店,1992 年,第 335 页。

中的创作，其文本的哥特性在承继的关系上就有了特异性，为哥特性小说在美国的本土化夯实了基础。

坡的大部分小说都具有哥特传统的因子，从哥特传统中吸收了恐怖的意象：充满没落死亡气息的幽灵般的古堡，荒凉抑郁的乡间，惊悚骇人的哥特情节要素等。我们也正是在这些方面的审美接受中透视出英国早期哥特小说传统对坡在创作上的影响。《厄舍古屋的倒塌》中的哥特意象折射了出现于18世纪末、兴盛于19世纪初的哥特文学形式。巨大的神秘古堡内充满了幽暗曲折的神秘长廊，阴森晦暗的角落黑影幢幢，这种能激起读者恐怖心理的场景是哥特文学的一个重要特征。在对恐怖感的审美追求上，坡的叙述者把自己有机地融合进了哥特文学文本中。到达厄舍古屋下马后，故事的叙述者就进入了大厅的哥特式拱廊；随之一名男仆领着他进入了许多阴森曲折的长廊。更进一步来说，坡在叙述者的经历与读者的体验之间搭起了一种天然的平台，就像叙述者进入古屋而处于哥特氛围之中一样，读者在对故事的感悟过程中也会不自觉地坠入一种哥特氛围内。在坡的哥特小说中，这种恐怖最好的象征就是盘旋上升的楼梯、直驱海底的漩涡、荒宅古寺的破败地窖，甚或只是一间气氛诡秘的房间或其他类似恐怖之所。在《威廉·威尔逊》中，我们也可看到类似哥特古堡似的意象，在主人公的眼里，那幢旧房子是个名副其实的迷宫，它的厢房一个连着一个，迂回曲折、蜿蜒无尽头，而侧面的套房数也数不清，一间套一间地无限循环，绕来绕去没个完。这样的环境极易让人迷失自我，所以主人公在那里住了五年也未能搞清楚自己的睡房到底在哪个角落。作为人力所无法控制的环境的奴隶，主人公最终自我分裂，暗示了人如果无法抗拒这种恐怖孤立的幻境，将难以避免地导致自我毁灭。这种景况正如哥特小说中恐怖因素与哥特古堡交相辉映的效果："恐怖因素总是与哥特式古堡相联系。古堡是权力、黑暗、岿然独立和难以侵犯的象征，高耸而又被堡垒加固的垣墙难以泄漏进丝毫的光线，它静默地孤单单耸立着,给人以崇高之感,蔑视所有胆敢侵入它独立王国的人。"①在《丽姬娅》中,丽姬娅死而复生的怪诞情节也是发生在这样一间气氛诡秘的房子里,整个房间犹如一个充满魔鬼、幽灵、幻影的恐怖世界。

坡发表的第一篇小说《门泽哲斯坦》具有鲜明的哥特情节要素。这个发生在远古匈牙利的故事通篇充斥着骇人听闻的违情悖理之事:祖上的宿怨与家族的诅咒,伴之而生的冤冤相报,与闹鬼画像相似的灵异挂毯,以及浑身火红、威猛雄壮的神奇烈马。这匹马可以看作是伯利菲茨因伯爵的转世化身或灵魂再现,他欲借自己最钟爱的动物来为自己报仇雪恨。故事以这匹马最终将年轻的门泽哲斯坦毁灭而告终。显然,这是对门泽哲斯坦的复仇,他曾放火烧毁了伯利菲茨因的马厩并使老人葬身火海,而后他自身与日俱增的孤独、恐惧感乃至最后的死亡也正验证了那句诅咒:伯利菲茨因家族终将战胜门泽哲斯坦家族。由此可见,这篇故事充分展示了坡对哥特小说中恐怖怪诞等诸元素的吸纳。文中那充满魔幻现实性的细节描述更给读者以身临其境之感,强化了读者的审美接受心理。"在熊熊燃烧、恣意肆虐的一片火海中,人们发现门泽哲斯坦府邸那巨大无比、雄伟壮观的防御墙正发出轻微而尖厉的爆裂声,它那坚固的根基正摇摇欲坠。"②读到这里,读者似乎听到了那烈火燃烧发出的嘶嘶声,看见火焰呼呼上蹿的样子。而坡本人十分注重印象或效果的统一,他认为这是短篇小说艺术性的主要体现。这篇小说的题词,"活着我是你的灾难,临终我将是你的死神",顺理成章地就引出了故事的开头:"恐怖和厄运在所有时代恣意横行"。③恐怖和厄运,伴随着迅速成为基本主题的关于生命轮回和灵魂转生的迷信,再加上门泽哲斯坦家族所受的诅咒,这一切一环套一环,在故事结尾部分得到了巧妙的升华。此外,场景的迅速交迭,以

---

① Devendra P. Varma, *The Gothic Flame*: *Being a History of the Gothic Novel in England— Its Origins*, *Efflorescence*, *Disintegration*, *and Residuary Influences*, London: Arthur Barker Ltd, 1957, p. 18.

② Edgar Allan Poe, *Edgar Allan Poe*: *Poetry and Tales*, Patrick F. Quinn, ed., New York: Library of America, 1984, p. 141.

③ Ibid., p. 134.

及每次交迭所呈现的越来越多的神秘事物,又使紧紧萦绕门泽哲斯坦左右的焦虑和厄运平添了几分怪诞恐怖的因子。

《门泽哲斯坦》中所蕴含的诸多哥特因素,为坡随后哥特小说的艺术成就奠定了坚实的基础。坡的小说如《厄舍古屋的倒塌》《陷阱与钟摆》,甚至他的侦探小说,或者按坡自己所倾向的称呼,"推理故事",如《泄密的心》《黑猫》《红死魔的面具》《丽姬娅》等,无不建立在哥特传统之上。详加对照,我们不难发现,《门泽哲斯坦》中那匹异乎寻常的巨马,与十年后坡发表的《黑猫》中的黑猫相比,约略透露出某种共同的超灵特质。如门泽哲斯坦那样神经质的主人公也开了坡小说中系列类似人物的先河。门泽哲斯坦身上那肆无忌惮的邪恶,发展到后来伤人害命的罪行,以及他在内疚、悔恨和混乱中的苦苦挣扎与继之而起的夸张言词和狂暴行为,在更多坡的主人公身上得以再现。门泽哲斯坦那过度紧张的思想状态在坡后来那些在故事中占中心地位的第一人称叙述者身上也有所体现,其中包括他的哥特小说《亚瑟·戈登·皮姆述异》以及众多诗歌。诗歌中最为著名的当数《乌鸦》和《乌拉吉姆》,它们或许可以称之为"诗体哥特故事"。坡小说中的门泽哲斯坦此类人物可以与许多哥特人物遥相呼应:科尔律治的老船夫,查尔斯·布朗的威兰以及玛丽·雪莱的弗兰肯斯坦博士,甚至可以回望得更远一点,可至文艺复兴时期的复仇悲剧和古典神话中浮士德式的人物身上。可以说,坡不论在哥特场景的描摹上,还是在荒诞情节的营构中,都秉承了英国早期哥特小说的怪诞恐怖等审美因素,具有异曲同工之妙,魔幻性与现实性的叙事能更强烈地触动读者内心深处的情感之弦,激起读者对黑暗、折磨、苦痛、饥饿、神秘和死亡等情感的自体保存意识。这一切无疑都深化了文本的审美张力。但坡的小说并不是在这些手法上止步不前,而是实现了本质上的突破和发展。

值得一提的是,坡的哥特小说也极具现实意义,它们映照了当下社会中人们已经异化了的心理状态:孤寂、恐惧、焦虑、烦恼、绝望等。孤寂而焦虑的人们基于"自体保存"的心理需求便自然产生了对崇高感的渴求:人们渴求能处于某种安全地带,在这里具有破坏力的对象对人们难以造成实际的威胁和伤害，与此同时又能享受因恐怖、惊险、黑暗等引起的审美快感。而文学作品就是满足我们这种情感需求的最好的一种介质。因为"文学作品就是一种用词语表达的和谐的音乐……总是能把我们的思想转向雄伟的、庄严的、崇高的和它所包容的一切事物，完全控制了我们的头脑"①。正是从这种精神生态的层面上看，坡的这些小说虽然因带有阴郁、颓废的特点受到冷遇，但却对后人从文学艺术形式中了解那个社会的病态因素开辟了一个独特的窗口，而且因其表现出对文化问题的深层意识和对人类生存困境的忧思而对满足目下人们的情感需求提供了一种良好的介质。

三、坡诗歌创作之源

坡在文坛的几个领域都有着非凡的贡献，对后世产生着深远影响，其诗歌创作及理论建树方面也是一个不能避开的话题。坡英年早逝，总共才创作了二十多年，留下诗歌八十多首。结合当时社会的特殊语境，仔细研读坡的诗作后，我们发现他的创作绝不是简单的对爱情的渴求和对死亡的痴狂，对诗歌的唯美追求也不是他创作的唯一旨归，而是秉承着英国传统诗人们的人文关怀，蕴含着一个现代化初始阶段的作家对人类社会的精神生态的深切关怀和对人类未来命运的超前反思。

随着近代社会现代化的进程，文学艺术也随之发生了转型。现代艺术要求躲避工业化的污染、工具理性的支配和异化的日常生活，这为西方艺术的现代转向，即从艺术工具性到艺术自主性提供了可能。浪漫主义是19世纪欧美诗歌的主流，它赋予诗歌和诗人以崇高的社会责任感。以先锋姿态出现的现代派诗歌强调诗歌本身的价值和独立性，反对中产阶级化和陈腐的诗歌与诗风。坡则从本土出发，反对当时文学界普遍存在的对欧洲文学的盲目模仿和诗歌的道德教化，主张"为诗而写诗"，强调诗

---

① 拉曼·塞尔登：《文学批评理论——从柏拉图到现在》，刘象愚、陈永国等译，北京：北京大学出版社，2003年，第166页。

歌的音乐性，重视形式和效果。这里并不是说他有意摒弃传统，而是强调他在传统上的创新。艾略特早就看到了这一点："坡有点儿像是流落异国的欧洲人，他为巴黎所吸引，为意大利和西班牙所吸引，为那些他认为是有着浪漫的忧郁和辉煌的地方所吸引。"[①]艾略特承认坡还是个欧洲人，说他是"流落异国的"，因此身上有很多新奇的东西。不错，由于广泛的涉猎和深厚的学养，加之出众的天资和对文学的那种特殊的敏锐，坡的诗歌创作不论在内容上还是形式上总是能够推陈出新，一新人们的耳目，但仔细阅读，我们发现他的创新总是基于传统文学和文化，并非空穴来风。他的这种对传统的无意识的继承和对当时社会语境的极端敏感是其诗作引发读者们的共鸣和激起人们集体无意识的一个重要原因，这也是他成功的关键。

坡诗歌创作实践中对古希腊神话、伊斯兰教和东方文化、基督教文化和经典文学传统的吸纳与融会体现出他对传统的反思，而且这种反思随着坡的创作进程不断深化。坡的早期诗作更多地反映出这一点。《帖木儿》（*Tamerlane*，1827）塑造的是一个在爱情与野心之间备受煎熬的拜伦式英雄形象。《梦》与拜伦的诗作《梦》（*The Dream*，1816）和《恰尔德·哈罗德游记》（*Childe Harold's Pilgrimage*，1812）也不乏相似之处。《金星》显然受到托马斯·穆尔（Thomas Moore，1779—1852）的《爱尔兰歌曲集》（*Irish Melodies*，1808—1834）第三卷中的《凝望月光》（*While Gazing on the Moon's Light*，1879）的影响。这也是他的早期诗作难以摆脱模仿之嫌，因之不被评论界看好的一个原因。然而，从坡的心路历程来看，我们不难发现，他对西方文学传统并不是一味顶礼膜拜，也并非简单地进行模仿甚至复制，而是创造性地加以吸收和运用，这在其中后期诗作中表现较为明显。他采用古典的象征、意象和韵律来创造古典的和谐美，《致海伦》和《伊斯拉斐尔》（*Israfil*，1831）可以说是其中最为典型的两首。在《致海伦》中，诗人引入特洛伊城绝世佳人海伦和古希腊神话中的

---

① T. S. Eliot, *To Criticize the Critic and Other Writings*, London: Faber and Faber Limited, 1978, p. 28.

智慧女神赛克这两位美与灵的化身,前两节赞扬古希腊艺术之美、自然之美和人之美,最后一节则以美与灵的完美结合以及视觉感受道出全诗的主题和诗人的艺术追求。在《伊斯拉斐尔》中,诗人借用《可兰经》典故①,刻画了伊斯拉斐尔这个阿拉伯传说中穆罕默德的天使形象以及他悦耳的歌喉和天籁般的琴声,表现出作者对诗歌听觉美感的主张和向往。坡不仅创造性地运用古希腊罗马神话和阿拉伯传说中的人物形象和文学传统因子,还吸纳作为西方文学源头的《圣经》元素,诗作《不安的山谷》(*The Valley of Unrest*,1831)、《海中之城》(*The City in the Sea*,1845)和《黄金国》(*Eldorado*,1849)等都明显受《圣经》和基督教文化影响。坡正是凭借着对古希腊罗马文化、阿拉伯文化、基督教文化和文学传统的融合与创新,以及对诗作的那种语不惊人死不休的精益求精精神,才使他的中后期作品在艺术手法上能够独树一帜,而以《乌鸦》为集大成者。当然,坡并不拘泥于传统,他总是在创作中大胆想象,勇于创新,连后来人们才使用的蒙太奇和拼接等现代手法他也早已使用,表现出很高的自主性。这一点对现代主义诗歌创作有着很深的影响,而且不乏追随者。现代主义诗歌的奠基人庞德和艾略特也都很重视挖掘传统素材,并创造性地加以利用。在《传统和个人才能》(*Tradition and the Individual Talent*,1919)中,艾略特对此进行了详细阐述,他认为传统是开放的,其历史性和现在性并存,诗人应具备感知古今连续性和互动性的才能,不仅应对当代的文学了若指掌,还应把从荷马开始的全部欧洲文学,以及在这个大范围中他自己国家的全部文学传统看作一个整体加以了解,并能够从传统的涓涓细流中开辟一条新颖之路。坡也可以说是在对传统的反思性实践中实现了与传统的对话与互动,并最终融入了传统。

爱伦·坡的诗歌创作对现代诗歌发展做出了很大贡献,而他关于诗

---

① 依据马博特的考究,坡在《伊斯拉斐尔》中引用的警句"天使伊斯拉斐尔,其心弦乃一柄诗琴,在神的造物之中,他们的声音最美"并非直接源自《可兰经》,而是乔治·瑟尔(George Sale,1697—1736)的译本。托马斯·穆尔的叙事诗《拉拉·鲁克》(*Lalla Rookh*,1817)中也曾引用此段文字。

歌创作目的和创作方式的论述也揭开了以康德哲学为基础的浪漫主义诗学理论的神秘面纱。19 世纪的美国无论在创作领域还是在批评界都盛行"文以载道"和"经世致用"的观念，强调文学应担负起规范社会、经济、道德秩序和提升大众审美品位的职责，鼓吹"诗歌的最高目的是真理"，"每首诗都应该寄寓道德的旨趣"，而且要"以此作为诗歌优劣的评判尺度"①。但是，随着现代化程度的提高和学科的细化，诗歌的社会功能也逐渐减弱。唯美主义先驱泰奥菲尔·戈蒂耶（Théophile Gautier，1811—1873）认为艺术存在的目的是追求美，不应负载难以承受的使命和责任，也与道德、科学和人类的进步无关。艾略特认为，由于题材本身已经复杂化、科学化得多了，而且这类题材（教诲诗）用散文来处理要容易得多，因而具有教诲意味的诗歌逐渐不得到主流文学重视。具有超前意识的坡则从诗歌本体出发，提出"为诗而写诗"的观点，认为要想写出真正具有尊严和力量的诗歌必须"透视我们自己的灵魂"，只有这样才会发现"天底下既不存在也不可能存在比这一首诗——这首诗本身——更加崇高，更加庄严的创作"②，为"美国文学摆脱道德说教的束缚做出了巨大的贡献"③。坡提出的"为诗而写诗"（1831）的创作理念与现代主义流派中的唯美主义所倡导的"为艺术而艺术"（1836）的创作观和反抗社会功利哲学、市侩习气和庸俗作风的主旨是一致的，而"纯诗"论与法国象征主义代表诗人波德莱尔、马拉美、瓦莱里的主张又基本相同，坡于是成为"欧洲大陆上象征诗坛的先声"④，从而推动了象征主义运动的发展。坡在对传统文学和文化继承的过程中对之不断进行创造性转化，力图在宏大的历史背景中寻找传统与现代的意义链条和结构关联，努力消解当时社会的某种程度上的精神断裂和意义缺失，从而在一定程度上引领着文学艺术走

① G. R. Thompson，ed.，*The Selected Writings of Edgar Allan Poe*，New York：W. W. Norton & Company，2004，p. 700.

② Ibid.

③ Robert Regen ed.，*Poe：A Collection of Critical Essays*，Englewood Cliffs：Prentice—Hall，Inc.，1967，p. 22.

④ 盛宁："爱伦·坡与'五四'运动以后的中国现代文学"，《国外文学》，1981 年第 4 期，第 7 页。

向自主和现代。

　　英国文学对坡的影响是多方面的，上述三个方面只能算是管中窥豹。坡是侦探小说的鼻祖，但是他所创作的侦探小说的前身推理小说并非无本之木，我们可以在西方文学特别是英国文学中找到其渊源；其推理作品影响之大亦绝非出于偶然，对人性的思考和道德的诉求是其推理小说得以经典化的重要因素，而雅俗合流的创作旨趣又是这一小说类别被广泛接受并产生深远影响的主要原因，其所创立的模式之所以不断地被后人发扬光大与他对人性的思考、对人们的审美情趣的关怀也密不可分。坡在哥特小说的创作上深深受到了英国早期哥特小说的影响，但又有所创新和突破，在接受美学的层面上极大地拓延了哥特小说的审美阈限。坡的哥特小说对美国早期本土文化、对受物欲驱使的资本主义社会中人们的非理性情感予以关怀，从而使得自己的哥特小说创作在一定程度上打破了严肃小说和通俗小说的界限，在更广阔的审美空间上实现了与读者的心灵沟通。坡以其在诗歌、小说等方面的超前的创作实践对欧美乃至世界文坛产生了重要影响，这主要归因于他超前的创作理念，而其创作理念的核心就是他反复强调的"效果"说。以搅动读者心灵为核心的"效果"理论既是坡对前人创作思想的继承和发展，也是对他自己创作实践的高度概括和总结。新与奇的结合、和谐的统一、理性的掌控以及对预设效果的驾驭等理念，使爱伦·坡的小说与诗歌创作以全新的面目出现在读者面前，在诗歌特别是小说创作方面都开风气之先和形态之先，其创作不仅摆脱了作为美国文学源头的英国文学，还反过来给以长辈自居的英、法、德等欧洲文学注射了一剂兴奋剂，进而对美国文学独立的实现及其后来拔秀于世界文学之林做出了不可小觑的贡献。

《喧哗与骚动》和弗洛伊德的美学思想考证

威廉·福克纳在创作《喧哗与骚动》时深受当时的流行思潮弗洛伊德理论的影响,因此这部小说无论是在情节内容的设计上,还是在创作手法的运用上都融入了大量的心理分析元素。弄清这一点,有助于读者从人类心理角度对小说的主题有更加深刻的认识,更好地领略这部帮助作者摘取诺贝尔文学奖的小说的独特魅力,进而更好地解读作者及诠释同类作品。

当15世纪的意大利作家卢多维可·阿里奥斯特向他的第一个保护人伊波里托·德埃斯特主教献上他的作品《疯狂的奥兰多》时,主教惊讶地问道:"卢多维可,你从哪里找来这么多故事?"一个世纪以来,《喧哗与骚动》的读者们也被同样的问题困扰着。人们一直在争论着、思索着这样的问题:天才作家威廉·福克纳在创作这部小说时"素材是从哪里来的?","他又是怎样利用这些材料使我们产生了如此深刻的印象,而且激发起我们的情感?"[①]

从威廉·福克纳本人的经历、《喧哗与骚动》的情节内容以及写作手法等各个角度来深入思考这个问题时,我们就可以发现该部小说的创作动因及建构基础可以追溯到对西方现代文学艺术产生了重大影响的弗洛

---

① 洛斯奈:《精神分析入门》,杨华渝等译,北京:社会科学文献出版社,1987年,第52页。

伊德理论。像杰克·伦敦、詹姆士·乔伊斯、司各特·菲茨杰拉德等著名的美国小说家一样，福克纳从当时这种流行的文学和美学思潮中也获取了灵感①，并将其运用于《喧哗与骚动》的创作。他在写作过程中有意识而富有创造性地在三段内心独白的内容和形式上融入了大量弗洛伊德理论的观点。白痴班吉的独白是对弗氏理论的"本我"概念的运用，昆丁的自杀缘于弗氏理论中"自我"概念的特点，而对于苛刻的杰生的塑造则是运用了弗氏理论中"超我"的概念。

一、创作动因中的弗氏思想

一直以来，《喧哗与骚动》的创作动因中的心理分析元素并没有引起评论者的很大关注。这一方面是由于福克纳以个性化的反语和自我保护的手法，使众多文人相信他不仅没有读过什么书，而且也从不真正地规划小说的框架，②另一方面是由于读者缺乏对福克纳人生经历的细节化把握，对福克纳在创作《喧哗与骚动》时是否真正了解了弗氏理论心存疑虑。

其实弗氏理论对福克纳的影响不仅是客观存在的，而且是极其深刻的。有一类作家特别容易接受弗氏理论，他们的个人经历坎坷曲折，从小就感到备受压抑，但又胸怀大志，试图从社会的深渊中崛起，冲破"压抑"，满足自我本能的"欲望"，进而"升华"到社会的上层。③ 这部分作家的生活经历本身就是一部心理分析的历史。福克纳就属于这一类作家。由于形体上的不足和由此带来的失恋等一系列烦恼，使得福克纳倍感压抑。④此外，来自"空荡荡的南方"这一家庭背景，也加深了他的自卑情结。⑤ 于

① 卡尔文·斯·霍尔：《弗洛伊德心理学与西方文学》，包华富、陈昭全、杨莘燊编译，长沙：湖南文艺出版社，1986年，第194页。
② 肖明翰：《威廉·福克纳研究》，北京：外语教学与研究出版社，1997年，第12页。
③ 张隆溪：《精神分析与文学批评》，长沙：湖南文艺出版社，1986年，第218页。
④ 李文俊：《福克纳评传》，杭州：浙江文艺出版社，1999年，第9页。
⑤ 朱振武：《自卑情节：福克纳小说创作的重要动因》，《外国文学评论》，2002年第3期，第55页。

是，福克纳为了"做一个完全的人"，便希望通过写作冲破"压抑"，进而"升华"至人们认可的社会地位。弗氏理论与福克纳的心灵之间存在着完美的契合，可见福克纳接受弗氏理论的可能性是毋庸置疑的。

当然与其说福克纳极有可能受到弗氏理论的影响，倒不如说他确实接受了这一理论。除开阅读弗洛伊德的文本不谈，福克纳在 19 世纪 20 年代中期作为新奥尔良组织成员时就接触了大量关于弗氏理论的讨论。当时该组织最有名的成员是舍伍德·安德森。虽然安德森的传记作家们没有对安德森是否大量阅读了弗氏理论达成共识，但他确实谈论过这一理论。与安德森和福克纳有关联的新奥尔良组织的成员们曾说过："这两位作家自然对当时对美国文学产生着最主要影响的弗氏理论很感兴趣，正如人们预料中的那样，他们的言谈中包含了大量的弗氏理论。即使我们接受那种普遍的妄断，认为福克纳涉猎不广，我们仍可以发现在新奥尔良的日子里，他有足够的机会去听取并吸收弗氏理论模式中的元素。不过，他肯定不只是听取了弗氏理论，而且也一定在不断的广泛的阅读中学习到了这一理论。此外，福克纳当年的亲密伙伴菲尔·斯通（Phil Stone）也证实，他和福克纳曾长谈弗氏理论。"①

二、情节内容里的弗氏思想

不难想象，在福克纳创作《喧哗与骚动》时，最为唾手可得的书籍当有 1926 年版的大英百科全书。书中那篇著名的有关"心理分析"的文章由弗洛伊德本人撰写，其对于弗洛伊德的人性元素的概念描述如下：

> 心理分析将精神器官视为由不同部分组成的仪器，并尽力去确定各种各样的精神活动在哪些部位发生。根据最新的心理分析观点，精神器官包括储存着本能冲动的"本我"，受外界影响而改变，作为"本我"

---

① 戴维·明特：《福克纳传》，顾连理译，上海：东方出版中心，1998 年，第 60 页。

表层的"自我"以及由"本我"发展而来、控制"自我"、代表着对人类本能特点的抑制的"超我"。①

在那本唾手可得的著作中,弗洛伊德还说道:

> 从对于本能进行限制的道德角度来看,"本我"完全是不道德的,"自我"尽力符合道德要求,而"超我"可以超越道德,变得无情。②

在这样的叙述中,我们可以看到《喧哗与骚动》的情节和内容中的重要元素。第一位独白者白痴班吉具有大量与弗洛伊德的"本我"概念相对应的特点。弗洛伊德的掌门弟子欧内斯特·琼斯(Ernest Jones)曾在《关于心理分析的论文》(*Papers on Pyscho Analysis*,1912)中列举并分析了无意识的特点。琼斯说道,无意识与原始本能接近,如果没有教育的教化,可能我们每个人都还是自私、嫉妒、冲动、好斗、肮脏、不逊、残酷、自我而又自大的动物,不顾他人的需要,无视复杂的社会道德准则。虽然一些读者会出于对饱受虐待的班吉的同情,把他视为令人尊敬的卫道者,但实际上福克纳赋予他的性格并无魅力可言。他是自私的:他只考虑自己的欲望,从来不见他为别人做任何事情。他善于"嫉妒",当凯蒂第一次洒上香水,第一次吻镇上的男孩,以及后来失去贞操时,班吉的哭号并不是发自道德的评判,而是因为他满怀自私与嫉妒地感到了对渐渐长大的凯蒂的失去。当然,他也是冲动而好斗的,他以哭嚷来表达自己的不满,当他产生联想或环境允许时,他不时地做出具有攻击性的行为。最突出的例证就是在他渴望重新得到凯蒂时与女学生的遭遇。他是"肮脏"的:"他还非得把那只脏兮兮的旧拖鞋拿到餐桌上来吗? 你为什么不在厨房里喂他

---

① 西格蒙德·弗洛伊德:《弗洛伊德后期著作选》,林尘、张唤民、陈伟奇译,上海:上海译文出版社,1986 年,第 153 页。
② 沈德灿:《西方心理学史简编》,北京:光明日报出版社,1990 年,第 296 页。

呢？这就好像跟一头猪一块儿吃饭似的。"(70)①他是"不逊"的,毫无顾忌地将自己不幸被阉割的事实示人。他是"自我"的,全然不顾他人的需要,丝毫不考虑社会的道德准则。当他渴望留住凯蒂时对女学生施加骇人的暴行时,他那特别的"残酷"才得以展示;当他希望凯蒂停止成长,并留在他这个流口水的白痴身边时,他的"自负"才得以显现。

琼斯还提出了一个有关无意识的特征,这一特征也是属于班吉的。无意识"与外界的现实隔绝","能够极其轻易地变动转换"②。班吉不仅快速地切换记忆场景,而且同样迅速而轻易地由喜转悲,又由悲转喜。这一点可以通过小说里法院广场上发生的小插曲来例证。当马车按往常的路线行进时,他"坐在那里,拳头里攥着水仙,茫然而专注地凝视着"(321)。当勒斯特调转马车时,班吉"呆滞了片刻,然后开始嚎哭,一直不停……那是可怕而令人震惊的嚎哭"(320)。当马车又开始按常规路线行进时,班吉立刻变得安静下来,变得安详起来。琼斯写道:"无意识的幼稚的性格……在一生中都持续存在。"③班吉在其大多数回忆中回到了童年,除了体形,他的身体各方面都停留在童年时期。他被人像婴儿那样照顾和喂养着:"他多大了?""他都三十三了。"(49)勒斯特说……"你是说,他像三岁小孩的样子都有三十年了吗。"(49)虽然班吉的独白内容在许多记忆片段中来回,但最后终结于他对很久以前的一个将要入睡的夜晚的回忆,这是他对童年的回想。

根据琼斯的论文所述,无意识"有其逻辑……但这是情感的,而不是理智的"④。在早先的一本书中,弗洛伊德提到,"本我有其自己的认知世

---

① 本文关于《喧哗与骚动》的引文均出自：William Faulkner, *The Sound and the Fury*, New York：Random House, 2011. 随文标注页码,不再一一做注。

② Sigmund Freud, *The Standard Edition of the Complete Psychological Work of Sigmund Freud*, London：Hogarth Press, 1920, p. 18.

③ 西格蒙德・弗洛伊德：《弗洛伊德后期著作选》,林尘、张唤民、陈伟奇译,上海：上海译文出版社,1986 年,第 154 页。

④ Sigmund Freud, *Dictionary of Psychoanalysis*, New York：Philosophical Library, 1950, p. 102.

界"。班吉有特殊的逻辑和感知能力,这在其同伴看来是异乎寻常的。"他愿意时就嗅一嗅你告诉他的事,而不必听说。"(89)另一处中写道:"他懂的事可比你们以为的要多得多。"(31)罗库斯说,"他知道大家的时辰什么时候到来,就跟一只猎犬能指示猎物一样。"(31)并且,班吉能够分辨出凯蒂什么时候第一次被吻,什么时候失贞并逐渐离他远去:"她的目光转向我,又移开。我开始哭。我越哭越响,爬了起来……我边哭边向她走去,她退缩在墙角。我看着她的眼睛,哭得更响。"(68)

弗洛伊德相信,"超我"代表着对本性的抑制①。他认为,在精神中有一种起检查作用的力量,它在意识之外,不受任何抵触行为的影响。弗洛伊德在别处还提到,"'超我'可能凸显新的要求,但它的主要功能还是对满足的限制"。此外,弗洛伊德和他的批评家们把"超我"的特征描述为精力旺盛,苛刻得近乎残酷,独立,某种程度的冷淡,但关注公众意见,并逐渐接任父母的角色,具有与这一角色紧密相关的人性。

杰生·康普生四世就具有这样的性格。他以父亲的名字命名,与其父一样试图将白痴置于限制之中。在几个孩子中,他与母亲最亲近。母亲曾说:"如果我必须离开,你留下其他孩子的话,我会把杰生带走……他是唯一不使我感到恐惧的。"(102)后来,她告诉杰生,"你是孩子们当中唯一不让我感到羞耻的"(181),并且在整部小说中她都重复着这样的话。与其他孩子相比,杰生看上去不仅与母亲的关系更亲密,而且与其祖母的关系也更亲密。

杰生在压抑自由和欢乐方面是极端严厉与残酷的,甚至连他的母亲也认为他过于残酷无情。在肉体和精神上,他残酷地对待其侄女。他喜欢在广场上毒死鸽子,尽管这些毒药还会毒死狗。他对待女人的办法是"让她们去猜测。如果你想不出其他什么办法让她们惊奇,那么就给她们的下巴来一记猛击"(193)。他为一场表演给镇上带来了欢乐而生气。他施虐狂般地在班吉的侍者面前焚毁了两张演出门票,而这个没钱买票的

---

① Sigmund Freud, *Dictionary of Psychoanalysis*, New York: Philosophical Library, 1950, p. 102.

年轻人只能眼巴巴地看着这一切。在杰生的独白中，我们可以看到他在压制思想和行动上花费了大量的精力——运用弗洛伊德对于"超我"的作用的描述——也就是在"对于满足的限制"上。

简略地看过了第一段和第三段独白，现在让我们回到昆丁的独白上。弗洛伊德将"自我"的其他特点描述如下："'本我'的本性是不顾一切、迫切地要求实现当前欲望的满足，结果可能是无法实现或带来毁灭。而避免这样的不幸发生，协调'本我'和外部世界的要求则是'自我'的任务。"但是，"像孩子曾经被迫服从父母那样，'自我'也要服从'超我'的绝对权威。"所以，"'自我'像一个可怜的人物，要为三个主人服务，结果受到三类危险的威胁：来自外部世界的威胁，来自'本我'的冲动的威胁，来自'超我'的严酷性的威胁。"[①]昆丁的个性在很大程度上基于这样的心理学概念：像班吉一样，他想得到凯蒂；像杰生一样，他抵制这种欲望；像软弱的"自我"，他无法应付这样的冲突。

弗洛伊德写道，"自我"掩饰着"本我"与现实之间的冲突，如果可能的话，也掩饰着"本我"与"超我"之间的冲突。[②] 昆丁把对凯蒂的欲望升华为一种悲观主义哲学，从而将其掩饰起来。他把手表和时钟作为哲学或道德体系的象征，这些东西指引着他人，却不能与他人进行任何有意义的交流。他说"它们自相矛盾"。当他将手从祖父的手表上移开，开始执行他的自杀计划时，他的行动象征着他抛弃了以时间为本质的生命，也象征着他放弃了对哲学慰藉的探索；从独白一开始，他就已经完全不能摆脱死亡的厄运。弗洛伊德经常将手表和时钟作为女子气质的象征，可见在展现昆丁对于凯蒂的感情的升华时，福克纳也有意识而颇具技巧地运用了"弗洛伊德的象征"。当然，在书中的其他地方，福克纳似乎也有意地运用了为人们所熟知的关于病人的象征，如手枪、门、拖鞋、银行和树等。[③]

---

① Sigmund Freud, *Dictionary of Psychoanalysis*, New York: Philosophical Library, 1950, p. 102.

② Ibid., p. 81.

③ Ibid., p. 103.

新文科理念下美国文学专题九讲

240

在福克纳能够看到的那些弗洛伊德理论中,乱伦和像俄狄浦斯情结这样的相关问题占据了大量篇幅。这里可以用弗洛伊德的一句话说明:"一个男孩可能将其姐姐作为爱的对象,来取代他不可靠的母亲……一个女孩可能用哥哥来取代其父亲。"[①]弗洛伊德还说道,有些乱伦主题甚至还会通过具有迷惑性的"附录"来完成。福克纳在小说完成多年后写作的"附录"中将昆丁与凯蒂之间的感情视为完全高尚的道德或哲学,正如同昆丁竭力想表明的那样。昆丁对于他和凯蒂之间经历的反复回忆和有关他的嫉妒之心的回忆记录了他对凯蒂的感情。当然,凯蒂回应了他的感情。这一点他的未婚夫给予了证实。

昆丁竭力去化解欲望和"自我"控制力之间不可调和的冲突。弗洛伊德认为,"如果'自我'在'超我'的严厉控制下不及时保护自己,往往会被'超我'逼向死亡。"班吉式的饥渴和杰生式的禁欲已令昆丁无法承受,此时他在"超我"的惩罚功能的模式下开始了独白,并开始自杀。昆丁在行动上表现出软弱。在与阿姆斯的冲突中,他表现无力。只有在凯蒂婚礼后,压力增大到很大强度时,他才迫使自己采取了自杀行动。

三、创作手法上的弗氏概念

弗洛伊德认为"本我"是人性中最先形成的部分,它不仅从种族史的角度来看是最古老的,而且在一个人的一生当中也是起源极早的。[②] 这可能也正是福克纳将班吉的内心独白放在小说开头,而不是按时间顺序将其作为小说的第三部分的原因。很显然,三段独白的先后顺序是根据"本我""自我"和"超我"的发展过程来安排设计的。

琼斯的书中曾经指出无意识的精神过程没有时间概念。福克纳在白

---

① Sigmund Freud,*A General Introduction to Psychoanalysis*,New York:Boni & Liveright,1925,p. 65.

② Michael Kahn,*Basic Freud:Psychoanalytical Thought for 21 Century*,New York:Basic Books,2002,p. 18.

痴的独白的写作技法中对这一概念做了重要的运用：班吉的独白的一个重要的特征就是它显示了班吉没有任何的时间概念。无论两段记忆的间隔时间有多么长，他的思想都可以在其间自由跳跃。无论场景如何地散落在许多年间，他的思想都得以任意驰骋其间。琼斯还指出，"自我"将精神过程按时间顺序组织起来。昆丁的独白显示出他不仅有时间概念，而且无论从现实还是象征意义上来说，时间概念都时刻萦绕在他心中。福克纳在班吉独白的结尾处，也即昆丁独白的开始处进一步夸大了这种区别：班吉的回忆无时间性地在记忆的片段间来回跳跃，最终以对一天晚上他将要入睡的记忆而结束。在小说里接下来的一句话中，昆丁说道，夜晚结束了，他又"回到时间中来了"，并将此话作为其独白的开始。

此外，这三段独白的语言风格也体现出了福克纳对于心理分析元素的运用：它们同样基于弗洛伊德的"本我""自我"和"超我"概念。弗洛伊德说道，本我"不能说出它想要的东西"。班吉不善于表达，在他"努力想说什么"的时候，总是失败。他不善言辞。"他不能说话，"查理说。（47）因此他的独白以不合乎语言规范为风格。杰生在某种意义上与弗洛伊德的"超我"概念吻合。这一概念在人性中最后形成，最接近于父母和社会传统。他的独白采用了规范的口语体，显得响亮而明白，就像演员在戏剧中的独白。像"自我"那样，被冲突的力量来回推动着的昆丁，是唯一交替采用两种迥异的语言风格的独白者：当他强迫自己系统地筹划自杀时，他像杰生那样，采用规范的文体独白；当他回忆起凯蒂，或回忆起在他心目中象征着性欲的忍冬香味时，他的独白变得像班吉的那样不合语言规范。

弗洛伊德曾写道，"以画面思维是……转变为有意识的一种很不完全的形式，与用文字思维相比，它大概更接近于无意识过程，并显然比文字思维更加古老。"因此，班吉的独白中大多是一些描述性语句，其中的一个例子就是他对小昆丁最后离开康普生家的观察：那黑影从昆丁那间房的窗子里爬出来，爬到了树上。我们看见那棵树在摇晃。摇晃的地方一点点往下落，接着那黑影离开了树，我们看见它穿过草地。班吉就像照相机和录音机那样运转。福克纳通过含糊而不准确的语句，向我们表明了班吉远远没有清楚地表达自己的能力。

在三段独白之后，小说的最后一章强调了康普生家的黑人女仆迪尔西的仁爱之心。当一家人都不干活时，她在劳作；康普生家靠强制力量维持秩序，她却能真正做到井井有条；她与现实相联系，无心去扮假象。她的存在使康普生家的悲剧更加显而易见。这一点，可用昆丁的话来证实："黑人走入了白人的生活……就像显微镜下的图像一样，显眼的黑色细流将白色物质分开。"（170）

在小说的最后一章中，迪尔西带着白痴去黑人教堂。福克纳以此展现了那种在康普生家里缺失的爱。牧师向人们讲述着爱，直到人们无需用语言，而用圣歌来进行心与心的交流。当迪尔西和班吉坐在人群中时，福克纳暗示了他们与牧师正在讲述的玛利亚和耶稣具有相似之处。

小说结尾的巧妙一笔实际上为看似悲观的心理分析元素增添了一笔亮色。作为一个人道主义者，弗洛伊德虽然认识到人的社会矛盾和自我矛盾是非常严重的，但是他一贯坚持仁爱和理智总是可以战胜憎恨和荒谬的。[①] 可见，福克纳不仅通过写作技法将心理分析元素融入小说之中，还将这一理论的精神展现得淋漓尽致。

许多人认为，《喧哗与骚动》从社会和经济的角度研究分析了一个处在商业主义上升时期里的日益没落的南方贵族家庭。[②] 以这样的自然主义观念来评价，这无疑是一部枯燥而缺乏知识趣味的小说。也有人认为《喧哗与骚动》的成功之处在于它借鉴了詹姆斯·乔伊斯的意识流技巧、罗伯特·勃朗宁（Robert Browning，1812—1889）的长篇独白技巧，吸取了海明威所强调的简洁的叙述表达方式和马克·吐温在悲剧中寻找荒谬的风格。但这显然不足以解释这部小说为什么能够"对当代美国小说作出强有力的和艺术上无与伦比的贡献"。审视这部创作于20世纪初的文学巨著时完全有必要将其中的思想感情更多地展现出来。该部小说之所

---

① Michael Kahn，*Basic Freud*：*Psychoanalytical Thought for 21 Century*，New York：Basic Books，2002，p. 18.

② 肖明翰：《威廉·福克纳研究》，北京：外语教学与研究出版社，1997年，第12页。

以能够激发起"我们自己也意想不到的感情"，是因为它不仅涉及社会，而且涉及人类心理，符合了弗洛伊德的人性论。无论在作家的创作动因中，还是在小说写作的具体过程里，弗氏理论的心理分析元素都清晰可见，并赋予小说一种独特的艺术感染力。

专题六 理论审视

我注六经,更要六经注我。对文学作品的解读,我们有时候会借助理论,但却不应该受缚于理论。理论的学习,能够拓宽我们的认识视野,增加我们的思辨维度,深化我们的思考深度。理论的运用能够使我们的分析更有力量,更有条理,而不是让我们陷入理论的泥沼不能自拔。理论是帮助我们说话的,我们不是理论的奴隶。作家为什么写,为什么这样写,为什么写这个,这些就更需要我们从文本出发,结合生平、书信、手稿、历史档案、社会心理和接受场域等立体资料去求证。

自卑情结：福克纳创作的重要动因

本文认为，福克纳的小说创作及其相关主题的发生，在一定程度上与作者因在文化、形体以及生活环境等方面的劣势而产生的自卑情结密不可分，作者的这种自卑情结积聚起来，进而演变成某种优越情结并注入他的创作，使创作成为一种自卑情结的过分补偿。

这里拟引用"自卑情结"这一概念从个人无意识的角度对福克纳小说的创作发生进行阐释。自卑情结（inferiority complex）这一术语为奥地利个体心理学创始人阿德勒（Alfred Adler，1870—1937）创用，现已较多地用在文艺研究、文艺批评中。阿德勒认为，一个人生理上有缺陷，或由于少年时期受到过创伤，不可避免地会产生一种自卑感（sense of inferiority）进而积聚成难以排遣的自卑情结。[1] 这种来自挫折经验的自卑情结积聚越深，与此相平衡的优越心理（胜于他人的优胜感：sense of superiority）定势也便越得到加强，并积聚成优越情结（superiority complex）。这些心理因素都潜藏于人的无意识中，操纵着人们的活动。艺术天才与他自身的生理缺陷和挫败经验密不可分，自卑情结驱使艺术家通过艺术创作取得精神上的平衡。这里的自卑，不光是指生理上的缺陷造成的自卑，还指来自文化和个人遭际所带来的内心深处的自卑感。根据阿德勒的理论，美国文学评论家埃德蒙·威尔逊（Edmund Wilson，

---

① 朱光潜：《变态心理学派别》，北京：商务印书馆，1999 年，第 96 页。

1895—1972)《创伤与巨弓》(*The Wound and the Bow*，1941)一书中推断，艺术天才必然与心灵创伤相联系，优越力量的概念同缺陷是分不开的，艺术创造正是自卑情结过分补偿的结果。[1] 我们不能据此说福克纳的作品都是自卑情结的产物，但我们可以说，福克纳的小说创作及其相关主题的发生，在一定程度上与其难以排遣的自卑情结密不可分，是自卑情结积聚成优越情结，进而过分补偿的结果。

一、文化上的自卑

美国文学家们的自卑情结是早已有之的。那些"文学中的民族主义者们在某种程度上被文化上的自卑情结所困扰"[2]。这种情结一直到20世纪初还挥之不去。"我们觉得好像美国没有资格写出伟大的小说。""对于我们自行阅读的人来说，这种印象甚至更为强烈：唯有外国作家才值得崇拜。我们终于觉得智慧是希腊特有的，艺术是文艺复兴时期所特有的……"[3]而在内战中失败的美国南方人的心态则尤为复杂。正是由于深重的自卑感才使得他们产生了盲目的优越感，对现实熟视无睹。面对战争的失败，经济上的灾难和现存社会秩序的破坏，他们不是正确地对待自己，认真地分析南方社会的弊端与罪恶，振作精神，重建家园，而是把一切责任都推给北方，进而编造自身的"神话"，生活在悠悠往事和浪漫情怀之中。在那些南方传统的庄园文学中，南方充满了诗情画意，完全被浪漫化了。他们把南方想象成了充满"甜美、柔情和阳光"的"极乐世界"。[4]文学家们是如此，庄园主们则更是有过之而无不及。他们为了掩盖自己

---

① 智量、熊玉鹏主编《外国现代派文学辞典》，上海：上海文艺出版社，1999年，第28页。

② 埃默里·埃利奥特主编《哥伦比亚美国文学史》，朱通伯等译，成都：四川辞书出版社，1994年，第149页。

③ Malcolm Cowley, *Exile's Return*, Shanghai: Shanghai Foreign Language Education Press, 1986, p. 24.

④ Kennedy，转引自 F. Garvin Davenport, *The Myth of Southern History*: *Historical Consciousness in Twentieth-Century Southern Literature*, Nashville, TN: Vanderbilt University Press, 1970, p. 16.

卑微的出身,极尽粉饰虚构之能事,竟将家史追溯到欧洲的王室,"甚至上溯到古埃及的法老,古希腊的国王和《旧约》中的先知们那里"①。但这些浪漫的"神话"对南方文学的复兴和繁荣却起到了不可小觑的作用,为南方文学提供了丰富的素材,更加激发了南方文学家们的想象力。他们把内战中的南方军队将士神化成勇武的骑士,把南方白人妇女说成是"冰清玉洁"的圣女,是"云天之上闪耀着眩目光辉的雅典娜",②甚至把奴隶制都说成"是上帝的恩赐"③。这一切,我们几乎都能从福克纳的现实世界和幻想世界(作品)中找到其原型或影子。

福克纳本人也更是经常产生文化上的自卑感。当时美国许多作家都设法到欧洲去寻求文化上的熏陶和创作上的灵感,福克纳也正是怀着这样的念头来到了让他久已魂牵梦绕的、最具浪漫气息和艺术底蕴的巴黎。福克纳受益于西方传统文化,这是不争的事实:"福克纳的学艺生涯包括广泛阅读,其内容是从西方文明所能提供优质服务的最优秀的遗产中精心选择出来的。"福克纳对欧洲文明一向"推崇备至"。④ 从他期间写给母亲的信中,我们可以看出他在欧洲人面前所特有的作为一个美国公民的自卑。"看到和吉米同龄的小男孩、小女孩们口里吐出一串串法语,真让你自愧所受教育水平太低……来欧洲旅游的美国人糟糕透了。你能想象进入陌生人的家,往人家地上吐痰吗? 美国人在这里的表现正是如此。"(邮戳日期 1925 年 8 月 30 日)"在欧洲,我对自己的国籍感到厌烦。"(邮戳日期为 1925 年 9 月 10 日)"他们这里有专门演给美国人的节目,是些暗示性的黄色节目……时间一到,灯光全部熄灭,让你觉得最恶心的事发生了。真令人作呕,但深受美国人的欢迎。法国人当然不去光顾这些场

---

① 肖明翰:《大家族的没落》,桂林:广西师范大学出版社,1994 年,第 30 页。

② Stephen Smith, *Myth*, *Media*, *and the Southern Mind*, Fayetteville, AK: University of Arkansas, 1985, p. 17.

③ W. J. Cash, *The Mind of the South*, New York: Vintage Books, 1941, p. 89.

④ 肖明翰:《威廉·福克纳研究》,北京:外语教学与研究出版社,1997 年,第 70 页。

所。"(邮戳日期为 1925 年 9 月 22 日)[1]由于身世的特殊,福克纳在文化上的自卑情结比起他的先辈们和同时代的其他作家似乎更为严重。但我们在他的作品中却很少看到那些盲目怀旧的"丑陋的美国人"(《我弥留之际》中的父亲安斯算是个例外)的影子,反而较多地看到了"有灵魂,有怜悯之心,有牺牲精神,有吃苦耐劳的精神",有着"往日的荣耀"且将"不朽于世"的人,[2]从某种程度上说,这正是自卑情结积聚成优越情结,进而借助于小说,展开其丰富的联想,在心理层面上进行补偿的结果。

二、形体上的自卑

福克纳的自卑情结主要是来自他形体上的不足和因此带来的失恋等一系列烦恼。福克纳在长相方面,"除了福克纳家族典型的鹰钩鼻外,不论在个头、相貌还是在性格上都很像他母亲"[3]。他的母亲身高只有 1.5 米,难怪他的传记人戴维·明特(David Minter)会称他为"瘦小的男孩"[4]。明特这样描述他:

> 他很早就开始感到自己的不利条件,特别是在父亲眼里,主要是他的身材。他总是比同龄人长得矮小。很快,连几个弟弟——体格更像他父亲——的身高和体重都超过了他。威廉的矮个儿和小架子——像他母亲而不像他父亲……有时候,他父亲开些粗俗的玩笑,就管他叫"蛇唇"。
>
> ……

---

[1] 参看 Joseph Blotner, ed. *Selected Letters of William Faulkner*, New York: Random House, 1977. 这里引用的几处福克纳书信均出自此书。

[2] 福克纳:《诺贝尔文学奖受奖演说》,张子清译,载福克纳:《我弥留之际》,李文俊等译,桂林:漓江出版社,1990 年,第 433 页。

[3] 肖明翰:《威廉·福克纳:骚动的灵魂》,成都:四川人民出版社,1999 年,第 8 页。

[4] David Minter, *William Faulkner: His Life and Work*, Baltimore, MD: The Johns Hopkins University Press, 1980, p. 1.

除了五官纤巧外,个头不够大,力气不够大,尤其是不会打架……
他提到过舍伍德·安德森①,一直巴望自己长得"更加威凛凛些"。
他说,那是因为安德森"一个矮小的人,也许整个童年时期他都希望
自己能长得高大些,打起架来更行,好保卫自己",才把小说人物都写成
高高大大的。②

福克纳这样说舍伍德·安德森,其实,这话用到他自己身上倒更为合
适。中篇小说《熊》里的森林提供了一个节奏缓慢的世界,那里的猎人和
猎物个子都比较高大,比较勇敢,比较聪明。在这个世界里,严重的创伤
也能够得以愈合,而且这还是一个没有女人的世界,不存在失恋带来的烦
恼。这正如拜伦由于跛足造成的自卑情结反而激发他产生一种变态的自
尊和施虐心理,司汤达由于才华超群而相貌奇丑,遂萌生强烈的征服意
识,他在恋爱方面所遭到的冷遇、讥讽和挫折反过来成为他塑造奇俊男子
如何征服女人的灵感源泉。作家在现实中受到心理创伤而在想象中加以
报复,从中获取快感的例子不胜枚举。福克纳更是如此。身材矮小的福
克纳像他书中的塞德潘(《押沙龙,押沙龙!》)等许多人物一样,总想做一
个强者,总想做一个英雄,以不辱祖先的英名。他曾在本地报考美国空
军,由于体重与身高都不够而未被录取。他身材矮小更使他矫枉过正。
他晚年爱骑高头大马,却经常从马背上摔下来。他置办产业,买宅置地,
买马,正是这种心理行为结果。后来他终于购置了个人飞机,补偿了当飞
行员的滋味,也摆脱了自己是个吹牛者的歉疚心理。

其实,福克纳经常吹牛、撒谎,这与他的自卑情结也是分不开的。"朋
友们都长得高大起来,他就愈加感到自己的不利;愈感到不利,他就愈加

① 舍伍德·安德森,美国著名小说家。在他的帮助下,福克纳出版了第一部小说《士兵的报
酬》。

② David Minter, *William Faulkner: His Life and Work*, Baltimore, MD: The Johns Hopkins
University Press, 1980, pp. 11 - 12.

离群索居。"①他感觉到了自己在形体以及适应周围环境能力上的不足，便越发沉湎于内心生活。这一点倒正是一个艺术家应该具备的品质。荣格很早就注意到了艺术家的这一特点。他认为艺术家是远离生活的人，由于对现代文明缺乏适应能力，由于对社会生活不感兴趣而越来越沉湎于内心生活。② 正是对现实生活的"不满足"，导致了艺术家远离尘嚣，返回集体无意识，并在那儿找到了能够满足他的精神需要的东西。而这些东西，按荣格的说法，又正是整个社会所缺乏、整个文明所背离的人类生活的要素。这些生活一旦被发现，就会迎合整个时代的"无意识需要"，起到纠正时代弊病，疏导并恢复社会心理平衡，有机地补偿和调节人类生活的作用。

"当时占据着威廉·福克纳心灵的可以说有三件事：文艺创作、爱情与战争。"③在创作上他还没有找到感觉。在爱情方面，他与钟爱多年的女友埃斯特尔的感情有了进一步的发展，但由于他的游手好闲和无所事事，埃斯特尔做律师的爸爸坚决反对他们结合。1918 年 4 月，埃斯特尔与别人结了婚，而且还去了夏威夷，这给了本来就有很强的自卑情结的福克纳以很大的打击。失恋后的福克纳先是去了他的文学导师菲尔·斯通正在就读的耶鲁大学，继而来到纽约，冒充英国人，成了英国皇家空军的加拿大空军飞行队的新兵，但运气不佳，他还未能飞上天，第二次世界大战即宣告结束。福克纳坐火车从多伦多回到老家奥克斯福。他蓄着小胡子，走路故意一瘸一拐，穿一套英国军官服，肩章上是中尉的星豆，夹着一根英国式的短手杖，有时还说带英国腔的英语。这一切，"毋宁说是为了满足福克纳自己心理上的需要"④。怪不得他以复员军人的身份在密西

———————

① David Minter，*William Faulkner：His Life and Work*，Baltimore，MD：The Johns Hopkins University Press，1980，p. 18.

② 荣格：《心理学与文学》，冯川、苏克译，北京：生活·读书·新知三联书店，1987 年，第 27 页。

③ 李文俊编选《福克纳评传》，杭州：浙江文艺出版社，1999 年，第 9 页。

④ 荣格：《心理学与文学》，冯川、苏克译，北京：生活·读书·新知三联书店，1987 年，第 11 页。

西比大学读"非学位"课程时，同学们都管他叫"窝囊伯爵（Count No Count）"①。福克纳这些微妙的心理在九年后出版的小说《蚊群》（*The Mosquitoes*，1927）中有很好的印证。在这部小说中，他"自由遨游"着，说平日里不便说的话，做平日里做不到的事，实现平日里没有实现的愿望。

福克纳借《蚊群》中的一个人物说："没人会真的死于爱情……失恋了，不要自杀，写书好了。"②（228）《蚊群》就是献给又一位他爱恋又失恋的姑娘的。她叫海伦·贝尔德，和福克纳相爱了一段时间，后来却嫁给了一名律师。小说取材于安德森夫妇安排的几次郊游，而集中写一次庞恰屈林湖上的泛舟。在有限的场合里，他描写了一大批真假艺术家、食客和有钱的赞助人，以及形形色色的性癖和性活动，包括手淫、乱伦、异性恋以及同性恋。这一切让人想到他是否在意淫，连他的母亲莫尔读了都感到对其中的"性描写"不能接受。③《蚊群》刻画了性与艺术的各种关系，刻画了艺术家的若干类型，其中大多数是福克纳平日里希望规避的形象。这部小说以自我为中心到了毫不顾及他人的地步，心理刻画十分大胆。故事过了一半时，福克纳亲自出场，他"太阳晒得黝黑，衣衫褴褛"，"没有危险性，不过疯疯癫癫"，自称"以吹牛为业"，差点儿忘记自己的名字，"记起来了——叫福克纳，不错，就是这名儿"。（145）故事中的福克纳大谈文学，称自己的几首自恋诗是为一个同性恋女诗人所作，声称"凡艺术家都可能有点神经病"，艺术都是"性变态"的产物，还说作家是"痛苦挣扎于成名作家的欲望和顾影自怜的兴趣之间"，（248－252）还大谈弗洛伊德。这种欲望和兴趣在《蚊群》中十分突出。《蚊群》把但丁奉为最高典范，因为他使艺术成为现实爱情的手段。故事中的朱利乌斯·瓦伊斯曼后来说："但丁创造了比阿屈里丝，他为自己创造了生活上没顾得上创造的少女，

---

① "No Count"在美国南方特指人窝囊，没有用处，没有出息，有 useless 的意思。见肖明翰：《威廉·福克纳研究》，北京：外语教学与研究出版社，1997 年，第 19 页。

② William Faulkner，*Mosquitoes*，New York：Liveright Publishing Corporation，1927. 此节《蚊群》的引文均根据美国华盛顿广场出版公司 1995 年版 *The Mosquitoes* 译出。

③ 荣格：《心理学与文学》，冯川、苏克译，北京：生活·读书·新知三联书店，1987 年，第 39 页。

再把历来男人无法满足的性欲重担全部压在她纤弱但不躬曲的肩上。"（339）书中的费尔柴尔德干脆说，艺术是"一种不可告人的性变态"，艺术对男人有双重吸引力，它不仅代替你走进暗室中的禁果，还有更大的能耐。他说，女人"进入生活"，怀孕、生育子女，"不用艺术，便成了生活的一部分"。这类创造，男人只能"干瞪眼"。但"在艺术中，男人可以不需任何帮助便进行创造；他的所作所为，全是他一个人的。这就是性变态，正是这种性变态建造了沙特尔大教堂^①，塑造了李尔王"。（320）在雕刻家戈登身上，我们看到福克纳对"爱情、青春、悲哀、希望和失望"的关心，看到一个欲罢不能地进行创作的艺术家。这其实也是他创作的显在动机。1925 年，在一篇发表在《两面派》的文章中，福克纳说，诗歌使他的早年生活恬淡，提供了一个不需要伴侣的"情感替身"。因此，像是《蚊群》中的艺术家约瑟夫·赫格希墨那样搞艺术，福克纳认为那是"性的苦难的怪例"，很理解地认为他是在寻求庇荫，寻求"一个只有明与暗的所在，没有声音，超越失望"的所在。（230）他把赫格希墨的作品比作"可爱的拜占庭式"的柱雕，进而"想象赫格希墨沉浸于自己的书中，犹如循入静止的海港，那里年岁伤不到他，人间的流言蜚语传来不过像是远处朦胧的雨声"。没有声音、没有动静的魅力（"寂静的定格的动，永远为时光所不及"的世界），福克纳对此深有体会。《士兵的报酬》（*Soldier's Pay*，1926）中的唐纳德·马洪就是心理、生理萎缩、遁世的典范。《八月之光》中的盖尔·海托华是福克纳笔下又一个出色的"残疾人"的典型，他在教会中找到"庇荫"，在他的天职中找到希望，"过着白璧无瑕、完整无缺的生活，像一只典雅沉穆的花瓶，灵在其中得到了重生，生活的厉风刮不到它……只听见远处被阻遏的风声"。^② 但福克纳并不完全甘于躲避，他感觉到了在这种庇荫下的无奈，像戈登那样，虽然"生活在自己的高傲的城堡中，无求于人"，但他"在这所寂寞和倨傲的象牙塔里"，（153）孑然一身。看来"乌有之乡"和能够创造"乌有之乡"的优越感并不是根治其自卑情结的灵丹妙药。

---

① 沙特尔大教堂是中世纪法国哥特式建筑的优秀典范。

② 戴维·明特：《福克纳传》，顾连理译，上海：东方出版中心，1994 年，第 80 页。

福克纳由于自卑情结而产生的补偿心理在他作品中的人物身上有着鲜明的体现。他笔下绝大多数人物的内心都骚动不安，他们的灵魂为各种情欲所驱使、所煎熬，不由自主地实践着他们内心深处的欲望。《村子》（*The Hamlet*，1940）中的弗莱姆·斯诺普斯是福克纳着意塑造的人物。福克纳对他的内心世界描述得很少，我们看到的只是他如何再三地、不择手段地攫取金钱，完全丧失了人性，异化成了一部榨取金钱的机器。但到了《小镇》（*The Town*，1957），读者们终于弄清了他如此变态的心理根源。他严重阳萎因而没有性生活能力，空守着一个如花似玉的妻子，这种痛苦是难以忍受的。于是他贪得无厌地积累财富，穷凶极恶地往上爬，这其实也是一种官能补偿和对常人的迫害与报复。《圣殿》里的金鱼眼，也是生就瘦小枯干，而令他尤其不能忍受的是他的性无能。他肢解昆虫，从中获取残忍的快感。他无法强奸女大学生谭波儿，就用玉米芯施暴，破坏谭波儿的贞节。他让谭波儿与他找来的"代理人"调情，自己从一旁观看取乐，然后再杀死那名男子，从迫害中获取官能补偿。

三、乡下人的自卑

福克纳的自卑还来自作为一个"乡下人"的自卑。这种自卑反过来成就了他作品中的恋乡情结。他总是自称"乡下人"或"农民作家"，醉心于描写故乡那块"邮票般大小的地方"，醉心于发掘、垦拓和惨淡经营他的"领地"——约克纳帕塔法县。1956年，福克纳在回答《巴黎评论》杂志记者提问时说："我发现我自己的像邮票那样大的故乡的土地是值得好好写的，不管我多么长寿，我也无法把那里的故事写完。"①《坟墓里的旗帜》（*Flags in the Dust*，1973）和《亚伯拉罕神父》（*Father Abraham*，1983）等众多的约克纳帕塔法县系列小说中都有浓郁的乡土气息。福克纳所描述的世界在许多方面是传统社会，是有事大家知、出事大家担的村落社

---

① 戴维·明特：《福克纳传》，顾连理译，上海：东方出版中心，1994年，第89页。

新文科理念下美国文学专题九讲

254

会,是叙事式社会。几乎每个故事都贯穿了福克纳对"土地,养他的这块土地的深沉的爱"。《坟墓里的旗帜》取四季的推移为时间框架,故事始于1919年春末夏初。浓郁的大自然气息给人的感觉比社会或文明更加古老;它有福克纳特别赞许的几种美德:独立、坚毅、勇敢和秩序。而事实上,福克纳不但把他的家乡同粗陋、或他一度称之为"空荡荡的南方生活"相联系,而且还把它同外界压力相提并论。他含沙射影地把自己依恋故土比作关在邮电所里——"是我自己的小小的一枚家乡的邮票"。奥克斯福从未完全成为他的家。大战归来时,他觉得人虽回到密西西比州牛津(奥克斯福)的家中,却没有归家之感。这种感觉频频袭来,他不断尝试出走,把牛津在多种意义上当作"临时住址",[①]而把自己描绘成最彻底的"流亡者"——"一个流浪汉,一个一无所有、无害于人的游子","渲染地点之不重要"。[②] 流亡是福克纳这一代作家的非常时髦的做法,至少是一条摆明的出路。因为福克纳清楚,流亡意味着新的姿态和新的口音,意味着新的机会,意味着重新定向、成就大业。福克纳经常往返于纽约和新奥尔良等几所城市和奥克斯福之间,其目标就在于此。

我们无暇从自卑情结的角度对福克纳一生的创作进行条分缕析,但综观福克纳的一生,我们可以清楚地看到,尽管福克纳创作的动机簇十分复杂,有时为利益所动,有时为爱激发,有时为求名声,有时是为了"写人类的灵魂",为了"振奋人心",[③]但从某种程度上而言,"这些表面不同的目标其实都只是一个普通的目标,这就是优胜(superiority)"。[④] 这些行为全受"在上意志"(the will to be above)的驱遣。其实,"在上意志"就是尼采所说的"权力意志"(the will to power),也就是心理分析家们所谓的"利比多"(libido)。从这个角度来说,阿德勒等人的理论是有其合理内核

---

① 戴维・明特:《福克纳传》,顾连理译,上海:东方出版中心,1994年,第89页。
② David Minter, *William Faulkner: His Life and Work*, Baltimore, MD: The Johns Hopkins University Press, 1980, p. 1.
③ 威廉・福克纳:《福克纳文集・前言》,载李文俊编选《福克纳评论集》,北京:中国社会科学出版社,1980年,第257－258页。
④ 参看童庆炳主编《现代心理美学》,北京:中国社会科学出版社,1993年,第110页。

的。"在上意志"可以说是"男性的抗议"(masculine protest)，这实际上是男性们"我要做一个完全的人"的心理的很好表示。福克纳当然也要"做一个完全的人"，但他又有明显的形体等方面的缺陷，难免产生"自卑感"，这也就是法国变态心理学界的泰斗雅奈(Pierre Janet，1859—1947)所说的"缺陷感觉"(sentiment d'imcomplitude)。感到"缺陷"，便企图"弥补"(compensation)，这是福克纳创作的主要动因之一。"艺术家的缺失体验往往成为他们创作的一个重要动因。"①朱光潜曾对"发愤著书"说有新解："孙子膑足，乃著《兵法》，左丘失明，乃著《国语》，司马迁受宫刑，乃著《史记》……都是'在上意志'暗中驱遣器官有缺陷的人极力弥补而终于获非常成就的。"②用此说来解释福克纳创作的发生，可能再合适不过了。

---

① 朱光潜：《变态心理学派别》，北京：商务印书馆，1999年，第96页。
② 同上。

夏娃的毁灭：福克纳小说的女性范式

本文主要讨论威廉·福克纳作为无意识范式主体在其女性形象创作方面的自主性活动。福克纳在其众多的小说创作中对女性的命运给予了极大的关注，然而这些女性个个性格扭曲，命途多舛，或境遇凄苦，或心智失常，或夭折横死，或晚景悲凉，这主要是成长于美国南方的福克纳作为男性话语的代表在创作中把自己对南方生活和对生命的体验这一内心范式不由自主地转化为象征性范式的结果。

美国文学评论家朱迪斯·弗莱(Judith Fryer，1939)在 1976 年出版的女权主义专著《夏娃的面貌——十九世纪美国小说中的妇女》(*The Facts of Eve：Women in the Nineteenth Century*)一书的序言中阐述了妇女在美国社会中受歧视、遭压迫的地位。他认为，20 世纪 60 年代之前，妇女地位一直未得到真正的改善，而经常用来阐释美国文化的概述完全是用男性观察角度来表达的。[①] 人类的始祖夏娃经不住诱惑、偷吃禁果成为人妻后，女人便被认为是一切罪恶的渊薮，这是男性话语膨胀的结

---

① 作者在《序言》中引用了戴维·坡特(David Porter)在一篇题为"美国妇女和美国性格"的文章中所列举的一个美国谜语说明：经常用来阐释美国文化的概述完全是用男性观察角度来表达的，这种男性观察角度根本不考虑妇女的存在。谜语是这样的：两个印第安人，一大一小，坐在栅栏上。那个小印第安人是大印第安人的儿子，但是那个大印第安人却不是小印第安人的父亲。这怎么可能呢？ 传统的思维习惯使美国人不能一下子就猜到那个大印第安人就是小印第安人的母亲这样一个极其简单的问题，"因为男人统治的社会从未把妇女真正考虑在内"。此语道出了男权社会中男性的集体无意识内容。

果，而且在男权社会中愈演愈烈。尽管如此，弗莱仍然认为夏娃在19世纪的美国小说中处于非常重要的地位，夏娃的形象同当时对妇女的态度有着密切的联系。"夏娃以诱人的妖妇、美国公主、强有力的母性和新女性这四个面貌出现在19世纪的美国小说中。"①实际上，弗莱的这部力作已经注意到了美国小说家们在塑造女性形象时没有摆脱人类的始祖夏娃这一原型，他们的内心深处仍然受着久已形成的传统的女性形象范式的影响。威廉·福克纳的创作虽然集中在20世纪上半叶，但作为美国南方传统思想的代表，这种"构成集体无意识的最重要的内容"②的原型，无疑深深地"沉淀"（precipitate）在他的灵魂深处，这些女性形象范式自然也不例外。从其作品中，我们可以很容易地找到上述四种范式。若仔细观察、研究，我们就会得出这样的结论：福克纳在他那卷帙浩繁的作品中描述了形形色色的南方女性，其形象范式却大多是弗莱在那部力作中总结的第一种范式"诱人的妖妇"的变种——被毁灭的女性。这些女性个个性格扭曲，有的疯癫，有的堕落，有的行为费解，有的与世隔绝。这与战败的美国南方人的畸形心态有关，与福克纳生活的20世纪的社会风气有关，更与福克纳的个人成长历程以及由此而形成的不易被人察觉的心理状态有关。

一、孤芳自赏，走向毁灭

南方女性的典型形象是淑女，这是在两百余年特定的历史条件下逐渐形成的。南北战争宣告了南方奴隶制种植园经济的结束，否定了建立在这种经济基础之上的南方传统和价值观念。接受失败是痛苦和尴尬的，而接受新的价值观念更非一朝一夕之事。男人们被绝望和挫折吞噬着，而生活在这些男人世界中的女性们则趋向于内向爆发。于是，她们采取了几乎完全拒绝新价值的态度。为了维护她们自身的完整性，她们对

---

① 赵宪章编《二十世纪外国美学文艺学名著精义》，南京：江苏文艺出版社，1987年，第184页。
② 荣格：《心理学与文学》，冯川、苏克译，北京：生活·读书·新知三联书店，1987年，《译者前言》第5页。

变化了的现实和正在变化的现实往往视而不见，又无法改变客观世界来适应主观世界，只好筹划一个小小的孤岛来孤芳自赏，满足自己的心理需要。她们表面上刚强，实际上却是外强中干，脆弱得不堪一击。在《押沙龙，押沙龙！》中，福克纳借昆丁的父亲康普生之口说："多年以前，我们在南方把妇女变为淑女，战争来了，把淑女变成鬼魂。"①小说中的洛莎·科德弗尔就是这样的一个鬼魂。战争开始之时，洛莎还是个小姑娘，由于当了孤儿，无家可归，便住到姐夫塞德潘的农场，以求果腹。她和侄女一起在战争中度过索然寡味的青春。赛德潘回来后对她的那种极不体面的求婚方式，使她那从小在体面的南方家庭中养成的女性的自尊受到了无法愈合的伤害。20年来，赛德潘在她心目中一直是个魔鬼。在她看来，接受这样一个人的求婚本身已是一件错事。而最让她难受的是，赛德潘竟厚颜无耻地建议在婚前先确定一下她能生个儿子。这种侮辱性的提议对一个南方淑女来说实在有些过分，因为贞洁仍然是构成她这个南方淑女的荣誉和生命的要素。赛德潘从来不在乎当什么绅士，可洛莎却是作为淑女养大的，赛德潘此举使她愤怒到极点。一气之下，她返回父亲的故宅，将自己关闭起来，隐士似的度其残生。晚年回忆塞德潘时，她虽然仍避免不了怨愤交加，但也流露出一种难以言表的凄凉，一种永远的失落感。一个对生活有着无限憧憬的女性就这样被毁灭了。

同属一类然而更加让人惊心动魄的女性是《献给艾米丽的一朵玫瑰》（*A Rose for Emily*，1930）中的女主人公艾米丽·格利森。这是一篇精心炼制的短篇小说，可谓字字珠玑。如果说洛莎至少还有一点要对人倾诉的愿望，那么艾米丽则干脆拒人于千里之外。难怪福克纳在被人问及他是否喜欢艾米丽时，他答道，"我怕她。"②这是个耸人听闻的老处女的故事。艾米丽是格利森家族的最后一员。在过去，她身材苗条，浑身素白，而30多岁时候出现在大家面前的艾米丽则完全失去了光泽，"看上去

---

① William Faulkner, *Absalom, Absalom*! New York: Vintage Brooks, 1972. p. 12.

② Larris, et al., ed., *Short Story Criticism*, Detroit, MI: Gale Research Company, 1988, p.152. 下面关于《献给艾米丽的一朵玫瑰》引文均译自此版本，不再一一注出。

虚浮臃肿,活像在死水里浸久了的尸体",终于在 74 岁时死去。"活着的时候,艾米丽小姐已经成为一种传统、一种责任、一种操心;一项镇上世传的义务。"现在,这块南方淑女骄傲与尊严之碑倒下了。即使是为了帮助她,前镇长萨托瑞斯上校也只能迂回曲折地找借口,以免伤及她的自尊心。艾米丽在父亲去世和未婚夫失踪之后与世隔绝达 40 年之久。"这个地方唯一的生命迹象是那个提着个篮子进进出出的黑人。"偶尔,人们能隔着窗子看见她,只见"她那挺直的躯干一动不动,活像尊偶像"。直到她的葬礼之后,人们在一间紧锁的房间里发现了她未婚夫的骷髅,谜底这才得以揭开。显然,这位体面的艾米丽小姐处心积虑地策划并掩盖了一起谋杀案。评论家们认为,由于那个北方人拒绝和艾米丽结婚,作为报复,艾米丽将他毒死。其实,从另一个角度来看,这是艾米丽由于过于空虚、身心都无法得到慰藉,为了让自己有一个男人陪伴,不得已而采取的下策——毒死他,以实现永远和他在一起的目的。可惜,这种得到正是永远的失去,在她毒死他的那一刻,她已经在精神上死去了,她的内心永远都充满着悲哀、凄凉和无奈。另一方面,艾米丽实在无法面对一个南方淑女屈身恳求一个北方工人反遭拒绝的事实。在当时的历史条件下,这真是个绝妙的讽刺。尽管这样,她还是"高高地昂着头——即使我们相信她已经坠落了"。艾米丽四周的一切无不与死亡相关联:败宅,腐尸,恶臭味,尘埃,紧闭的大门,经年不用的沙哑嗓音和一言不发的黑人奴仆。艾米莉的特点还在于她那完全不顾现实的倔强意志。她不让别人安葬她死去的父亲,声称他根本没有死。她无视法律,坚持要买毒药而不说出目的。她拒绝交税,既不提出理由又不上交申请,只是一口咬定:"我在杰斐逊镇没有税务。"更有甚者,她还让上门要税的代表们去找给她免税的萨托里斯上校,似乎她根本不知道萨托里斯上校已经死了有十年之久。可以说,拒绝纳税在一定程度上象征着拒绝接受变化了的形势。艾米莉所有的行为都是为了确定自己的优越性、自己的尊严和作为一名南方淑女的完整性。1929 到 1940 年是福克纳创作的高峰期,这段时期的作品从很大程度上来说都表现了传统的衰败和崩溃,而在表现毁灭的女性形象上着墨最多。

福克纳作为南方种植园主的飘零弟子为这种毁灭唱挽歌,努力理解其悲剧命运,揭示出南方失败的内在因素和贵族性格中丑陋、卑劣以及清教文化对美好事物的毁灭。

二、无可奈何,甘于堕落

南方女性中的第一类如上所述甘愿充当陈旧的生活方式的殉葬人,第二类则正相反,她们准备彻底放弃传统,无论是正面的传统还是反面的传统。她们通常被视为堕落的人,倒也更典型地反映了南方女性的毁灭。这些女性清楚地认识到过去的天堂已一去不返,但又没有足够的力量去开拓新世界,只好无视眼前形势,继续充当昔日意义上的贞妇淑女,只能随波逐流,完全听凭本能、压力或利益的驱使。与福克纳同时的著名作家玛格丽特·米切尔(Margaret Mitchell,1900—1949)的小说《飘》(*Gone with the Wind*,1936)中的女主角斯嘉丽·奥哈拉是这一类型,而福克纳的《喧哗与骚动》中的凯蒂和《八月之光》中的伯顿小姐则更具代表性。凯蒂·康普生似乎比其他女性走得更远。她出生于一个名门之家,年幼时敏感而富于同情心,给兄弟们带来温暖和呵护。在"被命运诅咒,也知道这一点"的情况下,她"接受了这种诅咒,既不去寻觅也不逃避"。她不愿像洛莎或艾米莉那样自我克制,而是听凭命运的摆布。她先是被诱骗,婚后又被遗弃,再婚后又离婚,最后消失在纳粹手下的巴黎:人们发现一张她和一个纳粹军官的合影。她已经没有什么怕失去的了:从她一向不以为然的童贞开始,她失去了名誉、尊严、女儿、兄弟……渐渐地,她飘离旧南方的贵族传统越来越远,进入一个遥远的异地。她的兄弟昆丁为她的堕落深感内疚和同情乃至自杀。凯蒂的私生女小昆丁留在家中,走着母亲的老路,无视旧价值。为了惩罚虐待她的舅舅,她抢走他一大笔钱,在17岁时便与人私奔,几乎完全重走了母亲的旧路。小昆丁的所作所为似乎表明南方女性的毁灭已经无法避免。

有的学者认为《喧哗与骚动》是一本描写南方大家庭和南方社会旧秩

序衰落的小说,这种说法不无道理。确实,《喧哗与骚动》通过凯蒂从天真烂漫到放荡堕落的变化反映了以康普生家族为代表的南方大家族的没落,也揭示了康家只要地位荣誉,不要家庭温暖,致使子女们的性格和心理的发展呈畸形状态,从而说明南方社会的习俗与观念既毁灭自己也毁灭别人的事实。这一切,福克纳在这部小说的第四节里表现得相当清楚。然而,这种分析只说明《喧哗与骚动》的社会性和社会意义,尚未揭示决定作品主题思想和艺术手法的创作动机。此外,这种说法似乎也不能反映福克纳自己常提到的有关这部小说的创作过程:他是从一个爬在树上,屁股上都是泥,从窗子里偷看奶奶丧礼的小姑娘的画面出发写这部书的。为了动人,他先从小姑娘的白痴弟弟的角度来写这个小姑娘,但不满意;又从另外一个兄弟的角度来写,还是不满意;又从第三个兄弟的角度来描写,还是不理想,便用自己的口气写了第四部分。然而,一直到 15 年后他把故事再写了一遍才算了却了心事。^① 可见这个作为小说前三节中心的小姑娘是书中最重要的人物。正如福克纳自己一再强调的"这是两个迷途彷徨的妇女——凯蒂母女俩的悲剧"^②,当然最重要的还是凯蒂的悲剧,说穿了,是两个被毁灭的女性的悲剧。

在美国南方,无论是在南北战争之前还是在福克纳所处的时代,女人都处在十分特殊的地位。南方社会,信奉男尊女卑、白人优越论以及贵族世家高人一等的思想。在白人社会里,妇女被看成是谦逊、贞洁、虔诚、自我牺牲等一切美德的化身和家族荣誉及社会声望的代表;另一方面女人又是祸水,是万恶之源。在现实生活中,在这个以男人为中心的社会里,男人们表面上对女人彬彬有礼,时刻扮演着女性保护神的形象,实际上妇女并不受人尊重,并没有自己的身份、权利和自我。男人们"从一开始就否认妇女的个性","人们允许妇女具有情感,但不允许她们拥有彻底的自治权利"^③。

---

① 参见李文俊编选《福克纳评论集》,北京:中国社会科学出版社,1980 年,第 262 页。

② James B. Meriwether and Michael Millgate, eds., *Lion in the Garden*, New York: Random House, 1968, p. 12.

③ Van Meter Ames, *Aesthetics of the Novel*, Chicago, IL: The University of Chicago Press, 1928, p. 159.

社会要求她们对男人绝对服从,做男人的仆从、姐妹、朋友、妻子或情人,唯男人之命是从。[①] 康普生家的男人都是南方妇女观的忠实拥护者,因此凯蒂从一个天真烂漫的小姑娘起就已经铸就了毁灭的厄运。

在康普生家里,只有童年时代的凯蒂是个自然之女,完全不理会社会和家庭对女人的看法和要求。凯蒂生性善良,富有同情心。她像母亲似的照顾白痴弟弟班吉,对母亲叫他"可怜的宝贝儿"[②]不以为然,说:"你不是可怜的宝贝儿。是不是啊。你有你的凯蒂呢。你不是有你的凯蒂姐吗。"为了弟弟,她放弃了香水,赶走男朋友。她同情多愁善感的哥哥,想方设法帮助他,安慰他,甚至表示可以让他杀死自己。当然,她还讨厌自私自利、爱告状的杰生,这一切都是天性的自然流露,而不是扮演社会的某一角色。不幸的是,凯蒂还有一种不能见容于南方男性社会的"缺点"。她追求知识,有强烈的参与意识和反抗精神。凯蒂从小争强好胜,做游戏时要当国王,做将军。祖母去世的那一天,唯有她勇敢地爬上大树,窥探奶奶屋里的秘密。她坚持"男孩子干什么,她也要干",不到入学年龄就闹着要跟哥哥上学甚至对于康普生太太的要做一个淑女的种种告诫置若罔闻。凯蒂的这种顽强表现自己个性的精神,随着年龄的增长,必然同社会习俗发生冲突,也必然会在她的心中引起矛盾与斗争,给她带来无限的痛苦。"她蜷缩在墙根前变得越来越小只见到一张发白的脸她的眼珠鼓了出来好像有人用大拇指抠似的。"[③]她不想压抑内心的欲望,便只好接受南方社会中女人是罪恶的观点。正如 17 年后她女儿一针见血地对杰生说,"如果我坏,这是因为我没法不坏。是你们逼出来的。我但愿自己死了愿意全家都死了"。她接受命运的安排,走上堕落的道路。怀上身孕后,她不再抗争,被动地听从母亲的安排,根据南方的习俗,嫁给一个她并不相爱的男人。婚后她遭到丈夫的遗弃,但为了家门的声誉,她只好断绝

① Charles Reagan Wilson and William Ferris, eds., *Encyclopedia of Southern Culture*, Raleigh, NC: University of North Carolina Press, 1989, pp. 1519 - 1589.

② 此处关于《喧哗与骚动》的引文均译自美国 1954 年 Vintage Books 的英文版本,不一一作注。

③ 原文如此,这是福克纳的意识流写法,在他的小说中随处可见。

同家庭的来往，浪迹天涯，靠出卖肉体为生。她的女儿小昆丁像她一样在没有温暖、没有正确引导的环境中长大，跟她一样离开家庭走上堕落的道路。"她不需要别人的拯救她已经再也没有什么有价值的东西值得拯救的了。"就这样，一个富有个性、天真活泼的女性被社会毁灭了。即使如此，我们还是要问，福克纳为什么一定要通过三兄弟的意识之流，以内心独白的方式来表现凯蒂呢？为什么他在第四节里完全不写凯蒂？为什么不能像托尔斯泰、福楼拜等其他男作家那样用第三人称的叙述法来塑造凯蒂，刻画她的内心世界？这跟福克纳创作的心理动势有着密切的关系，他要借三兄弟之口诉说自己对女人的看法，因为福克纳刻画的是男人的内心世界和男人眼中的世界。

完全接受新价值很难，完全抛弃旧价值也不容易。南方女性中的第一类以自我孤立求自我肯定，第二类以自我否定作为对现实的反叛，其实，两者都是消极的人生观，最终导致的仍是女性自身的毁灭。一个人要想我行我素就必须有勇气藐视整个社会，而蔑视整个社会的下场又总是可想而知。南方小说家们往往从这种小社会的角度出发，以局外人的身份对女性进行观察、判断、评头论足，但似乎都没有福克纳对女性毁灭的形象在作品中表现得那么专注。

三、男性话语，袒露心迹

如上所述，福克纳作品中的女性毁灭形象的大量涌现，与福克纳生活的 20 世纪那喧哗与骚动的社会风气有关，更与福克纳的个人成长历程以及由此而形成的不易被人察觉的心态有关。美国小说美学家万·梅特尔·阿米斯注意到，在那个时代，"女人一直属于那并不附属于她们的男人。乔治·梅瑞迪斯在他的小说《利己主义者》中就以一种男性读者感到无地自容的方式描述了这一情况"。[①]《利己主义者》(*The Egoist*，1879)

① James B. Meriwether and Michael Millgate, eds., *Lion in the Garden*, New York: Random House, 1968, p. 167.

中的主人公对于究竟哪个倾心于他的女友应该获得他的垂青捉摸不定，而他却对这些女友不能无限期地等待他的决定，最后轻率地与别人结了婚感到愤怒。这是那个时代社会生活的实际，也是作者男性话语膨胀的结果。福克纳在一定程度上与之有相似之处。戴维·明特说福克纳在创作时总是设法控制自己的不满，那种对社会、对男人，特别是集中表现出的对女人的不满：

> 《圣殿》发泄了对左右社会的政客先生和体现社会种种伪善的中年妇女的蔑视。故事情节以"金鱼眼"残酷蹂躏少女谭波儿为中心，反映出作者对女人的深恶痛绝。不论这种痛恨是同福克纳信中给巴玛姑姑提起过的一个浅薄女人有关，还是由于福克纳同埃斯特尔和海伦以前造成的创伤有关，还是由于福克纳对莫里斯·宽德罗说起过的私生活困难，痛恨的焦点和深度是有目共睹的：《圣殿》和其他任何一部著作一样，表现了阿尔贝·格拉尔所谓的"对女人的不信任、甚至厌恶"。①

《圣殿》中以谭波儿为主的场景非常紧凑，着墨不多，超然物外，几乎像是医生在诊病。书中的场景只写动作而不写感情，其中写荒淫无耻方面的内容着实让人瞠目，特别是金鱼眼的邪恶和谭波儿的淫荡，是在同类小说中罕见的。从福克纳的生平传记情况来看，他平时对女人不太信任。在谭波儿这个从情窦初开到荒淫无耻的女性身上，集中体现了福克纳心目中的女性堕落的程度。谭波儿被残酷蹂躏之后，本有逃脱的机会，但她却放弃了。一半是由于内心矛盾，但也反映出她对现实社会的恐惧。她不能让她那高雅体面的亲友知道她的遭遇，因为她知道这个社会宁可掩盖罪恶也不愿承认罪恶。小说近结束时，谭波儿回到她出身的社会，同那个社会同流合污，把明知是金鱼眼干的坏事栽到古德温身上。因此，从某种程度上来说，谭波儿既代表堕落的本能又代表腐败的社会。

---

① 戴维·明特：《福克纳传》，顾连理译，上海：东方出版中心，1994年，第122页。作者自注：阿尔贝·格拉尔(1880—1959)，生于巴黎的美国作家，第一次世界大战期间在美军情报处工作。

福克纳在接受采访时对女人总是恭维有加,说"描写她们要比写男人有意思得多,因为我认为女人很了不起,她们很神妙,我对她们了解得很少"①。他甚至说过,"我认为女人很了不起,她们比男人强"②。然而,他在谈其他问题时涉及的对女人的看法似乎更值得我们注意。1931 年,他谈起现代美国生活时说,"游手好闲的女人是美国社会的一大特色。美国生活方式供养了这些女人,通常情况下,女人做些洗洗涮涮的工作。然而,在美国这个社会,她们不必做这些事"③。1955 年,福克纳劝告年轻的作家不要一味追求成功时说,"成功是阴性的,像个女人,你蔑视她,她会来追求你,奉承你,但你如果去追求她,她就看不起你"④。他在同一次采访中把这个观点先后说了两次。在接受吉恩·斯泰恩的采访并由她亲自撰写的、被公认为最有权威的采访录里,福克纳再一次重复:"成功是阴性的,像个女人,你要是在她面前卑躬屈膝,她就会对你不理不睬,看不起你。因此,对待她的最好的办法是看不起她,叫她滚开。那样,她也许会匍伏前来巴结你。"⑤福克纳还说过:"女人只要知道三件事:讲老实话,骑马和开支票。"而开支票又是"你最不愿意教给她的事情"⑥。从福克纳对女人既欣赏又蔑视的矛盾态度来看,他并没有摆脱南方社会认为女人既圣洁又罪恶同时又对之轻视的传统观点。

在日常生活中,福克纳对女人总是彬彬有礼,很有绅士气派。他似乎特别喜欢童年时期的小女孩,不希望她们长大。他的女儿吉尔 10 岁时把头发剪了,福克纳从好莱坞写信告诉她,他不反对她改变发型,但他将永

① Fredric Gwynn and Joseph Blotner, eds., *Faulkner in the University*, Charlottesville, VA: The University of Virginia Press, 1959, p. 45.

② Doreen Fowler and Ann J. Abadie, *Faulkner and Women*. Jackson, MS: University Press of Mississippi, 1986, p. 3.

③ Philip Cohen and Doreen Fowler, "Faulkner's Introduction to *The Sound and the Fury*", *American Literature*, 1990, 62(2), p. 273.

④ James B. Meriwether and Michael Millgate, eds., *Lion in the Garden*, New York: Random House, 1968, p. 240.

⑤ Ibid., p. 45.

⑥ Ibid., p. 173.

远记得她"生下来以后一寸都没铰过的黄头发"①。福克纳有一次去看望一直照顾他的布洛特纳教授，看到了教授的女儿，福克纳便亲切地摸着她的头，颇有感慨地说，"我也有过这样的一个小姑娘，可惜她长大了。"②福克纳对老年妇女很尊重，曾说："我主张每个年轻男人应该认识一个老太太。她们讲的话更有道理，她们对任何年轻人都有好处，可以是个老姑妈，也可以是个老教员。"③而对于年轻女人，他在爱慕之余总有猜疑。这种心理从福克纳的生活里可以找到很多根据。他同艾斯苔尔从小青梅竹马，一直以为长大后会结成夫妻，没想到艾斯苔尔嫁给了别人，这件事给了福克纳很大的打击。福克纳第一次离别家乡就是为了逃避艾斯苔尔跟别人的婚礼。他对这位从前的女朋友始终不能释怀，同她一直保持联系，还给她的孩子写故事，陪他们一起玩耍。在这段时间里，他还追求过别的女性，但也都没有成功。就在他写《喧哗与骚动》的前夕，艾斯苔尔跟丈夫离了婚，要同福克纳结婚。我们完全有理由猜测，他在这本小说里回顾了他跟女人的关系，倾诉了他对女人的爱慕与猜疑，也表达了他对是否应该同艾斯苔尔结婚的矛盾心理。事实上，他在《喧哗与骚动》之前所写的《士兵的报酬》和《蚊群》中已经以拒绝他的女人（主要是艾斯苔尔）为原型塑造了一些轻佻却不乏魅力的年轻女性。只不过在《喧哗与骚动》中，他再次思索女人问题，在凯蒂身上塑造了一个更为成功的既是圣母又是淫妇，既叫人销魂荡魄又让人伤心绝望的女性形象。福克纳在 1933 年写的序言里坦率地承认他对女人的爱慕、幽怨和忌恨：他写这本小说是为了给"我这个从来没有姐妹而且命中注定要失去襁褓中的女儿的人创造一个美丽而不幸的小姑娘"。他还说，"这个美丽而不幸的小姑娘就是凯蒂。她是命中注定要遭劫难的。作为背景，我给她一个由破败的房屋作象征的注定要败落的家庭。我也可能就在其中，既是兄弟又是父亲。不过，一

---

① James B. Meriwether and Michael Millgate, eds., *Lion in the Garden*, New York: Random House, 1968, p. 125.

② Ibid., p. 100.

③ Ibid., p. 100.

个兄弟不能包含我对她所有的感情。我给了她三个兄弟：像情人似的爱她的昆丁，怀着父亲一样的仇恨、妒忌和畸形的骄傲但却深爱着她的杰生，还有以儿童的纯粹的无知热爱着她的班吉"①。可见福克纳在小说里写进了自己作为男人对各种女人（母亲、情人、女儿）的看法。而且，他认为，无论是姐妹还是女儿，只要是女人，她们长大了都是不幸的，因为她们情窦一开便会走上堕落的道路，进而走向毁灭。有的学者注意到，"女性意识与男权文化的冲突是 20 世纪西方女性文学的重要题材，许多女作家都描写了自立的女性与男权文化的冲突以及女性的失败"②，而福克纳作为一位男性作家却敏锐地捕捉住了这一许多男性作家都忽略了的问题，不能不使我们对这个天才作家由衷而生敬意。

尽管福克纳笔下的大多数女性都没有跳出毁灭的范式，但同样在《喧哗与骚动》中塑造的女性形象迪尔西却是个例外，让人们从这个人物身上看到了女性和人类的希望。换句话说，福克纳还在小说里审视了美国南方，既通过女人的悲剧批判南方社会，预言它的衰亡，同时又为它寻找出路。福克纳似乎把希望寄托在迪尔西身上，希望她既是女人的榜样又是南方的未来。因为迪尔西信仰并身体力行基督教所颂扬的博爱与同情精神，顽强地支撑着日益败落的康普生家庭，尽其所能给班吉和小昆丁以保护和温暖。实际上，迪尔西的"勇敢、大胆、宽宏大量，温柔和诚实"③等品德就是凯蒂所具备而为福克纳所赞赏的品德。迪尔西是个黑人妇女，作为仆人对主人忠心耿耿，正符合福克纳对妇女的要求。从这一点上来看，福克纳又落入了传统意识和男权话语的窠臼。尽管在创作手法和技巧方面福克纳是个无可非议的激进的革新家，但他的妇女观，他的女性情结却与那个时代有些龃龉，这是他笔下众多女性都难逃毁灭厄运的又一重要原因。

① Philip Cohen and Doreen Fowler，"Faulkner's Introduction to *The Sound and the Fury*"，*American Literature*，1990，62(2)，p. 277.

② 李晓英：《简论西方女性文学的发展》，《外国文学研究》，2003 年第 1 期，第 131 - 136 页。

③ James B. Meriwether and Michael Millgate，*Lion in the Garden*，New York：Random House，1968，p. 244.

原型的暴露:《泄密的心》的一种解读

"我"和老头住在一起,"我"很爱老头,但是却无法忍受老头的眼睛,特别是那种目光,于是"我"便把老头杀死、肢解,结果老头的那颗心脏泄了密,"我"只好招供。这就是《泄密的心》(*The Tell-Tale Heart*,1843)的故事情节。情节简单,但意蕴却深远。人类虽然历经千年万年的时间,历经千种万种的形态,其内心潜藏在一切意识最深处的前意识,却是大体相同的。这种前意识,按照荣格的观点,不是个别的,而是普遍的,"具备了所有地方和所有个人皆有的大体相似的内容和行为方式"。以传统的批评眼光看,我们只能概略地说这是爱伦·坡的又一部恐怖、惊险故事,有的把它归为侦探类,实在过于勉强,因为它连侦探小说的基本要素都不具备。坡在小说中所着力描写的诸种细节读了确实令人不寒而栗,但让读者想得更多的可能还是小说的标题"泄密的心"。这部小说对宿命、神秘特别是"心"和"眼"的描写的确意味深长。

读了爱伦·坡的短篇小说《泄密的心》,不由得就想起了英国著名诗人柯勒律治说过的那句话:古老的天性召回了古老的民性。这是一句令人迷惑的话,却道出了原型批评得以展开的根本。人类虽然历经千年万年的时间,历经千种万种的形态,其内心潜藏在一切意识最深处的前意识,却是大体相同的。这种前意识,按照荣格的观点,不是个别的,而是普遍的,"具备了所有地方和所有个人皆有的大体相似的内容和行为方式"①。这句话再加上"所有的时间"一词,就可以概括柯氏"古老的天性"的意思。其实,这也就是原型—神话派理论家们称之为"集体无意识"的理论内核。我们用这一理论来考察坡的名作《泄密的心》倒是颇有洞见。

《泄密的心》是美国作家爱伦·坡关于复仇和凶杀题材的尝试。故事情节再简单不过了。以传统的批评眼光看,我们只能概略地说出这是坡的又一部恐怖、惊险故事,有的把它归位侦探类,实在过于勉强,因为它连侦探小说的基本要素都不具备。坡在文中所着力描写的诸种细节:深夜里"报死虫的叫声",在"毛骨悚然中,心坎里""不由涌起的呻吟"声,激荡出的"阴森森的回响"②等,也加深了给人的这种感觉,以至于该书的译者陈良廷都称赞道:"丝丝入扣,读了令人不寒而栗。"③

但实质上,就这部小说对宿命、神秘特别是"心"的描写来看,其内涵远不止于此。值得注意的是陈良廷对《泄密的心》的又一段评论语:"作者写了杀人犯的犯罪心理及作案过程,但不是一般'凶杀小说'。虽然剖画了良心的谴责,但不能列为'道德小说'或'寓言小说'的范畴"(365)。这段分析,显然已脱离了对文字的表层感觉,但即使是这种理解,也只是对文字的内容的一般意义上的讨论。陈良廷还注意到,"收到预期中的恐怖效果"才是爱伦·坡创作的"真正目的"(365),这种对小说情节和内容的细读细析以及对美学效果的整体观照,也是对这部短篇的一个很好阐释。不错,在《评霍桑〈重述的故事〉》中,爱伦·坡就强调在故事的创作中,"技巧娴熟的艺术家"应如何从"效果"着手,经过精心策划和巧妙编排,力图

① 胡经之、张首映主编《西方二十世纪文论选》(第一卷,作者系统),北京:中国社会科学出版社,1989年,第297页。
② 爱伦·坡:《爱伦·坡短篇小说集》,陈良廷、徐汝椿译,北京:外国文学出版社,1982年,第365页。
③ 陈良廷:《爱伦·坡和他的作品》,载爱伦·坡《爱伦·坡短篇小说集》,陈良廷、徐汝椿译,北京:外国文学出版社,1982年,第365页。此处关于这个故事的引文皆出自这个译本,页码随文标出。

使故事中的每一件事、每一细节,甚至是一字一句都为预想的效果服务①。但如果我们注意到其特定原型的回复,向后站,从作品近处往后退,往高处站,蒙上眼睛,略去一切繁文缛节,我们会是发现了新大陆般的惊喜,会是发现了一个保藏得非常好的一个秘密那样满足。

请看下例,关于眼睛:

> "大概是那只眼睛作祟吧!不错,正是那只眼睛在作祟!他长了一只鹰眼——浅蓝色的,蒙着层薄膜。只要瞅我一眼,我就浑身发毛;因此心里渐渐——逐步逐步——打定了主意,结果了他的性命,好永远不再瞅见那只眼睛。"(163)

> "一点一点掀开,缝里终于射出蒙蒙一线光,象游丝,象游丝,照在鹰眼上。……那只眼睛呢,睁得老大,老大;我愈看愈火。我看得一清二楚——整个眼睛只是一团暗蓝,蒙着层怕人的薄膜,吓得我心惊胆战……灯火正射在那鬼地方。"(166)

这些反复出现的意象不能不使人抛弃文字的表层含意,而去追寻它的深层意蕴:究竟是什么使"良睛"成为一种蛊惑呢?又是哪种力量使得报复来得如此迅速和必然?"我"无法承受的是什么?其中有没有回荡着亘古不变的旋律?

关于"鹰眼"的描述确实应引起人的注意。鹰是猛禽,在飞鸟世界中它代表不可一世的力量。原型批评大师弗莱曾对之有如此描述:"动物世界以妖怪和猛兽等意象来描绘……所有的统治者都和怪兽等同。"据此,我们有理由将鹰眼视为一种象征:它代表了权势。它的邪恶或者它的强大的力量正是"我"爱它又天然地反对它的真正原因。这种心态是集体的、一般人类心理共有的。再回到故事内容得以展开的结构,"我"不满于一种强权,想扼杀它,但却最终得到了强权的报复。在原型批评理论中,

① George Perkins and Barbara Perkins, *The American Tradition in Literature*, Vol.1, Boston, MA: McGraw-Hill Companies, Inc., 1999, p. 1308.

这些貌似蔑视真理的现象却是原型的最直接的表现。这时,《泄密的心》已经不再是一篇恐怖心理小说了。它所表达的是西西弗斯式人类生存的某种困境:世界充满了违情悖理和徒劳无益。正是在对人类这种悲剧状态的关注中,读者获得了对小说的普遍同情——对自身境地的潜意识认识被唤醒了。整篇小说里两个主要人物,"我"和老头应该说是魔幻型意象中替罪羊和暴君的分别对等。"我"不是单纯的受苦受难,暴君也不是完全地强悍有力。当然我们并不是要挖掘出人对命运的无可奈何而后悲天悯人,这也不是原型批评的最终目的,我们对作品进行原型批评,很明显的一个作用是找出了作品的深层结构。在这种找寻中也容易地把握住了人类普遍存在的集体无意识,明确了心灵受到震撼的最初原因。可以说,《泄密的心》在一定程度上泄的是人类的集体经验和深层无意识的大秘密。当然,这部作品能给我们很多启示,我们可以从更多层面对其进行多方诠释,这也是经典作品的真正价值所在。

读《泄密的心》,其中有两处反复出现的意象是无法忽略的,一处是激起"我"去谋杀老头的原因:老头的眼睛(eye,这个词重复了十一次);一处是使我得到报复的原因,也就是老头那不死的心(heart,这个词重复了八次)跳声。不管爱伦·坡是有意识还是无意识地描述,这些意象却实在是意味深长并且触目惊心。其实这篇小说的非常之处,就是心跳声的不合常情。首先是老头受到惊吓时的心跳声,二是老头虽死却心跳不止,原文在"那声音"下还加了着重号,显然作者在这里有着特殊的用意。到了作为报复形象出现的心跳声时,作品中充斥的几乎就是这一意象了,光是"声音"(sound)重复了八次,说"越来越大"(louder)就出现了十三次,说恐惧或声音等加剧或增强(increase)就重复了七次。这些意象在段落中顽强地潜伏在一个紧逼的节奏中,形成了一种重压。这些反复出现的意象不能不使人抛弃文字的表层含意,而去追寻它的深层意蕴:究竟是什么使"眼睛"成为一种蛊惑呢?又是哪种力量使得报复来得如此迅速和必然?"我"无法承受的是什么?其中有没有回荡着亘古不变的旋律?

可以再回到故事内容得以展开的结构,"我"不满于一种强权,想扼杀它,但却最终得到了强权的报复。这使人想到波利尼西亚、马来西亚等地的某种情形。在波利尼西亚,"汤加的土人相信,如果有谁的手在触碰了酋长神圣的身体以后去拿东西吃,他就会肿胀而死"。而酋长的权利主要是"建筑在一种对他们的超自然力量与祖先神灵的联系以及禁忌的神秘作用的信仰"①。虽然,关于土人和"我"的对应发生了一点变异:"我"已经有扼杀的欲望,而土人却只知道诚惶诚恐。然而对强权的统治和被强权所报复的意象却是同一的。土人对酋长的信仰在现代看来有些可笑,然而在原型批评理论中,这些貌似蔑视真理的现象却是原型的最直接的表现,并且"确实是原始氏族的心理生活"②。酋长的神圣不可侵犯性,表明了原始部族人所感知到的不可知的命运和外部的必然性的威力。必然受到的惩罚,则强化了这种威力不可逆转。这些构成了人类共有的心理基础。

由此,我们可以对坡的这篇小说有新的释义:我是万物之灵的人("我"),我和你命运(老头)住在一起,你的力量(眼睛)始终威胁我的尊严的存在。我处于你的统治(可怕地瞅着人的眼睛)下,并且被你耻笑(眼睛就其晶莹透彻来说,意味着命运对人类困境的了然于心)。我是那般地高贵和敏锐,我怎能容忍呢?我终于将你杀死,不露痕迹。("连他的眼睛也看不出")我的确是一个灵长的存在!我真的就最终不能逃脱你的控制吗?(眼睛闭上了,心却跳起来了,这是命运的又一形式)是的,我不能,命运使我失败,使我不再想斗争下去。("我招了!")

这时,《泄密的心》已经不再是一篇恐怖心理小说了。它所表达的是西西福斯式人类生存的某种困境:世界充满了违情悖理和徒劳无益。正是在对人类这种悲剧状态的关注中,读者获得了对小说的普遍同情——对自身境地的潜意识认识被唤醒了。那是多么地令人失声痛哭的景象:

---

① 弗雷泽:《魔鬼的律师——为迷信辩护》,阎云祥、龚小夏译,北京:东方出版社,1988年,第6,8页。

② 胡经之、张首映主编《西方二十世纪文论选》(第一卷,作者系统),北京:中国社会科学出版社,1989年,第301页。

"我"是渺小的,聪明反被聪明误!

　　整篇小说里两个主要人物,"我"和老头应该说是魔幻型意象中替罪羊和暴君的分别对等。"我"不是单纯的受苦受难,暴君也不是完全地强悍有力。这种现象,首先表现在"我"在小说中的自觉。我(人)首先能自觉地感到眼睛的冷漠目光(命运的嘲弄);其次,我又自觉地产生了去杀戮的欲望,而最大的自觉也是最重要的一个自觉是:"我"在招认之前,在心跳声的紧逼声中,已经认识到了"我"将失败的必然。我清清楚楚地知道"他们有数!"(They knew)虽则短短两个字,却充分地描述出了"我"的主体性意识的加强。"我"已远远地超过了只知诚惶诚恐的古老的毛利人、汤加人、塔希提人了。

　　变异还发生在"暴君"身上。最明显的特征是,作为命运力量的象征的眼睛,居然被安在了一个老头的身上。强悍之中掺进了胆小和怕事。看看老头在小说中的形象:"他生怕强盗抢,百叶窗关的严严密密。"命运不是绝对强悍的了。然而,为什么会发生这种变异呢?是古老的原型在变化吗?回答是否定的。因为,明明白白地,"我"对命运的恐惧和土人对酋长的敬畏如出一辙。为什么?这种情况的产生恰如一条河的流过,水是最初的水,然而经历的地方多了,其含量也必有一些变化……原型是最初的原型,是最普遍的无意识,然而经历的时间久了,人的意识也强了,人对自然界的过程不再是一个被动接受的过程了。他有了觉醒。正是这种觉醒,促使了人在自然中受罪地位的提升和命运暴君地位的没落。自然,有得也有失,同样地正是意识的加强,促使了无意识退回了心灵的最深处,变得难以叫人辨认。因此,原型意象变异的出现,也标志着原型意象被感知的难度增加了。

　　现在,我们可以摆脱传统鉴赏眼光,而跃在了某一高度对作品进行俯视。当然我们并不是要挖掘出人对命运的无可奈何而后悲天悯人,这也不是原型批评的最终目的,我们对作品进行原型批评,很明显的一个作用是找出了作品的深层结构。在这种找寻中也容易地把握住了人类普遍存在的集体无意识,明确了心灵受到震撼的最初原因。由是,在原型的找寻中，人也获得了升华，对自身的洞察，帮助了对生存意义的寻求。"我"并非全然失败，我的胜利在于自觉。所以，我们可以初步地认为，原型批评的最终目的是要找出解释——对生存理由的解释——这个解释由每个时代各自的小说、文学文艺作品做出，由原型批评对其中包含的同一仪式的找寻而使之清晰化。可以说，《泄密的心》在一定程度上泄的是人类的集体经验和深层无意识的大秘密。

集体无意识像老庄的"道"和佛家的"空"般难以描述清楚，当然也不是不可捉摸。幸亏人类在历史幼稚时期，在并没有进化完全的大脑控制下的活动，为我们留下了集体无意识肆意横行的痕迹——古老的民性，即民间传说、神话等诸如此类的东西，原型—神话批评理论名之曰"原型"。古老的民性——原型，因之产生于"意识的思维在深度和广度方面都很不发达的'原始人身上'"①，所以它不仅是集体无意识的内容，而且是最粗拙、最直接的集体无意识的内容，是偷摘禁果之后的亚当和夏娃们最初的也是亘古的渴望。因而它具有很大的震撼力。原型—神话批评理论家认为，作家们恰恰是利用这种震撼力去激发人心深处的集体无意识，从而从更深处影响和感动读者的。读者的阅读过程，因而也就可以说成是读者因其有古老的天性，所以在作品中发现了古老的民性而备受蛊惑的过程，亦即"古老的天性召回了古老的民性"，换句话说，就是"古老的民性激发了古老的天性"。原型—神话批评的这种理论的缺点自然是存在的。它往往忽略了文学的细致的美，忽略了文学的个性。但它对文学共性的关注，却使得我们"可以从作品的表层深入到深层意蕴，从作品的细节追踪到作者的创作心理和动机，并从中观照到文化中发展的轨迹"②。

① 胡经之、张首映主编《西方二十世纪文论选》（第一卷，作者系统），北京：中国社会科学出版社，1989年，第301页。
② 林骧华、朱立元、居延安等主编《文艺新学科新方法手册》，上海：上海文艺出版社，1987年，第480页。

专题七　彼域探究

　　调研的重要性是怎么强调都不为过的。有时候,"第三只眼睛"更能看到新东西。知己知彼,方能百战百胜。做学问要坐得住冷板凳,耐得住寂寞,但又怕闭门造车,故步自封,闭关自守,两耳不闻窗外事,甚至孤芳自赏。他山之石可以攻玉。善于了解、学习和吸收异域文学文化的最新成果,对于我们打开思路、活跃思维和创新话语具有重要意义。

美国福克纳研究的垦拓

　　自 20 世纪 30 年代以来,美国福克纳研究经历了一系列的发展阶段,从遭受质疑转而多方肯定,从内部研究趋向多元发展,再到从平缓发展中寻求突破,福学研究一直处于挑战与机遇并存的状态之下。如何让福克纳的作品与现实社会产生共鸣,在新的历史时期产生新的意义和价值,一直是福学研究者努力的方向。本文试图对 80 余载的美国福克纳研究的发展历程做系统的阐释与述评。

　　2010 年 7 月 18 日举行的以"福克纳与电影"为主题的第 37 届福克纳年会在四天后的 7 月 22 日落下帷幕,它的召开再次拉近了福克纳与大众文化的距离,而以福克纳的《酣睡》(*The Big Sleep*,1946)和《拥有与失去》(*To Have and Have Not*,1944)等剧本为关注对象的讨论也表明了美国福学界对于研究的新天地的拓展和对于老话题①的重新诠释的需求。自20 世纪 30 年代以来,美国福克纳研究从备受强烈的质疑转而为大多数人所肯定,从单一的内部研究到丰富的多元探讨,从学科内部的争鸣到跨学科的交锋,从冲上学术顶峰到于平缓中寻求突破,美国福学研究一路走来不断地打破枷锁,不断地找寻与现实社会的共鸣,努力地与时俱进,力争在新的历史时期产生新的意义和价值。下面就对已历经 80 余载的美国福克纳研究的发展历程进行阐释与述评。

---

① 1978 年的年会主题是"福克纳、现代主义和电影",因此有重复的嫌疑,但由于时代的变迁,所以有理由相信即便是针对同一主题也会出现新的火花。

一、从备受质疑到多方肯定

福克纳"生平的第一个文学作品是 1919 年 8 月 6 日在《新共和》杂志上发表的一首诗作《牧神午后》"①,自此之后,福克纳开始了他的文学之路,并最终取得了令人瞩目的辉煌成就。他一生共创作过长篇小说 19部、中短篇小说 129 篇、诗集 5 部、其他虚构作品 6 部、散文集和书信集及其他作品 7 部。这些作品帮助福克纳完成了他的约克纳帕塔法世系王国的构建,使福克纳与英国的乔伊斯、法国的普鲁斯特一同成为举世公认的意识流小说大师。

时至今日,福克纳在文学上的价值已无可置疑,但在 20 世纪 70 年代之前,尤其是 30 到 50 年代,美国评论界对他的态度却两极分化、褒贬不一。一些批评家肯定福克纳作品的价值,但并非全盘肯定,他们对福克纳在小说形式方面的实验与创新给予赞扬,而对文本内部所反映出来的深刻主题和浓厚的历史意识却几乎未能觉察。如约瑟夫·沃伦·毕奇(Joseph Warren Beach)曾于 1932 年撰文颂扬《喧哗与骚动》和《我弥留之际》的力量与技巧,然而同时他也认为"他(指福克纳)的主题几乎是不堪忍受的痛苦"。1939 年夏季号《肯庸评论》(*Kenyon Review*)上刊登的《福克纳的神话》(Faulkner's Mythology)是福克纳批评中具有拓荒性质的一篇论文,作者乔治·马里恩·奥唐内尔(George Marion O'Donnell)认为福克纳的作品表现了"固有的传统准则与现代社会之间的冲突"②,以及人道主义与自然主义之间的搏斗,因此,应将福克纳看成是一位在不断变化的世界中坚持传统价值的信徒。奥唐内尔的评论谈不上切中肯綮,他的主要功绩在于提供了一个探讨福克纳的立足点,为日后的研究打

---

① 李文俊:《福克纳评传》,杭州:浙江文艺出版社,1999 年,第 125 页。
② George Marion O'Donnell,"Faulkner's Mythology",Frederick J. Hoffman and Olga W. Vickery,eds.,*William Faulkner:Three Decades of Criticism*,New York:Harcourt,Brace & World,1963,p. 93.

开了一扇窗。此外,康拉德·艾肯(Conrad Aiken)与沃伦·贝克(Warren Beck)也于 1939 和 1941 年先后撰文①,对福克纳小说的形式与文体做了有益的探讨。一些研究者则完全持否定态度,对福克纳作品中表现出的暴力与恐怖主题极尽抨击之能事。1942 年,马克斯维尔·盖斯玛(Maxwell Geismar)的论著《危机中的作家》(*Writers in Crisis*)一书出版,除了肯定《喧哗与骚动》外,对《我弥留之际》和《押沙龙,押沙龙!》等作品都大肆贬斥,盖斯玛认为福克纳把仇恨都集中到了作为南方失败的替罪羊的黑人和妇女身上,并且夸大了福克纳对于混血儿的模糊态度,这些评论专断而主观,该论著也标志着美国对福克纳的攻击达到了顶点。

为了纠正福克纳及其作品的价值和声誉之间的不平衡,马尔科姆·考利(Malcolm Cowley)于 1945 年编辑出版了《袖珍本福克纳文集》(*The Portable Faulkner*),并撰写了一篇序言。考利的文集和序言是福克纳研究史上的一大亮点,他使福克纳的作品第一次被当作一个整体来认识,并再次引领读者公正地对待福克纳。1946 年,罗伯特·佩恩·沃伦在《新共和》杂志上发表了一篇评《袖珍本福克纳文集》的论文,他在肯定考利的基础上,进一步指出福克纳的作品可以被"看作我们这个现代世界所共通的问题……这传奇不仅仅是南方的传奇,而且也是我们大家的苦难和问题的传奇"②。沃伦还强调了注重福克纳"每一部作品里的结构情况",以及福克纳笔下的自然、黑人、幽默和象征等主题,这些主题的提出丰富了福克纳研究的内容。自考利和沃伦发表评论之后,对福克纳的批评不断增多,有质量的研究却屈指可数,而贬斥的声音仍频频传出。肖恩·奥福莱恩(Sean O'Faolain)的《正在消失的英雄》(*The Vanishing Hero*,1956)本着攻击考利的观点的态度指出福克纳是一个将自己的挫折与失败投射到人物身上的消极作家,因此不应将福克纳的作品当成整体来看待。虽

① 两篇文章为:William Faulkner:The Novel as Form(艾肯);William Faulkner's Style(贝克)。
② 罗伯特·潘·沃伦:《威廉·福克纳》,载李文俊编《福克纳评论集》,北京:中国社会科学出版社,1980 年,第 55 页。

然考利的整体论观点还不足以全面地阐释福克纳的作品,但其论点的重要价值在于将福克纳重新重视起来。1950 年,福克纳荣获诺贝尔文学奖,这极大地肯定了福克纳在文学创作上的付出,也与那些持否定观点的评论形成针锋相对之势,令对福克纳作品的探讨与争论持续升温。其中较具价值的有欧文·郝(Irving Howe)的《威廉·福克纳:一部批评性的研究》(William Faulkner:A Critical Study,1952)和奥尔加·维克里(Olga Vickery)的《福克纳的长篇小说》(The Novels of William Faulkner,1959)等。整体观之,评论者对福克纳在形式方面的贡献都予以肯定,但对其文本内部的思想意蕴则分歧颇大,其作品到底是充斥暴力和恐怖的低俗之作还是具有深刻历史意识的上乘佳品成为了研究者们争鸣的焦点。

进入 20 世纪 60 年代,对福克纳的正面评价占据了主导地位,而俄国形式主义与英美新批评的关注文学文本自身的文学本体论观念对挖掘福克纳作品更是起到了推波助澜的作用。俄国形式主义强调,"他们研究的是作为客观现实的艺术作品,而不管作者和接受者的主观意识和主观心理如何"[1],换言之,即重视对文学作品自身的客观性的把握;而英美新批评则秉承着将作品看成是一个完整的、封闭的、多层次的独立艺术客体的文艺观念。因此,他们大多从内部研究的角度出发进行学术批评活动,内部研究的代表者有克里恩斯·布鲁克斯(Cleanth Brooks)、迈克尔·米尔盖特(Michael Millgate)、奥尔加·维克里(Olga Vickery)和安德烈·布莱克里腾(André Bleikasten)等。克里恩斯·布鲁克斯的《威廉·福克纳:约克纳帕塔法县》(William Faulkner:The Yoknapatawpha Country,1963)是这方面的代表作,克里恩斯对福克纳的 13 部(篇)长短篇小说进行了分析,强调不应将福克纳的作品看成是南方史实的个案和道德说教的范本,而是应从艺术的审美角度赏析和解读作品中所表现的人性及其价值。此外,沃伦·贝克(Warren Beck)的《行动中的人:福克纳三部

---

① 朱立元主编《当代西方文艺理论》,上海:华东师范大学出版社,2005 年,第 39 页。

曲》(*Man in Motion：Faulkner's Trilogy*，1961)也是内部研究的典范。

内部研究注重作品自身的探讨，对福克纳的语言技巧、文本形态和叙事策略等形式方面的特质进行了细致的考察，注重从纯文本、纯艺术的角度挖掘作品的审美价值。福克纳运用意识流这一文体形式，使用不加标点的较长句式，对圣经神话故事对应的叙事模式等都进行了挖掘和阐释。不可否认，内部研究确实有益于深入挖掘福克纳作品的文学性，有益于了解其内在的完整性与统一性。然而仅仅关照文本自身则易于导致对作品的解读视野比较狭窄，福克纳笔下的世界被仅仅理解成是南方区域性的过去的故事，其当下意义被不同程度地忽视。因为研究者们割裂了文本与其根植的客观外界的土壤之间的联系，文学作品成了孤立于现实世界之外的独立个体，仅仅局限在自身的狭窄天地里，作为文学的重要组成部分之一的社会性被大大地忽视了，作品也随之失去了重要的且应该具备的现实意义。

70年代之前，福克纳的作品经历了从备受质疑到为多数人肯定的过程，逐渐获得了阐释和评价，然而由于受文学批评大环境，尤其是新批评方法的影响，对福克纳作品的研读又被局限在作品自身之内，视野较为狭窄。研究者们开始意识到内部研究所产生的弊端，因此，如何跳出对文本封闭式解读的束缚，如何重新建立文本与外部环境的联系，成为文学批评界亟待解决的问题之一，许多研究者开始积极地寻求解决途径。

二、从内部研究到多元发展

20世纪70年代之后，西方文艺理论界迎来了一个繁荣时期，批评方法层出不穷，派别林立，福克纳研究也因此而获得了突破。这种突破主要表现在两个方面，一是摆脱了封闭式解读所带来的视野上狭窄的弊端，重新拾起了与外部世界、与历史文化的联系，并在与之碰撞中获得了新的意义。1989年出版的《阅读福克纳》(*Reading Faulkner*)是一种尝试，虽然作者韦斯利·毛里斯(Wesley Morris，1975)仍坚持认为福克纳的作品是一个通过单一的叙述而建构出的世界，但他却不认为用形式主义的分析方法可以进行合理的阐释。相反，毛里斯坚持认为从关注与作品有关的社会历史和文化的角度出发，才能更好地挖掘文本的内在审美价值。虽然文学作品有其产生的客观因素，但过分拘泥于社会历史因素以及意识形态和政治话语的影响，却容易阻碍研究的拓展。20世纪十分重要的文学思潮之一的新马克思主义理论较成功地避免了这一缺陷，也避免出现矫枉过正的现象。该理论注重文本与人生、文学与社会、文艺与历史之间的联系，提倡将文本放到历史与时代的大背景之下去考察。同时"他们也很重视文学的艺术特性和创作规律，从理论和创作实践中强调文学自身的特殊性"①。劳伦斯·施瓦茨（Lawrence Schwartz）的《建树福克纳的声誉：现代文学批评的政治》（*Creating Faulkner's Reputation*：*The Politics of Modern Literary Criticism*，1988）是这方面的代表，强调要在历史、政治和文化三位一体的环境中考察文学作品。福克纳研究逐渐从最初的封闭空间中走向更广阔的研究天地，政治与历史、种族与性别，以及意识形态方面的内容渐渐变成福克纳研究中的热点，同时研究中又不失文学性与艺术性的鉴赏。

另一方面，许多批评家积极从符号学、现象学、语义学、心理学和接受美学等新的理论研究成果中汲取营养，福克纳研究也因此在与复杂多样的批评方法的交锋中焕发出了新的生机。如《威廉·福克纳》（*William Faulkner*，1989）一书就借鉴了多种批评理论，作者戴维·道林（David Dowling）运用了符号学、解构主义和接受美学等方法对福克纳各个时期的代表性作品进行了阐释。还有一些研究者则提倡不要对一部作品用单一的方法进行研究，应采用不同的方法研究不同的作品。安德烈·布莱克里腾的《忧郁的墨水》（*The Ink of Melancholy*，1990）就是这方面的杰出代表。作者从实践的角度出发，用不同的理论对从《喧哗与骚动》到《八月之光》之间出版的不同作品进行了研究。由于方法各异，因此该书与卡

---

① 朱志荣：《西方文论史》，北京：北京大学出版社，2007年，第380页。

尔·曾德（Karl Zender）的《方法的交叉》(*The Crossing of the Ways*，1989)一道被视为 20 世纪 80 年代福克纳研究中的重大成果。此外，理查德·摩兰德（Richard C. Moreland）的《福克纳和现代主义：重读与重构》(*Faulkner and Modernism：Rereading and Rewriting*，1990）和史蒂芬·罗斯（Stephen Ross）的《小说无尽的声音：福克纳作品中的言语和书写》(*Fiction's Inexhaustible Voice：Speech and Writing in Faulkner*，1991)也是不错的论著。在与五花八门的批评方法的碰撞中，福克纳研究在文学这一学科的内部变得丰富起来，在关照作品自身的同时也运用多种理论进行分析，逐渐脱离了单一的批评话语模式，走上了多元化的批评道路。

20 世纪下半叶，文化研究成为学术研究的主潮，它极强的开放性和包容性将多种多样的学科领域囊括进来，呈现出明显的跨学科特征，同时也加强了专业的学术研究与大众文化的联系。在作为文化的重要载体之一的文学领域里，文化研究更开展得如火如荼。"文学的文化研究、文化批评既是时代的需要，学术的需要，又说得上是西方学术界、文艺界的一种新动向、新观念、新方法。"①在这样的学术背景之下，福克纳研究也打上了深深的文化研究的印记，研究者们不但找到了用其他学科中的某些理论来阐释和剖析福克纳作品的可能，而且也发现了福克纳与通俗文化之间的密切联系以及由此产生的对挖掘福克纳文本的新尝试。

"1993 年，英国政府的一个调查报告指出英国学术研究的许多新成果是在两个学科的边缘地带取得的"②，这一统计结果印证了跨学科研究的优势及趋势。福克纳研究曾经受到高度学科化的批评主张的束缚，该束缚禁锢了福克纳研究自身的发展，而跨学科研究则恰恰相反，它有力地推动了福克纳研究的前进。如威廉·路捷卡（William Ruzicka）的《福克纳的建筑创作：约克纳帕塔法世系小说中地点的含义》(*Faulkner's*

---

① 翁义钦主编《外国文学与文化》，北京：新华出版社，1989 年，第 23 页。
② 张顺洪：《跨学科研究是社科发展的一大趋势》，《中国社会科学院通讯》，1999 年 8 月 17 日，引自 http://zhangshunhong.com/interdisciplinarystudies.htm.

Fictive Architecture：The Meaning of Place in the Yoknapatawpha Novels，1987)就是从建筑学的角度出发进行研究的，颇具创新性与独特性。该书将建筑上的时空研究引入文学批评中，对福克纳小说中出现的诸如牲口棚、宅院和公共设施等建筑进行了研究，发掘出了这些建筑上所富有的象征和比喻意义。在众多的跨学科研究的尝试中，运用心理学方面的成果来阐释福克纳作品的著述颇丰。"福克纳的文本毫无疑问有很丰富的心理方面的材料——极其深刻而复杂的个性与关系，以及足以构思和探究的大量史实——但是作者的生活和想法却很少出现去证实一种解释或者自行解释。"①因此，心理学理论为了解福克纳其人其作提供了一种途径。于 1989 年出版的《迷狂：1919—1936 年的福克纳小说》(*Fascination：Faulkner's Fiction，1919‐1936*)就是其中之一。作者麦克尔·葛雷塞特(Michel Gresset)反对使用美学的方法去研究福克纳的作品，因为他认为福克纳创作时是出于一种心理状态，所以应运用基于弗洛伊德、拉康和萨特等人的心理学与哲学的基础上所形成的直觉理论和心理分析方法探析福克纳的作品。此外，也有研究者从心理学的角度撰写福克纳的传记。弗德里克·卡尔(Frederick Karl)的《威廉·福克纳：美国作家》(*William Faulkner，American Writer：A Biography*，1989)是这方面的代表，他吸收了约瑟夫·布洛纳(Joseph Blotner)的《福克纳生平》(*Faulkner：A Biography*，2005)的许多材料，对福克纳的创作进行了较为深入细致的心理分析与判断，考察了福克纳如何用他的家人、朋友以及乡亲作为他作品中虚构人物的原型。

福克纳经常被划归到现代主义与后现代主义的经典作家之列，然而他与通俗文化的联系却也不容忽视。"二十世纪以来……大众文化开始深入千百万人民的生活……连美国南方边远的农村地区，甚至密西西比州奥克斯福这样的小地方都深受其影响。"②此外，福克纳曾经在好莱坞

① Donald M. Kartiganer，"Faulkner and Psychology"，Donald M. Kartiganer and Ann J. Abadie，ed.，*Faulkner and Psychology*，Jackson，MS：University Press of Mississippi，1994，p. 5.
② M. 汤玛斯·英奇：《福克纳与通俗文化》，叶宇译，《国外文学》，1989 年第 4 期，第 13 页。

工作撰写电影剧本的经历也拉近了他与大众文化的距离。由此观之，无论是从大时代背景还是从福克纳自身方面去看，福克纳与大众文化之间的联系都是客观存在的。正是由于捕捉到了这些联系，1988 年的福克纳年会选择了以"福克纳与大众文化"为主题。其中布洛纳指出了福克纳本人对通俗文化的极深的矛盾态度。"一方面，福克纳很喜欢《54 号车，你在哪里?》[①]，并且盛赞安妮塔·露丝的《绅士喜欢金发女郎》[②]。"[③]另一方面，他在写给他的编辑的信中提到他已经写够了那些吸引大众读者的"垃圾（trash）"[④]。虽然福克纳将通俗文学视为"垃圾"，并且自己也很少谈论通俗文化，但他的作品中却出现了许多通俗元素，并因此而在商业上获得了成功。除了《拥有与失去》和《酣睡》这些商业剧本，小说《圣殿》一定程度上说就是通俗文学作品。福克纳在谈到这部小说的创作初衷时说是出于"庸俗的想法"，是为了赚钱，所以他将暴力、情色和侦探等内容构思进了小说。当然，等真正出版时，福克纳还是对之进行了详尽严谨的修改。此外，还有学者注意到了福克纳的作品中的像连环画故事这种通俗读物的踪迹，托马斯·英奇（Thomas Inge）在 1984 年福克纳年会上的发言提到，福克纳的许多小说采用了连环画中的人物的名字或者经常提及一些连环画故事中的典故[⑤]。凡此种种，都说明了研究者对福克纳与大众文化的之间联系的关注，拓宽了福克纳研究的范围。

《威廉·福克纳》（*The Cambridge Companion to William Faulkner*，

新文科理念下美国文学专题九讲

286

---

① 《54 号车，你在哪里?》（*Car 54，Where Are You*?）是 1961 至 1963 年在美国国家广播公司电视台播出的情景喜剧。

② 安妮塔·露丝（Anita Loos），美国编剧家、剧作家、作者。《绅士喜欢金发女郎》（*Gentleman Prefer Blondes*）是 1925 年出版的美国知名喜剧小说，先后两次被翻拍成电影，并被改编成音乐剧。

③ Joseph Blotner，"Faulkner and Popular Culture"，Doreen Fowler and Ann J. Abadie，eds.，*Faulkner and Popular Culture*，Jackson，MS：University Press of Mississippi，1990，p. 3.

④ William Faulkner，*Selected Letters of William Faulkner*，ed.，Joseph Blotner，New York：Vintage，1978，p. 85.

⑤ Tomas L. Mchaney，"What Faulkner Learned from the Tall Tale"，Fowler Doreen and Ann J. Abadie，eds.，*Faulkner and Humor*，Jackson，MS：University Press of Mississippi，1986，pp. 153 - 190.

1995)是比较有代表性、总结性的著作。该书共收录了论文 10 篇,福克纳与现代主义、后现代主义、大众文化的关系,从欧洲与拉丁美洲作家的角度的研究,福克纳的创作思想、人物分析和写作技巧等内容悉数囊括其中。其编者菲利浦·温斯坦(Philip Weinstein)强调从多个角度去解读福克纳及其作品,对于作品中所反映的种族和性别等问题进行了深入的探讨。

由此观之,新千年之前的三十年里,福克纳研究较上一个阶段有了长足的发展。一方面在文学领域内,研究者不再拘泥于作品本身的细读,而是通过运用多样的批评方法探索无限的解读可能。另一方面在文学领域之外也获得了发展,在文化研究热潮的冲击下,福克纳研究不仅突破了单一学科的限制,进行跨学科研究的尝试,而且其自身的通俗文化特质及其与大众文化的紧密联系也被发掘出来。福克纳研究被置于更为广博的学术语境和文化链条之中,可供探讨的内容和方法都得以拓展,其研究进程也相应地得到推进,到 1997 年福克纳一百周年诞辰的时候可以说已是硕果累累。这些丰厚的成果激励着研究者,如何保持住福学的最佳研究状态也成为了新千年的探索任务。

三、从平稳发展到寻求突破

2000 年以来,美国福克纳研究的发展相较之前的突飞猛进略显平缓。《美国文学》(*American Literature*)是美国文学界的权威杂志,可以通过该杂志对美国福学研究进行窥一斑而见全身的考察。根据最近 30 年的统计数据来看,在 20 世纪 80 年代,有关福克纳的评论文章以及对研究福克纳的著作的书评平均每年都有 6~7 篇,1989 年更是达到了一年 10 篇的佳绩,其中评论文章 4 篇,书评 6 篇。90 年代上半叶延续了 80 年代的繁荣,1990 年和 1991 年分别刊登了 10 篇和 9 篇。[①] 然而从下半叶开始,福克纳研究在《美国文学》这个园地上曝光的频率却大大下降了,1995 到 1999 这 5 年中只有 1 篇以评论福克纳为主的论文。[②] 进入 2000 年,总体观之,除了 2002 年一篇也没有以外,对福克纳的研究和关注在数量上有所改观,平均每年都有 2～3 篇的论文和书评,但是关注的分量却不可与 80 年代同日而语。就以 2008 和 2009 年的情况为例,这两年都没有出现评论福克纳的文章,所刊登出的 5 篇[③](2008 年 2 篇,2009 年 3 篇)都是书评,而且只有 1 篇书评[④]是以福克纳为主的,其他的都是兼而论之,其他杂志的情况也大同小异。然而最令人遗憾的是《福克纳通讯和约克那帕塔发评论》(*Faulkner Newsletter and Yoknapatawpha Review*)季刊(1981—2001)的停刊。该刊是福克纳研究中的一个主要阵地,颇具影响,在运营了整整 20 年后走向了尾声,它的停刊从侧面印证了福克纳研究放慢了脚步。

---

① 姚乃强在《福克纳研究的新趋向》(载《外国文学评论》,1993 年第 1 期,第 108－113 页)一文中提供的数据显示,1989 和 1990 两年共有评论福克纳的文章 7 篇。本论文的数据略有不同,认为这两年分别都刊登了 4 篇,共 8 篇,分别是:1989 年有:Gender, Sexuality, and the Artist in Faulkner's Novels, by Karen Ramsey Johnson; *As I Lay Dying*: Demise of Vision, by Carolyn N. Slaughter; Gender, Race, and Language in *Light in August*, by Deborah Clarke; Faulkner's "Was": A Deadlier Purpose Than Simple Pleasure, by Carl L. Anderson; 1990 年有:*Absalom, Absalom!*: The Movie, by Joseph R. Urgo; Faulkner and Joyce in Morrison's *Song of Solomon*, by David Cowart; Faulkner's Introduction to *the Sound and the Fury*, by Philip Cohen and Doreen Fowler; Reading Rape: *Sanctuary* and *The Women of Brewster Place*, by Laura E. Tanner.

② 即 Faulkner and the Politics of Incest, by Karl F. Zender (1998).

③ 5 篇书评分别为:Gussow, Adam. Journeyman's Road Blues Lives from Faulkner's Mississippi to Post-9/11 New York, reviewed by Melanie R. Benson (2008); Ladd, Barbara. Resisting History: Gender, Modernity, and Authorship in William Faulkner, Zora Neale Hurston, and Eudora Welty, reviewed by Melanie R. Benson (2008); Baker Jr. Houston, I Don't Hate the South: Reflections on Faulkner, Family, and the South, reviewed by John Ernest (2009); Evans, David H. William Faulkner, William James, and the American Pragmatic Tradition, reviewed by John Lowe (2009); Polk, Noel. Faulkner and Welty and the Southern Literary Tradition, reviewed by John Lowe (2009).

④ 即 Baker Jr. Houston, I Don't Hate the South: Reflections on Faulkner, Family, and the South, reviewed by John Ernest (2009).

虽然美国福学界遭遇了平缓时期,但热忱的拥趸们并没有放弃努力或转移目标,而是积极地寻求研究上的突破与转机。在这一阶段,琳达·华格纳·马丁博士(Linda Wagner Martin)编辑的《福克纳研究 60 年》(*William Faulkner: Six Decades of Criticism*,2002)是一部佳作,该书收录了 60 年中优秀的福克纳文学评论文章,详述了评论者们对福克纳那些仍留有争议的作品的评论。由于这部集子的着眼点放在了文学批评而非文学作品上,因此马丁主要展示了福克纳对评论家和作家、对学习美国文学的学生的影响,以及福克纳研究中曾经出现的几股潮流,如语言学理论、女性主义研究、解构主义研究和心理学研究等。这部论著的出版既是对福克纳研究历史的简要回眸,更是对研究者们的激励。此外,关于一些早已成为热点论题的新思索是寻求研究上的突破的一个重要方面。对福克纳作品中种族问题的关注度一直都很高,汤纳·特里莎(Towner Theresa)的《福克纳后期作品和种族关系》(*Faulkner on the Color Line: The Later Novels*,2003)在这方面研究中有所创新。长期以来评论界都惯于以福克纳荣获诺贝尔文学奖的 1950 年为界,认为福克纳后期的作品大不如前,特里莎对此持不同意见。她认为后期作品反映了福克纳角色的转变,即从一个“乡下人”变成一个“公众人物”。福克纳在后期重新审视自己的种族观点,并努力寻找新的叙事技巧。这一观点是她在 1997 年福克纳年会上的关于把福克纳作品分为“主要的”和“次要的”的传统做法并不恰当的发言的延续。另一部较好的专著是查尔斯·汉内(Charles Hannon)的《福克纳和文化话语》(*Faulkner and the Discourses of Culture*,2005),汉内通过考察福克纳关于种族、阶级和性别的表述与当代文化话语的关系得出了如下结论,他认为福克纳只有在放弃颓废艺术家和现代主义诗人的身份并开始重新走进他的家族传奇和他生活的地方之后,才真正发出了他作为一个小说家的“声音”[①]。泰德·阿特金森(Ted Atkinson)的《审美、意识形态和文化策略下的福克纳与大萧条》

---

① Charles Hannon,*Faulkner and the Discourses of Culture*,Baton Rouge,LA: Louisiana State University Press,2003,p. 19.

（*Faulkner and the Great Depression：Asethetics，Ideology，and Cultural Politics*，2006）是新世纪以来比较有新意的一部著作,作者着眼于经济大萧条时期,分析了处于此种环境下的福克纳在审美、意识形态和文化策略方面的表现,指出了经济大萧条对福克纳产生的深刻影响。近十年来,福学研究又取得了一些成绩,根据世界上最大的书目记录数据库 WorldCat 的数据粗略统计,从 2008 年至今,有关福克纳的英语研究专著已过百部,其中多罗西·斯特林格（Dorothy Stringer）的《"尚未过去"：福克纳、拉森和范·维克腾笔下的种族、历史创伤与主观性》（"*Not Even Past*"：*Race，Historical Trauma，and Subjectivity in Faulkner，Larsen，and Van Vechten*，2010）较有新意。作者指出美国文学的心理批评传统认为当代创伤理论和反对黑人种族主义的创伤经历有必然的联系,选取了福克纳的《圣殿》和《修女安魂曲》这两部作品作为文本依据,探讨了白种人对黑人的种族优越性的表象之下是集体的创伤性心理影响在发生作用。

除了研究专著,福克纳年会①作为产生福克纳研究成果的重要园地也不断地推陈出新。1974 年,第一届福克纳年会正式举办。纵观历届年会,除第一届（1974）和第二届（1975）年会以外,每届年会中价值较高且较有代表性的优秀研究成果都由密西西比大学出版社在会后结集出版,统称为"福克纳与约克纳帕塔法县丛书"。截至 2011 年,此类书籍已有 32 部②,其中的论文能较好地反映了该次年会的讨论焦点与学术面貌。福克纳笔下的南方与表现手法,他与现代主义、通俗文化的关系,他的女性观、种族观等都相继成为大会的主题,而其中关于性别与种族问题的讨论尤为之多,甚至两次成为主要议题。2008 年的主题是从外部研究出发,探讨了福克纳与全球化的关系,福克纳是否意识到了外部世界中的文化、

---

① 福克纳年会是由福克纳家乡的密西西比大学举办的专门研讨福克纳其人其作的会议,每年举办一次,年会期间,世界各地的福克纳研究者会在密西西比州欢聚一堂,切磋研究理念,交换研究心得,进而共同促进世界福克纳研究的进程。

② 2009 年福克纳年会的论文集没有出现。由于有关 2004 年的福克纳年会的资料有限,故暂未列出,因此合集的数量是 32,而非 34。

历史、经济的发展变化，以及他笔下的南方社会是怎样在全球化的影响下与外界联系在一起的都成为了焦点内容。而 2009 年的年会又回到内部研究上，探究了福克纳与神秘小说的关系。会上不仅有从学术研究的角度讨论作品的研究者，还有一组由侦探小说家组成的专题小组，他们对福克纳的作品与他们自己的犯罪小说之间的关系进行了切磋。作家们的加入不仅增加了年会的参与群体类型，而且也提供了一个新鲜的认知视角。此外，2003 年的年会也值得一提，因为它涉及了近来较为流行的生态批评。一方面，与会者意识到了福克纳与南方环境之间的潜在联系，"对于福克纳来说，'环境'一词另有深意，至少，它是福克纳在公众中依赖的一个词语"；另一方面，有研究者指出，福克纳对生态环境的肯定是从战后"救赎者"的心态引发而来的[①]。综上观之，福克纳年会在寻求扩展关注视野，扩大关注群体，扩张关注内容，尽可能地在量的扩充基础上做到质的飞跃。

新世纪以来的福克纳研究虽然没有 20 世纪那般辉煌，但是研究者们的积极努力仍然不断地推动福学向前发展。一方面，在全球化已成为主流的今天，福克纳研究势必打上这一印记，较之 2000 年之前，它更注重与经济政治社会的联系，更强调以文化的视角钻研问题。另一方面，探索新命题与发掘旧话题成为福学研究的两大重要手段。研究者开始注重考察以前受关注较少的作品或是受关注作品中较少得到关注的内容，而像种族、性别这样的热点问题则更受青睐。

福克纳的生命与作品是有限的，然而对其研究的历程却是无限延伸的，在这一过程中有许多问题都是要审慎小心的。研究者们应该避免局限于单一的、热门的研究方法和那些关注度过高的作品，同时也不能无限度地进行跨学科、跨领域的研究，不能为了发掘新的角度而穿凿附会地研究福克纳与其他文化和领域之间的关系。而专注于文化研究进而导致脱

---

① Cecelia Ticchi, "Old Man': Shackles, Chains, and Water Water Everywhere", Joseph R. Urgo and Ann J. Abadie, eds., *Faulkner and the Ecology of the South*, Jackson, MS: University Press of Mississippi, 2005, p. 3.

离文本的研究更加不可取,因为这样在某种程度上就失去了福克纳研究的意义。只有既立足文本又不局限于文本,既能发散思维又能回到作品,收放自如地探讨作品的内涵与外延,美国福学研究才能打开局面,重塑福克纳研究的辉煌。美国福学界的兴衰起伏对我国的福学研究者而言是一面镜子,它警醒着我国的研究者在从事学术活动时要趋利避害,不断突破束缚,拓展空间,推动中国乃至世界福学的发展。

美国爱伦·坡研究的走势

全球化进程的加速及文化研究热潮的兴起对美国爱伦·坡研究产生了巨大影响。本着"历史—文化转型"的原则,新历史主义者将爱伦·坡放回其所处的社会历史环境,重新关注艺术与人生、文本与历史、文学与权力话语的关系。文化研究的跨学科性使得政治经济、社会生活、大众文化等非文学因素也进入文学批评的领域。文化全球化与跨文化研究的发展则进一步拓展了批评的空间,促进了"坡产业"的繁荣。

20世纪90年代以来,西方文化界和文论界出现了一股声势浩大的文化批评和文化研究热潮,这股热潮几乎将所有与社会历史、政治经济和文化生活等有关的文学活动和文化现象纳入其不断扩大的研究领域。作为南北战争前期美国文坛举足轻重的短篇小说家、诗人和评论家,爱伦·坡毫无疑问也被卷入这股文化研究的大潮。过去那些认为爱伦·坡与文化政治无关的看法已鲜有立足之地,人们开始将爱伦·坡的作品放回其所处的社会历史环境中,挖掘其内在的文化精神特性,捕捉其与现实世界的种种关联,在宏观与微观、纵向与横向、历时与共时相结合的基础上对其进行全方位的文化透视。经过各种后现代主义思潮和后结构主义理论的冲击,美国爱伦·坡研究的跨学科性也日益彰显,传统学术阵地的森严壁垒被大胆突破,大众文化和社会生活开始走进学术研究的前沿,政治学、经济学、社会学、艺术学、人类学、伦理学、犯罪学乃至医学等不同学科的参与形成一派众声喧哗的生动局面。全球化进程的加速则进一步扩大了爱伦·坡对世界各国文学和文化的影响,推动了"坡产业"(Poe Industry)在全球范围内的流通。总体来说,全球化与跨学科语境下的美国爱伦·坡研究视野更加辽阔,视角更加多样,手段更加灵活,与人们的文化生活的关系也更加密切,体现出强烈的历史反思性、学科包容性和时代同步性。

一、超越文本:艺术与历史对话

美国爱伦·坡研究最早可追溯至 1827 年爱伦·坡的第一本诗集问世,但真正意义上的爱伦·坡研究直到 19 世纪末才开始,到 20 世纪中后期达到鼎盛。这一时期受俄国形式主义、英美新批评和结构主义的影响,美国爱伦·坡研究侧重于作家、作品的研究,特别是对文学文本的观照。人们致力于分析爱伦·坡作品的语言技巧,挖掘作品的审美内涵,提炼文本的形式意义,探讨文本的特殊性和文学性。20 世纪 80 年代初,在解构主义乃至后现代主义"语言论转向"的旗帜下,爱伦·坡的研究者们更是斩断文本与社会的联系,强调文本间关系比文本自身更重要,热衷于从文本的裂隙和踪迹中寻绎压抑语型和差异解释。这种高度制度化与学科化的批评论调,虽然表面上维持了文本的"内在完整性",却严重忽视了这一完整性得以存在的外部语境,即文本的社会性,一度使爱伦·坡研究陷入了封闭与僵化的境地。新历史主义者正是在这样的情况下发出"历史—文化转型"的呼声,要求将作品从孤零零的文本分析中解放出来,将其置于与同时代的社会惯例和非话语实践的关系之中,对文本实施政治、经济、社会综合治理。他们将形式主义颠倒的传统再颠倒过来,重新注重艺术与人生、文本与历史、文学与权力话语的关系。这一历史性的转型使得新时期的爱伦·坡研究跳出其文本所营造的真空,走进广阔的文化研究新天地。相应地,历史、政治、经济、种族、性别和意识形态等变成爱伦·坡研究的热门话题。

2000 年,坡研究协会(Poe Studies Association)前任主席杰拉尔德·

肯尼迪(Gerald Kennedy)在《美国文学学术年鉴》(*American Literary Scholarship：An Annual*)之"十九世纪早期文学"部分指出，"爱伦·坡产业仍保持繁荣态势，不过重心明显地转移到其作品的社会历史方面"[①]。次年，他又在该章节的介绍部分再次强调，"人们越来越感觉到有必要在本章的标题后加上'和文化'(and culture)这一短语"[②]。凯文·海斯(Kevin J. Hayes)在《剑桥文学指南之埃德加·爱伦·坡》(*The Cambridge Companion to Edgar Allan Poe*，2002)一书中也指出，"随着结构主义批评手段让位于后结构主义，读者们开始重新认识到将爱伦·坡置于其所处的文化环境中进行解读的重要性。相应地，批评的重点转移到那些能联系其时代进行分析的作品上。"[③]的确，随着新历史主义者们将爱伦·坡从形式主义的囚笼中解放出来，人们的目光已不再局限于对爱伦·坡作品单纯的内部研究和美学分析，而是站在历史的高度，放眼考察文本得以形成的社会文化语境。这样一来，爱伦·坡的作品、爱伦·坡作品所处的时代环境及爱伦·坡作品所反映的文化内容就成为从事爱伦·坡研究的重要因素和整体策略，进而构成新的文学研究范型。

作为美国新兴资本主义时期的一名作家、新闻工作者、杂志编辑和评论家，爱伦·坡终其一生在商业经济的洪流中颠簸浮沉，在出版行业的竞争中奋力打拼，在理想与现实间挣扎取舍，在多重身份间游走穿梭。因此，研究爱伦·坡及其创作与美国政治经济和出版文化间千丝万缕的联系成了新历史主义者们义不容辞的任务。特伦斯·惠伦(Terence Whalen)的《埃德加·爱伦·坡和大众：美国南北战争之前文学中的政治经济》(*Edgar Allan Poe and the Masses：The Political Economy of Literature in Antebellum America*，1999)便是这一领域的开山之作。该书从南北战争前期美国社会的经济环境出发，通过分析资本主义对美国

[①]　J. Gerald Kennedy，"Early-19th-Century Literature"，*American Literary Scholarship：An Annual*，2002，2000(1)，p. 233.

[②]　Ibid.，p. 251.

[③]　Kevin J. Hayes，"Introduction"，Kevin J. Hayes ed.，*The Cambridge Companion to Edgar Allan Poe*，New York：Cambridge University Press，2002，p. 3.

新兴民族文化的影响和渗透,揭示了爱伦·坡这样一个穷酸文人在那个社会经济动荡不安的年代里的尴尬境遇。特伦斯·惠伦认为爱伦·坡对周围世界的物质力量有着非凡的洞察力,他能敏锐地意识到新的出版环境将带来的后果,即物质文化对精神文化的侵蚀与吞并。面对迫在眉睫的窘境,爱伦·坡并非如前人所一贯认为的那样"脱离时空,超然物外"(out of space, out of time),相反,爱伦·坡对其经济上的困境做出了积极的反应,在第一时间投身到杂志业的滚滚洪流中去。特伦斯·惠伦的这部力作结合资本主义政治经济对爱伦·坡的职业生涯进行重新审视,对美国出版业的扭转性力量进行深刻解析,在美国爱伦·坡研究史上第一次全方位、文献式地阐述了爱伦·坡作为一名"文学企业家"(literary entrepreneur)对待美国民族主义、帝国主义和奴隶制度的复杂情绪,探讨了美国杰克逊时代个人创作与公共知识间的冲突,揭示了爱伦·坡在文学和批评领域踊跃创新的社会意义。凯文·海斯的《坡和印刷文字》(*Poe and the Printed Word*,2000)则将焦点直接对准爱伦·坡与美国图书、杂志和印刷文化之间错综复杂的关系,通过传记的形式,以爱伦·坡在印刷文化影响下的成长之路为线索,向人们展示了爱伦·坡对印刷文化的独到理解和巧妙利用以及由此而产生的特殊效果。正如海斯在前言中所称,"半是传记,半是文学史,半是出版史,该书从一个全新的视角审视了爱伦·坡的艺术和思想。"[①]梅瑞狄斯·麦吉尔(Meredith L. McGill)的《美国文学和再版文化,1834—1853》(*American Literature and the Culture of Reprinting*, *1834 - 1853*,2003)则从再版文化的角度阐述了爱伦·坡和其他同时代作家与文学市场的关系,揭示了爱伦·坡作为一名作家、编辑和批评家如何在再版文化的潮流中挣扎和生存的状况。

除了关注文本与历史的相互作用,新历史主义与文化研究相结合,还表现出强烈的政治倾向性和意识形态性,文学和权力话语的关系被提升

① Kevin J. Hayes, *Poe and the Printed Word*, New York: Cambridge University Press, 2000, p. 2.

到理论高度,人们试图通过批评运动激发、调动和利用文化研究的消解性和颠覆性,向主流意识形态进行挑战和抗争,从语言层面达到重写历史。20世纪90年代以来,美国爱伦·坡研究开始密切关注种族和性别等边缘话语,并且从女性主义、后殖民主义以及精神分析理论当中汲取相应的研究方法和视角,一方面积极探索这些问题和现象产生的文化根源,另一方面大声呼吁抵制造成这些问题的文化压制形式。这一领域的代表性著作包括杰拉尔德·肯尼迪与莉莲·韦斯伯格(Liliane Weissberg)主编的《诒议黑影:坡和种族》(*Romancing the Shadow*:*Poe and Race*,2001)和卡伦·基尔卡普(Karen L. Kilcup)主编的《平装正典:美国女性作家和男性传统》(*Soft Canons*:*American Women Writers and Masculine Tradition*,1999)。前者收录了九篇立场鲜明、鞭辟入里的种族研究论文,分别从不同角度发掘爱伦·坡与种族主义微妙而又深刻的关系;后者则从女性主义角度出发,集中探讨了美国19世纪男性作家与女性作家间的相互影响和文化渗透。

新时期的爱伦·坡研究从根本上说是一种宏观性研究,致力于将作家和作品置于社会历史的大框架之中,用发展的眼光考察其发生发展的过程,在历史的时空中诠释文学和文本的创作,从而再现一个全方位的、历史的、多维的艺术空间。由杰拉尔德·肯尼迪主编的《埃德加·爱伦·坡历史指南》(*A Historical Guide to Edgar Allan Poe*,2000)就是以全新的视角,分别从历史文化、社会心理、性别结构和社会环境等不同的侧面对爱伦·坡及其作品进行阐释和解读。凯文·海斯主编的《剑桥文学指南之埃德加·爱伦·坡》则为人们全方位了解爱伦·坡提供了一个更好的瞭望窗。全书收录的14篇论文涵盖了爱伦·坡艺术创作的诸多特色,如爱伦·坡对幽默手法的运用和把握,对哥特传统的继承和发展,对奴隶制度的批评和折射,对科学小说的创新和完善,对侦探小说的开创和探索,以及对女性主义的沉思和定位等,最后还分别探讨了爱伦·坡对通俗文化和现代主义文学的深远影响。新历史主义对于艺术和人生的关注也使学术界对爱伦·坡坎坷多磨的生活经历和错综复杂的社会关系重新燃起兴趣。司各特·皮普尔斯(Scott Peeples)的《再访埃德加·爱伦·坡》(*Edgar Allan Poe Revisited*,1998)从爱伦·坡的生平和作品两方面入手,通过追溯爱伦·坡的成长经历和文学生涯向人们真实再现了爱伦·坡的作品走向成熟的历程。约翰·沃尔什(John E. Walsh)的《午夜幽魂:埃德加·爱伦·坡死亡之谜》(*Midnight Dreary*:*The Mysterious Death of Edgar Allan Poe*,1998)则将目光转向对爱伦·坡死因的历史主义剖析,通过追述爱伦·坡死之前的情感波折和神秘行踪,向人们揭示了导致爱伦·坡衣着古怪、烂醉街头的真正原因。

综上所述,通过建立文本与历史的整体联系并从文化研究的视域对历史进行整体审视,新时期的爱伦·坡研究已打破语言符号和形式结构的桎梏,告别文本主义和形式主义的非历史化倾向,重新建构起艺术与历史相辅相成、文本与社会相互贯通的文化空间。

二、跨越学科:文学与文化合流

法国后现代主义理论家利奥塔(Jean-Francois Lyotard)指出,"文化存在于一个民族与世界和与它自身的所有关系之中,存在于它的所有知性和它的所有工作之中,文化就是作为有意义的东西被接受的存在。"[①]显然,我们今天所说的文化已不再专指那些写在书页里的、经过历史积淀下来的、被认为具有永恒价值的高雅文化或精英文化,还包括那些与人们日常生活紧密联系的、现在仍在进行着的、并有着相当活力的当代流行文化和大众文化,其最鲜明的特征便是指向当代和面向大众。文化概念的宽泛性与开放性决定了文化研究必然是一种跨学科的研究。事实上,早在 1964 年英国伯明翰大学"当代文化研究中心"成立之初,霍加特(Richard Hoggart)就曾声言文化研究没有固定的学科基础。他认为,"当代文化研究从严谨的文化阅读开始,与其他学科携手并进,引向更深

① 让·弗朗索瓦·利奥塔:《后现代性与公正游戏——利奥塔访谈、书信录》,谈瀛洲译,上海:上海人民出版社,1997 年,第 104 页。

入的文化分析。"①由此可见,打破学术分工的界限,寻求"分久必合"的学科综合,既是文化研究的内在要求,又是其发展的必然趋势,而当今社会文化生产与文化传播方式的变化则为文化研究的跨学科发展提供了现实的土壤。

文化研究的跨学科性使得当下的爱伦·坡研究具有了更为开阔的研究领地和更为灵活的研究主动权。综观近年来爱伦·坡研究的最新理论成果,我们很难发现其拥有或试图拥有一个界线明确的知识领域或学科领域。这种反学科的立场和态度,使从事爱伦·坡研究的学者倾向于在被传统学科所忽视和压抑的边缘地带发现具有重大意义的研究课题。前面所提到的社会历史研究、种族研究、性别研究等实际上已经越出了传统的重视文学内在规律和美学价值的研究模式,而对社会与文化问题投入了极大的关注。随着文学批评越过学科界限,并进入广义的文化生产领域,批评的对象更是发生了质的变化,一切与爱伦·坡有关的文化现象,包括一种潮流,一种趋势,一种我们身处其中的莫名氛围,甚至隐形的社会心理,以及我们身体周围的近距离现实,如某一商业广告、文化产品或社会现象都有可能成为研究爱伦·坡的"文本",传统的文学研究被打上了政治学、经济学、社会学、伦理学、人类学、艺术学和传播学等学科的深刻烙印。

长期以来,爱伦·坡与大众文化始终有着不解之缘,他的生平和作品在当今社会的大众文化潮流中留下了不可磨灭的印迹:各种经过改编的儿童读物使爱伦·坡这位文学大师进入孩子的世界,生动形象的连环画读本赋予爱伦·坡的作品以通俗阐释和时代精神,悬念迭生的影视作品更使得爱伦·坡走进千家万户,还有各种受爱伦·坡生平和作品启发创作的音乐、戏剧作品也深受青年一代欢迎。随着电子媒质引起的传播革命,传统的文学经典正在通过种种现代媒介进入寻常百姓生活之中,这使

① 理查·霍加特:《当代文化研究:文学和社会研究的一种途径》,载周宪等编《当代西方艺术文化学》,北京:北京大学出版社,1988年,第44页。

得人们无法再把所有的大众文化产品一概斥为"低级庸俗",相反,文学经典的大众化正从某种程度上加深人们对经典文学的认识和理解。因此,从大众文化的角度研究爱伦·坡和他的作品并不意味着否定或消解其作品的文学经典性,而是从文学和文化的互动中找到当代社会和人文需求的契合点,进而使文学和文化能够互相促进,共同发展。

当前美国学术界研究爱伦·坡和大众文化的关系主要从爱伦·坡对影视、音乐、戏剧、广播、连环画等领域的影响入手。几乎从 20 世纪初开始,就有许多电影制作人将目光投向爱伦·坡其人其作,他们将爱伦·坡传奇的生活经历和精彩的故事情节巧妙糅合,创作出一部部神秘恐怖、扣人心弦的精彩影片。今天,大约有十几个国家、上百部电影与爱伦·坡有着直接或间接的联系。对于这样一个规模庞大、影响深远的文化现象,批评家们岂能熟视无睹? 于是,他们中的一部分人开始把注意力转向那些根据爱伦·坡生平或作品改编的电影,通过全方位研究和多角度对比,发掘其在艺术构思、情节设置和表现手法等方面与原作的异同,从而解开爱伦·坡在当代影视界备受青睐的文化密码。爱伦·坡在作品中对于种种影视手法的超前使用,如悬念的设置、氛围的营造、色彩的渲染、听觉的冲击等,以及他超凡的操纵观众的能力,也使他成为不少电影大师效仿的对象。丹尼斯·佩里(Dennis Perry)在《反常的顽童:坡与希区考克联系新探》《联系阿尔弗雷德·希区考克与埃德加·爱伦·坡的学术文献索引》等文中就以翔实的资料证实了爱伦·坡对英国著名电影导演阿尔弗雷德·希区考克[①]的重大文学影响。

爱伦·坡的作品走向普通大众的另一个重要载体便是连环画读物。近半个世纪以来,根据爱伦·坡作品改编的连环画不计其数,出现在世界各国的文化杂志和通俗读物上。这些绘图读物不仅使爱伦·坡的作品更具吸引力,而且为读者理解它们提供了一种更为直观的形式。伯顿·波

---

① 阿尔弗雷德·希区考克(Alfred Hitchcock,1899—1980),英国电影导演,以善于用幽默手法制造悬念著称,曾导演过影片《三十九级台阶》《失踪的女人》等,在好莱坞导演的《蝴蝶梦》(1940)获奥斯卡最佳影片金像奖。

林(Burton R. Pollin)在他的《坡作品的形象：一份关于插图的综述性目录》(*Images of Poe's Works：A Comprehensive Descriptive Catalogue of Illustration*,1989)一书中搜集整理了30多个国家700多位艺术家超过1600份与爱伦·坡有关的插图作品,为这一领域的研究者们提供了一部卓有价值的工具书式文献。托马斯·英奇在《坡和连环画》一文中则如数家珍般地回顾了爱伦·坡的作品在美国被改编成连环画的历史,并将其与爱伦·坡的原作进行对比和点评。英奇认为这些连环画尽管不能很好的保留原作的语言和叙事风格,也无法传达原作第一人称叙事视角的独特效果,却以其引人入胜的情节和生动传神的图画使得爱伦·坡在普通读者中广为流传①。

爱伦·坡对诗歌音乐性的重视和对作品整体性效果的把握也使得他的作品成为许多古典和现代音乐的灵感源泉。尽管生于美国,也影响了不少美国音乐家,但总体来说,爱伦·坡的音乐遗风在大西洋彼岸得到了更好的传承。从克劳德·德彪西②到保罗·鲁德斯③,许多欧洲作曲家都曾受到爱伦·坡的小说、诗歌和文学理念的启发。杰克·沙利文(Jack Sullivan)在他的《新世界交响乐：美国文化如何改变欧洲音乐》(*New World Symphonies：How American Culture Changed European Music*,1999)的第三章"恐怖的新世界：坡的遗风"中便重点阐述了爱伦·坡对拉威尔④和德彪西这两位伟大的法国作曲家的影响。沙利文认为,爱伦·坡的影响不仅仅体现在以其文本为欧洲音乐提供文学背景,甚至体现在以他的文学理念作为某些音乐作品的结构支撑。除了古典音乐,爱伦·坡对欧美流行音乐的影响也很深刻。无论是风靡于20世纪50—60年代

---

① M. Thomas Inge，"Poe and the Comics Connection"，*The Edgar Allan Poe Review*，2001，2(1)，p. 16.

② 克劳德·德彪西(Claude Debussy,1862—1918),法国作曲家、印象派音乐奠基人之一,主要作品有管弦乐曲《牧神午后前奏曲》、歌剧《佩利亚斯与梅丽桑德》、钢琴曲《意象集》等。

③ 保罗·鲁德斯(Poul Ruders),丹麦当代青年作曲家,以创意著称。

④ 莫里斯·拉威尔(Maurice Ravel,1875—1937),法国作曲家,追求形式与风格的完美,作品有钢琴曲《夜之幽灵》、管弦乐曲《西班牙狂想曲》和芭蕾舞剧《达菲尼与克罗埃》等。

的英国"披头士乐队"（the Beatles）还是当今美国街头的摇滚组合，或多或少都曾从爱伦·坡的作品中获得过灵感。2001 年，根据爱伦·坡的多部作品改编的摇滚歌剧"POEtry"①在美国上演并获得巨大成功。近年来，关于爱伦·坡的音乐和戏剧作品仍在不断涌现，并引起了学术界的广泛关注。自 2000 年创刊以来，《埃德加·爱伦·坡评论》（*The Edgar Allan Poe Review*）几乎每期都会载文评述与爱伦·坡有关的文化产品或文化活动。

爱伦·坡在当代大众文化中的影响还在与日俱增，这或许得益于爱伦·坡在创作中对流行元素的熟练把握和巧妙运用，抑或源自爱伦·坡自身作为一名"苦难的天才"或"疯狂的艺术家"对大众的吸引。无论是何种原因，总之，今天的爱伦·坡研究已经走出了传统形式主义的象牙塔，步入社会生活的十字街头。除了上面提到的对爱伦·坡和政治经济、社会生活、大众文化之间联系的研究，还有许多学者从人类学、伦理学、犯罪学乃至医学等其他学科领域对爱伦·坡进行研究，有些学者甚至将爱伦·坡的作品与美国国家机构、政府职能和隐私政策等进行对比，从中发现美国社会政治制度流变的轨迹及其深层的文化根源。W. C. 哈里斯（W. C. Harris）在他的《埃德加·爱伦·坡的〈我发现了〉和美国宪法的诗学》一文中便大胆宣称爱伦·坡对于宇宙统一性和多样性的沉思实际上反映了长期以来人们对于美国宪法结构的思考。

三、穿越时空：作家与时代并进

在这个全球性经济与文化飞速发展、多元文化互动、互通、互补的时代，美国爱伦·坡研究具有了一个更为广阔的发展前景，这种广阔既包括

① "POEtry"系由纽约摇滚歌手卢·里德（Lou Reed）和资深导演罗伯特·威尔逊（Robert Wilson）结合坡的 11 部作品创作的一部音乐舞台剧，2000 年在德国汉堡首演，2001 年 12 月赴纽约布鲁克林音乐学院（Brooklyn Academy of Music）开始其在美国的首场演出。两年后，卢·里德又将其改编并录制成唱片，以坡的代表作《乌鸦》为其命名。

采用理论的多学科性、批评方法的多方面性，也包括批评空间的多种可能性。随着全球化的深入人心，人们对于文学跨国主义的研究热情也水涨船高。2001 年，贾尔斯·冈恩（Giles Gunn）在《美国现代语言学协会会刊》（PMLA）中一个关于全球化与文学研究的专题论坛的介绍部分，将爱伦·坡对法国象征主义诗人波德莱尔的影响提到了极其显著的位置，作为他论证自中世纪以来逾越政治和国家疆界的漫长的"文化迁移史"（history of cultural migration）的重要例证之一。冈恩对历史和文化的论证使人们意识到关于全球化的两个重要问题，即全球化究竟何时开始？全球化应该如何表述？如果真的如冈恩所言，全球化并非一个后现代甚至现代的现象，而是一个缓慢而复杂的历史进程，早在两千年前就已开始，只不过最近才有了突飞猛进的发展，或者如果就像人文学者所提出的，文化交流对于全球化进程的影响和经济、政治交流同等重要，那么，爱伦·坡在全球化进程中的地位和作用将值得人们去深入探索。

事实证明，近年来人们对于爱伦·坡在全球化进程中扮演的角色的研究确实呈上升趋势。2002 年，《坡研究》（Poe Studies）的副主编贾纳·阿杰辛格（Jana Argersinger）在美国现代语言学协会（MLA）学术研讨年会之"爱伦·坡研究方向回顾与展望"专题讨论会中指出，"（爱伦·坡）研究的焦点正从以作者为中心疾速转向对作者的文本和文学实践与最新形成的国际环境之间的关系的交互研究上来"①。的确，从近几年埃德加·爱伦·坡国际学术研讨会和美国现代语言学协会、美国文学协会的爱伦·坡研究专题来看，爱伦·坡对各国文学和文化的影响以及爱伦·坡在世界范围内的接受状况正被纳入爱伦·坡研究的重要议程。雷切尔·波隆斯基（Rachel Polonsky）在她的《英语文学与俄国美学文艺复兴》（*English Literature and the Russian Aesthetic Renaissance*，1998）一书中便论述了爱伦·坡对世纪之交的俄国诗人的深远影响。而洛伊丝·瓦因斯（Lois Vines）主编的《坡在国外：影响、声望、亲和力》（*Poe Abroad*：

---

① Jana Argersinger，"From the Editor's Easy Chair: A Partial View of Prospects in Poe Studies"，*The Edgar Allan Poe Review*，2003，4(1)，p. 48.

Influence，Reputation，Affinities，1999)除了探讨爱伦·坡对西欧各国文学和作家的重大影响外，还将目光投向南美、东欧和亚洲的诸多国家，并重点评述了爱伦·坡对 15 位世界顶级作家的重大影响。此外，各类学术期刊上关于爱伦·坡在国外的影响、接受和研究状况的论文更是不胜枚举。2000 年的《坡研究》甚至开辟"国际透视"（International Perspectives)专栏论述爱伦·坡对以色列、俄罗斯、保加利亚和比利时等国文学的影响。由此可见，在全球化的语境下，美国爱伦·坡研究已经逐步打破传统的"欧洲中心主义"或"西方中心主义"的思维模式，发展为一种跨越东西方文化传统的跨学科的批评话语。

全球化时代的爱伦·坡研究不仅辐射面宽，探讨的问题也紧随时代发展的步伐。从个人的文化身份认同到整个大众文化艺术市场的运作，从解构主义的先锋性语言到当代大众传播媒介和消费文化，从关注女性身体和性别特征的性别研究到关注种族问题和少数族裔文化的种族研究，几乎所有文化研究的热点话题都被囊括进来。原先戒备森严的等级制度被打破了，高雅文化和大众文化的人为界线被消除了，殖民主义宗主国和后殖民地的文学与理论批评都被纳入同一文化语境之下来探讨分析。

文化全球化的演进也推动了比较研究领域的不断开拓。新时期的比较研究具有了更为开放的视野和国际化的维度，各种跨民族、跨语言、跨文化、跨学科的文学关系都被纳入比较的范畴。从近年来的研究趋势来看，对文化的探讨已成为比较研究的主要侧重点，人们试图通过对爱伦·坡和不同文化背景中的文学现象进行对比来揭示它们之间的文化差异及其人文精神的内在联系。相应地，跨文化的比较研究，特别是跨越东西方文化体系的比较研究在爱伦·坡研究领域迅速崛起。人们开始将爱伦·坡与不同时代、不同文学背景的作家、作品置于同一时间和空间的坐标上，对其进行横向比较和纵向研究，挖掘他们之间所存在过的精神交往或实际联系，在历史的流动中探索创作发生的源泉和影响，从空间的延伸中寻找文化碰撞的交点和裂痕。同时，文化研究的跨学科性还使得很多学者试图越过文学的边界,从爱伦·坡的文学创作与人类其他表现领域的比较中发现新的突破口。

在经济高度发达、科技日新月异的今天,美国爱伦·坡研究不仅具有视野的开放性和学科的包容性,还具有研究载体的多元性。除了传统的学术刊物和学术会议,今天的爱伦·坡研究还被赋予了数字化、信息化的意义。网络的发达使得信息的传递更加迅速,学术的交流更加便利。世界各地关于爱伦·坡的网站多不胜数,形成了全球化的爱伦·坡研究网络。各种与爱伦·坡相关的文化活动和文化产品也构成了"坡产业"的一道独特风景。爱伦·坡研究协会前任主席杰拉尔德·肯尼迪说道,"无论人们对坡的文学成就持何异议,不可否认的是,还没有哪一位南北战争前的作家像爱伦·坡这样在当今社会受到欢迎和认可。"①从某种意义上说,今天的爱伦·坡所代表的已不仅仅是一个具有传奇色彩的文学天才,而是一种深入人心的文化理念,深深渗透到人们的日常生活和意识形态之中。面对如此穿越时空、影响深远的文化魅力,人们不禁要问:究竟是当代文化成就了爱伦·坡,还是爱伦·坡造就了一种全新的文化?杰拉尔德·肯尼迪给我们的答案是两者皆有之。不过,他认为爱伦·坡文化在当今社会经久不衰的最主要原因还在于爱伦·坡对美国社会由来已久的历史和文化精神的把握。也就是说,爱伦·坡作品中所反映的暴力、疯狂、变态、疏离、错位和犹疑等主题恰恰映射了现代美国社会人们的生存状态和精神实质。

毋庸置疑,全球化问题的升温和文化研究的勃兴构成了新时期全球学术界一个最令人瞩目的景观。在这一规模宏大而又气势磅礴的文化语境的观照下,美国爱伦·坡研究必然要走向更宽广的社会、历史和文化领域。人们开始在历史和文化的变动中寻找爱伦·坡作品所隐藏的历史话语,挖掘其深层的文化内涵,从政治经济、文化政策、权力话语等不同的角度对其进行文化解读。这种强烈的政治关怀和参与热情正体现了文化研

---

① J. Gerald Kennedy,"Poe in Our Time", J. Gerald Kennedy, ed., *A Historical Guide to Edgar Allen Poe*, New York: Oxford University Press, 2000, p. 1.

究的实践性品格、政治学兴趣和批判性取向等特征。而文化研究的跨学科品质则令人们冲破学术和学科的羁绊，打破地域和国家的界限，将爱伦·坡直接融入社会生活和大众文化的潮流，实现文学研究与文化生活的完美结合。同时，文化研究的开放性特点也使得当下关于爱伦·坡的影响研究更为广泛和深刻、比较研究更具张力和深度。总之，在当今全球化与跨学科研究风云变幻的时代背景下，美国爱伦·坡研究并没有迷失方向和自我，而是呈现出艺术与历史遥相辉映、文学与文化相互交融、作家与时代携手并进的多元格局。

美国印度英语文学的研究理路与关注热点

作为英语文学的一个分支,印度英语文学在世界文坛上具有重要地位。尽管这一独特的文学处于话语权弱势地位,但其文学价值和文化魅力一直吸引着印度之外的英、美、法、加等国学者的关注。美国对印度英语文学的接受和研究萌芽很早,但成熟却较晚。从 1793 年印度英语文学产生到 20 世纪 70 年代,美国的印度英语文学研究一直处在酝酿和演化阶段,学者们主要聚焦于印度英语文学与英国文学在表现手法等方面的相同之处。到 20 世纪 80—90 年代,美国的印度英语文学研究在后殖民主义理论的推动下得到长足发展。新千年后,印度英语文学阔步走进美国高校,成为一道亮丽的风景线。同时,相关研究机构纷纷建立,其研究视野也从小说扩展到印度英语文学的其他形式,并从女性批评等新的视角对印度英语文学的重要作家和作品进行全新解析。印度英语文学获得了应有的地位,终于迈入主流英语文学的行列。

在英语文学框架内,英美以外的英语文学与英美文学具有继承与超越的关系,并已成为特色鲜明、成熟优秀的民族文学。[①] 其实,作为英语文学的重要一脉,印度英语文学[②]也不例外。作为植根于自身地理环境

---

① 这个观点是王守仁在"全国英语文学高层论坛"会议的发言中提出的,详见《英语文学并非都在英美》,《社会科学报》,2012 年 11 月 15 日第 5 版。
② 由于印度英语文学的产生背景较为复杂,学界就这类文学的名称有多种说法,如 Indo-Anglian literature, Indo-English literature, Indian writing in English 和 Indian English literature。

与人文土壤的英国本土之外的英语文学,印度英语文学显示出很强的生命力与文化价值,出现了泰戈尔(Rabindranath Tagore,1861—1941)、芭拉蒂·穆克吉(Bharati Mukherjee,1940—2017)、拉迦·拉奥(Raja Rao,1908—2006)和萨尔曼·拉什迪(Salman Rushdie,1947)等跻身世界文坛的名家。印度英语文学独特的文化内涵和表现手法不仅赢得众多西方读者,也引起了西方学界的广泛关注。印度本土学者 K. R. 希利尼瓦萨·艾衍加尔(K. R. Srinivasa Iyengar)、M. K. 奈克(M. K. Naik)、阿尔温德·克里希纳·梅赫罗特拉(Arvind Krishna Mehrotra)以及阿米德·乔杜里(Amit Chaudhuri)等对印度英语文学的研究深入、全面和系统,其研究成果已成为英美国家相关研究的重要参考资料。英国作为印度曾经的宗主国也出现了专门的学者,其中威廉·沃尔什(William Walsh)的《印度英语文学》(*Indian Literature in English*,1990)是研究印度英语文学不可或缺的著作。这些都为美国的印度英语文学的引进和研究打下了良好的基础。美国对印度英语文学的研究在经历了一段较长的酝酿萌芽期后,在 20 世纪 80—90 年代得到长足发展,从起初的单一引进,探寻印度英语文学与英国文学的内部关联,到从后殖民理论视域下对之进行学理透视,印度英语文学在美国落脚经历了较为漫长的历程。进入 21 世纪,印度英语文学走进了美国的高校,并成为众多研究机构的关注对象。相关研究则是全面开花,不仅从女性批评等新的视角进行小说批评,还延展到诗歌和戏剧等文类,并不断向纵深挖掘其新的内涵。

一、在求同中引进

从印度被英国殖民的 19 世纪前期到印度独立后的 20 世纪 70—80 年代,美国的印度英语文学研究一直处于酝酿阶段。这一时期学者有意识地引进印度英语文学作品,对那些崭露头角的印度英语作家进行介绍。他们将印度英语文学看作"英联邦文学"的一部分,探讨印度英语文学与英国文学、英国语言和英国文化之间的共性。

除了 1795 年萨克・迪恩・默罕默德（Sake Dean Mohammed，1759—1851）的《默罕默德的旅行》（*The Travels of Dean Mohammed*，1795）[①]，印度英语文学的作品几乎都是从 19 世纪才开始出现。1827 年亨利・代罗兹奥（Henry Derozio，1809—1831）出版了第一部印度英语诗集，1831 年克里希纳・莫汉・般纳吉（Krishna Mohan Banerjea，1813—1885）首次用英语创作了一部戏剧，而第一本印度英语小说则是般吉姆・钱德拉・查特吉（Bankim Chandra Chatterjee，1838—1894）在1864 完成的。可以看出，在英国殖民帝国的文化渗透和影响下，印度逐渐出现了用英语写作的印度作家。但这一时期"绝大多数本土作家和批评家都固守传统，对同胞的英文作品嗤之以鼻，不理不睬。倒是英国人比较宽容，对其抱有对于边疆文学的怜爱，持放任甚至鼓励的态度"[②]，因而印度英语文学的读者主要是居住在印度的英国人，加之此时的印度英语文学又受到英国、美国和加拿大等西方国家的影响，印度英语文学作品中大多可见模仿英国文学的痕迹。在话语权处强势地位的英国文学面前，英美国家的学者们自然而然地将印度英语文学作品当作英语文学文化的一部分，并以英语文学为参照和标准进行对比研究，寻找相似之处。不仅如此，英美国家还在高校里专门开设"英联邦文学"这门课程来探讨印度英语文学。

自 1947 年印度独立后的十年里，西方学者对印度英语文学关注稍有减少。因为大批印度英语作家在印度独立后流散国外，导致身在印度的西方出版商的商业发展机会变少，从而使得印度作家作品进入西方市场也变得较为困难。如此一来，西方学者对印度英语文学关注进入一阵低迷时期，直到十多年后才逐渐恢复对印度英语文学的热情。美国虽在1928 年就接受了印度英语作家的作品并将美国纽伯瑞奖颁给了达恩・莫克奇，但此时美国对于印度英语文学的研究还并未深入，文学批评等专

[①] 详见 Amitava Kumar 的 *Away：The Indian Writer as an Expatriate*（Routledge，2013）的第61 页，此书提到 Travel 的诞生年份为 1795 年。

[②] 颜治强：《论印度英语文学的起点》，《南亚研究》，2010 年第 4 期，第 138 页。

著几近于无,有关印度英语文学的著述大多是对印度作家作品的介绍。其中较为重要的编著作品有俄亥俄大学英语系教授艾米利特吉特·辛格(Amritjit Singh)和艾琳·米·乔希(Irene M. Joshi)等人一同编辑的《印度英语文学,1827—1979:信息指南》(*Indian Literature in English*, *1827 - 1979: A Guide to Information Sources*, 1981)。这本书为印度英语文学提供了重要的参考,是综合列出印度英语文学文献目录的首次尝试,弥补了长久以来这方面信息的缺失。书中所列出的印度英语文学作品是都由印度作家在1827—1979年创作或是自译的。此外,多萝西·玛丽·斯兵塞(Dorothy Mary Spencer,1907—1980)的《印度英语小说:一部带有注解的参考文献》(*Indian Fiction in English*: *An Annotated Bibliography*,1960)也对重要的印度英语小说家及其作品做了详细介绍。

为了吸引学者和读者关注印度英语文学,20世纪70年代初美国还创立了相关协会。萨蒂亚·帕奇瑞和 H. B.库尔卡尼建立了南亚文学协会(South Asian Literary Association,SALA)。这个协会筹办了自己的官方期刊——《南亚评论》(*South Asian Review*)以介绍南亚文学作品。

总体来说,美国较早地发现并接受了印度英语文学,并在某种程度上认可了印度英语文学的内在价值。身在美国的印裔学者更是作为学者中的主力军去传播和研究印度英语文学,开启了印度英语文学的研究之路。但这一时期研究大多限于文献资料的收集整理和对印度英语文学作家作品的推广传播。直至印度独立的半世纪后,学界才开始对印度英语文学进行更加深入和客观的批评研究。

二、在后殖民视域下考量

自1981年萨尔曼·拉什迪成为布克奖得主后,大批新兴的印度英语作家不断涌现。他们在海外①发现了充满期待的读者和闻名于世的出版

---

① 这里主要指美国。印度英语作家的作品在印度的销量并不如美国,一些在印度的出版商如 Penguin India，HarperCollins，Ravi Dayal，India Ink 和 Kali for Women 常常有滞销。

商,便将自己的作品积极推向英美国家图书市场。几乎每天都会有新成员加入到他们中间来,其中约有一半是印度女性作家,还有一些是移民去美国的印裔美籍作家。20 年间,投奔美国市场的印度英语作家不计其数,他们的作品也频频获得美国文学奖项,巴拉蒂·穆克吉赢得 1988 年国家图书批评家奖,奇塔·蒂娃卡鲁尼(Chita B. Diva Karuni)赢得 1995年的美国图书奖。还有些作家,如阿米特·高斯(Amitav Ghosh,1956)、罗西顿·米斯特利(Rohinton Mistry,1952)、维克拉姆·塞思(Vikram Seth,1952)等也以其热卖的作品而闻名于美国文坛。这些印度英语作家的作品反映了后殖民时期意识形态、经济、政治以及文化的复杂关系。这恰恰与西方方兴未艾的后殖民理论不谋而合,美国高校里的后殖民学者在印度英语作家作品中找到了发挥的空间,他们将后殖民理论运用于印度英语文学批评中,将印度英语文学从"英联邦文学"划分到"流散文学""后殖民文学"等范围中去。

对于流散在他乡的印度裔作家,学者以作家的个人经历为切入点,结合作家生平对作品进行分析。纽约州立大学的教授伊曼纽尔·山姆帕斯·尼尔逊(Emmanuel Sampath Nelson,1954)从流散现象出发,编写了《重塑世界:印度流散文学》(*Reworlding*:*The Literature of the Indian Diaspora*,1992)、《印度流散作家:关键文献资料大全》(*Writers of the Indian Diaspora*:*A Bio-bibliographical Critical Sourcebook*,1993)和《二十一世纪印度文学手册》(*Handbook of Twentieth-Century Literatures of India*,1996)。在《重塑世界:印度流散文学》中尼尔逊采用了"流散"这个概念,解读了那些身在异国他乡的印度作家们的流散创作,并以 14 篇文学评论分别探究了流散在南太平洋、加勒比地区、新加坡、大不列颠和北美及南非地区如拉什迪、奈保尔(V. S. Naipul,1932—2008)、巴拉蒂·穆克吉和拉迦·拉奥等作家的创作情况。在国际化的文学环境之中,印度印象的萦绕和个人情感的迷茫构成了一种"重塑世界"(reworld)概念。

作品的多元文化分析也是学者研究的重头戏,学者们从文化视角剖析了作品中包含的政治、文化因素，从而更好地理解了流散作家的创作。康奈迪克大学文理学院英语系的教授帕特里克·科尔姆·霍根（Patrick Colm Hogan）的《文学印度：美学、殖民主义和文化的比较研究》（*Literary India*：*Comparative Studies in Aesthetics*，*Colonialism*，*and Culture*，1995）在多种文化的视角下考察了印度文学，其中包括对泰戈尔诗做英文翻译的解析。2000 年霍根还在当地政府出资赞助下编著了《殖民主义和文化身份：印度、非洲和加勒比地区的英语文学中的传统危机》（*Colonialism and Cultural Identity*：*Crises of Tradition in the Anglophone Literatures of India*，*Africa*，*and the Caribbean*，2000），探讨了多种文化身份问题和后殖民现象，并分析了沃尔科特（Derek Walcott，1930—2017）、泰戈尔、珍·瑞斯（Jean Rhys，1890—1979）、钦努阿·阿契贝（Chinua Achebe，1930—2013）、厄尔·洛夫雷斯（Earl Lovelace，1935）等流散作家的作品。马诺阿夏威夷大学的英语系教授的费罗扎·居斯瓦兰（Feroza F. Jussawalla）曾在《当代小说评论》（*The Review of Contemporary Fiction*）、《印度英语写作期刊》（*The Journal of Indian Writing in English*）和《南亚评论》中负责编辑印度英语文学的专题。她与其他学者一同编著的《后殖民作家访谈录》（*Interviews with Writers of the Postcolonial World*，1984）首次向读者介绍了来自印度、肯尼亚、尼日利亚、索马里、巴基斯坦、新西兰、加勒比岛屿国家与地区等第三世界的 14 位英语写作作家的文学作品与职业生涯情况。在访谈中，印度英语作家讲述了殖民主义对国家个人的影响和他们这类作家在英语文学中的地位，这些作家表示他们的作品将帮助西方理解印度文化和价值观。

可以说，拉什迪获奖之后的二三十年是印度英语文学发展的一个重要时期，也是美国的印度英语文学研究大发展的阶段，随着理论视角的多样化以及后殖民理论的深入，"后殖民"以及"流散"也自然而然地成了研究印度英语文学的关键词。

三、在全球化语境下全面开花

步入新千年,全球化进程加快使得印度作家的英语写作如鱼得水,印度英语文学逐渐成为不可忽视的一股文学力量,凸显在世界文坛。印度英语作家的作品抢占了美国的读者市场很大一块份额,印裔美国作家也频频获得美国文学奖项,阿基尔·夏尔马(A Khil Sharma,1971)赢得2000年怀廷作家奖,裘帕·拉希莉(Jhumpa Lahiri,1967)赢得2000年的普利策奖,斯达萨·穆克吉(Siddhartha Mukherjee,1970)赢得2011年普利策奖,罗西顿·米斯特利获2012年诺斯达特国际文学奖……美国对印裔作家的认可和热情促进了印度英语文学研究的发展,研究印度英语文学的学者队伍里不再只有印度裔学者,美国本地学者也加入其中,而相关研究机构也如雨后春笋般建立起来。美国各高校现已共有38个南亚研究的中心,哈佛大学梵文和印度研究系还将印度英语文学作为基础课程,开设了交叉课"印度英语小说"以及研究生新生研讨课"当代印度:历史与小说"。2003年北美文学期刊《双体船:南亚裔美国人写作》(*Catamaran:South Asian American Writing*)创立,专门收集北美地区南亚裔作家们的文学作品。随着文学批评理论的发展和丰富,研究印度英语文学的学者除了进一步深入探讨后殖民主义的话题,还不断从新的视角探究文本中多样的文化内涵,并回归到最初的文学形式,对诗歌、小说、戏剧全面分析。

印度英语作家"在目前紧紧追随的是西方的潮流,而不是印度的传统,正因为如此,后殖民印度英语小说这个混血儿对西方具有相当的魅力"[①],而印度英语文学中流散现象、身份构建、语言转换、中心与边缘和文化差异等问题成为学者研究的重中之重。匹兹堡大学约翰斯顿校区的教授、《南亚评论》的主编辑K. D. 维尔马(K. D. Verma)著有《印度想象:

---

① 石海峻:《"杂交"的后殖民印度英语小说》,《外国文学动态》,1999年第6期,第10页。

印度英语写作的评论》(*The Indian Imagination: Critical Essays on Indian Writing in English*, 2000)，关注了印度被殖民前后印度英语文学的发展，并从历史的角度讨论了印度历史中殖民化进程的社会历史因素和殖民自治化进程中的身份认同问题。北密歇根大学的贾斯伯·辛格(Jaspal K. Singh)编写了《印度作家：跨国与流散》(*Indian Writers: Transnationalisms and Diasporas*, 2010)，探究了作家们对于文化错位的不同反应，解析了后殖民和跨国文学批评所涉及的当下问题。

在后殖民主义批评如火如荼之时，学者也试着用新的文学批评理论来解析当今全球化语境下印度英语文学的文化价值。其中女性主义角度的研究得到很大发展，印度英语女性作家在印度英语小说创作方面和男性作家一样闪耀，她们用自己的作品丰富了印度英语文学。[①] 印度英语女性作家笔下生活的苦难和移民的困惑让学者们发起对印度女性个人权益和政治权利的思考。妇女研究联盟前任董事、新泽西州肯恩大学的菲利帕·卡夫卡(Phillipa Kafka)编写了《从外看向内：国内外的印度女作家》[*On the Outside Looking In (dian): Indian Women Writers at Home and Abroad*, 2003]，在书中卡夫卡节选了印度女性作家们的英语作品或英语译文，并从作品中揭示印度女作家积极谴责不公、追求自由平等的思想。此外，新兴的文学批评视角也被运用到印度英语文学的研究之中。美国加州大学伯克利分校的普里亚·乔希(Priya Joshi)的《在他国：印度的殖民主义、文化和英语小说》(*In Another Country: Colonialism and Culture and the English Novel in India*, 2002)探讨了 19 世纪和 20 世纪的印度英文小说的消费与生产，为读者展示印度作家如何用外国的语言和形式解决当地需求，进而转变帝国文学和文化的影响，揭示了文化在殖民和后殖民语境下不断地翻译和转化复杂的方式。蒙大拿大学教授露丝·瓦尼塔(Ruth Vanita)则分析了包括印度英语文学在内的印度文学作品中所隐含的同性之爱，他和萨利姆·基德瓦伊(Saleem Kidwai)共同

---

① Sathupati Prasanna Sree, *Indian Women Writing in English: New Perspectives*, New Delhi: Sarup & Sons, 2005, p. 20.

编著了《印度同性之恋：文学历史中的阅读》（*Same-sex Love in India：Readings From Literature and History*，2000）。加州大学圣地亚哥分校的乔治·罗兹玛丽（George Rosemary）出版了《印度英语及印度民族小说》（*Indian English and the Fiction of National Literature*，2013）。通过了解印度英语文学文集，罗兹玛丽揭示了独立的印度为建立自己的英语"民族文学"所需的努力。

在小说批评盛行之际，学者们也回归到了印度英语文学最初的文学形式——诗歌。在1860年之前诗歌曾是印度英语文学的主导形式，尽管后来小说更为引人注目，然而印度英语诗歌却并未衰落，优秀的诗歌不断产生。北卡罗来纳大学的玛丽·爱丽斯·吉布森（Mary Ellis Gibson）以其著作《印度安格鲁：从琼斯到泰戈尔的殖民地区印度诗歌》（*Indian Angles：English Verse in Colonial India from Jones to Tagore*，2011）让人们了解那些被忽视或几乎不为人所知的作家，为研究印度英语文学提供了一个新的历史方法。同时，戏剧这一处于弱势的文学形式也引起了学者的兴趣，威斯康星大学麦迪逊分校的教授阿帕拿·达瓦德克（Aparna Dharwadker）出版的著作《现代诗学：印度戏剧理论，1850至今》（*A Poetics of Modernity：Indian Theatre Theory，1850 to the Present*）收集了从1850到现在的印度戏剧理论和评论。这本书的资料精选于书籍、论文、演讲、书信、剧作家、导演、演员、设计师以及策划师的回忆录，为学者了解印度戏剧提供了一个平台。

21世纪的印度英语文学研究是对以往研究成果的继承和发展，它是全球化语境下对印度英语文学更加公正合理的审视。在探讨印度后殖民文学之时，学者们的关注转向文化、民族性等方面，思考英美主流英语文学和"非主流"英语文学的真正内涵。随着后殖民主义批评不断深入，学者也开始从新的视角来解读印度英语文学，并回望历史重新解读印度诗歌及戏剧的历史文化意义。印度英语文学得以从附属宗主国的英语文学转变为独立的印度英语文学，而印度英语文学研究也将成为一门专学。

结　语

　　纵观美国的印度英语文学研究,我们可以看到这样一个脉络清晰的发展过程:美国的研究从单一到多样,从简单到全面,它随着印度英语文学的演进而发展,同时又反过来对印度英语文学地位的提高以及日趋成熟起到了巨大的促进作用。美国的印度英语文学研究从较长时期的引进和探求与英国文学共性,逐渐发展为以后殖民主义批评为主流的研究,并最终发展成一门系统性较强的独立学科。批评家起初把印度英语文学简单归为英联邦文学,而后又将其划分到"后殖民文学""第三世界文学""流散文学"等名义之下,如今学者已正视印度英语文学并对其进行了全面考察和研究。美国的印度英语文学研究将为我国英语文学研究提供参照。现今我国对于印度英语文学的研究还处于初级阶段,1949 年后短短八年多以内,在翻译印度文学作品方面做了不少的工作,但这还只是一个开始①,国内除了对少数几个获得过重大文学奖项的作家作品进行了译介,对其他较有成就的印度英语作家仍然十分陌生。"在世界英语文学及相关研究崛起的时代背景下,将非英美国家的英语文学创作作为一个整体,对在中国开展非英美国家英语文学研究的当下意义、研究的拓垦与勃兴、研究呈现出来的特点及其存在的问题进行学理的考察,将会别有一番趣味。"②因而,我国应该扩大外国文学研究的范畴,了解印度英语文学及其本土研究和英美等国家的研究,从而促进我国对于英语文学的整体把握,挖掘其文学文化的贡献和魅力,并为中国文学文化走出去找到途径。

①　季羡林:《季羡林全集,第 13 卷,学术论著 5,中国文化与东西方文化》,北京:外语教学与研究出版社,2010 年,第 195 页。
②　朱振武、刘略昌:《中国非英美国家英语文学研究的垦拓与勃兴》,《中国比较文学》,2013 年第 3 期,第 37 页。

专题八　交叉融合

文学创作要关注当下,有感而发,忌无病呻吟;要结合当下,为时而著,忌闭门造车;要服务当下,要为事而作,忌无的放矢。丹·布朗的《达·芬奇密码》《数字城堡》《天使与魔鬼》《骗局》和《失落的秘符》等系列文化悬疑小说能够赢得读者,占领阅读市场这么多年,并且畅销全球,绝对不是偶然的。丹·布朗的小说在中国畅销了十几年,一个重要的原因就是这些作品很大程度上满足了中国读者的阅读诉求,契合了中国小说记录新奇、讽喻教育、娱人自娱和呈才弄笔的传统。作为一个文化现象,我们应该去关注和跟踪。对于这种现象的成因,我们则应该去探讨和深究。这样的工作对我国作家和我国文学文化的繁荣具有参照价值。

丹·布朗的"倒悬"写作

丹·布朗的小说创作短时间内就在世界各地取得了空前的成功,其原因自然是多方面的,但其深层原因却主要在于作者这种"倒悬"的写作视角,在于作者对传统文化的颠覆性阐释,对宗教与科学关系的重新梳理,对人们内心焦虑的形象传递及其融雅入俗、雅俗同体的美学营构。

21世纪的世界文坛上,名不见经传的美国作家丹·布朗(Dan Brown,1964)一下子成为神话。他的小说《达·芬奇密码》(*The Da Vinci Code*,2003)在短短几年内,已被翻译成40多种文字,全球发行量达8000多万册(截至2009年),他的另外3部作品《数字城堡》(*The Digital Fortress*,1998)、《天使与魔鬼》(*Angels and Demons*,2000)和《骗局》(*Deception Point*,2001)也在100多周内均高踞畅销书排行榜,并多次进入英、美、法、中几个读书国家的畅销书前十名。可以说,丹·布朗式的新型文化悬疑小说以其势不可挡的趋势席卷全球。丹·布朗的小说迷住了无数的读者,当他们好不容易从悬念迭起的情节中回过神来,揣测着作者是如何懂得并随意地将包罗万象的学科知识运用自如时,丹·布朗早已悄然地躲到了幕后:这个高个子的美国男人永远倾斜着身子站在报纸杂志的顶端,一脸神秘而优雅的微笑。他拒绝过多地公开自己和家人的照片,也拒绝让自己的生活暴露在公众的视线之下。在破解了无数的密码之后,他自己成了最大的谜团。

曾撰写过多部传记的美国女作家莉萨·罗格克(Lisa Rogak,1962)

在其出版的《〈达·芬奇密码〉背后的男人：丹布朗传》(*The Man Behind The Da Vinci Code: An Unauthorized Biography of Dan Brown*，2005)一书中，用清新淡雅的文笔向读者揭示了有关丹·布朗的一个个鲜为人知的秘密。这位文坛新宠推崇一种蝙蝠式的写作方式。每逢失去灵感时，他总是换上失重靴，像蝙蝠一般倒悬在天花板上。这种反常规的思维方式赋予他以全新的艺术视角，使他得以规避人们习见的非此即彼的二元论的写作模式，采用义理置换和雅俗相融的全新手法，对当下作家所忽视的传统文化进行挖掘，对人们久已忽视的科技伦理和精神生态进行体察，并对当下人们内心深处和审美需求进行人文关怀。

一、丹·布朗与"新时代"

从 20 世纪末到 21 世纪初，最为热销的小说莫过于雷德菲尔德 (James Redfield，1950)的《塞莱斯廷预言》(*The Celestine Prophecy: An Adventure*，1993)、卡斯塔尼达(Carlos Castaneda，1925—1998)的《寂静的知识》(*The Power of Silence*，1996)、罗琳(J. K. Rowling，1965)的"哈里·波特"系列以及丹·布朗的《达·芬奇密码》等。这些小说的畅销在于它们一改传统悬疑小说依靠怪异的情节、离奇的事件以及不着边际的猜想构筑文本的模式，而是大胆地启用文化、历史、宗教及科学背景知识，从崭新的视角入手，对人们熟视无睹的文化现象进行重构与解构。

叶舒宪在《谁破译了达·芬奇密码》[①]一文中提出，这些新型文化小说都是西方"新时代运动"的产物。这些小说就像是这场以反对现代性为宗旨的运动的反映之镜，处处映射出新千年的人们希望释放被压制的异教思想和重新诠释正统基督教观念的反叛精神。该运动的特征就是反叛现代性及其基础，即西方基督教文明和资本主义生活方式，用长久以来被压制的异教思想和观念来对抗与取代正统基督教观念，成为新世纪引导

---

① 叶舒宪:《谁破译了达·芬奇密码》,《读书》,2005 年第 1 期,第 66 - 67 页。

人类精神的新希望。这种精神反叛首先直指以《圣经》神学为基础的基督教一神论的长久统治，希望以具有更加悠久传统的巫术—魔法—萨满教的多样性神幻世界取而代之；其次，它也直指西方文明史中希腊文化、希伯来文化占主流的传统，让处于边缘的非主流文化如凯尔特文化得到重构和复兴；最后，它也直指以男性为中心的父权制价值观，使女性重新获得圣化，让更加古老的女神信仰得到复兴并引导未来的人类精神。《达·芬奇密码》的认同取向也基本属于上述几种，即借悬疑小说的形式重新解读达·芬奇名画中潜藏的异教信息，从而在基督教传统压抑的缝隙中发掘出更加悠久的女神宗教的信仰和观念。丹·布朗的《达·芬奇密码》和《天使与魔鬼》等小说在这方面表现得尤其突出。在崇尚笃信的双鱼时代过去之际，丹·布朗张扬起宝瓶时代宣扬独立思考的大旗。正如罗格克在《〈达·芬奇密码〉背后的男人：丹布朗传》中提到，布朗成长在一个宗教与科学和谐共处的家庭里，他从小迷恋解密。在菲利普·埃克塞特学院和阿姆斯特大学的学习让他接触到多个学科的知识，学会了如何学习一门一窍不通的知识。他早年曾在西班牙的塞维利亚大学学习过艺术史，积累了深厚的文化知识与素养。在全身心投入到小说创作之前，他曾先后在阿姆斯特大学及菲利普·埃克塞特学院担任英语写作和文学课的教师。布朗成长在美国这个既崇尚西方文明又关注本土现实的多元文化大熔炉里，对西方的经典文化了然于胸，对世俗社会又洞察入微，所以他能够游刃有余地在雅俗文化之间自由地转换。深厚的文化底蕴和对破译密码及秘密组织的浓厚兴趣，使他的文学创作注定要走一条高雅与通俗相结合的道路。这一切成就了丹·布朗在《达·芬奇密码》中的不凡表现。他选择了一个与世人不同的角度，在这个特殊的时代里首当其冲地选择了最具争议的话题，直指西方基督教的根基。

丹·布朗的成功与他的勤勉好学和"博学多通"也密不可分。他的四部作品，包括《达·芬奇密码》在内，每部作品都是经过反复酝酿、实际调查、图书检索、资料核实以及辛勤笔耕和精雕细琢之后的艺术精品，都赢得了读者们的青睐以及一向挑剔的评论家们的好评。人们不得不承认，丹·布朗是个博采众长、兼收并蓄的才华卓著的小说家，这一点很像我国清代"以小说见才学"①的《镜花缘》作者李汝珍。丹·布朗也正是这样一个博学多才之人。他的小说不仅集谋杀、恐怖、侦探、解密、悬疑、追捕、言情等各种通俗小说因素于一身，还融各种文化符号和当代高新科技于一体。可以说，《数字城堡》将作者在密码学、数学、电脑、网络等方面的知识展露得淋漓尽致，而《达·芬奇密码》和《天使与魔鬼》则酣畅淋漓地彰显了作者在密码学、数学、宗教、文化、艺术等方面的才华。《骗局》在涵盖了海洋学、冰河学、古生物学、天文学、地质学等科学领域的知识外，还涉及了美国国家航空航天局、美国国家勘测局、美国太空署北极科研基地、三角洲特种部队等多个美国政府秘密机构。此外，布朗还运用他丰富的想象力，虚构了大量人们闻所未闻的高科技武器，如"奥罗拉"喷气式战斗机、冰块子弹、蚊子般大小的微型机器人等。显然，布朗在创作小说之前曾进行过大量认真细致的研究和实地调查工作，同时将大量的时下人们关注的信息有机地引入作品之中，巧妙地糅进了高潮迭起的情节里，而且不留任何斧凿痕迹，从而取得了很好的阅读效果，从多种角度满足了不同人群的阅读期待。

二、创作之旅及其创作素材

虽然现在的丹·布朗风光无限，但是成功的过程却像西西弗斯无望的攀缘一样反反复复。在传记中，罗格克为读者梳理出了丹·布朗思想发展的脉络，娓娓道出了其成名背后的心酸故事。据罗格克记载，丹·布朗的处女作《数字城堡》的灵感来源于一个偶然事件。一天，布朗任教的学校来了几位国家安全局的工作人员，他们盯上了学校的一名学生，因为该学生在给同学的邮件中宣称自己已无法容忍美国的政治局面，恨不得马上干掉克林顿。由此，丹·布朗知道了美国政府有能力监控美国公民

---

① 鲁迅：《中国小说史略》，北京：人民文学出版社，1973年，第220页。

所有的电信交流,包括电子邮件、电话等。于是,他沿着公民道德与政治、国家安全与机密的思路,以监视与被监视为题旨展开了这部小说。遗憾的是,虽然《数字城堡》赶上了电子时代的时髦,却略显超前一些,艺术手法也未达到娴熟的程度,加上当时约翰·格里森姆(John Grisham,1955)和斯蒂芬·金(Stephen King,1947)的风头仍健,因此该小说没能引起大的反响。不过,丹·布朗独特的叙事风格和情节模式在这部处女作中已见雏形,他已经找到了一条适合自己的文学创作道路,并毅然放弃了以前热衷的音乐生涯和眼前的教书职业,并开始向着纵深发展。

在接下来的《天使与魔鬼》中,丹·布朗首先摒弃了他在《数字城堡》中向读者灌输既定价值观的"一元论"讲述方式。他采用后现代主义小说中不确定的文本中心意义,逐一消解了人性与神性、善与恶、科学与宗教这些在传统价值体系中处于二元对立的中心概念。从阅读深度上来看,这是小说质的飞跃。而从作品聚焦的对象上看,密码已由原来的主角退居为一件道具,对宗教的探讨开始粉墨登场。丹·布朗终于开始利用他与生俱来的优势,也就是把他从小到大对宗教和科学这对相生相克、相辅相成的孪生姊妹的迷惘思索,用文本这一可容纳多重阐释的载体描摹了下来。小说中充满了对称字体和形形色色的宗教科学观,丹·布朗似乎在暗示科学和宗教是"双刃剑":科学可以造福人类,也可以置人于死地;宗教可以教人向善,也可能让狼有机可乘,披着宗教的外衣去吞噬羊群。这本小说彰显了丹·布朗的人文关怀和对人类困境的哲学苦思。最后,他希望通过消解结局来解决其中的矛盾,让充满人文焦虑的现实世界变得更为和谐。

在 2002 年出版的第三部小说《骗局》中,丹·布朗再度涉足鲜为人知的领域。该书涵盖了多个学科和畅销小说的各种要素,但可惜的是,它生不逢时。依照罗格克在传记中的观点,《骗局》一书涉及的是政府机关和总统腐败的问题,这与"9·11 恐怖袭击事件"激起的美国人那无比热忱的爱国心相比,显得很不合时宜。因此,《骗局》成了套住出版商脖子的绳索,与丹·布朗的前两本书一起被埋没了。

《骗局》出版之后，丹·布朗开始构思他一生之中或许最为重要的作品——《达·芬奇密码》。尽管出版商对丹·布朗十分欣赏，对他的作品充满信心，但是前三部作品在当时的销售量仅为数千册，这使他们对《达·芬奇密码》的前景也不敢过于乐观。但是《达·芬奇密码》到底畅销了起来，而且到了炙手可热的地步。丹·布朗选择了一个颇受争议的题材，并找到了一个完美的支撑点，用《最后的晚餐》把神圣的基督和密码学一同撬了起来。这本书引起了极大的争议，同时也赢得了令人眼花缭乱的销售量。没有人不佩服丹·布朗的大胆与别具一格。布朗的小说对西方历史与宗教的另类解读，引发了人们对这些文化现象的重新认识和思考。一时间，小说家与史学家之间展开了一场论战，论战的焦点之一就是怎样看待现实与虚构、文学与非文学之间的关系问题。很多牧师和信徒开始写信给丹·布朗，怒斥他摧毁了美国人的信仰。紧接着，美、英、德、法等国家在很短的时间里先后出现了《破解〈达·芬奇密码〉》《破译〈达·芬奇密码〉》《〈达·芬奇密码〉解码》《〈达·芬奇密码〉之破译》《正说达·芬奇密码》和《达·芬奇骗局》等"解码"书，这些著作大都试图证明丹·布朗所宣称的事实皆为虚构或与史实有较大出入。美国神学教授达雷尔·博克在《破解〈达·芬奇密码〉》之"密码2"中援引大量史料，纵横捭阖，用了几十页的篇幅来驳斥布朗小说关于耶稣结过婚的说法："耶稣结婚的可能性到底有多大？此处的回答是简短而有力的——绝无可能。"①

对此，丹·布朗则显得较为冷静与沉着。他知道，虽然自己在小说的前面宣称"本书所有关于艺术品、建筑、文献和秘密仪式的描述都准确无误"，但小说必定是小说，具体情节自然依靠虚构。《达·芬奇密码》中的描述是否都真实可信且不去说，对文学作品进行史料上的苛求显然有悖文学创作的标准，历史真实和艺术真实的区别显然是不言自明的。许多人都没有注意到《达·芬奇密码》的版权页上还写着这样一句话："本书中所有人物及事件皆出杜撰，如与在世或已不在世之人有任何雷同之处，则

---

① 达雷尔·博克：《破解〈达·芬奇密码〉》，朱振武、周元晓译，上海：上海译文出版社，2004年，第36页。

纯属巧合。"布朗的批评者们显然更担心的是基督教乃至西方的文化传统的根基受到动摇,惧怕的是人们的信仰出现危机。布朗似乎没有考虑到这么多,他只是在一门心思地写故事,全神贯注于自己的悬念设置。他坚信,如教授他艺术史课程的教授所说,达·芬奇的画作里隐藏了大量的密码。根据罗格克在传记中的描述,丹·布朗认为两千年前西方曾流行着好几种宗教。但是,随着新约的确立,基督的地位也变得独一无二和不容置疑了。因此,丹·布朗秉承着他与生俱来的怀疑精神,另辟蹊径,试图通过梳理基督教的过去来叩问它的未来。于是他和达·芬奇这个与他相隔五六百年却有着类似观念的人较上了劲。达·芬奇终其一生都在以绘画的形式追求永恒的生命,这在当时严酷的教会看来无异于妄图建立个人的宗教。正因为如此,按照许多艺术学家的猜想,达·芬奇在他的画作中布满了谜团,他想要通过这种方式传达他希望流传千年的思想,而丹·布朗恰恰是做了这种思想的解谜人。如今,关于《达·芬奇密码》的争论仍在继续。正如罗格克所说,这本书在某些地方大受欢迎,而在另一些地方却招致了难以想象的谩骂。不论真理到底掌握在谁的手中,丹·布朗的推论至少让一部分人感到信服。这个热爱倒悬的作家,以他独特的方式看到了宗教的反面,这或许只是另一种解读而非一种否定。

达·芬奇的世界就仿佛一座挖掘不尽的艺术宝藏,丹·布朗只是挖去了这座冰山的一角。在这部小说中,丹·布朗重提了自己所迷恋的二元对立论,并企图整合它们之间的对立性。不过,这一次不是科学和宗教,而是针对一个更为根源性的对立问题——男性与女性。20世纪的西方文化中蔓延着一种普遍的寻根思潮,许多文学作品都围绕着种族与性别这两个当代文化主题而展开,其中以女性主义思潮尤为引人注目。女性主义与现代小说频频提及的女神复兴有着密切的关系,它们都旨在针对父权社会的男性中心价值论提出抗议,在男性化意识形态的遮盖背后,重新寻找真实的女性形象和女性地位。20世纪末至21世纪初,各文学大国都涌现出了女性小说创作的高峰。俄罗斯的女性作家在文学创作中通过各种方式企图摆脱男女二元对立模式、质疑男性中心论的价值观就是一个很好的例子。而在文化领域,《古希腊失落的女神》(*Lost Goddesses of Early Greece: A Collection of Pre-Hellenic Myths*,1992)以及《女神的语言》(*The Language of the Goddess*,1989)等一大批书籍的出版也暗示着女神复兴时代的降临。《魔戒》《哈里·波特》和《达·芬奇密码》等一系列畅销著作都或多或少地实践了这种观点。然而,丹·布朗显然比以上作家走得更远。他的倒悬式思考让他获得了一个类似于"第三只眼睛"的角度,对基督教与男权社会反弹琵琶。在《达·芬奇密码》中,他已不满足于小打小闹地对男权中心论进行质疑,而是彻底颠覆了男权的象征——男性基督,将之还原为女神形象。这里,丹·布朗对人类目前的精神生态危机和女性伦理问题进行了深切的关注和思考,但他似乎还没有找到成熟、满意的表达方式和解决问题的最佳答案。

当然,这一点与后现代作家对经典文化所惯用的义理置换手法如出一辙。美国作家唐纳德·巴塞尔姆(Donald Barthelme,1931—1989)于1967年发表的小说《白雪公主后传》(*Snow White*,1967)之所以被看作是后现代主义小说的代表作,这主要是因为该作品对19世纪初德国民间文学教授格林兄弟搜集整理的那充盈着德国民间晨露的童话《白雪公主》进行了彻底的解构。丹·布朗对《圣杯与圣血》等著作似乎也进行了解构,但又迥异于一般后现代小说对源文的"戏仿",如香港影片《大话西游》对《西游记》的经典戏仿。他也并不像尼采所说的那样——"我是第一个反道德者,因此我是根本的破坏者。"[①]在丹·布朗的作品中,特别是在《达·芬奇密码》中,我们可以明显地辨认出其互文性,但我们更多地看到的是后现代文学中由立场转变所直接引发的对源文的义理置换的戏仿行为,即置换源文体式的义理转换而赋予其另类意义,从而达到"寻求新的表现源泉和新的理解世界的方式"的目的。当然,对于这一切,作者都是通过设密和解密这一手法来完成的。《达·芬奇密码》中,密码破译天才索菲·奈芙在与兰登教授联手对诸多稀奇古怪的符号及密码进行整理的

———————————

① 尼采:《瞧!这个人》,刘崎译,北京:中国和平出版社,1986年,第108–109页。

丹·布朗的『倒悬』写作

325

过程中,发现了一连串的线索就隐藏在达·芬奇的艺术作品当中。他们发现了能解开历史上最大难解之谜的钥匙,这把钥匙能揭开郇山隐修会苦心掩盖的惊天秘密以及令人震惊的古老真相。然而在小说结尾,这个所谓的历史真相及重大秘密却被消解,读者看到的只是一个出人意料但又令人信服的隐喻性解释。后现代主义之集大成者博尔赫斯在对迷宫手法进行提炼的同时,也为我们提供并描绘了众多的迷宫形象。尽管迷宫体验来自人们"对于历史、人类无序生活的一种感知",但通常又是以具体的迷宫形象来进行体验的。这些迷宫形象在《达·芬奇密码》中则表现为各种各样的建筑以及奇形怪状的密码与符号。小说中的卢浮宫、维莱特庄园、西敏寺、罗斯林教堂等无一不给人以一种迷宫式的体验。可以说,该小说构建的就是一个庞大的迷宫。不过,地点与场景的转移,密码及各种符号的转换,都只是形式上的更迭,从某种意义上可看作是"一种无变化、无发展的循环重复"①。"圣杯"在小说中的所指是不明确的。作家对二元论的运用似乎也情有独钟,且得心应手,众多似是而非的意象,使文本的中心意义进一步模糊起来。"后现代主义极大地扩展了这种不确定性,它认为现实——如果存在的话——是很难通过与它背离的语言来了解或接近的。"②这是因为在后现代主义的世界里,没有什么处于中心位置,一切都是似是而非的。与以往不同的是,丹·布朗在这部小说里特别注重它的文化蕴涵,自始至终都高举着不同义理、色彩纷呈的文化旗帜,令人眼花缭乱。小说充斥了各种文化符号,如达·芬奇和他的名画、斐波那契数列、五步抑扬格、希伯来编码体系、死海古卷、圣杯、神婚、天主事工会、郇山隐修会等,其中涵盖了艺术史、数学、文学、社会学以及宗教等各个领域,令人目不暇接。小说还大量地运用了隐喻和象征的手法,大大提高了小说的文化品格。

丹·布朗在作品里援引了大量相关的艺术史知识、宗教知识、历史掌故或其他野史,但他并不是简单地引用,而是对其进行了一番改造,将历

① 王钦峰:《后现代主义小说论略》,北京:中国社会科学出版社,2002 年,第 90 页。
② Randall Stevenson,*Modernist Fiction*,New York:Harvester Wheatsheaf,1992,p. 196.

史与想象结合,使这些内容获得了新的生命。"正如宗教及道德的权威已遭到破坏那样,艺术的权威也被削弱了。以往为大家所接受的标准已不能满足不断变化的时代的需要。"[①]这种挑战传统的做法最初源于现代主义作家,但在后现代派小说家那里又得到了继承和发展。《达·芬奇密码》对达·芬奇的艺术作品,如《蒙娜丽莎》《达·芬奇自画像》以及《最后的晚餐》等进行了"颠覆性"的解读。作者先是借小说人物之口对《蒙娜丽莎》中的人物性别提出了质疑,继而指出蒙娜丽莎其实就是达·芬奇本人。而《达·芬奇自画像》里的画家肖像,实际上也是一个"两性人"(androgynous)。在作家眼中,这两幅画已不是简单的独立存在,而是两个相互关联具有相互指设意义的个体。布朗对《最后的晚餐》的诠释更是值得回味,他把画中皆为男性的十三人说成是十二个男人和一个女人,就连一向为世人所顶礼膜拜的神灵之体——耶稣基督,也被作家从"神"还原为"人",并声称他结过婚,并留有子嗣。而耶稣的妻子,就是被他救赎的抹大拉的马利亚。这种对历史和传统文化的极大挑战与颠覆,必定在读者中引起轩然大波,进而引起人们的普遍关注。

三、丹·布朗的雅与俗

接受矛盾,拒绝非此即彼的看法,这是后现代小说创作最常重复的公式之一。不是非此即彼,而是二者兼容。丹·布朗的作品也是如此。然而,他的作品似乎更侧重伦理道德方面的思考和雅俗相融手法的表达。在他的作品中,不存在一种建立在好与坏、真与假、美与丑、正义与邪恶的原则上的伦理价值和审美体系,其作品中的许多情节往往是在正义与非邪恶的人物之间展开的。当然,丹·布朗消灭二元性的目的并不是为了制造混乱,而是为了让小说更忠实地反映目前的实际状况,这是"提倡二

---

①　Randall Stevenson, *Modernist Fiction*, New York: Harvester Wheatsheaf, 1992, p. 1.

者兼容式思想方法的各种小说家所坚持的主张"①。这倒让我们更加看到了作者面对现实世界所产生的人文焦虑。

丹·布朗的处女作《数字城堡》对这种人文焦虑乃至科技伦理给予了充分关注。这部典型的高科技悬疑小说探讨了公民隐私与国家安全之间的矛盾。随着高科技大举进入人们的日常生活,公众要捍卫自己的隐私变成了一件极为困难的事情。与《达·芬奇密码》相比,《数字城堡》的文化含量似乎稍微逊色一些,但情节上的引人入胜却并不亚于前者。以这样的方式来传播与科学技术应用有关的理念,可以说是一种极有效果的手段。其实,类似的主题在其他小说中并不少见,但此书所反映的科学技术应用的伦理难题,则有着我们这个高科技时代的鲜明特色。丹·布朗本人在小说中对这一问题的立场似乎比较暧昧,因为像这样的话题有时确实难以用简单的方式来表态,他只是用形象语言把问题摆在读者的面前。这是个悖论,因为个人隐私的神圣不可侵犯,是美国文化不可动摇的基石之一。而另一方面,对于国家安全和政府利益的保护,当然也是一个不容忽视的理由。

《历史深处的忧虑》一书曾讲到美国关于枪械管制的问题。枪械在民间给社会带来了诸多危害和隐患,但除去其他一些因素不谈,美国人要捍卫其个人自由的意愿更占据压倒优势,因此,他们宁愿付出那么大的代价而保留个人持枪的自由。我们由此也似乎可以看到,当涉及个人与社会的矛盾时,不同的人基于不同的价值观可能会做出不同的抉择。而小说《数字城堡》则在当代科学技术的应用这一维度上彰显出其深意。这里所涉及的高科技给社会带来的影响,在故事情节中只限于书中所说的国家安全局的工作,但人们自然会联想到,信息技术等高科技手段的发展和应用,将会给传统中被人们极为珍视的隐私权保护问题带来前所未有的冲击。虽然人们在伦理学,甚至于法律的意义上承认应该保护个人隐私,但

---

① 萨科文·伯科维奇主编《剑桥美国文学史》(第七卷:散文作品——1940年至1990年),孙宏主译,北京:中央编译出版社,2005年,第468页。

以各种理由对个人隐私的侵犯却从来没有停止过,而高科技手段的出现则大大增强了这样侵犯的可能性和便利性。

丹·布朗的其他几部小说也传递了目前人们的某些焦虑。《天使与魔鬼》主要探讨了科学与宗教之间数千年来都难以说清的关系问题。在这部作品中,人们可以找到一些答案,尽管它未必能和人们心中的答案吻合。同时,作者也提出了一个人们现在所焦虑的问题,那就是科学到底向何处去。科学是把双刃剑,它既可以造福于人类,也可以危害人类。像"反物质"和我们过去人人害怕的原子弹,一旦落入恐怖分子之手,后果将难以想象。《骗局》是布朗创作的第三部小说。《圣彼得堡时报》(*St.Petersburg Times*)上刊登的书评这样写道:"《骗局》是一部不容错过的政治惊悚小说,它为你揭开一项惊人的科学发现、一桩高明的骗局和一系列美国政治黑幕。"在《骗局》中,读者也一样感受到作者对当下社会的科学、政治和国家安全的深切关怀。《骗局》以美国总统大选为背景,关注政治道德、国家安全与保密高科技之间的矛盾,这既促进人们对美国政治及一些政府绝密机构的了解,也激起了人们对被高新科技包围着的日常政治生活的许多问题进行积极思考。在小说里,人们可以看到人类智力的极限,生死困境的考验,科学和宗教的冲突,正义势力与邪恶势力之间的较量。《数字城堡》探讨了科学发展对人类隐私的侵犯,《达·芬奇密码》探索了古老的宗教悬案,《天使与魔鬼》表现出了对科学和宗教的双重焦虑。这几部小说所表现出的深层次文化问题和对人类生存困境的忧思,不能不让人扼腕。

"美国小说走进后现代,出现了明显的变化:文学艺术的边界模糊了,衍化了。"[①]而高雅艺术与通俗艺术的结合,不过是美国后现代小说的新模式之一。在美国文学史上,严肃文学常常从通俗文学中汲取营养。丹·布朗的《达·芬奇密码》,可以说是消除了"高雅艺术"与"通俗艺术"的对立的典范。在这部小说里,我们可看到诸多后现代主义小说所具有

① 杨仁敬:《论美国后现代派小说的新模式和新话语》,《外国文学研究》,2003年第2期,第51页。

的特征,如反体裁、迷宫手法、反传统、颠覆及改造的运用,同时又明显打上了某些通俗小说的烙印。正如杰姆逊所说:"到了后现代主义阶段,文化已经完全大众化了,高雅文化与通俗文化,纯文学与通俗文学的距离正在消失。"①从叙述框架上看,丹·布朗遵循的仍然是传统的叙述模式,《达·芬奇密码》集谋杀、恐怖、侦探、解密、悬疑、追捕、言情等常规的畅销要素于一身,然而又不是以某种显性的体裁为主,它突破了体裁的界限,实现了各种亚体裁的结合。丹·布朗极力合并各种经典体裁,又极力吸纳通俗的边缘体裁和亚体裁类型,如哥特小说、神秘小说、侦探小说和科幻小说等,但其作品的终端形态并不拘泥于其中任何一种。这种常规的打破,无疑为丹·布朗的小说带来极大的叙述自由,从而能够满足不同层次读者的需要。雅俗相容的创作手法也表现在丹·布朗对宗教与科学的主题的处理上。由于作家特殊的出身,"科学与宗教这两种在人类历史上看似截然不同却又存在着千丝万缕关联的信仰成为他的创作主题"②。宗教是神圣的殿堂,科学却是一条通向世俗之路,两者似乎风马牛不相及,而丹·布朗却能将两者巧妙地结合起来,从而使高雅与通俗融合得天衣无缝。正因如此,他的小说才如此与众不同。在某种程度上,我们可以说丹·布朗的《数字城堡》《天使与魔鬼》和《骗局》同《达·芬奇密码》一样,都在最大程度上打破了严肃小说和通俗小说的界限,都是雅俗同炉的产物,这是这几部作品能够获得广阔的生存空间并达到曲虽高却和者众的美学效果的原因之一。

丹·布朗的小说创作短时间内就在世界各地取得了空前的成功,其原因自然是多方面的,但其深层原因却主要在于作者这种"倒悬"的写作视角,在于作者对传统文化的颠覆性阐释,对宗教与科学关系的重新梳理,对人们内心焦虑的形象传递及其融雅入俗、雅俗同体的美学营构。这些要素满足了不同层面读者的审美诉求,激起了人们心灵深处的情感共鸣,引发了人们对既定的历史、对传承已久的经典文化和膜拜多年的宗教

① 杰姆逊:《后现代主义与文化理论》,唐小兵译,北京:北京大学出版社,1997 年,第 162 页。
② 王钦峰:《后现代主义小说论略》,北京:中国社会科学出版社,2002 年,第 86 页。

与科学的重新理解和审视。可以说,丹·布朗的几部作品在很大程度上既迎合了"新时代运动"重构文化的宗旨,也顺应了商业社会中雅俗文学合流的趋势,这是他获得极大成功的最重要原因。他的作品让人们对小说这一久已低迷的文学样式刮目相看,使小说在各种新的文艺样式和媒体手段的混杂、挤压乃至颠覆的狂潮中又巩固了自己的一席之地。

丹·布朗创作的空前成功

　　美国小说家丹·布朗在短短一年多的时间里即取得了空前的成功，其主要原因是他对传统观念的消解和对经典文化的解构，是他对人们的生存焦虑的关怀和纠缠于当下人们心中的疑点的诠释，是其雅俗相融的创作手法和雅俗共赏的审美旨归对接受群体的阅读期待的多重满足。

　　美国当红作家丹·布朗在短短一年多的时间里即成为轰动全球的小说家，这不能不让我们思考其成功的壶妙。丹·布朗出生于美国一个中产阶级家庭，父亲是一位曾获美国总统奖的数学教授，母亲是职业宗教音乐家，妻子布莱思则是艺术史学家兼画家。可以说，父亲培养了他逻辑缜密的数学头脑，母亲给了他宗教艺术的熏陶，妻子则是他生活的忠实伴侣及事业的得力助手。丹·布朗的家庭背景与他的成功不无关系，而他本身的教育背景和工作经历也是成就他创作的重要因素。丹·布朗勤勉好学，博学多通，早年曾在西班牙的塞维利亚大学专门学习过艺术史，因此积累了深厚的文化底蕴，在美国这个既崇尚西方文明又关注本土现实的多元文化杂交的大熔炉里长大，对西方的经典文化了然于胸，对世俗社会又洞察入微，并走上了一条雅俗相融的创作道路，因而从多个层面满足了读者的阅读需求。

一、对传统文化的解构

丹·布朗在他的四部小说里几乎都涉及西方的传统文化，对不少经典文本及文化现象也有互文性的运用，但他不是在传统意义上进行引用，而是大胆地进行颠覆性的使用和消解。同美国作家唐纳德·巴塞尔姆的小说《白雪公主后传》对19世纪初德国民间文学教授格林兄弟搜集整理的童话《白雪公主》进行解构一样，丹·布朗对《圣杯与圣血》等著作似乎也进行了解构，但又迥异于一般后现代小说对源文所进行的"戏仿"。在丹·布朗作品中，特别是在《达·芬奇密码》中，我们可以明显地辨认出其互文性，但我们更多地看到的是后现代文学中由立场转变所直接引发的对源文的义理置换的戏仿行为，也就是置换源文体式的义理转而赋予其另类意义，从而达到"寻求新的表现源泉和新的理解世界的方式"[①]的目的，当然这一切作者都是通过设密和解密这一手法来完成的。《达·芬奇密码》给我们讲述了一个悬念迭起、惊心动魄的故事：正在巴黎出差的哈佛大学教授罗伯特·兰登对一系列与达·芬奇的艺术作品有关联的神秘符号进行分析和调查。在与馆长索尼埃的孙女、密码破译天才索菲·奈芙联手对诸多奇形怪状的符号及密码进行整理的过程中，他发现一连串的线索就隐藏在达·芬奇的艺术作品当中。他发现了能解开历史上最大难解之谜的一把钥匙，它能揭开峋山隐修会苦心掩盖的惊天大秘密以及令人震惊的古老真相。然而这个所谓的历史真相及重大秘密，在小说结尾却被消解，读者们看到的只是一个出人意料但又令人信服的隐喻性解释。

后现代主义小说的一个突出特点在于它的游戏性，从而充分调动了读者互动参与的积极性。丹·布朗就像一位主持如猜谜游戏（Quiz Show）之类互动型节目的主持人，引领着读者们跟随他上气不接下气地

---

① Jacob Korg, *Language in Modern Literature*, Sussex: The Harvester Press Limited, 1979, p. 3.

去破解各种各样怪异的符号和密码,既令他们饱受折磨,又使他们从中享受到极大的乐趣,进而获得极好的阅读体验与审美效果。美国纽约书评家珍妮·麦斯琳(Janet Maslin)充满赞赏地写道:"自从《哈利·波特》出版以来,还没有哪个小说作者像丹·布朗这样'罪大恶极'地用跌宕起伏的故事情节令读者喘不过气来,用一个又一个圈套哄得读者晕头转向。"①但后现代主义小说的情节往往存在要么过少要么过多的极端化倾向,但无论过多还是过少,两者的作用是一样的,即都是对文本中心意义的消解。索菲·奈芙的祖母玛丽·肖维尔对"圣杯"的读解或许可以用来作为后现代主义小说对文本中心意义不确定的最好的注解。"为我们灵魂服务的不在于圣杯本身,而是它身上藏着的谜,以及令人惊叹的东西。圣杯美就美在它虚无缥缈的本质。"②"圣杯"在小说中的所指是不明确的。作家对二元论的运用似乎也情有独钟,且得心应手,众多似是而非的意象,使文本的中心意义进一步模糊起来。"后现代主义极大地扩展了这种不确定性,它认为现实——如果存在的话——是很难通过与它背离的语言来了解或接近的。"③这是因为"在后现代主义的世界里,没有什么处于中心位置,一切都是似是而非的。"④与以往不同的是,丹·布朗在这部小说里特别注重它的文化蕴涵,他在小说中自始至终都高举着不同义理、色彩纷呈的文化旗帜,令人眼花缭乱。可以说,这部小说自身所具有的能够激起读者深层意识但往往又出人意表的文化特性是其取得空前成功的要诀之一。

丹·布朗在作品里援引了大量相关的艺术史、宗教知识及历史掌故或野史,但又不是简单的援引,而是进行了改造,使"历史与想象结合"⑤,

---

① Janet Maslin, "Spinning a Thriller from the Louvre", *New York Times*. March 17, 2003.

② 丹·布朗:《达·芬奇密码》,朱振武、吴晟、周元晓译,上海:上海人民出版社,2004 年,第 422 页。

③ Randall Stevenson, *Modernist Fiction*, New York: Harvester Wheatsheaf, 1992, p. 196.

④ Niall Lucy, *Postmodern Literary Theory: An Introduction*, Malden, MA: Blackwell Publishers, 1997, p. 4.

⑤ 杨仁敬:《美国后现代小说论》,青岛:青岛出版社,2004 年,第 98 页。

给人以耳目一新的感觉。《达·芬奇密码》中最耐人寻味的是作家对达·芬奇的艺术作品《蒙娜丽莎》《达·芬奇自画像》和《最后的晚餐》——进行了"颠覆性"解读。作者先是借小说人物之口，对《蒙娜丽莎》中的人物性别提出了质疑，继而指出蒙娜丽莎其实就是达·芬奇本人。而《达·芬奇自画像》里的画家肖像，实际上也是一个"雌雄同体"或译"双性同体"（androgyny）。在作家眼中，这两幅画已不是简单的独立存在，而是两个相互关联具有相互指涉意义的个体。最有意思的是作家对《最后的晚餐》的诠释。且不说将人们传统上认为画中皆为男性的十三人说成是十二个男人和一个女人，就连一向为世人崇拜不食人间烟火的耶稣基督，也被作家从"神"还原为"人"，并声称他结了婚，留下了后代。而耶稣的妻子，就是被他救赎的抹大拉的马利亚。这些言之凿凿的解读，无疑是对历史、对传统文化的挑战、篡改与颠覆，并在某种程度上起到了"混淆视听"的作用。在出版的《破解〈达·芬奇密码〉》中，美国神学博士达雷尔·博克教授针对"耶稣结婚并留下后代"一说进行了批驳："耶稣结婚的可能性有多少？此处的回答再简单不过了：绝无此事。"[1]或许讨论耶稣究竟结婚与否本身并无多少意义，重要的是作家通过对传统文化进行颠覆的解读实现了创作上的巨大成功。

无论是在"罗伯特·兰登"小说系列的第一部《天使与魔鬼》中，还是在后来的《达·芬奇密码》中，作者都煞有介事地特意强调小说中某个科学研究机构或某个秘密组织的真实存在，旨在给读者留下真实的印象。丹·布朗直言不讳地声称他的《达·芬奇密码》部分地建立于史实的基础上，从而一开始就吸引了某些历史学家的注意。尽管有人对作家的诠释颇有微词，但这显然正中作者下怀。小说中提到的秘密组织和宗教团体——如峋山隐修会以及天主事工会，是真实存在的，而非作者本人的杜撰。似乎是为使读者更相信他所谓的历史秘密的真实性，作者在小说第79章里还特意列出了一份历任长老以及大师们的名单，而他们无一例外

---

① Darrel Bock，*Breaking The Da Vinci Code*，Nashville，TN：Thomas Nelson，Inc. 2004，p. 45.

都是历史上赫赫有名的文学家、科学家、政治家、学者以及诗人。至于他们是否真的担任过峋山隐修会的长老或大师，则无史可考。但小说中所提到的大师雅克·索尼埃显然是个虚构人物。这种直接借用历史人物并与虚构人物混杂在一起的做法，是后现代主义小说家们的一贯"伎俩"，但在丹·布朗这里似乎得到了很大的发展。

二、对当下人文的关怀

　　"丹·布朗旋风"在中国的兴起使我们不得不对这一现象进行一番思考。其中一个重要原因应该是丹·布朗对生活在后工业时代的现实中的人们所遇到的诸多问题的关注和对许多人百思不解的悬疑的解答。可以说，《达·芬奇密码》是宗教与悬疑、艺术与惊悚的天衣无缝的结合的产物，《数字城堡》和《圈套》是信息时代的高科技与政治文化相结合的产物，而他的另一部位居《纽约时报》（New York Times）畅销榜首、同《达·芬奇密码》一样有着相同主人公的文化悬疑小说《天使与魔鬼》作为知识型悬疑小说的代表则兼有几部小说的特点，作者在几部小说里都在试图驱散一些困惑着当下人们的疑团。

　　科学与宗教的论战是《天使与魔鬼》的主题。人类从何而来，世界的起源到底在哪里，这一直是科学与宗教试图解决的问题。宗教宣扬世界的产生是"神的手笔"，而科学则证明了人类的力量。丹·布朗在小说中借科学家列奥纳多之口表达了自己的科学观和宗教观。作为世界上最优秀的科学家，列奥纳多试图通过科学试验来证明神的存在，他通过模拟宇宙大爆炸来证明物质从"无"中产生，从而论证了上帝的创世说。他认为，神、佛、耶和华都是指的同一种事物，科学和宗教说明的都是一个道理——所有的一切都是由纯粹的能量创造出来的。科学到头来竟然证明了"神"的存在，这不能不说是丹·布朗的一大发明。当记者问丹·布朗如何看待科学与宗教的论战时，他说在许多方面，他将科学和宗教视为同一事物，二者都是人对神性的追问，不同之处在于，宗教诉诸问题本身，而科学侧重对答案的追寻。丹·布朗认为,科学和宗教只是讲述同一个故事的两种语言而已,然而二者的论战从古至今从未停休,并且还将继续下去。科学的发展在证明人类能力的同时,也证明了自己的渺小。科学家们已经将研究深入到了粒子的层面,在亚原子层面的研究中能发现一切事物的相互联系,还能经历某种宗教性的体验。列奥纳多的研究证明了人与人之间在分子层面上的相互关联,而有一种单独的力量在人体内运动,那是神性的力量。小说表达了对信仰丧失和对科学万能论的担忧。科学的发展一方面造福人类,另一方面又奴役人类,让人类失去对神的敬畏和信仰。反物质的出现是人类科学进步的结果,但它是把双刃剑,可以造福人类,也能置人于死地。宗教直接作用于人的心灵,让人从善向美。人类的科学水平不断提高,而心灵、道德的提高相对来说却大大滞后,当二者的失衡到一定程度的时候,人们对其可能出现的后果就难免要忧心忡忡。科学与宗教,人性与神性,善与恶这些似乎是二元对立的概念在丹·布朗的四部作品中都得到了消解。

在丹·布朗的作品中,不存在一种建立在好与坏、真与假、美与丑、正义与邪恶的原则上的伦理和审美体系。当然,布朗消解二元性的目的并不是为了制造混乱,而是要解决其中的矛盾关系,使充满人文焦虑的现实世界变得和谐。

丹·布朗的处女作《数字城堡》是一部典型的高科技悬疑小说,探讨了公民隐私与国家安全之间的矛盾。随着高科技大举进入人们的日常生活,公众要捍卫自己的隐私变成了非常困难的事情。《数字城堡》就传递了这样的忧虑和恐惧,同时也提供了一些解决这一问题的答案。以这样的方式来传播与科学技术应用有关的理念,可以说是一种极有效果的手段。其实,类似的主题在其他小说中并不少见,但此书所反映的科学技术应用的伦理难题,则有着高科技时代的鲜明特色。丹·布朗本人在小说中对这一问题的立场似乎比较暧昧,当然,任何作者都免不了在字里行间中表现出某种倾向,布朗也不例外。我们的阅读感受是布朗倾向于政府不应窥探私人隐私。小说《数字城堡》则在当代科学技术的应用这一维度上彰显出深意。这里所涉及的高科技给社会带来的影响,在故事情节中只限于书中所说的国家安全局的工作,但人们会自然地联想到,像信息技术等高科技手段的发展和应用,将会给人们在传统中极为珍视的隐私权的保护等问题带来前所未有的冲击。对公众隐私的侵犯或保护,以及与国家安全之类的问题相联系,本来是传统小说中的主题之一,而密码学的应用就在此类作品中往往是首选,但在《数字城堡》中,正是因为像"万能解密机"这种超级计算机的高科技手段的引入,才使得传统的话题呈现出完全不同的面目,使我们清楚地看到了作品对当下的人文关怀与焦虑传达。

丹·布朗的几部小说都传递了对当下人们的某些焦虑的关怀。在《骗局》中,读者也一样感受到作者对当下社会的科学、政治和国家安全的深切关怀。《骗局》以美国总统大选为背景,关注政治道德、国家安全与保密高科技之间的矛盾,这既促进人们对美国政治及一些政府绝密机构的了解,也激起了人们对被高新科技包围着的日常政治生活的许多问题进行积极思考。在他的小说里,可以看到人类智力的极限、生死困境的考验、科学和宗教的冲突、正义势力与非邪恶势力之间的较量。他在《数字城堡》里探讨科学发展对人类隐私的侵犯,在《达·芬奇密码》中探索古老的宗教悬案,在《天使与魔鬼》里表现出对科学和宗教的双重焦虑,几部小说都表现出对文化问题的深层意识和对人类生存困境的忧思。

三、对审美情趣的融通

我们有理由说,丹·布朗的作品在某些方面还是具有后现代小说的某些特点。后现代主义者有极力合并各种古老的、通俗的题材和亚题材类型,如哥特小说、神秘小说、侦探小说和科学小说等,"但其作品的终端形态并不拘泥于其中任何一种"①。在这方面,丹·布朗的小说与之不谋

_____

① 王钦峰:《后现代主义小说论略》,北京:中国社会科学出版社,2002年,第86页。

新文科理念下美国文学专题九讲

338

而合。丹·布朗决不拘泥于这一点，他灵活而又创造性地运用多种后现代小说的创作手法，但又完全摒弃了许多后现代小说令人难以卒读的痼疾，并成功地将谋杀、恐怖、侦探、解密、悬疑、言情等许多畅销要素融入小说，成功地填平了雅俗间的沟壑，从而在更广阔的空间实现了与读者的心灵沟通。

　　有些人认为后现代主义小说与某些现代主义小说一样都是晦涩难懂的艺术作品，事实并非完全如此。"如果说后现代主义小说仅仅指前卫的实验主义小说，似乎失之偏颇，它同时也应包括情节引人入胜、雅俗共赏的作品。"①我们这里无意为丹·布朗贴上"后现代派小说家"的标签，但丹·布朗的这几部后现代时期的作品无疑为这一观点提供了一个极好的佐证。他的小说既具有"将'亦真亦幻'变得'真假难辨'"②的后现代主义小说的某些鲜明特征，同时又具有通俗小说通常所具有的引人入胜的可读性。作家引进了一种全新的创作理念，从而打破了严肃小说与通俗小说的界限。《达·芬奇密码》，就是消除了"高雅艺术"与"通俗艺术"的对立的典范。在这部小说里，我们可看到诸多后现代主义小说所具有的特征，如反体裁、迷宫手法、反传统、颠覆及改造的运用，同时又明显打上了某些通俗小说的烙印。正如詹姆逊所说："到了后现代主义阶段，文化已经完全大众化了，高雅文化与通俗文化，纯文学与通俗文学的距离正在消失。"③丹·布朗小说的通俗性还在于作家在很大程度上沿用了通俗小说的叙事框架，并糅合了悬念、言情、凶杀、恐怖小说的元素，从而能够满足不同层次读者的需要。鉴于作家特殊的出身，"科学与宗教这两种在人类历史上看似截然不同却又存在着千丝万缕关联的信仰成为他的创作主题。"宗教是神圣的殿堂，而科学却是一条通向世俗之路。作者将这两者巧妙地结合起来，从而使高雅与通俗融合得天衣无缝。正是站在文化的

① 王守仁：《谈后现代主义小说——兼评〈美国后现代主义小说艺术论〉和〈英美后现代主义小说叙述结构研究〉》，《外国文学评论》，2003 年第 3 期，第 146 页。
② 王松林：《论美国后现代主义小说的两大走向》，《外国文学研究》，2004 年第 1 期，第 95 页。
③ 杰姆逊：《后现代主义与文化理论》，唐小兵译，北京：北京大学出版社，1997 年，第 192 页。

高度上，他的小说才如此与众不同。某种程度上，我们可以说丹·布朗的《数字城堡》《天使与魔鬼》和《骗局》同《达·芬奇密码》一样，都在最大程度上打破了严肃小说和通俗小说的界限，都是雅俗同炉的产物，从而获得了广阔的生存空间

　　丹·布朗的小说确实"好看"，用"引人入胜"一词已远不能表达读者的阅读感受，其情节也远不能用"一波三折"或"跌宕起伏"去描述。在移步换景式的阅读体验中，读者往往在山重水复之际逢柳暗花明，在层云翻卷之时见旭日蓝天，完全为作者那精湛的创作技艺所折服，身不由己地在他制造出的虚幻空间释放自己的情感能量。时而凝神静气，密切关注主人公如何绝处逢生；时而冥思苦想，为揭开古老的谜底绞尽脑汁；时而又会心微笑，为男女主人公互萌情愫备感温馨甜蜜。而读罢全书、掩卷沉思之际，读者或心旷神怡，或回肠荡气，或扼腕叹息，或拍案称奇，都禁不住大发"美哉，快哉"之慨，着实感佩作者的独运匠心。作者似乎深谙读者的阅读心理，并不是仅以一个贯穿小说始终的悬念吸引读者，而是随着情节的开展，魔术般地生出一个又一个悬念，关目迭出，包袱频抖，有如草蛇灰线，抛出一个又一个谜团，让读者不得不屏住呼吸来追逐他那多变的节奏。然而这种节奏又疏密有致，张弛有度，不时给读者一点小憩的时间和想象的空间，是读者在不经意间完成了对作品的积极参与和情感体验。在一连串紧张的动作和场面描写之后，作品往往又穿插着对哲学和史学的思考，对当下与过去的关怀，虚实相生，动静结合，层峦叠嶂，路转峰回，真是美不胜收。丹·布朗的每一部小说都像作者自编自导自演的一出戏，观众全神贯注、目不转睛地注视着他那看似无意、实则精心设计的每一个动作，注视着他手上不断翻新的每一个道具，而当演出结束，大幕落下，观众尚惊魂未定或还在托颐沉思之际，担当编导兼表演者的小说家丹·布朗已心满意足地颔首谢幕，留下一个神秘的微笑拂袖而去，把观众又抛回到喧嚣、烦躁、孤寂、无奈、尴尬、颓唐、怅惘、彷徨的现实之中。从接受美学的角度来说，这是丹·布朗的作品打动全球无数读者的重要原因。

丹·布朗小说的伦理抉择

美国作家丹·布朗的小说实践对欧美乃至世界文坛产生了积极影响，这与他对当下社会伦理问题的深入考察和深刻关怀密不可分。从处女作《数字城堡》到成名作《达·芬奇密码》，再到后来出版的《地狱》，丹·布朗在其六部长篇小说的创作中从未放弃过对现实伦理问题的积极思考。他不仅尊重并因循小说读者的伦理需求，讨论当下诸多难以抉择和评判的人类共同面对的社会伦理和自然伦理，还打破二元对立模式，恰到好处地把握书写伦理，拿捏书写尺寸，来表达自己对这些伦理问题的洞见，并试图提出自己的解决办法。可以说，丹·布朗的小说创作是对后工业化语境下人类遭遇的生存危机、信仰危机以及道德危机的揭示和诠释，是对现实社会中生态伦理、科技伦理、宗教伦理和行为伦理等当下热点问题的有力揭橥。

一部文学作品到底在哪些方面吸引和打动着读者，其成功的深层原因到底是什么，这是评论家们一直关注的问题，也是众多作家竭力探求的堂奥。美国著名作家丹·布朗的名作《达·芬奇密码》问世十八年，其中文版也已经畅销了整十六载，全球销量接近一亿册，从畅销书到长销书，不光是弄得个洛阳纸贵，还仿作频出，形成一股文化悬疑小说的潮流，其影响更从小说界渗透到文化界等不同领域，进而成为一种文化现象。从文学伦理学角度来看,我们吃惊地发现,作者丹·布朗在其全部六部小说①的创作中,竟然一以贯之地对当下社会的方方面面给予了深切的伦理关怀和深层的伦理思考。的确,文学想象离不开社会现实,当下诸多错综复杂的社会问题本来就是伦理问题的催化物,而特定的伦理规范也自然就成了丹·布朗展开小说情节的内在驱动力。因此,对伦理问题的探讨和思考也自觉不自觉地成了丹·布朗关注的一个重心,甚至成为一种目的。正如蔡元培所说,"伦理学在乎行为的目的,就是行为的原理。所以伦理学所研究的,就是人类意欲,当以何为目的之问题"②。丹·布朗的文化悬疑小说也是在"以何为目的"引导下的产物。它对人类物质文明的价值意义和精神文明的旨归发出质疑,并以构建正确的伦理道德为己任。

一、唯读者马首是瞻的伦理指向

哈特曼(Nicola Hartmann)在其《伦理学》(*Ethics*,1925)中提到伦理学的任务时说,它"从一般意义上揭示出什么是善,它寻求的是在实证道德中所缺乏的善的标准"③。文学本质上是伦理的艺术,可以说,文学作品实际是对现实中伦理体系中所需要的道德的一种引导和补偿。《达·芬奇密码》等系列文化悬疑小说的作者丹·布朗显然意识到现代人的精神生态、社会生态以及人们赖以生存的自然环境和人类未来的尴尬境地等诸多问题,于是针对这些人类工业化进程中的人文现状与人类命

新文科理念下美国文学专题九讲

---

① 这六部小说按照英文版出版顺序依次是:《数字城堡》(*Digital Fortress*,1998)、《天使与魔鬼》(*Angels and Demons*,2000)、《骗局》(*Deception Point*,2001)、《达·芬奇密码》(*The Da Vinci Code*,2003)、《失落的秘符》(*The Lost Symbol*,2009)和《地狱》(*Inferno*,2013),简体中文版的出版顺序依次为《达·芬奇密码》(2004)、《数字城堡》(2004)、《天使与魔鬼》(2005)、《骗局》(2006)、《失落的秘符》(2010)和《地狱》(2013)。2017年出版的《本源》(*Origin*)不在这篇文章的讨论范围之内。

② 蔡元培:《中国伦理学史》,北京:东方出版社,1996年,第226页。

③ 万俊人主编《20世纪西方伦理学经典Ⅱ:伦理学主题:价值与人生》,北京:中国人民大学出版社,2004年,第245页。

运提出自己的伦理架构,并通过文学想象阐发了自己的伦理思考。恰如我国古籍《淮南子·齐俗训》所言:"性失然后贵仁,道失然后贵义。是故仁义立而道德迁矣,礼乐饰则纯朴散矣,是非形则百姓眩矣,珠玉尊则天下争矣。凡此四者,衰世之造也,末世之用也。"①丹·布朗的小说创作正是现代社会多重危机下应运而生的这种精神救助。作者将现实生活中出现的道德灰色地带展露无遗,然后将读者引领到这个灰色地带,让其感受并反思道德的两难境地。当然,尽管作者在创作中对伦理的关怀始终如一,但其伦理思考却呈现出波动状态。丹·布朗的这种创作动机在其前后期作品中受到了两种截然相反的待见,这主要是读者的现实伦理需求与小说中所体现的伦理立场与关怀相龃龉的结果。

丹·布朗依据社会现实选择了具有普遍意义的伦理问题并将之融入作品之中,而这些预设了的伦理问题常常具有偶然性的一面。他的文学之路就始于对身边偶然发生的伦理事件的思考,其第一部长篇小说《数字城堡》就是这样诞生的。两名来自美国安全局的特工到他任教的大学逮捕了一名大学生,理由是这名大学生可能对国家安全构成了威胁。而事实上,这名学生只不过用学校的电脑发了封中伤美国政府的邮件。对于这次美国政府干预个人隐私一事,丹·布朗感到既震惊又愤怒,并随即开始不断收集有关国安局的各种资料。"他对这个鲜为人知的机构了解得越多,对国家安全和公民隐私之间的矛盾思考就越深刻"②,遂将这一伦理矛盾用文学想象展示出来,最终构建了这部小说的雏形。在创作随后的几部小说时,他对触发自己灵感的伦理问题展开想象,起初是模糊地表达自己的伦理倾向,很快就努力表达自己的价值判断。

然而偶然之中其实往往蕴含着必然,丹·布朗文学创作中有关伦理问题的选择也是如此。"西方文学和伦理思想的历史表明,远到古代希腊的文学,近到我们现在的时代,伦理学影响文学和文学表现道德都是文学

---

① 蔡元培:《中国伦理学史》,北京:东方出版社,1996 年,第 60 页。
② Lisa Rogak, *The Man Behind The Da Vinci Code: An Unauthorized Biography of Dan Brown*, Kansas City, MO: Andrews McMeel Publishing, 2005, p. 45.

的一个基本特征"①,因而撇开现实中所遭遇的偶发伦理事件的启发,丹·布朗也会按照自己的道德价值观去表现自然、社会和历史,去建构自己的文学想象,这正是丹·布朗将伦理道德问题置于创作之中的必然性。他选定的伦理问题通常具有当下性和争议性。《数字城堡》探讨信息时代下公民隐私与国家安全的问题,《天使与魔鬼》以反物质为线索探讨科学与宗教之争,《骗局》从总统大选的角度探讨政治问题,《达·芬奇密码》从艺术作品出发思索当下人们的信仰危机,《失落的秘符》对人性与神性的关系以及人类前途命运等问题进行诠释,《地狱》则对当下人口过剩问题和人类生存危机做出伦理上的抉择。丹·布朗采用这些当下人们关心且具有争议的伦理问题作为写作素材,其命意显然在于激发读者对这些问题的反思。但他很快就懂得了这一点,即要想让更多读者参与这一思索的过程,还需要让其创作动机赢得读者的认同,要符合读者的伦理诉求。

接受美学理论认为,文本意义的建构离不开读者的阅读活动。由于文学是"特定历史阶段伦理观念和道德生活的独特表达形式"②,因而读者在建构文本意义时必然会和小说中所体现出的作者的价值理念产生碰撞。读者与作者间的这种互动可能对作品的命运产生截然相反的效果。当读者的现实伦理需求在小说中得不到回应或者得到的是相反的价值评判时,读者就很难与作者产生共鸣,其结果之一就是其作品不受读者欢迎。以《骗局》为例,该小说主要围绕一场精心策划的科学骗局展开,来揭露美国大选中诸如性丑闻、行贿受贿、政治谎言等种种政治黑幕,小说中所反映的官场腐败与当时美国民众的现实伦理需求拉开了距离。该小说于 2001 年 8 月上市,次月便发生了"9·11"恐怖袭击事件。在一片恐慌之中,美国人的爱国情绪高涨,他们想要看到的是美国政府以及这个国家未来发展的积极的一面,而非一个道德败坏的政府和前途未卜的国家。此前的《数字城堡》和《天使与魔鬼》两部作品在当时也未引起多大关注的

---

① 聂珍钊等:《英国文学的伦理学批评》,武汉:华中师范大学出版社,2007 年,第 43 - 44 页。

② 聂珍钊:《文学伦理学批评:基本理论与术语》,《外国文学研究》,2010 年第 1 期,第 14 页。

原因其实也差可比拟。时运不济和作品受众面的狭窄,使丹·布朗不得不深思在引起读者阅读兴趣的同时又兼顾其现实伦理需求。

有鉴于此,丹·布朗在创作此后的三部小说时更好地做到了写给大众看,积极与读者的现实伦理需求靠拢,并向读者传递伦理正能量,结果赢得了成功。他意识到文学创作并不是写给自己的,不是自娱自乐的,不能只是一味实验自己的创作技巧或手法,不是一味地自我陶醉,而是更多地从读者出发,考虑读者的接受习惯和阅读方式,特别是其变化着的审美情趣。《达·芬奇密码》"借侦探小说的形式重新解读达·芬奇名画中潜藏的异教异端信息,从而在基督教传统压抑缝隙中发掘更加悠久的女神宗教的信仰和信念"[1],结果是这部小说恰到好处地满足了不少读者的伦理诉求和内心祈愿。尽管有评论家说这部小说"离真正的现实尚有距离"[2],但这无可厚非,因为没有人会在写历史时有意捏造事实,除非是在读者已知的想象王国里。[3]《失落的秘符》也不例外。这部作品借用宗教和科学这两把智慧的钥匙,在人类历史文明的长河之中找寻社会发展的力量之源,为沮丧的人们重新掇拾起失落的信心。尽管此书在出版时刚好遇到美国金融危机,但其销量却好像没有受到影响,原因之一在于作品对于人性的肯定符合危机下人们需要重拾信念的伦理需求。而《地狱》则带领读者重新思考了人类发展的问题。面对这些生态危机,读者的心理防御机制会驱使他们自觉偏向一个较为积极的结局,《地狱》就很好地迎合了读者这种心理。作品在指出人口这一复杂话题所涉及的方方面面的伦理矛盾的同时,又为读者提供了尝试性的解决方案。"臭氧消耗、水源缺乏和空气污染都不是疾病——它们只是症状。而病根是人口过剩。除非能正视全球人口问题,否则我们所做的一切只不过是在快速扩散的恶

① 叶舒宪:《谁破译了〈达·芬奇密码〉?》,《读书》,2005 年第 1 期,第 61 页。
② Darrell L. Bock, *Breaking The Da Vinci Code*, Nashville: Thomas Nelson Inc., 2006, p. 2.
③ Jared Lobdell, *The Rise of Tolkienian Fantasy*, Chicago: Carus Publishing Company, 2005, p. 28.

性肿瘤上贴一张创可贴。"①丹·布朗充分利用文学想象,将"两害相较取其轻"的伦理选择结果留给读者去构建,让读者在读完作品之后仍回味无穷。② 可见,读者现实的伦理需要影响着丹·布朗的创作,使之在创作中对伦理元素的整合朝着积极的方向开展,尽力呈现人性和美好的一面。

二、"后现代"语境下的伦理书写

"文学伦理学要求文学批评必须回到历史现场,即在既定的伦理环境中批评文学"。③ 后现代伦理环境是丹·布朗从事文学想象的背景板,他主要是通过采用一些后现代叙述手法,如戏仿、多视角及多线叙事等来呈现一个充满不确定性的后现代道德世界。恰如现代小说《黑暗之心》(*Heart of Darkness*,1899)和《背德者》(*L'lmmoraliste*,1902)等"在无尽的美感之中蕴含着伦理难题"④一样,丹·布朗的小说在后现代的叙述手法的背后,隐藏着作家对于当下人们伦理境况的忧患意识。

后现代的伦理世界首先是一个宏大叙事遭到质疑的世界。作家们运用戏仿手法和开放性结构对历史叙事的真实性发出质疑,对传统进行解构。丹·布朗作品中同样体现了晚期后现代写作特色,他通过对西方传统文化的互文性的运用来达到对宏大叙事的颠覆与消解。这种巧妙的互文不仅给读者带来新奇的阅读体验,更重要的是质疑了支撑这些传统文化背后的权威信念。《达·芬奇密码》就充满了对经典文化的颠覆式使用。提彬在给兰登和索菲亚讲解《最后的晚餐》时,将耶稣的十三个门徒解读为十二个男人与一个女人的故事,并称耶稣只是一个有着妻儿的凡

---

① 丹·布朗:《地狱》,路旦俊、王晓东译,朱振武校译,北京:人民文学出版社,2013 年,第 127 页。
② 朱振武、束少军:《丹·布朗〈地狱〉的伦理之思与善恶之辩》,《外国文学动态》,2013 年第 6 期,第 53 页。
③ 聂珍钊:《文学伦理学批评:基本理论与术语》,《外国文学研究》,2010 年第 1 期,第 19 页。
④ David Ellison, *Ethics and Aesthetics in European Modernist Literature From the Sublime to the Uncanny*, Cambridge: Cambridge University Press, 2001, p. 159.

夫俗子。作为一名虔诚的基督徒,丹·布朗在处理此类素材时,也遭遇极大的困惑,但他渐渐明白,"当人们阅读和阐释历史时,并不是在阐释历史的真实面目,只是在阐释这些历史事件的记录。没有人能够回答如何保证历史真实性的问题,但它并不阻止人们对历史的询问"①。这样看来,他对耶稣神性所做的新历史主义的解读就可以视为对基督教所宣传的权威叙事的解构。可以说,《达·芬奇密码》彻底颠覆了作为男权象征的男性基督,并将之还原为女神形象。作者在对历史的解构中转变了立场,置换了源文的义理,并赋予其另类意义,从而对人类的精神生态危机和女性伦理问题给予了深切的关注。丹·布朗的《地狱》也与文学经典形成互文,其书名就借用了但丁《神曲》中"地狱"的篇名,具体情节更是多处引用但丁《神曲》原文作为人物话语和解密线索。通过对但丁的《地狱》的解读,作者将病毒的肆虐比作一场通往天堂的地狱之旅和必经之路,从全新的视角重新审视了欧洲鼠疫这一历史事实。他将笔下的佐布朗斯特发明的病毒和欧洲鼠疫相对照,暗示了自然爆发的洗礼力量,从而对人类中心地位发出了质疑。在人文主义发源之地意大利,作者把过去与现状对比,将历史和现实融合,让人们重新思考了在自然面前"人文"的真正意义。丹·布朗用想象再现历史,并从全新视角对传统文本进行再度解释,在当下与过去的交织中颠覆着传统思想,进而取得了对伦理问题的新见地。

　　由于后现代世界里的人们实行的是没有伦理规范的道德,道德在某种程度上实际成了个人化的行为实践,这就赋予了后现代伦理一种相对主义的色彩。丹·布朗在创作中摒弃平铺直叙,经常人为地中断叙事,从时间的连续中断裂出来,转向空间的并置,通过多线叙事展示多种并行的个人化道德实践,让其各抒己见,而开放式结尾则意味着作者将这些个人化道德实践的评判留给了读者。丹·布朗的《地狱》就以复调的历史伦理叙事形式展开,其文本内部彼此分离而又相互呼应,形成不同故事之间彼此"对话"和互为阐释的局面。以贝特朗为代表的功利主义观点,主张为

---

① Lisa Rogak, *The Man behind The Da Vinci Code : An Unauthorized Biography of Dan Brown*, Kansas City, MO: Andrews McMeel Publishing, 2005, p. 85.

了一批人活着而杀死另一批人。这种观点看起来残忍，但也有其合理的一面，就如其支持者西恩纳所举的例子一样，医生为了救人必须做截肢手术，杀人只是为了救更多的人。另一观点是以伊丽莎白为代表的义务论支持者，重视行为本身所具有的道德价值，因而，他们极力反对用非人道的方法来解决人口过剩问题。两派的观点都有可取与不可取之处，丹·布朗让这两派人在各自的叙事线上阐述各自观点，连一向机智的兰登也陷入了深思之中。这样，道德个人化造成的道德判断难题就在多线叙事策略中得到了彰显。事实上，丹·布朗直到故事结束也没有偏向任何一方，而是将最终的裁判权交给了读者。丹·布朗就这样通过大量文学经典、历史掌故、文化隐喻的运用和相关密码的重重设置，为读者展现了一座座伦理迷宫，并辅之以互文、反讽、文本化以及多线叙事等表现手法恰当地反映了当下人们的伦理境况。

如果说《数字城堡》是科技惊悚小说，《骗局》是政治惊悚小说，《达·芬奇密码》是宗教惊悚小说，《天使与魔鬼》是文化惊悚小说，那么 2009 年问世的《失落的谜符》和 2013 年问世的《地狱》则是思考与关注人类未来生存状况的生态惊悚小说。生命伦理和自然伦理孰重孰轻的问题，是文学家们由来已久的困惑。威廉·福克纳在创作中篇小说《熊》时，也体现了对人们赖以生存的自然和人类自身未来的关注，揭示了自然与人类之间神秘的联系，并传递了对人类进入现代社会的焦虑。丹·布朗则进一步思考了人和自然的伦理关系。在《地狱》中，他突出描写人文建筑，却相对减少对于自然景观的描摹，个中深意可能正如美国学者兼环保人士比尔·麦吉本（Bill Mckibben）所称的那样，"我们现居的世界是个后自然世界……我们所知的自然正在逐渐淡出人类的视野"①。丹·布朗在《地狱》中借贝特朗·佐布朗斯特之口阐发了人类和自然的矛盾，以及人口过剩将会引发的一系列自然环境问题，如洁净饮用水的短缺、全球表面温度的升高、臭氧的损耗、海洋资源的消耗、物种的频繁灭绝、二氧化碳浓度的

① David Mazel, *American Literary Environmentalism*, Athens, GA: the University of Georgia Press, 2000, p. 29.

提高、森林的过度砍伐以及全球海平面升高①，等等。这些都预示着人类如果不能尽快消除当前生态危机，生态系统崩溃的那一天也就为期不远了，人类就会与地球一起陷入灭顶之灾。不仅如此，丹·布朗在用眼花缭乱的科技元素"包装"小说的同时，也提出了自己的科技忧思。实际上，从前的小说界并不缺少对科学进行这样观照的作家，只是我们有意无意地忽略了他们这方面的贡献而已。爱伦·坡早在一百多年前，就对科学技术的双刃剑和人类面临的生存危机等问题给予了深层关注与揭示。其后的不少文学大家也都曾把对科学技术的忧虑融入其作品，如赫胥黎（Aldous Leonard Huxley，1894—1963）的《美丽新世界》（*Brave New World*，1932）、冯尼格特（Kurt Vonnegut，1922—2007）的《猫的摇篮》（*Cat's Cradle*，1963）、唐·德里罗的《白噪音》、多丽丝·莱辛（Doris Lessing，1919—2013）的《玛拉和丹恩历险记》（*Mara and Dann Adventures*，2007）等都莫不如此。"科学发现所带来的每一种突破性的技术都被应用在了武器上——从简单的火到核能——而且几乎总是掌控在那些强权政府的手中。"②丹·布朗的作品也传达了这样的隐忧。正是因为这个原因，西恩娜才如此奋不顾身地抢在他人之前找到病毒，以免政府将病毒用于人类战争。当然，他又较为理性地主张正确使用科技，以帮助人类可持续发展。如小说中佐布朗斯特将科技视为生物进化中的一个环节，认为科技合乎自然法则，并应该应用于人类的进化过程，以减缓人和自然的矛盾。可以看出，丹·布朗既不是完全否认科技，也非全盘接纳科技。在探讨科技伦理的同时，丹·布朗还指出了医学伦理的冲突和矛盾。由于医学直接影响着生命个体的存亡，医学技术将有可能直接帮助人类根据优胜劣汰的自然法则进化成为超人类，让人类变得更健康长寿，但这也就意味着一部分人将被自然淘汰。"合法的基因增强会立刻创造

---

① 参见丹·布朗：《地狱》，路旦俊、王晓东译，朱振武校译，北京：人民文学出版社，2013 年，第126 页。

② 丹·布朗：《地狱》，路旦俊、王晓东译，朱振武校译，北京：人民文学出版社，2013 年，第 409页。

出一个富人和穷人的世界,那将是一种必然会滋生出奴隶社会或者种族清洗的局面。"①丹·布朗预测了医学技术草率使用的后果,指出了其可能引发的社会伦理问题、政治伦理问题以及种族伦理问题,揭示了现代社会整个人类的伦理困境和生存梦魇。

三、聚焦现世冲突的伦理关怀

丹·布朗的六部小说在故事层面上书写了个人与国家、个人与家庭、个人与他人以及人与自然之间的伦理冲突,并在主旨层面上传递了对人类未来的生存危机感和忧患意识,进而传递出其生态、科技、医学以及行为等方面的伦理指向,表达了一种矛盾但又温和中庸的伦理观。他对伦理问题的深入思考使其创作更具深度和意义,而其写作尺度的恰当拿捏和融俗入雅、雅俗同炉的美学营构则使作品彰显出少有的大俗大雅。读者在其作品中看不到血腥暴力的凶杀场面和低俗生硬的性爱描写,取而代之的是环环相扣的悬疑案件和自然而然的情感发展。在伦理判断上,作者更是恰到好处地把握分寸,并适量地给读者以思考和想象的空间。英国学者马克·柯里(Mark Currie)就曾在其后现代叙事经典作中倡议,"作者从来就不应说教。即使是在有明显道德或哲理目的的故事中,也永远不应露骨地说教"②。与灌输自己的伦理观相比,丹·布朗更加注重将伦理冲突视为小说情节发展的助推器,将之视为折射美国当下社会及整个人类发展中所存在的问题的三棱镜。

丹·布朗的小说首先是探讨个人与国家职能机构间的关系。社会契约论的坚定鼓吹者卢梭在自己的著述中认为,一个理想的社会建立于人与人之间而不是人与政府之间的契约关系,契约的目的在于"创造一个权

① 丹·布朗:《地狱》,路旦俊、王晓东译,朱振武校译,北京:人民文学出版社,2013年,第269页。

② Mark Currie, *Postmodern Narrative Theory*, New York: Macmillan Press Ltd., 1999. p. 21.

威,以适当地保护我们的权利"①。国家作为这个权威的代表,有时却和个人利益相对立。而这"个人和集体之间的冲突成了美国每个时期的写作特色。这一主题近乎是美国文学的专利,但这也是美国文学中最难处理的主题之一"②。丹·布朗没有避讳这一伦理问题,而是在作品中展开了相关探讨。他在几部小说中都涉及某种隐形权力机构,这些机构可以以国家安全为理由肆意地介入公民个人生活。进入后工业时期后,人们开始质疑契约的合法性,国家究竟是在保护还是在侵害公民的自然权利?因而,在个人与国家关系上,冲突的原因主要在于对于权威的质疑,主要体现为自由与安全之间的矛盾。这种冲突在《数字城堡》里展露得最为充分。作品中的远诚友加曾是国家安全局里的密码解密员,因在万能解密机使用权限上与国安局产生分歧而愤然辞职。他认为,无限制地使用万能解密机是对公民隐私的任意践踏。他那句"谁来监管这些监管者"的座右铭是对政府不信任的最好书写,也是对"棱镜门事件"的超前摹写。公民要求获得绝对的隐私自由,而政府为保护多数人的人身安全特别是国家安全却要侵害其公民自由。这是一个很难解决的矛盾,虽然丹·布朗在其小说中更倾向于维护大多数人利益的国家或政府一方,但他还是希望能在自由与安全之间找到一个恰当的平衡点。

　　除了个人与国家,个人与家庭的关系也是丹·布朗关注的伦理矛盾之一。家庭本是一个和谐融洽的地方,但在丹·布朗的笔下,家庭几乎总是残缺不全,家庭关系也总是处于剑拔弩张之际。《骗局》中塞克斯顿父女、《失落的秘符》中的所罗门父子以及《达·芬奇密码》中索尼埃和索菲祖孙女等都是如此。这些残破的家庭中,母亲角色的缺失与隐退是其共同点之一。以《骗局》为例,女主人公雷切尔的母亲在家中曾是传统家庭美德的化身,是维系貌合神离的父女关系的唯一纽带。从某种程度上说,母亲角色的缺失是导致个人与家庭伦理冲突的重要原因。在《达·芬奇

---

① 阿拉斯代尔·麦金太尔:《伦理学简史》,龚群译,北京:商务印书馆,2004 年,第 214 页。

② Gail McDonald,*American Literature and Culture 1900 - 1960*,Malden,MS:Blackwell Publishers,2007,p. 172.

密码》中,苏菲对圣杯的追寻其实就可视为对抹大拉这一母亲形象的追寻。这种追寻就是对现实中父权制主导下价值观念的反抗。因此,对女性的重新定义是丹·布朗伦理价值中的一个重要内容。德莱赛的《嘉莉妹妹》曾指出在现代工业社会中女性沦为商品的悲剧,社会的高速发展导致了人与人及人与自然的单纯和谐关系的打破。同样,重新审视女性,关注人类的精神生态,也是丹·布朗作品在当下阅读的一个启示。

　　丹·布朗还对个人与他人之间利益冲突的伦理问题做了探讨。其中个人与他人的对立常常表现为各自信仰的不同。在这个多元时代,人们所面临的信仰问题与从前有所不同。两次世界大战给人类带来的伤痛之一便是摧毁了人们的信仰和精神支柱,于是乎有了"迷惘的一代"和稍后的"垮掉的一代",于是乎也有了众多反映现实中信仰破灭的作品。丹·布朗小说中的主要人物大都是一些有着偏执信仰的人,如《达·芬奇密码》中的塞拉斯与提彬、《天使与魔鬼》中的教皇内侍与科勒、《失落的秘符》中的迈拉克以及《地狱》中的贝特朗等。在《天使与魔鬼》中,科学与宗教两种信仰间的冲突尤为突出。看得出,作者主张的是一种中庸的、相容的信仰观,各种信仰在终极目标上都有其共通之处,因此应当彼此尊重和理解。此外,个人与他人利益冲突还体现在对生命权的取舍上。《地狱》便是对这一伦理问题最好的演绎。科学家贝特朗认为人类应当经过地狱的洗礼才能升入天堂,认为自己制造的病毒"地狱"是"留给世人的礼物,是未来,是救赎"[1]。这种病毒能使三分之一的人口丧失生育功能,意味着部分人类要牺牲自我繁衍的机会来争取人类更加长久的发展。丹·布朗在此提出以少救多的办法其实是遵从了"长远利他主义"的思想,即一种超出亲属和群体以作为保持"生物与文化多样性和可能性"的手段[2],归根结底还是为了人类自身的整体利益。斯宾塞认为,"自我牺牲的行为也是生物自然本能的延伸,人类为了发展自己的社会不能没有牺牲。行

---

① 丹·布朗:《地狱》,路旦俊,王晓东译,朱振武校译,北京:人民文学出版社,2013 年,第 4 页。
② Glen A. Love, *Practical Ecocriticism: Literature, Biology, and the Environment*, Charlottesville, VA: University of Virginia Press, 2003, p. 156.

为的公正应当既包含利己，也包含利他"①。因此，丹·布朗实际是在"和解"利他和利己之间的伦理冲突。

在纷繁复杂的现代社会，人们的行为早已不能简单地用善或恶来区分。"与洞悉事物或运动的恒常特性不同，我们无法对人或人的行为价值做出判断。"②丹·布朗注意到了这一现象，并在其文化悬疑小说中消解了善与恶之间往往被认为是很清晰的那条界线，将人的两面性同时呈现出来，从而回避了一种建立在好与坏、真与假、美与丑、正义与邪恶的二元对立原则上的伦理体系。他"接受矛盾，拒绝非此即彼的看法，这是后现代派最常重复的公式之一"③。在《天使与魔鬼》中的教皇内侍这一几乎完美的英雄形象竟然是那场危机的始作俑者，正是他将反物质带入梵蒂冈，残忍指使黑煞星杀害四名主教，并且还投毒杀死自己的亲生父亲。但读者却很难对教皇内侍心生厌恶之情，因为他之所以想利用反物质来制造危机并杀害主教，主要原因在于自己坚定的信仰，其恶中善的一面由此可见一斑。同《达·芬奇密码》中的塞拉斯、《骗局》中的皮克林、《失落的秘符》中的迈拉克、《数字城堡》中的远诚友加以及《地狱》中的科学家贝特朗一样，他们都是为着善的目的做着恶的事情，而并非知其恶而为之。《地狱》给许多读者的阅读体验也是这样。小说中走火入魔的极端科学家贝特朗是个从事欺骗行径的"财团"组织的教务长，他也并不是一恶到底或一善而终。他在关键时刻良心发现，悬崖勒马，甚至反戈一击，为人类未来命运做出了自己的努力。无论是善是恶，他们对人类命运都有着深深的关切，从而填平了善恶之间的那道沟壑。正如鲍曼（Zygmunt Bauman）所称，"我们的时代是一个强烈地感受到了道德模糊性的时代"④。丹·布朗正是通过这样的反讽策略，描摹了当下社会伦理的模糊境况。

---

① 宋希仁：《西方伦理思想史》，北京：中国人民大学出版社，2003年，第415-416页。

② 万俊人主编《20世纪西方伦理学经典·伦理学主题：价值与人生》，北京：中国人民大学出版社，2004年。

③ Sacvan Bercovitch, *The Cambridge History of American Literature*. Vol. 7. *Prose Writing 1940-1990*, Cambridge: Cambridge University Press, 1999, p. 468.

④ 齐格蒙特·鲍曼：《后现代伦理学》，张成岗译，南京：江苏人民出版社，2013年，第24页。

文学作品反映现实，关注现实，往往传达出作为知识分子的作家的社会关怀和社会责任感。我们看到，丹·布朗在这一点上也毫不例外。仅在其第六部小说《地狱》中，丹·布朗就对道德伦理、行为伦理、生态伦理、医学伦理和生存伦理等诸多伦理问题进行了深入且相当专业的探究。他在六部文化悬疑小说中始终尊重读者的伦理需求，对当下诸多社会矛盾给予了深切关怀，并恰当地运用后现代书写元素阐释社会伦理问题，像中国古人以及后来的许多作家那样也做到了"文以载道"，做到了"歌诗合为事而作，文章合为时而著"。正如斯蒂芬·金（Stephen Edwin King，1947）的《肖申克的救赎》（*The Shawshank Redemption*，1982）展现了现实的残酷与希望的力量，詹姆斯·帕特森（James Patterson，1947）的《1号死亡》（*1st to Die*，2005）揭露了美国上流社会背后的阴暗、丑陋和变态，伊恩·麦克尤恩（Ian McEwan，1948）的《赎罪》（*Atonement*，2001）书写人在遭受心灵谴责后道德的赎罪一样，丹·布朗的小说也对目下存在的诸多伦理问题和人们在伦理面前的矛盾心理进行了深刻揭示和阐发。作者聚焦于 20 世纪末和 21 世纪初期人们的生存困境和发展危机，并试图在更广阔的时空中为人类寻觅摆脱伦理困境的路径。他的作品摒弃了二三十年前的某些极端作品以戏仿、拼贴、恶搞等文字游戏相高的风气，也摆脱了一味歪曲、颠覆、篡改或俗化文化符号、历史知识或英雄人物的浅薄庸俗作法。在"跨过雅俗之界，展现了纯粹文学与小说的相互渗透性"[1]的英国第一部科幻小说《弗兰肯斯坦》（*Frankenstein*，1818）之后近两百年，丹·布朗再次引领雅俗合流之风，预见人与自然、人与机器、人与社会甚至其自身的不和谐，用虚构的形式将现实中令人困扰的诸多伦理问题生动真实形象地展现在读者面前，让读者在阅读的欢愉中获得某种体认和领悟。丹·布朗所创作的这种看似通俗实则严肃的文学作品不光达到了雅俗共赏的效果，还超越了阶层的局囿，具有了一种深厚的普世关怀，并从伦理层面为当下的社会发展和人文建设提供了参照。

---

[1] Andrew Milner，*Literature，Culture and Society*，London：Routledge，2005，p. 291.

丹·布朗小说在中国的影响

以《达·芬奇密码》誉满全球的美国作家丹·布朗凭借其小说中独特新颖的故事题材、节奏紧迫的解密情节、丰富多元的文化要素和深厚真切的人文关怀，不仅深受西方读者追捧，也获得了中国读者与学者的青睐。中国作家更是从丹·布朗的小说中学习到了一种独有的"文化悬疑"叙事艺术，并开始了中国本土类型化写作的创作热潮。中国学界也用各种传统现代理论对丹·布朗小说的译介活动、叙事艺术和文化内涵等方面进行了多元视角批评。2014 年，丹·布朗研究已在中国历经十年，为中国文学的创作、译介和接受以及中国文化走出去都提供了不少可资借鉴的策略方法。

2003 年 3 月 18 日，丹·布朗这位本是名不见经传的美国作家，以其第四部小说《达·芬奇密码》红遍世界各国，冲击着文化要地。其每部作品都雄踞过各大畅销书排行榜，其本人也因此登上了《时代》《福布斯》等各色榜单。对于丹·布朗这颗闪耀在新千年头十年里的文坛新星，中国文化界一直也是青睐有加。2004 年 2 月，中国大陆推出《达·芬奇密码》汉译本，丹·布朗小说在中国的接受与研究也由此拉开帷幕。《达·芬奇密码》汉译本问世十年来，有关丹·布朗的学术研究和文化探讨也已呈现出"乱花渐欲迷人眼"的势态。截至 2014 年 7 月，根据中国学术期刊全文数据库（CNKI）、中文科技期刊数据库（VIP）和香港地区博士和硕士学位论文查询系统（KHLIS DTC）的检索，关于丹·布朗的期刊论文已有 110

余篇,硕士学位论文 46 篇,博士学位论文 1 篇;根据全球最大的图书馆目录 WorldCat 数据库,我国现已出版的丹·布朗的相关书籍共有 37 部(大陆 22 部,台湾 15 部),其中 23 部为国外解密书籍的翻译,2 部为学术专著。而散落于各大网络报纸杂志的报道、讲座和访谈类文章早已逾百篇。梳理这十年来丹·布朗小说在中国的接受与研究,可以看到,中国学者在解读这一风靡全球的他山之石时,并未忘记可以攻玉,对我国文学创作现状和中国文化走出去进行理性审视和建构。

一、"文化悬疑"影响下的中国本土文学创作

不论学者们研究丹·布朗的哪一个层面,总会提及他那部令其名声大振的《达·芬奇密码》。《达·芬奇密码》这部小说是出版史上的一个销售奇迹,一出版,便以惊人的"畅销"速度席卷全球,"是有史以来销售最快的精装版长篇小说,共已售出 8100 万册"[①]。《达·芬奇密码》的成功让各种"解密"书籍应运而生,各类"仿作"闻风而起,也让丹·布朗的各类研究逐渐繁盛起来。在研究丹·布朗的文论中,近九成都是在关注《达·芬奇密码》这部小说。一部成功的作品,往往是时代价值的集中认同和体现,也是学者研究的动力与出发点。一些针对丹·布朗几部作品所进行的共性研究,也大都是对其成功要素进行解读。《达·芬奇密码》的成功,同时还引发了国内悬疑小说的创作热潮,为中国的类型小说添加了新的样式。关于丹·布朗小说"成功之道"的分析研究,多是集中在 2004 到 2006 年这个《达·芬奇密码》销售的全球火爆期。研究大都是采取印象主义的批评方法,将小说的"故事元素""叙事手法"和"销售策略"进行罗列分析。

关于丹·布朗小说的类型鉴定,在中国一直是件颇具争议的事。在西方英语界,其小说被列为惊悚小说(thriller);但在国内,更多的是称为

[①]　Leslie Kaufman,"Free Downloads of *Da Vinci Code* to Promote *Inferno*",*The New York Times*,March 17,2003.

"知识悬疑"或"文化悬疑"小说,这一说法究其源头,原是《纽约时报》书评家珍妮特·马斯林(Janet Maslin)对《达·芬奇密码》的赞美之辞"令人愉悦的知识悬疑小说(gleefully erudite suspense novel)[①]"。国内学者虽多有"通俗小说""畅销小说""冒险小说""悬疑小说"之类的不同立场称呼,但"知识/文化悬疑"这一与众不同的标签早已坚定地出现在了各大报纸期刊上,如 2004 年 10 月《达·芬奇密码》译者朱振武、周元晓在《当代外国文学》发表的《〈达·芬奇密码〉:雅俗合流的成功范例》一文将其界定为"文化悬疑小说",2005 年 3 月慷慨于《中华读书报》发表的"《达·芬奇密码》两年'红旗'不倒"一文称之为"知识悬疑小说",2006 年 7 月黄汉平、杜燕在《外国文学》的《透视"达·芬奇密码现象"》一文亦肯定其为"知识悬疑小说"。

"知识"和"悬疑",毫无疑问是布朗小说畅销元素研究中最为统一的两个认识。小说的多门学科知识穿插于悬念迭出的情节之中,这种智慧表达造就了读者对布朗小说的一见钟情。知识,虽是美国小说的一项传统,如麦尔维尔的《白鲸》中的捕鲸知识和辛克莱的《屠场》(*The Jungle*,1905)中的宰牛过程,但如布朗小说这般部部百科式的全文贯穿却是不多见。正如我国当代著名作家、学者王蒙所言:"《达·芬奇密码》偏重智性,像益智小说。他引用大量真实存在的史料、经典名品、名胜古迹,运用大量确实存在的宗教学、史学、数学、建筑学、地理学、美术史、文艺史、文化学知识学理。"[②]也正因如此,国内也相应引进翻译了十多部国外关于《达·芬奇密码》《天使与魔鬼》和《失落的秘符》的知识解密著作。"悬疑",虽是西方文学中司空见惯的阴谋论之下的谜团和传闻,却也在信息时代爆炸式的"知识"潮流中成了新型小说的创作风向标。我国网络作家慕容雪村在对《达·芬奇密码》评价时,就曾直言非常喜欢书中悬疑色彩的营造,称悬念设置得相当好,曲折回环、险象环生,让读者欲罢不能……

---

① Janet Maslin, "Spinning a Thriller from a Gallery at the Louvre", *The New York Times*, March 17, 2003.

② 王蒙:《密码的诱惑》,《中华读书报》,2005 年 6 月 8 日。

精心的想象和商业化加工的"文化背景"也成了该书一个非常大的卖点。①

伴随着对其"知识悬疑"小说类型探讨的还有在叙事手法上的雅俗之争。雅，通常意味着小说的经典化，需要经受历史的洗礼；而"俗"则通常与"畅销"挂钩，是消遣读物的代名词。因此，将丹·布朗的"畅销"小说视为"俗"倒也无妨，但也有不少学者指出了其"不俗"之处。曾任中国社会科学院文学所所长的陆建德就曾指出"丹·布朗的小说在文学品质上来看，应该是属于中高档之间"②。布朗小说的主译者朱振武亦多次撰文指出其"雅俗合流"的特性，"是消除了'高雅艺术'与'通俗艺术'的对立的典范"③。这种"雅俗之争"多表现在对其小说叙事方面的探讨上。"俗"，通常指的是布朗的小说融合了多种类型小说的写作手法。正如作家葛红兵所言，他的小说"借鉴了侦探小说、悬疑小说、惊险小说、言情小说的一些元素，他的小说故事的框架主要是破案，副线是言情的，导性是科幻，他的小说包含了很多种小说的整合"④。这种集"谋杀、恐怖、侦探、解密、悬疑、追捕、言情等常规的畅销要素于一身"⑤的特质，基本上得到了学者的广泛认同。争议更多的是在于小说的"雅"。一些学者认为布朗小说的"雅"主要在其叙事技巧的"后现代"和叙事主题的"宏大"上，如2004年第4期《当代外国文学》上刊载的朱振武和周元晓合写的《〈达·芬奇密码〉：雅俗合流的成功范例》一文。另一些学者则认为其小说只是利用宗教这类宏大素材来构建一场盛大的文字游戏，"花大量笔墨、精力，着力描写的是各种字谜、密码，以及破译密码的扣人心弦的过程"⑥，缺乏主题的严肃性。

---

① 杨雅莲：《畅销作家曾是流行歌手》，《华夏时报》，2006年5月18日，第B3版。

② 乌立斯：《丹·布朗：中国作家的学习榜样？》，《中国图书商报》，2005年6月24日，第A3版。

③ 朱振武：《解码丹·布朗创作的空前成功》，《上海大学学报》（社会科学版），2005年7月，第45页。

④ 乌立斯：《丹·布朗：中国作家的学习榜样？》，《中国图书商报》，2005年6月24日，第A3版。

⑤ 朱振武、周元晓：《〈达·芬奇密码〉：雅俗合流的成功范例》，《当代外国文学》，2004年第4期，第105页。

⑥ 张琦：《〈傅科摆〉与〈达·芬奇密码〉——试论通俗小说的界线之二》，《当代外国文学》，2007年第4期，第35页。

对于布朗小说的畅销因子,除了对其故事元素和写作风格进行分析,有些还关注作者丹·布朗的生平实录和图书市场的运作。对作者的生平研究,不仅有利于理解作品的生发,亦是对其主题呈现和创作观念的直接追击,对其他作家的文学创作亦有不少启发。对于丹·布朗的生平,国内多是以访谈和传记的形式出现,如2005年2月杨锏刊发在《世界文化》的《丹·布朗访谈录》;2006年朱振武发表在当年《译文》第2期的《文坛神话丹·布朗的成功"密码"》和《当代外国文学》第3期的《圣诞密码》,以及同年出版的译作《〈达·芬奇密码〉背后的男人:丹·布朗传》。此外,还有出版界和文化研究者对其运作手段的研究。如张洪和田杨在2005年第6期《出版发行研究》发表的《以〈达·芬奇密码〉为例谈畅销书的网络促销》,尹晓东在2006年第1期《编辑学刊》发表的《〈达·芬奇密码〉的营销策略》,李丽2006年6月23日发表在《中国图书商报》的《〈达·芬奇密码〉品牌三年创收》。这些对作家和市场的素材类整理,为后期社会历史语境下的文本接受研究提供了良好的例证,让布朗小说的文本研究在作品创作主体和时代环境的考量中显得立体丰满起来,如2010年安徽大学马毅的硕士学位论文《解读〈达·芬奇密码〉在中国的畅销》,从文本、译介和接收方文化语境的角度,剖析了《达·芬奇密码》在中国畅销的成因。

布朗小说的全球畅销不仅带动了国外的跟风之作,亦推动了我国悬疑小说的创作热潮。2005年3月18日,陈熙涵、吴越在《文汇报》刊文《〈达·芬奇密码〉带动知识悬疑小说风行海外》,揭示了国外的这一创作风潮。中国的悬疑小说创作风潮亦是紧随其后,2007年6月12日,吴锡平在《文汇读书周报》的"悬疑小说:类型化写作的新尝试"一文中指出,"从《达·芬奇密码》开始,悬疑小说开始了在中国图书出版和阅读市场上毫无悬疑的快乐之旅",并对我国知识悬疑等新兴类型小说的创作提出了批判性建议。不到十年,国内的悬疑小说创作已形成了成熟的市场,出版市场上可看到不少名为"密码""解密""宝藏"等风格类似的小说,不少书店还设置了悬疑小说专柜。这种市场的繁荣也让中国的类型小说迎来了进入国外读者视野的机遇。2014年3月,被誉为"中国丹·布朗"的作家麦家,终于凭借其间谍题材小说《解密》在西方卷起了一股中国谍战旋风。《解密》英文版创造了海外中国小说的最佳销售成绩,并获得了40多家西方主流媒体的极高赞誉。虽然麦家屡次提及自己谍战题材的作品与丹·布朗的小说并无相似之处,但不可否认的是,麦家的小说情节跌宕、扣人心弦,融历史、断案、密码为一体,"吸收了欧美悬疑文学的精华,延续了20世纪50—70年代的红色经典题材"①,而这正是一种中国本土化的类型小说创作。

虽然中国的"悬疑小说"市场看似繁荣,但总体质量不高,除了麦家的小说,其他较为知名的还有我国悬疑作家蔡骏的小说、享有"中国的阿加莎·克里斯蒂"②美誉的"鬼古女"的小说,以及何马的《藏地密码》、天下霸唱的《鬼吹灯》和南派三叔的《盗墓笔记》。丹·布朗小说的"知识悬疑"典型模式,对中国其他小说家的创作尤其是类型小说的创作,无疑是有着极大的启发。蔡骏就曾坦言,"《达·芬奇密码》给我的最大影响,就是让我明确了悬疑小说的定位,同时给了我极大的自信心,因为'悬疑+知识'的模式,向来就是我最最擅长的特点"。③ 南派三叔也曾表示,"希望写一部都市冒险小说,像《达·芬奇密码》那样的,充满数学和物理的知识"④。在这种创作热情的驱动下,如何使中国的悬疑小说乃至类型小说更具本土特色,以及如何在文化产业化的当下提升文学性、不流于俗,应是中国当代小说家亟待思考的课题。

丹·布朗的"文化悬疑"小说中丰富渊博的百科知识和扣人心弦的悬疑解密让人一见倾心,但真正令读者回味无穷的还是深蕴在小说故事情节之中的文化历史和人文关怀。因而布朗小说研究在经历了畅销元素、叙事手法和市场运作等成功之道的初期阶段之后,开始更多地触及小说

---

① 陈香、闻亦:《谍战风刮进欧美:破译中国文学走出去的"麦家现象"》,《中华读书报》,2014年5月21日,第6版。

② 黄汉平、杜燕:《透视"达·芬奇密码现象"》,《外国文学》,2006年第4期,第61页。

③ 任志茜、蔡骏:《蔡骏:将悬疑进行到底》,《中国图书商报》,2005年4月8日,第A3版。

④ 杨梦瑶:《南派三叔:文学创作也是种商业行为》,《乌鲁木齐晚报》,2012年9月29日,第B24版。

文本之外的多学科、多视野的多元批评。

二、多元批评视野中的丹·布朗式文化内涵

从 2007 年起,丹·布朗小说的译本全面引进并保持了持续畅销的势头,我国学者对其小说文本内的研究已逐渐有了一种较为统一的声音,开始以多元视角走向文本外批评,形成了一种多门学科、多元理论和多种文化的文本交流势态。这种交流,还因为简繁译本和《达·芬奇密码》与《天使与魔鬼》的电影改编,让小说文本这一研究对象本身也呈现出多元化特征。除了一般的文学批评,还涉及了翻译学、符号学、叙事学和语用学。在文学批评研究中,除了较为常见的传统批评,也运用到了不少现代文学批评理论,如神话原型批评、解构主义、读者接受批评、女性主义、生态主义、新历史主义、文化批评和文学伦理批评等。

我国丹·布朗小说译本的研究在整个布朗研究中占据了近五分之一的比重,且大多是关注《达·芬奇密码》译本,截至 2015 年,共有 1 篇博士学位论文和 14 篇硕士学位论文和 11 篇期刊论文。其中,有对大陆和台湾两个中译本的比较研究,有对翻译活动中译者主体性的研究,还有针对文本细节忠实性的细节研究,以及译介活动对目的语文化环境影响的整体研究。此外,这些翻译研究通常还结合了其他学科的理论,如 2006 年3 月朱振武在《中国翻译》上发表的《相似性:文学翻译的审美旨归——从丹·布朗小说的翻译实践看美学理念与翻译思维的互动》,就将美学引入了翻译理论;2007 年华中师范大学刘婉泠的硕士论文《叙事学视野下的翻译实践》,则结合了叙事学的基本概念来进行探讨。值得一提的是香港浸会大学邵璐的博士学位论文《文学作品中的模糊语言与翻译:以 The Da Vinci Code 及其两个中译本的研究为例》及其一系列结合《达·芬奇密码》大陆和台湾译本的模糊语言翻译研究,其最终成果结集成专著《文学中的模糊语言与翻译:以〈达·芬奇密码〉中英文本比较研究为例》,由商务印书馆于 2011 年 7 月出版。布朗小说译本研究的繁盛一方面是其

小说汉译本的成功映照，另一方面也体现了译介活动在文学作品传播与接受过程中的关键性。译介的成功乃是国家文化内涵和价值体现的重要媒介。

由于布朗的兰登系列小说中主角是符号学家的特殊身份，由此引发的相关符号学研究也为数不少。其小说文本的符号学研究虽于 2005 年初露端倪，但其大部分成果都出现在 2010 至 2013 年这一时段。截至 2015 年，已有 9 篇相关硕士论文和 7 篇期刊论文。其早期的研究主要是关于《达·芬奇密码》文本中的宗教符号和故事要素，细致地剖析了读者对文本的解码接受过程，如杨慧林发表在 2005 年第 12 期《文艺研究》的《"圣杯"的象征系统及其"解码"——〈达·芬奇密码〉的符号考释》，李增和霍盛亚发表在 2007 年第 4 期《当代外国文学》的《假作真时真亦假——〈达·芬奇密码〉"逼真性"研究》。兰登系列小说能引起符号学相关研究的关注，自然是因为其文本中眼花缭乱的各类神秘符号象征，及其"能指"和"所指"在动态阐释的叙事过程中所产生的"谜"与"解谜"，而符号学的认知语言理论又恰好可以有效地关注这种细节产生的各种效果。2012 至 2015 年，符号学方面的布朗小说研究逐渐增多，但许多研究成果，尤其是一些硕士学位论文，出现了过分理论化倾向，使小说文本成了各种符号学理论的阐释佐证，变成了理论建构的工具。

关于布朗小说叙事学方面的研究常常是针对小说文本的写作手法进行分析，大都是"解读丹·布朗小说的叙事策略及谋篇元素，探寻其取得空前成功的奥妙"[①]。这方面研究最为全面的有 2010 年 6 月由人民文学出版社出版的朱振武的研究专著《解密丹·布朗》。该书对 2009 年前布朗所出版的五部小说分别从故事、人物、背景、场景、密码、知识、机构和技巧这八个方面进行了深入浅出的细致剖析。此外较有代表性的还有李汝成、刘玉波 2006 年第 1 期《当代外国文学》的《丹·布朗小说的写作模式初探》，孙媛、刘晓华 2006 年 9 月《安徽农业大学学报》（社会科学版）的

---

① 朱振武：《解密丹·布朗》，北京：人民文学出版社，2010 年，第 346 页。

《〈达·芬奇密码〉的叙事学解读》。其他运用各色批评理论对布朗小说进行解读的研究，大都是在建构小说的文本内涵，因而具有从社会文化方面进行主题阐释的倾向，如《达·芬奇密码》中的女性意识和宗教信仰，《天使与魔鬼》中科学与宗教的对峙和对话，《失落的秘符》中的古代奥义和人类潜能，《地狱》中的人口过剩和基因工程，《数字城堡》中的网络技术和公民隐私安全，以及《骗局》中的政治游戏等。这些主题阐释，往往又离不开"大众文化""消费文化"和"后现代"的历史文化语境，因而布朗研究逐渐呈现出从文本内到文本外的转变。葛红兵曾揭示布朗小说"实际上是表现了西方世界，尤其是美国人的四种焦虑：宗教焦虑、欧洲焦虑、二战焦虑、科技焦虑"①。而这种种焦虑又恰巧是时代意识形态的体现。

布朗影响最大的兰登系列小说，总是与基督教有所关联。而在中国，"基督教"对大多数人而言只是个模糊概念，因而有关布朗小说宗教方面的专业研究也就寥寥无几，且大都是借着西方学者的眼光来看待其中的是非真假，审视的也是西方世界的信仰危机。虽然中国学者同西方学者一样，意识到"在当代西方社会，人们的信仰中心已经从宗教转到对科技的崇拜。尽管根源于圣经和基督文化的基督思维仍然影响深广，但它与20世纪前的影响力不可同日而语"②，但其最终的落脚点却不像西方学者那样去关注基督教的复兴，而是一种脱离了基督教的抽象信仰力量，认为重要的是信仰本身，而不是事实真相，认为"信仰是多元的，可以是宗教方面的，也可以是客观的。重要的是意识到信仰对价值观塑造与人的行为带来的巨大力量"③。另一方面，也有些中国学者借布朗小说中的西方信仰危机对中国的文化困境进行反思，认为"在中国这样一个许许多多前现代、现代和后现代问题同时纠葛在一起的'转型'社会"④，西方的文化信

① 思宁：《"胡扯"还是"焦虑"？"丹·布朗"引起争议》，《文学报》，2005年6月9日，第2版。

② 朱长泉、泉志富：《神学视阈下的悖论——〈达·芬奇密码〉的文化研究》，《世界文学评论》，2009年第1期，第150-151页。

③ 李传馨：《丹·布朗的小说〈达·芬奇密码〉中信仰的力量》，《文学界》（理论版），2011年第6期，第217页。

④ 陈季冰：《寻找这一个千年的密码》，《东方早报》，2005年6月21日。

仰永远只能是作为警醒的"他者"存在。

　　相对于西方学者对"基督"家史的热衷而言,中国学者似乎更偏爱《达·芬奇密码》中出现的"女性"话题。与扎根西方的基督教相比,"女性"权利是一个更为广大的社会论题和话语存在,更容易让中国的学者接受和探讨。由于《达·芬奇密码》中"神圣女性"的思想与基督教紧密相连,因而学者们从女性主义角度对女权进行呼吁和思考时,亦离不开对基督教的男权中心进行批判。宗教往往是政治思想化的产物,因而对女性权利的呼吁,亦是当前男性主导的政治话语的体现。国内不少学者都从《达·芬奇密码》的女性主义解读中看到了现代社会政治话语体系中的"男女失衡"和权力斗争。有些研究者从《达·芬奇密码》中的"社会团体"看到了不同的性别政治,认为《达·芬奇密码》中的郇山隐修会组织和天主事工会分别代表着女性政治和男性政治;有些则从小说的颠覆性中看到了斗争,认为"用一个传说取代另一个并无'翻案'可言,该注意的倒是这次'翻案'替哪一种当代政治服务"[1];还有些学者认为小说对传统基督教会的颠覆"就是重估女性的社会文化价值,弘扬女性精神,建立超越父权制的女性主义文化"[2]。而不论学者们对《达·芬奇密码》中的性别政治做出何种论断,实际上都是对男性主导的现代社会的批判,是同一种政治话语的多面折射。

　　不论是对西方文化基石"基督教"的颠覆,还是对现代社会男性"话语权"的批判,都可以视作是中国丹·布朗研究中所体现出的一种从"他者"对"自我"的审视,是一种由"边缘"走向"中心"的哲学思潮。早在《达·芬奇密码》在国内盛行之初,叶舒宪就曾指出这其实是"新时代运动"的灵感表达,而"新时代运动"的特征就是"反叛现代性及其基础——西方基督教文明和资本主义生活方式,让长久以来被压制的异教思想和观念来对抗

---

① 孙隆基:《"密码"背后的性别政治》,《南方人物周刊》,2007 年第 30 期,第 82 页。
② 段宇晖:《大众文化语境下的阅读狂欢——〈达·芬奇密码〉畅销的意义》,《郑州大学学报》(哲学社会科学版),2008 年第 3 期,第 103 页。

和取代正统基督教观念,成为新世纪引导人类精神的新希望"①。这种本来深藏于小说中的"他者"观察,也使不少国内研究者对"自我"的文化创新进行了思考,认为"如何使中国的优秀文化走向世界,采取什么样的文化宣传策略,是当下要认真研究的重要课题"②。

三、比较研究关照下的中国文化走出

作为典型的新兴西方类型小说,丹·布朗小说使中国的学者和作家产生了不少灵感,催生了其他文本的创作与思考,并在与其他文学作品的比较研究和国内文学的创作中,起着一种价值衡量的作用,启发着中国文化的走出。虽然布朗小说有着不少抓人眼球的新奇元素,但有些国内学者还是从中嗅出了一股似曾相识的味道,或是与中国本土的文学作品进行对照,或是与西方的同类著作进行切磋。以一种比较文学的视野,提升作品欣赏的趣味和新意,使其成为布朗小说研究的一个新方向。

在与国内文学作品的对比之中,布朗小说所产生的无与伦比的阅读快感,令不少读者联想起了金庸笔下的武侠小说,就仿佛是"洋金庸笔下的洋江湖"③。王蒙在读完《达·芬奇密码》后,"第一反应是想起了金庸大侠写的《连城诀》"④,并从二者的叙事模式、符号元素、人物命运、悬念设置、冲突内涵和风格气质进行了细致的对比,既明晰了中西畅销小说共有的叙事方略,又深化了中西大众文化各异的精神诉求。此外,有些学者还对布朗小说与中国其他类别文学作品的共通之处有了新的感悟。如朱振武就曾将布朗小说与一些中国古典小说进行对比:在体现"知识性"这一方面,就有清代小说《镜花缘》可与之媲美,"涉及医学、音韵学、诗学及

---

① 叶舒宪:《谁破译了〈达·芬奇密码〉》,《读书》,2005 年第 1 期,第 60 页。
② 李春雨:《密码背后的"密码"》,《中国教育报》,2006 年 6 月 15 日,第 7 版。
③ 吴为:《洋金庸的洋江湖》,《东方早报》,2005 年 4 月 28 日。
④ 王蒙:《密码的诱惑》,《中华读书报》,2005 年 6 月 8 日。

诸般杂艺"①；而说到丹·布朗拿手的"文字游戏"，相似的则有清代短篇小说集《聊斋志异》中的《鬼令》，讲的就是"一群酒鬼行令，玩的便是丹·布朗在小说中常用的拆字游戏"②。另外，严峰在提及丹·布朗的写作风格时，认为它有一种特别怀旧的感觉，因为通篇没有那些西方通俗小说中常见的色情和暴力描写，文笔清新干净，而其中微弱的爱情更是让人联想起革命战争小说中的爱情，就是这么纯洁，这么朦胧。近些年，布朗小说的畅销带动了国内知识悬疑小说的创作热潮，有些学者亦开始将此类小说与之进行比较研究，如 2012 年内蒙古大学董雅楠的硕士学位论文《〈藏地密码〉与〈达·芬奇密码〉对后现代文学的文化反拨意义》，就从宗教元素、后现代性和文化反拨上对二者进行了对比解析。此外，国内学者还将意大利作家安伯托·艾柯（Umberto Eco，1932—2016）拿来与丹·布朗进行对比研究。他的小说《傅科摆》或《玫瑰之名》，亦具"知识悬疑"的特点，且"几乎使用了同样的素材，甚至某些构思也一样"③。只是艾柯的小说更为"严肃"，不如布朗小说这般畅销。布朗小说的对比研究目前刚刚起步，在其与我国武侠小说、古典小说、革命小说和悬疑小说等类型小说的对比中，确实是可以看到一种通融之中的独创性，启发着当前我国的文学创作。

2012 至 2014 年，中国作家在国际上屡屡获奖：2012 年 10 月 11 日，瑞典文学院宣布将 2012 年度诺贝尔文学奖授予中国作家莫言；2014 年 5 月 27 日，阎连科获得 2014 年度卡夫卡文学奖；中国本土文学正在向世界迈进。从第一步的迈出到此后的如何前进，布朗小说的研究或许能给予我们不少启示。严峰在评价布朗小说的时候，曾戏谑地"提出了'中国文学与世界差距最大之处不在纯文学，而在通俗文学上头'的非著名观

① 谭璐：《朱振武破解丹·布朗密码》，《北京青年报》，2006 年 4 月 5 日。
② 徐雯怡：《朱振武：中国古代已有"丹·布朗式密码"》，《天天新报》，2009 年 8 月 19 日。
③ 张琦：《〈傅科摆〉与〈达·芬奇密码〉——试论通俗小说的界线之二》，《当代外国文学》，2007 年第 4 期，第 30 页。

点"①，这在大众文化为主流的现代世界看来也并非毫无道理。在各种文学作品之中，小说，尤其是面向大众并承载着普适性的优秀小说，是民族文化走向世界的最佳载体。虽然当前我国兴起了类型化小说的创作热潮，却只是小圈子里的商业化模式运作。丹·布朗的小说确实具有一定模式，但也应当意识到"模式之外还有更血肉丰满的东西"②。陈众议就认为"丹·布朗的畅销书与国内目前很多文学性不足、短期热销的'坏'的畅销书不同，它是一种好的畅销书，我们现在很多通俗文学是大话、戏说、搞笑，丹·布朗的写作，却始终有崇高的精神在里面，这就是对世界、生活的敬畏、恐惧，而看到别人的恐惧时，要有悲悯"③。此外，中国严肃文学的创作也应当跟随时代潮流做出新的突破。阎连科在极大地赞扬了丹·布朗的想象力和知识面时，亦对我国的文学创作有了新的思考，认为"我们过去把纯文学看得太高了……我们社会上很多大的历史事件、文化符号，是可以进入到小说中去的，但我们却回避这些东西。不能说它是通俗类型作品，你是高雅作品"④。

近些年，"'中国概念'越来越影响到世界文学写作"⑤，出现了不少由外国作家写出的中国故事。但是，这种"中国概念"的写作却是在西方文化主导下的"他者"审视下进行的，是一种异域风情的情感撩拨，只能算是中国文化里旧书残卷的扭曲映照。2014 年，以麦家作品为代表的中国本土类型小说，终于也开始吸引起西方主流和大众媒体的关注。对比当前的"麦家现象"，十年前的"丹·布朗旋风"似乎早就为中国文学的创作、译介和接受提供了不少可资借鉴的新思路和新方法。在创作方面，从布朗

① 严峰：《好看Ⅱ》，《东方早报》，2009 年 9 月 27 日。
② 傅小平：《主要译者朱振武谈"模式化的丹·布朗何以畅销?"》，《文学报》，2006 年 6 月 15 日，第 2 版。
③ 刘婷：《丹·布朗新书两周热卖 40 万册——专家热议〈失落的秘符〉构思缜密》，《北京晨报》，2010 年 1 月 12 日，第 A26 版。
④ 蔡震：《〈达·芬奇密码〉作者新作在京研讨——阎连科大夸丹布朗"知识面广"》，《扬子晚报》，2010 年 1 月 12 日，第 A34 版。
⑤ 陈熙涵：《外国作家热衷写中国故事》，《文汇报》，2006 年 9 月 12 日。

小说"知识悬疑"的故事元素、"雅俗合流"的叙事手法和可供多元解构的文化内涵中可以看到,要想创造出中国本土化的优秀类型小说,就要选好既富于中华民族特色又能引起国外读者兴趣的故事元素,"一个民族失去了文化特性,民族独立性也就失去了文明史与精神史的寄托"①,只有体现出民族特色,文学创作才能在借鉴他者的过程中推陈出新,从而真正地实现本土化、走向世界;要讲好中国故事,就需将主流意识和消费文化进行有机结合,做到雅俗共赏;要能关怀当下,对中心和边缘、自我和他者、历史和未来进行多元视角的人文反思。在译介方面,要看到布朗小说全球风靡之下的图书市场运作,意识到"译"与"介"的区别。将中国的优秀小说译介出去,"不仅要关注如何翻译的问题,还要关注译作的传播与接受等问题"②,注重文本忠实通顺的同时,更要关注目的语文化环境之下的译介活动接受,"完善出版、推广等各个环节的互动机制,推动作家、译者及经纪人、版权代理商、出版机构之间的良性合作"③。在接收方面,布朗小说之所以广为人知,其"兰登系列"电影也起到了推波助澜的作用。在经济全球化的信息时代里,中国文化走出去亦离不开其他多种艺术形式,离不开广播、电视、电影、网络、广告等不同媒体所共同营造的文化接受语境。时至今日,丹·布朗小说的研究已在中国走过十六年,从其最初成名的《达·芬奇密码》到新近出版的《本源》,虽然其小说标题一直都承载着醒目的西方文化,但触及全球读者心中的却是通融于各民族之间的普适性。要破除西方对中国文学的传统偏见和误读,使中国文化真正地走出去,就要心怀世界、从人类的共有主题入手,借鉴传统与现代的艺术表现手法,注重中西方文化的对话与交流,提高中国本土艺术作品的文化品质,不仅走出去,更要留下来。

---

① 门洪华:《两个大局视角下的中国国际认同变迁》,《中国社会科学》,2013 年第 9 期,第 61 - 62 页。

② 谢天振:《中国文学走出去:问题与实质》,《中国比较文学》,2014 年第 1 期,第 3 页。

③ 吴赟、顾忆青:《困境与出路:中国当代文学译介探讨》,《中国外语》,2012 年第 5 期,第 94 页。

余　论

这些年,中国的丹·布朗研究经历了从单一到多元、从文本内到文本外、从他者到自我的多维发展趋势。布朗小说的研究初期大多是以印象主义批评方法对其成名作《达·芬奇密码》的畅销元素进行剖析,同时布朗小说的核心叙事模式"文化悬疑"也为中国作家带来不少灵感,推动了国内悬疑小说的热潮。随着布朗其他作品的相继推出,其研究重心也从小说的文本内转向了文本外,其研究视角也在译介学、叙事学和语用学等多学科的交互之下变得更加多元,这不仅是其小说多层文化内涵和价值体现的写照,也是信息时代之下多元文化和多种主义碰撞之下的必由之路。不论是初期的文本内分析还是此后逐渐转向文本外的多元化文化批评,其研究的落脚点都是在丹·布朗这个"他者"之上,但国内也有不少学者已开始对"自我"的文化创新进行审视与思考,并在布朗作品和国内外其他文学作品的对比研究之中获得不少有关中国文学创作和中国文化走出去的新思路和新方法。虽然中国丹·布朗研究成果颇丰、视角多元,可总体看来却多是对其某部作品或多部作品整体特征的共时性研究,对丹·布朗创作手法的成熟、发展和演变及其作品对美国文学创作传统的承继与创新缺乏历时性的关照和思考;对丹·布朗作品的畅销和译介活动的分析多局限在中国国内的接受过程,却忘记了丹·布朗作品风靡全球,已成为一种世界级的文化研究对象,需要更为辽阔的国际性视野来剖析其作品在不同文化国家之中的传播与接受;此外,丹·布朗作品的对比研究也才刚刚起步,大都是国内学者印象式感悟中的一鳞半爪,尚未形成系统,缺乏深度与广度。弄清楚这些问题,对何为世界性的民族特色、何为信息化的时代风潮、何为全球化的中华文化无疑会大有裨益,还可为中国文学创作的本土化和中国文化走出去提供出更富科学性、实践性和操作性的策略方法。

丹·布朗教给我们的东西

　　很大程度上说,文学是现实生活的反映,是现实生活的形象表达,因此它毫无疑问要关乎当下。尽管这是个貌似"古老"的说法,但好像人们已经淡忘了许久,本应不成问题的问题反倒成了问题。当看到美国作家丹·布朗的小说在一部部"蹿红"时,看到《达·芬奇密码》成为超级畅销书随后成为长销书、《失落的秘符》首印650万册创下纪录的时候,文学家们有的惊讶,有的困惑,有的妒忌,有的鄙视,当然也有些聪明绝顶的争相效仿,弄得个一时洛阳纸贵。但我们却很少有人能静下心来思考一下,他的作品走俏的原因其实也许简单得很,那就是作者丹·布朗的每部小说关怀的都是当下和未来,而不是囿于自己生活或心灵小圈子的一桩桩陈年旧事或连丈二和尚摸不着头脑的意识流,也不是玩耍些所谓的拼贴、恶搞或无根无据地瞎编乱造,从而决定了其作品面向的都是大众,而不是小众。

　　实际上,转念一想,丹·布朗只是恢复了小说的本来面目,尊重了小说的向有传统而已。小说本是"道听途说"的东西,之所以能被道听途说,是因为有新而奇的内容,所谓无巧不成书,正是这个道理。西人说的"novel"本来就是"new and strange",亦即"新、奇"的意思,所以才用来指代这一文学样式。小说要想"新",其着眼点或表现重心首要的是放在眼前,放在过去就很难出新,丹·布朗显然是深知个中肯綮的,尽管其作品的"材料"或素材从历史的沉渣中搜索了不少,但这些爬梳来的东西无一不是拿来为"现在",或时髦点说就是为当下服务的。当然,"新"自然就很容易"奇",丹·布朗的每部书里都涉及那么多学科,那么多新的知识点,那么多"好玩"的东西,就像《骗局》一部书就涵盖了海洋学、冰川学、古生物学、天文学、地质学、天体物理学、气象学以及航天科学和军事科学等领域的专门知识,同时还涉及美国国家航空航天局、美国全国勘测局、美国太空署北极科研基地、三角洲特种部队等多个美国政府高度秘密机构一样,的确让人无不称奇。但作者并不是一味地卖弄学问,而是关注其背后的故事,揣摩其文化蕴涵及其与现世人的依附关系,从而提升了其作品的整体品格。我们把丹·布朗的小说称作文化悬疑小说是一点也不为过的。当然,往大了说,西方相当比例的文学作品,特别是小说都有这样的特点,法国巴尔扎克的皇皇巨著《人间喜剧》,英国狄更斯的多部批判现实主义作品,美国爱伦坡的侦探小说和科幻小说,还有霍桑的罗曼司和梅尔维尔的鸿篇巨制,等等,真让我们瞠目,读过他们作品的人都免不了说他们"真是太有才了"!这样的小说在国内我们一下子能想到清代李汝珍的《镜花缘》,其他就很难想到,一时间恐怕也很难出现,一则大家忙着搞经济建设,无暇去十年磨一剑;一则是我们这代人的知识储备先天不足,我们的文理科之间那隔着的可不是一个沟,那可是冰火两重天。我们没有几个作家真正懂得自然科学或那些不相关或貌似不相关的学科知识,也不是很多科学家或院士理解或真正懂得文史哲,相互间不理解乃至瞧不起那倒是常有的事。当然,这与我们的教育断层和考试机制不无关系,重要的是我们的教育水平与发达国家比起来还有一定差距。而这样的反例在西方和其他一些国家中却时常可见。以科幻小说为例,我们像两院院士潘家铮那样创作过多部质量上乘的科幻小说的科学家真是少之又少,而像重庆出版集团出版的《接触》《太空序曲》《时间景象》《离太阳只有七步》《人海之门》和《冲击参数》等六部科幻小说则都是由国外著名科学家创作的,至于美国海洋生态学家雷切尔·卡森的《寂静的春天》就早已是尽人皆知的事情。可以说,写出很有分量很有影响力的文学作品的科学家在西方一点都不稀罕。纵观科技领域,西方不少天文学家、航天工程师都有过相关的创作经验，而很多物理学、化学、生物学、生态学、地质学、考古学、心理学、工程技术、电脑科学、医学等许多学科和专业的科学家、工程师、工作者，都对科幻文学创作情有独钟，而且成绩斐然。以美国心理学家伯尔赫斯·斯金纳（Burrhus Frederic Skinner）为例，他不但是新行为主义心理学的主要代表，还是科幻小说《瓦尔登第二》的作者。而文理兼通且做到较好平衡的文人在欧美国家也相当不少，我们熟悉的许多美国作家都是这样的例子，远一点的霍桑、马克·吐温、海明威，近一点的斯蒂芬·金、约翰·格里森姆和眼前的丹·布朗就都是如此。接触过丹·布朗或阅读过其作品的人毫无疑问都会同意这种看法。

但我们不觉得丹·布朗在掉书袋，在故作玄虚，在卖弄夸耀，更没胳肢读者以期达到让读者会心一笑或点头赞许的简单目的，而是很自然地引导读者一起思考我们当下应该关注的一些问题，或者是一些关乎人类生存状况和未来命运的大是大非问题。读者都是生活在当下的现实之中，不是生活在虚空中，更不是生活在历史中。尽管丹·布朗也钩沉了大量的历史文化知识，《失落的秘符》《达·芬奇密码》和《天使与魔鬼》也以一定的历史为背景，但我们却一点也看不出作者的学究气，他真正是活学活用了，竟然都巧妙地与当下发生着密切关联。如果说《数字城堡》刚一出版时关注的还是美国公民隐私与国家安全问题的矛盾，那么现在看来这部小说给我们的启示已经涉及网络安全问题、因特网给我们带来的正反两方面影响和对人类生活方式发生的深刻冲击，现在我们已经感觉到他的普遍意义。《天使与魔鬼》中最关键的"道具"，那个能量无比强大的反物质，几乎让每个读者都能把科学与双刃剑联想到一起，使人们很自然地去思考对科学发明的正确、合理、节制、生态地使用的深层问题，甚至思考人类要避免自我毁灭的大问题。《骗局》以美国总统大选为背景，关注政治道德、国家安全与高科技之间的矛盾，可以说是高科技政治惊悚小说，对美国大选这一敏感话题的切入着实拨动了读者的心弦，而高新科技等新元素的有机融入又极大增加了作品的耐读性。《达·芬奇密码》则在艺术与宗教交织的谜团中探索古老的宗教悬案，这部小说可以有多种解读,但它对"上帝已死"的信仰危机时代的人们来说无疑是一剂强心针,可能是打扰了人们多年来理性的沉寂,也可能是搅乱了很多人单一童稚的心灵,也可能是像《水浒传》中的洪太尉误走妖魔那样弄得一时天下大乱,总之都形成了轩然大波,但这正是最好的阅读效果,也正是作者和出版商梦寐以求的书市效应。当然小说就是小说,这点人们心里都明白,不会走火入魔,也不会无所适从。

《失落的秘符》的走俏再次证明丹·布朗是个会讲故事的人,但他的成功也证明了他绝不是个只会讲故事的人。他的作品总是在曲折离奇的故事情节中表现出对文化问题的深层认识,探讨着当下社会中的诸多疑团,关心着后工业时代人们的生活现状,字里行间流露着深厚的人文关怀。就在经济危机席卷全球的社会环境之中,就在人类因自身渺小而惶恐的历史时刻,《失落的秘符》让人找回了生活的乐趣和勇气,让人们认识到原来人类还有很多潜能有待开发,身边还有很多意义有待寻觅,而我们自以为已经对我们人类自身、对我们所建构的这个物质世界知之不少,其实我们在许多方面都熟视无睹甚至懵懂无知,与我们掇拾到的东西相比,我们失落的似乎更多,我们深知失落了人类生存的根本和意义。因此,在人类历史文明的长河之中找寻人类社会发展前行的力量之源,让沮丧的人类找回失落的信心,或许是这部小说给我们的又一重要启示。

从这五部小说来看,丹·布朗的写作不是"躲进小楼成一统",闭门造书;不是面向一隅,自我沉溺或自恋,挖掘自己的隐秘史或抖落自己的私生活;不是随帮唱曲、随波逐流;不是靠低级的情节赚得廉价的眼球,也避开了已经为很多人所厌弃的互文、拼贴、戏仿乃至恶搞等所谓"后现代"叙事手法,而是花大气力,下大功夫,走进当下人们的生活,走到学科的前沿"调查取证",走入学人们都已无暇理会的图书资料的瀚海中寻寻觅觅,然后理清头绪,批阅数载,增删多次,个中辛劳、专注和用心实在是我们许多作家所欠缺的。这样的创作态度和方式使他从来面向的就都是大众,而不是小众,从这个意义上说,丹·布朗更懂得小说的定义和内涵,更尊重小说的读者,更尊重读者的智商,更多地从读者角度出发去考虑问题。他清楚地知道他应该为读者提供些什么样的文本,知道自己该写什么,不该写什么,也就是说,他很清楚要让读者读到些东西,甚至能让不同层面的读者都能读些什么东西,他熟稔大众的审美情趣和文化消费心理,这是读者能够"不虚此行"的原因所在。对于那些洋洋几十万字却没有任何读头儿的,没有任何可取之处的小说,我们真应该钦佩其作者的另类才华,因为能做到这一点也并非易事。真该让丹·布朗给我们开一张文化和科学通识的书目,在这方面扫扫盲,补补课。丹·布朗没有一味地孤芳自赏,沉醉在自己的创作中,也没有陶醉在《达·芬奇密码》的巨大成功中,更没有借助"密码"之势粗制滥造,急忙炮制出不像样的东西去蒙人骗钱,而是还能够沉下心,静下气,全力以赴,精心打造,六年之后推出他的葵花宝典《失落的秘符》,在全球范围内再次掀起"解码"热潮,似此大手笔,大气魄,大工夫,大智慧,够我们许多文学家学些年的!

　　小说就是小说,小说就是要讲故事,就是要通过故事讲述人生体验,讲述和传达作者对人生和对社会的理解,但要与当下的人有关系,不能让当下的人有被忽视的感觉,不能让读者产生自己不存在的感觉,也就是说让读者在阅读的时候要感觉到"我"的存在,要有"我"的参与,这样才能使"我"成为一个"page turner"(翻页机)。丹·布朗的小说关怀的不光是"小我",他更在乎的是"大我",观照的是人类的集体经验,因此他的读者从一开始就是大众,不是有着强烈窥私欲的小众。丹·布朗的小说在销量上创造了奇迹,说明其在许多方面是成功的,当然光凭销量还不能说明一切,但我们很多"卖相"相当不错的文学作品销不出几本应该是说明了一切! 国内这些年来的小说也有发红发紫的,但即使非常偶然地大红大紫的作品也就是走个百十万册,与丹·布朗《失落的秘符》在美国本土首印就达 500 万册相比,与《达·芬奇密码》的全球销量 8000 万册(截至2009 年)并形成一种文化现象相比,我们是不是该好好地反思些什么!

专题九　个案聚焦

　　遇到一部好作品,能够读进去并欣赏之,能够做出起码的正确的或知性的判断,是一个好的读者应该具备的能力。

　　发现一部好作品,并善于审视其文学性、美学价值和主题意蕴,能够审视其独特性、当下意义、教育功能乃至接受前景,这是一个文学工作者应该具备的能力。

　　马克·吐温和丹·布朗的小说创作就需要这样的读者和学者。

《哈克贝利·费恩历险记》:
一把解读美国文学的钥匙

美国著名作家海明威等都说,《哈克贝利·费恩历险记》是美国文学史上最伟大的小说,空前绝后！一部以调皮小孩儿最多再加上一个黑奴为主人公的小说为何拥有如此魅力？马克·吐温的过人之处在哪里？这部小说为美国小说到底做出了怎样的贡献？这是我们很多人都想知道的。

马克·吐温(Mark Twain,1835—1910)是美国 19 世纪后半叶著名现实主义作家,著作颇丰,创作体裁多样,有小说、游记、随笔、传记、小品、文论和戏剧等,尤以小说创作最为人称道。其作品大多风趣幽默、滑稽诙谐,却又不拘一格,常暗含讥讽和寓意。他一生多次在国内外巡回演讲,深受大众喜爱。马克·吐温以其旗帜鲜明的美国气派、独特生动的语言魅力和广博深厚的人文关怀成为美国文学史上一座里程碑,是"美国文学的林肯"①,得到 T. S. 艾略特、威廉·福克纳和欧内斯特·海明威等一众顶级文学家的爱戴和推崇,并被认为是美国现代文学之父。《哈克贝利·费恩历险记》(*The Adventures of Huckleberry Finn*,1884)只是他众多小说中的一部,但其重要性却超过其他任何一部,因为它是一把解读美国文学的钥匙。

---

① 董衡巽编选《马克·吐温画像》,上海:上海文艺出版社,1991 年,第 66 页。

一、香自苦寒的蓬蒿人

马克·吐温的名字可以说是无人不知,但他的真名萨缪尔·兰霍恩·克莱门斯(Samuel Langhorne Clemens)可能早已被人忘却了。马克·吐温出生于贫寒的乡村律师家庭,在家里排行第五,从小就像乘着一叶扁舟的游子四处漂泊。5岁之时他随家迁到了汉尼拔镇(Hannibal),与河水为伴。汉尼拔是美国西部边陲的一个小镇,坐落于密西西比河西岸荒原的边缘。马克·吐温还经营过木材业、矿业和出版业,但这位天才作家在投资方面却是个十足的"笨蛋",倘若他真的成了一个出色的商人,那恐怕世界文学史上就少了这辉煌精彩、无与伦比的一页。很多人认为,马克·吐温之所以能成为世界大文豪,主要得益于他在担任记者期间的写作训练和前期创作幽默文学积累下的经验,但通过仔细观察,我们就会发现,他的创作动力与灵感源泉,都来自北美那条最大最长的河流——密西西比河。对于马克·吐温来说,这不是一条普通的河流,她在各方面都不寻常。正如滚滚长江贯穿了中国的东西一样,滔滔的密西西比河也沉沉一线连贯了美国的南北。看到这条大河,就不能不想到马克·吐温,而那两个少年的木筏也仿佛在眼前漂游而去。哈克和吉姆历尽千辛万苦,不是为了财宝,而是为了伴着涛声去寻找自由的生活。他们品尝了离散的痛苦,也享受过重聚的喜悦。

从圣路易沿密西西比河北上,不远处就是汉尼拔镇,这里是马克·吐温的故乡,也是"汤姆"玩耍的故地,"哈克"旅行的起点。在当地,地图上都会用红字标明:马克·吐温童年时代的家和博物馆。城南有一个旅游溶洞,它因曾是《汤姆·索亚历险记》(The Adventures of Tom Sawyer,1876)的一个写作背景而同样以马克·吐温命名。马克·吐温的艺术影响力无形间由此透出。

我们的文学大师对这条河是如此地着迷,也许他早就想过要在这条河上闯荡世界,所以曾经立下"以船员终其身,愿死在机轮旁"的志愿,甚至连笔名也都取自船上的术语：mark twain（意为"测标2寻"）。船员通常将12英尺（2英寻）水深认定为轮船通过的安全标准线。后来，他向一家报社自荐担任记者，开始写文章，频繁发表文学作品。要离开热爱的领航员工作时，他感到无限眷恋。为了纪念在密西西比河上的生活，他就选用了水手们常喊的"马克·吐温"这一航行术语，作为笔名。他曾说，他将舵手看作是美国"全国主干（指密西西比河）的国王和主宰"。他可能也没有想到自己后来竟会成为当时美国小说界的"主干"。

二、空前绝后的故事体

打开小说，重温经典，让我们一同跳进旧时光里的树洞，进入马克·吐温笔下的奇异世界，漫溯密西西比河，随着《哈克贝利·费恩历险记》的主人公哈克一同去冒险！

波光粼粼的密西西比河，也许早已成了每一个读过《哈克贝利·费恩历险记》的读者心中那条蜿蜒流淌着自由和平等气息的大河。阳光洒落的时候，它闪烁着的不仅是哈克的童真与善良，也是你我童年往事里那些令人莞尔的片刻点滴。当清风拂过，它在微波的褶皱里颤漾着的不仅是吉姆那颗向往自由和逃离奴役的决心，也是你我长大成人后坠入社会这张无形蛛网时对束缚和压抑的奋力抗争。也可以说，成长后未必尽是精彩，失去的也未必都无意义。

在英国作家狄更斯笔下，密西西比河是一条"流着泥浆"的浊流①，马克·吐温也在这部小说中坦言它是一条"old regular Muddy"②，但是在

① Charles Dickens，*American Notes and Pictures from Italy*，Vol.20，*The Works of Charles Dickens in Thirty Volumes*. New York：P. F. Collier and Son，1900，pp. 186-188. 原文为 "An enormous ditch，sometimes two or three miles wide，running liquid mud，six miles an hour：its strong and frothy current choked and obstructed everywhere by huge logs and whole forest trees…"

② Mark Twain，*The Adventures of Huckleberry Finn*，London：Penguin English Library，1884，p. 103. 原文为"When it was daylight，here was the clear Ohio water in shore，sure enough，and outside was the old regular Muddy！"

内心深处，他一定羡慕着哈克，想象着自己也能撑一支木筏，在那条因理想而熠熠生辉的河流上自由梭往于童年与成年、想象与现实和个人与社会之间。

马克·吐温撷取了他少年时期的美好记忆，陆续创作了《汤姆·索亚历险记》、《密西西比河上的生活》(Life on the Mississippi，1883)和《哈克贝利·费恩历险记》。这三本书可以说是一部巨著的三个部分，"从第三部小说的角度来看，这三部书都具有毋庸置疑的深度和深层的意义"[①]。海明威曾把《哈克贝利·费恩历险记》称为"美国小说的源头活水（headwater）"[②]，认为"所有美国写作都来自这部小说"[③]，威廉·福克纳则将马克·吐温称为美国现代小说之父，并认为"他是第一位真正的美国作家，我们都是继承他而来。"[④]T. S. 艾略特也曾评论道，"《哈克贝利·费恩历险记》在英美两国开创了新文风，是英语的新发现。可以说，哈克的形象是永恒的，堪与《奥德赛》《浮士德》《堂·吉诃德》《唐璜》和《哈姆雷特》等名作中的典型相媲美。"[⑤]从以上三位诺贝尔文学奖得主不约而同的溢美之词中，我们可以领略到马克·吐温和他的《哈克贝利·费恩历险记》在美国文学经典中占有的独尊地位。

小说故事发生在 19 世纪南北战争以前，主要围绕哈克的四次冒险经

① Robert E. Spiller, *The Cycle of American Literature*：*An Essay in Historical Criticism*，New York：The Free Press，1967，p. 117.

② J. D. McClatchy, *American Writers at Home*，New York：Vendome Press，2004，p. 28.

③ Ernest Hemingway, *The Green Hills of Africa*，New York：Charles Scribner's Sons，1935，p. 29. 原文很经典，故抄录在此："All modern American literature comes from one book by Mark Twain called *Huckleberry Finn*... It's the best book we've had. All American writing comes from that."

④ Robert A. Jelliffe, *Faulkner at Nagano*，Tokyo：Kenkyusha，1956，p. 88. 原文为"the father of American literature from whom all succeeding American writers have inherited."

⑤ T. S. Eliot, *Introduction to Huckleberry Finn*，London：Cresset Press，1950，pp. vii-xvi. 原文为"This is a style which at the period，whether in America or in England，was an innovation，a new discovery in the English Language...So we come to see Huck himself in the end as one of the permanent symbolic figures of fiction；not worthy to take a place with *Ulysses*，*Faust*，*Don Quixote*，*Don Juan*，*Hamlet* and other great discoveries that man has made about himself."

历而展开。小说的前七章写的是哈克的个人历险。作者从哈克讨厌道格拉斯寡妇、沃森小姐和学校的教育写起，再到他与无赖酒鬼父亲的周旋，最后写他利用自己的聪明智慧，佯装死亡而成功摆脱父亲。第二次历险则从第八章开始，哈克与黑奴吉姆相遇，遂与其相依为命，帮助他逃脱被人发现和逮捕的厄运。在小说的第十九章，哈克与吉姆遇上自称是国王和公爵的两个流浪汉，随后四人一同开启冒险之旅，这是小说的故事核心。在这一段历险中，马克·吐温极尽幽默和讽刺之能事，向读者淋漓尽致地描绘了密西西比河岸上的风土人情和社会现状。最后，调皮的汤姆在小说的第三十三章中坐着马车登场，与哈克一同营救被关在小黑屋中的吉姆，上演了一场充满孩童乐趣的搞怪戏码。故事结尾如中国的传统戏剧，团圆、温馨而又美好，吉姆重获自由，小说画上了圆满的句号。

这部小说通常被看作《汤姆·索亚历险记》的姊妹篇，尽管仍延续着作者的诙谐妙语与幽默机智，但与后者不同的是，它不仅多了一层作者对教育和奴隶制的批判，更有对人性的思考——当你周围的人，甚至当整个社会都认为做某件事是违背常理、不符利益的时候，你还会选择逆流而上，坚持自己的本心，去做你认为正确、善良和正义的事吗？哈克在帮助吉姆逃跑中几次流露出矛盾的心理活动，让我们看到了一个十三四岁的孩子内心对当时社会实行奴隶制的困惑和苦恼，但每一次挣扎过后，他都会选择站在正义一边，向吉姆伸出援助之手。

马克·吐温一改《汤姆·索亚历险记》中的第三人称视角，在《哈克贝利·费恩历险记》中使用第一人称来叙写这个孩童眼中的世界。他无拘无束，充满童真，不受所谓"文明"的管教。他善良勇敢、机警聪敏，始终保持着一颗明亮通透的心。这会让当下的一些年轻人想起在匆匆告别童年时背诵的那几句诗：

迷路的只是眼睛，
清醒的总是脚板。

留住童年，

留住一份勇气和果敢。①

　　随着年龄的增长，知识和阅历愈发丰富，我们发现，很多人学会了趋利避害，却忘掉了义无反顾，学会了何为礼义廉耻，却失掉了一颗坚守和践行的心。哈克是孩子的英雄，是使成人羞愧的镜子。

　　当然，吐温的作品虽然多有对黑奴制度的深刻揭示和深恶痛绝，尽管他成年之后才逐渐体悟到。在《哈克贝利·费恩历险记》中，主人公哈克成了救黑人于水火的英雄。对黑人的关注与同情，使马克·吐温成了较早受到爱戴的美国作家。但这里还要强调一个重要事实：正是一些所谓的站在文明高地上俯视非洲人的白人，才把自由的非洲黑人变成了美国这个文明国度的奴隶。

三、独树一帜的美国风

　　T. S. 艾略特、海明威和福克纳等美国大文豪都认为《哈克贝利·费恩历险记》是美国最好的小说，但实际上很少有学者仔细思考过，究竟是什么原因使其获此殊荣。实际上，完全美国化的背景、地道的美国英语和彻头彻尾的美国价值观都开创了美国小说风气之先。"故事发生在彻底美国化了的背景，在美国的腹地，而不是让人联想到欧洲的东海岸的某个城镇。"②《〈哈克贝利·费恩历险记〉解读》的作者克劳迪娅·德斯特·约翰逊（Claudia Durst Johnson）就认识到了其中一点。

---

① 潞潞：《中学生朗诵诗选》，太原：书海出版社，1999 年，第 36 页。该诗句出自当代作家钱万成的《留住童年》，原诗为：摘下这片树叶/珍藏起一个不老的春天/诗会从此常绿/直到永远永远/童年没有遗憾/失落的往事是缤纷的花瓣/风中飘来风中飘去/芳香在生命中弥漫/挡在前面的是山/踏在脚下的也是山/迷路的只是眼睛/清醒的总是脚板/留住童年/留住一份勇气和果敢/如果前面是一片海/那就做一条乘风破浪的船。

② 克劳迪娅·德斯特·约翰逊：《〈哈克贝利·费恩历险记〉解读》，北京：中国人民大学出版社，2008 年，第 xiv 页。

当然，马克·吐温这部小说中除了一波三折，令人捧腹的有趣情节和引人深思、发人深省的命题外，还有一个显著特点是作者对丰富的美国英语特别是美国方言的运用。马克·吐温曾坦言，《哈克贝利·费恩历险记》中包含了密苏里州黑人方言、西南边陲林区土语、派克县方言及其四种变体。① 这些方言在撰写本书时并非胡编乱造，而是在熟悉这些方言的朋友的指导和帮助下，作者忠实记录的结果。马克·吐温用笔将他独特的美国式幽默穿针引线于那些地道的英语表达和方言之中，赋予了小说中每个人物以独特的说话方式和栩栩如生的性格特征，让读者在阅读过程中享受到语言的独特乐趣。

此前，美国著名作家库珀、爱默生、霍桑、爱伦·坡、梭罗以及麦尔维尔都是用传统的规范的书面语进行写作，而马克·吐温却大胆采用口语和方言进行创作，"在《哈克贝里·费恩历险记》中可以辨认出三种方言，其中密苏里州派克县的方言又根据受文化程度、地理条件、社会阶层等，再分为四种口音"②。马克·吐温不是单纯地模仿日常生活用语，也不是机械地记录各地方言，而是通过加工改造，凝练出一种更适用于文学表达的独特用语。艾略特曾说：

> （马克·吐温在这部小说中）发现了一种新的写作方法，不仅适合他本人，而且适合其他人，是一切文学里少见的作家之一。因此，我甚至要把他和德莱顿和斯威夫特相提并论，这些少见的作家更新了自己的语言，"纯洁了本民族的方言。"③

---

① Mark Twain，*The Adventures of Huckleberry Finn*，Berkeley，CA：University of California Press，2003. 原文为"In this book，a number of dialects are used，to wit：the Missouri negro dialect；the extremest form of the backwoods South-Western dialect；the ordinary 'Pike-County' dialect；and four modified versions of this last."这段话是作者在该书前言中做的解释与说明，无页码。

② 钱青：《马克·吐温与〈哈克贝利·费恩历险记〉》，《外国文学》，1993年第3期，第89页。

③ Mark Twain，*Adventures of Huckleberry Finn*，Susan K. Harris，ed.，Boston，MA：Houghton Mifflin Company，2000，p. 344.

马克·吐温这种口语化的语言风格为美国文学实现了具有历史意义的突破，将其从一直依附于英国文学的传统桎梏中解放了出来，为后来的美国文学家们提供了更加鲜活、更具本土特色和更富表达力的文学用语，为这个独立的民族提供了属于自己的思想载体。在这之后，我们发现不论是斯蒂芬·克莱恩、舍伍德·安德森、辛克莱·刘易斯，还是在福克纳和海明威身上，都可以看到"那样一种口语运用自如和省去下义词及从句以求简洁明了的风格，我们可以确信这就是马克·吐温的语言"①。这话是非常切中肯綮的。

确实，美国主流文学中的小说一族是从对英国小说的模仿开始的，但一代代美国小说家不遗余力地致力于本土小说的发展，从欧文、库珀到爱伦·坡、霍桑、麦尔维尔，一直到马克·吐温，终于让人们看到了真正的具有美国气派的小说。从创作题材到文体风格以及具体的写作语言等各方面，美国小说终于完全摆脱了英国小说的羁绊，实现了独立，形成了完全属于美国地方特色和民族气派的小说传统。著名辞典编纂家韦伯斯特曾说："美国必须像在政治上获得独立一样，在文学上也要谋求自主，它的艺术必须像它的武器一样，也要闻名于世。"②这表达了许多美国文人的心声。当然，美国本土小说作为美国文学发展的重要组成部分，其发展和独立有一个迂回曲折的过程，几代小说家前仆后继，为这一发展做出了重要贡献。D. H. 劳伦斯曾在《美国古典文学研究》(*Studies in Classic American Literature*，1953)中指出："这种旧式的美国艺术语言，具有一种属于美洲大陆而不属于其他任何地方的异国素质。"③这个评价从一定程度上充分肯定了一些早期美国作品中的本土特色。

19 世纪上半叶，美国逐步进入了一个相对稳定、和平的环境，尤其是

---

① Mark *Twain*，*Critical Assessments*，*Volume* Ⅳ，Stuart Hutchinson，ed.，New York：Routledge，1993，p. 320.

② Richard Ruland and Malcolm Bradbury，*From Puritanism to Postmodernism*：*A History of American Literature*，London：Routledge，1991，p. 3.

③ 兰·乌斯比：《美国小说五十讲》，肖安溥等译，成都：四川人民出版社，1985 年，《导言》第 3 页。

在 1830 至 1855 年。这种和平稳定的社会政治经济环境给艺术家的艺术创作提供了必要的前提和基础。小说家们有更多的时间来审视社会，寻找素材，探求创作理念。这一时期，美国小说较之英国小说，无疑更注重思辨而非现实。英国小说家主要描写风土人情和社会变革，而美国的小说家们则是在深思熟虑地探求美国人民所喜闻乐见的文学形式，孜孜不倦地尝试新的文学样式，实践新的文学理论。在这一过程中，黑人性（blackness）以及其他族裔作家作品也对之产生了难以估量的影响。但不管是黑人作家，还是爱伦·坡、霍桑和麦尔维尔，他们的作品虽说已经在很大程度上具有了美国民族气派，从创作手法和作品结构上不再是生搬硬套英国小说的模式，但是他们都未能从根本上、从灵魂深处摆脱英国传统小说的桎梏，这主要是因为他们在派头上还是英国绅士式的。正如海明威所言："他们都是绅士或相当绅士……他们不用人们常用的口头语言，活的语言。"①而马克·吐温则不然，他"象征着美国精神的多样性、广泛性和力量所在"。② 其作品具有鲜明的地方特色，而大量地方性口语的运用又使作品取得了生动诙谐的效果。正是以这种崭新的活力和美利坚的民族气派冲入了世界文坛，为美国小说打上了鲜明的"山姆大叔"的字样，不再是对英国小说那种温文尔雅风格的模仿。马丁·戴尹曾在《美国文学手册》中称赞马克·吐温是第一位摆脱了欧洲散文传统的，完全"美国式"的散文大师。这是对马克·吐温在小说美学和美国小说独立之路上所取得的成就的充分肯定。马克·吐温身上具备 T. S. 艾略特所认为的"在民族文学发展过程中能够代表一个时代的作家都应兼备的两种特征：突出地表现出来的地方色彩和作品的自在的普遍意义"③。此后，美国的小说创作不再受到任何羁绊，真正自由驰骋在了世界文学的广袤之林。

进入 20 世纪，美国小说受多元文化影响的传统仍在延伸。两次世界

---

① 董衡巽：《美国现代小说家论》，北京：中国社会科学出版社，1987 年，第 97 页。

② 马库斯·坎利夫：《美国的文学》，方杰译，香港：今日世界出版社，1975 年，第 120 页。

③ T. S. 艾略特：《美国文学和美国语言》，载王春元、钱中文主编《美国作家论文学》，刘保端等译，北京：生活·读书·新知三联书店，1984 年，第 201 页。

大战期间，美国小说进入了一个异彩纷呈的空前发展阶段，呈现出从未达到的高度和勃勃生机。许多小说家沿袭了马克·吐温把乡言、土语融入小说的创作手法，纷纷把各种不同行业的民间文化、俚语和行话融入正规的文学创作。小说的题材扩大了，生活的方方面面都写进了小说，正如亨利·詹姆斯在《小说的艺术》(*The Art of Fiction*，1884)中指出的，小说已将"笔触伸向了任何地方"[①]。同时，美国小说在世界文坛中的地位也不断攀升。1930年，辛克莱·刘易斯荣获诺贝尔文学奖，成为美国历史上获此殊荣的第一人。此后，尤金·奥尼尔、赛珍珠、威廉·福克纳、欧内斯特·海明威、约翰·斯坦贝克、索尔·贝娄、约瑟夫·布罗茨基、托尼·莫里森和鲍勃·迪伦先后获得诺贝尔文学奖，其中除了一位剧作家和两位诗人，其他都是小说家，这一无可雄辩的事实说明了20世纪美国小说家在世界说坛中的地位。美国的小说家们在小说创作上大都"绝不拘泥于传统的现实主义和浪漫主义，也决不盲从任何一个现代主义流派。正是这种创新精神，使他们在理论与实践上都突破了传统的小说美学，也使美国小说登上了现代小说美学创作的巅峰"[②]。

四、不同凡响的连理枝

马克·吐温的一生不乏浪漫和传奇。他1835年出生，4岁随家人一起移居汉尼拔镇，12岁时父亲因肺炎去世，14岁时便辍学，小小年纪就不得不出去做活挣钱，以补贴家用，但他立志以后要当作家，所以15岁便到报社打工，其间还做过报馆学徒，当过领航员，干过采矿员，17岁时，已经见识了外面的缤纷世界，打下了很好的写作基础，积累了丰厚的创作素材，到了27岁，已经给报社短篇专栏撰稿，小有名气。此后他创作了不少佳作，但真正使他渐入佳境、步入人生巅峰的是在他步入婚姻的殿堂之后。

[①] 马库斯·坎利夫：《美国的文学》，方杰译，香港：今日世界出版社，1975年，第161页。
[②] 朱振武：《论海明威小说的美学创造》，《上海大学学报》(社会科学版)，2001年第4期，第5页。

1870 年 2 月，马克·吐温与好友的妹妹，那个自己心仪已久的姑娘奥莉维亚在纽约州的埃尔米拉城喜结连理，开始了他们长达 34 年情深意笃的婚姻生活。由于婚后头几个月，家中不断有人去世，马克·吐温便于 1871 年底举家迁往康涅狄格州哈特福德市的诺克农庄，并在哈特福德市精心建造了一座漂亮的豪华宅邸，从此开始了他人生的黄金时代。

那是 1869 年 7 月，马克·吐温的《傻子国外旅行记》(*The Innocent Abroad*，1869)出版，这给当时沉闷的美国书市带来了一股生气。这本一年内销数高达 10 万余册的畅销书给作者每个月带来了 1200 元到 1500 元的高额收入，再加上妻子奥莉维亚继承的一笔遗产，马克·吐温得以搬离纽约州布法罗这个他觉得缺少魅力的城市，为爱妻寻觅一个温馨的家，也使自己得以放弃新闻工作，全身心地投入到文学创作之中。就这样，马克·吐温挈妇将雏，来到了哈特福德。1868 年，马克·吐温第一次到康涅狄格州的首府哈特福德市时就说，这是他所见过的最妩媚、最让人流连的小城。他此言确实不虚。哈特福德市街道上奇光异彩，富丽堂皇，到处是一派繁华景象，但人们不感到喧嚣，反而觉得静谧，这可能与小城勃勃的绿意密不可分。宽阔笔直的街道两旁，耸立着一幢幢高大宽敞的私邸，一般占地都有一英亩左右，相隔距离为 50 到 200 码。房屋周围绿树成荫，保证了户与户之间的私人距离，而沿街的绿树又把街市上的噪声同两侧的私邸隔离开来。这里到处是浓密的树林、五彩缤纷的花坛和翠绿的灌木丛，是闹中取静的好去处，这一下子吸引了这位一直浪迹天涯的作家。他跟妻子说，真是耳听为虚，眼见为实，他看中了这个"世内桃源"。于是马克·吐温便在秀美的法明顿大街上购置了一块地皮，作为房基地，并在 1873 年开始动工建造这座后来吸引着世界无数骚客游人的宅邸。这套共有 19 间房的豪宅，耗资颇巨，仅一套家具就价值 3 万多美元，这对当时一般美国人来说可是个天文数字。这套房子设计别具一格，一时成为最轰动的名人趣闻。马克·吐温后来的 12 部著作，包括《汤姆·索亚历险记》《哈克贝利·费恩历险记》，以及《王子与贫儿》(*The Prince and the Pauper*，1881)、《密西西比河上的生活》《康州美国佬在亚瑟王朝》等，都是在这里完成的。看来,这套宅邸确实给马克·吐温提供了不尽的灵感。

1909年,马克·吐温似乎有什么预感,他在感叹无尽神秘的浩渺宇宙时说出了这样一段话:

> 1835年,我与哈雷彗星一同来。明年,它又将出现,我希望能随它离去。若是我不能与哈雷彗星一同离去,这必将成为我人生中最大的憾事。毫无疑问,上帝已经发话了:"这两个莫名其妙的怪物,既然他们一起来,那他们就得一起离去。"①

1910年4月19日,彗星闪耀苍穹。1910年4月21日,马克·吐温因心脏病溘然离世。诚如福克纳所言,马克·吐温是"我们所有人的祖父"②。他独具艺术魅力的语言风格、亦庄亦谐的幽默文风以及深厚广博的人文关怀对美国现代文学的繁荣和发展起到了不可估量的推动作用。

柏拉图临终时说:"男人一辈子应该做到四件事:种一棵树,生一个儿子,写一本书,造一幢房子。"这四件事,马克·吐温生前差不多都做到了,可惜他唯一的儿子出生不到两年即不幸夭折,这也许是这个大文豪唯一的人生憾事吧。但能写出《哈克贝利·费恩历险记》这样光耀世界说坛的作品,登上美国文学乃至世界文学经典的高峰,影响了美国文学的走向及世界各地的无数读者,马克·吐温又何憾之有呢!

---

① Albert Bigelow Paine,*Mark Twain*,*A Biography*:*The Personal and Literary Life of Samuel Langhorne Clemens*,New York:Harper & Bros,1912,Chapter 282.

② J. R. LeMaster and James Darrell Wilson,eds. *The Mark Twain Encyclopedia*,New York:Routledge,1993,p. 9.

《失落的秘符》：寻觅失落的寓意

　　《达·芬奇密码》面世后，作者丹·布朗一举成名天下知，此前创作的三部小说也很快销售一空，一时洛阳纸贵。但作者并没有很快推出他的第五部长篇小说，而是闭门谢客，深居简出，反复打磨润饰他的《失落的秘符》。2011 年 12 月，这部小说的英文版连同其汉语、法语、日语、俄语等多个外语译本，在全球同步上市。这部在《达·芬奇密码》之后六年隆重推出的小说究竟有何看点，个中秘符到底是怎么回事，吸引人的深层原因究竟是什么呢？

　　因文化悬疑小说《达·芬奇密码》而红遍全球的美国作家丹·布朗历经六年案头研究和精心构思，终于在 2009 年 9 月 15 日推出了自己的最新力作《失落的秘符》(*The Lost Symbol*，原名曾为 *The Solemn Key*，《所罗门钥匙》)。自从 2010 年春季该书即将出版的消息发布以来，《失落的秘符》便成了各大网络书店预购榜单上的热门书籍。小说仍由美国兰登书屋旗下的双日出版集团出版，首印 650 万册(美国版 500 万册，英国版 150 万册)，创下了兰登书屋首印的历史最高纪录。首卖当天，《失落的秘符》的精装版和电子版便在美国、英国和加拿大卖出了 100 万册，《纽约时报》《洛杉矶时报》(*Los Angeles Times*)、《新闻周刊》(*Newsweek*) 等全球各大新闻媒体也提前纷纷刊出报道，其新书销售的火爆程度和读者们的热情期待再一次预示了全球解码热潮的到来。

　　《失落的秘符》是丹·布朗的第五部小说，此前创作的《达·芬奇密码》《数字城堡》《天使与魔鬼》和《骗局》都以其扣人心弦的叙事节奏、惊险刺激的故事情节和亦真亦幻的多元文化历史背景赢得了世界各国读者的喜爱。这一次,丹·布朗再次以其独有的叙事艺术为遍及全球的布朗迷们奉上了一顿文化悬疑盛宴。

　　《失落的秘符》仍以《达·芬奇密码》中的主人公哈佛大学符号学教授罗伯特·兰登为主角,讲述了一个在 12 小时内为解救人质而探寻"共济会"古老秘密的冒险经历。小说甫一开篇就是罗伯特·兰登受其好友兼导师彼得·所罗门之邀,赶往美国国会大厦的雕塑厅发表演讲。然而,在抵达目的地之后,他发现那里根本就没有听众,反倒是在隔壁的圆形大厅里看到了彼得·所罗门的一只断手,手指上刺着五个奇特的文身,正向上指着大厅上的穹顶壁画——《华盛顿成圣》(Apotheosis of Washington)。原来这一切都是一个名叫迈拉克的神秘人物预先设计好的圈套,目的是引诱罗伯特·兰登来到华盛顿,好借助他广博的学识来找出共济会长久以来隐藏的"古代奥义",以此获得无限的力量。兰登必须答应合作,否则他的好友彼得·所罗门,这位共济会高阶会员,就会有生命危险。根据文身符号的提示,兰登等人在国会大厦的地下室里发现了共济会金字塔,并由此开始了奔波于华盛顿各大历史建筑和博物馆的惊险解密过程。兰登与彼得·所罗门的妹妹凯瑟琳·所罗门博士——在史密森博物馆支持中心进行人类意念及其潜能研究的意念科学专家——携手合作,在彼得的共济会好友和中情局的帮助下,与幕后黑手展开了智慧与勇气的较量。故事在寻找古代奥义的过程中,也逐渐为读者展露了一个在人类文明中长久存在却又为人们所忽略的真理。

　　《失落的秘符》虽说是丹·布朗继《达·芬奇密码》之后重磅推出的续作,但从其主题意义上来看却更像是《天使与魔鬼》的延续。丹·布朗在接受美国《今日播报》节目专访时也曾坦言其创作灵感更多的是来源于《天使与魔鬼》。《失落的秘符》其实是对科学与宗教两者关系的进一步阐述,是对人性与神性这一在传统观念中认为是二元对立的问题的更加深层思索。丹·布朗的小说虽是以惊悚悬疑著称,但其故事之中又总是蕴含着极为深刻的哲理和象征意义。《达·芬奇密码》是在艺术作品中找寻宗教里的古老真相，《天使与魔鬼》则探讨了科学与宗教的关系，而在《失落的秘符》中，丹·布朗再一次借用艺术、科学和宗教去探索人类的力量之源。故事的开始正是起因于野心勃勃的对手想通过寻找"失落的秘符"来揭开远古的秘密，并获取超越人类自身的神力。而选择华盛顿作为此次小说的故事背景也是为了与主题呼应，有着严肃的喻义。丹·布朗在回答是哪一点吸引了他将华盛顿写入小说时说道："我对权力很感兴趣，特别是隐藏的权力。影子权力。美国国家安全局，美国国家测绘局，主业会。每件事的发生都有着我们未能完全看见的原因。"①的确，作为美国权力之都的华盛顿，再也没有哪个地方能如此恰如其分地成为力量与权力的代表，正如巴黎之于艺术，梵蒂冈之于宗教。此外，在小说中颇为引人注目的共济会与意念科学，此次也作为权力与力量的象征，代表着宗教与科学这两把所罗门钥匙，共同开启了人类历史文明中所隐藏的智慧宝藏。

共济会，英文字面意为"自由石工"（Free-Mason，全称为 Free and Accepted Masons），是当今世界上最为庞大的兄弟会秘密组织，秉承"自由、平等、友爱"的思想，汇集着世界上信奉诸神的各类宗教人士。共济会起源悠久，近代共济会则建立于 18 世纪早期的英国。如今全球约有 600 万共济会会员，在美国就有近 400 万的会员，世上许多政治、经济、文化上的著名人士都是共济会成员，乔治·华盛顿、富兰克林·罗斯福等多位美国总统也都是其成员。这样一个由世界精英组成的庞大组织，其蕴藏的巨大力量，其隐秘的影子权力，对人类世界的发展和变化都有着不容忽视的巨大影响。在小说中，共济会被设计成了一个拥有"古代奥义"的强大组织。为了使人类智慧之源的"古代奥义"免于湮没于世，共济会的先贤们将这些历代累积的智慧宝藏秘密转移到了美国这片自由的土地上，并建造了一个极难攻克的堡垒——一座神秘的金字塔——来保护这些古代奥义。谁能够找到共济会金字塔并破解其中的层层密码，谁就能够找到

① 参见 https://quotefancy.com/quote/1018543/Dan-Brown-I-m-fascinated-by-power-especially-veiled-power-Shadow-power-The-National.html.

"失落的秘符"的埋藏之所，获取古代奥义并由此得到无限的超人神力。为了找出这个"失落的秘符"，也为了揭开远古的智慧之谜，兰登在解读各类符号和象征的同时，也不断地思索起了一系列颇具哲学思辨意味的问题：宗教的存在有何意义？人有没有可能获得神力？人与神、科学与宗教究竟是怎样的关系？而作者也借彼得·所罗门这一虚构的共济会高阶会员和共济会这个宗教性极为浓厚的组织对宗教与人、人与神的关系进行了深刻的阐述。共济会这个组织最为吸引人的地方之一便是其宗教信仰的无差别，只要是有神论者，不论是基督教徒、天主教徒、犹太教徒，抑或佛教徒、印度教徒，都可以加入其中。而这也正是小说中所要表达的一个重要思想，即世界上的众多宗教其实都是关于一个真理的不同符号的表征，是对人与神两者通达的寓言性探索。人与神的唯一区别就在于人忘却了自己的神性，而失落的秘符其实是暗指人类对神作为人之无限潜能象征的忘却，在人类与上帝分离的那一刻起，蕴含在符号里的真谛也便失落了。

　　另一方面，小说又借助凯瑟琳·所罗门引出了意念科学这一新兴学科，对人的神性和自身潜能做了进一步的论证。"意念"（noetic）一词派生于古希腊的名词 nous，大意为"内在知识"或"直觉意识"。从广义上来说，意念科学是对人类意识的本质和潜能的研究，探索的是人脑的"内在宇宙"，包括意识、灵魂和精神及其与物质世界"外在宇宙"的联系。加利福尼亚的意念科学研究所则将这门科学定义为"直接并即刻获取超越正常感知和理性力量的知识"的人类研究。在小说中，作者借凯瑟琳所做的各种实验对意念科学进行了大段的描述。凯瑟琳发现思想会影响外部世界，"聚集的思想"几乎能影响所有的外部事物，比如植物的生长速度、鱼在水缸中游泳的方向、细胞在培养器皿中的分裂方式以及在人自身发生的化学反应。意念学科虽然听起来新潮，但在凯瑟琳·所罗门的眼里其实是世上最古老的一门学科——对人类思维意念的研究。早期的古代典籍和当今的科学实验都证明，人类的心智，只要正确运用，就能产生出真正的超人之力。此外，小说还对现实中意念科学的一个重大发现进行了描述。科学家们发现,"9·11"这类恐怖袭击事件的发生会使人类产生共同的悲恸之情,并对"随机事件发生器"产生影响,梳理随机应变量,化紊乱为有序。简单说来,人类意念的共同聚合能使世界产生翻天覆地的变化。这种人类意念上"合众为一"的大胆科学创思恰好与共济会的格言"变混沌为有序"不谋而合。这里,意念科学与众多宗教教义共同为读者揭示了一个古老的真理,即神是人类无限潜能的象征,人有获得神力的潜能,人的心智才是真正的智慧财富所在。只要认识到这一点,人们就能获得不尽的力量,就会充满信心,坚定信念,看到改变未来的希望。

除了曲折动人的故事情节和丰富深刻的主题意蕴,《失落的秘符》一如丹·布朗的前几部小说,不仅保持了节奏紧张的叙事模式,同时还加入了诸多新颖的历史文化要素,提供了全新的阅读视角,给读者带来了醋畅淋漓、意犹未尽的审美效果。小说虽有500余页,但整个冒险经历却只是发生在短短的12个小时内,谜团的接连出现,场景的频繁更换以及危机的逐渐逼近,使整个故事在变幻的时空交错中悬念迭出,令人难以释卷。《洛杉矶时报》说,这本书"惊悚、有趣,感觉就像是在坐过山车"[①],纽约的《每日新闻报》也称赞说"非常惊悚,绝对地引人入胜"[②]。引人入胜的还有别开生面的华盛顿神秘之旅。华盛顿虽然不像艺术之都巴黎和宗教圣地梵蒂冈那样有着悠久的历史,但也有其独具魅力的文化,尤其是透过符号学专家罗伯特·兰登那富有怀疑精神的眼光,平常所见的各处场所也都显现出了别具风味的崭新寓意。这一次的共济会朝圣之旅包括了华盛顿的众多著名建筑,如美国国会大厦、美国国会图书馆、美国国家植物园、华盛顿国家大教堂、华盛顿纪念碑和中央情报局总部等。读者除了能随着情节游历美国首府的各大旅游景点之外,同时还可借着兰登教授的独

① Nick Owchar,"The Lost Symbol", *Los Angeles Times*,September 14,2009,https://www.latimes.com/entertainment/la-et-lost-symbol14-2009sep14-story.html.

② Sherryl Connelly,"Dan Brown's Much-Anticipated *The Lost Symbol* Is a Hair-Raising, Fun Ride", *New York Daily News*,September 14,2009,https://www.nydailynews.com/entertainment/music-arts/dan-brown-much-anticipated-lost-symbol-hair-raising-fun-ride-article-1.405207.html.

特视角重新审视美国的历史,并学会以另一种思维来理解我们身边习以为常的世界。这种对传统文化的解构与重建,对历史人物事件的全新诠释,正是丹·布朗小说让读者痴迷沉醉、欲罢不能的魅力所在。

丹·布朗小说的畅销说明了他绝对是个讲故事的好手,这与他的小说创作理念是有着密不可分的关系。他认为小说就是故事机器,目的就是要把读者们包裹在故事里,然后让他们全部读完。丹·布朗在设计这一部新的故事机器时可谓是煞费苦心,他仍借鉴了许多通俗小说的流行元素,如侦探、恐怖、谋杀、悬疑等,对古代神秘主义的提及与探索更使全书充满了引人遐思的玄秘色彩;此外,他又灵活运用了后现代小说的多种创作手法,对共济会的发展和华盛顿建都史的描述上采用了颠覆及改造的桥段,对众多宗教教义则运用了反传统的手法重新进行解读,在解密共济会金字塔时则借用了迷宫手法穿插密码图符和多学科知识,为故事的叙述增添了互文性、游戏性和多元性。丹·布朗的小说在很大限度上打破了通俗小说和严肃小说的界限,消除了通俗艺术和高雅艺术之间的对立,雅俗相融,为读者带来了广阔深远的审美体验。丹·布朗几部小说的畅销还带来了一系列其他艺术作品的衍生。《达·芬奇密码》和《天使与魔鬼》已由哥伦比亚电影公司改编成同名电影分别于 2006 年和 2009 年全球上映,均取得了不俗的票房成绩。据美国《综艺》杂志报道,《失落的秘符》不日也将改编成电影。① 丹·布朗小说独有的艺术魅力和思想蕴含,使其脱离了通俗读物的范畴,逐渐转变成为一种文化潮流。

丹·布朗小说的成功也证明了他绝不是个只会讲故事的人。他的作品总是在曲折离奇的故事情节中表现出对文化问题的深层认识,探讨着当下社会中的诸多疑团,关心着后工业时代人们的生活现状,流露出了深厚的人文关怀。其处女作《数字城堡》就借与当今人们日常生活密切相关

① 2019 年,美国全国广播公司(National Broadcasting Company)宣布拿下丹·布朗小说《失落的秘符》的改编版权,计划将其改编为网剧《兰登》(Langdon),由编剧丹尼尔·塞罗内(Daniel Cerone)负责执笔改编,计划于 2021 年上映(截至 2021 年 5 月,网上仅有部分视频片段)。

的高科技探讨了公民隐私与国家安全之间的矛盾；《天使与魔鬼》在反物质失窃和教皇选举的重大事件中对科学与宗教、人性与神性、善与恶这些二元对立的概念进行了哲学思辨；《骗局》以美国总统大选为背景，关注政治道德、国家安全与高科技之间的矛盾；《达·芬奇密码》则在艺术与宗教交织的谜团中探索古老的宗教悬案。而这一次，就在经济危机席卷全球的社会环境之中，就在人类因自身渺小而恐慌的历史时刻，《失落的秘符》借用了宗教和科学这两把智慧钥匙，在人类历史文明的长河之中找寻起了人类社会发展进步的力量之源，为沮丧的人们重新掇拾起了失落的信心。

《地狱》：伦理之思与善恶之辩

  《地狱》算得上《失落的秘符》的姊妹篇，因为二者都是作者围绕人类未来所做的探究。《失落的秘符》是从宗教与科学的角度探讨人性与神性的共通性，而《地狱》却从当下人口问题出发对人类的未来和命运做了完全不同的推测。人口危机必将导致资源危机、粮食危机和生态危机。丹·布朗敏锐地观察到这种对人类未来生存状况的焦虑，并将这一焦虑融入自己的小说创作中。

  与同时代的畅销书作家如 J. K. 罗琳和斯蒂芬·金等相比，丹·布朗更侧重于挖掘后工业时代里人们所有的一种集体无意识的焦虑感。他将严肃文学的主题成功地寓于通俗小说的形式之中，让读者在获得阅读快感的同时，又能获得严肃主题带来的审美体验。继《失落的秘符》之后，丹·布朗经过四年的不辍笔耕，终于在 2013 年 5 月 14 日推出他的第六部小说《地狱》。这次，布朗将读者带入文艺复兴重镇——佛罗伦萨，在那里展开一场紧张刺激的冒险经历。小说还未上市便登上各大书店的预售榜。在英国，该小说的预购数就超过 J. K. 罗琳《偶发空缺》(*The Casual Vacancy*, 2012)所创下的纪录。英国《卫报》(*The Guardian*)称，"《地狱》将会是今年最热卖的图书。"《每日邮报》(*Daily Mail*)评论员称："尽管我觉得这部小说从头到尾都不靠谱，但我一读就会上瘾。"在美国，该小说在首发当日便轻松登上《纽约时报》小说类畅销榜榜首。《华盛顿邮报》(*The Washington Post*)认为，布朗在《地狱》中将"惊险的情节、奇怪的坏人及史实般的背景三者交融的艺术发挥至完美"①,而《洛杉矶时报》则认为"该小说和《达·芬奇密码》一样寓教于乐"②。

《地狱》仍以美国哈佛大学符号学教授罗伯特·兰登为主角,讲述他在意大利为化解一场即将来临的瘟疫而探寻《神曲》里蛛丝马迹的冒险经历。一位有着绿色眼睛且对但丁狂热崇拜的基因科学家伯特兰发明了一种名为"地狱"的病毒,用以解决当下人口过剩问题。在被一群来历不明的人追捕过程中,他跳塔自杀,而"地狱"却下落不明。如果未能及时找到它,类似于黑死病的瘟疫将再次横扫欧洲,将人间变为地狱。世界卫生组织主任伊丽莎白找到兰登,要求他尽快破解伯特兰生前留下的线索。兰登来到佛罗伦萨,在那里遇到了神秘组织"大联盟"的阻挠,险些丧命。失忆后的兰登在智商高达208的女医生西恩纳的帮助下,踏上了一条关乎人类前途命运的解密之路。该小说在延续了紧张刺激的叙事节奏外,还加入许多历史文化元素,大大丰富了读者的阅读期待。英文原版小说虽有460多页,但整个解密过程同布朗的前五部小说节奏差不多一样紧凑,只不过是发生在两天之内的事情,谜团不断出现、时空交错变换以及末日危机感的步步逼近使得整部小说悬念迭起,令人难以释卷。本次的解密涉及佛罗伦萨、威尼斯以及伊斯坦布尔三个旅游名城,读者除了能够领略各城的名胜景点外,还能透过兰登符号学的解释重新审视易被忽略的平常之物。

文学作品意义的实现在于读者与本文协力进行交流的互动过程。如何使读者由被动的感知者转变成主动的文本意义建构者,成为大多数作家在创作中首要关注的问题。德国接受美学大师沃尔夫冈·伊瑟尔(Wolfgang Iser)认为,"空白"是召唤读者对文本具体化的最佳机制,读

---

① Ron Charles, "Dan Brown's *Inferno* Is Already Burning", *The Washington Post*, March 18, 2013, https://www. washingtonpost. com/news/arts-and-entertainment/wp/2013/03/18/dan-browns-inferno-is-already-burning.html.

② David L. Ulin, "Dan Brown's *Inferno* Has Heat but No Warmth", *Los Angeles Times*, May 18, 2013, https://www.latimes.com/books/la-xpm-2013-may-18-la-et-jc-dan-brown-20130518-story.html.

者在此召唤之下跃跃欲试。① 丹·布朗深谙这种"空白"的重要性,并将它置于自己的文学创作之中。可以说,布朗的每一部小说都是一部"空白"的艺术。在《地狱》中,多年的创作经验使布朗得以将这种空白艺术运用得炉火纯青,不留任何斧凿之迹。非线性叙事的采用使得小说在情节结构上留下大量空白。这种叙事方法本来是后现代派小说惯用技巧之一,它在打破那种由开头、高潮、结尾组成的叙述模式时,常把故事切割成许多碎片,造成作品结构松散混乱。但在后现代小说中,尽管存在空白,读者却很难将其填补,原因在于后现代作家刻意追求碎片化的效果,割裂碎片间的联系。而布朗则不然,他巧妙地利用空白构成悬念,激发读者弥补文本中的断裂处,从而建构一个完整的意义。由于非线性叙事的采用,布朗先前几部小说中的时空几乎都是混乱交错的,这种情况在新作有所改观。正如"大联盟"头目所说:"我们的现在由过去的决定建构。"《地狱》中过去与现在正是成因果关系。尽管布朗在过去与现在的空间里设下空白,但依循这层关系,读者在穿行《地狱》的时空迷宫,就不至于陷入混乱之中,从而能够找到自己的解密地图。

在主副线的情节设置上,作者就有意舍去过去而直接叙述现在发生的事情,造成情节空白,激发读者在阅读中寻找原因,这在兰登的主线解密上尤为明显。先前五部小说中,主角解密都遵循"接受邀请—踏上解密之路—遭遇危险—解开谜团"的套路,那么,读者在未阅读新作前便就有对上述解密套路的期待视野。新作中,作者有意打破读者这样的期待,开篇伊始就将兰登推上解密之路。周日晚上,兰登陷入昏迷之中且出现幻觉。醒来后,他发现自己竟躺在异国医院、失忆且被杀手追杀和美国使馆通缉。一切谜团都和他过去两天一夜所做有关,而自己对这一切却全然失忆。无奈之下,兰登只得在西恩纳的帮助下按照自己留下的线索踏上寻找记忆之路。格式塔心理学认为,人见到一个不完全的形时,就会激起

---

① 参见沃尔夫冈·伊瑟尔:《阅读活动——审美反应理论》,金元浦、周宁译,北京:中国社会科学出版社,1991年,第296-298页。

一种填补空白、消除未定及追求"完整"的冲动力。解密套路上空白的设置刺激读者去阅读，跟随兰登一起揭开失忆谜团，进而填补"接受邀请"这一环。这样，读者的阅读兴趣在最开始之时就被激起且被文本中的其他空白一直保持到了小说尾声。

主副线交替叙事将一个完整的主线解密过程切割成片段，使得处于不同时空或同一时空里不同人物及其行为能够并置在一起，这就打乱读者的认知和阅读过程，使其始终处于填补空白与建构意义之中。副线的加入一方面为读者填补主线空白提供必要的补充信息，另一方面由于布朗有意对一些重要信息"点到为止"，这又给读者增加新的空白，刺激读者继续阅读。小说第二章讲述兰登醒来，医生告诉他由于头部受到枪击而失忆，此时杀手赶到，在枪杀一名医生后即将对兰登下手时，该章戛然而止。第三章并没有承接上章而是转而叙述游弋在波罗的海上"大联盟"这条副线上发生的事情。这打断了读者对前章"未到顶点"向"顶点"的期待，通过"大联盟"头目的回忆，读者得知"大联盟"是受到一位神秘客户的委托才和兰登发生冲突，但同时新的空白又出现为何头目称客户为"错误的人"。第四章回到主线，险些被杀的兰登与西恩纳慌乱中上了一辆出租车，杀手在其后开枪乱射。第五章又转到副线，杀手向"大联盟"头目报告，从对话得知杀手再次失手，但杀手肯定"那个东西"在兰登身上。随后，"大联盟"里技术员检查那个"错误的人"要求上传至网络的视频。就要揭开视频内容时，第六章又回到主线故事。这样，读者可推测到"大联盟"的目的在于兰登身上的"那个东西"，进而填补主线上兰登遭追杀的原因空白。同时，该章又向读者抛出新的空白，如"那个东西"是什么、那个视频又和整个故事有何关联等。类似的在旧空白部分填补的基础又出现新空白的情况在小说中比比皆是，这样，读者的阅读兴趣就在这种一环套一环的空白中被激活且一直延续至布朗公布最终真相为止。

纵观世界文坛，几乎所有的叙事大师都偏好在其著作中留有空白，为读者创造想象的空间，吸引读者参与作品的再创造。最为典型的当属以冰川理论闻名于世的海明威。他将冰川只露出水面八分之一这一现象作为其创作理论,让读者参与建构那未提起的八分之七的空白。虽然布朗也在文本中设下大量空白,但与海明威等空白艺术大师明显不同的是,他从未离开过他的空白。他更像是一位"恶作剧导演",当读者自以为识得"庐山真面目"时,他就会从幕后突然跳出,打破读者先前的填补努力,宣布所有的建构都是枉然。这种"恶作剧"在小说中最为明显的便是确定伯特兰的追随者 FS2080 的真实身份问题。根据先前留下的诸多空白,读者差不多将 FS2080 锁定为费里斯,因为在其身上有太多的疑点。然而,出乎意料的是 FS2080 竟然是西恩纳。读者若细心阅读的话,这样的安排也并非突如其来。早在第八章中布朗就有意留下空白,即电话中医院的人说西恩纳留下的地址和住址都是假的。而在第十九章中,SRS 小组发现寓所的主人是西恩纳时,队长打电话报告上司这一发现时就说:"你不会相信这个的。"[①]这就表明西恩纳身份的特殊性。作者通过"设置空白—邀请读者填补空白—打破读者建构"的文本意义这样一波三折式的阅读体验充分地将读者参与的积极性与游戏性发挥至最大。事实上,除了故事层面上的空白外,小说在主题上也留有空白。作者将现实问题融入其创作之中,经文学想象打磨后,又将之重新抛回现实之中,让读者来进行衡量。

  《地狱》可以称得上是《失落的秘符》的姊妹篇,因为二者都是布朗围绕人类未来所做的不同维度的探究。在《失落的秘符》中,作者从宗教与科学的角度探讨了人性与神性的共通性,认为人与神的唯一区别在于人忘却了自己的神圣性。作者对人类未来充满了信心。然而,在新作中,他一反先前乐观肯定的态度,从当下人口问题出发对人类的未来做了另一番推测。第二次世界大战以来,世界人口增长突飞猛进。一些人口学家利用人口统计和人口预测数字,宣布世界将面临"人口爆炸"危机,并认为"人口危机"必将导致"资源危机""粮食危机"及"生态危机"。丹·布朗敏锐地观察到这种对人类未来生存状况的焦虑,并将此种焦虑融入新小说

---

① 丹·布朗:《地狱》,路旦俊、王晓东译,北京:人民文学出版社,2013 年,第 84 页。

的创作之中。布朗在采访中就曾表示,当下的全球性问题,诸如臭氧层空洞、水污染和粮食安全等都只是症状,真正的问题是人口过剩。小说中,被称为天才的基因科学家伯特兰就持有这样的观点。作为超人类主义的代表之一,他对人类最终能进化成完美物种的想法深信不疑。但他同时也意识到,人类将成为其自身通往获得超人能力路上的最大障碍,因为按照他的推算,人类将会在下个世纪灭亡。他认为,人口问题不仅关系人类外在世界的存亡,更直接导致内在世界变化。人口增加导致资源日益枯竭,人类将会为争夺有限的生存资源而不择手段,届时但丁《神曲》中的"七大罪"便会吞噬人性,致使人类道德沦丧。他认为,当下我们就处于道德崩溃的边缘。为挽救人类"心灵"与未来,他信奉马基雅维利的"瘟疫是地球自我净化的最天然方式"之说,[①]准备研制新型病毒,并命名为"地狱",因为他相信人类只有经历地狱方能进入天堂。伯特兰为了人类的未来而要杀死当前一大批人,而兰登为了拯救当下一大批人而放弃未来,二者都是为了人类的存亡,究竟孰是孰非?布朗没有给出答案,而直接将这个"伦理道德和科学上的灰色地带"抛给读者,供其反思。

文学从其本质上而言是伦理的艺术。可以说,布朗的作品总是在曲折离奇的故事情节中表现出对现实问题,尤其是伦理问题的再思考。从其处女作《数字城堡》到《地狱》,十几年的创作生涯里,布朗一直都在求新求变,然而,值得注意的是他始终都没有放弃过对现实伦理问题的关注。与其他作家不同的是,布朗更侧重于从后现代伦理语境下再现伦理的宏大叙事消解后人们所面对的选择自由与不确定。先前几部小说分别从宗教、科学、家庭以及政治等角度再现现实生活中人们难以回避的伦理困境。小说中,面对人口过剩问题,有两种不同的观点,一是以伯特兰为代表的功利主义观点,主张为了一批人活着而杀死另一批人,就如医生为了救人必须要做截肢手术一样。另一观点是以伊丽莎白为代表,认为用杀人的方法来救人是非人道的,设法保护所有人的安全,但其结果可能会导

---

① 丹·布朗:《地狱》,路旦俊、王晓东译,北京:人民文学出版社,2013年,第95页。

致所有人都死去。从某种程度上说,人口问题本身是道德伦理问题,而解决人口过剩问题更将人们陷入一种伦理困境之中,因为无论选择支持哪一派,都会发现自己立即进入一种进退两难的境地。布朗以人口过剩问题为切口,成功地将当下人们对未来自身生存状况的焦虑感呈现出来。这种焦虑感源自人们对于善与恶的边界日益模糊的困惑。在后现代世界里,当一切宏大叙事都遭到解构之时,一种不确定状况就成为人们生活的恒定状态。随着善与恶确定性的消解,人们面临着极大的选择自由的同时,也被抛进一种前所未有的不确定之中。通过设置这样的伦理困境,布朗邀请读者体会善中有恶、恶中有善,进而重新考量善与恶。

不同于先前几部小说,这次布朗并不仅仅是为了展示善恶的不确定性造成的伦理困境。在《地狱》的"写在前面"中,他就引用但丁《神曲》中"地狱中最黑暗之地乃为那些在道德危机之时保持中立之人而留"[①],这表明他要有所选择。小说中,互为矛盾的两派人也都进行一次再选择。身为伯特兰的支持者,西恩纳却在最后关头阵前倒戈,她接近兰登只是为了找到"地狱"并毁灭它,原因在于她知道"地狱"很有可能会沦为政治家的工具,这样伯特兰的善意初衷就会以恶收场。而当伊丽莎白得知"地狱"会随机导致约三分之一的人不孕后,在决定是否研究对策化解不孕危机时,她选择接受现状。二人立场的互换,其实是对善与恶重新评估后所做的再选择,这点在伊丽莎白身上体现的最为明显。伊丽莎白因不孕而导致婚姻破裂,并且还时刻在忍受不孕带来的心理创伤。她深知"地狱"会导致多少家庭和个人悲剧,但还是从大局出发,接受"非人道中人道的"解决人口过剩的方法。故事在伊丽莎白和西恩纳一起去世界卫生组织总部试图说服那里的专家接受"地狱"而结束。终于,布朗打破先前只对伦理困境做直观展示的惯例。在尾声中,他借"自己的影子"兰登之口道出自己的立场:"危难之际,袖手旁观将是最大的罪恶。"但他还是将"两害相较取其轻"的伦理选择的结果留给读者建构,让读者在读完之后仍可回味无穷。

① 丹·布朗:《地狱》,路旦俊、王晓东译,北京:人民文学出版社,2013 年,第 149 页。

伊瑟尔曾言:"一部作品所包含的意义未定性与意义空白越多,读者就越能深入作品潜在意义的现实化和'华彩化'。"[①]丹·布朗的这部新作可以视为空白艺术的典型。空白的设置使读者获得"山回路转不见君,雪上空留马行处"式的阅读体验。情节结构上的空白使读者难以释卷,而主题意义上的空白则让读者在释卷之后又会回味个中真意。

---

① 参见沃尔夫冈·伊瑟尔:《阅读活动——审美反应理论》,金元浦、周宁译,北京:中国社会科学出版社,1991年,第269页。

附录一　学者评朱振武的外国文学研究著作

陈后亮评《美国小说：本土进程与多元谱系》[＊]

　　自中美建交特别是 20 世纪 80 年代以来，美国文学取代苏俄文学成为我国外国文学研究领域最重要的一个分支，研究成果可谓汗牛充栋。尤其以刘海平、王守仁主编的四卷本《新编美国文学史》为代表，标志着我国的美国文学研究已经相当成熟，在系统阐述美国文学发展历程方面足可媲美国际一流成果。由朱振武教授等人所著的《美国小说：本土进程与多元谱系》则代表着我国美国文学研究领域的新成就。该书以朱振武教授于 2006 年出版的个人专著《美国小说本土化的多元因素》为基础，经过团队协作、纵深拓展，最终完成一部近 800 页篇幅的美国小说专题研究新著。与之前众多同类著作相比，该书独树一帜的地方在于，它以宽阔的历史视野专注考察美国小说近 300 年的发展历程，并试图回答一个中心问题：美国这片新大陆上的小说如何从多元谱系渊源中汇聚精华，并在多种本土养分的滋养下完成本土化过程，最终成长为一种独具特色的、彻底美国化了的美国本土小说？

一、美国小说从何而来：多元谱系的新视野

　　正如作者在引言部分所透露的，《美国小说：本土进程与多元谱系》一

　　＊　本文原载《中国比较文学》，2019 年第 4 期，第 197 - 201 页，略有改动。作者陈后亮，博士，华中科技大学教授，博士生导师。

书的写作很自然地始于一个思考，即何为美国（式）小说，它由何而来？是否伴随着美国立国而突然凭空出现了一种被称作"美国小说"或者"美国文学"的事物？实际上，随着美国文学的经典化进程不断拓展深化，以及相关研究对象和范式在我国外文学科领域的确立，这个有关何为美国文学的根本问题却似乎被人们遗忘了。它好像是一个无需反思的事物，沉积成一个不言自明的基本假定：美国文学自然就是美国的文学，或者美国人写的文学。然而如果仔细反思一下，却又会发现这仍旧是一个值得探讨的问题。维基百科有关"美国文学"的解释是："美国文学是指在美国及之前的北美英属殖民地创作或生产的文学。"①虽然通常维基百科被认为不具有专业权威性，但它的知识导向性却不容小觑，代表着大部分普通人对美国文学这一事物的初步认识。更具权威的《不列颠百科全书》对"美国文学"的定义是："美国文学是指在美国用英语创作的书面文学作品。"②而19世纪初美国作家兼评论家玛格丽特·富勒（Margaret Fuller，1810—1850）却曾写道："不能因为有很多书是由出生在美国的人所写的，就认为自然存在一个美国文学。那些模仿和再现欧洲人思想和生活的作品并不构成美国文学的一部分。在美国文学出现之前，必须有一种原创的思想赋予这个国家以鲜活的生命力，新鲜的生命之流必须在这片海岸上诞生出新鲜的思想。"③这三个并不重合的表述说明，关于何为美国文学、它由何而来的问题并非不言自明，而是值得我们做进一步探究。最值得思考的一个问题就是，如果说美国文学就是由美国人在美国创作的文学，那么有关美国和美国人的概念是不是稳定的？

实际上，美国文学与其他任何国别文学一样，也与其国家和民族历史密不可分地交织在一起。自建国之日起，美国在地理版图、政治、经济、文化以及人口构成等方面一直在经历复杂变化，从最初十三个英属殖民地

---

① 参见维基百科网站：https://en.wikipedia.org/wiki/American_literature.

② 参见《不列颠百科全书》网站：https://www.britannica.com/art/American-literature.

③ Margaret Fuller，*Papers on Literature and Art*（1846），参见网址 https://en.wikiquote.org/wiki/Margaret_Fuller.

到如今的五十个州，从驱赶印第安土著、实行蓄奴制、推行排华法案到废除种族制度，成为全世界最大的移民国家和头号强国，所有这一切都在不断改变着美国人的生活，以及他们有关国家、民族和自我的想象，也无不影响美国文学的发展。直到 1935 年，卡尔·多伦(Carl Dören)在其所著的《什么是美国文学？》一书前言部分还写道："美国有文学吗？它有一种区别于所有其他文学的文学吗？如果它处理的不是美国主题，那还是不是美国文学？美国文学有没有自己特别的态度、风格、技巧和成就？它有哪些特质？它又应该具有哪些特质？所有这些问题都假定文学是一个抽象的总体事物，一个大于部分之和的整体。"①实际上，"何为美国文学"至今仍旧是一个悬而未决、"持续进行中的辩题"②。朱振武等人的新著恰恰可以在这个问题上带给我们新的启示。该书最新颖之处在于，它没有采用一种本质主义的眼光看待美国小说(以及美国文学)，没把它视为一个既定的、已然完成的经典的集合，而是运用历史的眼光，详细梳理它从多元谱系的涓涓溪流在美国本土的多元语境土壤上汇聚成河，最终完成本土化进程，汇入一个被统一称作"美国文学"的汪洋大海。

当然，以往人们在研究美国小说的时候也并未完全忽略发生学的角度，但更多只是局限于文学层面，这在该书作者看来，"难免会显得捉襟见肘，有时甚至力不从心"③。对于美国这样一个由多元谱系构成的"大熔炉"来说，我们应当"在多元文化的语境下去研究由多元文化催生出美国本土小说这个现代的宠儿。"(1)正如那些无论通过何种途径移居美国、最终成为其合法公民的外来移民都必定要主动或被动地认同自己的美国人身份一样，美国小说也必然在其多元谱系营养的哺育下，经历本土化进程并获得美国本土小说的特质、属性及其价值意义。因此，《美国小说：本土进程与多元谱系》一书正是要透过这种多元谱系的视野，来揭示美国小说

---

①　Carl Dören, *What Is American Literature*? New York：William Morrow，1935，p. 6.

②　Elizabeth Renker，"What Is American Literature?"，*American Literary History*，2013，25
(1)，p. 247.

③　朱振武等：《美国小说：本土进程与多元谱系》，上海：上海外语教育出版社，2018 年，第 1 页。
下文出自同一著作的引文，将随文直接标出页码，不再另注。

本土化的进程。本书所谓的多元谱系又可进一步划分为三大谱系：一是本土谱系，包括印第安谱系、清教谱系和语言谱系；二是族裔谱系，包括黑人谱系、犹太谱系、华裔谱系、新华裔谱系、拉美裔谱系、印度裔谱系，以及日越韩菲阿等亚裔谱系；三是文本外谱系，包括后现代谱系、大众文化谱系、生态谱系和政治谱系。这些谱系之间不全是平行关系，还有相互交错。如果说众多族裔谱系是横向平行的纬线，那么本土谱系和文本外谱系则是纵向穿插的经线。沿着这些纵横交织的谱系，本书作者既可以对美国小说的本土化进程进行纵向追踪，又可进行横向探讨。与以往通常以年代或流派为依据来切分美国文学的研究模式相比，本书采用的这种多元谱系切入法的确是一个非常有创新意义的研究思路，体现了中国学者的学术视野，"通过一个'局外人'的'第三只眼睛'的考察，阐述美国本土小说在多元文化语境中的发生和生成的轨迹，揭示其内在的互动、传承、冲突和融合的运行机制。"(24)

二、多元谱系的本土化进程

印第安文学通常被作为族裔文学的一个分支来讨论。但在该书中，作者却另辟蹊径把它与清教谱系以及语言谱系放在一起，作为美国小说本土化进程中的本土谱系整体对待。也就是说，印第安文化被视为"美国小说本土化进程中的一个重要维度"(46)，它与美国人有关西部和边疆的认识密不可分，使得美国的文学有了与众不同的民族性和地方色彩，形成了自己所特有的鲜明辨识度。印第安文化与早期英国移民所带来的清教信仰以及在民族和文化融合中诞生的美式英语共同构成美国小说发展的最根本的土壤，它们为美国小说的独特性和本土性定下了基调。

族裔谱系是该书重点考察的对象，占据全书近一半的篇幅。作为当今世界最大的移民国家，美国拥有最复杂的族裔构成，不同种族和文化背景的人们在这块原本只属于印第安人的土地上共同生存。他们最初有的是为了梦想而主动前来冒险，有的却是被劫掠而来沦为奴隶，不同的种族生活经验给他们留下不同的种族记忆,但在经历数百年的碰撞、冲突、交流和融合之后,他们最终共同构成美利坚民族整体,无论是犹太裔、非洲裔、华裔还是拉美裔,他们最终都和主流欧洲裔一起以"美国人"作为自己的身份认同。他们各自的文学传统也同样在美国文学的本土化进程中发挥了不可或缺的作用。在对这些族裔谱系分别进行考察的时候,该书力图避免把它们相互独立的族裔文学群体对待,而是把重点放在呈现它们如何与主流白人文化互动、在抗争与臣服的变化节奏中促成自身经典化和本土化的过程。例如在第四章"黑人谱系"中,作者讨论的中心问题是带有鲜明特点的黑人文化和历史经验对美国本土小说的巨大推动作用。可以说,如果无视美国黑人的历史和现状,美国白人便不足以理解美国经验,也便难以创作出真正的美国本土小说。第五章也以类似的眼光考察了"犹太谱系",认为美国的犹太文化既没有故步自封,也没有被主流文化同化,"而是超越了地域与族群,将两种文化相契合,实现了犹太文学的美国本土化。"(251)第六章"华裔谱系"和第七章"新华裔谱系"用较大笔墨梳理了华裔文学如何经历本土化的过程,作者强调的是应该把华裔文学与美国社会思潮的变迁紧密结合。华裔文学不是中国文学在美国的衍生物,而是华裔美国经验的文学再现,是美国文学的一部分。美国新华裔文学则更以其独特的中国题材和写作技巧"巩固了美国小说的多元文化格局,为美国小说的本土化进程做出了历史性贡献"。(339)

美国小说的本土化不仅是不同族裔谱系文化碰撞交融的结果,也受到后现代主义、大众文化、生态和政治问题等文本外谱系的影响,尤其是在所谓的后民权运动时代,这些因素同样也"制约和引领着美国小说的本土化和独立化过程"(20)。这是本书最后四章讨论的话题。作者指出,正是得益于后现代主义倡导的解构精神,美国小说才迅速走向"多元化、民族化和综合化"(559);"大众文化的娱乐属性、消费性以及大众传媒都在不同角度对美国小说的本土化历程产生深远的影响。"(610)对生态和政治问题的关注则几乎贯穿整个美国小说发展历程,它们"在创作题材和文体风格等方面都形成了自己的鲜明民族气息,最终屹立于世界文学之林"。(702)

三、历史生成中的美国小说

由于全书并没有一个结论性的章节,因此作者并没有给出有关美国小说究竟有哪些本土化特质这一问题的答案。但其实这个答案早已被巧妙蕴含在全书的内在肌理。全书用历史的眼光考察了来自本土的、外来的、文本内的和文本外的不同谱系文学基因如何进入主流的过程,实际就是告诉读者美国小说的特征不是稳定不变的,而是一直处于生成变化之中。虽然为了研究的方便或者出于对事物进行归类的认知习惯,我们笼统地使用美国小说这一术语,但我们必须认识到它的形态和特质都在始终发生变化。D. 昆汀·米勒(D. Quentin Miller)在其所著的《劳特里奇非裔美国文学导读》的导论部分曾谈到,在对历经近 300 年的美国黑人文学进行梳理介绍后,他发现几乎不可能清楚、准确地回答"什么是非裔美国文学"的问题。他说:"虽然我们承认存在一个传统,并试图去界定它,我们还是必须意识到,它的形态总是在成长和变化。换句话说,我们所讲述的关于非裔美国文学的故事会随时间而变化,现在和将来都是如此。"[①]我想这句话也完全适用于美国小说。美国小说的本土化进程并非一个完成时,而仍旧是一个现在进行时。正如"何为美国人"的观念会随着美国移民构成的多元杂糅而不断变化一样,美国小说也必定会继续吸纳不同谱系的文化营养,并把它们本土化,成为未来美国小说的有机成分。这也正是朱振武教授等人的这部新著带给读者的最大启示。

① D. Quentin Miller, *The Routledge Introduction to African American Literature*. New York: Routledge, 2016, p. 8.

高静评《美国小说：本土进程与多元谱系》*

著名辞典编纂家韦伯斯特曾说："美国必须像在政治上获得独立一样，在文学上也要谋求自主，它的艺术必须像它的武器一样，也要闻名于世。"①美国本土小说从发展到独立经历了曲折迂回的历程，几代小说家为之做出了重要贡献。使美国小说真正摆脱英国风习进而实现独立的因素十分复杂，学界亟待这方面的研究成果。朱振武等著的《美国小说：本土进程与多元谱系》正是这样的应时之作。这部著作对我们深入了解美国文学、解读和理解美国文学的诸多现象、对从事美国文学研究乃至反观现当代中国文学都具有重要参考价值和指导意义，因此有必要对这部著作的创作主旨、整体框架、学理思路、掘进技术、学术渊源等方面进行分析和诠释。

一、纵着剖，横着切

据统计，我国"光是中国文学史就有一千几百部之多。形形色色的外国文学史，再加上众多国别文学史……也是不胜枚举"②。《美国小说：本土进程与多元谱系》一书不论在形式上还是内容上，特别是在描述的方法

---

* 本文原载《外国文学研究》2019 年第 3 期，第 169－173 页，略有改动。作者高静，博士，山东大学外国语学院讲师。

① Richard Ruland and Malcolm Bradbury, *From Puritanism to Postmodernism*：*A History of American Literature*，London：Routledge，1991，p. 3.

② 朱振武：《文学专史：费力但讨好的文学著作》，《文汇报》，2012 年 3 月 26 日，第 6 版。

上，都让人耳目一新。该著"主要探讨多元文化语境下的美国小说的生成"①，打破了以时间为经的传统文学史写法，以谱系、专题为经，以历程、现象为纬，从文学发生学、美学、文化学、生态学、社会学、宗教学等多个批评视角出发，对美国小说的本土化进程进行交叉论证，跨界审视，纵剖横切，多面呈现，从而实现了立体多维的论证效果。

作者在"绪论"中对这部著作的归纳可以说非常精当②。每一章标题下都配有副标题，既有宏观概括，又有微观阐释，提纲挈领，纲举目张，让人一目了然。印第安谱系一章聚焦土著文明与外来文明的碰撞与交融，清教谱系着力探讨美国小说创作发生的深层动因，语言谱系探讨美国英语为美国小说的本土化打上的外部标签，黑人谱系、犹太谱系、新老华裔谱系、拉美裔谱系、印度裔谱系、日越韩菲阿等亚裔谱系给美国小说熔铸了独特的文化特色和美学表征，而后现代谱系、大众文化谱系、生态谱系和政治谱系则共同构成美国小说本土化的外部因素。各种谱系虽不是以均质的文学形态出现，但分别从不同的角度推进和影响着美国小说的本土化进程。这部著作把文本与文学现象、文本与文学史交织在一起，既有内在的逻辑和规范，又不拘泥于文学史写法的既有形式和套路，既高度概括、一目了然，又锱铢必较、文本细析，信息量大又全无枯燥之感，线索繁多又无杂乱之感，不得不惊叹作者的独运匠心。

仔细梳理一下，从鲁迅的《中国小说史略》到杨周翰等编的《欧洲文学史》，再到郑克鲁编的《外国文学史》，从刘炳善的《英国文学简史》到王佐良的《英国文学史》，从董衡巽的《美国文学简史》到毛信德的《美国文学史

---

① 朱振武等：《美国小说：本土进程与多元谱系》，上海：上海外语教育出版社，2018年，第2页。

② 朱振武在"绪论"中说："本书立足于中国学者立场，努力体现中国学者的学术表达和学术视野，对美国小说本土化的多种谱系进行系统、详尽的学理考察，考论结合，文史互证，对美国小说本土化从亦步亦趋到实现独立的每个阶段，对其从典雅到乡土和本真的发展和演变过程，对其非洲裔、犹太裔、亚裔和拉美裔的各种族裔谱系，到后现代、大众文化以及生态谱系和政治谱系等文本内和文本外的多元谱系进行深入研究。"这段话是对《多元谱系》的高度概括和总结。详见朱振武等：《美国小说：本土进程与多元谱系》，上海：上海外语教育出版社，2018年，第2页。

纲》，从常耀信的《美国文学简史》到刘海平、王守仁主编的四卷本《新编美国文学史》，等等。这些优秀的文学史著作所具有的宏观的视角、敏锐的观察、客观的分析和翔实的资料，为我国外国文学的学习和研究提供了极大方便，奠定了坚实基础。一般来说，文学史的编写有几种约定俗成的模式。作者通常采用线性的叙述模式，按照时间顺序对文学发展的历程作纵向梳理，以展现文学现象发展的连续性、延续性；又或者以百科全书的样式，分门别类地囊括各种文学思潮、各种文学题材、各种文学样式。国外的文学史著作也概莫如此。从斯皮勒的《美利坚合众国文学史》到埃里奥特的《哥伦比亚美国文学史》和伯科维奇的《剑桥美国文学史》，都能找出这样的痕迹。《美国小说：本土进程与多元谱系》却另辟蹊径，抛开分门别类的等级分配，先是大刀阔斧地横向在当今美国文学这颗大洋葱上拦腰切出一个剖面，将各种文学现象文学思潮、主流的非主流的、严肃的通俗的都推到前台，再以时间作珠链将之穿在一起，展示出一个发展到今天的美国小说全景图。

值得一提的是，在横向解剖出现象的同时，每章又向纵深探析，以期透过表象，看到内在腠理和骨髓的深处，看出其内在的纹理关系。作者既有梳理，又有分析，既有概括，又有重心，既兼顾到了时间的连续性，又考虑到了文化因子的交互性。这种纵深开掘、横向比较的写法，展现出的不是关于文学史的一条条线性的线索，而是一种空间感、立体感和多维感，让读者不仅看到美国小说的源和流，也看到了其横向展开的谱系和脉络。作者打破时空，交错纵横，出经入史，文史互证，通过望闻问切进而清晰描述，把美国小说本土化的方方面面完整地呈现在读者面前。

二、立体辩，多维析

《美国小说：本土进程与多元谱系》的着眼点在美国小说本土化的诸多谱系上，"主要探讨多元文化语境下的美国小说的生成以及少数族裔小说的心理构成、美学特征及其对'主流'小说的影响乃至进入主流的过程"①。作者探讨美国小说的本土化进程探讨美国小说如何摆脱英国气派，最终形成真正美国本土气派、有很强辨识度的美国小说。作者采用谱系一词来勾勒美国小说本土化进程的全貌，揭橥美国小说本土化的诸多侧面和各种要素，成就了《美国小说：本土进程与多元谱系》的又一亮点。

《美国小说：本土进程与多元谱系》共分十四个章节，涵盖了印第安谱系、清教谱系、语言谱系、黑人谱系、犹太谱系、华裔谱系、新华裔谱系、拉美裔谱系、印度裔谱系、日越韩菲阿等亚裔谱系、后现代谱系、大众文化谱系、生态谱系、政治谱系共十四个谱系，各部分之间既浑然一体，又相对独立，既统筹兼顾，又重点突出。在前三章中，作者先从美国本土谱系，也就是印第安谱系、清教谱系和语言谱系入手，认为印第安人的口头文学、清教思想及新国家成立后新的词语和新的表达方式的出现，在美国小说本土化进程中扮演着举足轻重的作用。然后，在第四到十等七章中，作者从族裔视角入手，关注较早进入美国主流的黑人谱系、犹太谱系和华裔谱系，以及较晚融入美国文化的新华裔谱系、拉美裔谱系，印度、日本、越南、菲律宾等亚裔谱系，认为族裔文学为美国文学的多元化、多样化和多维度填上了浓墨重彩的一笔，更映射出美国作为移民国家的典型文化特征，是美国文学本土化并独具特色的重要因素。朱振武认为，"只从文学层面出发，对其各种文学样式进行发生学上的阐释，对于美国这样一个由多元谱系形成的国家的文学来说，就难免会显得捉襟见肘，有时甚至力不从心"②。因此，在第十一、十二、十三、十四等四章中，作者又从文本之外的因素即形而上的谱系，特别是后现代谱系、大众文化谱系、生态谱系和政治谱系来分析这些元素如何引领美国小说的本土化和独立化进程，从而对美国小说的本土化过程进行纵向追踪和横向探讨。

虽然是全景图，但《美国小说：本土进程与多元谱系》绝非包罗万象。

---

① 朱振武等：《美国小说：本土进程与多元谱系》，上海：上海外语教育出版社，2018年，第24页。

② 同上书，第1页。

鱼龙混杂，而是取精用宏、收放自如。作者的思路是开放的、发散的，但下笔却是严谨的、内敛的。第一，作者既有宏大的文学观，也有对具体作家作品和小说流派思潮的清晰认识与定位。虽然我们也经常说"大文学观"，但哪些作家能入流，哪些流派能入史，却又似乎存在一个隐形的阈限。作者深知，"源于生活、高于生活的文学作品也属于文化教育、文化交流与文明传承的主要形式和内容"①，因此，在框定研究范围和对象上就超出了一般学者的关注维度。就时间来说，《美国小说：本土进程与多元谱系》囊括了从哥伦布发现北美新大陆之前就已存在的印第安口头文学到如今作为亚裔文学的一股新鲜力量正在悄然崛起的日、越、韩、菲、阿等在内的所有美国文学；就类别来说，包括了口头文学、严肃文学、通俗文学和族裔文学；就内容来说，跳脱了从文学层面阐释文学样式发生发展过程的束缚，结合了美国学研究、语言学研究、历史研究、政治研究、生态研究等多个批评视角，综合考虑到历史、哲学、宗教、语言、族裔、政治、文化、生态等多种因素，"在多元文化的语境下去研究由多元文化催生出的美国本土小说这个现代的宠儿"②。在作者这种宏大的构思下，撰写美国文学史通常要考虑到的"美国文学史与美国历史的关系……美国严肃文学与美国通俗文学的关系……美国文学与美国英语的关系"③。这些矛盾或障碍都巧妙地得到化解。从这个意义上来看，《美国小说：本土进程与多元谱系》这部著作是真正的跨学科、跨文化的跨界之作。第二，作者虽纵横捭阖、旁征博引，但也深谙简约之道。《美国小说：本土进程与多元谱系》开篇就阐明其重点放在美国本土小说的发生及其演变过程之上。

关于美国小说的源与流的考论，国内外相关研究成果早已汗牛充栋，但《多元谱系》毫无疑问可以拔秀于林，可以脱颖而出。美国文学从英国文学的忠实粉丝，发展到今天的一枝独秀，作者认为经历了从亦步亦趋、

---

① 陈开举：《忠实而又灵活的中国文学译介：〈汉学家的中国文献学英译历程〉述评》，《文学跨学科研究》，2018年第1期，第157页。

② 朱振武等：《美国小说：本土进程与多元谱系》，上海：上海外语教育出版社，2018年，第1页。

③ 杨仁敬：《美国文学史与中国读者》，载郭继德主编《美国文学研究》（第二辑），济南：山东大学出版社，2004年，第1-2页。

初现端倪到半推半就、艰难前行，再到分道扬镳、实现独立，直到今天的独领风骚、傲视说坛的四个过程，这种简明扼要、一目了然、提纲挈领、不加斧凿的话语和表达，以及彻底摆脱西方话语套路与批评模式的研究，是当下学界希望看到的。

三、既在此山中，又在此山外

从《美国小说：本土进程与多元谱系》的精妙构思与凝练辨析辐射出去，我们看到的是作者独特的治学方法和思路。作者之所以能够做到深入浅出、驾轻就熟，与作者宽广的学术视野与深厚的文学文化修养密不可分。虞建华 2004 年在评论朱振武的《在心理美学的平面上——威廉·福克纳小说创作论》时说道："作者学术视野广阔，理论功底深厚，不但见解独到，而且文采横溢，实在难能可贵。"[①]朱振武既是外国文学研究专家，又是作家、翻译家和评论家，在外国文学研究、比较文学研究、翻译学研究等领域都令人称道，这就使得他能跳出一般文学研究学者的窠臼，以更宽广的关怀、多重的身份和多种的角度看到更多的侧面。

通过梳理作者近年的治学之路，我们隐约可以看出其为今天这部著作磨刀练剑的历程，也便知这样一个论题绝非空穴来风。他主持译介的丹·布朗系列文化悬疑小说以及在英国出版的英语著作《丹·布朗现象诠释》（*The Dan Brown Craze: An Analysis of His Formula for Thriller Fiction*，2016）曾在国内掀起一股热潮，是文学翻译与市场融合、学术成果与通俗表达的成功典范。在其著作《爱伦·坡研究》中，朱振武就尝试从精神生态视域、接受美学角度、文化传承影响，甚至"从本土化的宏观范畴对爱伦·坡在美国文学史上的贡献作了重新的定位和考察"[②]。另一

① 虞建华：《在理美学的平面上——威廉·福克纳小说创作论序》，载朱振武《在心理美学的平面上——威廉·福克纳小说创作论》，上海：学林出版社，2004 年，第 10 页。
② 杨金才：《文化批评与当下关怀——评朱振武近著〈爱伦·坡研究〉》，《英美文学研究论丛》，2013 年第 1 期，第 387 页。

部文学研究专著《福克纳的创作流变及其在中国的接受与影响》同样融合了作者的全球视野与本土意识。这部著作没有满足于对作家作品的一般梳理，而是站在中国学者的视角，"力争体现一个中国学者的领会，结合社会语境，对福克纳在中国的译介、接受和影响进行深入的心理层面的考察"①，从而"突破了福克纳研究的传统格局"②。除了在外国文学界与翻译界造诣深厚，作者对中国古典文学也十分熟稔，且有深入洞察和研究。其专著《〈聊斋志异〉的创作发生及其在英语世界的传播》独辟蹊径，把蒲松龄的创作发生及其与作品的复杂关系考察得十分清楚，同时又以中国学者的独特视角诠释《聊斋志异》在英语世界的传播和影响。作为中国作家协会会员，朱振武长于诗歌、小说、散文和时评等文学创作，并在《上海文学》《江南》《解放日报》《文艺报》等文学杂志和报纸上发表作品。正因如此，作为跨学科的学者，朱振武才挣脱了从单一的文字关照层面去做文学研究的束缚，习惯了将比较文学、文艺发生学、文学心理学相结合，对作家作品总体现象进行多维立体的研究，并且总能立足中国立场，通过第三只眼睛的考察，发出中国学者自己的声音。正如杨金才早在 2014 年就已经注意到的那样，朱振武在做学术研究时"充分树立研究者的主体意识"，"力求以中国人的视角"考察外国文学。③ 从外国文学研究到文学翻译研究，从汉学家的中国文学英译研究到非洲英语文学研究，回溯一下这些年来朱振武的学术研究足迹，我们的确看到了这样的治学理路。

① 刘略昌：《批评自觉与本土意识——评朱振武著〈福克纳的创作流变及其在中国的接受和影响〉》，《文汇报》，2015 年 11 月 23 日，第 W06 版。

② 李萌羽：《中国福克纳研究的新突破——评朱振武〈福克纳的创作流变及其在中国的接受与影响〉》，《外国文学研究》，2016 年第 4 期，第 165 页。

③ 杨金才的这段话非常精彩，是对朱振武一以贯之的治学理路的一个精当阐释，用来解读《多元谱系》的构思恰如其分。原文是："〈〈爱伦·坡研究〉的作者朱振武）充分树立研究的主体意识，在批判地吸收前人研究成果的基础上，力求以中国人的视角来探讨爱伦·坡的创作轨迹，使爱伦·坡研究发展成为一种跨越东西方文化传统的跨学科的批评话语，同时还要将爱伦·坡的作品放回其所处的社会历史环境中，挖掘其内在的文化精神特性，捕捉其与现实世界的种种关联，在宏观与微观、纵向与横向、历时与共时相结合的基础上对其进行全方位的文化与美学的透视。"参见杨金才：《文化批评与当下关怀——评朱振武近著〈爱伦·坡研究〉》，《英美文学研究论丛》，2013 年第 1 期，第 387 页。

"不识庐山真面目，只缘身在此山中。"作为一位跨界学人，作者能够对美国文学管窥蠡测，洞察秋毫，既能总揽全局，又能细致入微，既能条分缕析，又能博观约取，都在于他既在此山之中又在此山之外的跨界身份和广博视野。显然，在他看来，光懂文学就是不懂文学，光懂美国文学就是不懂美国文学，光懂一种语言就是不懂语言，因为没有比较，就不能有鉴别，就不可能看到美国文学的源与流；没有对世界文学、文化、历史和思想史的熟稔与观察，没有这种行走在多个学科间的跨界视野，是不可能看到美国小说从亦步亦趋到半推半就，从挣脱桎梏到实现独立，再到引领说坛的整个嬗变过程，不可能看到其来龙与去脉。

显然，作者已经成功地构建了一个关于美国小说本土化进程的完整的知识谱系。作为学者，我们都应该知己知彼，知其然还要知其所以然，不能只知有己，不知有人，不能螺蛳壳里做道场，把自己局囿在狭隘的小圈子里或逼仄的单一知识体系中，庶几方能跳出学科藩篱，打破学术壁垒，冲决传统桎梏，摆脱思维定式，成为有文化自信、批评自觉和话语创新能力的真正的学者。这些都是我们在《美国小说：本土进程与多元谱系》中看到的，也是我们寄予厚望的外国文学学者乃至中国学者的国际形象。

坦率地说，要把这部洋洋洒洒七十多万字的文学著作说尽说透，当然是不可能的，也是力有不逮的。当然，作者的治学精神似乎也不应忽略。正如作者在书中所说：

> "撰写成员本着严谨的治学态度，宵衣旰食，殚精竭虑，爬梳国内外相关资料，仔细研读相关文本，反复论证相关课题，最后将研究心得奉献给方家，虽已尽心尽力，但仍是心怀忐忑，如履薄冰。"[1]

的确，这样宏大的工程，著作者不全身心投入、不披阅数载、不增删多次是不可能完成的，个中艰辛可想而知。但毕竟，由于美国小说的源与流

---

[1] 朱振武等：《美国小说：本土进程与多元谱系》，上海：上海外语教育出版社，2018年，第24页。

及其本土化过程涉略面广,牵涉问题复杂,又兼跨度大、作期长,作家作品繁杂,单凭一部著作,不可能将其丰富性及复杂性说尽说透。但这部著作高屋建瓴、宏大开阔的文化视野,横向剖析、纵向梳理的掘进技术,刻意求新、一新耳目的独特体例,以及作者筚路蓝缕、以启山林的创新精神,打造批评方法、建构自我话语的文化自觉,都将证明这是一项填补国内外相关研究空白的劳作,都将证明这部著作对美国文学研究以及外国文学研究学者具有较高示范的作用和启发的意义。

蓝云春评《美国小说：本土进程与多元谱系》*

美国文学曾被当做英国文学的分支。然而,随着美国文学,尤其是美国小说在两次世界大战中的异军突起,以及近十位作家在 20 世纪斩获诺贝尔文学奖,美国文学的独立地位及其突出成就引人注目。中国的美国文学研究成果足以用汗牛充栋来形容,但专门聚焦美国小说本土化的并不常见。其中,朱振武等著的《美国小说本土化的多元因素》因其视角新颖而给人以耳目一新之感。基于这部著作,《美国小说：本土进程和多元谱系》(以下简称《多元谱系》)对美国小说的本土化历程进行了探讨,对形塑美国小说形态的历史、文化、政治、地理等因素进行了透视,对成就美国小说魅力的深层肌理进行了剖析。在这部著作中,著者朱振武一贯主张的学术研究的有我之境得到了彰显。国内外国文学研究的主体意识和批评自觉有待增强。作为具有使命感和现实关怀的学者,朱振武自 20 世纪 90 年代以来一直呼吁大家做有中国灵魂的学术研究。在他的著述中,有 100 多篇学术论文和报纸文章关注文化自信、批评自觉、文学文化外译、文学创作和批评使命等重要时代课题。在进行中外文学研究、翻译实践和研究,以及教材编写等学术活动中,他也始终贯彻主体意识。在国内外的学术讲座和教学中,他则以中华文化为荣、以传播中华文明为己任,并反复强调文化自信和中国视角的重要性。体现在《多元谱系》中的学人主体性是著者多年来关注学术本土化、主张学者找回自我的又一次尝试,主要表现为独特的研究范式,高度的学术自觉和坚定的文化自信。

---

* 本文原载《当代外国文学》,2019 年第 3 期,第 164 -168 页,略有改动。 作者蓝云春,博士,杭州电子科技大学副教授。

一、独特的研究范式:宏大视野和文本深耕

对于有我之境的外国文学研究,其要义是"站在自己的立场和出发点,基于事实和理据有着自己的目的和旨归的,对学术问题和文化差异进行客观判断的学术活动"①。《多元谱系》所完成的正是这样的学术研究。这部著作在博采众长的基础上具有独特的研究范式,同时兼具文学史和专题研究性质。全书近 800 页的篇幅对美国文学从形成、独立到成长的本土化进程进行了较全面和深入的考察,探讨了美国文学的本土谱系、族裔谱系和文本外谱系等。其独特的研究范式主要表现为取学术制高点的同时坚守了文本深耕的本体任务。

《多元谱系》的宏大视野仅从其框架设置中就足见一斑。国内外现有的多部美国文学史大多采用传统的章节编排方式,通常以时间为经,以文学流派、文学体裁、作家作品等为纬。《多元谱系》则打破窠臼,以美国小说的谱系来设置框架。全书每章都以具体谱系为题,都相当于一部浓缩凝练的专题研究,皆具文本内外的透视。从古老的印第安部落到 21 世纪的新华裔,从盎格鲁-撒克逊传统到雅俗共赏的大众文化,从后现代主义对权威的颠覆到自然生态对文学样态的构建,从文学语言的考察到政治气候的探讨,著者开阔的视野在文本内外来回穿梭,对与美国小说发展相关的历史、政治、文化、地理、族群、宗教、语言等因素进行了关照。如果说每一代人都应该重写文学史,《多元谱系》展现的正是 21 世纪美国小说史的应有之义。经过 20 世纪层出不穷的文化思潮和文艺理论的激荡,学者们清醒地意识到文学研究经过螺旋式发展,理应上升到外部研究和内部研究结合的新高度。文学批评自身的演变规律诚然重要,但更关键的是著者自身的学养和洞见。是朱振武作为知名学者、翻译家和作家的多栖身份,以及他熟读古今中外书的功力赋予了他广阔的学术视野,才使得

---

① 朱振武:《外国文学研究呼唤有我之境》,《当代外语研究》,2018 年第 4 期,第 21 页。

《多元谱系》具备了文化长廊的特质。

文学的景观是多维的。除了外部景象，文学有其固有的矜持和奥妙。须潜入文本深处方能欣赏到文学内部的丰饶景象。20 世纪 60—70 年代兴起的文化研究浪潮一度模糊了文学研究和文化研究的界限，大有吞噬文学研究文本考察维度的势头。进入 21 世纪以来，这一势头渐成强弩之末。似乎无所不包的文化研究并不能消融文学本体的美学和艺术考量。朱振武向来强调文学性对于文学研究的不可或缺，主张考论结合、文史互证，既要出乎文本外，又须入乎文本内。在他看来，细察文本是有自我意识的文学批评的起点，也是根本。他主张学者凭借自己的个性禀赋和特殊经历，通过细读文本"产生与众不同的阅读体验和审美经验"①，而不是根据他人的阅读感受或西方理论来理解或肢解作品。正是基于这样的学术理念，《多元谱系》在展示宏大视野的同时做到了文本深耕，对相关作品的主题意蕴、创作技巧、文体风格、美学意义等进行了探究。在进行文本分析时，每一章内容都能够抓住相应谱系的特质进行论述。尤其是对于研究比较成熟的谱系，包括黑人谱系、犹太谱系等，著者更多展示的是研究性成果。相关章节在文本细读的基础上很有洞见，可以当成独立的学术论文进行赏析。即使是在国内学界相对冷门的谱系，如语言谱系和拉美裔谱系等，著者在系统概述总体面貌之际，也不乏颇有见地的文本分析。最为典型的是关于印第安文学经典之作《黎明之屋》叙事方式的探讨，对马克·土温作品土语的分析，有关美洲主题重释美国梦的论述等。体现在这些文本细读中的严密逻辑、严谨论证和深入分析赋予了《多元谱系》一般文学史较少具有的深度和学术含量，具有重要参考价值。

二、高度的学术自觉：创新意识和人文关怀

《多元谱系》独特的研究范式和著者的学术自觉不无关联。有学术自

---

① 　朱振武：《外国文学研究呼唤有我之境》，《当代外语研究》，2018 年第 4 期，第 19 页。

觉的学者善于站在自己的立场上总结、反省和创新。为了改善外国文学研究的话语缺失现象，有必要增强学术自觉意识。对此，蕴含在《多元谱系》中的创新意识和人文关怀起到了较好的典范作用。

创新是学术研究的生命线，也是中国学者构建主体性的关键。《多元谱系》的新意有多重体现。除了前文论及的研究视角和研究范式的独特，这部著作的每一个谱系研究也都力求推陈出新。《多元谱系》的新意建立在对研究状况的全面爬梳和系统评述基础之上。学术史研究是创新的基本前提，正因如此，朱振武非常注重学术史的梳理。在他研究爱伦·坡、威廉·福克纳、蒲松龄、丹·布朗和汉学家等的近十部专著中，他常把经过精心检索和整理的资料作为附录收入其中，为相关研究的深入开展提供便利。他还发表了《"非主流"英语文学的历史嬗变及其在中国的译介与影响》等十多篇学术史研究论文。《多元谱系》则不仅序言部分对美国小说本土化的研究状况进行了梳理，各大谱系的重要内容也包括学术史的整理和论述，相关内容占据全书近十分之一的篇幅，足见其重要性。在厘清研究现状的基础上，全书的各章节都颇具新意。最具新意和前瞻性的谱系包括"新华裔谱系""日、越、韩、菲、阿等亚裔谱系"和"大众文化谱系"等。国内还没有研究专门论述大众文化对美国小说发展的影响，《多元谱系》的相关研究因此具有填补空白的意义。"新华裔谱系"中的新华裔和中国有着千丝万缕的联系，但引起的关注非常有限；越南裔、韩裔、菲律宾裔和阿拉伯裔等四大亚裔谱系的价值"丝毫不逊色于华裔文学"①，在中国学界却备受冷落等。基于对研究状况的这种把握，《多元谱系》新意频出，同时也为国内相关领域的研究开辟了新领域。

除了创新，著者的学术自觉还表现为人文情怀的流露。学术从来都不应该是不闻窗外事的自说自话。人文关怀理应成为学者们义不容辞的责任。文学关乎人，关注人的情感经历和生存境遇。文学研究因此具有天然的学科优势，可以将现实关怀和人文情怀融入其中。这在《多元谱

---

① 朱振武等：《美国小说：本土进程与多元谱系》，上海：上海外语教育出版社，2018年，第447页。

系》中有多方体现。第一，无论是分析美国小说的众声喧哗，还是重点考察十一大少数族裔小说渐进主流的要因，抑或探讨美国小说在大众文化影响下的雅俗合流等，字里行间呼之欲出的都是对众生平等的诉求。第二，《多元谱系》的多个谱系都触及 21 世纪的当下，涉及科技和信息日新月异的全球化时代里，文学创作和文学研究面临的挑战和机遇，以及它们可能为政治纷争、种族冲突、环境保护和人类精神困境等提供的良方。这样的情怀并非空穴来风。在朱振武数十年的学术生涯中，他的学术理念和实践始终是关怀当下的。他"近年在文章和系列演讲中多次提到新时代外语人的文化担当和家国情怀，引起了强烈反响"[①]。仅从他发表在《文艺报》《文汇报》《外国文学研究》《中国翻译》等报刊的系列文章的标题看就足以说明问题，如《文学创作要有时代关怀》《环境正义，文学做些什么?》《我的英语梦是为了中国梦》，等等。除了大声疾呼，他的文学和翻译研究也都关怀当下。近年来，朱振武主要关注非洲英语文学，已发表多篇文章探讨均衡吸收外来文化的必要性和重要意义。他组织召开的"全国首届非洲英语文学专题研讨会"引发《解放日报》《文汇报》等媒体争相报道，启发大家思考非洲文学经验对讲好中国故事的启示。他的专著《爱伦·坡研究》因成功捕捉到坡作品"与现实世界的种种关联"[②]而引人注目。事实上，类似的担当在他所有的著述中几乎都有所体现，在《多元谱系》中得以延续也就不足为奇了。

三、强烈的文化自信:中国视角和中西对话

学术自觉以文化自信为基石。中华文明滋养了中华民族数千年生生不息，我们有足够自信立足本土、确立主体性。取中国视角，求中西对话，

① 高静:《新时代外语人的文化担当和家国情怀——朱振武教授访谈录》,《山东外语教学》, 2018 年第 4 期,第 4 页。
② 杨金才:《文化批评与当下关怀——评朱振武近著〈爱伦·坡研究〉》,《英美文学研究论丛》, 2013 年第 1 期,第 387 页。

《多元谱系》对文化自信做出了思考和诠释。

《多元谱系》从中国学者立场出发,多处体现了著者的主体意识。在序言部分,著者就明确指出要"立足中国视角,通过一个'局外人'的'第三只眼睛'"①进行研究。其中国视角首先体现在既有对西方研究的批判借鉴,也有对国内研究的选择吸收。1988 年出版的《哥伦比亚美国文学史》首次肯定了印第安等少数族裔文学在美国文学中的地位。此后陆续问世的多部重要著作,如《剑桥美国文学史》《诺顿美国文学选集》(第四版)等也为族裔文学留有一席之地。《多元谱系》则在继承这些著作多声部谱写传统的基础上重点对各大族裔小说进行了阐释。全书十四章中有八章聚焦十一大族裔小说,其突出地位由此可见一斑。国内的《新编美国文学史》关注中美两国文学的互动,其对中国视角的强调为《多元谱系》的著者所弘扬。《多元谱系》对包括华裔小说在内的各大族裔小说重点着墨,有助于推动国内外国文学研究主体意识的构建。除了英国式小说,各大族裔小说在新大陆上都结出了硕果。美国小说只有挣脱对英国小说的效仿,"建立具有自己民族特色的文学"②,几代学者的独立梦方能成真。同理,中国的外国文学研究若要建构话语体系,重要前提是根植本土文化,立足中国视角做独立思考。另外,华裔是《多元谱系》中唯一专辟两章研究其小说的谱系。华裔和新华裔文学的影响力相对有限,但《多元谱系》对他们格外关注,体现了著者对同根同源的华裔作家的重视和希冀,以及对海外华人生存境遇的关心和关注。对认同中华文明或公允展示中国文化的容闳等华裔作家,著者进行客观分析之际赞许之情跃然纸上,这是作为中国人的著者真实情感的自然流露。与此同时,对于那些为了迎合西方读者而肆意贬损中国文化的华裔作家,著者并不以其对中国文化的态度来定位,而是站在学理层面对他们的身份认同困境和纠结的创作心理进行剖析。对于以哈金为代表的新华裔作家有意抹黑中国的行为,则以

---

① 朱振武等:《美国小说:本土进程与多元谱系》,上海:上海外语教育出版社,2018 年,第 24 页。

② 同上书,第 8 页。

客观事实为依据,指出他们"至今仍在宣传拨乱反正之前的某些现象,而那根本不能代表真正的中国"①。对华裔作家立场鲜明、论证有力的分析体现了《多元谱系》著者的知识优势、理论高度和学术水准。

从中国视角出发,中西对话不再遥远。中国视角的研究是美国文学研究的重要组成部分。只有在文化自信的基础上发出自己的声音才能真正发挥中国学者的优势,并为学界做出贡献。《多元谱系》独具特色的研究视角和范式即是和他国相关研究进行的对话。此外,《多元谱系》中的中西对话还落到了具体的论述中。著者将中西相通或者相对的文学和文化观念、现象等并置的例子在书中并不鲜见。在探讨新华裔作家对中国政治的展示时,《多元谱系》认为就价值高度和思想深度而言,他们"根本无法和与其成长背景类似的方方、余华、苏童等当代中国作家相比"②。"后现代谱系"同时引用中国学界和国外学者对后现代概念的论争,借以说明"后现代"的丰富内涵。"政治谱系"在论述美国小说的家国意识时论及了中国文人墨客的家国情怀。这样的对话在朱振武的研究中源远流长。作为丹·布朗《达·芬奇密码》等系列文化悬疑小说的中文主译者,朱振武和美国学者联手打造的英语研究专著《丹·布朗现象诠释》为中西对话树立了典范。在这部国际发行的著作中,著者不着斧痕地运用中国历史、哲学、文学、文论和美学等观点阐释丹·布朗。四百多页的篇幅里出现了与西方文学、文论并行不悖的中国元素近七十次,体现了著者的扎实功力,同时也凸显了中西文化间的共性。朱振武总是强调中国有自己的文化经典,有自己丰富的文论思想,中国学者要做好外国文学研究,不仅要读西方经典,更要熟悉自己的文化传统,要"重拾文论信心,建构中国学者自己的话语体系和批评机制,打造中国学者自己的批评理论"③。这些理念为想要发出中国声音、促进中西文化交流的学者指明了方向。

---

① 朱振武等:《美国小说:本土进程与多元谱系》,上海:上海外语教育出版社,2018 年,第 328 页。
② 同上书,第 327 页。
③ 朱振武:《外国文学研究呼唤有我之境》,《当代外语研究》,2018 年第 4 期,第 21 页。

充满活力的美国小说像一座富矿，吸引着一代代学者对其进行难以穷尽的采掘。《多元谱系》在转益多师的基础上为世界范围内的美国小说研究做出了中国学者的贡献。这一贡献源于《多元谱系》独特的研究范式，以及著者高度的学术自觉和强烈的文化自信。如此显著的有我之境的学术研究为中国学者，尤其是外国文学研究学者带来启示，有助于推动中国学界主体意识以及学术话语的构建。

綦亮评《丹·布朗现象诠释》①

2003 年,丹·布朗凭借《达·芬奇密码》红遍全球,创下了无数的销售记录,掀起了一波又一波的阅读热潮,帮助已经被宣判"死刑"的小说起死回生。一年以后,布朗的作品被介绍到中国,并在短时间内吸引了大量的读者。与此同时,针对布朗的学术研究也迅速展开,出现了不少高质量的研究成果。2015 年,虞建华教授领衔完成的国家社科基金后期资助项目《美国文学大辞典》出版,将"丹·布朗"收录为词条,表明布朗已经引起中国主流学界的高度关注。2016 年,国内丹·布朗研究专家朱振武教授和美国加州州立大学奇科分校张爱平教授联袂撰写的英文学术专著《丹·布朗现象诠释:文化悬疑小说创作程式研究》(*The Dan Brown Craze: An Analysis of His Formula for Thriller Fiction*,以下简称《诠释》)由英国剑桥学人出版社出版,再度引发学界对布朗的热议。这部著作依托本土文学文化经验,综合运用比较文学研究和文化研究方法,对布朗的全部作品进行系统研究,在国际学界有力地发出了中国学者的声音,是一部厚重的补白之作。

一、精心梳理布朗的接受和研究史

细致、扎实的文献综述工作是成功学术研究的必备条件,缺少这一

---

① 本文原载《外文研究》,2017 年第 3 期,第 99 - 101 页,略有改动。作者綦亮,博士,苏州科技大学外国语学院副教授,江苏省"青蓝工程"优秀青年骨干教师。

点,任何研究都不免会言之无物,流于空泛。《诠释》的首要特点是对国内外丹·布朗的接受和研究史进行了精心的梳理,对各种观点和立场进行了客观和中肯的评价,为国内外受众了解丹·布朗学术研究进程,从而推动该领域研究向纵深发展提供了必要的参照和导引。

在充分占有第一手资料的基础上,《诠释》首先聚焦国外研究,爬梳出国外研究从单纯关注《达·芬奇密码》的"《达·芬奇密码》现象",到对丹·布朗作品进行整体探讨的"丹·布朗热"的演变线索。在这条纵向线索之中,又可见出正面和负面评价两个横向维度。从《诠释》的分析中,我们了解到,国外学界对布朗的评价呈现出比较明显的两极分化:欣赏者认为布朗"重新燃起了我们再度接洽那个神圣世界的欲望";批评者则指责他的创作"笨拙、不符合语法规范、不断重复"[1],是对基督教的亵渎,甚至有抄袭的嫌疑。但无论是认同还是质疑,都充分说明布朗作品引发的轰动效应。

在考察完国外研究情况之后,《诠释》将视角转向国内,从比较视野出发,阐释布朗在不同的学术和文化语境的接受过程所产生的变异。《诠释》首先从总体上指出,相对国外研究中的褒贬不一,国内学界对布朗多持肯定态度。像王蒙和陆建德等文化名人都对布朗表示赞赏,认为他的创作并非一般意义上哗众取宠的通俗作品,而是具有广博的文化视野和深厚的文化底蕴。《诠释》颇有洞见地指出,对布朗文学创作品质的判定在一定程度上引发了中国学界和创作界对"严肃文学"和"通俗文学"划分的重新思考。相应地,与国外普遍将布朗的作品称为"惊悚小说"不同,国内研究者更倾向于将其作品定义为"文化悬疑小说"。另外,对于布朗作品中引起广泛争议的宗教主题,国内受众也表达了不同的看法,他们不像西方读者那样挑剔,更多的是"怀着极大的兴趣去探讨布朗对宗教纷争的

---

[1]　Zhenwu Zhu and Aiping Zhang, *The Dan Brown Craze*: *An Analysis of His Formula for Thriller Fiction*, Newcastle: Cambridge Scholars Publishing, 2016, p. 3.

再现"[①]。

《诠释》不仅关注布朗在中西两种异质语境的传播和接受中表现出的差异,还借鉴比较文学研究中的影响研究方法,考察布朗的创作风格和理念对中国本土作家的启示,探究布朗现象如何催生中国本土类型化写作热潮。研究发现,中国本土化类型写作近十几年发展迅猛,这与布朗在中国的接受历程几乎是同步的,与布朗在中国文学文化界产生的巨大影响力不无关系。在布朗的启发下,中国当代文坛涌现出了麦家、蔡骏、何马等一批优秀的悬疑小说家,尤其麦家,更是被誉为"中国丹·布朗",其代表作谍战题材小说《解密》成功打入国际市场,"打破中国小说海外销售纪录,并赢得 40 多家西方媒体的高度赞誉"[②],为中国当代文学创作注入新的活力。通过在文学批评与创作关系的视域下阐释布朗的中国之旅,《诠释》突破了平面式的研究成果评述,对外国文学在中国本土文学生成中发挥的作用、中国受众从单纯的猎奇心态到反思本土文学创作范式的文化心理嬗变过程,都进行了深刻的揭橥,为国外研究者更加全面地认知布朗的全球传播提供了有效素材。

二、深入挖掘布朗创作的美学和文化内涵

《诠释》共由"引言"和七个章节等部分组成,除"引言"中的文献综述和第一章的总体创作情况介绍,其余六章从背景设置、人物塑造、叙事策略和主题关怀等方面详细解读了布朗已经发表的六部小说,深入阐发了布朗创作的美学和文化内涵。

能够在短时间内席卷全球各大畅销榜单,俘获数以亿计读者的心,使自己的文学创作升腾为一种文化现象,这样的作家大都会被认为是天才。但《诠释》向我们展示了天才的另一面,或者说,它深入到天才背后,揭示

[①] Zhenwu Zhu and Aiping Zhang, *The Dan Brown Craze：An Analysis of His Formula for Thriller Fiction*, Newcastle：Cambridge Scholars Publishing，2016，p. 11.

[②] Ibid.，p. 16.

出天才是如何炼成的。不可否认,儿时的解谜体验、英文教师的严格要求、欧洲的求学经历,这些外在因素与布朗日后的成功不无关联,但真正起决定性作用的是布朗发自内心的对创作的严谨态度,对读者的敬畏之心。每创作一部作品之前,布朗都会对故事的发生地进行实地调查,广泛搜集素材,同时虚心向各路方家请教,确保细节的准确性。而在具体的创作过程中,布朗更是殚精竭虑,孜孜以求,把创作潜能发挥到极致。不论是对闪回、留白和蒙太奇等技法的娴熟运用,还是对传统、现代和后现代等叙事方略的有机糅合,抑或是对色彩的精心调配而达成的视觉效果,其最终目的都是为了最大限度地提升作品的可读性,创造赏心悦目的审美体验。这种追求效果的创作理念在美国文学中并非没有先例,侦探小说的先驱爱伦·坡就是典型。坡取得的成就"主要归因于他的创作理念,而其创作理念的核心就是他反复强调的'效果'说。以搅动读者心灵为核心的'效果'理论既是坡对前人创作思想的继承和发展,也是他自己创作实践的概括和总结"①。与坡相比,布朗对效果的追求可以说是有过之而无不及,他传承了美国文学的"效果美学"原则并将其发扬光大。因此,布朗的作品看似妙手偶得,实则是苦心经营的结果,这是《诠释》通篇论证的一点。也正是在此基础上,它才能够有力地反驳认为《数字城堡》过于情节化、人物刻画单薄的观点,指出小说的情节设置和人物刻画互为补充,相得益彰,才能够令人信服地读解出。正如巴尔扎克的高老头和柯南道尔的福尔摩斯一样,兰登教授虽是"扁平式"人物,却丝毫不影响他的重要性。②

布朗的作品深入人心,他费心打造的独特美学景观是重要因素,但更为关键的是其创作的文化属性,这也是《诠释》重点探讨的问题。一方面,"时势造英雄","9·11"恐怖袭击事件的冲击、SARS 病毒的肆虐,这些 20世纪初的突发灾难加重了已经让人们困惑不已的"世纪焦虑",客观上促

---

① 朱振武:《爱伦·坡的效果美学论略》,《外国文学评论》,2007 年第 3 期,第 128 页。

② Zhenwu Zhu and Aiping Zhang, *The Dan Brown Craze*:*An Analysis of His Formula for Thriller Fiction*,Newcastle:Cambridge Scholars Publishing,2016,p. 65,p. 105.

成了布朗的横空出世,尤其是"9·11"恐怖袭击事件给美国人造成的创伤记忆和一系列国家政策的更迭,更是让热衷探讨国家安全的布朗风行一时。另一方面,布朗作品的内在主题特质又与时代精神完美契合,让读者沉醉其中,欲罢不能。《诠释》敏锐地指出,相比 J. K. 罗琳和斯蒂芬·金等畅销书作家,布朗的不同的在于他善于用通俗的形式表达严肃的主题。[①] 的确,布朗的作品不仅给读者带来感官上的享受,还通过阐发正义与邪恶、人性与神性、科技与伦理之间的对立和冲突,引领读者思考后工业和信息化时代事关人类生存福祉的文化命题,让他们获得一种智性上的愉悦。《诠释》的第七章从文学伦理学角度解读《地狱》,认为小说探讨的人口过剩问题"是人们今天普遍面对的伦理问题。布朗在小说中展现的不仅是关于人口过剩的激烈争论,他还揭示了人们日益加重的对于当下和未来日常生存的焦虑"[②]。《诠释》的研究表明,布朗的作品虽然属于通俗文学,却有着与严肃文学一样的深刻与厚重;布朗的作品能够雅俗共赏,皆因其题旨对当下性、前瞻性和普世性的完美融通。

三、处处彰显外国文学研究的"中国芯"

如何处理好异域文化与本土视角的关系是外国文学研究的关键问题。受"西学东渐"思潮的影响,尤其自 20 世纪 80 年代西方文学批评理论涌入以来,我国外国文学研究一直是唯西方理论马首是瞻,陷入各种"术语"和"概念"的泥淖中不能自拔,缺乏从本土文化立场出发、建基于中国本土经验的原创成果。20 多年前,曹顺庆先生曾经振聋发聩地指出:"中国现当代文艺理论基本上是借用西方的一整套话语,长期处于文论表达、沟通和解读的'失语'状态。"[③]这一观点也是对我国外国文学研究的

---

① Zhenwu Zhu and Aiping Zhang, *The Dan Brown Craze : An Analysis of His Formula for Thriller Fiction*, Newcastle: Cambridge Scholars Publishing, 2016, p. 307.

② Ibid., p. 376.

③ 曹顺庆:《文论失语症与文化病态》,《文艺争鸣》,1996 年第 2 期,第 50 页。

诊断——事实上,文论的"失语"和外国文学研究的"失语"是一个硬币的两面。

那么,应该如何在外国文学研究中发出自己的声音,构建自己的话语体系?《诠释》在这方面为我们提供了诸多启示。《诠释》的一大特点是它在阐释西方文学现象时,对中国文学观念和范例的自觉运用。譬如,它以白居易的"千呼万唤始出来,犹抱琵琶半遮面"形容布朗设置悬念的功力;用苏轼的观点说明布朗作品中留白的艺术价值;用李汝珍的《镜花缘》解读布朗塑造人物形象的技巧;用鲁迅的洞见阐述布朗作品的知识性;用朱光潜的见解论证细节的重要性。类似的例子还有很多,涉猎面之广,令人叹服。更加让人印象深刻的是,这些类比和分析丝毫不显突兀和生硬,而是相辅相成,融会贯通,让我们对中西两种文学样式都有了更加细腻和准确的感知,体现了论者"两脚踏东西文化"的功底和眼界。"只有体现出民族特色,文学创作才能在借鉴他者的过程中推陈出新,从而真正地实现本土化,走向世界。"[1]文学批评亦如此,缺少文化自觉的文学批评只能是人云亦云,隔靴搔痒;只能是"我注六经",很难做到"六经注我"。

当然,强调本土视角绝不意味着排外,甚至是恐外,而是发自内心的对本土文学文化价值的认同。《诠释》虽然大量引证中国文学观念,但它同样注重借鉴西方文学批评方法。它对布朗小说后现代叙事风格的论述就非常娴熟,而以巴赫金的"时空体"概念解读布朗对时间和空间的精巧布局,则更显现出它对"西学"的精到理解。《诠释》对理论的使用不是机械的套用,而是在充分理解本土文学文化精髓基础上的一种自然的生发,是对"中学"和"西学"的"视域融合",故而避免了理论文本"两张皮",方能信手拈来,收放自如。其实,说到底,从本土视角出发研究外国文学,最终落脚点并不仅仅在本土,并不仅仅是对外传播本土文化这么简单,其中还涉及外国文学本身内涵拓展的问题。为什么许多海外汉学家对中国文学的研究比中国学者要深入得多,能够发现中国学者发现不了的问题? 盖

---

[1]　朱振武:《丹·布朗现象与文学中国梦》,《上海师范大学学报》(哲学社会科学版),2015年第2期,第124页。

因他们的研究是正是从本土立场出发的，而他们的研究也很大程度上丰富了中国文学的内涵。因此，"对外国文学进行本土性的解读，从而丰富外国文学的内涵，这才是外国文学研究的正确途径，这是对外国文学本身和外国文学研究双赢的方向"①。

从本土立场出发研究外国文学文化并不是一句口号，而是需要研究者身体力行，落实到实践中去。在中国文化"走出去"的时代背景下，文化自觉和理论自信显得尤为重要。《诠释》顺势而为，它从本土视角出发，秉持开放、包容的文化心态，对布朗文学创作系统和深入的解析，是我国学者直接与西方学界对话，争取国际学术话语权的重要尝试，对我国未来的通俗文学研究和美国文学研究都会产生积极的影响，并将进一步促动我们思考如何更好地借鉴和利用外国文学这块"他山之石"。

---

① 高玉：《本土经验与外国文学研究》，《解放军外国语学院学报》，2009 年第 2 期，第 90 页。

张毅评《丹·布朗现象诠释》*

　　"丹·布朗的作品让人们对小说这一久已低迷的文学样式刮目相看，使小说在各种新的文艺样式和媒体手段的混杂、挤压乃至颠覆的狂潮中又巩固了自己的一席之地。"丹·布朗小说的主译者和研究者朱振武这样评论《达·芬奇密码》等系列小说。不错，丹·布朗的小说及其影响可以说拯救了颓废的阅读视界，也使得曾经压倒其他一切文学样式的小说得以光大重生。作为丹·布朗系列小说的主译者和研究者，朱振武早已注意到丹·布朗现象的文化蕴涵及其当下意义，他推出的著作《丹·布朗现象诠释》正是他一直以来思考和研究的成果。这部著作是朱振武教授联手美国加州州立大学奇科分校张爱平教授共同撰写的一部英文著作。这部著作从小说美学、比较文学和比较文化研究等多个维度，对丹·布朗的六部小说抽丝剥茧，共时比较，历时考察，是一次通俗文学和经典文学的碰撞，一次中国文学和外国文学的交汇，也是一次本土视角和外国视野的融合。

一、有了通俗文学，才有经典文学

　　在时下的书市，一本书高居榜首几个月，已经不易；连续畅销几年，引发广泛关注，就算是奇迹了；而持续走红十几载，长销不衰，且不时就能激

*　本文原载《社会科学报》，2016 年 12 月 1 日，第 8 版，略有改动。作者张毅，主要研究方向为英语文学与翻译。

起不小的波澜的书，则更是难得一见。但丹·布朗的《达·芬奇密码》就是这样的书。从 2003 年上市，丹·布朗热涟漪不断，波澜时起，且解密不绝，仿作频出。《达·芬奇密码》及丹·布朗的其他小说《天使与魔鬼》《数字城堡》《骗局》《失落的秘符》和《地狱》的解密类著作暂且不提，跟风而出的密码小说在西方就有《培根密码》《莎士比亚密码》等多部，在我国类似的小说要数《碎脸》《地狱的第 19 层》《解密》《藏地密码》《盗墓笔记》《鬼吹灯》等。鬼谷女、蔡骏、麦家、何马、南派三叔和天下霸唱等一大批作家都明显受到丹·布朗文化悬疑小说的影响。在这些现象背后，我们不难发现，大众流行文化有如落地生根的野草迅速蔓延，相较之下，严肃文学则孤芳自赏，曲高和寡，愈发寂寥。在大众文化的一再冲击之下，传统文学与通俗文学的界线变得逐渐模糊。《丹·布朗现象诠释》敏锐地察觉到这一文学走势，大胆突破文学研究的窠臼，将文学从"不胜寒"的高处解放出来。

通过对丹·布朗生平和创作经历展开回溯，《丹·布朗现象诠释》首先阐释了作家创作的心理机制。在随后的在第二章至第七章中，以文本细读的方法"走进《数字城堡》""明辨《天使与魔鬼》""拆穿《骗局》""破解《达·芬奇密码》""寻觅《失落的秘符》""发现《地狱》"，依序解剖了丹·布朗的六部小说，并从人物塑造、情节建构、小说主题、场景运用、密码设置、文化蕴涵、写作技法等方面对丹·布朗小说进行深入解码。作者指出，丹·布朗小说兼具大众审美的娱乐性和反映当下的普世性以及入时性，其曲折离奇的情节为读者带来阅读的快感，而其深刻的人文关怀又将读者抛入无限的思索之中。对于这样寓教于乐的文学作品，作者并非简单地将之称为通俗小说或文化小说，而是将其定义为"文化悬疑小说"（erudite suspense fiction）。通过阐释丹·布朗作品对美国文学传统的继承和发展，《丹·布朗现象诠释》消解了所谓严肃小说和通俗小说的分野，呼吁文学不应作茧自缚，单纯地以"俗""雅"作为评判标准，文学研究也不应只面向所谓的精英文学，而是要关注大众文化和大众审美情趣，从新的阅读元素中汲取活力。

二、懂了中国文学，才懂外国文学

丹·布朗凭借其小说中新颖的题材、紧密的情节、丰富的文化要素以及深切的文化关怀引起学者们和批评家们的关注。在我国，丹·布朗研究自 2004 年《达·芬奇密码》汉译本推出之后，呈现出"乱花渐欲迷人眼"的姿态。除了一般的文本评论，国内研究还从翻译学、符号学、叙事学和语用学等多种视角出发，运用神话原型批评、解构主义批评、读者接受批评、女性主义批评、生态主义批评、新历史主义批评、文化批评和文学伦理学批评等理论展开研究，虽然已经取得一定的成果，但总的来说，却都难逃西方批评话语的桎梏。然而，《丹·布朗现象诠释》却能够立足本土文化，对西方文学作品进行诠释和赏鉴。不难发现，这部著作虽以英文著成，洋洋洒洒近 400 页，但中国古典文学名家名作以及文学评论家却随处可见。李汝珍的《镜花缘》、曹雪芹的《红楼梦》、鲁迅的《中国小说史略》、金圣叹点评的《水浒传》、蒲松龄的《聊斋志异》、冯梦龙的"三言"等都被拿来"说事"。因而，这样的文学研究不是自娱自乐，自说自话，而是"足以为外人道也"，是与西方学界，特别是英语学界展开的直接对话。

一边是人气旺盛的西方小说，一边是流传千古的中华古典，看似相去甚远，但在《丹·布朗现象诠释》一书中得到了很好的交汇。从白居易的"千呼万唤始出来，犹抱琵琶半遮面"到丹·布朗的悬念的设置，从金圣叹的"读书之乐，第一莫乐于替人担忧"，"以惊吓为快活，不惊吓处，亦便不快活也"到丹·布朗"逐渐写""细细写出"的叙事节奏，从苏轼的"静故了群动，空故纳万境"到丹·布朗的空白叙述，作者以其广阔的比较文学视角和跨文化视角诠释透析现代西方小说和我国古代文学间千丝万缕的关系。或许正是由于这种文化自信和文化自觉，在《丹·布朗现象诠释》出版之前，就有好几家英美的权威出版社对这部著作表示出浓厚的兴趣。

当然，立足本土也绝不是闭门造车，作者还运用了西方文学批评的话语对丹·布朗作品进行逐一评析，例如以巴赫金（Michael Bakhtin）的时空体概念解读布朗对时间和空间的精巧布局,用詹明信(Fredric Jameson,又译"杰姆逊")的两种叙事模式解析丹·布朗在塑造神秘感和复杂人物的技巧,以福克马(Aleid Fokkema)的人物分析评析了丹·布朗圆形人物和扁平人物的运用。这种自觉的批评理念和中西互证的研究方法一改外国文学批评界仰视西方学界鼻息,唯西人话语马首是瞻的风习,既有着强烈的文化自觉和自信,又有着鲜明的"拿来"意识。

三、有了本土视角,才能形成触角

《丹·布朗现象诠释》也不乏对文本细节的深度窥探,这源于作者翻译和研究丹·布朗的双重经历。朱振武先后主译了丹·布朗五部长篇小说,并审校了其第六部小说,在翻译过程中,他对丹·布朗小说的意象、修辞、典故、思想情感、语气语调、字里行间的意思、文本背后的意义都进行了深入的思考,而其学术训练和思辨习惯让他不愿停留在对作品的单纯迻译和一般的介绍层面上,所以就有了《丹·布朗的当下关怀》《丹·布朗现象与中国文学梦》《达·芬奇密码雅俗合流的成功范例》《寻找失落的寓意——评丹·布朗最新力作〈失落的秘符〉》《丹·布朗〈地狱〉的伦理之思与善恶之辩》《对话西方,而不是拾人牙慧》和《丹·布朗的伦理抉择》等多篇引领学界的论文以及《解密丹·布朗》那部专著。可以说,丹·布朗研究是朱振武译研有机结合的产物。《丹·布朗现象诠释》在翻译和研究的长期作用下酝酿而成,它是一位译者对文本的直接感悟,也是一位研究者对作品的宏观把握,它将国内丹·布朗研究推向了极致。正如李维屏在"《丹·布朗现象诠释》新书发布会暨丹·布朗现象研究会"上所言,丹·布朗在中国遇到朱振武,他是幸运的。

《丹·布朗现象诠释》是文学翻译和文学批评的有机结合,标志着翻译与文学研究的相得益彰与相辅相成。正如朱振武自己所言"只懂一种语言,就是不懂语言;只懂一种文学,就是不懂文学;只懂一种文化,就是不懂文化"。作者用世界上使用人数最多的汉语将丹·布朗作品引进国门,又用世界上使用范围最广的英语将本土批评推介出去。《丹·布朗现象诠释》将我国文学批评推向国际学术舞台,为学术研究开辟一种新的样态,也让翻译家和文学评论家的双重身份走向了融合,这样的文学批评无疑是可取的,也是难能可贵的。

虞建华评《福克纳的创作流变及其在中国的接受和影响》*

据统计,在世界文坛最受学术界关注的作家中,莎士比亚位居第一,威廉·福克纳名列第二。莎士比亚已经成为英国文化和人类文化的一部分,福克纳也正迅速朝这一高度攀升,一种"福学"已经形成。在我国,除了众多关于福克纳小说创作的论文和福克纳小说译本之外,近三十年来已有多部福克纳研究著作和传记问世,其中包括朱振武教授早先的另一本:《在心理美学的平面上——威廉·福克纳小说创作论》。这部著作的关键词是"创作论",讨论的是贯穿于作品之间的、通向故事背后的深层的、本质的东西,即小说创作发生的深层动机:是何种作用于潜意识的心理力量,促使作家提笔作书,写下了那些形形色色、奇奇怪怪的美国南方人的故事?朱教授为解读福克纳的作品构建了文化框架,提供了探索昏暗曲折的心理迷津的线路图。

如果说《在心理美学的平面上——威廉·福克纳小说创作论》是一种聚焦式的研究,那么《福克纳的创作流变及其在中国的接受和影响》则是全景式的,将我们带入更加广阔的历史与文化领域。在介绍和评述了将福克纳引上作家之路的生平简历和福克纳在美国和中国的研究状况之后,朱教授将讨论的重点集中在福克纳小说创作的美学理念这个较难涉入的领域,从美学、心理学、文化学等多个学科的批评视角,对福克纳创作的心路历程进行学理上的跟踪,对他的思想和艺术进行再评价,对他在中

---

* 本文原载于《文艺报》,2015 年 9 月 25 日,略有改动。另见中国作家网 http://www.chinawriter.com.cn。作者虞建华,博士,上海外国语大学教授,博士生导师。

国的接受和影响进行深入探讨和揭示,体现了积淀的厚度、思考的深度和知识的广度。朱教授善于结合宏观的文化视野和细致的文本分析,归纳和总结前人的研究,融会贯通后推出自己的见解,尤其在探索审美心理机制上下足了水磨功夫,力求发掘福克纳小说取得巨大成功的深层原因:为什么他的作品具有代表价值和现实意义? 为什么他的小说涵容了如此巨大的阐释空间? 为什么会如此受到中国学者和读者的重视,为什么会在创作界产生重大影响,是哪些深层的、本质的、普遍的东西,让他的作品获得了恒久的价值?

　　谈到威廉·福克纳,人们总是联想到美国的南方。著名学者罗伯特·潘·沃伦将福克纳的小说称作"南方传奇",并指出:"这种传奇并不仅仅是南方的传奇,而且也是一个反映了我们整体困境和问题的传奇。现代世界确实处于一种道德混乱的状态。"也就是说,他的小说能够历久弥新,受到如此青睐,不是因为他那些使人惊愕、困惑、费解的南方人的故事,而是因为透过那些古怪的故事,人们能够窥见人心深处扭曲的、黑暗的、未曾探究的领域。福克纳在诺贝尔文学奖授奖答词中,强调的也是这一点:"人心内部冲突的问题本身就足以成为理想的写作材料,因为这是唯一值得一写的东西。"也就是说,这块落后的、处于崩解过程之中的"边远南地",在他看来是"人心内部冲突"的沙场,腥风血雨,折射了人类的"整体困境和问题"。他的故事是一种文化"切片",可以放在显微镜下放大观察,解码细读。

　　从作家的创作生平来看,福克纳的鼎盛期是 20 世纪的 30 年代,但福克纳与美国大萧条时期的政治气候和文化氛围似乎有点格格不入。当大多数作家聚集在左翼文学的旗帜下,以文学为武器,反映社会问题,呼吁社会革命时,福克纳却好像无动于衷,自顾自写他那些稀奇古怪的南方故事。读罢朱振武教授这部著作的前半部分,我们对福克纳小说的创作心态及其流变总算有了全面深入地了解,我们就是要这样透过现象看其本质,有了这样的前提,我们才能更加深透更加准确到位地理解和阐释作品。其实,他与时代的联系不是表面的,而是内在的。他的小说反映的是美国最贫穷、最不幸、受到政治迫害和经济冲击最严重的地区，即他自己的家乡——美国南方边远地区。这里的人们正在焦虑、恐惧和"道德混乱状态"中挣扎：南方的乡绅社会整体走向没落，旧的庄园农业模式行将就木，北方资本和商业经济无孔不入，迅速取而代之。在这个新旧更替，传统瓦解之际，南方人进退维谷，不知所措。福克纳的故事为读者提供了变迁时代纷繁复杂的南方生活画面，许多片断又共同组成一幅浩大的历史画卷。但是与同代其他作家不同，他并不直接反映主宰历史和人际关系的冷酷的经济力量，也不呼吁社会变革，而将问题的重心定格在历史的和心理的基点之上，因此超越了特定的历史、政治和文化环境，也因此在更普遍的层面上获得了意义。

福克纳出生在南方，小说中写的也是南方的人物、背景和事件。更重要的是，这个曾被著名文化人门肯贬斥为"文学沙漠"的地区，随着福克纳的出现而出现了被称为"南方文艺复兴"的文学繁荣。新南方文学的兴起，是20世纪上半叶美国文化史上最重要的事件。在福克纳洋洋大观的文学世系中，在他的小说王国中几代人沉浮起落的故事里，他成功塑造了约克纳帕塔法县几大家族的众多成员。这些人物在后来的小说中不断出现，共同演绎了一部活生生的南方史话。直到以斯诺比斯家族为代表的不择手段的新经济力量入侵南方，颠覆了旧南方乡绅社会的秩序、传统以及维护这种秩序与传统的价值体系，整个南方社会历史性地在"喧哗与骚动"中走向解体。福克纳的每一个故事都具有悲剧的色调和力量。

福克纳小说中的几乎每一个主人公都是悲剧人物，他小说世界中的居民是不幸者的聚合：破产的、失意的、贫穷的、孤独的、变态的、压抑的、堕落的、受排斥的、受冤屈的、受性挫折的、轻信被骗的、遭强奸或谋杀的、家庭关系破裂的、找不到人生方向的。这些悲剧人物都背着沉重的历史包袱，都被不合时宜的道德和社会观念禁锢，在新的工业时代突然敲门时，一下子失去了价值评判的能力。当这类悲剧一再出现在同一个作家的笔下，故事就获得了象征的意义，超越了特定地域，而指涉人类的生存状况。由于价值体系的瓦解，感情交流的缺乏，也由于爱的丧失，精神堕落由此产生,成为现代生活的特征。

福克纳小说对南方的再现带有印象主义的风格。读者也许无法从中看到一幅清晰的历史图谱,但却能获得一种强烈的历史体验,一种笼统而又具体、模糊而又真切的感受:南方的一切都在不可逆转地变化,一切都难逃厄运。

福克纳对美国南方历史、文化和心理的建构,是"暗藏"在小说中的,或许作家本人也是无意识的。他描写反映同一时期、同一地域的景况、事件、气氛、情绪,塑造众多当地人物,讲述发生在该地的方方面面的故事。他部分以他自己的体验为基础,部分资料取自耳熟能详的长辈的经历,经加工而成。福克纳的一部部小说流传至今,摆放在我们的面前,就像是"文化博物馆"中的藏品,浸透着历史的墨迹,因它的真实性和"可阐释性"而弥足珍贵,可供人们从中推演出过去一个时代的某些生活侧面。读者必须自己从中找出人物的行为规律和主题模式。那些残存遗物也许永远无法拼搭出一个成型的整体,但通过个别之间"互文性"的关照,人们或许可以找到通向洞见的途径。这也是朱振武教授的著作《福克纳的创作流变及其在中国的接受和影响》的价值所在。

福克纳作品难读,这是因为他的小说不是通过故事直接陈述事理和"意义"的,而是记录和再现了让作家感触的南方人的行为举止,由此涉及了驱动这些人如此行为的潜在的心理和文化动力。他的故事不是逻辑的、道白说教式的,因此故事背后的事理和"意义"是隐含的、暗示的,需要获得历史和区域的整体视野,也需要对个别典型或非典型的事件进行咀嚼消化,才能发现领悟。福克纳的小说主题往往通过三个方面的途径进行表达:第一,通过主观的、想象的、个人感受的途径进行表达;第二,通过内化的途径进行表达,比如历史的压迫和重负,在福克纳的小说中表现为人物焦躁的情绪、突发的暴力和怪异的举止;第三,通过象征的途径进行表达,比如家族或南方的没落,系于某个南方淑女"纯洁的丧失"这一概念之上。福克纳在看似散漫无序的叙述表面之下,讲述着另外的故事。

传统社会的解体,带来了信仰危机和精神压力,迫使那些无法做出合适调节的南方人,要么在极端的行为中宣泄,要么在想象的过去中躲藏。福克纳在卷帙浩繁的作品中描写的形形色色的人物,有的个性扭曲,有的痴呆疯癫,有的行为出格,有的与世隔绝,有的道德堕落,一个个都陷进了感情经历的泥潭,都在挣扎着表达自己,都有幽灵缠身的感觉,都感到无法做出有意义的行为,都希望通过某种途径出逃,但都找不到出路。南方人的这种困境和体验,在变迁的社会中具有代表意义。福克纳从动荡和经历剧变的南方社会中,提取人生经验中那些最根本的东西,融入他的故事之中。写作过程是经验领域的感受过程,每一部小说都是这种感受不断发现、更新、发展、深化的过程。是那些"暗藏"在小说之中和"潜伏"在文本之下的东西,使作品具有了主题上的深刻性和一致性。而福克纳的文学创作在形式与内容上给世界文坛带来的积极影响、冲击及其文化意义是怎么强调也不过分的。朱振武教授正是看到并深入研究了这一课题,特别是福克纳的创作精神在中国这个特殊的文化语境下的接受过程及其对中国文学家们的影响与浸润,才把他精心研究的心得奉献给各位学人。

朱振武教授的《福克纳的创作流变及其在中国的接受和影响》为我们研读福克纳作品提供了心理参照和文化框架。就像任何优秀作品一样,意义不在文本之中,而在文本的后面。作为集作家、翻译家和学者于一身的朱振武教授,他的学术视野和关注面注定要宽广得多,他的学术思路和学理见解也有别于一般的外国文学研究者。这本厚实的、分量十足的"福学"力作,为我们步入福克纳文本背后的广阔世界及其在中国的深远影响提供了指南,也将进一步推动我国的美国文学研究及比较文学与文化研究走向深入。

周敏评《福克纳的创作流变及其在中国的接受和影响》*

　　阅读福克纳是一种多少有些奇怪的体验：在那令人窒息却充满诗意的意识流手法所勾描的心理抽象画中，在那看似混乱却充满必然性的一个个惊心动魄的文化瞬间，在那些充满了乱伦、性变态、暴力的由语言编织的深宅和种植园里，福克纳为我们泼洒出一个又一个尖锐而动人的"南方传奇"。透过这个传奇，他为阅读者开凿出一个刺进人类整体困境的心理的深洞，令他们直接掉入人性最深处的逼仄、阴暗、潮湿，以及亮光。他的写作是南方的，也是美国的；是美国的，更是世界的。作为美国小说界第一个真正的现代主义作家，福克纳因着"对美国现代小说强有力且富有艺术性的贡献"荣获 1949 年诺贝尔文学奖。① 他在获奖演说中这样说道："人是不朽的，并非在生物界唯独他留有延绵不绝的声音，而是由于他有灵魂，他有能够同情、牺牲和忍耐的精神。写出这些东西是诗人和作家的责任。"②正是通过对人类这种不朽精神的书写，福克纳笔下那块"邮票

＊　本文原载《中国比较文学》，2016 年第 1 期，第 194 -197 页，略有改动。作者周敏，博士，杭州师范大学外国语学院特聘教授，博士生导师，《英美文学研究论丛》副主编。

①　进入 1949 年度诺贝尔文学奖候选人名单的作家还有海明威、斯坦贝克、帕斯捷尔纳克、肖洛霍夫、莫里亚克、加缪、丘吉尔、拉格奎斯特等。评奖委员们决定在福克纳、丘吉尔和拉格奎斯特之间遴选，投票的结果福克纳虽然得票最高，但未能获得全体通过，因此当年未予宣布，直到第二年，福克纳才与 1950 年诺贝尔文学奖得主、英国哲学家罗素一起领奖。详见朱振武：《福克纳的创作流变及其在中国的接受和影响》，北京：人民文学出版社，2015 年，第 20页。

②　朱振武：《在心理美学的层面上——威廉·福克纳小说创作论》，上海：学林出版社，2004 年，第 282 页。

般大小"的约克那塔法县也拥有了世界性的意义,与狄更斯笔下的伦敦、哈代笔下的威塞克斯、梭罗笔下的瓦尔登湖、马尔克斯笔下的马孔多镇、莫言笔下的高密东北乡等一起成为著名的文学地标。

福克纳作品并不好读。诺贝尔奖授奖辞中,古斯塔夫·哈尔斯特隆(Gustaf Hellstrom)说:"从伊丽莎白女王时代的语言精神,一直到虽然拮据但却充满了表达力的美国南方黑人的语言,福克纳莫不熟悉而善于驾驭……英美文学中,几乎没有一个能像福克纳一样,把句子写得像大西洋的巨浪那样无垠无涯。"①不过语言并非阅读福克纳的唯一难处,他那"大西洋巨浪"般复杂的语言,那些迷宫般的多角度叙事,那些万花筒样挑战阅读者智力的时序混乱,反倒可以成为老练读者之喜悦的源泉。阅读福克纳的挑战在于——这个挑战也是他自己的写作所要面对和处理的——他的写作手法和题材之间难以调和的矛盾和张力。这个矛盾和张力是福克纳个人的,也是美国南方的,乃至美国的、世界的。福克纳的祖先不是种植园主,与属于另一社会阶层的粗人也相处和谐,但他内心的天平是认同于南方贵族的,反映在他的写作中我们看到的是无处不在的疯狂、暴力、死亡和对没落南方的无奈挽歌之间的紧张。这种紧张以更加深刻的形式表现为他复杂的南方情节与他书写自己南方情节所援用的现代主义手法之间的矛盾。不论南方对现代主义多么不屑甚而抵抗,福克纳都坚持使用现代主义的手法来展示南方的这种抵抗,他必须书写南方,因为他自己在最深刻的层面上是南方的孩子,正如卡尔(Frederick R. Karl)所说,福克纳的每一根纤维组织都是大南方的产物。② 福克纳充满同情地书写南方,却又暗自敲响了南方的丧钟,"他对南方的批判是宏大而深沉的"③。正是这种内在的紧张在福克纳和他的读者之间建立起一种心照不宣的纽带,一个写,一个读,欲罢不能。因此尽管福克纳并不好读,他早

① 肖明翰:《威廉·福克纳研究》,北京:外语教学与研究出版社,1997年,第43页。
② 弗莱德里克·R.卡尔:《福克纳传》,陈永国等译,北京:商务印书馆,2007年,第4页。
③ 朱振武:《福克纳的创作流变及其在中国的接受和影响》,北京:人民文学出版社,2015年,第41页。

在 20 世纪 30 年代就成为"法国青年心中的上帝",而 80 年代中期以来,"若论每年在美国发表的专著和论文数量,福克纳在英语作家中仅仅低于莎士比亚"①。

我国读者也很喜爱福克纳的作品。早在 1934 年,施蛰存主编的《现代》杂志就刊发了江兼霞翻译的福克纳短篇小说《伊莱》(现译为《艾莉》)、凌昌言的《福尔克奈——一个新作风的尝试者》和赵家璧的《近代美国小说之趋势》。特别是 20 世纪 80 年代之后,我国的"福学"研究日益壮大,中国知网所收录的福克纳研究论文有近 3000 篇,福克纳的 19 部长篇小说中 10 部已有了中译本,中国学者撰写的福克纳的研究专著截至 2015 年底已出版了 12 部,以福克纳为研究对象的博士论文 8 篇。现在我手上这部由朱振武教授所著、获得国家社科基金后期资助项目的《福克纳的创作流变及其在中国的接受和影响》(以下简称《福》)是我国福克纳研究的最新成果,这也是朱教授的第二本"福学"专著,此前他还出版了《在心理美学的层面上——威廉·福克纳小说创作论》。

《福》首先从福克纳创作的心理动势出发,在考察福克纳生平的基础之上,重点发掘福克纳的个人历史与其创作主题之间的深层联系。作者指出:"福克纳的创作中有一种不为创作者的自觉意识所完全控制的直觉领悟的心理倾向,正是这种自主情节引导作者超越个人的局限和利害范围之外,创造出了具有永恒艺术生命的作品和崇高的美学景象。"②福克纳对南方充满了同情,却又暗自敲响了南方的丧钟,"这种神奇的能力预示了他的小说的伟大性"③。通过对福克纳生平和创作的梳理,我们意识到福克纳如何摇摆在南方的封闭传统和旨在脱离地方性的现代主义观念之间,他就像一个文化历史学家,记录下了南方如何以其难以置信的能量和意志力去破坏它想要保留的一切,正是这种历史的张力构成了福克纳

---

① 刘海平、王守仁主编《新编美国文学史》(第三卷,1914—1945),杨金才主撰,上海:上海外语教育出版社,2002 年,第 340 页。

② 朱振武:《福克纳的创作流变及其在中国的接受和影响》,北京:人民文学出版社,2015 年,第 202 页。

③ 弗莱德里克·R.卡尔:《福克纳传》,陈永国等译,北京:商务印书馆,2007 年,第 6 页。

作品最深刻动人的内核。在此基础之上，作者接着探讨福克纳在美国的研究现状，对其发生与发展进行了梳理和分析，随后将重点放在与福克纳在中国的接受与影响之间的对比上，其中着重讨论了福克纳的长篇小说和短篇小说在中国的研究史、译介史。作者分析了中国福克纳译介发生的原因，指出在现实性焦虑和道德性焦虑的作用下，"政治话语的主导、文学审美的诉求以及走向繁荣的选择在不同时期分别成为福克纳译介的主要表征"①。

随着莫言获得 2012 年诺贝尔文学奖，他与福克纳的关系再次被人谈起。在莫言的诺奖演讲中莫言也直言阅读福克纳带给他的写作启迪，使他明白一个作家必须要有一块属于自己的地方。《福》的最后一部分以莫言、余华和赵玫等中国作家为例，"探究了中国创作界对福克纳接受的必然性"。受过福克纳写作影响的作家不在少数，仅诺贝尔文学奖的就有克洛德·西蒙（Claude Simon，1913—2005）、加西亚·马尔克斯（Gabriel Garcia Marquez，1927—2014）、托尼·莫里森、马里奥·巴尔加斯·略萨（Jorge Mario Pedro Vargas Llosa，1936）、莫言等。朱教授指出，中国当代作家同福克纳在创作时的时代背景、文学语境和个人追求方面都有相似性，因此更易学习和接受福克纳。在创作内容方面，都注重对历史意识和苦难意识的表达；在创作手法方面，则都注重通过运用意识流和多角度叙事等方法来描画内心世界。朱振武不仅是文学教授、评论家，还是翻译家和作家，正是从他自身批评、创作和翻译的丰富经验出发，他在《福》中特别提到，探究中国翻译界、研究界和创作界接受福克纳的心理必然性不仅是为了研究接受心理本身，也不仅仅单纯是研讨福克纳在中国的接受情况，而是为了通过这一研究了解并把握这些不尽相同的心理状态，继而加以扬长避短地利用这些心理，在中西文化深度对接的今天，使其成为促进中国文学乃至世界文学发展的积极因素，最终推动人类文学与文化的不断进步。

---

① 朱振武：《福克纳的创作流变及其在中国的接受和影响》，北京：人民文学出版社，2015 年，第 204 页。

如果说《在心理美学的层面上——威廉·福克纳小说创作论》是一种聚焦式研究，是从心理美学出发，"结合文学心理学、精神分析学、文学人类学和文艺发生学，对福克纳小说创作的发生、其隐含形式和内在机制进行心理上的跟踪，对其创作模式进行美学上的探讨"①，《福》则是全景式的，它将我们带入了更加广阔的历史和文化领域。正是在对福克纳创作心理美学和文本特质进行深入研究的基础之上，朱教授得以文化比较的宏大视野之中梳理和分析福克纳的创作流变及其在中国的接受与影响，论著所呈现的是一个立体而开放的研究景观，其中福克纳的生平与他的创作、美国的福克纳研究与中国的对其作品的译介和阐释，以及福克纳的写作与中国作家对他的接受之间关系错织、整体贯通，形成了一个堂奥幽深、横生纵议的对话平台。作者论证互重、取舍委纳，既有宏观的理论阐述，又有微观的考据爬梳，既重视社会文化背景的考察，又强调美学和艺术的考量。综观全书，始终横贯其中且形成了该著重要研究特征的，是其鲜明的综合创新的自觉和宏阔的比较视域。总而言之，《福》是一部重要的"福学"著作，它的重要性不仅体现在福克纳研究自身，而且在研究路径上丰富了我们当前文学批评中作家研究的方法，因而"将进一步推动我国的美国文学研究及比较文学与文化研究走向深入"②。

---

① 朱振武：《在心理美学的层面上——威廉·福克纳小说创作论》，上海：学林出版社，2004年，第6页。

② 虞建华：《福克纳的南方传奇：阐释空间与现实意义》，载朱振武《福克纳的创作流变及其在中国的接受和影响》，北京：人民文学出版社，2015年，《代序》第5页。

李萌羽评《福克纳的创作流变及其在中国的接受和影响》[*]

　　威廉·福克纳作为 20 世纪美国最重要、最具影响力的作家之一,被誉为"美国的莎士比亚"①。自 1934 年福克纳的名字首次出现在施蛰存主编的《现代》杂志中至今,中国"福学"的译介、传播和研究已经走过了八十多年的历程,取得了丰硕的研究成果,共出版福克纳传记 15 部(包括译著)、福克纳研究专著 17 部、福克纳长篇小说译作 10 部、福克纳中短篇小说集译作 4 部以及诸多福克纳研究论文(截至 2016 年)。研究者从南方文化、历史、宗教、种族、性别、主题类型、修辞意象、人物形象等传统研究视角,逐渐拓展到语言符号学、心理学、结构叙事学、原型批评、比较研究、生态美学、现代主义乃至后现代主义批评等多维研究视域。面对八十多年中国"福学"的发展,中国学者如何在与世界"福学"的对话中发出自己的声音? 该如何蠡测福克纳在中国的接受与影响的复杂状貌? 如何客观、深度评判中国福克纳研究的成就与局限性? 这些都是福克纳研究者面临的一些难题。

　　朱振武教授是国内较早致力于福克纳研究的学者之一,其早期撰写的学术专著《在心理美学的平面上——威廉·福克纳小说创作论》第一次从心理美学的角度,对福克纳小说创作进行了系统性研究,在国内学界产

＊　本文原载《外国文学研究》,2016 年第 4 期,第 164 - 167 页。略有改动。作者李萌羽,博士,
　　中国海洋大学教授。

①　Robert W. Hambin and Charles A. Peek, eds. *A William Faulkner Encyclopedia* .Westport,
　　CT: Greenwood Publishing Group,1999, p.ix.

生了广泛影响，成为国内福克纳研究重要的参考文献之一。而这部力作《福克纳的创作流变及其在中国的接受与影响》在其多年所持续进行的福克纳研究基础上，进行了更为深入、系统的整体性研究，突破了福克纳研究的传统格局，在很大程度上构建了中国"福学"乃至外国文学研究新的学术范式，特别是该著对八十多年来福克纳在中国的接受和影响，进行了一次全景式的梳理和辨析，视野开阔，思辨精深，体现了中国"福学"专家的学术自觉，标志着中国"福学"研究达到了一个新的学术高度，也是中国外国文学研究的一种新的范式。

一、福克纳创作范式研究的独创性建构

中国"福学"在与世界"福学"的对话中，该如何建构自己的学术话语和研究范式，是每一个福克纳研究学者所面临的一个艰巨的任务，这实际上构成了该新著《福克纳的创作流变及其在中国的接受和影响》一书的逻辑起点。该著之于中国"福学"的意义，首先表现为研究范式的创新。超越既有研究格局和方法，进入福克纳文学世界内部，是本书关注的一个重点所在，它从两个方面出色完成了这一挑战。其一，从文艺发生学的角度对福克纳创作心理进行了深入细致的剖析。其二，对福克纳小说美学范式的新探究。

"心理美学"研究范式是朱振武对福克纳研究的一个独创性贡献。文学和心理学有着千丝万缕的联系，对福克纳小说幽微、隐晦、曲折内部世界的探究无疑是解读福克纳作品深层意蕴极为关键的一环。从一定意义上来说，福克纳的小说就是一部部关于人类心灵的隐喻性文本。在这部著作中，朱教授超越了福克纳小说创作文本层面，努力探寻其创作的心灵起点和思想逻辑。它一方面运用大量丰富、翔实、鲜活的文学资料，运用文学创作发生学理论，全面论析了福克纳从"青涩少年"到"终南隐士"的曲折心路历程，旨在从源头上探寻、解析"福克纳在结构小说时所拥有的独特的心理机制"，认为福克纳创作心理动因主要源自其"自主情结以及

个人禀赋、家族影响及其作为大写的人的深层无意识"①；另一方面，该著又进一步深入挖掘了这种创作心理动势在"具体的小说创作，特别是在人物的塑造和情节构思上表现出强烈的心理定势和明显的范式化倾向。"②这为深度理解福克纳的文学世界特别是其"难以割舍的南方情结"提供了新的学术视域。

在对福克纳小说美学范式的新探究中，该著除了致力于福克纳小说心理美学范式的研究，还重点分析了福克纳创作的死亡范式、建筑范式和命名范式。新的研究范式带来了新的学术发现，如在对《献给艾米莉的一朵玫瑰》的死亡范式与时间哲学关系阐释中，该著认为透过揭开死亡的面纱，福克纳小说省思的是人类如何面对过去、现在和未来这一重要哲学命题。从文化哲学角度来看，时间与空间不仅是物质的存在形式以及思维意识的产物，更是人的生命和文化的展开方式，该著在探讨福克纳作品中文化时间的哲学意义之后，还从建筑范式的研究视角对福克纳小说的文化空间所诉诸的建筑理念进行了深度阐释，给人耳目一新的感觉。朱教授指出，在福克纳作品中，建筑的描写不仅仅提供人物活动的空间背景，而是具有深层的象征意味，是理解作品主旨的一个重要的符号载体，譬如，他认为在《我弥留之际》中，"房子和马棚的位置显示了本德伦一家人的灵和肉、心理和躯体的两面性"③。此外，该著作对福克纳小说命名范式的考量也饶有趣味，它结合大量的实例分析，对福克纳"约克纳帕塔法天地"世系小说中的标题、地域和人物命名与作品主旨意义的关系进行了极为详尽的考辨，指出福克纳多部小说的命名或运用文学故事，或借鉴圣经典故，或进行神话原型置换，从而使得命名艺术成为其"取得艺术成功的要诀之一"，从而为读者找到了更好理解福克纳作品的另一把钥匙。

① 朱振武：《福克纳的创作流变及其在中国的影响与接受》，北京：人民文学出版社，2015 年 6 月，第 7 页。
② 同上。
③ 同上书，第 12 页。

二、福克纳创作思想嬗变研究的新突破

《福克纳的创作流变及其在中国的接受和影响》不仅对福克纳小说文本之深层意蕴进行了富有新意的阐释，为福克纳研究提供了新的视角，而且作者以宏阔的精神史视野，寻绎了福克纳精神成长及思想衍变历程。

古斯塔夫·哈尔斯特隆认为，福克纳是"二十世纪世界文学中的一个里程碑"①。近一个世纪以来，福克纳创作的"约克纳帕塔法"世系小说，作为一个开放的、意蕴丰富的文学世界，不但被誉为美国南方的"寓言和传奇"，而且其超越性意义更在于，它以极具现代感的文体形式展现了现代社会精神荒原的真实图景，表达了追寻"心灵真理"、重构人类精神价值的艺术理想，从而不断吸引着不同时代、不同国度的读者、研究者置身其中，以求参透这座文学里程碑的玄机，因之形成了经久不衰的福克纳研究热潮。

在对福克纳"约克纳帕塔法"世系小说深入研析的同时，该著作的另一学术探索还表现为对福克纳创作流变的探究。众所周知，福克纳的不少杰作都是经过反复修改后才日臻完善的，对福克纳不同版本小说的比较研究，是理解福克纳创作主旨和思想流变的一个重要途径，该著以此为突破口，通过文本的细读和比较，深入探悉了福克纳思想嬗变的奥秘和真相。"荒野"是福克纳的精神故乡，也是他反思旧南方原始罪恶和批判现代商业文明的一个重要标尺，福克纳的这种生态美学思想集中体现在他的中篇和短篇小说《熊》的创作、修改之中。为了深入考辨福克纳创作思想的嬗变，该著以福克纳前期创作的短篇小说《熊》和其后修改完成的中篇小说《熊》两个不同版本的作品作为比较的个案，分析了福克纳创作思想中的巨大超越。朱振武教授认为，短篇小说《熊》通过艾萨克·麦卡斯林成长的经历，"表现了福克纳对南方荒野所代表的古老美德的热爱和对

① 李文俊主编《福克纳的神话》，上海：上海译文出版社，2008年1月，第229页。

工业文明破坏自然的忧思"①。而中篇小说《熊》则丰富、拓展、深化了这一主题,麦卡斯林在荒野、山姆和老班中身上,获得了一种纯洁、强大的道德批判力量,从而为其审视家族罪恶、种族制度的痼疾以及工业文明的流弊提供了一种新的价值评判。这种版本学研究,没有对福克纳小说文本解读的苦功夫、硬功夫,不可能透过文本的变迁,看到福克纳心灵深处的风景。

三、史学视野与外国文学研究的学术自觉

一般而言,学术史研究标志着学术探究的自觉和成熟。朱振武教授的这部新著对福克纳之于中国文学语境的接受、传播、影响、变异过程,进行了深入细致的梳理和考辨,描绘了八十多年来中国"福学"流变的新图景,是对中国福克纳研究之研究,因而,从这个意义上说,该著已经具备了中国"福学"学术史的品格,是中国"福学"走向成熟的一个重要标志。

朱振武教授是中国"福学"的在场者和重要建构者,长期以来,朱教授对福克纳在中国的译介传播、接受、文学批评等进行了跟踪式探究,他的这部新著更是从"中国福克纳译介的发生""中国福克纳批评的垦拓""中国创作界对福克纳的接受"等多维视度,全面梳理了福克纳在中国的影响与接受,对中国"福学"的流变进行了客观、系统的分析和评判。

在"中国福克纳译介的发生"的研究中,朱振武教授运用弗洛伊德的"现实性焦虑"和"道德性焦虑"理论,评析了福克纳作品的译介所经历的从"外化"到"内化"的过程。认为从福克纳最早被引介到中国至改革开放之前,对其作品的译介更多受政治意识形态等现实性因素的影响,而改革开放以来,道德性焦虑心理则促使福克纳译介更立足于文学本身的立场,更为重视翻译的文学和艺术价值,从而推动了高水平的福克纳作品译介。

---

① 朱振武:《福克纳的创作流变及其在中国的影响和接受》,北京:人民文学出版社,2015 年 6 月,第 158 页。

与此同时，朱教授也指出，由于福克纳作品的艰涩难懂、曲高和寡，译者因过多考虑市场的经济利益因素，从而出现了新千年后福克纳译介迟缓的局面。这样一种学理化的分析对于我们探讨今后如何更好推进福克纳作品的译介无疑具有很强的现实指导意义。

在"中国福克纳批评的垦拓"研究中，朱教授按照历史发展脉络，一一梳理了从 1934 年赵家璧译介美国学者华尔特曼（Milton Wildman）《近代美国小说之趋势》到 21 世纪以来福克纳研究等不同阶段的复杂发展态势，特别指出改革开放以来"中国福学研究与其他文学研究一样共同置身于世界多元化批评的学术背景之下"①。因得益于美国福克纳研究批评多元化的影响，中国的福克纳研究逐渐摆脱了一元化的批评视角，从 20 世纪 80 年代侧重于对福克纳作品思想及其与南方关系的研究、对文体和创作技巧的研究，拓展到 90 年代的文化研究、原型批评和比较研究，再到 21 世纪的生态批评、现代主义、后现代主义以及通俗文学等研究，中国的"福学"研究也在不断走向深入。该新著对福克纳研究文献资料的搜集和掌握是惊人的，透过对这些资料数据的详尽分析，它对各个阶段福克纳研究的特点，福克纳诸多研究成果的学术贡献和不足逐一进行了深度解读、阐释和评析。这种学术史的梳理，没有一种既入乎其内、又超乎其外的学术功力，是难以驾驭的。基于这样一种倾注大量心血的"案头"文献梳理和学理性评析结合的研究是目前学界所亟需的，这也是朱教授这部著作对福克纳研究所做出的一个很大的贡献。

深入考察和描绘中国文学界对福克纳的接受，是该著作的一大亮点。福克纳是 20 世纪西方现代派文学承上启下的作家，以福克纳为代表的西方现代派文学对中国新时期文学的发生和审美品格的生成，特别是新时期作家审美观念的裂变和艺术手法的创新，都具有不可忽视的意义。该著以莫言、余华和赵玫为个案，从人性主题和文体实验等方面，深入探析了福克纳对中国当代作家创作的深层影响，并对这种影响的时代因素和

---

① 朱振武：《福克纳的创作流变及其在中国的影响和接受》，北京：人民文学出版社，2015 年 6 月，第 175 页。

深层文化心理进行了精辟论述，朱教授指出，"自恋性求同作用心理"是中国创作界接受福克纳的深层动因，这是因为 20 世纪 80 年代中国创作界处于一种"创伤心理状态"，所以对福克纳作品所诉诸的历史意识和苦难意识产生了强烈的认同感。这一发现，事实上已经超越了中国"福学"的研究范畴，对于揭示中国当代文学与西方文学的影响与接受关系，进而在世界文学的语境下深化对中国当代文学的理解和认识，都具有重要的启发意义。

由上观之，朱振武教授的新著《福克纳的创作流变及其在中国的接受与影响》立足于创作范式建构，不但追溯、评析了福克纳创作流变的历程，考察了其心理创作动机和心理机制以及诸多创作范式，而且对福克纳在中国的接受与影响进行了全方位、深层次的研究，该著作关怀宏大、学术观点精辟、独到，文献资料丰富、翔实，彰显了中国"福学"研究的一个新高度，对我们从事外国文学研究起到了很好的示范作用。

刘略昌评《福克纳的创作流变及其在中国的接受和影响》※

　　作为 1949 年的诺贝尔文学奖得主,福克纳因其出色的意识流作品对包括中国在内的世界文坛产生了深远的影响。福克纳的成就很早就引起了学界的关注,经过从遭受质疑到多方肯定、从内部研究趋向多元发展再到从平缓发展中寻求突破等一系列发展,如今福克纳研究在整个世界俨然成了显学。我国的福克纳研究是世界福学的有机组成部分,研究成果数量众多,批评方式多种多样,但同时也存在着重复现象严重等外国文学评论固有的弊端。近来,朱振武推出了一部《福克纳的创作流变及其在中国的接受和影响》(以下简称《福克纳》),它从美学、心理学和文化学等多个批评视角出发,对福克纳创作的内在机制进行心理上的跟踪,对其创作模式进行美学上的探讨,对其作品取得成功的堂奥进行文化上的揭示。这部著作有别于以往的作家个案研究,它体现了在全球化的形势下中国学人深入的理论思考、独立的批评意识和深厚的现实关怀。

一、深入的理论思考:研究理念和研究方法

　　《福克纳》深入的理论思考首先体现在研究理念的运用方面。在过往的外国文学研究中,有的学者盲目迷信西方流行的理论思潮,没能从具体的理论概念入手,也未能从中吸收和借鉴可能给人启发的新视角和新概

※　本文原载《当代外国文学》,2015 年第 4 期,第 150 - 154 页,此处略有修改。作者刘略昌,博士,上海理工大学教授,上海市浦江人才。

念,因此也未能将理论视角与具体的作家作品研究有机结合起来。在缺乏深入思考的情况下,难免在解读文本时会出现概念含混或理论误用的现象。朱振武的《福克纳》既没有规避理论,也没有盲从理论,而是将道德性焦虑、现实性焦虑等普通心理学的一些概念加以改造之后,灵活地挪用到对福克纳小说创作的分析中,从而避免了对小说这一特殊审美对象的简单化处理和对小说中人类细微心理现象的粗暴宰制。《福克纳》旨在探索福克纳艺术创作和接受活动中的审美心理机制。对这样的研究朱振武显得驾轻就熟,他曾出版过《什么是心理分析理论与批评》,而其十多年前出版的《在心理美学的平面上——威廉·福克纳小说创作论》(以下简称《创作论》)更是采用心理美学理论对西方文学进行个案研究的一部力作。对心理分析批评,朱振武似乎有着特殊的偏爱,他曾运用此种手法撰写过多篇有关《聊斋志异》的论文,其中《〈聊斋志异〉的创作心理论略》的批评思路后来被多次沿用并加以完善,他分析福克纳的情结和范式的单篇文章基本都是这样的思路,《爱伦·坡研究》和《福克纳》的研究理念也是如此。

在研究方法的选择上,《福克纳》显然也有着自己的考量。脱离文本泛论文化或拘泥于文本细节而忽视文本间性是当前的外国文学研究经常出现的问题,而《福克纳》即坚持整体观照,又始终将文本细读与文化分析有机地结合在一起。在评价朱振武的《爱伦·坡研究》时,杨金才说它"体现了作者一贯对爱伦·坡作品的整体认知和学术思考"①。的确,不仅是对坡的小说,而且对其他领域的发掘,朱振武都显示出了一种坚持整体关照的理念,这在他步入学界伊始就已有所体现。朱振武较早时候发表过一篇题为《中国通俗小说批评的四次勃兴》的论文,这篇论文对从明代中叶到 20 世纪初中国通俗小说的批评理论进行了爬梳和阐释。此后,《美国小说本土化的多元因素》等多篇论文采用的也均是宏观论述的路径。《福克纳》在框架安排和章节逻辑上也坚持整体审视,如福克纳创作的心路历程、小说研究现状、创作范式、创作思想的嬗变、中国福克纳译介的发

---

① 杨金才:《文化批评与当下关怀——评朱振武近著〈爱伦·坡研究〉》,《英美文学研究论丛》,2013 年第 1 期,第 385 页。

生、批评的拓垦以及创作界对福克纳的接受等章节讨论的虽只是福克纳研究中的某一层面，但作者对整体之部分的阐释却又是居高临下的审视。

深入的理论思考终究要落到实处。在具体的论证过程中，只有既立足文本又不局限于文本，既能发散思维又能回到作品，收放自如地探讨作品的内涵和外延，才能打开福克纳研究的新局面。《福克纳》较好地把握了这一尺度，成功地践行了审美探讨与文化分析的合二为一。朱振武较少作纯粹的文本细读，而长于将之与宏观的文化透视结合起来，这就摆脱了个案研究容易造成的就事论事的嫌疑。如他的《〈一只白苍鹭〉中人与自然的和谐理念》等文章虽从具体文本入手，但其论旨却延伸到了文本之外的广大世界。《福克纳》也建基于文本分析之上，如支撑第四章论述的就是福克纳的名篇《熊》。《福克纳》虽对《熊》不同版本的改动进行了对照，但其用意显然在"月"不在"指"。在《福克纳》看来，作为福克纳二次创作实现巨大超越的范例，《熊》的创作流变及其背后作家的思想嬗变值得学界予以关注："纵观《熊》创作与修改过程中福克纳的思想嬗变，作者不仅赋予荒野与文明善恶对立的道德内涵，还试图据此为美国南方种族制度的痼疾和生态危机问题寻求出路。"①

二、独立的批评意识：文本选择和中国视角

深入的理论思考必将带来独立的批评意识，这在文本和视角的选择上表现得尤其明显。在李文俊、陶洁等前辈学者的推动下，我国的福克纳研究取得了斐然的成绩，不过整体看来研究视野不够开阔，在关注点上存在大量的聚焦现象，如"长篇小说仍以《喧哗与骚动》为主，短篇小说也还是主要讨论《献给爱米丽的一朵玫瑰花》，论题仍然围绕种族、性别、神话王国、时间观念等方面。"②《福克纳》有别于国内一般的福克纳研究，它论述的不是种族、性别等寻常话题，而是旨在考察福克纳的创作及其异域复

---

① 朱振武：《福克纳的创作流变及其在中国的接受和影响》，北京：人民文学出版社，2015 年，第 159 页。

② 陶洁：《福克纳研究》，上海：上海外语教育出版社，2013 年，第 347 页。

生的心理美学元素。《福克纳》也在谈《喧哗与骚动》，也在论《献给爱米丽的一朵玫瑰花》，但它指向的是福克纳创作的美学和死亡等范式，而"建筑范式"和"命名范式"两节援引的福克纳作品就涵盖了《熊》《圣殿》《我弥留之际》《喧哗与骚动》《沙多里斯》《八月之光》还有《押沙龙，押沙龙》等多部小说。《福克纳》没有完全舍弃旧材料，而是对之加以选择重组，同时又加大了对福克纳之前受关注较少的作品或受关注作品中较少得到关注内容的考察力度，这就做到了探索新命题与发掘旧话题的有机统一，如属于老生常谈的《喧哗与骚动》就被认为在情节设计和创作手法上融入了大量的心理分析元素。

除了文本选择的突破拓展之外，《福克纳》独立的批评意识还体现在在全球化的语境下，作者尝试着从中国视角出发来衡量福克纳。我国外国文学研究深受西方话语影响，有些研究者失去了主体意识，往往以某种认同的方式跟着西方学者言说，重复别人的观点，这难免会落入自我殖民的困境之中。《福克纳》有力地摆脱了这一影响的焦虑，它巧妙地选择了一个突破口，把福克纳在中国的接受影响作为全书着墨最多的地方。这种选择不但符合美国文学研究最新的潮流，而且还可充分发挥中国学人知识结构的优势。从国际来看，美国文学进行作家研究时不再局限于美国本土，而是力图拓展超越国界的批评视野。显然，论述福克纳在中国的流布给《福克纳》提供了施展拳脚的良好平台。需要说明的是，《福克纳》没有满足于对史料进行简单梳理或作出一般评述，而是力争体现一个中国学者的领会，结合独特的思想文化语境，对福克纳在中国的译介、接受和影响进行深入的心理层面的考察。

《福克纳》这种独立的批评意识不是空穴来风，而是建立在作者扎实的研究积累和翔实的文献梳理的基础上。朱振武曾在《外国文学评论》《外国文学研究》《当代外国文学》等期刊发表过 20 多篇福克纳研究论文，还出版过被誉为独辟蹊径"为研读福克纳作品提供了文化框架和心理参照"[①]的《在心理美学的平面上——威廉·福克纳小说创作论》。检视朱

---

① 虞建华：《观看乌鸫的又一种方式》，载朱振武《在心理美学的平面上——威廉·福克纳小说创作论》，上海：学林出版社，2004 年，《序言》第 10 页。

振武的学术历程,可发现自 2002 年发表《论福克纳的荒原情结》以来,其关注视线几乎没离开过这位蜚声欧美的伟大作家。除对福克纳保持较长时期的关注,翔实的文献梳理也为《福克纳》严谨的论证和独立的批评意识提供了保障。史家向来讲究论从史出,在开篇描绘福克纳的心路历程后,《福克纳》用近 50 页的篇幅梳理了美国和中国的福克纳研究史。之所以下此水磨功夫,乃是在于美国的福克纳研究一直领跑世界文坛,评述福克纳在美国的研究历史与现状可为我国的福克纳研究提供参照。回顾了中国的福克纳研究史后,《福克纳》发现其间存在着研究视野狭窄、研究不够深入、研究存在模式化等不少隐忧。经过一番扎实的考证,在借鉴国内外前人研究成果的基础上,《福克纳》才最终制定了现在的章节和目录安排。

三、深度的现实关怀:文化自觉与学者情怀

《福克纳》做出的理论思考和持有的批评自觉又与其作者的深度关怀紧密联系在一起。朱振武是位学者,同时又是名作家和翻译家。他曾在《文艺报》《社会科学报》等报纸上发表过不少随笔,还曾在大型文学刊物《江南》上发表过备受好评的短篇小说《崽崽》。朱振武还致力于翻译实践和翻译研究,他主持译介的《达·芬奇密码》《天使与魔鬼》等丹·布朗系列小说在国内引起了广泛的反响,他还在《人民日报》《中国翻译》等报纸杂志上曾就翻译问题和中国文化的海外传播发表过多篇文章。集多种身份于一体,这使朱振武具备了更加开阔的视野,也使他的学术思路有别于一般的外国文学研究者。朱振武在《福克纳》中极力试图拓展小说研究的广度和深度。他认为福克纳批评在不同时期的表征有着深层次的必然性成因。着眼于固定作用和目标定向性求同作用,《福克纳》对这些心理机制在福克纳批评中所起的决定性作用进行了挖掘。《福克纳》貌似只谈福克纳,但他指向的其实是整个外国文学研究,因为将"福克纳"的字眼置换为"外国文学"之后,其结论仍具有一定的普适性。

从福克纳的小说研究入手,但又没有止步于福克纳,《福克纳》体现了

其作者宏大的文化自觉和学者情怀。探究中国翻译界、研究界和创作界接受福克纳的心理必然性固然重要,但《福克纳》的用意不仅是研究接受心理本身,也不仅是单纯研讨福克纳在中国的接受状况,"而是为了通过这一研究了解并把握这些不尽相同的心理状态,继而加以扬长避短地利用这些心理,使其成为促进中国文学发展乃至世界文学发展的积极因素,最终推动人类文学与文化的不断进步"①。《福克纳》的这些期冀不由给人振聋发聩之感,毕竟学问从来不是书斋里的自娱自乐,而是要观照当下,关怀世事。从中国的层面来说,发掘莫言、余华、赵玫等当代文坛对福克纳接受的必然性有着别样的意义。因为作为特殊的读者群体,作家的接受意义不仅在于吸收外来文化,同时也在于继承和发展其精华部分,丰富和推动我国文学与文化的历史进程。就世界层面而言,自觉地尝试从异文化的"他者"视野观照外国作家,其高质量的成果也可促使研究对象国的读者换一个角度审视自己民族的文学文化,从而在平等的基础上促进不同话语体系之间的对话和交流。

　　一时代有一时代之学术,一时代也有一时代的福克纳研究。回首逝去的八十多载,福克纳研究在不断打破枷锁,不断找寻与现实社会的共鸣,努力地做到与时俱进,力争在新的时期产生新的意义和价值。朱振武的《福克纳》就是全球化形势下涌现的一部既具国际视野又有本土意识的学术力作,它对福克纳的创作心理及其中国接受者的审美心理进行了深度探索,这使它在众多福学著述和外国作家个案研究中显得独具一格。在推动社会主义文化大发展大繁荣和提倡中国学术走出去的今天,《福克纳》的著者表现出的厚实的理论功底、高度的批评自觉和深度的现实关怀令人钦佩,这将对学界反思如何更好地从事外国文学研究、尤其是作家研究和比较文化研究带来一定的启示。

---

① 朱振武:《福克纳的创作流变及其在中国的接受和影响》,北京:人民文学出版社,2015 年,第 205 页。

刘建军评《爱伦·坡研究》*

看到振武教授寄来的国家社会科学基金项目的最终成果，本来有许多话要说。但随之看到盛宁先生所写的序言，不禁有了与李白游黄鹤楼时同样的感慨："眼前有景道不得，崔颢题诗在上头。"但振武教授执意甚坚，非要我"赐教一二"。盛情难却，只好不揣浅陋，信笔涂鸦一番。

对爱伦·坡而言，我只知道些许皮毛，谈不上什么研究，更没有什么深邃的见解。但我喜爱他文学世界那种不同流俗的感情和其中所蕴涵着的独特氛围。有学生曾经问我，文学的本质是什么。在我看来，任何文学作品都是作家对所处时代现实生活的情感表达，因此，对文学而言，"情感"就是其区别于其他学科的本质所在。但此处所说的情感，并非等于一般意义上的"感情"，而是一种对现实把握的独特情感方式，当作家面对风云变幻的社会生活时，他对生活的把握并非对事实的把握，也不是基于某种政治倾向或道德观念的把握，而是遵照着情感逻辑的把握。一个伟大的作家，能够依据长期以来形成的情感的敏锐性，把握生活的本质并对生活做出自己的判断。这种情感常常显示出作家自己更为独特的判断。这种情感判断不同流俗，不与社会表象等同，他从作家自己独特的体验出发，更显示出精神的独立性和穿越表面现象的超越性。爱伦·坡其实就是这样一个伟大的作家。

我们知道，20 世纪西方文学观念开始了向现代的转变。其中最重要

---

*　本文原为朱振武所著《爱伦·坡研究》的《序言》，作者刘建军为上海交通大学外国语学院特聘教授，博士生导师，中国高教学会外国文学教学研究专业委员会主任。

的变化就是人们不再以道德上的善恶来评判生活，也不是用人与神的冲突来看待社会，一种来源于个人情感的判断成了很多作家的首要选择。我以为，爱伦·坡遵从的不是当时社会的事实逻辑，也不是遵从社会某种政治、道德等价值的逻辑，而是遵从了一个作家的情感逻辑描写和表现了他的时代。换言之，他把对现实生活给予他的各种感受，凝聚成了一种不同流俗的、与主流文学观念格格不入的情感，从而用这种情感揉碎了生活事实的表象，重新审视和思考了他的时代乃至整个人类的历史，写出了一系列不同流俗的文学精品。因此，这就显示出了爱伦·坡创作的独特性。振武教授的爱伦·坡研究，从总体上来说，就显示出了他在这方面的洞察和把握，是很令我佩服的。

其实，振武教授就是一个按照自己情感生活的学者。和他交往过的同仁都对他这方面的特点有着很深刻的印象。他生活在自己"真诚而略带侠义"的情感世界中，对学生，他如同兄长，学生们对他也常常以"老大"相称；对同行，他古道热肠，捧心相待，以至于学界有"天下谁人不识君"的感慨；对师长，他敬奉有加，许多和他有过交往的老师和我谈到他时，都常常赞美他的这种风格。

我本人就和他一见如故。因此，和他交往，就少了很多"谨慎"，多了些"率直"。除了研究爱伦·坡之外，据我所知，他的研究领域还涉及福克纳以及美国文学中的其他作家。当然，最让他名声大振的是对当代美国著名"知识悬疑小说家"丹·布朗《达·芬奇密码》等小说的翻译与研究。由于顾忌较少，所以在每次相见时，我都建议他以后把精力放到以丹·布朗为代表的当代美国小说新观念和新形态的研究上来。其实，我知道，给一个在原有的研究领域已经取得很大成功的人提出转变研究重点的建议，无疑是草率的，但振武非但不生气，不敷衍，还十分真诚地倾听我的"废话"，这就可以看出他情感世界的透明与纯真。可以说，振武教授的以"真诚"和"侠义"为核心的情感世界，不仅造就了他的成功，也营造了一种包容大气的氛围——可能都是东北人的缘故吧，我喜欢这种情感氛围。

振武教授的这个国家社会科学研究基金项目完满结项了，值得祝贺。

但我知道,这只是开始,以后他还会有更多的好成果问世的。作为一个老朋友,一个外国文学研究领域的同行,我期待着他的下一部杰作,甚至下几部杰作尽早问世。振武兄,我期待着,我们期待着……

草成于 2010 年元旦

盛宁评《爱伦·坡研究》*

与振武相识是十年前的一次偶然，那是 1999 年在上海举办全国外国文学年会的时候。会议间隙，一个毛头小伙儿拿着我的《二十世纪美国文论》找我签字，告诉我他叫朱振武。白驹过隙，转瞬十载寒暑，振武已经从一个青年学子成长为中年学者，成了教授和博导，写了不少英美文学方面的文章，而且在翻译界也小有名气，尤以译介了丹·布朗的《达·芬奇密码》等系列作品引起关注。

我对振武的注意，最初是由于他对福克纳的研究，当时他在《外国文学评论》上面发表了关于威廉·福克纳的创作发生的文章。2006 年，他投稿给《外国文学评论》，讨论爱伦·坡的效果美学，我曾就其中的若干问题与他通电话，并多次通过电子邮件和他探讨其中的一些提法和译法。振武很好学，很快对论文做了调整和修改。后来在几次会议上也时有会面，知道他这几年一直潜心于爱伦·坡的研究，并获得了国家社科基金的后期资助。

但接到振武的《爱伦·坡研究》这部书稿，我还是有些惊讶。厚厚的一大本，粗算起来该有三四十万字，能说点什么呢？只能用"后生可畏，后继有人，后来居上"之类的赞词表示一些感慨吧。爱伦·坡在西方是个尽人皆知的名字，在多个领域里都有可圈可点的影响；在中国也是最早被译介、并对 20 世纪三四十年代的一些文化人产生过影响的"怪杰"。自鲁

---

* 本文原载《社会科学报》，2011 年 11 月 17 日。作者盛宁为中国社会科学院外国文学研究所研究员，曾任《外国文学评论》主编。

迅、周作人兄弟在《域外小说集》中将坡的作品引进以来，国内学界时断时续地对他有过不少的论述，但像振武这样作为单独专题的比较系统的研究，则确实没有见到。就此而言，振武的这部《爱伦·坡研究》的专论，即便算不得"拾遗"，称之为"补缺"则还是合适的。

的确，振武的这部专论主要是从文化与美学角度展开对坡的讨论。他首先对坡的生平及创作之旅进行回溯，努力寻找作家的特殊经历和社会背景对其创作产生的影响，并从中探究其作品几种形态的发生学原因；对坡在国内外（主要是中国和美国）的研究状况进行梳理评述，探讨其作品，特别是小说在中国这个异域文化环境中的复生；对我国渐呈多元趋势的爱伦·坡诗歌研究进行分析；然后讨论跨文化与跨学科语境下美国学界对坡的研究。接着，也是专论投入笔墨最多部分，就是对坡的小说创作进行研究：对其推理小说、科幻小说、哥特小说、幽默小说等作分门别类的探讨，对其作品的源流、形态、社会性及至当下意义等发表自己的看法。在小说研究之后，他又从宏观与微观两方面探讨坡的诗歌创作及其对现代派高雅文化和通俗文化的影响，然后探讨了坡的创作理论，重点研究其效果美学理论。最后一部分为附录，振武把精心搜集整理的有关坡的资料无私地奉献给学术界，不仅使这部专论更具有一种整体性，而且为今后的研究提供了便利的条件。

说起这个爱伦·坡，不仅过去、而且我相信今后还不断会有人问这个问题，即我们为什么要研究坡——不仅是读一点坡，而且是为什么要对坡做更深入的研究？这个问题若换一个问法就是：这个爱伦·坡到底能给我们哪些别的作家所不能给的启示？早在 20 世纪初，周氏兄弟在《域外小说集》的附录中对坡即有这样寥寥数语的简介："性脱略耽酒，诗文均极瑰异，人称鬼才。所作小说皆短篇，善写介绍，恐怖，悔恨等人情之微……"；而当年沈公（雁冰）论及坡时，亦有一句"与俗殊咸酸"的评语。中国新文学的这几位前辈其实从一开始就已言简意赅地把握住了坡的精神实质，对我们为什么要研究坡作了最好的回答。

这里我不由想起了我当年研究生毕业论文答辩时的一件小事。我的论文选题就是爱伦·坡，当时全系研究生的论文选题都是张榜公布的。记得那天是请了英若诚先生来参加我的一个同学的答辩，我们有几个同学在北大民主楼的门口迎候。英先生进门后在布告栏前站住，浏览了一遍这份拟答辩论文的名录，只听他随口说了一句，"哟，还有搞爱伦·坡的，看来真的是思想解放了啊！"言者无心，听者有意。站在一旁的我心里不觉一动：这个爱伦·坡何以能与"思想解放"挂钩，而搞爱伦·坡就能成为衡量"思想解放"的一个标识？

长期以来，我们或许太习惯于这样一种认识，即一定要把文学看成是某种客观现实的反映，而作家的写作也一定被认为是在表现他对社会现实的某种感慨和思考。殊不知爱伦·坡之所以是爱伦·坡，就是因为他断然摒弃了这样一种社会反映论的文学观，断然摒弃了我们耳熟能详的所谓"文以载道"或"诗言志"的写作目的。他的摒弃是如此的决绝，以致像帕灵顿（Vernon Louis Parrington，1871—1929）、麦西生（F. O. Matthiessen，1902—1950）这些专治美国思想史的大家，都把他彻彻底底地排除在 19 世纪美国思想史的主流之外。那么，坡是否就不再能跻身于 19 世纪美国文学的主流了呢？当然不是。他只是不以社会反映论鼓吹者的身份，而是以一种全然另类的艺术自觉，以一个唯美论文艺观鼓吹者的身份，堂堂正正地进入了 19 世纪美国文学的主流。坡对 20 世纪的欧美现代派的确产生过不小的影响，但这种影响也恰恰是由于他秉持了一种完全另类的、唯美的文学观、诗歌观和小说观。

然而，现在的问题是，我们是否相信坡的确秉持了一种我们根本不熟悉的另类文学观？说实话，我自己在读到坡之前，是不知道竟然还有这样一种"文学"的，一种专写恐惧、悔疚、耽想、甚至报复心理等这些所谓"人情之微"的文字。而这里需要特别强调的是，坡所刻画的这些"人情"，乃仅仅是属于人的本能、而与任何社会性的动因都了无干系的一种情绪和感觉。正是出于对文学的这样一种理解，坡一生都在强调，他的写作就是要通过精心构筑的文字来"唤起"（evoke）或"传递"（convey）一种情绪"效应"（effect）。难怪他那么激烈地反对"说教和训诲"（didacticism），他原来是要彻底地与社会反映论的文学观划清界限。对于坡的这样一种认识和把握，是我在读了纳博科夫的《文学讲稿》之后才获得的顿悟：原来，以"文学"面目出现的文字可以是各种各样的，而各种各样的文字所再现的文学世界也是各不相同的。坡的"文学世界"是一个与现实隔绝的世界，故而也就"与俗殊咸酸"了。循着这条思路，我们便越来越相信：坡，还有像波德莱尔、王尔德这样的诗人和作家，必须刮目相看。是像他们这样的作家，把人的审美感受力提高到了我们未曾想到的地步，是他们，触摸到了我们心底深处某些通常不为我们自己所觉察和理解的隐衷。从这个意义上说，正是由于他们的存在，才使我们对自己有了更深入、更具体的认识。希腊古训有"认识你自己"（Know thyself）之说，在这方面，坡、波德莱尔、还有王尔德，真可以说是功不可没啊！谈及外国文学，我们总喜欢说"他山之石，可以攻玉"，然而，外国文学第一位的、最直接的作用，就是让因使用单一语言而视野受到局限的读者扩大一点自己的眼界。

为什么要读一点坡？为什么要研究坡？就这个话题，看来还有很多的话可以说。但是再说下去，怕要喧宾夺主了。我们还是先听听振武在这部《爱伦·坡研究》中的心得和体会吧。

2009 年仲秋识于京西蓝旗营

杨金才评《爱伦·坡研究》*

新文科理念下美国文学专题九讲

在外国文学研究界和翻译界,朱振武教授算不上资深学者,但说他是后来居上或异军突起还是合适的。他主持译介的《达·芬奇密码》等丹·布朗系列小说在中国产生了深远影响,也使他广为人知;他在英美文学方面,特别是美国文学方面的近百篇专题学术论文使他赢得了同行们的认可;他的多部学术专著为他在学术界争得一席之地。当然给我印象最深的还是他的著作《爱伦·坡研究》,这是一部从文化与美学视域出发,结合当下语境,对爱伦·坡的创作展开系统讨论的专著,也是 2006 到 2008 年三年里国家哲学社会科学规划办批准的唯一一个外国文学方面的国家后期资助项目,这从另一个方面说明了这个项目拥有的重要意义及其上乘的质量。

美国著名作家埃德加·爱伦·坡在其短暂而又多舛的一生中为自己在诗歌、小说创作和文学评论等各方面赢得了盛名。坡从事创作的年代,正值美国文学浪漫主义的鼎盛时期,由于他的作品中带有所谓的颓废色彩,或者说带有一种在当时很难为世俗所接受的明显的忧患意识,那种"与俗殊咸酸"①的创作格调,以及那种更难以被人理喻的死亡氛围,与当时蒸蒸日上的美国社会格格不入,于是一度被排挤在美国主流文学之外。

---

* 本文原载《英美文学研究论丛》,2013 年第 1 期,第 382-388 页。略有改动。作者杨金才,博士,教育部长江学者特聘教授,南京大学教授,博士生导师,《当代外国文学》主编。

① 盛宁:《朱振武〈爱伦·坡研究〉》,载朱振武《爱伦·坡研究》,北京:人民文学出版社,2011 年 5 月,《序言》第 2 页。

与他同时及稍后的美国著名作家霍桑、麦尔维尔、朗费罗、爱默生、亨利·詹姆斯和马克·吐温等人都直接或间接地讥讽过坡本人及其作品。① 然而，到了 19 世纪末，引领法国文坛的象征主义先驱波德莱尔从坡的作品中找到了创作灵感，公开承认坡对他的影响。不同文学的艺术家和文学家也纷纷从坡的创作中汲取营养。读了《爱伦·坡研究》，我们可以更加坚定地说，爱伦·坡在文学批评和创作上的成就可以跻身任何一个时代的文学大师行列。在诗歌方面，坡可以同弗罗斯特和惠特曼等大诗人一比高下，因为他创作了一批以音韵美和悲恸美著称于世的诗篇。在小说方面，他也能与吐温和福克纳等小说大家相提并论，因为他开创了美国侦探小说和现代科幻小说的先河，用演绎心灵恐怖的创作手法提升了哥特小说的艺术地位，并以夸张怪诞的方式渲染了讽刺幽默的效果。至于在文学批评方面，他又可以与亨利·詹姆斯等文学评论家相颉颃，他提出了"为艺术而艺术"的主张和以"激荡读者心灵"为目标的效果理论，从而成为美国批评界乃至世界文坛独树一帜的人物。

《爱伦·坡研究》甫一开篇便对在特殊文化背景下成长并创作的爱伦·坡的生平及创作之旅进行回溯，努力找寻作家的特殊经历和社会背景对其创作产生的诸多影响，并从中探寻其作品的几种形态的深层原因。然后又对爱伦·坡国内外（主要是中国和美国）的研究现状进行梳理评述，首先探讨爱伦·坡作品特别是他的小说在中国这个异域文化背景下的复生过程，对我国渐呈多元化趋势的爱伦·坡诗歌研究进行条分缕析，然后研究在跨文化与跨学科语境下美国爱伦·坡的研究情况。这些都使我们对爱伦坡成长的心路历程及其在国内外的接受与影响有了清楚的了解，对他的定位也就更加清晰和准确。这部著作的第三部分是爱伦·坡的小说创作研究，对其推理小说、科幻小说、哥特小说、幽默小说等种类进

---

① 霍桑对《厄舍古屋的倒塌》颇有微词；麦尔维尔在小说《骗子》中暗含对坡的讥讽；朗费罗一直都是坡的论敌；爱默生说坡是位叮当诗人；亨利·詹姆斯认为坡的诗歌是初级的、肤浅的；马克·吐温认为坡的写作手法是"机械性的"。详见王齐建：《试论爱伦·坡》，《外国文学研究集刊》（第六辑），北京：中国社会科学出版社，1982 年，第 315 页。

行分类探讨，也是这部著作着墨最多的地方。生活在 19 世纪文化危机中的爱伦·坡，他创作中的那种一定程度上的娱乐方式甚至经济行为使他在相当长一段时间里为主流文学所不容，为雅文学所不纳，但是正是他的勇敢和洒脱让他成为那个时代伟大的探索者。他为我们打造了"一个新的文学世界，指向未来的 20 世纪"①。当科技的发展颠覆了传统的物质宇宙理念，改变了人们的时空观，对人们固有的生活方式和思维方式发出挑战之时，"爱伦·坡的科幻小说毅然展现了科学技术给世界带来的翻天覆地的变化和给社会和人类心理造成的久久无法平息的涤荡"②。作者对爱伦·坡的作品认识之深刻让我们叹服，可以说是爱伦·坡逝世一个半世纪后的真正知音。这一切我们从有"科幻小说之父"之称的法国科幻小说家儒勒·凡尔纳和"软科幻小说"的扛鼎人物英国科幻小说家赫伯特·乔治·威尔斯的身上都能看到其深远影响，当然后两者把爱伦·坡的这种精神又发扬光大了。《爱伦·坡研究》的一个主要观点，就是爱伦·坡的大部分作品，包括一些科幻小说，已经完成了从通俗到经典的过程，这是因为爱伦·坡创作的这种所谓的俗文学是雅俗共赏的，是超越阶层的限制的，是普适的，是关怀世事和苍生的，是因为其体现的世俗性和娱乐消费性正是人类之共性。这正揭示了爱伦·坡的作品穿越时光的隧道展现在不同时代的读者面前的真正原因。③ 爱伦·坡已经预见到他那内涵无限丰富的作品在同代人中知音难求，因此他曾宣布：他"可以花一个世纪等待读者"④。的确，一个半世纪过去了，爱伦·坡的科幻小说不光在世界各地有大批拥趸，还为当下的社会发展和人文建设提供了参照和敲响了警钟。爱伦·坡的科幻小说中丰富的想象力、深邃的洞察力和深切的人文关怀仍然备受关注，其科幻小说中对人的生存状况的关注、对

---

① Jeffrey Meyer, *Edgar Allan Poe: His Life and Legacy*, New York: Charles Scribner's Sons, 1992, p. 269.

② 朱振武：《爱伦·坡研究》，北京：人民文学出版社，2011 年，第 88 页。

③ 同上书，第 89 页。

④ G. R. Thompson, ed., *The Selected Writings of Edgar Allan Poe*, New York: W. W. Norton & Company, 2004, p. 580.

人的尊严的肯定以及对人类美好未来的追求,对今天的社会现实所具有的启示意义是非常难能可贵的!

同理,爱伦·坡的侦探小说影响深远亦绝非出于偶然,对人性的思考和道德的诉求是其推理小说得以经典化的重要因素,而雅俗合流的创作旨趣又是这一类型小说被广泛接受并产生深远影响的主要原因,其所创立的模式之所以不断地被后人发扬光大,与他对人性的思考和对人们的审美情趣的关怀也密不可分。19世纪中后期是美国文学界本土意识觉醒的时代,坡恰恰回应了这种强烈的民族意识,他的文学观念及其文学创作使他成为世界文坛上的一个丰碑。爱伦·坡在哥特小说的创作上深深受到英国早期哥特小说的影响,同时又有所创新和突破,在接受美学的层面上极大地拓延了哥特小说的审美阈限。作者对爱伦·坡的哥特小说的探讨也体现了作者一贯对爱伦·坡作品的整体认知和学术思考。

幽默是美国文学的一个重要传统,爱伦·坡则凭借自己那特有的天分和对美国早期本土幽默的传承创作了20多篇幽默小说,但其幽默文学并非空穴来风,而是与美国本土幽默的传统有着紧密的联系。爱伦·坡"不但在素材、叙述模式上继承了美国本土幽默和喜剧传统,而且还推陈出新,翻新花样,增强其美学蕴涵,从而形成了自己独特的幽默风格"[①],为推进美国文学,尤其是幽默文学向纵深发展做出了卓越的贡献。奥古斯塔斯·鲍德温·朗斯特里特、西巴·史密斯、本杰明·富兰克林和华盛顿·欧文幽默文风都不同程度上对爱伦·坡的创作产生了影响,使之形成了独特的创作风格,在美国文学创作上起到了承前启后的作用。

这部论著的第四部分主要探讨爱伦·坡的诗歌创作。爱伦·坡在其短暂而多舛的一生中共有四部诗集问世,其早期诗歌用细腻的笔触刻画了现实与理想的冲突,宣泄了作者对现实生活的愤懑和愤世嫉俗的逃避情绪,以此来保护自己受伤的自尊;在其后两部诗集中,为了彰显永恒不朽的神圣美,死亡和梦幻频繁地交织地出现在其诗作中,表达了诗人的唯

---

① 朱振武:《爱伦·坡研究》,北京:人民文学出版社,2011年,第100页。

美主义审美情趣。爱伦·坡在创作诗歌的同时,对自己和他人的诗歌创作进行研究和反思,从而总结出独树一帜的诗学理论,为美国乃至世界诗歌创作和诗歌理论的发展做出了贡献。可以说,坡在诗歌创作和诗学理论上都取得了非凡成就,对后来的文学实践有着深远影响。他的诗歌创作彰显出一个艺术家在文化危机时代的艺术自觉,揭示出工业化进程中人类遭遇的文化危机和精神危机,因而是对深陷精神樊笼的现代人的美学救赎。他对诗歌的传统意识、效果理念以及形式之美的实践和倡导是现代派诗歌的先导,其对梦境、疯癫和死亡的书写是对人类的现实困境、精神状况以及未来命运的深刻反思,是对现代危机的前瞻与诠释。

《爱伦·坡研究》的又一亮色是主要探讨爱伦·坡在雅俗文学与文化双端造成的深刻影响,特别是对现代主义的影响和对通俗文化的影响(第五部分)。正如作者所指出的,爱伦·坡的短篇小说和创作理论为现代主义思潮中的主要流派提供了创作摹本和理论指导。但其在通俗文化中被普遍接受,而且其影响大大超出了文学范畴,并上升为一种复杂的文化现象,就更值得我们深思。作者非常精当地作出了学理分析,认为这一现象出现的主要原因是爱伦·坡作品中丰富的文化蕴含和本土特色对现代读者阅读期待的多重满足及其与当下大众审美文化心理的契合产生了时代共鸣,而消费文化时代的文化工业在爱伦·坡现象的产生中扮演着重要的角色。爱伦·坡现象为我们重新思考全球化语境下的诸多文学问题提供了新的文化参照,他的影响已渗透到通俗文化和人们生活的方方面面,"爱伦·坡热"也已成为当下通俗文化中的一个令人关注的文化现象。任何文化思潮、文化现象的出现都是诸多因素共同作用的结果,爱伦·坡现象也有其深刻的时代背景和复杂的社会原因。它一方面是爱伦·坡作品丰富的文化内涵及其特有的通俗手法与其接受方特别是现代读者独特的文化审美心理相契合的结果,另一方面以大众传媒为代表的文化工业也在其中起到了不可或缺的作用,而在大众消费时代则更是如此。从文化的接受方,也就是文化消费者的一方多加思考,我们才能更好地理解其作品从畅销到长销的深层原因。当然,要想进一步弄清这一点,我们则需研读一下爱伦·坡的创作理论,特别是他的效果理论,而朱振武对爱伦·坡的文艺评论所做的细读细析乃至提炼和总结,都为我们做出了开拓性的贡献。

顺便说一下,《爱伦·坡研究》的最后一部分的附录也绝非冗赘多余,这使《爱伦·坡研究》这部著作更具整体性和完整性,同时作者也无私地把精心总结、梳理、检索的珍贵资料奉献给学术界,为我国爱伦·坡研究及相关学术研究的深入开展提供了便利,也树立了典范。

诚然,爱伦·坡研究在欧洲特别是在法、德、俄罗斯(含苏联时期)及东欧等一些国家的情况,由于地域关系和语言障碍等问题,这部著作还没有论及。另外,爱伦·坡的许多作品从主题意蕴和美学高度上还有待进一步挖掘和诠释。但这都不影响我们对这部著作给出我们的溢美之词。我们最后来看看这部著作的研究方法。作者显然使用了一些经过改造后符合小说研究的观点和材料,美学、心理学、人类学、社会学、文化学等多学科方法的综合运用和渗透,是其研究的一大特色,从创作主体的动机(创作心理)、艺术内容(各种类型的题材来源)、艺术成就(表现方法)及其社会影响(特别是对通俗文化的渗透)等方面论述爱伦·坡创作的心理特点、文化特质和艺术特点,全面结合主体论、对象论、赏析论和影响论四维,完整地呈示爱伦·坡创作的整体印象,并努力探清其艺术渊源,力争体现一个中国学者的领会。因此,《爱伦·坡研究》的创新之处和突出特色就在于作者从传统文化的渗透对爱伦·坡的几种小说样式进行追本溯源,从精神生态视域对爱伦·坡的创作发生及创作轨迹进行探究,从接受美学上对爱伦·坡的创作成功进行审视,从现代主义的传承反观爱伦·坡的多方影响,从本土化的宏观范畴对爱伦·坡在美国文学史上的贡献从新定位,从小说美学及诗学理论出发对爱伦·坡的作品及创作理论进行诠释和考察,从通俗文化及大众传媒视角对爱伦·坡作品的传播及其当下影响进行透视,充分树立研究的主体意识,在批判地吸收前人研究成果的基础上,力求以中国人的视角来探讨爱伦·坡的创作轨迹,使爱伦·坡研究发展成为一种跨越东西方文化传统的跨学科的批评话语,同时还要将爱伦·坡的作品放回其所处的社会历史环境中，挖掘其内在的文化精神特性，捕捉其与现实世界的种种关联，在宏观与微观、纵向与横向、历时与共时相结合的基础上对其进行全方位的文化与美学的透视。《爱伦·坡研究》是国家社科基金后期资助项目，我们真诚期盼有更多这样集学术研究与当下关怀于一身的优秀成果面世！

綦亮评《爱伦·坡研究》*

"经典"之所以会走下神坛,成为一个问题,在很大程度上归因于西方的解构主义、后现代主义、女性主义和后殖民主义等"盛理论"(high theory)流派挑战了文学经典的本质主义认知模式。而作为"后理论"时代显学之一的文化研究,其重要的理论和实践旨归更是要破除高雅文化和通俗文化之间的二元对立,以平等的眼光审视诸种文化现象,对经典进行多元阐释。就连西方经典的忠诚守护者哈罗德·布鲁姆也不得不承认:"西方经典的内涵还具有高度的复杂性和矛盾性,而绝不是一种统一体或稳定的结构。没有一个权威可以告诉我们西方经典是什么"。①

爱伦·坡在美国文学史,乃至世界文学史上的经典地位早已为世人所公认,但对于爱伦·坡的经典性,即其从边缘到主流的经典化过程,国内研究者却鲜有论及。所以,尽管国内爱伦·坡研究已经取得了可观的成果,但还存在一定程度上的盲区。朱振武教授的《爱伦·坡研究》是国内第一部深入、系统研究美国作家爱伦·坡的学术专著。作者借鉴国内外的最新研究成果,将爱伦·坡的文学创作置于具体的历史语境中加以考察,从文化和美学的角度阐释爱伦·坡的经典化历程,为深入认识爱伦·坡和美国浪漫主义文学的经典性提供了全新的研究思路。

《爱伦·坡研究》共分六章,内容涉及爱伦·坡的国内外研究状况,爱

＊　本文原载《当代外国文学》,2011 年第 4 期,第 164 -168 页,略有改动。作者綦亮,博士,苏州科技大学外国语学院副教授,江苏省"青蓝工程"优秀青年骨干教师。

① 哈罗德·布鲁姆:《西方正典》,江宁康译,南京:译林出版社,2005 年,第 26 - 27 页。

伦·坡的小说和诗歌创作，爱伦·坡对现代主义文学的影响和在通俗文化中的接受，以及爱伦·坡的美学思想。作者视野开阔，思路清晰，论述缜密，深入解读了爱伦·坡在传统与现代之间的"诗意栖居"，在理性与非理性之间的艺术抉择，以及在文化危机中的远见卓识，全面而深刻地展现了一个充满悖论与魅力的爱伦·坡。《爱伦·坡研究》的出版不仅回应了当前国内外学术研究热点，而且填补了国内爱伦·坡研究的空白，并为我国的外国文学研究提供了可资借鉴的批评方法。

一、求批评方法的突破和创新

国外关于爱伦·坡的研究成果可谓汗牛充栋，国内的相关文章也不胜枚举，如何在前人的基础上更进一步是摆在每一位经典作家研究者面前的难题。《爱伦·坡研究》不但没有回避，而且找到突破口，出色地解决了这个难题，而这首先取决于该著对于国内外研究成果的精心梳理。《爱伦·坡研究》用了一章的篇幅整理、归纳、分析国内外爱伦·坡的研究成果，首先从译介、史撰和评论三个方面分析了爱伦·坡的小说和诗歌在国内的接受情况，继而解读了美国爱伦·坡研究的历史和现状，并敏锐地捕捉到美国爱伦·坡研究的最新走势，即"将爱伦·坡的作品放回其所处的社会历史环境中……在宏观与微观、纵向与横向、历时与共时相结合的基础上对其进行全方位的文化透视"[①]。

在此基础上，《爱伦·坡研究》将爱伦·坡的文学创作还原到具体的历史文化语境中加以考察，深入挖掘其创作的文化内涵，探讨文学与文化的历史互动。《爱伦·坡研究》指出，爱伦·坡的科幻小说"不仅充满了他对未来和宇宙的关注与探索，而且还紧密回应了十九世纪西方世界的文化危机，表达了对人类生存困境和发展危机的深刻焦虑和严肃使命感"[②]；他的诗作"绝不是简单的对爱情的渴求和对死亡的痴狂……而是

---

① 朱振武：《爱伦·坡研究》，北京：人民文学出版社，2011年，第56页。
② 同上书，第79页。

蕴含着一个现代化初始阶段作家对人类社会的精神生态的深切关怀和对人类未来命运的超前反思"[①]。被爱默生讥讽为"叮当诗人"的爱伦·坡曾一度被排除在美国主流文学之外，难登大雅之堂；作为爱伦·坡的同代人，爱默生怀有这样的偏见无可厚非，正所谓"不识庐山真面目，只缘身在此山中"。今天，时光的流逝所产生的文化张力让我们拥有了更加客观的批评视角，能够见前人所未见，去颠覆爱伦·坡"为艺术而艺术"的文学天才形象，洞察其文学创作的深层关怀。

对于爱伦·坡与通俗文化关系的探讨是《爱伦·坡研究》一大亮点，更加鲜明地体现了著者的文化批评理念和国际学术视野。《爱伦·坡研究》认为，爱伦·坡作品深厚的文化底蕴，与大众文化心理的融通，以及文化工业的宰制使其从静止的经典文本转化为动态的消费符码，实现了另一种维度上的"经典化"。通过探讨坡在通俗文化中的接受，对爱伦·坡的经典性进行重构，《爱伦·坡研究》深刻揭示了文学经典的文化属性——预设和暗含高雅文化霸权话语的"经典"作为一种文化构成的互文性和建构性，是一次对文学经典进行文化解读的成功范例，并为我们重新思考文学经典在全球化、后工业和"后理论"时代的生存状况提供了有益的启示。

二、美学品格和主体意识的彰显

如果说从文化的维度阐释爱伦·坡的经典性体现了《爱伦·坡研究》的历时研究思路，那么对爱伦·坡经典地位的美学解读则表明其共时研究策略。审美特性和美学品格是文学文本区别于非文学文本的主要标识，是文学之所以为文学的内在属性。古今中外，凡优秀的文学作品无不激发读者的美学想象和审美潜能，给人以美的享受。虽然文化研究让文学批评具备了整体和开阔的历史视野，但也对传统的形式主义和人文主

---

① 朱振武：《爱伦·坡研究》，北京：人民文学出版社，2011年，第125页。

义文学研究范式形成了强有力的挑战,让不少批评家悲观地认为文化研究的崛起在很大程度上意味着文学批评的"终结"。美国著名文学批评家埃默里·埃利奥特(Emory Elliott)就曾感叹"审美"在当代的批评话语中已经逐渐被淡忘,难觅踪迹。[①] 这种担忧不无道理,因为"文化研究导致的后果是,在大众文化的氛围下,经典文学作品不再被当作独立于生产、流通和消费的自足的审美现象来欣赏和观照"[②]。但另一方面,文化研究又不能,也不应该取代或遮蔽对文学作品美学品质的关怀;如果将原本是方法的文化研究当作最终目的来追求,那么势必会造成文学批评价值观的迷失和身份定位的混乱。《爱伦·坡研究》清醒地认识到这一潜在弊端,很好地处理了文化研究和文学研究的关系,在借鉴文化研究批评方法的同时,始终聚焦爱伦·坡文学创作的核心价值——作品的美学意蕴,并在此基础上深入探讨爱伦·坡的创作美学,从文学接受的角度解析爱伦·坡经典作家背后深层的美学因素,认为爱伦·坡的作品之所以能广为流传、经久不衰,是因为其内在美学品格满足了现代人的审美诉求,"实现了与大众接受心理的审美契合,表达了现代人渴望走出现实困境,寻求心灵慰藉和争取精神救赎的集体心理体验"[③]。

　　《爱伦·坡研究》在彰显和挖掘爱伦·坡文学创作美学价值的同时也表明,爱伦·坡虽苦心孤诣建构自己形而上的美学王国,但他的文学创作没有因此而遁入高深莫测的象牙塔,而是始终指向形而下的社会现实,"是对处于樊笼之中的现代人的美学表述,是以审美救赎人生的积极探索"[④],体现了一位伟大作家的文化责任感和积极入世的思想境界。所以说,爱伦·坡的美学思想并非虚无缥缈,而是有着深厚的现实根基。《爱伦·坡研究》准确捕捉到了这一特点,始终关注爱伦·坡文学创作的现实意义,认为爱伦·坡的科幻小说"为当下的社会发展和人文建设提供了参

① 参见童庆炳、陶东风:《文学经典的建构、解构和重构》,北京:北京大学出版社,2007 年,第200 页。
② 王宁:《全球化:文学研究与文化研究》,桂林:广西师范大学出版社,2003 年,第49 页。
③ 朱振武:《爱伦·坡研究》,北京:人民文学出版社,2011 年,第163 页。
④ 同上书,第138 页。

照和敲响了警钟"①,他的哥特小说"极具现实意义,它们映照了当下社会中人们已经异化了的心理状态:孤寂、恐惧、焦虑、烦恼、绝望等"②。无论文学表现手法怎样变更,伟大的文学作品永远是对社会现实的有力回应,而文学批评要透过纷繁芜杂的文学现象洞悉本质,就必然要将考量文学作品的当下意义作为批评的主要任务。《爱伦·坡研究》做到了这一点,既注重爱伦·坡文学创作彼时的文化内涵,又关注其此时的现实意义,从而在两个维度上完成了文学文本的历史化,使文学研究具备了厚重的历史感和浓厚的人文气息,充分彰显了批评者的主体意识。

三、文化诗学层面上的重构经典

文化研究因其为文学批评提供了更加开阔的言说空间和更为丰富的批评资源而为文学批评提供了重要的方法论参照,但若机械地寻求文化与文学之间的表层契合,忽视二者间的深层和内在关联则难免使批评流于空泛。因此,如何让文化研究真正从学理层面上服务于文学批评,使后者在充分理解前者精髓的基础上汲取其理论养分便成为文化和文学批评者共同面对的课题,而这也正是建构有中国特色的"文化诗学"成为我国当下人文学界热点话题的重要原因。

"文化诗学"是我国学人在新世纪全新的社会文化语境中,在总结我国当代文论建设和文学批评实践的基础上提出的理论和实践命题,同时也是完成"西方文论中国化"和"中国古代文论现代化"两大课题的内在要求。"文化诗学"既脱胎于文化研究,又是对"泛文化论"的反拨和扬弃,并在此基础上凝练了全新的文学批评观——追求对文本的审美观照与文化批评宏观视野的完美结合。用童庆炳先生的话说,"'文化诗学'力主把内部研究和外部研究贯通起来,既重视文本作品的语言,也重视文本的文化

---

① 朱振武:《爱伦·坡研究》,北京:人民文学出版社,2011年,第89页。
② 同上书,第111页。

精神内涵,这是一种全面的理论"①。也就是说,"文化诗学"的批评旨归是要在文学内部研究和外部研究之间找到平衡,正如加拿大文学批评巨擘诺斯洛普·弗莱(Northrop Frye)所言:"批评永远有两个方面,一个转向文学结构;一个转向组成文学社会环境的其他文化现象。它们在一起相互平衡:当一个发生作用排除另一个时,批评的观点就会失去中心"②。《爱伦·坡研究》一方面将文学文本还原为一种文化历史读本,为文学批评提供一个宏观的外部场域,同时又紧扣文学文本,深入解读其内在属性,从而保证了文学批评的"文学性"。所以,虽然《爱伦·坡研究》参照了西方批评理论,但没有照搬、盲从西方理论,把文学批评异化为晦涩的"少数人话语",而是融内部研究和外部研究,理论观照与主体感悟于一体,既"入乎其内",又"出乎其外",既具备了文化研究的开阔视野,又避免了因脱离文学文本而导致的空洞的理论说教,真正做到了"内外兼修",在成功践行"文化诗学"批评理念的同时,完成对文学经典的重构。《爱伦·坡研究》的批评实践证明,文化研究和文学批评并非不可通约,而是有许多可以相互借鉴和共享的资源,"当代文学研究也应当从纯粹的经验领地解脱出来,与一种文学的文化批评相融合并达到互补的境地"③。

作为我国第一部系统研究爱伦·坡的学术专著,《爱伦·坡研究》充分体现了著者严谨的治学态度和深厚的学术涵养,以独特的视角增加了我国爱伦·坡研究和美国浪漫主义文学研究的维度和厚度,而其对文学作品美学属性和当下意义的关注,对批评者主体意识的彰显,和对文学经典的文化诗学重构则具有重要的方法论意义,会进一步促使我们反思我国当前外国文学研究的方法和思路。

① 童庆炳:《文化诗学——文学理论的新格局》,《东方丛刊》,2006 年第 1 期,第 37 页。
② 诺斯洛普·弗莱:《批评之路》,王逢振、秦明利译,北京:北京大学出版社,1998 年,第 10 页。
③ 王宁:《全球化:文学研究与文化研究》,桂林:广西师范大学出版社,2003 年,第 50 页。

虞建华评《美国小说本土化的多元因素》*

除了印第安人的口头文学和殖民时期的一些零散诗歌外,狭义的美国文学不足 200 年的历史。但这 200 年见证了美国文学从无到强的长足发展,而这一过程,按照朱振武教授在《美国小说本土化的多元因素》中的归纳,也是文学本土化的过程。本土化是一条主线,串联了美国文学、美国文化和意识形态,其过程与民族身份的认同、民族特性的确立、民族意识的生成并行。

美国移民主体来自欧洲,语言来自欧洲,最初形成的文学传统也带有明显的欧洲色彩。美国文学不是一棵土生土长的苗木,而是移植而来的植株,是当地的土壤、气候和环境让它渐渐发展为新的品系。正因为传承的渊源是强势欧洲文化,政治独立以后,美国作家从一开始就致力于建立新的民族文学,尽可能摆脱欧洲的影响,拉开距离,渲染特殊的历史与地理环境,凸显民族精神与特性。美国文学的本土化,实际上表达是一种集体归属感和使命感,主要表现在欧洲理想的本土化、文化环境的本土化和族裔身份的本土化三个方面。

威廉·凡·奥康纳(William Van O'connor,1915—1966)在《美国小说思潮》中谈到历史塑成的美国民族性的一个重要方面:"美国与其他国家不同之点,在于这个国家建筑在某种观念之上。"这种"观念"早已存在于欧洲知识分子的思想中,被移植到了美国,获得了发展的机会。比

---

* 本文原载《文汇报·周末特刊》,2007 年 4 月 14 日,略有改动。作者虞建华,博士,上海外国语大学教授,博士生导师。

如，《独立宣言》中的民主理想和早期清教主义的宗教理想，在欧洲知识界、宗教界都已见雏形，但未成气候。没有历史负担和传统牵挂的美国人，把新大陆当作巨大的实验室，将欧洲理想进行本土化改造，付诸实践，催生了杰弗逊的农业理想主义、富兰克林的实用哲学、爱默生的超验主义认识观；孵化了布鲁克林农场这样的乌托邦公社；也导致了全民追求"美国梦"的狂热。在民族的、个人的理想追求过程中，又有一种批判精神贯穿于美国文学始终，与民族理想相反相成。于是就出现了一些典型的美国小说文类：揭丑小说、城市暴露小说、乡村批判小说、精神迷惘小说等。海明威和菲茨杰拉德的小说人物，一边沉浸在物质享受的狂欢中，一边对"美国梦"进行冷观的反思与批判，表达的是求索过程中典型的美国式的矛盾心态。

美国小说特别突出地域与历史塑造的本土文化特征与语言特征。华盛顿·欧文首先采集广泛流传于哈德逊河谷一带的传说和乡土素材，创作了《瑞普·凡·温克尔》，讲一个乔治三世的臣民一觉醒来成为美利坚合众国自由公民的故事，率先探讨了民族性的问题。库珀开创的西部小说、福克纳的南方小说都强调历史语境和地域文化。马克·吐温的密西西比河流域、安德森的中西部乡村、后现代作家的大都市背景，都是美国独一无二的。有时候人们会感到，在美国小说中，似乎背景比主题更重要。语言也是文学自立的重要组成部分。正因如此，美国人宁可赞美语言粗粝但感情自发的惠特曼，而对音律优美、诗意盎然的朗费罗表示不屑，因为前者咄咄逼人地表达了美国人有别于他人的声音与情感，而后者则让人想起成熟的欧洲诗韵。也正因如此，霍桑再三强调他的作品是罗曼司，而不是长篇小说（一般定义中后者涵盖前者），以示区别，因为长篇小说这个新兴文类在当时几乎已成为英国文学的注册商标。同样因为如此，第一次世界大战后"迷惘的一代"作家纷纷到法国进行文化朝圣，疏远与文化宗主国的亲缘关系。有意识或无意识中，美国作家都在为文学的本土化进行着努力。

身份的认同，情感归属的确定，多元民族文化的融合，是文学本土化的精神基础，也一直是美国小说探讨和表达的重要主题。新民族文化的走向这个问题上，出现过一个"认识三部曲"：早先鼓吹"英伦正统论"（Anglo-conformism），旨在以英国文化为楷模对其他文化进行改造；然后是"大熔炉"（melting pot）的比喻，期待来源不同的文化在新大陆熔化掺和，变为新合金品种；再后是"杂拌色拉"（mixed salad）的比喻，由当代民权领袖杰西·杰克逊提出，强调保持组成文化各自鲜明的原有特质。这一认识过程勾画出了从狭隘的英国中心论到多元共存文化理论的发展。不同文化的冲突和融合、民族身份的建构与确立等方面，是长期以来美国小说热烈讨论的主题，而探讨的过程又是民族意识培育和表达的过程。美国少数裔小说家对此尤其做了深刻集中的讨论。他们常被视为"边缘"作家，但表达的其实是典型的美国正题。于是，尤其是第二次世界大战以后，犹太文学、黑人文学、以华裔作家为主的亚裔文学走到了文坛的前沿，构成了美国文学的一道独特的景线，而 20 世纪 70 年代以后，获诺贝尔文学奖的美国人都是少数裔作家：索尔·贝娄、辛格、托尼·莫里森等。

　　美国小说 200 多年历史，见证了大英帝国走向衰弱，美国崛起为世界唯一超级大国的"换位"式的变迁。美国成了军事大国和经济大国，稳固地建立了本土文学的基地，而文化自信又引导着美国小说从本土化走向世界化，表现为对多元文化的包容，对更宽泛的对人类主题的关注和对世界文学走向的领导能力。从古典主义到现代主义，所有的文学运动都始于欧洲，但后现代主义文学的司令部转移到了美国。著名作家弗兰克·诺里斯早在 20 世纪初的《小说家的责任》中就宣称："今天是小说的时代，任何一个时代或者任何一种表达手段，都不能像小说那样充分地表现出时代的生活；为了发掘我们的特点，22 世纪的批评家在回顾我们的时代、力求重建我们的文明的时候，他们所注意的将不是画家、建筑师，也不是剧作家，而是小说家。"朱振武教授对美国小说本土化历史的阐释，其实超越了文学范畴，涉及的是操纵和造就美国作家的文化渊源、民族意识和内在精神。

虞建华评《在心理美学的平面上——威廉·福克纳小说创作论》*

福克纳曾借用华莱士·斯蒂文斯的一首诗《看乌鸫的十三种方式》,来说明自己对小说之"真"的理解:"没有人能够直视真理,它明亮得让你睁不开眼睛。我观察它,只看到它的部分。别人观察,看见的是它略有不同的侧面。虽然没有人能够看见完整无缺的全部,但把所有整合起来,真理就是他们所看见的东西。这是观看乌鸫的十三种方式。我倾向于认为,当读者用了看乌鸫的所有十三种方式,真理由此出现,读者就得出了自己的第十四种看乌鸫的方式。"①福克纳的论述中也涉及了观察视角和观察对象之间的关系。如果我们再一次借用福克纳从斯蒂文斯那儿借来的比喻,略作别解,那么也可以把福克纳本人比作一只"乌鸫"。它从美国南方飞出,停落在批评家众目睽睽的关注视线之中。它不是一只羽色艳丽的凤凰,而是一只黑不溜秋的凡鸟,没有欢快的鸣唱,但叫声中充满哀诉和不悦耳的杂音。人们从各个角度观看它,解读它,希望从这个物种中发现自然的印记、进化的遗痕、环境的侵蚀和生命的信息。

近些年来,福克纳一直吸引着众多学者和批评家的注意力。从深度和广度上讲,福克纳研究已经超过了批评界对马克·吐温和海明威的关注。一种可以称之为"福学"的跨文学的文化研究正在形成建立之中。人们从不同角度观察"乌鸫",虽然不见全鸟,但也各有发现。福克纳研究论

---

* 本文是朱振武所著《在心理美学的平面上——威廉·福克纳小说创作论》的《序言》,略有修改。作者虞建华,博士,上海外国语大学教授,博士生导师。

① James B. Meriwether and Michael Millgate, *Lion in the Garden*: *Interviews with William Faulkner*, *1926 - 1962*, New York: Random House, 1968, pp. 273 - 274.

文和著作十分丰富,从马克思、福柯、伯格森、詹姆斯的哲学理论入手的,从结构的、解构的、语言学的、美学的、心理的、种族的、女权的、历史的、新历史主义的、文化的、民俗的、生平的、技巧的、主题的、互文的、神话原型的等视角出发的,与《圣经》和希腊经典进行比较研究的各类讨论,涉及了广阔的人文研究领域。朱振武教授的研究独辟蹊径,讨论的是通向各种阐释背后的更加深层、更加本质的东西,即小说创作发生的心理动机:是何种作用于潜意识的心理力量,促使作家提笔作书,写下那些形形色色奇奇怪怪的美国南方人的故事,而那些故事又该如何进行文化解读,才能真正发现其埋藏在深层的含义。这是观察乌鸫的又一种方式,为同类研究提供了一个全新的范例。

福克纳的作品已经超越了时空,超越了文学而成为人类文化遗产的宝贵的一部分。但是谈到福克纳,人们总是联想到美国的南方。福克纳出生在南方,在小说中写的也是南方的人物、背景和事件。是南方的土地滋育他长大,塑造了他的性格。他非常熟悉南方的地貌、历史和人民,他的生活习惯、思想方式和文化视野都与这块不幸的土地相联系。南方的地理是远离美国政治、经济、文化中心的边远地区;南方的历史是经历过蓄奴制、南北战争和北方工业入侵的灾难深重的历史;南方的人民是受尽屈辱和压迫的"另类"。福克纳青少年时期,美国南方正经历着剧烈的社会变迁和文化震荡。随着蓄奴制的废除和工业化、城市化的开始,南方的农业经济正在瓦解,人口开始从乡村向城镇迁移。这种不可逆转的变化出现的初始时期,这个传统瓦解、人心浮躁的时刻,正是福克纳小说的历史背景。南方这个曾被门肯贬斥为"文学沙漠"的地区,[①]随着福克纳的出现而出现了被人们冠之以"南方文艺复兴"的文学繁荣。

福克纳在他的十几部小说中,创造了代表美国南方的文学王国——位于被称为"边远南地"(the Deep South)的密西西比州境内的"约克纳帕塔法县",并在这个想象的南方社会中,跟踪几大家族的起起落落和众

---

① 参看 Lothar Honnighausen and Valeria Gennaro Lerda, eds., *Rewriting the South*: *History and Fiction*, Tubingen: Francke, 1993, p. xvi.

多成员的坎坷人生经历,对从南北战争结束到 20 世纪 20 年代末这段历史时期进行多侧面的反应,对南方社会变迁造成的文化和心理冲击做了切片观察。福克纳小说的巨大成功,很大程度上来自作者规划自己创作的明智决策:他将小说圈定在一个地理范围和历史时期,集中反映以自己家乡为蓝本的一个区域在近代发生的变迁。福克纳认为,集中写家乡那块"邮票大的小地方"这一想法,为他打开了一个"金矿",于是他一辈子在其中开采,创造了自己的小说世界。① 福克纳笔下流出的一个个生动故事,为读者提供了纷繁复杂的南方生活画面,许多片断又共同组成一幅浩大的历史画卷,艺术地再现了历史变迁留下的文化和心理轨迹。

其实,福克纳的整体"规划"并没有严密细致的设计安排,只是一个大框架。他按自己的观察和认识,让故事自然发展。直到去世前三个月,福克纳还重申他的写作目标是"以最打动人的戏剧性方式讲故事"②。这确实应该是他的本意。作家只是希望努力再现他熟悉的南方,头脑中没有一个预设的完整的系统概念。他是在写作的过程中逐步形成了自己对南方的认识,是以自己的理解"创造"了文学中的南方。他的小说不是纪实的、具体的、基于历史的,而是原创的、独立的、表达概念的,是对变迁中的南方社会所提供的人生经验中那些最根本的东西加以咀嚼消化、融会贯通后重新整合,以故事形式加以表述的。福克纳的写作过程是经验领域的感受过程,每一部小说都是这种感受不断发现、更新、发展、深化的过程。是那些"暗藏"在小说之中和"潜伏"在小说之下的东西,使作品具有了主题上的深刻性和一致性。正因如此,朱振武教授的这部著作在福克纳研究领域具有特殊的意义,因为他研究的正是贯穿于作品之间的作家的文化心理结构和积淀于内心深处的心理因素。

谈到福克纳小说创作发生背后的文化心理因素,就必须涉及南北战

① James B. Meriwether and Michael Millgate, *Lion in the Garden*: *Interviews with William Faulkner*, *1926 - 1962*, New York: Random House, 1968, p. 255.

② Joseph L. Fant III and Robert Ashley, eds., *Faulkner at West Point*, New York: Random House, 1964, pp. 56 - 57.

争这一近代南方文化形成过程中的重大历史事件。南方是战败方,战败之后,南方人不但在政治上、经济上丧失了抗衡的能力,而且成了道德替罪羊和文化另类。战争的失败使南方退守于自己框定的心理区域,因此文化上更加显示出防御性的、排外的区域特征,已经挤压变形,但自成一体。南方本来就有自己独特的经济模式和文化风格,也有自己的生活方式和道德准则,甚至有自己的语言——南方英语的发音特征明显不同于美国其他地区,南方人一张口就宣布了自己的地区身份。这些共同的区域特征容易激发一种怀旧式的想象力,而这种想象力又由于南北战争的失败而凝固了。于是,战争导致了一个奇怪的矛盾现象:旧南方随着战争"死去"了,但同时又比以往任何时候更顽固地"存活"着。"死去"的是社会的、经济的南方;"存活"的是文化的、心理的南方。

特殊的文化塑造了福克纳这位南方作家,他的小说底下奔涌着来自创伤性经验的集体潜意识。一种破灭理想的记忆,一种昔日传统的召唤,一种末日将临的危机感,隐隐约约地压迫在人们的心头,不能忍受,难以自拔,又无法抗拒。一方面,战后南北"团聚"的方式是北方资本对南方的渗透和侵吞,南方的经济基础被动摇,南方乡绅贵族的社会构架,以及维护这种构架的传统道德和价值观念开始崩溃。另一方面,昔日前辈们推崇的带宗法封建色彩的庄园家族的梦想,在离现实越来越遥远的时候,却在南方人的头脑中扎下根来。这种虚幻的理想成了挥之不去的精神替代物,成了逃避的去处。想象和现实的两个世界和两种生活,在南方人心理上形成了不寻常的"双重焦点",形成了一种导致悲剧结果的不和谐。展现南方历史塑成的复杂矛盾的社会多侧面,同情地批判南方人的思想观念、认识态度和思维方式,也就成了福克纳这样的作家必须面对的挑战。

弗洛伊德认为,"由于受创伤的经历动摇了整个生命结构,人有可能处于生活的停顿状态,对现在和未来兴趣全无;但这些不幸的人并不一定是精神病患者。"①这是一种文化上、理智上出现的停滞状态,是一种精神

① Sigmund Freud, *A General Introduction to Psychoanalysis*, Joan Riviere, trans., New York: Washington Square Press, 1952, p. 285.

瘫痪，一方面剥夺了南方人理性的行为能力，使他们在文化、经济、政治重压下残喘，机械地做出反应，间或爆发出无端的暴力；另一方面，他们又紧紧攀附着与现实格格不入的想象中过去的奢华与荣耀，以此软化严酷的现实，掩盖矛盾——一切都是战争造成的，不然的话，南方将是个阳光下的伊甸园。南方人成了"过去"的俘虏，在心理上被自己囚禁了。于是，在福克纳的小说中，我们看到了一批被时间凝固的人。他们不像有血有肉的活体，更像一个个幻影。在以杰弗逊镇为中心的约克纳帕塔法县的整个社会结构中，群体与个人之间、富人与穷人之间、老一代与青年之间、白人与黑人之间、理想与现实之间、社会常规与被压抑的渴望之间，发生了基本的分裂和剧烈的碰撞。这种碰撞常常表现为非理性的极端行为：极端个人主义，极端思想内倾，极端暴力。这是心理结构动荡的外化表现，是瓦解中的旧南方的精神实质的写照。

仔细研读福克纳的小说，我们可以发现，几乎每一个故事都带有悲剧的色调，或者是直接的，或者是暗示的。传统社会的解体，带来了信仰危机和精神压力，迫使那些无法做出合适调节的南方人，要么在极端行为中宣泄，要么在想象的过去中躲藏。福克纳在卷帙浩繁的作品中描写的形形色色的人物，一个个都陷进了感情经历的泥潭，都在挣扎着表达自己。"福克纳一代的南方人总有幽灵缠身的感觉，这使他们感到无能为力。幽灵来自总体的过去的社会文化，而不是来自个人经历，但后果基本是一样的。他们都感到无法做出有意义的行为。他们试图构筑历史走廊，通过危险的通道出逃，但大多数情况下仍然找不到出路。"①这些悲剧人物都背着沉重的心理包袱，都被不合时宜的道德和社会观念扭曲了。当这类悲剧一再出现在一个作家的笔下，故事就获得了象征意义，超越了历史时段和南方的特定地域，而指涉人类的生存状况。

福克纳是一位富有创新意识的作家，不满足于循规蹈矩的一般叙述。他最初开始发表文学作品时，正是海明威和费茨杰拉德在文坛上大红大

① Richard Gray, *The Life of William Faulkner: A Critical Biography*, Cambridge, MA: Blackwell Publishers, 1994, p. 24.

紫的时候，但他没有仿效他们的成功经验，决定走自己的道路。他必须找到一种适合于自己的风格，来表达处于精神错乱状态的美国南方世界。他不断进行文体实验，采用时间错位、意识流、多重视角、时空跳跃和拼贴并置等很多新手法。他显然受到了流行于当时的文学现代主义的影响，但又同其他现代派作家保持着谨慎的距离。他写作不守"规矩"，但作品很有分量，令人惊叹。他在叙述层面上描写零零碎碎稀奇古怪的事情，但注重的是人物的意识活动和内心情感。在众多故事和回忆中，福克纳用几乎带象征主义风格的手笔，展示了一幅南方的不幸历史，读者能在阅读中获得一种强烈的文化体验，获得一种笼统而又具体、模糊而又清晰的心理感受：一切都在不可逆转地变化，一切都难逃厄运。福克纳是个地方作家，但又十分现代。

美国的南方历来与其他地区不同。南方的文化表述总是带着自己的历史烙印和地域特点。在福克纳洋洋大观的文学世系中，在他的小说王国中几代人沉浮起落的故事里，作家不仅将近代南方社会艺术化地展现在读者面前，而且敏锐地捕捉了历史变迁带给南方人文化和心理上的影响。小说的历史深度，正是表现在历史在小说人物头脑中留下的深深刻痕，表现在历史铸成的南方人的局限以及历史向他们索讨的精神代价。在福克纳的南方传奇中，读者不仅能浏览这一区域的民俗地貌和历时遗风，更能时时感受到南方人的心理特征、思维方式和伦理传统。福克纳给我们描绘的是正在走向解体的南方乡绅社会，他的每个故事就像一块破碎的历史遗骸的残片，可供细细考究。朱教授的《在心理美学的平面上——威廉·福克纳小说创作论》为我们研读福克纳作品提供了文化框架和心理参照。作者学术视野广阔，理论功底深厚，不但见解独到，而且文采横溢，实在难能可贵。这部研究著作的出版，在福克纳研究领域，乃至外国文学和文学文化研究领域都是一件可庆可贺的事。

2004 年 4 月于上海外国语大学

附录二　朱振武谈学术研究和外语专业建设

对话西方，而不是拾人牙慧
——访丹·布朗翻译及研究专家朱振武教授*

记者　蒋楚婷

1. 从丹·布朗作品的主要译者到丹·布朗的研究者，再到现在在英国出版这本英语著作 *The Dan Brown Craze*（《丹·布朗现象诠释》），这十几年来，您的名字似乎始终与丹·布朗联系在一起。能否回忆一下十三年前您是如何与丹·布朗以及他的《达·芬奇密码》结缘的？

朱振武：十三年前的这个时候，我们正在紧锣密鼓地翻译《达·芬奇密码》，那时，我还有比较浓密的卷发。三年后，也就是 2006 年的这个时候，《骗局》上市。我在其中序言中的一句话是："一将功成万骨枯，一书译罢满头秃！"《新民晚报》对我的报道的题目是："朱振武：译了密码，掉了头发"。因为我当时接受专访时说了个顺口溜："译好一部'密码'，掉了多少头发；译罢一部'城堡'，少睡多少好觉；译就一部'破解'，累得差点吐血；译完一部'魔鬼'，平添多少皱纹"。《中国新闻出版报》则说："朱教授掉头发最关键的原因还在于他作为一名严谨译者对工作、对出版社的诚心以及对社会、对读者的责任心。君不见，随着引进作品的越来越多，现实中几天就能翻译一部作品的译者大有人在，而错漏连篇让读者摸不着头脑的翻译作品不是同样存在吗？"这句话在当时对我是极大的安慰！真正懂翻译的人少，真正理解译者的人也不多啊！

---

*　本文原载《文汇读书周报》，2016 年 07 月 25 日，第 1 版。

同一年的夏天,我获得上海市翻译家协会翻译新人奖。随后,我主译的《达·芬奇密码》以及《天使与魔鬼》等小说获得一系列奖项,主译的《宽容》也获得上海作家协会年度图书奖。十三年后的现在,也就是我获得上海市翻译新人奖后的第十年,我获得了上海翻译家协会颁发的"翻译成就奖"。

其实,这些年来,除丹·布朗外,我还做了不少其他文学翻译,也做了不少文学评论和文学翻译研究工作,但布朗始终是我难以割舍的挂念。我还撰写了几十篇相关的报刊文章,包括翻译的研究《达·芬奇密码》的学术著作,但我认为意义最大的还是完成了《解密丹·布朗》(人民文学出版社,2010 年)这部著作,特别是与张爱平教授联袂撰写了 The Dan Brown Craze 这部书,因为这部书不是中国的外国文学学者的自说自话,自娱自乐,而是发出了自己的声音,足以为外人道也,是直接与西方学界对话。我作为专门致力于英美文学的学者和译者,特别是作为丹·布朗系列小说的主译者及其作品的研究者,撰写这部书的权威性几乎是毋庸置疑的,而张爱平教授作为出色的英语学者和权威的英美文学专家的精诚合作,则保证了这部著作的高品质,也保证了这部著作在西方世界特别是英语世界的易接受性。

2.丹·布朗风靡中国,您生动传神的翻译功不可没。我们知道,丹·布朗小说中的知识含量很高,涉及宗教学、艺术史学、科学、符号学等。作为其多部小说的主要译者,您在翻译的过程中是怎样把握这些知识点的?需要做大量功课吗?

朱振武:我们大都知道,许多在国外走红的作品译介到中国后并不走红,虽然原因很多,但一个重要因素就是翻译问题,有的译本并不能简单地说翻译错了,而是不适合中国读者阅读。能在大陆畅销,能让汉语读者喜爱,能让他们一气呵成地读完,翻译自然是一个重要因素。

读过丹·布朗小说的人都知道,系统专业的知识型是其主要特色之一。《达·芬奇密码》的读者就无不为作者广博的知识所折服。其实,《骗局》亦不例外。小说涵盖了海洋学、冰川学、古生物学、天文学、地质学、天体物理学、气象学以及航天科学和军事科学等领域的专门知识,同时还涉及美国国家航空航天局、美国全国勘测局、美国太空署北极科研基地、三角洲特种部队等多个美国政府高度秘密机构。因此,翻译这样的书,还要考虑和处理很多文学因素之外的东西。丹·布朗的小说涉及学科广泛是人所共知的。他创作每部小说之前首先要进行大量的实地研究以及图书材料和专业知识,特别是高新科技信息的"取证"工作,曾就小说中的各方面知识请教过大批的专家学者和专业工作人员,术语之多、之专、之新、之难都是文学翻译中比较少见的。《达·芬奇密码》出版之后,丹·布朗还对之进行了多处修改。这些都给翻译工作带来了很大困难。我曾戏谑地跟一家出版社的老总说,"一将功成万骨枯,一书译罢满头秃。"完成一部作品的翻译很难,但让译作在目标语读者中喜闻乐见则更难。在审美意象、思维和视角上与原作保持相似性,为读者奉上既符合汉语读者阅读习惯又忠实原作内容和风格的译文,则是难上加难。其实上面说到的这些知识型的东西都可以通过查找专业的工具书或请教相关专家得到解决,而真正难点在于文学作品中的意象、修辞、典故、思想情感、语气语调、字里行间的意思、文本背后的深意等很多方面,这些对译者的要求最高。文学翻译不是词句的简单对应,而是语言信息与美感因素的整体吸纳与再造。

3. 为此,您还写了一部《解密丹·布朗》,对《失落的秘符》《达·芬奇密码》《骗局》《天使与魔鬼》《数字城堡》等丹·布朗作品进行解读,从"故事篇""人物篇""背景篇""场景篇""密码篇""知识篇""机构篇""技巧篇"等几方面来分析解密,这本书是否可以说是您研究丹·布朗的一个学术成果?

朱振武:写一本解读丹·布朗小说的叙事策略及谋篇元素、探寻其取得空前成功的壶妙的书，是翻译了《达·芬奇密码》《数字城堡》和《天使与魔鬼》之后就有的想法。布朗的小说在世界文坛产生的影响和给我的阅读震撼是巨大的，"信达雅"地迻译他的作品，把他的作品忠实地传递给汉语读者给我带来的辛劳也是巨大的。但我累并快乐着，与布朗的小说带给我的丰富的审美体验和无限的阅读快感比，这点累还真算不了什么。

这部解读之作部分工作早在 2006 年夏秋之际就已经开始，此后一边撰写，一边迎候布朗当时称为《所罗门钥匙》（*The Solemn Key*）的新作的面世，没想到这部后来更名为《失落的秘符》（*The Lost Symbol*）的作品直到 2009 年 9 月 15 日千呼万唤之后才姗姗地隆重上市。契机来了，解读他的五部小说的愿望终于实现了。

丹·布朗的小说篇幅长、信息量大、情节复杂、涉及学科多是尽人皆知的，《解密丹·布朗》这本书的设计就是针对这样的特点。除第一章对布朗的生平和成功之路进行跟踪外，其余五章各自针对一部作品，所列"故事篇""人物篇""背景篇""场景篇""密码篇""知识篇""机构篇""跟风篇"和"技巧篇"，都是从布朗作品的总体特点考虑的。当然，这五部小说的各自特点也都有谈及。有一千个读者就有一千个哈姆莱特，这部小书还远没有把布朗小说的叙事特点、文化蕴涵和成功堂奥说尽说透，能起到抛砖引玉的作用是我的最大企盼。

4. 这样一个学术成果以这样一种通俗的方式表达，我觉得与丹·布朗的小说有异曲同工之妙，他的小说也是在通俗外表下蕴藏着丰富的内涵。您曾经说您不喜欢用"通俗"和"严肃"这两个标签来对文学进行分类，那么丹·布朗的小说应该贴什么标签？

朱振武：日语翻译家林少华曾说，翻译家与作家是一场艳遇；英国文学专家李维屏教授曾说，丹·布朗遇上朱振武是他的幸运。应该说，我与丹·布朗相似的地方很多，年龄相仿，经历相似，工作相同，兴趣相投，我来翻译他，应该算是"对等"了，是比较合适的。记得我在几个杂志上发文章时提到了林少华的精彩。林少华因此来信谢我。我当时正忙，便随手回复道：

> 多次提君不为您，只为真相有人瞻。
>
> 少林哪有村上树，无朱何来布朗丹。

不做文学翻译的人是很难体会文学翻译的个中难处和艰辛的。

美国人称丹·布朗的系列小说为 erudite fiction（博学小说，知识型小说），我在系列论文和著作中则称之为"文化悬疑小说"。我没有名之为"通俗小说"，是因为布朗的小说从不是以炫耀博学为目的，而是充满了对人类的过去的反思，对人类现状的忧思和对未来的愿景。文学作品是很难二元对立或简单划分的。"严肃"和"通俗"这两个概念也远不能说清小说的类型和列别。实际上，它们之间从来就没有一个鲜明的界限，更没有不能逾越的沟壑。

丹·布朗勤勉好学，博学多通，早年曾在西班牙的塞维利亚大学专门学习过艺术史，因此积累了深厚的文化底蕴，在美国这个既崇尚西方文明又关注本土现实的多元文化杂交的大熔炉里长大，对西方的经典文化了然于胸，对世俗社会又洞察入微，并走上了一条雅俗相融的创作道路，因而从多个层面满足了读者的阅读需求。

5. *The Dan Brown Craze* 的另一个作者、美国加州州立大学奇科分校的英语系主任张爱平教授说，丹·布朗的成名在美国也很有争议，如果他上丹·布朗的课的话，是会被同事们讥笑的。对此，您怎么看？

朱振武：能够走进课堂，进入教科书的，自然是经过沉淀和时间考验的作品。因此，现在对丹布朗的小说进行评判，为时尚早。至于在课堂上研读和讲授这样的小说遭到一些人的讥笑是可能的，也是正常的。但类似的作品进入课堂并不是什么新鲜事。有些人对这类小说特别是类型小说和当下走红的小说持有偏见是可以理解的。实际上，小说本身就应该是通俗的,其形式和内容都应该是通俗的,尽管其寓意和内涵可能非常丰富。

其实,通俗和娱乐正是小说这一文学样式的向有传统。认真想来,许多在国外走红的文学作品在中国却是泥牛入海,尽管个中因素颇多,但丹·布朗的小说更符合中国人的阅读习惯和小说传统则是重要原因。六朝小说家所说的记录"传闻"、追求"奇异"和"游心寓目"等很好地概括了小说的这一特征,后世小说都是沿着这条线往下走,最多是加上"教化"或故意强调起这一功能而已。西方现代小说的代表笛福、理查逊、菲尔丁创作的小说主要就是情节曲折的寓言故事。同中国小说家们一样,他们写作面向的也是"大众",目的就是讲故事,所以,他们的作品在中国也就有较广阔的接受市场。许多以心理描写见长的作品、意识流小说和后现代文学在中国没有市场,也从另一个方面证明了这一点。从丹·布朗的六部小说来看,他首先是个极其成功的"story-teller",他创作的首要目的就是给读者以愉悦和享受,然后人们掩卷沉思,从中又能悟出一些道理,这正是作者企图达到的阅读效果。他显然深谙大众的文化消费心理:不想劳神费心又想有所斩获,既收获快感,又收获知识,同时也赶了时髦。我们发现,正是其作品的这种娱乐性与入时性满足了读者。

6. 您认为丹·布朗的作品之所以在中国畅销甚至长销的原因何在?

朱振武:正如前面所说,丹布朗的作品之所以畅销进而常销,一个重要因素就是其娱乐性。我们知道,小说的娱乐功能正是小说这种文学样式得以兴起和光大的原因之一。就像球迷永远喜欢最接近自己时代的球星一样,读者也是更能接受反映自己同时代的小说家及其作品。

丹·布朗取得空前成功的又一个原因,是他的作品对传统观念的消解和对经典文化的解构,是他对人们的生存焦虑的关怀和纠缠与当下人们心中的疑点的诠释,是其雅俗相融的创作手法和雅俗共赏的审美旨归对接受群体的阅读期待的多重满足。他的小说中的知识像是百科全书,但我们却不厌其烦,因为作者不是呆板机械地灌输知识,而是把这些知识化成一个个道具。他的每一部小说都像作者自编自导自演的一出戏,观众全神贯注、目不转睛地注视着他那看似无意、实则精心设计的每一个动作,注视着他手上不断翻新的每一个道具,而当演出结束,大幕落下,观众尚惊魂未定,或还在托颐沉思之际,担当编导兼表演者的小说家丹·布朗已心满意足地颔首谢幕,留下一个神秘的微笑拂袖而去,把观众又抛回到喧嚣、烦躁、孤寂、无奈、尴尬、颓唐、怅惘、彷徨的现实之中。从接受美学的角度来说,这是丹·布朗的作品打动全球无数读者的重要原因。

7.《解密丹·布朗》是对丹·布朗的作品本身进行研究,而您的最新著作 *The Dan Brown Craze* 则是对丹·布朗风靡中国这一现象进行研究,为什么会决定写这样一本书? 而且是用英语写作,并在英语世界出版?

朱振武:丹布朗的小说在全球的文学文化等方面引起了巨大的持久的轰动,已经成为一种文化现象,对这种现象进行关注和探讨显然是必要的和适宜的。中国对丹·布朗进行研究已经有十二年时间,成果颇丰,可总体看来却多是对其某部作品或多部作品整体特征的共时性研究,对丹·布朗创作手法的成熟、发展和演变及其作品对美国文学创作传统的承继与创新缺乏历时性的关照和深层的思考,对其作品畅销的深层原因还缺乏深度思考和揭示,还明显缺少广阔的世界文学文化视野,更缺少对小说的未来走向及出路等问题的深层观照。

中国的学术研究应该发出自己的声音,而不是人云亦云,唯西人外人之马首是瞻,不是要仰人鼻息,做人家的传声筒或注释人,而是应该走进世界,特别是英语世界,与国外学界特别是英语学界直接对话。正如张爱平教授所言:"关于丹·布朗现象,我们很有信心会继续延续下去。丹·布朗的研究也还有很大的空间。所以,我们希望更多的学者,尤其是同行和学生们能够加入到这里"。我和爱平的工作也远远达不到这样的要求,但我们会殚精竭虑,继续努力,向着这个目标不断靠近!

8. 如果说《解密丹·布朗》还是比较通俗易懂的,那么 *The Dan Brown Craze* 则是非常学术化的。我们知道您的专长之一是比较文学,在这本著作中,您在诠释丹·布朗现象时,与中国文学的观念和范例作了大量比较,能否举几个例子进行说明?

朱振武:就像我在美国讲学的时候,研究生问我:"意识流小说是起源于美国,还是起源于英国,是起源于伍尔夫,还是起源于福克纳,还是起源于亨利·詹姆斯,还是起源于法国的杜夏丹?"我说"都不是。意识流起源于中国。"他们笑了。但是我随后给他们解释了,我说在中国文学作品中,老早就有意识流这样类型的作品,比方说清代中叶董说的《西游补》就已经打破了物理时空,从心理时空角度进行创作。那么意识流小说采用的技巧,无非就像是闻到一种气味,碰到一个东西,听到一种声音,看见一个物件,然后联想、回忆、独白,等等类似的手法,而这些手法在中国文学作品中都有,所以我讲完了一些例子之后问他们:"你们说,这是不是意识流小说?"他们说:"是。"我说:"那么意识流起源于哪国?"他们大家一起说:"那是中国。"

李贺有一首诗叫作《梦天》:"老兔寒蟾泣天色,云楼半开壁斜白。玉轮轧露湿团光,鸾佩相逢桂香陌。黄尘清水三山下,更变千年如走马。遥望齐州九点烟,一泓海水杯中泻。"那么我们看他后四句,"黄尘清水三山下,更变千年如走马。"这个时空观,和我们现代派小说里面的时空观非常相似。另外看看他的视角"遥望齐州九点烟,一泓海水杯中泻",我们看出,这个时空都是相对的。他梦见自己在天上,从天上往下看人间,看九州,原来就是"九点烟"啊,像黄河那就是"一泓海水杯中泻"一样,说千载光阴转瞬即逝,更变千年只如白驹过隙,实际上这已经非常具有现代人的时空观了。那么我们说到的柏格森的心理时间观,亨利·詹姆斯的意识流小说理论,实际上都是相类的,我们用不着把西方人的东西都奉为主桌,如获至宝,动辄弗洛伊德、拉康、柏格森、詹姆斯、瑞恰兹、燕卜荪、海德格尔、萨特、弗雷泽、荣格、巴赫金、德里达、利奥塔、詹姆信、怀特、赛义德,好像不提这些人就落伍了,就不懂文学评论了;或者动辄现代、后现代、互文、拼贴,恶搞,戏仿,好像这些都是人家西方人的东西,中国人不懂批评,也不会玩文字游戏一样,实际上这些东西中国老祖宗在"四大名著"以及其他经典作品中玩得都非常好。没有互文还叫小说吗?没有戏仿还叫文学吗?所以我们不论是文学创作还是文学批评,都没有必要都跟着西方走!

9. 如何处理好异域文化与本土视角的关系一直是困扰学界的一个问题,*The Dan Brown Craze* 在这方面做了哪些尝试?

朱振武:没有比较,哪能有鉴别!我们首先要有自己的立足点,要立足本土,要有中国文学文化的视角。如果没有这样一个视角,光是从英国(美国)文学到英国(美国)文学,我们就很难跳出西方人思维的窠臼。只懂一种语言,就是不懂语言;只懂一种文学,就是不懂文学;只懂一种文化,就是不懂文化。我们没有参照,怎么对它进行鉴定呢?所以应该要有一个参照系。我们对外国文学进行研究,我们的参照系首先是中国文学;我们要想懂外国文化,我们的参照系首先是中国文化。如果没有这样一个视野,光是看外国人的资料,然后再跟外国人讲外国人的这些东西,实际上意义就不大了,我们也没有办法在世界舞台上立足。所以我在这里要强调的是,我们要有起码的文化自觉、批评自觉。如果不自知,我们就没有办法他知。所以我们不能人云亦云,不能随邦唱曲,更不能拾人牙慧。

在这本英文的著作中,西方的名篇名著、名人名论自然是我们要参照和讨论的,但不同的是,我们不是人云亦云,或者把西人的东西奉为圭桌和理据,而是把丹·布朗的小说与中国古典的、现代的小说做了一些比较,如用清代李汝珍的《镜花缘》来和《达·芬奇密码》作比较,因为他们都如鲁迅所说是"以小说见才学者"。叙事手法则拿金圣叹对《水浒传》的点评做比，如"花开两朵，各表一枝"和"草蛇灰线法"，等等。写作中，我们参考了西方经典，也参考中国传统文化经典和文学名篇，也离不开对中国小说批评的借鉴。冯梦龙、毛宗岗父子、张竹坡、金圣叹、脂砚斋、冯远村等人对通俗小说的点评都在我们的视野。当然鲁迅的书和关于鲁迅的书是必看的，叶朗等的小说美学的著述自然也少不了翻阅。

10. 读者都很关心丹·布朗的近况，请问您最近跟他还有联系吗？他有什么新的写作计划吗？

朱振武：丹·布朗为人较为低调，平实深居简出，与媒体接触较少，一般访客基本拒之千里。近期他在协助电影公司完成《失落的秘符》的拍摄工作。相信他会像前几次一样，总是卧薪尝胆，多次增删，"蛰伏"或"潜伏"一段时间，推出新的作品。每次他的新作推出发，都能闹得个五洲震荡，四海翻腾。相信不远的将来，他又该横空出世了！这次会是什么样子？我们期待着。

"外语"专业何以"沉沦"到这般模样？ *

"外语"专业"沦落"到今天这个地位，被一些人当做累赘甚至无用专业或学科，到底是怎么回事？个中原因不少。在新文科语境下，我们该怎样对待外语学科及其文学文化与翻译等相关研究？

一、"外语"专业怎么就被看作是单一学外语的了？

首先是许多人，包括学校领导，对这个专业的全名不清楚，不知道这个专业的全称是"外国语言文学"，绝大多数人都名实未明，认为这个专业就是学一门外语，学点语言，听说读写最多再加上个译而已，不知道这个专业可以同中文专业一样底蕴深厚、涉略广泛、关注深远，可以做出非常有价值的研究和贡献的！

这首先是非外语人往往都这么认为，尤其是理工科出身的人。他们认为他们特别是留过洋的人，同"外语"出身的人一样也会英语，不知道他们也会英语，是不能与英语语言文学系出身的人相提并论的，就像他们也会中文，是不能同中文系也就是中国语言文学系出身的人相提并论的一样！

二、理工科到底怎么就高于文科了？

与欧洲、俄罗斯、美国和拉美等不同，我国没有人文艺术方面的院士，

---

*　本文原载《社会科学报》，2019 年 1 月 6 日，第 8 版，此处略有改动。

高校的一级教授都是理工等应用学科方面的，这就决定了高校的话语权基本上都在理工科。

"外语"专业，其实包括其他人文专业，其整体的社会地位都在下滑，原因当然是多方面的。一个是这些年来国内外的浮躁短视之风，重实用，重眼前，超功利，轻内涵，轻长远，轻思想建设。这一导向的结果之一，就是高校内理工科当政主事的占据绝大多数，因之相关的政策制定和发展的倾向性当然就倒向理工科。学校内部，计算"工分"的重要依据就是每个科研人员或每个学科获得的科研经费的多寡，经费越高就越好，"工分"就越高，于是"多劳多得"。以国家一般科研项目经费而论，哲学社会科学这两年的经费有所提高，但一般项目也就 20 多万，而自然科学基金则始终要高得多，一般来说高出数倍甚至十几倍甚至更多都属正常。

但这里要强调的是，人文学科项目发生的经费低，国家下拨经费相应也就少；自然科学由于需要购置各种设备（特别是进口设备）、进行各种试验等，发生的费用也就高，所以国家下拨的资金也就多。这都是很正常的。钱花得少，也完成了国家或政府交给的同一级别的任务，但为国家节省了开支，本来是好事，却因为钱花得少被打入了冷宫。这肯定是没有道理的。更不正常的在于多数高校却主要以科研经费的多寡来衡量孰高孰低。同一学科这样比较当然无话可说，不同学科这样比较就无异于关公战秦琼，风马牛不相及。就像拿刘国梁的乒乓跟姚明的篮球比，或者拿孙雯的足球跟刘翔的跨栏比。

三、高校领导到底是怎么了？

这里要强调的是，高校的理工科领导更要多读书，读哲学等人文方面的书，这样才能有深层的思考和长远的关怀。孔子说"不读诗，无以言"。记得有一次给科学工作者做报告，我说了一句话："有技术不等于有知识，有知识不等于有文化，有文化不等于有思想！"我们这么多年只有一个屠呦呦在科学领域获得了诺贝尔奖，为什么两院院士那么多人不能获得呢？

原因之一就是我们两院院士整体的文化素养和思想深度还不够高。我当时接着说："诺贝尔奖是奖给有思想的人,有理论建树的人的,奖励解决人类重大基础问题的人,不是奖给某一个专门搞技术的人的。"如果光是培养技术人才,我们的职业学校或职业学院足以胜任了,那为什么还要那么多大学,还需要那么多两院院士呢? 显然,我们不光是需要培养学生们的手,更需要培养他们的脑。两院院士不光应该有点技术,有点发明,有点创造,还要解决重大的基础的理论问题和思想问题。而要想解决这些问题,就需要思辨能力强。思辨能力靠什么? 就是靠语言和文化。爱因斯坦为什么厉害? 人家提的相对论是完整的理论体系,而我们能达到这样高度的两院院士显然还找不出来。绝大多数科学家都缺少独到的理论贡献,对世界没有独到的深刻理解、认知和阐释。更有甚者,很多理工科工作者不光是歧视轻视人文工作和人文学科,甚至还要取消人文学科。他们中的一些人太功利,太短视,太肤浅,太自我,认识不到人文学科的重大意义和长远意义。所以说,有技术和有思想之间还差了好几个层次。许多学校一定会把校名改成"技术"或"科技"或"理工"或"工程"或干脆"工程技术"一起用,似乎少了一个字,这所大学就不够高大上。有些高校领导绞尽脑汁、想方设法、调动一切积极因素、团结一切可以团结的力量,也要给学校更名,不加上"理工""科技""技术"或"工程"等字样,就寝食难安! 这样的认知层次和办学理念对建设综合大学是远远不够的,而单一的理工思维对大学对许多事情甚至还是有害的。

四、外语学人到底是怎么了?

因此,人文沉下僚的状态出现在高校也就无足怪讶了,"外语"学科这个给学校"拖后腿"的专业成为边缘学科也就容易理解了。不读书,何以言。我们这么多年书读得少。而外语人,光练就一般听说外语的能力,是远远不够的,还停留在浅层的技术或能力层面。

显而易见,"外语"学科"沦落"的另一个原因出现在外语人自己身上。

我们做上述分析的同时，绝对没有忘记外语人自身存在的问题。改革开放 40 年来，"外语"学科从最初的紧俏专业到现在的红灯专业，外语人自身难辞其咎。这些年来，很多外语人满足于浅层次的教与学，满足于过小日子，缺少真正的研究，很多人缺少读书、写作和思考的习惯，很多人的确是在教"外语"，做的是校外培训公司做的活儿，还没有人家做得好。由于自身原因，当然有时候也是考试、考核和评估等导向的原因，很多外语专业的教与学出现了明显问题，少数外语人还存在偏重技能、学养单薄、闭门造车、死套西学的积弊。

前些年外语人凭借外语优势打工、上课、当翻译等赚了点小钱，就把自己当成单纯外语人了，忘记自己的专业的全称和实质了，忘记自己不是只掌握一般技能的人了！外语人滋润了一些年后才发现自己这些年为了蝇头微利不读书，不进取，不努力，在一些地方特别是高校已经成了边缘人或底层人或累赘，这才意识到自己出了问题，悔之还不算太晚！所以我们外语人要多读书，多思考，做有思想的而且是立足本土的外国语言文学的工作者。

"外语"专业到底要否维系下去，只要你弄清外语专业的全称和培养旨归，答案自然就有了！一百多年来，新文化运动的兴起，共产党的诞生，新中国的成立到改革开放，到当下新时代，哪一项离开过"外语"！更不用说在当下和未来跨文化语境下和全球视野下的经济、文化、政治、军事等的强国之需！

参考文献

一、著作类

中文著作

1. 阿尔贝特·施韦泽、汉斯·瓦尔特·贝尔:《敬畏生命:五十年来的基本论述》,陈泽环译,上海:上海社会科学院出版社,2003 年。

2. 阿拉斯代尔·麦金太尔:《伦理学简史》,龚群译,北京:商务印书馆,2004 年。

3. 埃德加·爱伦·坡:《爱伦·坡短篇小说集》,陈良廷等译,北京:人民文学出版社,2006 年。

4. 埃德加·爱伦·坡:《爱伦·坡精品集》,曹明伦译,合肥:安徽文艺出版社,1999 年。

5. 埃里希·弗罗姆:《自为的人——伦理学的心理探究》,万俊人译,北京:国际文化出版公司,1988 年。

6. 埃默里·埃里奥特主编《哥伦比亚美国文学史》,朱通伯等译,成都:四川辞书出版社,1994 年。

7. 爱德华·萨义德:《东方学》,王宇根译,北京:生活·读书·新知三联书店,1999 年。

8. 爱德华·萨义德:《知识分子论》,单德兴译,上海:上海三联书店,2002 年。

9. 爱德蒙·威尔森:《爱国者之血:南北战争时期的美国文学》,胡曙中等译,上海:上海外语教育出版社,1993年。

10. 爱伦·坡:《爱伦·坡哥特小说集》,肖明翰译,成都:四川人民出版社,2005年。

11. 波德莱尔:《1846年的沙龙》,郭宏安译,桂林:广西师范大学出版社,2002年。

12. 波德莱尔:《波德莱尔美文论文选》,郭宏安译,北京:人民文学出版社,1987年。

13. 伯纳德·W.贝尔:《非洲裔美国黑人小说及其传统》,刘捷等译,成都:四川人民出版社,2000年。

14. 蔡元培:《中国伦理学史》,北京:东方出版社,1996年。

15. 常耀信:《美国文学简史》,天津:南开大学出版社,1990年。

16. 常耀信:《美国文学史》(上),天津:南开大学出版社,1998年。

17. 陈桑编选《欧美作家论列夫·托尔斯泰》,北京:中国社会科学出版社,1983年。

18. 陈许:《美国西部小说研究》,北京:北京大学出版社,2004年。

19. 程爱民:《美国华裔文学研究》,北京:北京大学出版社,2003年。

20. 程锡麟编选《菲茨杰拉德研究文集》,南京:译林出版社,2014年。

21. 程锡麟、王晓路:《当代美国小说理论》,北京:外语教学与研究出版社,2001年。

22. 达雷尔·博克:《破解〈达·芬奇密码〉》,朱振武、周元晓译,上海:上海译文出版社,2004年。

23. 戴维·明特:《福克纳传》,顾连理译,上海:东方出版中心,1994年。

24. 丹·布朗:《达·芬奇密码》,朱振武、吴晟、周元晓译,上海:上海人民出版社,2004年。

25. 丹·布朗:《地狱》,路旦俊、王晓东译,北京:人民文学出版社,2013年。

26. 丹·布朗:《失落的秘符》,朱振武、文敏、于是译,北京:人民文学出版社,2010年。

27. 丹尼尔·贝尔:《资本主义文化矛盾》,赵一凡、蒲隆、任晓晋译,北京:生活·读书·新知三联书店,1989年。

28. 丹尼尔·霍夫曼主编《美国当代文学》(上),《世界文学》编辑部译,北京:中国文联出版公司,1984年。

29. 丹尼尔·霍夫曼主编《美国当代文学》(下),《世界文学》编辑部译,北京:中国文联出版公司,1984年。

30. 但丁:《神曲·地狱篇》,田德望译,北京:人民文学出版社,1990年。

31. 董衡巽:《海明威研究》,北京:中国社会科学出版社,1980年。

32. 董衡巽:《美国现代小说家论》,北京:中国社会科学出版社,1987年。

33. 董衡巽编选《马克·吐温画像》,上海:上海文艺出版社,1991年。

34. 董衡巽、朱虹、施咸荣等编著《美国文学简史》(上),北京:人民文学出版社,1978年。

35. 董仲舒:《春秋繁露》,凌曙注,北京:中华书局,1975年。

36. 范怀克·布鲁克斯:《华盛顿·欧文的世界》,林晓帆译,上海:上海外语教育出版社,1993年。

37. 弗吉尼亚·伍尔夫:《普通读者》,刘炳善译,北京:北京十月文艺出版社,2015年。

38. 弗莱德里克·R.卡尔:《福克纳传》,陈永国等译,北京:商务印书馆,2007年。

39. 弗雷泽:《魔鬼的律师——为迷信辩护》,阎云祥、龚小夏译,北京:东方出版社,1988年。

40. 弗洛伊德:《论恐怖》,陈飞亚译,西安:西北大学出版社,2014年。

41. 福克纳:《我弥留之际》,李文俊等译,桂林:漓江出版社,1990年。

42. 冈特·绍伊博尔德:《海德格尔分析新时代的科技》,宋祖良译,北京:中国社会科学出版社,1993年。

43. 葛立方:《历代诗话·韵语阳秋》,北京:中华书局,1982年。

44. H.S.康马杰:《美国精神》,南木等译,北京:光明日报出版社,

1988 年。

45. 哈罗德·布鲁姆：《批评、正典结构与预言》，吴琼译，北京：中国社会科学出版社，2000 年。

46. 哈罗德·布鲁姆：《西方正典》，江宁康译，南京：译林出版社，2005 年。

47. 何文敬：《文化属性与华裔美国文学》，台北：欧美研究所，1994 年。

48. 何文敬、单德兴：《再现政治与华裔美国文学》，台北：欧美研究所，1996 年。

49. 亨利·纳什·史密斯：《处女地：作为象征神话的美国西部》，薛蕃康、费翰章译，上海：上海外语教育出版社，1991 年。

50. 侯维瑞：《现代英国小说史》，上海：上海外语教育出版社，1985 年。

51. 胡经之主编《西方文艺理论名著教程》（下），北京：北京大学出版社，1989 年。

52. 胡经之、张首映主编《西方二十世纪文论选》（第四卷，社会—文化系统），北京：中国社会科学出版社，1989 年。

53. 胡经之、张首映主编《西方二十世纪文论选》（第一卷，作者系统），北京：中国社会科学出版社，1989 年。

54. 胡志红：《西方生态批评研究》，北京：中国社会科学出版社，2006 年。

55. 黄铁池：《当代美国小说研究》，上海：学林出版社，2000 年。

56. 季羡林：《季羡林全集（第 13 卷）·学术论著 5：中国文化与东西方文化 1》，北京：外语教学与研究出版社，2010 年。

57. 杰姆逊：《后现代主义与文化理论》，唐小兵译，北京：北京大学出版社，1997 年。

58. 范明生：《西方美学通史》（第一卷，古希腊罗马美学），蒋孔阳、朱立元主编，上海：上海文艺出版社，1999 年。

59. 金惠经：《亚裔美国文学作品及社会背景介绍》，北京：外语教学与研究出版社，2006 年。

60. 金莉、秦亚青：《美国文学》，北京：外语教学与研究出版社，1999 年。

61. 卡尔文·斯·霍尔等《弗洛伊德心理学与西方文学》，包华富、陈昭全、杨莘燊编译,长沙:湖南文艺出版社,1986年。

62. 奎恩编《爱伦·坡集:诗歌与故事》,曹明伦译,北京:生活·读书·新知三联书店,1995年。

63. 拉曼·塞尔登:《文学批评理论——从柏拉图到现在》,刘象愚、陈永国等译,北京:北京大学出版社,2003年。

64. 兰·乌斯比:《美国小说五十讲》,肖安溥等译,成都:四川人民出版社,1985年。

65. 李保杰:《当代美国拉美裔文学研究》,济南:山东大学出版社,2014年。

66. 李贺:《李贺诗歌集注》,王琦等注,上海:上海人民出版社,1977年。

67. 李维屏:《乔伊斯的美学思想和小说艺术》,上海:上海外语教育出版社,2000年。

68. 李维屏:《英美现代主义文学概观》,上海:上海外语教育出版社,1998年。

69. 李维屏:《英美意识流小说》,上海:上海外语教育出版社,1996年。

70. 李伟昉:《黑色经典:英国哥特小说论》,北京:中国社会科学出版社,2005年。

71. 李文俊:《福克纳评传》,杭州:浙江文艺出版社,1999年。

72. 李文俊编《福克纳的神话》,上海:上海译文出版社,2008年。

73. 李文俊编选《福克纳评论集》,北京:中国社会科学出版社,1980年。

74. 李宜燮、常耀信主编《美国文学选读》(上),天津:南开大学出版社,1987年。

75. 林骧华、朱立元、居延安等主编《文艺新学科新方法手册》,上海:上海文艺出版社,1987年。

76. 刘海平、王守仁主编《新编美国文学史》(第二卷,1860—1914),朱刚主撰,上海:上海外语教育出版社,2002年。

77. 刘海平、王守仁主编《新编美国文学史》(第三卷,1914—1945),杨金才主撰,上海:上海外语教育出版社,2002年。

78. 刘海平、王守仁主编《新编美国文学史》(第四卷,1945—2000),王守仁主撰,上海:上海外语教育出版社,2002年。

79. 刘海平、王守仁主编《新编美国文学史》(第一卷,起始—1860),张冲主撰,上海:上海外语教育出版社,2000年。

80. 刘洪一:《走向文化诗学:美国犹太小说研究》,北京:北京大学出版社,2002年。

81. 刘建军:《基督教文化与西方文学传统》,北京:北京大学出版社,2005年。

82. 刘若端:《十九世纪英国诗人论诗》,北京:人民文学出版社,1984年。

83. 刘意青主编《英国18世纪文学史》,北京:外语教学与研究出版社,2006年。

84. 鲁枢元:《自然与人文》,上海:学林出版社,2006年。

85. 鲁迅:《中国小说史略》,北京:人民文学出版社,1973年。

86. 陆扬:《大众文化理论》,上海:复旦大学出版社,2008年。

87. 陆扬、王毅编选《大众文化研究》,上海:上海三联书店,2001年。

88. 潞潞:《中学生朗诵诗选》,太原:书海出版社,1999年。

89. 罗伯特·E.斯皮勒:《美国文学的周期》,王长荣译,上海:上海外语教育出版社,1990年。

90. 罗德·霍顿、赫伯特·爱德华兹:《美国文学思想背景》,房炜、孟昭庆译,北京:人民文学出版社,1991年。

91. 罗兰·巴特:《神话——大众文化诠释》,许蔷蔷、许绮玲译,上海:上海人民出版社,1999年。

92. 罗落·梅:《爱与意志》,冯川译,北京:国际文化出版公司,1987年。

93. 吕西安·戈德曼:《文学社会学方法论》,段毅、牛宏宝译,北京:工人出版社,1989年。

94. 马尔科姆·考利:《流放者的归来》,张承谟译,上海:上海外语教育出版社,1986年。

95. 马克思:《1844年经济学哲学手稿》,中共中央编译局译,北京:人民出版社,1985 年。

96. 马克思:《马克思恩格斯全集》(第四十二卷),中共中央编译局译,北京:人民文学出版社,1979 年。

97. 马克思:《资本论》(节选本),北京:中共中央党校出版社,1983 年。

98. 马克思、恩格斯:《马克思恩格斯选集》(第二卷),中共中央编译局译,北京:人民文学出版社,1972 年。

99. 马克斯·霍克海默、西奥多·阿道尔诺:《启蒙辩证法:哲学判断》,渠敬东、曹卫东译,上海:上海人民出版社,2006 年。

100. 马克斯·舍勒:《资本主义的未来》,罗悌伦译,北京:生活·读书·新知三联书店,1997 年。

101. 马克斯·韦伯:《新教伦理与资本主义精神》,于晓、陈维纲等译,北京:生活·读书·新知三联书店,1987 年。

102. 马库斯·坎利夫:《美国的文学》,方杰译,香港:今日世界出版社,1975 年。

103. 麦格拉思:《基督教概论》,马树林、孙毅译,北京:北京大学出版社,2003 年。

104. 毛信德:《美国小说发展史》,杭州:浙江大学出版社,2004 年。

105. 毛信德:《美国小说史纲》,北京:北京出版社,1988 年。

106. 尼采:《悲剧的诞生》,周国平译,北京:生活·读书·新知三联书店,1986 年。

107. 尼采:《瞧!这个人》,刘崎译,北京:中国和平出版社,1986 年。

108. 尼尔·斯梅尔瑟:《经济社会学》,方明、折晓叶译,北京:华夏出版社,1989 年。

109. 聂珍钊、杜娟等:《英国文学的伦理学批评》,武汉:华中师范大学出版社,2007 年。

110. 诺斯洛普·弗莱:《批评之路》,王逢振、秦明利译,北京:北京大学出版社,1998 年。

111. 彭贵菊、熊荣斌、余非编著《爱德加·爱伦·坡作品欣赏》,武汉:武汉测绘科技大学出版社,1999年。

112. 齐格蒙特·鲍曼:《后现代伦理学》,张成岗译,南京:江苏人民出版社,2013年。

113. 钱满素:《美国当代小说家论》,北京:中国社会科学出版社,1987年。

114. 乔国强:《美国犹太文学》,北京:商务印书馆,2008年。

115. 裘小龙:《外滩花园》,匡咏梅译,上海:上海文艺出版社,2005年。

116. 让·弗朗索瓦·利奥塔:《后现代性与公正游戏——利奥塔访谈、书信录》,谈瀛洲译,上海:上海人民出版社,1997年。

117. 任璧莲:《典型的美国佬》,王光林译,上海:华东师范大学出版社,2015年。

118. 荣格:《心理学与文学》,冯川、苏克译,北京:生活·读书·新知三联书店,1987年。

119. 芮渝萍:《美国成长小说研究》,北京:中国社会科学出版社,2004年。

120. 萨克文·伯科维奇主编《剑桥美国文学史》(第七卷:散文作品,1940年—1995年),孙宏主译,北京:中央编译出版社,2005年。

121. 塞缪尔·埃利奥特·莫里森、亨利·斯蒂尔·康马杰、威廉·爱德华·洛伊希腾堡:《美利坚共和国的成长》(下卷),南开大学历史系美国史研究室译,天津:天津人民出版社,1991年。

122. 塞林格:《麦田里的守望者》,施咸荣译,桂林:漓江出版社,1983年。

123. 舍伍德·安德森:《小城畸人》,吴岩译,上海:上海译文出版社,1983年。

124. 沈德灿、孙玉兰、滕桂荣编著《西方心理学史简编》,北京:光明日报出版社,1990年。

125. 盛宁:《二十世纪美国文论》,北京:北京大学出版社,1993年。

126. 史志康:《美国文学背景概观》上海:上海外语教育出版社,1998年。

127. 斯鲁特:《二十世纪美国文学》,王敬义译,香港:今日世界出版社,1976年。

128. 宋希仁:《西方伦理思想史》,北京:中国人民大学出版社,2003年。

129. 苏晖：《黑色幽默与美国小说的幽默传统》，北京：中国社会科学出版社，2013 年。

130. 苏轼：《苏轼诗集》，王文诰辑注，北京：中华书局，1982 年。

131. 梭罗：《瓦尔登湖》，徐迟译，上海：上海译文出版社，2009 年。

132. 索普：《20 世纪美国文学》，濮阳翔、李成秀译，北京：北京师范大学出版社，1984 年。

133. 谭帆：《中国雅俗文学思想论及》，北京：中华书局，2006 年。

134. 陶伯华：《美学前沿——实践本体论美学新视野》，北京：中国人民大学出版社，2003 年。

135. 陶洁：《灯下西窗——美国文学和美国文化》，北京：北京大学出版社，2004 年。

136. 特朗博、史蒂文森编《牛津英语大词典》（简编本），上海：上海教育出版社，2004 年。

137. 特里·伊格尔顿：《理论之后》，商正译，北京：商务印书馆，2009 年。

138. 童明：《美国文学史》，南京：译林出版社，2002 年。

139. 童庆炳主编《现代心理美学》，北京：中国社会科学出版社，1993 年。

140. 托多罗夫：《巴赫金、对话理论及其他》，蒋子华、张萍译，天津：百花文艺出版社，2001 年。

141. 陀斯妥耶夫斯基：《陀斯妥耶夫斯基论艺术》，冯增义、徐振亚译，桂林：漓江出版社，1988 年。

142. 万光侠：《市场经济与人的存在方式》，北京：中国人民公安大学出版社，2002 年。

143. 万俊人：《现代西方伦理学史》（下卷），北京：北京大学出版社，1995 年。

144. 万俊人主编《20 世纪西方伦理学经典Ⅱ：伦理学主题：价值与人生》，北京：中国人民大学出版社，2004 年。

145. 王长荣：《现代美国小说史》，上海：上海外语教育出版社，1992 年。

146. 王春元、钱中文主编《美国作家论文学》，刘保端等译，北京：生活·读书·新知三联书店,1984年。

147. 王恩铭:《20世纪美国妇女研究》,上海:上海外语教育出版社,
2002年。

148. 王宁:《全球化:文学研究与文化研究》,桂林:广西师范大学出版社,
2003年。

149. 王诺:《欧美生态文学》,北京:北京大学出版社,2003年。

150. 王诺:《生态与心态——当代欧美文学研究》,南京:南京大学出版社,
2007年。

151. 王钦峰:《后现代主义小说论略》,北京:中国社会科学出版社,
2002年。

152. 王彦彦、王为群:《族裔文化重建与文化策略》,北京:中国社会科学出
版社,2015年。

153. 王章辉、孙娴:《工业社会的勃兴》,北京:人民出版社,1995年。

154. 王卓、李权文主编《美国文学史》,武汉:华中师范大学出版社,
2010年。

155. 威廉·巴雷特:《非理性的人》,杨照明、艾平译,北京:商务印书馆,
1995年。

156. 威廉·福克纳:《福克纳读本》,李文俊等译,北京:人民文学出版社,
2014年。

157. 威廉·福克纳:《去吧,摩西》,李文俊译,上海:上海译文出版社,
2010年。

158. 卫景宜:《当代西方英语世界的中国留学生写作(1980—2010)》,北
京:中国社会科学出版社,2014年。

159. 文森特·里奇:《20世纪30年代至80年代的美国文学批评》,王顺
珠译,北京:北京大学出版社,2014年。

160. 翁义钦主编《外国文学与文化》,北京:新华出版社,1989年。

161. 沃尔夫冈·伊瑟尔:《阅读活动——审美反应理论》,金元浦、周宁译,
北京:中国社会科学出版社,1991年。

162. 吴亮:《批评者说》,杭州:浙江文艺出版社,1996 年。

163. 西格蒙特·弗洛伊德:《弗洛伊德后期著作选》,林尘、张唤民、陈伟奇译,上海:上海译文出版社,1986 年。

164. 奚永吉:《文学翻译比较美学》,武汉:湖北教育出版社,2001 年。

165. 肖明翰:《大家族的没落——福克纳和巴金家族小说比较研究》,桂林:广西师范大学出版社,1994 年。

166. 肖明翰:《威廉·福克纳:骚动的灵魂》,成都:四川人民出版社,1999 年。

167. 肖明翰:《威廉·福克纳研究》,北京:外语教学与研究出版社,1997 年。

168. 杨仁敬:《20 世纪美国文学史》,青岛:青岛出版社,1999 年。

169. 杨仁敬:《简明美国文学史》,上海:复旦大学出版社,2014 年。

170. 杨仁敬:《美国后现代派小说论》,青岛:青岛出版社,2004 年。

171. 叶志良:《大众文化》,上海:上海文艺出版社,2003 年。

172. 伊恩·P. 瓦特:《小说的兴起》,高原、董红钧译,北京:生活·读书·新知三联书店,1992 年。

173. 尹晓煌:《美国华裔文学史》,徐颖果主译,天津:南开大学出版社,2006 年。

174. 于尔根·哈贝马斯等:《文化现代性精粹读本》,周宪主编,北京:中国人民大学出版社,2006 年。

175. 虞建华主编《美国文学大词典》,北京:商务印书馆,2015 年。

176. 虞建华主编《英美文学研究论丛》(第一辑),上海:上海外语教育出版社,2000 年

177. 虞建华等:《美国文学的第二次繁荣》,上海:上海外语教育出版社,2004 年。

178. 约·瑟帕玛:《环境之美》,武小西、张宜译,长沙:湖南科学技术出版社,2006 年。

179. 约翰·缪尔:《我们的国家公园》,郭名倞译,长春:吉林人民出版社,

1999 年。

180. 约瑟夫·洛斯奈:《精神分析入门》,郑泰安译,北京:社会科学文献出版社,1987 年。

181. 詹明信:《晚期资本主义的文化逻辑》,陈清侨等译,北京:生活·读书·新知三联书店,1997 年。

182. 詹姆逊:《后现代主义与文化理论》,唐小兵译,北京:北京大学出版社,1997 年。

183. 张冲、张琼:《从边缘到经典:美国本土裔文学的源与流》,上海:上海外语教育出版社,2014 年。

184. 张锦:《当代美国文学史纲》,沈阳:辽宁教育出版社,1993 年。

185. 张隆溪:《精神分析与文学批评》,长沙:湖南文艺出版社,1986 年。

186. 章燕、赵桂莲主编《新中国 60 年外国文学研究》(第一卷下·外国小说研究),申丹、王邦维总主编,北京:北京大学出版社,2015 年。

187. 赵宪章编《二十世纪外国美学文艺学名著精义》,南京:江苏文艺出版社,1987 年。

188. 智量、熊玉鹏主编《外国现代派文学辞典》,上海:上海文艺出版社,1999 年。

189. 周励:《曼哈顿的中国女人》,北京:北京出版社,1992 年。

190. 周宪:《审美现代性的批判》,北京:商务印书馆,2005 年。

191. 周宪、罗务恒、戴耘编《当代西方艺术文化学》,北京:北京大学出版社,1988 年。

192. 朱光潜:《变态心理学派别》,北京:商务印书馆,1999 年。

193. 朱国宏:《经济社会学》,上海:复旦大学出版社,1999 年。

194. 朱立元主编《当代西方文艺理论》,上海:华东师范大学出版社,2005 年。

195. 朱利安·西蒙斯:《文坛怪杰——爱伦·坡传》,文刚、吴樾译,西安:陕西人民出版社,1986 年。

196. 朱振武:《爱伦·坡研究》,北京:人民文学出版社,2011 年。

197. 朱振武:《福克纳的创作流变及其在中国的接受和影响》,北京:人民文学出版社,2015 年。

198. 朱振武:《解密丹·布朗》,北京:人民文学出版社,2010 年。

199. 朱振武:《在心理美学的层面上——威廉·福克纳小说创作论》,上海:学林出版社,2004 年。

200. 朱振武等:《美国小说:本土进程与多元谱系》,上海:上海外语教育出版社,2018 年。

201. 朱振武等:《美国小说本土化的多元因素》,上海:上海外语教育出版社,2006 年。

202. 朱志荣:《西方文论史》,北京:北京大学出版社,2007 年。

203. 左金梅主编《美国文学》(修订版),青岛:中国海洋大学出版社,2006 年。

英文著作

1. Adams, Henry. *History of the United States of America*, *Vol*. 1. New York: Charles Scribner's Sons, 1890.

2. Ames, Van Meter. *Aesthetics of the Novel*. Chicago, IL: The University of Chicago Press, 1928.

3. Amirthanayagam, Guy. *Asian and Western Writers in Dialogue*: *New Cultural Identities*. London: The Macmillan Press, Ltd., 1982.

4. Anderson, Benedict. *Imagined Communities*: *Reflections on the Origin and Spread of Nationalism*. London: Verso, 2010.

5. Barry, Peter. *An Introduction to Literary and Cultural Theory*. Manchester: Manchester University Press, 2002.

6. Barth, John. *The Friday Book*: *Essays on the Nonfiction*. Baltimore, MD: The Johns Hopkins University Press, 1984.

7. Bercovitch, Sacvan. *The Cambridge History of American Literature*. *Vol*. 7. *Prose Writing 1940 - 1990*. New York: Cambridge University

Press，1999.

8. Bermingham，Ann and Brewer，John. *The Consumption of Culture 1600 - 1800*：*Image，Object，Text*. London：Routledge. 1997.

9. Berry，Ellen E. *Curved Thought and Textual Wandering*：*Gertrude Stein's Postmodernism*. Ann Arbor，MI：University of Michigan Press，1992.

10. Blankenship，Rusel. *American Literature*. New York：Cooper Square Publisher，Inc.，1973.

11. Blotner，Joseph，ed. *Selected Letters of William Faulkner*. New York：Random House，1977.

12. Blotner，Joseph，ed. *The Uncollected Stories of William Faulkner*. New York：Random House，1997.

13. Bock，Darrell. *Breaking The Da Vinci Code*. Nashville：Thomas Nelson，Inc.，2004.

14. Bookchin，Murray. *The Ecology of Freedom*. Montreal：Black Rose Books Ltd.，1990.

15. Bowlby，Rachel. *Consumer Culture in Dreiser，Gissing and Zola*. Lodon：Methuen & Co. Ltd.，1985.

16. Bradbury，Malcolm. *The Modern American Novel*. Oxford：Oxford University Press，1992.

17. Broderick，Damien. *Reading by Starlight*：*Postmodern Science Fiction*. London：Routledge，1995.

18. Brooks，Cleanth，Lewis，R. W. B. and Warren，Robert Penn，eds. *American Literature*：*The Makers and the Making* Ⅰ. New York：Palgrave Macmillan，1973.

19. Brooks，Cleanth. *William Faulkner*：*Toward Yoknapatawpha and Beyond*. New Haven，CT：Yale University Press，1978.

20. Brooks，Van W. *The Culture of Industrialism*. New York：Boni

and Liveright, 1926.

21. Brown, Dan. *Inferno*. New York: Knopf Doubleday Publishing Group, 2013.

22. Brown, Dan. *The Da Vinci Code*. New York: Doubleday Press, 2003.

23. Brown, Dan. *The Lost Symbol*. New York: Penguin Random House, 2009.

24. Buell, Lawrence. *The Future of Environmental Criticism: Environmental Crisis and Literary Imagination*. Malden, MA: Blackwell Publishers, 2005.

25. Carlson, Eric W. *The Recognition of Edgar Allan Poe*. Ann Arbor, MI: The University of Michigan Press, 1970.

26. Cash, W. J. *The Mind of the South*. New York: Vintage Books, 1941.

27. Cassuto, Leonard and Eby, Clare Virginia, eds. *The Cambridge Companion to Theodore Dreiser*. Cambridge: Cambridge University Press, 2004.

28. Cather, Willa. *Willa Cather on Writing*. Lincoln, NE: University of Nebraska Press, 1949.

29. Chase, Lewis. *Poe and His Poetry*, London: George G. Harrap & Co., 1913.

30. Chase, Richard. *The American Novel and Its Tradition*, Garden City, NY: Doubleday & Company, 1957.

31. Clarke, Graham, ed. *Edgar Allan Poe: Critical Assessment*, *Vol. IV*. Mountfield: Helm Information Ltd., 1991.

32. Cowley, Malcolm. *Exile's Return*, Shanghai: Shanghai Foreign Language Education Press, 1986.

33. Crowley, John W, ed. *New Essays on Winesburg, Ohio*. Cambridge: Cambridge University Press, 1990.

34. Cunliffe, Marcus. *The Literature of the United States*. Beijing:

China Translation and Publishing Corporation, 1984.

35. Current, Richard N. *American History: A Survey*. New York: Alfred A. Knopf, 1979.

36. Currie, Mark. *Postmodern Narrative Theory*. New York: Macmillan Press Ltd., 1999.

37. Davenport, F. Garvin. *The Myth of Southern History: Historical Consciousness in Twentieth-Century Southern Literature*. Nashville, TN: Vanderbilt University Press, 1970.

38. Davidson, Edward H. *Poe: A Critical Study*. Cambridge, MA: Harvard University Press, 1957.

39. Dickens, Charles. *American Notes and Pictures from Italy, Vol. 20. The Works of Charles Dickens in Thirty Volumes*. New York: P. F. Collier & Son, 1900.

40. Dören, Carl. *What Is American Literature?*. New York: William Morrow, 1935.

41. Dreiser, Theodore. *Sister Carrie*. Beijing: Foreign Trade and Economy Publishing House, 2002.

42. Eagleton, Terry. *Marxism and Literary Criticism*. Bristol: Methuen, 1985.

43. Early, James. *The Making of "Go Down, Moses"*. Dallas, TX: Southern Methodist University Press, 1972.

44. Eckert, Penelope. *Jocks and Burnouts: Social Categories and Identity in the High School*. New York: Teachers College Press, 1989.

45. Elder, John. *Imagining the Earth: Poetry and the Vision of Nature*. Urbana, IL: University of Illinois Press, 1985.

46. Eliot, T. S. *Introduction to Huckleberry Finn*. London: Cresset Press, 1950.

47. Eliot, T. S. *To Criticize the Critic and Other Writings*. London:

Faber and Faber Limited, 1978.

48. Elliott, Emory, ed. *Columbia Literary History of the United States*. New York: Columbia University Press, 1988.

49. Ellison, David. *Ethics and Aesthetics in European Modernist Literature: From the Sublime to the Uncanny*. Cambridge: Cambridge University Press, 2001.

50. Elmer, Jonathan. *Reading at the Social Limit: Affect, Mass Culture and Edgar Allan Poe*. Stanford, CA: Stanford University Press, 1995.

51. Evans, Sara M. *Born for Liberty: A History of Women in America*. New York: The Free Press, 1989.

52. Fant, Joseph L. Ⅲ and Ashley, Robert, eds. *Faulkner at West Point*. New York: Random House, 1964.

53. Faulkner, H. U. *American Economic History*. New York: Harper & Brothers Publishers, 1929.

54. Faulkner, William. *Absalom, Absalom!*. New York: Vintage Brooks, 1972.

55. Faulkner, William. *The Sound and the Fury*. New York: Vintage Books, 1954.

56. Fleischmann, Wolfgang Bernard. *Encyclopedia of World Literature*. New York: Frederick Ungar Publishing Co., 1967.

57. Fowler, Doreen and Abadie, Ann J. *Faulkner and Women*. Jackson, MS: The University of Mississippi Press. 1986.

58. Fowler, Doreen and Abadie, Ann J., ed. *Faulkner and Humor*. Oxford, MI: University Press of Mississippi, 1986.

59. Fowler, Doreen and Abadie, Ann J., eds. *Faulkner and Popular Culture: Faulkner and Yoknapatawpha*, 1988, Oxford, MS: University Press of Mississippi, 1990.

60. Frank, Frederick S. and Magistrale, Anthony. *The Poe Encyclopedia*. Westport, CT: Greenwood Press, 1997.

61. Freud, Sigmund. *A General Introduction to Psychoanalysis*. Riviere, Joan, trans. New York: Washington Square Press, 1952.

62. Freud, Sigmund. *A General Introduction to Psychoanalysis*. New York: Boni & Liveright, 1925.

63. Freud, Sigmund. *Dictionary of Psychoanalysis*. New York: Philosophical Library, 1950.

64. Freud, Sigmund. *The Standard Edition of the Complete Psychological Work of Sigmund Freud*. London: Hogarth Press, 1920.

65. Freud, Sigmund. *Writings on Art and Literature*. Stanford, CA: Stanford University Press, 1997.

66. Fritzell, Peter A. *Nature Writing and America: Essay upon a Cultural Type*. Ames, IA: Iowa State University Press, 1990.

67. Gabriel, Ralph Henry. *The Course of American Democratic Thought*. New York: Ronald Press, 1956.

68. George, Rosemary Marangoly. *Indian English and the Fiction of National Literature*. New York: Cambridge University Press, 2013.

69. Gibson, Mary Ellis. *Indian Angles: English Verse in Colonial India from Jones to Tagore*. Athens, OH: Ohio University Press, 2011.

70. Gilman, Charlotte Perkins. *Women and Economics*. New York: Harper & Row, 1966.

71. Gray, Richard. *The Life of William Faulkner: A Critical Biography*. Cambridge, MA: Blackwell Publishers, 1994.

72. Gold, Joseph. *William Faulkner: A Study in Humanism, From Metaphore to Discourse*. Norman, OK: University of Oklahoma Press, 1966.

73. Griswold, Rufus Wilmot, ed. *The Works of the Late Edgar Allan*

Poe, *Vol*. *4*. New York: J. S. Redfield, 1856.

74. Gumperz, John, ed. *Language and Social Identity*. Cambridge: Cambridge University Press, 1982.

75. Gwynn, Fredric and Blotner, Joseph, eds. *Faulkner in the University*. Charlottesville, VA: The University of Virginia Press, 1959.

76. Halliwell, Martin. *American Culture in the 1950s*. Edinburgh: Edinburgh University Press, 2007.

77. Hamblin, Robert W. and Peek, Charles A., eds. *A William Faulkner Encyclopedia*. Westport, CT: Greenwood Publishing Group, 1999.

78. Hannon, Charles. *Faulkner and The Discourses of Culture*, Baton Rouge, LA: Louisiana State University Press, 2003.

79. Haycraft, Howard, ed. *The Art of Mystery Story: A Collection of Critical Essays*. New York: Biblo and Tannen, 1976.

80. Hayes, Kevin J. *Poe and the Printed Word*. New York: Cambridge University Press, 2000.

81. Hayes, Kevin J., ed. *The Cambridge Companion to Edgar Allan Poe*. Cambridge: Cambridge University Press, 2002.

82. Hayes, Kevin J., ed. *The Cambridge Companion to Edgar Allan Poe*. Shanghai: Shanghai Foreign Language Education Press, 2004.

83. Hemingway, Ernest. *The Green Hills of Africa*. New York: Charles Scribner's Sons, 1935.

84. Hemingway, Gregory H. *Papa: A Personal Memoir*. Boston, MA: Houghton Mifflin, 1976.

85. Hibbard, B. H. *A History of the Public Land Policies*. New York: Magnolia Mass, 1924.

86. Hogan, Patrick Colm. *Colonialism and Cultural Identity: Crises of Tradition in the Anglophone Literatures of India*, *Africa*, *and the*

Caribbean. Albany, NY: State University of New York, 2000.

87. Hogan, Patrick Colm. *Literary India: Comparative Studies in Aesthetics, Colonialism, and Culture*. Albany, NY: State University of New York, 1995.

88. Honnighausen, Lothar and Lerda, Valeria Gennaro, eds. *Rewriting the South: History and Fiction*. Tubingen: Francke, 1993.

89. Howard, June. *New Essays on the Country of the Pointed Firs*. Beijing: Peking University Press, 2007.

90. Hutchinson, Stuart, ed. *Mark Twain: Critical Assessments, Volume IV*. New York: Routledge, 1993.

91. Jelliffe, Robert A. *Faulkner at Nagano*, Tokyo: Kenkyusha, 1956.

92. Jewett, Sarah Orne. *A White Heron and Other Stories*. Mineola, NY: Dover Publications, Inc., 1999.

93. Joshi, Irene M. and Singh, Amritjit. *Indian Literature in English, 1827 – 1979: A Guide to Information Sources*. New Delhi: Indian Society Newspaper Press, 1981.

94. Jussawalla, Feroza and Dasenbrock, Reed Way. *Interviews with Writers of the Postcolonial World*. Jackson, MS: University of Mississippi Press, 1984.

95. Kafka, Phillipa. *On the Outside Looking In (dian): Indian Women Writers at Home and Abroad*. New York: Peter Long Publishing, Inc., 2003.

96. Kartiganer, Donald M. and Abadie, Ann J., ed. *Faulkner and Psychology*. Jackson, MS: University Press of Mississippi, 1994.

97. Kaul, A. N. *The American Vision: Actual and Ideal Society in Nineteenth-Century Fiction*. New Haven, CT: Yale University Press, 1963.

98. Kennedy, J. Gerald, ed. *A Historical Guide to Edgar Allen Poe*.

New York: Oxford University Press, 2000.

99. Kim, Wook-Dong, ed. *Postmodernism: An International Anthology*. Seoul: Hanshin. 1991.

100. King, Stephen. *Stephen King's Danse Macabre*. New York: Everest House, 1981.

101. Kingston, Maxine Hong. *The Woman Warrior*. New York: Alfred A. Knopf, 1976.

102. Korg, Jacob. *Language in Modern Literature*. Sussex: The Harvester Press Limited, 1979.

103. Korsmeyer, Carolyn, ed. *Aesthetics: The Big Questions*. Oxford: Blackwell Publishers, 1998.

104. Larris, Laurie Lanzen and Fitzgerald, Sheila, ed. *Short Story Criticism*, *Vol. 1*. Detroit, MI: Gale Research Company, 1988.

105. Lehan, Richard. *The City in Literature: An Intellectual and Cultural History*. Berkeley, CA: University of California Press, 1998.

106. LeMaster, J. R. and Wilson, James Darrell, eds. *The Mark Twain Encyclopedia*, New York: Routledge, 1993.

107. Leonard, Lutwack. *The Role of Place in Literature*. New York: Syracuse University Press, 1984.

108. Lim, Walter S. H. *Narratives of Diaspora*. Basingstoke: Palgrave Macmillan, 2013.

109. Lobdell, Jared. *The Rise of Tolkienian Fantasy*. Chicago, IL: Carus Publishing Company, 2005.

110. Love, Glen A. *Practical Ecocriticism: Literature, Biology, and the Environment*. Charlottesville, VA: University of Virginia Press, 2003.

111. Lucy, Niall. *Postmodern Literary Theory: An Introduction*.

Malden, MA: Blackwell Publishers, 1997.

112. Marcuse, Herbert. *Eros and Civilization : A Philosophical Inquiry into Freud*. Boston, MA: Beacon Press, 1966.

113. Matthaei, Julie A. *An Economic History of Women in America : Women's Work, the Sexual Division of Labour, and the Development of Capitalism*. New York: Schocken, 1982.

114. Mazel, David. *American Literary Environmentalism*. Athens, GA: University of Georgia Press, 2000.

115. McClatchy, J. D. *American Writers at Home*. New York: Vendome Press, 2004.

116. Meriwether, James B. and Millgate, Michael. *Lion in the Garden : Interviews with William Faulkner, 1926 - 1962*. New York: Random House, 1968

117. Merriam, William R. *Twelfth Census of the United States*. New York: Atlas Plate, 1920.

118. Meyer, Jeffrey. *Edgar Allan Poe : His Life and Legacy*. New York: Charles Scribner's Sons, 1992.

119. Michael, Kahn. *Basic Freud : Psychoanalytical Thought for 21 Century*. New York: Basic Books, 2002.

120. Millard, Kenneth. *Contemporary American Fiction : An Introduction to American Fiction Since 1970*. Beijing: Foreign Language Teaching and Research Press, 2006.

121. Miller, D. Quentin. *The Routledge Introduction to African American Literature*. New York: Routledge, 2016.

122. Millgate, Michael. *The Achievement of William Faulkner*. New York: Random House, 1966.

123. Milner, Andrew. *Literature, Culture and Society*. London: Routledge, 2005.

124. Minter, David. *William Faulkner*: *His Life and Work*. Baltimore, MD: The Johns Hopkins University Press, 1980.

125. Nalini, Natarajan and Sampath, Nelson Emmanuel. *Handbook of Twentieth-century Literatures of India*. Westport, CT: Greenwood Press, 1996.

126. O'Connor, William Van. *Forms of Modern Fiction*. Minneapolis, MN: University of Minnesota Press, 1948.

127. Paine, Albert Bigelow. *Mark Twain*, *A Biography*: *The Personal and Literary Life of Samuel Langhorne Clemens*. New York: Harper & Bros, 1912.

128. Peeples, Scott. *The Afterlife of Edgar Allan Poe*. New York: Camden House, 2004.

129. Pepetone, Gregory G. *Gothic Perspectives on the American Experience*. New York: Peter Lang Publishing, Inc., 2003.

130. Perkins, George and Perkins, Barbara. *The American Tradition in Literature*, *Vol. 1*. Boston, MA: McGraw-Hill Companies, 1999.

131. Poe, Edgar Allan. *Complete Stories and Poems of Edgar Allan Poe*. Garden City, NY: Doubleday & Company, Inc.,1966.

132. Poe, Edgar Allan. *Edgar Allan Poe*: *Poetry and Tales*. New York: Library of America, 1984.

133. Poe, Edgar Allan. *The Poets and Poetry of America*. New York: The Aristidean, 1845.

134. Priya, Joshi. *In Another Country*: *Colonialism and Culture and the English Novel in India*. New York: Columbia University Press, 2002.

135. Rogak, Lisa. *The Man behind The Da Vinci Code*: *An Unauthorized Biography of Dan Brown*. Kansas City, MO: Andrews McMeel

新文科理念下美国文学专题九讲

Publishing, 2005.

136. Rosenberg, Rosalind. *Divided Lives: American Women in the Twentieth Century*. New York: Hill and Wang Publishing, 1992.

137. Rostow, W. W. *The Stages of Economic Growth: A Non-Communist Manifesto*. New York: Cambridge University Press, 1968.

138. Rotella, Carlo. *October Cities: The Redevelopment of Urban Literature*. Oakland, CA: University of California Press, 1998.

139. Rourke, Constance. *American Humor: A Study of the National Character*. New York: Doubleday & Company, Inc., 1953.

140. Rubinstein, Annette T. *American Literature Root and Flower*. Beijing: Foreign Language Teaching and Research Press, 1988.

141. Ruland, Richard and Bradbury, Malcolm. *From Puritanism to Postmodernism: A History of American Literature*. London: Routledge, 1991.

142. Ruth, Vanita and Saleem, Kidwai. *Same-sex Love in India: Readings From Literature and History*. New York: St. Martin's Press, 2000.

143. Said, Edward. *Culture and Imperialism*. New York: Alfred A. Knopf, 1993.

144. Sampath, Nelson Emmanuel. *Reworlding: The Literature of the Indian Diaspora*. Westport, CT: Greenwood Press, 1992.

145. Sampath, Nelson Emmanuel. *Writers of the Indian Diaspora: A Bio-bibliographical Critical Sourcebook*. Westport, CT: Greenwood Press, 1993.

146. Scott-Kilvert, Ian. *British Writers: Volume Ⅲ, Daniel Defoe to the Gothic Novel*. New York: Charles Scribner's Sons, 1980.

147. Shetley, Vernon. *After the Death of Poetry: Poet and Audience in Contemporary America*. Durham, NC: University of North

Carolina Press, 1993.

148. Shih, Shu-mei, Tsai, Chien-hsin, and Bernards, Brian, eds. *Sinophone Studies: A Critical Reader* New York: Columbia University Press, 2013.

149. Silverman, Kenneth, ed. *New Essays on Poe's Major Tales*. New York: Cambridge University Press, 1993.

150. Singh, Jaspal K. and Chetty, Rajendra. *Indian Writers: Transnationalisms and Diasporas*. New York: Peter Long Publishing, Inc., 2010.

151. Skenazy, Paul and Martin, Tera, eds. *Conversations with Maxine Hong Kingston*. Jackson, MI: University Press of Mississippi, 1998.

152. Smith, C. Alphonso. *Edgar Allan Poe: How to Know Him*. New York: The Bobbs Merrill Company, 1921.

153. Smith, Paul. *New Essays on Hemingway's Short Fiction*. New York: Cambridge University Press, 1998.

154. Smith, Stephen. *Myth, Media, and the Southern Mind*. Fayetteville, AK: University of Arkansas, 1985.

155. Spencer, Dorothy M. *Indian Fiction in English: An Annotated Bibliography*. Philadelphia, PA: University of Pennsylvania Press, 1960.

156. Spiller, Robert E. *The Cycle of American Literature: An Essay in Historical Criticism*. New York: The Free Press, 1967.

157. Spindler, Michael. *American Literature and Social Change— William Dean Howells to Arthur Miller*. London: The Macmillan Press Ltd., 1983.

158. Sree, Sathupati Prasanna. *Indian Women Writing in English: New Perspectives*. New Delhi: Sarup & Sons, 2005.

159. Stevenson, Randall. *Modernist Fiction*. New York: Harvester

新文科理念下美国文学专题九讲

Wheatsheaf, 1992.

160. Sutherland, John. *Bestsellers: A very Short Introduction*. Beijing: Foreign Language Teaching and Research Press, 2007.

161. Symons, Julian. *Bloody Murder, From the Detective Story to the Crime Novel: A History*. Hong Kong: Papermac, 1992.

162. Thompson, G. R. *The Selected Writings of Edgar Allan Poe*. New York: W. W. Norton & Company, 2004.

163. Urgo, Joseph R. and Abadie, Ann J., eds. *Faulkner and the Ecology of the South*. Jackson, MS: University Press of Mississippi, 2005.

164. Twain, Mark. *Adventures of Huckleberry Finn: Complete Text with Introduction, Historical Contexts, Critical Essays*. Harris, Susan K., ed. Boston, MA: Houghton Mifflin Company, 2000.

165. Twain, Mark. *The Adventures of Huckleberry Finn*. London: Penguin English Library, 1884.

166. Varma, Devendra P. *The Gothic Flame: Being a History of the Gothic Novel in England: Its Origins, Efflorescence, Disintegration, and Residuary Influences*. London: Arthur Barker Ltd., 1957.

167. Verma, K. D. *The Indian imagination: Critical Essays on Indian Writing in English*. New Delhi: Macmillan, 2000.

168. Vickery, Olga W. and Hoffman, Frederick J., eds. *William Faulkner: Three Decades of Criticism*. San Diego, CA: Harcourt Publishing Firm, 1963.

169. Walker, I. M., ed. *Edgar Allan Poe: The Critical Heritage*. New York: Routledge Kegan & Paul, 1986.

170. William, Walsh. *Indian Literature in English*. London: Longman, 1990.

171. Wilson, Charles Reagan and Ferris, William, eds. *Encyclopedia of Southern Culture: Women's Life*. Raleigh, NC: The University

of North Carolina Press，1990.

172. Worster，Donald. *Nature's Economy*：*A History of Ecological Ideas*，*second edition*. New York：Cambridge University Press，1994.

173. Zhenwu，Zhu and Zhang，Aiping. *The Dan Brown Craze*：*An Analysis of His Formula for Thriller Fiction*. Newcastle：Cambridge Scholars Publishing，2016.

二、期刊类

中文期刊

1. 蔡俊：《主动表达的"他者"——论 20 世纪 70 年代以来的本土裔美国文学批评》，《当代外国文学》，2012 年第 2 期，第 42 - 51 页。

2. 曹顺庆：《文论失语症与文化病态》，《文艺争鸣》，1996 年第 2 期，第 50 - 58 页。

3. 陈杰：《美国犹太文学中的创伤记忆——美国犹太作品中的流浪、驱逐与屠杀》，《安徽文学（下半月）》，2017 年第 5 期，第 46 - 49 页。

4. 陈靓：《当代美国本土文学的话语性主体建构——评路易斯·厄德瑞克作品中的叙述杂糅》，《外国文学》，2010 年第 5 期，第 95 - 101＋159 页。

5. 陈靓：《美国本土文学研究中的杂糅特征理论探源——从生物杂糅到文化杂糅的概念流变》，《西安外国语大学学报》，2009 年第 3 期，第 58 - 62 页。

6. 陈开举：《忠实而又灵活的中国文学译介：〈汉学家的中国文献学英译历程〉述评》，《文学跨学科研究》，2018 年第 1 期，第 153 - 158 页。

7. 陈榕：《美国小说的兴起与查尔斯·布鲁克顿·布朗》，《现代语文》（学术综合版），2015 年第 4 期，第 81 - 84 页。

8. 陈许：《聚焦近年美国印第安文学创作与研究》，《外国文学动态》，2006 年第 3 期，第 8 - 10 页。

9. 崔家善：《"想象的共同体"：美国华裔文学中的中国传统文化建构》，《知与行》，2016 年第 12 期，第 106 页。

10. 邓赟：《美国华人文学的"中国梦"》，《兰州教育学院学报》，2017 年第 3 期，第 1 - 2,42 页。

11. 董金平：《从马克·吐温的小说看美国本土色彩文学》，《戏剧之家》，2015 年第 21 期，第 256 - 257 页。

12. 杜凤兰：《美国文学中的思想史——清教思想》，《社会科学论坛》（学术研究卷），2007 年第 1 期，第 134 - 138 页。

13. 段宇晖：《大众文化语境下的阅读狂欢——〈达·芬奇密码〉畅销的意义》，《郑州大学学报》（哲学社会科学版），2008 年第 3 期，第 100 - 103 页。

14. 方丹：《论〈痕迹〉中的印第安生态文化》，《文化学刊》，2015 年第 2 期，第 119 - 120 页。

15. 冯凯伦：《美国文学的本土色彩及其影响——以马克·吐温〈汤姆·索亚历险记〉》，《河北联合大学学报》（社会科学版），2015 年第 1 期，第 152 - 156 页。

16. 高静：《新时代外语人的文化担当和家国情怀——朱振武教授访谈录》，《山东外语教学》，2018 年第 4 期，第 3 - 11 页。

17. 高玉：《本土经验与外国文学研究》，《解放军外国语学院学报》，2009 年第 2 期，第 86 - 91 页。

18. 郜元宝：《谈哈金并致海外中国作家》，《天津师范大学学报》（社会科学版），2005 年第 6 期，第 70 - 74 页。

19. 耿卫玲：《美国浪漫主义时期小说的本土特征解读——以库伯的小说为例》，《佳木斯大学社会科学学报》，2016 年第 1 期，第 130 - 132＋142 页。

20. 哈罗德·布鲁姆、李海英：《美国诗歌中的死亡与本土脉流》，《上海文化》，2017 年第 1 期，第 61 - 69 页。

21. 韩德星：《论〈瓦尔登湖〉在美国本土的经典化生成》，《浙江传媒学院学报》,2012 年第 6 期,第 65 - 75 页。

22. 胡全生:《国际后现代主义文学刍议》,《外语学刊》,2017 年第 4 期,第 115 - 121 页。

23. 胡笑瑛:《试论美国非洲裔黑人文学与中国回族文学的可比性》,《宁夏师范学院学报》,2017 年第 2 期,第 59 - 61＋68 页。

24. 胡哲、杨润华:《美国文学作品中的茶文化研究》,《福建茶叶》,2017 年第 9 期,第 357 - 358 页。

25. 黄汉平、杜燕:《透视"达·芬奇密码现象"》,《外国文学》,2006 年第 4 期,第 59 - 61 页。

26. 江宇应:《以事实为依据的比较文学乐观主义——阿·欧文·奥尔德里奇访谈录》,《外国语》,1987 年第 6 期,第 1 - 8＋16 页。

27. 蒋承勇:《感性与理性娱乐与良知:文学'能量'说》,《文学评论》,2014 年第 3 期,第 15 - 18 页。

28. 金莉:《从"尖尖的枞树之乡"看朱厄特创作的女性视角》,《外国文学评论》,1999 年第 1 期,第 85 - 91 页。

29. 金莉、李芳:《中国美国文学研究三十年——基于〈外国文学〉杂志的个案分析》,《外国文学》,2012 年第 1 期,第 45 - 54,157 - 158 页。

30. 井卫华:《生态批评视野中的"一只白苍鹭"》,《外语与外语教学》,2005 年第 12 期,第 26 - 27 页。

31. 劳伦斯·布依尔、韦清琦:《打开中美生态批评的对话窗口——访劳伦斯·布依尔》,《文艺研究》,2004 年第 1 期,第 64 - 70,159 - 160 页。

32. 李传馨:《丹·布朗的小说〈达·芬奇密码〉中信仰的力量》,《文学界》(理论版),2011 年第 6 期,第 217 页。

33. 李华颖:《美国本土小说的独立之路》,《上海大学学报》(社会科学版),2002 年第 4 期,第 24 - 30 页。

34. 李会芳:《西方艾德加·爱伦·坡研究综述》,《四川外语学院学报》,2007 年第 2 期,第 13 - 17＋27 页。

35. 李金梅:《论美国华裔汉学家"东夏西刘"的〈水浒传〉笔战》,《明清小说研究》,2017 年第 1 期,第 180 - 194 页。

36. 李稣:《耶稣还是孔子:美国华裔女性文学作品中挣扎的女性意识》,《湖北经济学院学报》(人文社会科学版),2016 年第 12 期,第 126 - 127＋197 页。

37. 李萌羽:《中国福克纳研究的新突破——评朱振武〈福克纳的创作流变及其在中国的接受与影响〉》,《外国文学研究》,2016 年第 4 期,第 164 -167 页。

38. 李晓英:《简论西方女性文学的发展》,《外国文学研究》,2003 年第 1 期,第 131 - 136 页。

39. 李学欣:《美国"南方文艺复兴"时期作品中的骑士精神探奥》,《中南大学学报》(社会科学版),2014 年第 1 期,第 211 - 215 页。

40. 李亚萍:《论 20 世纪 40 年代美华文学的发展及转变》,《学术研究》,2016 年第 7 期,第 162 - 168,178 页。

41. 李宗:《美国少数族裔文学中的族群认同与国家认同思考》,《贵州民族研究》,2017 年第 7 期,第 126 - 129 页。

42. 刘海英:《从华裔美国文学作品中的茶文化理念探究文化融入》,《福建茶叶》,2017 年第 8 期,第 403 - 404 页。

43. 刘宽:《哈金:没有国家的人》,《人物》,2014 年第 10 期,第 119 - 123 页。

44. 刘丽娜:《论当代美国华裔文学作品中"华人形象"变迁》,《开封教育学院学报》,2017 年第 5 期,第 43 - 44 页。

45. 刘思思:《从印第安本土文学到美国主流文学——论厄德里齐最新作品〈圆屋〉》,《创作评谭》,2014 年第 4 期,第 52 - 53＋51 页。

46. 刘文良:《质疑生态中心主义——兼谈生态批评的理论立足点》,《广西社会科学》,2006 年第 11 期,第 134 - 136 页。

47. 刘肖栋:《用白人的语言书写印第安人的篇章——从功能视角解读〈美国印第安人的故事〉》,《外语教学》,2017 年第 2 期,第 104 - 109 页。

48. 刘英:《美国现代主义文学的地方主义与世界主义》,《外国文学》,2016

年第 2 期,第 3 - 11 页。

49. 陆晓蕾:《美国本土裔文学研究的现状与展望——2015 年美国本土裔文学专题研讨会综述》,《当代外国文学》,2015 年第 3 期,第 174 - 176 页。

50. 骆洪:《20 世纪非裔美国文学批评中的身份政治》,《学术探索》,2016 年第 11 期,第 100 - 106 页。

51. 吕新星、芮渝萍:《〈巴德,不是巴迪〉:黑人美学与文化身份建构》,《外国语文》,2017 年第 2 期,第 13 - 18 页。

52. M. 汤玛斯·英奇:《福克纳与通俗文化》,叶宇译,《国外文学》,1989 年第 4 期,第 13 - 23 页。

53. 门洪华:《两个大局视角下的中国国际认同变迁(1982—2012)》,《中国社会科学》,2013 年第 9 期,第 54 - 66 页。

54. 聂珍钊:《文学伦理学批评:基本理论与术语》,《外国文学研究》,2010 年第 1 期,第 12 - 22 页。

55. 潘雯:《流动于跨国时代:美国华裔文学批评的发展历程》,《华文文学》,2011 年第 4 期,第 58 - 65 页。

56. 庞好农:《21 世纪美国黑人小说叙事发展的新动向——评帕克斯〈奔向母亲的墓地〉》,《外国文学》,2011 年第 1 期,第 21 - 27+157 页。

57. 蒲若茜、潘敏芳:《亚裔美国文学批评之"沉默"诗学探析》,《外国文学研究》,2016 年第 6 期,第 143 - 151 页。

58. 綦天柱、胡铁生:《美国少数族裔文学的演进与反思》,《甘肃社会科学》,2017 年第 2 期,第 84 - 91 页。

59. 钱青:《马克·吐温与〈哈克贝利·费恩历险记〉》,《外国文学》,1993 年第 3 期,第 86 - 92 页。

60. 乔国强:《中国美国犹太文学研究的现状》,《当代外国文学》,2009 年第 1 期,第 32 - 46 页。

61. 饶芃子、蒲若茜:《从"本土"到"离散"——近三十年华裔美国文学批评理论评述》,《暨南学报》(人文与社会科学版),2005 年第 1 期,第 46 -

53＋138 页。

62. 沈宁：《美国华文文学发展的三个阶段》，《世界华文文学论坛》，2005 年第 2 期，第 63－67 页。

63. 盛宁：《爱伦·坡与"五四"运动以后的中国现代文学》，《国外文学》，1981 年第 4 期，第 1－10 页。

64. 盛宁：《人·文本·结构——不同层面的爱伦·坡》，《外国文学评论》，1992 年第 4 期，第 75－82 页。

65. 石海峻：《"杂交"的后殖民英语小说》，《外国文学动态》，1999 年第 6 期，第 8－10 页。

66. 苏晖：《华裔美国文学中华人伦理身份与伦理选择的嬗变——以〈望岩〉和〈莫娜在希望之乡〉为例》，《外国文学研究》，2016 年第 6 期，第 53－61 页。

67. 孙冬：《论移民作家的阈限空间——评哈金的〈移民作家〉》，《江苏社会科学》，2016 年第 6 期，第 210－214 页。

68. 孙乐：《儒家文化在美国华裔文学作品中流变的模因论解读》，《渭南师范学院学报》，2017 年第 15 期，第 73－78 页。

69. 孙隆基：《"密码"背后的性别政治》，《南方人物周刊》，2007 年第 30 期，第 81－82 页。

70. 唐书哲：《从本土到跨国：国内外美国华裔文学研究述评》，《南京晓庄学院学报》，2017 年第 2 期，第 74－79,124 页。

71. 唐书哲：《美国华裔文学研究的新视角和新内容：2005－2015》，《华文文学》，2017 年第 1 期，第 37－42 页。

72. 田晓婧：《探析美国华裔文学作品中东方主义视角的成因及消解》，《名作欣赏》，2016 年第 35 期，第 167－169 页。

73. 童庆炳：《文化诗学——文学理论的新格局》，《东方丛刊》2006 年第 1 期，第 30－37 页。

74. 王青松：《〈小城畸人〉艺术论》，《外国文学评论》，1999 年第 3 期，第 83－91 页。

75. 王守仁:《谈后现代主义小说——兼评〈美国后现代主义小说艺术论〉和〈英美后现代主义小说叙述结构研究〉》,《外国文学评论》,2003 年第 3 期,第 142－148 页。

76. 王松林:《论美国后现代主义小说的两大走向》,《外国文学研究》,2004 年第 1 期,第 91－97＋173 页。

77. 魏燕:《美国现代文学的"自我之歌"——评艾尔弗雷德·卡津的〈扎根本土〉》,《外国文学研究》,2011 年第 4 期,第 121－127 页。

78. 吴冰:《福克纳在大学》,《外国文学》,1993 年第 5 期,第 25－30 页。

79. 吴冰:《关于华裔美国文学研究的思考》,《外国文学评论》,2008 年第 2 期,第 15－23 页。

80. 吴冰:《华裔美国文学的历史性》,《外国文学研究》,2010 年第 2 期,第 120－125 页。

81. 吴富恒、王誉公:《美国文学思潮》,《文史哲》,2000 年第 3 期,第 13－17＋127 页。

82. 吴俊:《华裔美国文学对中国传统生态伦理思想的演绎》,《钦州学院学报》,2016 年第 11 期,第 13－16 页。

83. 吴俊:《华裔美国文学作品母题"本土化"进程之历史探究》,《江苏科技大学学报》(社会科学版),2015 年第 1 期,第 32－38 页。

84. 吴赟、顾忆青:《困境与出路:中国当代文学译介探讨》,《中国外语》,2012 年第 5 期,第 90－95 页。

85. 肖明翰:《福克纳与基督教文化传统》,《国外文学》,1994 年第 1 期,第 72－79 页。

86. 肖显静:《消费主义文化的符号学解读》,《文化研究》,2004 年第 1 期,第 170－175 页。

87. 肖艳平:《"沉默的文学"与"不确定内在性"——哈桑后现代主义文艺特征透视》,《太原理工大学学报》(社会科学版),2017 年第 1 期,第 81－85页。

88. 谢天振:《中国文学走出去:问题与实质》,《中国比较文学》2014 年第 1

期,第1-10页。

89. 谢小军:《物种灭绝》,《知识就是力量》,2006年第2期,第24-25页。

90. 谢雁冰:《〈落地〉构筑的"第三空间":华裔离散身份认同新取向》,《福州大学学报》(哲学社会科学版),2017年第1期,第73-79页。

91. 徐谙律:《美国印第安部落口头故事的文学价值与美学功能》,《江西社会科学》,2017年第4期,第97-106页。

92. 徐常利:《浅析美国土著小说中的生态关怀思想——评〈美国经典作家的生态视域和自然思想〉》,《当代教育科学》,2016年第10期,第67页。

93. 颜治强:《论印度英语文学的起点》,《南亚研究》,2010年第4期,第134-144页。

94. 杨金才:《文化批评与当下关怀——评朱振武近著〈爱伦·坡研究〉》,《英美文学研究论丛》,2013年第1期,第382-388页。

95. 杨明晨:《作为世界文学研究的美国华裔英语文学批评》,《湖南大学学报》(社会科学版),2017年第4期,第105-112页。

96. 杨仁敬:《论美国后现代派小说的新模式和新话语》,《外国文学研究》,2003年第2期,第51-57+172页。

97. 叶舒宪:《谁破译了〈达·芬奇密码〉?》,《读书》,2005年第1期,第60-69页。

98. 易群芳:《哈莱姆文艺复兴时期美国黑人文学的繁荣及其成因》,《衡阳师范学院学报》,2017年第2期,第111-115页。

99. 于洋:《论海勒黑色幽默的犹太气质》,《文学教育(下)》,2017年第5期,第86-87页。

100. 袁小明、陈兆娟:《世界主义下的民族书写——评〈当代美国本土文学中的政治与审美:跨越一切疆界〉》,《外国文学动态》,2013年第3期,第60-62页。

101. 袁小明:《未来时间维度上的集体挽歌——评〈民族将继续生存——美国本土挽歌中的失落与重生〉》,《当代外国文学》,2014年第1期,第 161 - 166 页。

102. 袁小明:《争论与共鸣——当代美国本土裔文学研究中若干问题》,《外语研究》,2017 年第 1 期,第 101 - 106 页。

103. 张宝林:《左翼立场与美国文学形象构建——论赵家璧的美国现代小说研究》,《甘肃广播电视大学学报》,2017 年第 1 期,第 35 - 39 页。

104. 张冲:《关于本土裔美国文学历史叙事的思考》,《国外文学》,2011 年第 1 期,第 19 - 24 页。

105. 张冲:《文学·历史·文学史——思考美国初期文学发展的历史叙述》,《外国文学评论》,2002 年第 2 期,第 62 - 66 页。

106. 张春敏:《族裔、文化与华裔父权正面形象的动态建构——论华裔美国诗人李立阳的寻父诗学》,《学术论坛》,2016 年第 11 期,第 138 - 141 页。

107. 张德明:《经典的普世性与文化阐释的多元性——从荷马史诗的三个后续文本谈起》,《外国文学评论》,2007 年第 1 期,第 19 - 27 页。

108. 张慧诚:《美国本土文学的代表——解读〈最后的莫西干人〉》,《语文学刊(外语教育与教学)》,2009 年第 4 期,第 38 - 40 页。

109. 张佳秋:《早期美国文学中的个人主义传统——以欧文、爱默生和梭罗的作品为例》,《沧州师范学院学报》,2016 年第 4 期,第 33 - 38 页。

110. 张茂林:《亚文化视域下的纽约教父与上海"皇帝"》,《文化学刊》,2016 年第 12 期,第 231 - 236 页。

111. 张琦:《〈傅科摆〉与〈达·芬奇密码〉——试论通俗小说的界线之二》,《当代外国文学》,2007 年第 4 期,第 29 - 37 页。

112. 张强:《舍伍德·安德森研究综论》,《外国文学研究》,2003 年第 1 期,第 147 - 151 页。

113. 张小琴:《美国黑人文学中的文化身份认同》,《吉林广播电视大学学报》,2017 年第 1 期,第 29 - 30 页。

114. 张小琴:《亚裔美国文学之族裔身份批评的分化研究》,《艺术科技》,

2016 年第 11 期,第 84 页。

115. 张莹:《20 世纪美国文学的特征与人文精神走向》,《语文建设》,2017 年第 2 期,第 34 - 36 页。

116. 张云岗、陈志新:《茶文物语——论华裔美国文学作品中的茶文化》,《福建茶叶》,2016 年第 12 期,第 386 - 387 页。

117. 张云岗、张在钊、陈志新:《美国文艺复兴时期文学本土化进程研究》,《戏剧之家》,2017 年第 21 期,第 234 页。

118. 赵文书:《民族主义和本土主义的错置——华裔美国文学中的男性沙文主义解析》,《当代外国文学》,2002 年第 3 期,第 143 - 150 页。

119. 赵文书、康文凯:《十字路口的印第安人——解读阿莱克西〈保留地布鲁斯〉中的生存与发展主题》,《外国文学研究》,2017 年第 1 期,第 20 - 30 页。

120. 赵玉:《20 世纪美国拉美黑人文学研究简述》,《海外英语》,2016 年第 19 期,第 178,181 页。

121. 钟鹰翔:《华裔美国文学中的茶文化研究》,《福建茶叶》,2017 年第 5 期,第 320 页。

122. 朱长泉、钱志富:《神学视阈下的悖论——〈达·芬奇密码〉的文化研究》,《世界文学评论》,2009 年第 1 期,第 148 - 151 页。

123. 朱小琳:《美国非裔文学研究的政治在线与审美困境》,《山东外语教学》,2013 年第 2 期,第 14 - 17 页。

124. 朱振武:《"非主流"英语文学的源与流》,《英语研究》,2014 年第 3 期,第 15 - 18 页。

125. 朱振武:《〈熊〉的创作范式及福克纳对人类的焦虑》,《解放军外国语学院学报》,2006 年第 1 期,第 76 - 81 页。

126. 朱振武:《爱伦·坡的效果美学论略》,《外国文学评论》,2007 年第 3 期,第 128 - 137 页。

127. 朱振武:《丹·布朗现象与文学中国梦》,《上海师范大学学报》(哲学社会科学版),2015 年第 2 期,第 119 - 125 页。

128. 朱振武:《翻译活动就是要有文化自觉》,《外语教学》,2016 年第 5 期,第 83 - 85 页。

129. 朱振武:《解码丹·布朗创作的空前成功》,《上海大学学报》(社会科学版),2005 年第 4 期,第 42 - 46 页。

130. 朱振武:《论福克纳小说创作的通俗意识》,《上海师范大学学报》(哲学社会科学版),2003 年第 4 期,第 100 - 107 页。

131. 朱振武:《论海明威小说的美学创造》,《上海大学学报》(社会科学版),2001 年第 4 期,第 5 - 10 页。

132. 朱振武:《外国文学研究呼唤有我之境》,《当代外语研究》,2018 年第 4 期,第 17 - 22 页。

133. 朱振武:《威廉·福克纳小说的建筑理念》,《四川外语学院学报》,2005 年第 3 期,第 4 - 9 页。

134. 朱振武、邓娜娜:《爱伦·坡现象与通俗文化》,《国外文学》,2008 年第 2 期,第 19 - 28 页。

135. 朱振武、刘略昌:《中国非英美国家英语文学研究的垦拓与勃兴》,《中国比较文学》,2013 年第 3 期,第 36 - 48 页。

136. 朱振武、束少军:《丹·布朗〈地狱〉的伦理之思与善恶之辩》,《外国文学动态》,2013 年第 6 期,第 51 - 53 页。

137. 朱振武、王子红:《爱伦·坡哥特小说源流及其审美契合》,《上海大学学报》(社会科学版),2007 年第 5 期,第 92 - 96 页。

138. 朱振武、杨婷:《当代美国爱伦·坡研究新走势》,《当代外国文学》,2006 年第 4 期,第 50 - 57 页。

139. 朱振武、周元晓:《〈达·芬奇密码〉:雅俗合流的成功范例》,《当代外国文学》,2004 年第 4 期,第 103 - 110 页。

英文期刊

1. Argersinger, Jana L. "From the Editor's Easy Chair: A Partial View of Prospects in Poe Studies". *The Edgar Allan Poe Review*, 2003, 4

(1)，pp. 42 - 50.

2. Bennett，Michael. "From Wide Open Spaces to Metropolitan Places：The Urban Challenge to Eco-criticism". *Interdisciplinary Studies in Literature and Environment*，2001，8(1)，pp. 31 - 52.

3. Brooks，Cleanth. "Faulkner's Vision of Good and Evil". *The Massachusetts Review*，1962，3(4)，pp. 692 - 712.

4. Cohen，Philip and Fowler，Doreen. "Faulkner's Introduction to *The Sound and the Fury*". *American Literature*，1990，62（2），pp. 262 - 283.

5. Holland，Norman N. "The New Paradigm：Subjective or Transactive?". *New Literary History*，1976，7(2)，pp. 335 - 346.

6. Inge，M. Thomas. "Poe and the Comics Connection". *The Edgar Allan Poe Review*，2001，2(1)，pp. 2 - 29.

7. Legler，Gretchen. "Toward a Postmodern Pastoral：The Erotic Landscape in the work of Gretel Ehrlich". *Interdisciplinary Studies in Literature and Environment*，1993，1(2)，pp. 45 - 56.

8. Levay，Matthew. "Remaining a Mystery：Gertrude Stein：Crime Fiction and Popular Modernism". *Journal of Modern Literature*. 2013，36(4)，pp. 1 - 22.

9. Lewis，R. W. B. "The Hero in The New World：William Faulkner's 'The Bear'". *The Kenyon Review*，1951，13(4)：641 - 660.

10. Quinn，Patrick F. "A Potpourri on Eureka". *Poe Studies*，1976，9(1)，pp. 29 - 31.

11. Renker，Elizabeth. "What Is American Literature?". *American Literary History*，2013，25(1)，pp. 247 - 256.

12. Rubin，Jennifer. "John Grisham's Law". *Commentary*. 2009，127(6)，pp. 56 - 60.

13. Lee，T. K. "China as Dystopia：Cultural Imaginings through

Translation". *Translation Studies*，2015，8(3)，pp. 251-268.

14. Redman，Ben Ray. "Decline and Fall of the Whodunit". *The Saturday Review*，1952，35(22)，pp. 8-9+31-32.

15. Kennedy，J. Gerald. "Early 19th-Century Literature，" *American Literary Scholarship*. 2002，2000(1)，pp. 227-252.

三、报纸类

中文报纸

1. 蔡震：《〈达·芬奇密码〉作者新作在京研讨——阎连科大夸丹布朗"知识面广"》，《扬子晚报》，2010年1月12日，第A34版。

2. 陈季冰：《寻找这一个千年的密码》，《东方早报》，2005年6月21日，第A01版。

3. 陈香、闻亦：《谍战风刮进欧美：破译中国文学走出去的"麦家现象"》，《中华读书报》，2014年5月21日，第6版。

4. 傅小平：《主要译者朱振武谈"模式化的丹·布朗何以畅销?"》，《文学报》，2006年6月15日，第2版。

5. 蒯乐昊：《"女战士"汤亭亭：颠覆美国偏见的华裔女作家》，《人民日报》（海外版），2008年11月21日，第11版。

6. 刘略昌：《批评自觉与本土意识——评朱振武著〈福克纳的创作流变及其在中国的接受和影响〉》，《文汇报》，2015年11月23日，第W06版。

7. 刘婷：《丹·布朗新书两周热卖40万册——专家热议〈失落的秘符〉构思缜密》，《北京晨报》，2010年1月12日，第A26版。

8. 罗小艳：《李翊云：我不代言任何种族，任何国家》，《南都周刊》，2007年6月22日，第130期。

9. 康慨：《〈达·芬奇密码〉现象》，《中华读书报》，2004年1月12日。

10. 任志茜、蔡骏：《蔡骏：将悬疑进行到底》，《中国图书商报》，2005年4月8日，第A3版。

11. 思宁:《"胡扯"还是"焦虑"?"丹·布朗"引起争议》,《文学报》,2005年6月9日第2版。

12. 谭璐:《朱振武破解丹·布朗密码》,《北京青年报》,2006年4月5日,第D04版。

13. 徐雯怡、朱振武:《中国古代已有"丹·布朗式密码"》,《天天新报》,2009年8月19日。

14. 王蒙:《密码的诱惑》,《中华读书报》,2005年6月8日。

15. 王晓鹰:《从全球语境看中国大众文艺——娱乐有余,文化不足》,《人民日报》,2010年10月28日,副刊第24版。

16. 乌立斯:《丹·布朗:中国作家的学习榜样?》,《中国图书商报》,2005年6月24日,第A3版。

17. 杨仁敬:《美国文学史与中国读者》,《中华读书报》,2002年8月7日。

18. 杨雅莲:《畅销作家曾是流行歌手》,《华夏时报》,2006年5月18日,第B3版。

19. 周晓苹:《美国文坛的华裔作家》,《环球时报》,2007年5月7日,第17版。

20. 朱振武:《哈金为什么这么红?》,《文汇读书周报》,2012年4月6日,第8版。

21. 朱振武:《文学专史:费力但讨好的文学著作》,《文汇报》,2012年03月26日,第6版。

英文报纸

1. Kaufman，Leslie. "Free Downloads of *Da Vinci Code* to Promote *Inferno*". *The New York Times*，Article，44，March 17，2013.

2. Maslin，Janet. "Spinning a Thriller from a Gallery at the Louvre". *The New York Times*. March 17，2003.

四、学位论文类

1. 蔡俊:《超越生态印第安:论露易丝·厄德里克小说中的自然主题》,南京大学博士学位论文,2011 年。

2. 蔡晓惠:《美国华人文学中的空间形式与身份认同》,南开大学博士学位论文,2014 年。

3. 曾艳钰:《走向后现代文化多元主义:从罗思和里德看美国犹太、黑人文学的新趋向》,厦门大学博士学位论文,2001 年。

4. 陈许:《美国西部小说研究》,上海师范大学博士学位论文,2004 年。

5. 陈学芬:《自我与他者:当代美华移民小说中的中美形象》,河南大学博士学位论文,2013 年。

6. 丁夏林:《美国华裔文学中的族裔经验与文化认同》,南京大学博士学位论文,2012 年。

7. 盖建平:《早期美国华人文学研究:历史经验的重勘与当代意义的呈现》,复旦大学博士学位论文,2010 年。

8. 高青龙:《爱默生思想的伦理审视》,湖南师范大学博士学位论文,2014 年。

9. 关合凤:《东西方文化碰撞中的身份寻求——美国华裔女性文学研究》,河南大学博士学位论文,2002 年。

10. 关晶:《华盛顿·欧文的创作与"美国精神"的建构》,吉林大学博士学位论文,2015 年。

11. 金学品:《呈现与解构——论华裔美国文学中的儒家思想》,华东师范大学博士学位论文,2010 年。

12. 李安斌:《清教主义对 17—19 世纪美国文学的影响》,四川大学博士学位论文,2006 年。

13. 李丽华:《华裔美国文学的性与性别研究——以黄哲伦、赵健秀和汤亭亭为个案》,上海外国语大学博士学位论文,2012 年。

14. 李云:《寻找现代美国身份:19 世纪末 20 世纪初纽约的图像与经验》,清华大学博士学位论文,2016 年。

15. 刘敏霞:《美国哥特小说对民族身份的想象:1776－1861》,上海外国语大学博士学位论文,2011 年。

16. 刘心莲:《性别、种族、文化——美国华裔女性写作探析》,华中师范大学博士学位论文,2004 年。

17. 刘增美:《族裔性与文学性之间——美国华裔文学批评研究》,南京师范大学博士学位论文,2011 年。

18. 卢婧洁:《当代亚裔美国文学中的种族越界与性别越界》,南京师范大学博士学位论文,2015 年。

19. 陆薇:《渗透中的解构与重构:后殖民理论视野中的华裔美国文学》,北京语言大学博士学位论文,2005 年。

20. 弥沙:《美国华裔文学批评的嬗变:族裔性、文学性、世界性》,黑龙江大学博士学位论文,2016 年。

21. 潘雯:《走出"东方/性":美国亚裔文学批评及其"华人话语"建构》,复旦大学博士学位论文,2013 年。

22. 蒲若茜:《族裔经验与文化想像——华裔美国小说典型母题研究》,暨南大学博士学位论文,2005 年。

23. 朴玉:《于流散中书写身份认同——美国犹太作家艾·辛格、伯纳德·马拉默德菲利普·罗斯小说创作研究》,吉林大学博士学位论文,2008 年。

24. 尚菲菲:《杰拉尔德·维兹诺的后印第安生存抗争书写》,吉林大学博士学位论文,2017 年。

25. 苏加宁:《社会转型与空间叙事——美国早期哥特式小说研究》,吉林大学博士学位论文,2017 年。

26. 孙璐:《后冷战时代美国小说中的美国性》,华东师范大学博士学位论文,2016 年。

27. 汪莹:《来自南方腹地的悠远根系——试论威廉·福克纳与"南方性",

华东师范大学硕士学位论文,2004 年。

28. 王凯:《多元文化主义语境下的当代美国华裔文学》,中央民族大学博士学位论文,2015 年。

29. 魏啸飞:《美国犹太小说中的犹太精神》,中国社会科学院研究生院博士学位论文,2001 年。

30. 向忆秋:《想象美国:旅美华人文学的美国形象》,山东大学博士学位论文,2009 年。

31. 徐刚:《多元文化语境下的华裔美国文学话语流变研究》,吉林大学博士学位论文,2016 年。

32. 詹乔:《论华裔美国英语叙事文本中的中国形象》,暨南大学博士学位论文,2007 年。

33. 张慧荣:《后殖民生态批评视角下的当代美国印第安英语小说研究》,苏州大学博士学位论文,2014 年。

34. 张瑞华:《美国 20 世纪的清教研究》,南京师范大学博士学位论文,2011 年。

35. 张卓:《美国华裔文学中的社会性别身份建构》,苏州大学博士学位论文,2006 年。

36. 赵云利:《美国黑人文艺运动研究(1965－1976)》,山东师范大学博士学位论文,2015 年。

37. 周亭亭:《T.S.艾略特诗歌与美国神话》,西南大学博士学位论文,2015 年。

38. 朱新福:《美国生态文学研究》,苏州大学博士学位论文,2005 年。

五、电子、网上文献

中文类

1. 王姝蕲:《哈金:在美国,不上写作班别想当作家》,腾讯文化,2016 年 8 月 4 日,http://cul.qq.com/a/20160804/004810.htm.

2. 张顺洪:《跨学科研究是社科发展的一大趋势》,《中国社会科学院通讯》,1999 年 8 月 17 日。http://zhangshunhong.com/interdisciplinarystudies.htm.

英文类

1. Brown，Dan. "I'm Fascinated by Power". https://quotefancy.com/quote/1018543/ Dan-Brown-I-m-fascinated-by-power-especially-veiled-power-Shadow-power-The-National.html.

2. Charles，Ron. "Dan Brown's 'Inferno' Is Already Burning"，*The Washington Post*，March 18，2013. https://www. washingtonpost. com/news/arts-and-entertainment/wp/2013/03/18/dan-browns-inferno-is-already-burning.html.

3. Connelly，Sherryl. "Dan Brown's Much-Anticipated *The Lost Symbol* Is a Hair-Raising, Fun Ride". *New York Daily News*，September 14，2009. https://www. nydailynews. com/entertainment/music-arts/dan-brown-much-anticipated-lost-symbol-hair-raising-fun-ride-article-1.405207.html.

4. Owchar，Nick. "The Lost Symbol". *Los Angeles Times*，September，14，2009. https://www. latimes. com/entertainment/la-et-lost-symbol14-2009sep14-story.html.

5. Poe，Edgar Allan. "The Poets and Poetry of America"，*The Aristidean*，1845，November p. 373. http://www.eapoe.org/Works/

essays/a451101.htm.

6. Plant，Judith. "Women and Nature" in *Green Line* magazine (Oxford). http：//www.thegreenfuse.org/plant.htm.

7. Updike，John. "Nan，American Man，A New Novel by a Chinese Émigré". *The New Yorker*，December，3，2007. https：//www. newyorker.com/magazine/2007/12/03/nan-american-man.

8. Ulin，David L. "Dan Brown's *Inferno* Has Heat but No Warmth"， *Los Angeles Times*，May 18，2013. https：//www. latimes. com/ books/la-xpm-2013-may-18-la-et-jc-dan-brown-20130518-story.html.

9. Wu，Albert and Kuo，Michelle. "I Dare Not：The Muted Style of Writer in Exile Ha Jin". *Los Angeles Review of Books*. January 11， 2015. https：//lareviewofbooks. org/article/dare-muted-style-writer-exile-ha-jin/.

索 引

跋
我来到上海师大之后

阅读美国文学,特别是阅读美国小说,是我少年时候就有的兴趣;研究和教授美国文学,是我当大学老师以来的工作。

说来也巧,记得读大二的时候,精读课上讲的第一篇课文就是美国作家威廉·福克纳的短篇小说《两个战士》。从那以后,我的视野就没有离开过美国文学,直到现在。到上海大学工作后,我一直在思考美国文学的源与流问题,思考美国小说的发生、发展、嬗变、影响以及独特的美学表征、文化蕴涵、艺术形态和现实关怀等诸多问题。

我的国家课题中有两个是关于美国文学的,一个是从文化和美学角度研究爱伦·坡,一个是从创作流变和异域接受方面探讨福克纳。我在研的课题之一是国家重点项目"当代汉学家中国文学英译的策略与问题研究"和国家重大项目"非洲英语文学史"。其实,我做这些项目,思考的是同样问题,即换个角度也就是通过第三只眼睛看世界,然后反观我们自己的文学文化,达到促进我们自己的文学文化繁荣发展的目的。

2016年,那是一个春天,我辞别上海大学,来到上海师范大学。受学校领导和导师郑克鲁先生的重托,我开始了紧锣密鼓的学科建设工作。比较文学与世界文学是上海师范大学唯一国家重点学科,在国内享有良好声誉。作为接班人,我没有理由不倾心投入,没有理由不全力以赴。这期间我着手四个方面的工作,一是抓学科点研究生生源,二是抓学科点研究生论文质量,三是抓学科点的学术研究,四是抓研究生的外国文学与比较文学课程建设。可以说,这五年来,我宵衣旰食,废寝忘食,兢兢业业,恪尽职守,所有的活动和安排都围绕这四件事展开,心思全都放在这四件事上面。我念兹在兹的一句话是:五十多岁的人总得做点事,总得为大家为社会做点有益的事。五年不长,但我鬓发更加稀疏,皱纹更深更密,好像老了十多岁! 但套句俗话就是,我累并快乐着! 令人欣慰的是,学科点在与时俱进,在稳步前进。

这期间,我编著的教材《英美文化比较与思辨》被评为上海市本科重点教材和首批上海高等教育精品教材,我领衔为全校开设的公选课"中外文化比较与思辨"被评为上海市一流课程。实际上,这部教材和这门课程,都是建立在我以前为本科生和研究生教授美国文学时的思路、主旨和方法上。我的课,始终是思政与思辨有机结合,从不是单一讲授,更不是一味推崇。而是依据自身优势,以启发式为主要方法,以讲授引导和学生研讨为主要方式,以培养学生的创造性思维和批判性思维为主要目的,调动学生学习和了解英美文学和文化的积极性,同时也兼顾学生英语水平的提高。学生们则努力挖掘经典作品的当下意义关联,最大程度上提升自己整体人文素质和整体认知能力。我的教学旨归始终侧重中外文学与文化的比较与思辨,启发引导学生用第三只眼睛看世界,培养学生的文化自信和文化自觉。

正如华东理工大学出版社在其微信推文"朱振武:寻觅于英语阅读教学的思政与思辨之间"中所说:

> 朱振武埋首爱伦·坡、福克纳,研究其创作于中国语境之接受与影响者如是;研治"非主流"文学,寻觅一国文学通往主流之路者如是;放眼文学外译,探寻中国文学借"帆"出海之径者亦如是。朱振武的治学领域虽趋舍万殊,但都有共同的要旨:立足本土,遍观中外;反思文明,展望未来。这正是知识分子的社会良知与文化担当之所在。

"立足本土,遍观中外;反思文明,展望未来。"我是认可这个说法的。

没错，本土意识、文化自觉和家国情怀正是我在教学、翻译和科研活动中所一贯秉持的，是我在数十年的学术生涯中一以贯之的原则。我们不能对域外那些令人眼花缭乱的国外理论和批评话语亦步亦趋，而是要坚守自己作为中国学者的自觉意识，站在国家和民族的立场，坚持探其究竟与源流，明其义理与旨归，采其精华，弃其糟粕，绝不移花接木，照抄照搬和机械套用。

这些年，不论多么忙，我从未放松对自己的阅读、教学和科研上的要求。这么多年，特别是来到上海师大的五年来，我几乎没给自己放过假，没给自己歇过脚，总是晚睡早起，工作工作再工作，没有懈怠过一天，没有偷懒过半日，没有一日不写东西，没有一晚不读东西。我总是手不释卷，随时读书，随处读书，什么书都读，从不把自己局囿在某个单一的专业范围里，报纸、杂志、书籍、微信文章，什么都读。

我总是走到哪里读到哪里，走到哪里写到哪里。手机就是我的笔记本！飞机和高铁上的小桌板就是我的办公桌！旅途、宾馆和机场的休息室随处都是我的书房。

这期间，我出版了《非洲英语文学的源与流》《非洲英语文学研究》《非洲国别英语文学研究》《美国小说：本土进程与多元谱系》《当代汉学家的中国文学英译历程》《〈聊斋志异〉的创作发生及其在英语世界的传播》等相关学术著作，在《解放日报》《文汇报》《文汇读书周报》《社会科学报》《文艺报》《文学报》等重要报纸上和《中国社会科学》《中国翻译》《当代外国文学》《外语教学》和《外国文学研究》等重要杂志上发表相关文章，阐述自己的心得。

这期间，同仁、同行和读者的各种反馈，也使我在英语文学的研究上思路更加开阔和明晰。

这期间，我还参加了 100 多次学术会议，做了近 200 场专题学术讲座，培养了一批硕士、博士、博士后和访问学者，带动着一批青年学子一起奋进。

这期间，我越来越关心国家大事，呼唤文学文化的自信和自觉，越来越寄望于祖国的美好愿景。这些从我的微信朋友圈中的诗歌中就能窥见一斑。

如"访景德镇（2018年6月19日）"：

> 依然绿水流昌江，照旧青山绕浮梁。
>
> 谁知往昔商贾聚，徒忆当年码头忙。
>
> 千年窑光须臾逝，万家瓷厂顷刻亡。
>
> 带路韬光自养晦，恭迎赤县再辉煌。

又如"题赠2018年'五月蔷薇，泰山论剑'学术会议"：

> 人间四月尽芳菲，论剑泰山试锋芒。
>
> 农大殷勤迎笑脸，上天周到赐骄阳。
>
> 贯通今古依文本，沉浸东西据典藏。
>
> 自觉自信又自勉，有我之境在前方。

这期间，当然也包括此前在上海大学工作期间，我邀请国内外知名学者来讲学和交流，举办十几次大型学术会议，探讨翻译、文学、文化及教学等相关领域的重大问题。其实，我这些年来思考和研究的问题都集中在一个方面，就是如何能够正能量地积极又平衡地吸纳世界优秀文明成果，为我国文学文化的繁荣做贡献，为我国的文学文化走出去做贡献，为文学文化共同体的实现做贡献。

这本书的完成得到了多方帮助。感谢周元晓、周博佳、张秀丽、张小红、杨瑞红、张敬文、邓娜娜、吴晟、郭宇、李丹和束少军等对本书个别章节的参与。感谢陈平、朱伟芳、李丹、李阳、薛丹岩、徐立勋、赵堃、刘雨轩、汪佩、苏文雅、谢玉琴、郑梦怀、张长城、贡建初、万中山、李子涵、游铭悦等在校研究生所做的校对和核实工作。

感谢盛宁教授、虞建华教授、刘建军教授、杨金才教授、周敏教授和李萌羽教授，感谢陈后亮教授、刘略昌教授和綦亮、蓝云春、高静、张毅等青年才俊，感谢他们对我的几部著作做出的中肯评论和对我个人的鼓励。

本书中的一些章节曾刊登在国内杂志和报纸上，它们是《外国文学评论》《外国文学研究》《当代外国文学》《国外文学》《外国文学》《世界文学》

《外国文学动态》《外国语》《人文杂志》《中国比较文学》《外语教学》《外语研究》《外国语文》《当代外语研究》《上海大学学报》《上海师范大学学报》《英美文学研究论丛》《辽宁师范大学学报》《解放军外国语学院学报》《华中学术》《文学自由谈》《外文研究》《文汇报》《文艺报》《社会科学报》和《文汇读书周报》。多篇文章曾被《人大复印资料·外国文学研究》《人大复印资料·文艺理论》《新华文摘》《中国社会科学文摘》《高等学校文科学报文摘》的全文转载、部分转载或观点摘登。对于上述报刊及各位主编和编辑，我在这里表示衷心的感谢！

怀念我的恩师郑克鲁教授。恩师于 2020 年 9 月病逝，这部小书也算是对他老人家的缅怀之作。

感谢上海交通大学出版社的有关领导，特别感谢信艳女士。她为此书付出了大量心血。

虽然尽心竭力，但仍然如履薄冰，如坐针毡。本书肯定还有讹舛悖谬之处，尚望各位方家学人指疵斧正。

路在脚下，也在远方！只有脚踏实地，不忘初心，戮力前行！

2021 年孟春
于上海心远斋